AMANTE RENACIDO

J.R. WARD

AMANTE  RENACIDO

La Hermandad de la Daga Negra X

Traducción de Patricia Torres Londoño

punto de lectura

Título original: *Lover Reborn*
© 2012, Love Conquers All, Inc.
© Traducción: Patricia Torres Londoño
© De esta edición:
2014, Santillana Ediciones Generales, S.L.
Avenida de los Artesanos, 6. 28760 Tres Cantos. Madrid (España)
Teléfono 91 744 90 60
www.puntodelectura.com
www.facebook.com/puntodelectura
@epuntodelectura
puntodelectura@santillana.es

ISBN: 978-84-663-2778-7
Depósito legal: M-32.569-2013
Impreso en España – Printed in Spain

Diseño de cubierta: Beatriz Rodríguez de los Ríos
Fotografía de cubierta: © Kevin Michael Schmitz

Primera edición: enero 2014

Impreso en BLACK PRINT CPI (Barcelona)

Dedicado a ti:
ha pasado mucho tiempo,
demasiado,
desde que tuviste un hogar.

AGRADECIMIENTOS

Mi inmensa gratitud para los lectores de la saga de la Hermandad de la Daga Negra y un saludo a los Cellies!

Muchísimas gracias, por todo su apoyo y orientación, a: Steven Axelrod, Kara Welsh, Claire Zion y Leslie Gelbman. Gracias también a toda la gente de New American Library; estos libros son un verdadero trabajo de equipo.

Gracias a todos nuestros Mods, por todo lo que hacen por obra de la bondad de su corazón.

Todo mi amor a Team Waud, vosotros sabéis quiénes sois. Esto sencillamente no podría ocurrir sin vosotros.

Nada de esto sería posible tampoco sin mi amoroso marido, que es mi consejero, cuida de mí y, además, es un visionario; mi maravillosa madre, que me ha dado tanto amor que nunca podré recompensarla suficientemente; mi familia (tanto la directa como la de adopción) y mis queridos amigos.

Ah, claro, y también la mejor parte de WriterDog.

GLOSARIO DE TÉRMINOS Y NOMBRES PROPIOS

ahstrux nohtrum (m.). Guardia privado con licencia para matar. Solo puede ser nombrado por el rey.

ahvenge (tr.). Acto de retribución mortal, ejecutado generalmente por machos enamorados.

chrih (m.). Símbolo de una muerte honorable, en Lengua Antigua.

cohntehst (m.). Conflicto entre dos machos que compiten por el derecho a aparearse con una hembra.

Dhunhd (n. pr.). El Infierno.

doggen (m.). Miembro de la servidumbre en el mundo de los vampiros. Los doggen tienen tradiciones antiguas y conservadoras sobre el servicio a sus superiores y siguen un código de vestido y un comportamiento muy formal. Pueden salir durante el día, pero envejecen relativamente rápido. Su esperanza de vida es de aproximadamente quinientos años.

ehros (f.). Elegidas entrenadas en las artes amatorias.

Elegidas, las (f.). Vampiresas criadas para servir a la Virgen Escribana. Se consideran miembros de la aristocracia, aunque de una forma más espiritual que temporal. Tienen poca, o ninguna, relación con los machos, pero pueden aparearse con miembros de la Hermandad, si así lo dictamina la Virgen Escribana, a fin de propagar su linaje. Algunas tienen la habilidad de vaticinar el futuro. En el pasado se utilizaban para satisfacer las necesidades de sangre de miembros solteros de la Hermandad y en los últimos tiempos esta práctica ha vuelto a cobrar vigencia.

esclavo de sangre (m.). Vampiro hembra o macho que ha sido subyugado para satisfacer las necesidades de sangre de otros vampiros. La práctica de mantener esclavos de sangre fue proscrita recientemente.

exhile dhoble (m.). Gemelo malvado o maldito, el que nace en segundo lugar.

ghardian (m.). El que vigila a un individuo. Hay distintas clases de ghardians, pero la más poderosa es la de los que cuidan a una hembra sehcluded.

glymera (f.). Núcleo de la aristocracia equivalente, en líneas generales, a la flor y nata de la sociedad inglesa de los tiempos de la Regencia.

hellren (m.). Vampiro macho que se ha apareado con una hembra y la ha tomado por compañera. Los machos pueden aparearse con más de una hembra.

Hermandad de la Daga Negra (n. pr.). Guerreros vampiros muy bien entrenados que protegen a su especie de la Sociedad Restrictiva. Como resultado de una crianza selectiva dentro de la raza, los miembros de esta Hermandad poseen inmensa fuerza física y mental y también la capacidad de curarse rápidamente. No suelen ser hermanos de sangre (en su mayoría) y son iniciados en la Hermandad por postulación de otros miembros. Agresivos, autosuficientes y reservados por naturaleza, viven separados de los civiles y tienen poco contacto con miembros de las otras clases, excepto cuando necesitan alimentarse. Son motivo de leyendas y objeto de reverencia dentro del mundo de los vampiros. Solo pueden ser asesinados por medio de heridas graves, como disparos o puñaladas en el corazón.

leahdyre (m.). Persona poderosa y con influencias.

leelan (adj.). Palabra cariñosa que se puede traducir como «querido/a».

lewlhen (m.). Regalo.

lheage (m.). Apelativo respetuoso utilizado por un esclavo sexual para referirse a su amo o ama.

Lhenihan (n. pr.). Bestia mítica famosa por sus proezas sexuales. En el argot moderno se emplea este término para hacer referencia a un macho de un tamaño y una energía sexual sobrenaturales.

lys (m.). Herramienta de tortura empleada para sacar los ojos.

mahmen (f.). Madre. Es al mismo tiempo una manera de decir «madre» y un término cariñoso.

mhis (m.). Especie de niebla con la que se envuelve un determinado entorno físico; produce un campo de ilusión.

nalla (f.) o **nallum** (m.). Palabra cariñosa que significa «amada» o «amado».

newling (f.). Muchacha virgen.

Ocaso, el (n. pr.). Reino intemporal donde los muertos se reúnen con sus seres queridos para pasar la eternidad.

Omega, el (n. pr.). Malévola figura mística que busca la extinción de los vampiros debido a una animadversión contra la Virgen Escribana. Vive en un reino intemporal y posee enormes poderes, aunque no tiene el poder de la creación.

periodo de fertilidad (m.). Momento de fertilidad de las vampiresas. Por lo general dura dos días y viene acompañado de intensas ansias sexuales. Se presenta aproximadamente cinco años después de la «transición» de una hembra y de ahí en adelante tiene lugar una vez cada década. Todos los machos tienden a sentir la necesidad de aparearse si se encuentran cerca de una hembra que esté en su periodo de fertilidad. Puede ser una época peligrosa, pues suelen estallar múltiples conflictos y luchas entre los machos contendientes, sobre todo si la hembra no tiene compañero.

phearsom (adj.). Término referente a la potencia de los órganos sexuales de un macho. La traducción literal sería algo así como «digno de penetrar a una hembra».

Primera Familia (n. pr.). El rey y la reina de los vampiros y todos los hijos nacidos de esa unión.

princeps (m.). Nivel superior de la aristocracia de los vampiros, superado solamente por los miembros de la Primera Familia o las Elegidas de la Virgen Escribana. Se debe nacer con el título; no puede ser otorgado.

pyrocant (m.). Se refiere a una debilidad crítica en un individuo. Dicha debilidad puede ser interna, como una adicción, o externa, como un amante.

rahlman (m.). Salvador.

restrictor (m.). Humano sin alma que, como miembro de la Sociedad Restrictiva, persigue vampiros para exterminarlos. Para matarlos hay que apuñalarlos en el pecho; de lo contrario, son inmortales. No comen ni beben y son impotentes. Con el tiempo, el cabello, la piel y el iris de sus ojos pierden pigmentación hasta que se vuelven rubios, pálidos y de ojos incoloros. Huelen a talco para bebés. Tras ser iniciados en la Sociedad por el Omega conservan un frasco de cerámica dentro del cual es colocado su corazón, que previamente les ha sido extirpado.

rythe (m.). Forma ritual de salvar el honor, concedida por alguien que ha ofendido a otro. Si es aceptado, el ofendido elige un arma y ataca al ofensor u ofensora, quien se presenta sin defensas.

sehclusion (m.). Estatus conferido por el rey a una hembra de la aristocracia, como resultado de una solicitud de la familia de la hembra. Coloca a la hembra bajo la dirección exclusiva de su ghardian, que por lo general es el macho más viejo de la familia. El ghardian tiene el derecho legal a determinar todos los aspectos de la vida de la hembra, pudiendo restringir según su voluntad sus relaciones con el mundo.

shellan (f.). Vampiresa que ha elegido compañero. Por lo general las hembras no toman más de un compañero, debido a la naturaleza fuertemente territorial de los machos apareados.

Sociedad Restrictiva (n. pr.). Orden de cazavampiros convocados por el Omega, con el propósito de erradicar la especie de los vampiros.

symphath (m.). Subespecie de la raza de los vampiros que se caracteriza, entre otros rasgos, por la capacidad y el deseo de manipular las emociones de los demás (con el propósito de realizar un intercambio de energía). Históricamente se han visto discriminados y durante ciertas épocas han sido víctimas de la cacería de los vampiros. Están en vías de extinción.

trahyner (m.). Palabra que denota el respeto y cariño mutuo que existe entre dos vampiros machos. Se podría traducir como «mi querido amigo».

transición (f.). Momento crítico en la vida de un vampiro, cuando él, o ella, se convierten en adultos. Una vez superada la transición deben beber la sangre del sexo opuesto para sobrevivir y no pueden soportar la luz del sol. Generalmente ocurre a los veinticinco años. Algunos vampiros no sobreviven a su transición, en particular los machos. Antes de ella los vampiros son físicamente débiles, no tienen conciencia ni impulsos sexuales y tampoco pueden desintegrarse.

Tumba, la (n. pr.). Cripta sagrada de la Hermandad de la Daga Negra. Se usa como sede ceremonial y también para guardar los frascos de los restrictores. Entre las ceremonias allí realizadas están las iniciaciones, los funerales y las acciones disciplinarias contra hermanos. Solo pueden entrar los miembros de la Hermandad, la Virgen Escribana y los candidatos a ser iniciados.

vampiro (m.). Miembro de una especie distinta del *Homo sapiens*. Los vampiros tienen que beber sangre del sexo opuesto para sobrevivir. La sangre humana los mantiene vivos, pero la fuerza así adquirida no dura mucho tiempo. Tras la transición, que ocurre a los veinticinco años, no pueden salir a la luz del día y deben alimentarse de la vena regularmente. Los vampiros no pueden «convertir» a los humanos por medio de un mordisco o una transfusión sanguínea, aunque en algunos casos raros son capaces de procrear con otras especies. Pueden desintegrarse a voluntad, aunque deben ser capaces de calmarse y concentrarse para hacerlo, y no pueden llevar consigo nada pesado. Tienen la capacidad de borrar los recuerdos de las personas, pero solo los de corto plazo. Algunos vampiros pueden leer la mente. Su esperanza de vida es superior a mil años, y, en algunos casos, incluso más.

Virgen Escribana, la (n. pr.). Fuerza mística que hace las veces de consejera del rey, guardiana de los archivos de los vampiros y dispensadora de privilegios. Vive en un reino intemporal y tiene enormes poderes. Capaz de un único acto de creación, que empleó para dar existencia a los vampiros.

wahlker (m.). Individuo que ha muerto y ha regresado al mundo de los vivos desde el Ocaso. Son muy respetados y reverenciados por sus tribulaciones.

whard (m.). Equivalente al padrino o la madrina de un individuo.

No hay diferencia entre vivos y muertos.
Todos están buscando un hogar.

LASSITER

AMANTE RENACIDO

PRIMAVERA

El maldito va hacia el puente! ¡Dejádmelo a mí!

Tohrment esperó a oír el silbido que habían acordado como señal y cuando lo escuchó salió corriendo detrás del restrictor. Sobre la tierra y los charcos, sus piernas se movían como los pistones de un gigantesco motor mientras apretaba los puños con fuerza. Pasó como un relámpago junto a contenedores de basura y coches aparcados, alarmando a los indigentes y poniendo en fuga a las ratas. Saltó una especie de parapeto, esquivó a una motocicleta. Nada lo detenía.

Eran las tres de la mañana. El decadente centro de Caldwell, Nueva York, ofrecía suficientes obstáculos para que Tohr no se aburriera. Por desgracia, el maldito restrictor al que perseguía lo estaba llevando en una dirección que él no quería tomar.

Cuando llegaron a la rampa de acceso al puente que lleva al oeste, Tohr sintió aún más ganas de matar a ese maldito idiota. Frente a las posibilidades de actuar con discreción que ofrecía el laberinto de callejones que rodeaban los clubes nocturnos, el puente que cruzaba el Hudson estaba demasiado concurrido, había demasiados testigos incluso a esa hora. Ya no había atascos, claro, pero sí unos cuantos coches, y bien sabía que cada humano que viajara en uno de esos vehículos llevaría un maldito iPhone.

En la guerra que los vampiros libraban con la Sociedad Restrictiva solo había una regla: mantenerse alejados de los humanos. Esa raza de orangutanes erectos y entrometidos siempre representaba una complicación, y lo último que cualquiera de ellos necesitaba era la confirmación definitiva de que Drácula no era un producto de la ficción y que los muertos vivientes eran algo más que protagonistas de algunas de las pocas series de televisión que no se podían considerar una mierda.

Nadie quería aparecer en los telediarios, los periódicos ni las revistas.

Las apariciones esporádicas en Internet no eran tan graves. Después de todo, la dichosa red no tenía ninguna credibilidad.

Ese principio básico era, además, lo único en lo que estaban de acuerdo la Hermandad de la Daga Negra y sus enemigos. Vampiros y restrictores tenían el pacto implícito de matarse siempre lejos de la vista de los humanos. Los malditos asesinos podían matarte a ti o a tu shellan, masacrar a tus pequeños, lo que fuera… Pero tenían terminantemente prohibido perturbar a los humanos.

Porque eso sería un pecado mortal.

Por desgracia, el imbécil que huía como un loco por delante de Tohr parecía no estar al tanto de esa regla sagrada, lo cual no era muy preocupante pues se podía arreglar con facilidad clavándole una daga negra en el pecho.

Mientras un terrible gruñido brotaba de su garganta y los colmillos se alargaban, espeluznantes, en su boca, Tohr buscó en lo más profundo de su ser y echó mano de sus reservas de odio al mortal enemigo. Tenía que llenar el depósito para aprestarse al ataque.

Había tenido que recorrer un largo camino desde la terrible noche en que el rey y sus hermanos le dieron la noticia de que a todos los efectos su vida había terminado. Como el macho enamorado que era, su hembra formaba parte del corazón que latía en su pecho. Sin su Wellsie, Tohr quedó reducido a poco más que la sombra de lo que en su día había sido. Tras la tragedia era una forma sin sustancia. Lo único que lo impulsaba a seguir viviendo, si se podía llamar vida a su existencia, era la adrenalina de la cacería, la lucha y la muerte. Saber que a la noche siguiente, cuando se despertase, podría salir a cazar más.

Si no tuviese que vengar a sus muertos, bien podría estar en la gloria del Ocaso con su familia, que en el fondo era lo que deseaba. Tal vez esa fuese su noche de suerte. Quizá sufriese una herida mortal en el fragor del combate y al fin podría librarse de aquella tortura que llamaban vida.

La esperanza es lo último que se pierde.

Un bocinazo y el chirrido de llantas de coches frenando le indicaron que las complicaciones habían empezado.

En el preciso instante en que llegaba al final de la rampa de acceso al puente vio que el restrictor se estrellaba contra un Toyota y salía rebotado. El impacto hizo que el coche se parara enseguida, pero no detuvo la carrera del asesino. Como todos los restrictores, aquel maldito monstruo era mucho más fuerte y resistente que cuando era humano; la sangre negra y aceitosa del Omega le proporcionaba un motor más potente, una suspensión más fuerte y mayor capacidad de maniobra, además de mejor carrocería y neumáticos a prueba de bombas.

Pero, visto lo visto, el GPS era una mierda, sin duda.

Después de rodar por el pavimento, el asesino se puso de pie como si fuese un acróbata y siguió corriendo.

Sin embargo, notó Tohr, estaba herido, pues el asqueroso olor a talco para bebés se volvió más intenso.

Tohr llegó a la altura del coche accidentado justo cuando dos humanos abrían la puerta y salían aturdidos.

Al pasar junto a ellos como un rayo, Tohr gritó:

—¡Policía! ¡Dejen paso, esto es una persecución!

La treta funcionó: los humanos implicados en el accidente parecieron calmarse. Otros ya habían empezado a hacer fotos y el vampiro pensó rápidamente mientras continuaba con su implacable cacería. Cuando todo acabara, sabría dónde encontrarlos para borrarles sus últimos recuerdos y quitarles sus móviles.

Entretanto, el restrictor parecía dirigirse hacia el camino peatonal…, que desde luego no era el movimiento más inteligente. Si Tohr estuviera en el pellejo de ese imbécil habría tratado de robar el Toyota y salir zumbando de allí cuanto antes… Pero de pronto el vampiro vio que en realidad su enemigo no iba hacia la pasarela.

—Joder —masculló entre dientes.

Al parecer el verdadero objetivo del desgraciado era el puente. Saltó por encima de la barandilla que protegía la pasarela peatonal y se encaramó en el angosto reborde del puente. Siguiente parada: el río Hudson.

El asesino se volvió para mirar a su espalda; bajo la luz rosada de las farolas, su arrogante expresión era la de un chico de dieciséis años que se acababa de beber seis latas de cerveza para exhibirse delante de sus amigos.

Mucho ego. Nada de cerebro.

Al parecer iba a saltar. El maldito iba a saltar.

Imbécil. Aunque el glorioso y pringoso aceite que el Omega les daba por sangre confería un gran poder, eso no significaba que pudieran desafiar las leyes de la física. Con toda seguridad, la más elemental ley de Newton iba a entrar en acción. Así que cuando ese imbécil tocara el agua, el daño estructural sería irreparable. Lo cual no significaba que se matara, pero sin duda iba a quedar totalmente incapacitado.

En realidad, los malditos restrictores solo se morían al ser apuñalados. Cuando estaban malheridos, incluso mutilados, podían agonizar eternamente, entrar en descomposición sin por ello fallecer. Horripilante.

Tiempo atrás, antes de la muerte de Wellsie, probablemente Tohr habría dejado las cosas así. Que se pudriese aquel mierda, para qué perder más tiempo con él. En la escala de valores de la guerra era más importante borrar los recuerdos de los malditos humanos y correr a ayudar a John Matthew y a Qhuinn, que todavía estaban luchando allá atrás, en el callejón, que rematar al idiota del puente. Pero ahora tenía otras prioridades. No había marcha atrás: inevitablemente, Tohr y ese maldito asesino tendrían su *tête-à-tête*.

El vampiro también saltó por encima de la barandilla que separaba la pasarela del puente y se subió al borde de la gigantesca obra de ingeniería. Se agarró con la máxima firmeza y asentó los pies con una seguridad escalofriante.

La valentía del restrictor comenzó a resquebrajarse. Al ver la imponente figura de Tohr moviéndose con tanta seguridad por el entramado del puente trató de retroceder.

El vampiro rugió:

—¿Crees que me dan miedo las alturas? ¿Crees que no sé pelear al borde del abismo?

Una impresionante ráfaga de viento agitó sus ropas y sus cabelleras, amenazando con derribarlos. Lejos, muy lejos, allá abajo, las aguas negras del río parecían siniestramente deseosas de tragarlos.

Aquella agua, a semejante distancia, sería como asfalto para quien saltara.

—Estoy armado —gritó el asesino.

—Entonces usa el arma.

—Mis amigos vienen hacia aquí.

—¡Tú no tienes amigos!

Tohr vio que el restrictor era un recluta nuevo, pues su pelo y sus ojos aún no habían perdido el color. Delgado y nervioso, parecía un drogadicto al que se le habían cruzado los cables. En realidad probablemente era un yonqui que se había dejado convencer para unirse a la Sociedad.

—¡Voy a saltar! ¡Te juro que voy a saltar!

Tohr buscó con la mano la empuñadura de una de sus dos dagas y sacó la hoja de acero negra del arnés que llevaba en el pecho.

—Pues deja de amenazar con ello y comienza a volar.

El asesino miró por encima del borde.

—¡Lo voy a hacer! ¡Juro que lo haré!

Otra ráfaga de viento los golpeó desde otra dirección y el largo abrigo de cuero de Tohr ondeó en el vacío.

—Perfecto. A mí no me importa. Te voy a matar de todas formas, ya sea aquí arriba o allí abajo.

El asesino volvió a mirar hacia la negra sima, vaciló un momento y luego se soltó y cayó al vacío, mientras agitaba los brazos como si tratara de mantener el equilibrio para aterrizar con los pies.

Lo cual, desde semejante altura, probablemente haría que se le incrustaran los fémures en la cavidad abdominal. Aunque si caía de cabeza las perspectivas tampoco serían muy estimulantes.

Tohr volvió a guardar la daga en su funda y se preparó para descender. Respiró profundamente. Y entonces…

Al saltar al vacío y sentir la primera bocanada de vértigo percibió la ironía del momento. Había pasado mucho tiempo soñando con la muerte, rezando, rogando a la Virgen Escribana que se llevara su cuerpo y lo enviara con sus seres queridos. Sin embargo, jamás se le había pasado por la cabeza la idea del suicidio como solución; porque si uno se quita la vida por su propia mano no puede entrar en el Ocaso. Esa era la única razón por la cual no se había cortado las venas, ni se había comido el cañón de una escopeta, ni… había saltado de un puente.

Mientras caía, Tohr disfrutó con la idea de que por fin había llegado el momento, de que el impacto que tendría lugar más o menos en un segundo y medio sería el fin de sus sufrimientos. Lo único que tenía que hacer era colocarse bien, para caer de cabeza sin ninguna protección y dejar que ocurriera lo inevitable: primero la oscuridad, luego la parálisis y por último la muerte por ahogamiento.

Pero Tohr sabía bien que, a diferencia del restrictor, él sí tenía una salida. Si no recurría a ella, cometería suicidio y no habría Ocaso posible.

Así que se desintegró en plena caída libre. El poderoso cuerpo, sujeto a la implacable ley de la gravedad, se transformó en una nube invisible de moléculas que podía orientar a su voluntad.

Muy cerca de la nube, el asesino cayó al agua. No lo hizo, claro está, con el chapoteo de quien se tira a la piscina. El maldito cayó al agua como si fuera un misil que se estrella contra su objetivo. Fue como una explosión seca, rotunda, acompañada de espectaculares surtidores, la inmensa salpicadura producida por el violento impacto.

Tohr volvió a tomar forma corpórea encima de un soporte de cemento que se encontraba a la derecha del lugar donde cayó el restrictor. Y allí esperó. Tres..., dos..., uno...

Bingo.

Una cabeza apareció en medio del agua, a unos cuantos metros del punto de entrada. No se veía ningún movimiento de brazos que indicara que el pobre desgraciado estaba tratando de recuperar el aliento. Tampoco había movimiento de piernas. Ni respiración.

Pero no estaba muerto: era bien sabido que podías pasarles por encima con el coche, golpearlos hasta romperte los nudillos, arrancarles los brazos y las piernas, hacer lo que te diera la gana... y ellos seguían vivos.

Los malditos eran auténticas cucarachas del submundo. Por tanto, no había posibilidad de que Tohr permaneciera seco.

De modo que se quitó el abrigo, lo dobló con cuidado y lo puso sobre el cemento, a buen recaudo del río. No podría nadar y pelear con el abrigo puesto, y además tenía que proteger las pistolas y el teléfono móvil.

Tomó aire y se dispuso a lanzarse al agua con los brazos unidos por encima de la cabeza, las palmas juntas y el cuerpo recto como una flecha. A diferencia del restrictor, Tohr entró en el agua con suavidad y elegancia y se hundió fácilmente tres o cuatro metros antes de salir a la superficie.

El agua estaba realmente muy fría, helada.

Aún estaban en abril y se encontraban al norte del Estado de Nueva York, lo que quería decir que todavía faltaba al menos un mes para que la Tierra comenzara a calentarse un poco.

Al salir de las profundidades, Tohr comenzó a nadar con un poderoso estilo libre. Llegó enseguida a la altura del asesino, lo agarró de la chaqueta y comenzó a tirar de él para llevarlo a la orilla, donde terminaría su tarea para poder seguir buscando a su siguiente víctima.

Cuando Tohr se lanzó desde el borde del puente, John Matthew vio cómo toda su vida pasaba frente a sus ojos, como si fueran sus propias botas las que acabaran de abandonar el suelo. En ese momento se encontraba en la orilla, debajo de la rampa, a punto de terminar con el asesino al que estaba persiguiendo. Por el rabillo del ojo vio que algo caía al río desde una gran altura.

Inicialmente no entendió de qué se trataba. Cualquier restrictor con dos dedos de frente sabría que esa no era una buena vía de escape. Pero enseguida se dio cuenta de lo ocurrido. En el borde del puente, envuelta en un abrigo de cuero que la envolvía como un sudario, se alcanzaba a ver una gran figura.

Tohrment.

Noooooo, gritó John sin emitir ningún sonido.

—Ese maldito va a saltar —dijo la voz de Qhuinn desde detrás.

John se abalanzó hacia delante por puro instinto, aunque no podía hacer nada, y luego lanzó un grito ahogado, pues era lo único que podía hacer en esas circunstancias mientras su padre saltaba.

Más tarde John pensaría que lo que la gente decía sobre la muerte era muy parecido a lo que había sentido en esos minutos: mientras los acontecimientos se iban desarrollando a máxima velocidad, uno tras otro, en una sucesión que terminaría inevitablemente en destrucción, por tu mente empieza a pasar una especie de película en la que ves escenas de tu vida tal como siempre la habías conocido: John se vio sentado en el comedor de Tohr y Wellsie, aquella primera noche después de ser adoptado por el mundo de los vampiros… La expresión en la cara de Tohr al conocer los resultados del examen de sangre que probaban que John era el hijo de Darius… Aquel momento de pesadilla, cuando la Hermandad les comunicó que Wellsie había muerto…

Luego venían las imágenes del segundo acto: Lassiter trayendo a un Tohr completamente acabado después de rescatarlo… Tohr y John dejando salir por fin todo el dolor que les había causado el asesinato de Wellsie… Tohr recuperando gradualmente su fuerza… Su propia shellan bajando la escalera metida en el traje de satén rojo que Wellsie había llevado en la ceremonia de apareamiento con Tohr…

Joder, el destino era una mierda. Siempre tenía que acabar aplastando a todo el mundo.

En eso andaban sus pensamientos cuando Tohr desapareció abruptamente. En pleno vuelo se había convertido en humo.

«Gracias a Dios», pensó John.

—Gracias a Dios —musitó aliviado Qhuinn.

Un momento después, en el extremo de uno de los pilares del puente, una flecha negra cortó la superficie del agua.

Sin mirarse ni cruzar una sola palabra, Qhuinn y John salieron corriendo en esa dirección y llegaron a la orilla justo cuando Tohr subía a la superficie, agarraba al restrictor y comenzaba a nadar hacia donde estaban ellos. Mientras se preparaba para ayudar a arrastrar al restrictor hasta la pedregosa orilla, los ojos de John se clavaron en la cara pálida y macilenta de Tohr.

El macho parecía muerto, aunque técnicamente estaba vivo.

—Lo tengo —dijo John con lenguaje gestual mientras se agachaba, agarraba al restrictor de un brazo y lo sacaba del río. El desgraciado aterrizó en la playa como si fuera un pez, con los ojos desorbitados, abriendo y cerrando la boca incesantemente y emitiendo extraños gemidos que provenían de su garganta abierta.

Sin embargo, quien importaba era Tohr. John miró al hermano de arriba abajo mientras salía del agua: tenía los pantalones de cuero pegados a los muslos y la camiseta sin mangas parecía formar parte de su piel. El mechón blanco que sobresalía del pelo corto seguía tieso, aunque empapado.

Los oscuros ojos azules de Tohr parecían clavados en el restrictor.

O quizá solo estaba evitando deliberadamente la mirada de John.

Probablemente era eso, sí.

Tohr se agachó y agarró al restrictor por el cuello. Después enseñó unos colmillos aterradoramente largos y gruñó:

—Te lo dije.

Entonces sacó la daga negra y sin más preámbulos comenzó a apuñalarlo.

John y Qhuinn tuvieron que retroceder para no acabar totalmente salpicados.

—Podría limitarse a apuñalarlo en el pecho —susurró Qhuinn— y terminar con esto de forma rápida y limpia.

Pero el objetivo no era matar al asesino sin más. Era masacrarlo.

La hoja afilada de la daga fue perforando cada centímetro cuadrado del cuerpo, excepto el esternón, que era donde estaba el interruptor principal de la vida del monstruo. Con cada puñalada Tohr jadeaba con fuerza, y cada vez que liberaba la hoja tomaba aire, adoptando un ritmo que ponía una música infernal a la dantesca escena.

—Ahora sé cómo se trocea un pollo.

John se restregó la cara con las manos y rogó que esas palabras anunciaran el final. Pero Tohr no había terminado; simplemente se había tomado un respiro. Estaba visiblemente cansado, al borde de la extenuación. En efecto, el asesino se hallaba desmenuzado, sí, pero todavía no estaba muerto.

A pesar de que era evidente que Tohr estaba exhausto, John y Qhuinn sabían que no debían intervenir, que si intentaban ayudarlo reaccionaría muy mal. Ya habían pasado por eso. Tohr tenía que dar el golpe final él solito.

Tras dos minutos de descanso, el hermano volvió a adoptar la posición de ataque, agarró la daga con las dos manos y levantó la hoja por encima de su cabeza.

Un grito ronco brotó de su garganta al tiempo que hundía la punta de la daga en el pecho de lo que quedaba de su presa. Cuando el fogonazo mortal iluminó la cara de Tohr, la trágica expresión de su rostro, con aquellos rasgos deformados y aterradores, era una imagen satánica. Aunque la luz que anunciaba la muerte del monstruo era muy brillante, Tohr se quedó mirándola sin parpadear.

Después de terminar, el hermano se dejó caer sobre el suelo como si toda su energía hubiese desaparecido. Era evidente que necesitaba alimentarse, pero ese tema, al igual que muchos otros, se había vuelto tabú.

Jadeante, miró a los otros.

—¿Qué hora es?

Qhuinn echó un vistazo a su reloj Suunto.

—Las dos.

Tohr levantó la mirada del suelo ensangrentado y clavó sus ojos enrojecidos en la zona de la ciudad que habían estado patrullando durante la noche.

—¿Qué tal si regresamos al complejo? —Qhuinn sacó su móvil—. Butch no está lejos…

—No. —Tohr se incorporó y se quedó sentado—. No llames a nadie. Estoy bien, solo necesito recuperar el aliento.

Y una mierda. Ni Tohr ni John estaban bien. Ni por lo más remoto. Uno de ellos, además, estaba empapado en medio del viento gélido.

John movió las manos en el campo de visión de Tohr, hablándole por señas.

—Nos vamos a casa, ya…

Pero justo en ese momento la brisa trajo olor a talco de bebé y eso hizo saltar la alarma en el silencio de la noche.

El hedor tuvo un efecto mágico sobre Tohr y consiguió lo que no habían logrado todos sus esfuerzos por recuperar el aliento: se puso de pie como un resorte, dejando atrás el desaliento y la fatiga. Era como si no se hubiese lanzado desde el puente, como si no llevara toda la noche combatiendo.

—Todavía quedan más —gruñó Tohr.

Y cuando echó a correr, John soltó una silenciosa maldición.

—Vamos —dijo Qhuinn—. Reunamos fuerzas, porque esta va a ser una larga noche.

Tómate unos días libres… Relájate… Disfruta de la vida…

Mientras Xhex murmuraba esas palabras frente a una galería de muebles antiguos, se paseaba de un lado a otro de su alcoba y luego entraba en el baño. Y otra vez en la alcoba. Y de nuevo en el reino del mármol.

En el baño que compartía ahora con John, Xhex se detuvo frente al *jacuzzi*. Al lado de la grifería de bronce había una bandeja de plata con toda clase de lociones y productos de aseo femeninos. Y eso no era todo. ¿Qué había al lado del lavabo? Otra bandeja, esta vez llena de perfumes de Chanel: Cristalle, Coco, No. 5, Coco Mademoiselle. Luego estaban los cestos llenos de cepillos para el pelo, unos de cerdas cortas y otros de cerdas largas y puntiagudas, o de púas de metal. ¿Y en los armaritos? Una fila de productos para el cuidado de las uñas y suficientes frascos de esmalte como para asustar a Barbie. Además de quince clases distintas de *mousse*, gel y laca fijadora.

«Pero ¿cómo es posible?», se dijo.

Y encima, maquillaje Bobbi Brown.

¿Quién diablos creían que se había mudado allí? ¿La confundían con una de las hermanas Kardashian?

Xhex movió la cabeza. No podía creer que ahora conociera a Kim, Kourtney, Khloe y Kris; Rob, el hermano; Bruce, el padrastro; las hermanitas Kendall y Kylie, y menos aún a los distintos maridos y novios y ese tal Mason...

Mientras se miraba a los ojos en el espejo, Xhex pensó: «Esta sí que es buena; ¡me estoy comiendo el coco con E! Entertainment Television»[*].

Ciertamente resultaba menos sangriento que cortarse las venas, pero los resultados eran idénticos. O al menos muy parecidos.

—Esa mierda debería traer una nota de advertencia.

Xhex se miró en el espejo y reconoció el pelo negro cortado al rape, la piel pálida y el cuerpo duro, compacto. Las uñas bien cortadas. La absoluta ausencia de maquillaje. Incluso llevaba su propia ropa, la camiseta negra sin mangas y los pantalones de cuero que se había puesto cada noche durante años.

Bueno, excepto un par de noches atrás, cuando había llevado algo totalmente distinto.

Tal vez ese vestido era la razón de que estuviese allí toda esa parafernalia femenina que había hecho su aparición después de la ceremonia de apareamiento: Fritz y los doggen debían imaginarse que ella ya había pasado esa página. Esa podía ser una explicación, o quizá toda esa parafernalia era parte de lo que venía con el estatus de shellan recién apareada.

De pronto Xhex se dio la vuelta y se llevó las manos a la base del cuello, al lugar donde colgaba el enorme diamante cuadrado que John le había comprado. Engastado en una base de platino, era la única pieza de joyería que alguna vez se había imaginado que podría llevar: pesado, sólido, capaz de resistir una buena pelea y permanecer en su lugar.

En este nuevo mundo de Paul Mitchell y Bed Head y todos esos empalagosos perfumes de Coco, al menos John sí la entendía. Porque en cuanto al resto, ¿cabía siquiera la posibilidad de educarlos? No sería la primera vez que tendría que hacer el papel de maestra de un puñado de machos que pensaban que el mero hecho de tener tetas hacía que tu lugar en la vida fuera una jaula de oro. ¿Realmente alguien estaba tratando de convertirla en una chica

---

[*] Los hermanos Kardashian son muy famosos en Estados Unidos, entre otras cosas por haber participado en un programa de telerrealidad que emitía la cadena E! Entertainment Television.

de la glymera? Pues ella acababa de serrar los barrotes de oro, había puesto una bomba en la jaula y había colgado los restos humeantes de uno de los candelabros del vestíbulo.

Xhex se dirigió a la alcoba, abrió el armario y sacó el vestido rojo que había llevado durante aquella ceremonia. Era el único vestido que se había puesto en la vida y tenía que admitir que había disfrutado con la manera en que John se lo había arrancado con los dientes. Y tenía que reconocer, claro, que las noches de descanso habían sido grandiosas: las primeras vacaciones en años. Lo único que habían hecho era follar, alimentarse el uno del otro, comer estupendamente y repetirlo todo otra vez, después de un buen rato de sueño.

Pero ahora John había vuelto al campo de batalla, y ella tenía que empezar a combatir al día siguiente.

Eran solo veinticuatro horas de diferencia, un pequeño retraso, no una negativa rotunda.

Entonces, ¿cuál era su maldito problema?

Tal vez toda aquella parafernalia femenina estaba sacando a la superficie a la pequeña bruja que llevaba dentro. Nadie la había enjaulado, nadie le estaba haciendo cambiar y eso de sentarse a ver a los Kardashian durante horas y horas solo era culpa suya. Y todos esos productos de belleza, ¿qué? Los doggen solo estaban tratando de ser amables, y lo hacían de la única manera que conocían.

No había muchas hembras como ella. Y el hecho de que fuera medio symphath no significaba que…

Xhex frunció el ceño y agitó la cabeza.

Mientras dejaba que el vestido de satén cayera al suelo se concentró en el patrón emocional que percibía fuera, en el corredor.

Con su percepción symphath aguzada, la estructura tridimensional de tristeza, dolor y vergüenza que sentía parecía tan real como cualquier edificación que tuviera ante sí. Por desgracia, en este caso no había manera de arreglar los cimientos, o de tapar el agujero del techo, o de poner a punto el sistema eléctrico. A pesar de lo mucho que Xhex sabía sobre cómo manipular las emociones de una persona, se sentía como quien reforma una casa pero no puede contratar operarios capaces de hacer las reparaciones necesarias: ni fontaneros, ni electricistas, ni pintores, de manera que el propio dueño del inmueble tiene que realizar las mejoras por sí mismo, sin contar con la ayuda de nadie.

Al salir al pasillo de las estatuas, Xhex sintió un temblor que sacudió su propia estructura emocional. Pero, claro, la figura encapuchada y coja que tenía frente a ella era nada menos que su madre.

Dios, esas palabras todavía sonaban muy extrañas, aunque lo hicieran solo en su cabeza, y en realidad de forma un poco superficial.

Xhex carraspeó.

—Buenas noches…, ah…

No parecía correcto terminar con un mahmen, o mamá, o mami. N'adie, el nombre al que respondía la hembra, tampoco era muy atractivo. Pero, claro, ¿cómo se le puede llamar a alguien que fue secuestrada por un symphath, violada y mancillada y que luego fue obligada por la biología a dar a luz al producto de esa tortura?

Nombre y apellidos: Lo Siento Mucho.

Cuando N'adie se dio la vuelta, la capucha se mantuvo en su lugar, cubriéndole el rostro.

—Buenas noches. ¿Cómo te encuentras?

El idioma moderno sonaba un poco acartonado en los labios de su madre, lo cual sugería que lo mejor para ella era hablar la Lengua Antigua. Y la reverencia que siguió al saludo, y que era totalmente innecesaria, resultaba un poco rara, probablemente debido a la lesión que causaba la cojera.

Por otro lado, el aroma que despedía no se parecía en nada a un perfume de Chanel. A menos que la famosa firma estuviera sondeando ahora el mercado del drama.

—Bien. ¿Adónde vas?

—A ordenar el salón.

Xhex contuvo las ganas de decirle que no lo hiciera. Fritz no permitía que nadie excepto los doggen moviera un dedo en la mansión, y N'adie, a pesar de haber venido a atender a Payne, se alojaba en una de las habitaciones de huéspedes, cenaba en la mesa con los hermanos y era aceptada allí como la madre de una shellan. En ningún caso era vista como una criada.

—Sí, ah… ¿No preferirías?… —Se interrumpió. ¿Qué iba a preferir?, se preguntó Xhex. ¿Qué podrían hacer ellas dos juntas? Xhex era una guerrera. Su madre era… un fantasma sin sustancia. No tenían muchas cosas en común.

—No te preocupes —dijo N'adie con voz suave—. No me importa hacer estas cosas…

De pronto, en el vestíbulo se oyó un estruendo, como si acabara de estallar la peor de las tormentas. Al ver que N'adie retrocedía con pavor, Xhex miró hacia atrás por encima del hombro. ¿Qué diablos estaba sucediendo?

Rhage, alias Hollywood, alias el más grande y apuesto de los hermanos, aterrizó de pronto en el balcón del segundo piso; su cabeza rubia se dirigió hacia Xhex. Sus ojos, entre verdes y azulados, parecían arder.

—Ha llamado John Matthew. Están casi desbordados en el centro. Coge tus armas y reúnete con nosotros en la puerta principal en diez minutos.

—Genial —siseó Xhex, frotándose las manos.

Cuando se volvió hacia su madre, vio que la pobre estaba temblando pero trataba de disimularlo.

—No hay motivos de preocupación —dijo Xhex—. Soy buena peleando. Volveré sin un rasguño.

Era una guerrera, desde luego, pero no era eso lo que le preocupaba de verdad a la hembra mayor… Tenía miedo, sí…, pero de Xhex, no de lo que le pudiera ocurrir a Xhex.

Bueno, teniendo en cuenta que Xhex era medio symphath, era natural que su madre pensara en el peligro antes que en su hija.

—Ya me voy —dijo Xhex—. No te preocupes.

Mientras corría de regreso a su cuarto, Xhex no pudo menos que reconocer que sentía dolor y angustia por atemorizar a su propia madre, aunque fuera sin querer. No, no percibía ni rastro de amor materno… Pero, claro, tampoco podía hacer caso omiso de la realidad: no fue una hija deseada. Y seguía sin serlo.

Y, ¿quién podía culparla?

Bajo la capucha de su manto, N'adie observó cómo la hembra alta, fuerte y despiadada que había traído al mundo salía corriendo a combatir contra el enemigo.

Xhexania no parecía preocupada por la idea de ir a enfrentarse con un montón de restrictores letales. De hecho, la sonrisa que se había dibujado en su cara al oír la orden del hermano sugería que esa perspectiva más bien le entusiasmaba.

N'adie sintió que le flaqueaban las rodillas al pensar en ese ser que había traído al mundo, esa hembra de extremidades poderosas y corazón vengativo. Ninguna hembra de la glymera reaccionaría de esa manera; aunque, claro, tampoco las invitarían jamás a pelear.

La naturaleza symphath formaba parte de su hija.

Querida Virgen Escribana…

Y, sin embargo, cuando Xhexania se había dado la vuelta, y su cara mostraba una expresión que trató de esconder rápidamente.

N'adie se apresuró hacia el cuarto de su hija. Al llegar a la gran puerta, golpeó suavemente.

Transcurrió un momento antes de que Xhexania abriera.

—Hola.

—Lo siento.

No hubo ninguna reacción visible. La hija respondió con gesto impasible.

—¿Por qué lo dices?

—Sé lo que se siente cuando tus padres no te aman y no quisiera que tú…

—Está bien. —Xhexania se encogió de hombros—. No creas que no sé cuáles son tus sentimientos.

—Yo…

—Escucha, tengo que prepararme rápidamente. Entra si quieres, pero te advierto que no me estoy vistiendo para ir a tomar el té.

N'adie vaciló un segundo en el umbral. Echó una ojeada al interior. La habitación estaba bastante desordenada: la cama sin hacer, había pantalones de cuero sobre las sillas, dos pares de botas en el suelo, un par de copas de vino sobre una mesita en la esquina. Por todas partes se percibía el aroma sensual y misterioso de un macho purasangre y enamorado.

El mismo olor que despedía la propia Xhexania.

Se oyó una serie de clics y N'adie miró hacia atrás. Junto al armario, Xhexania estaba preparando un arma de aspecto aterrador. Parecía muy experta en su manejo al deslizarla en una funda que llevaba bajo el brazo. Luego sacó otra más. Y después preparó la munición y un cuchillo… Armada hasta los dientes, se volvió a dirigir a su madre.

—No te vas a sentir mejor si te quedas ahí mirándome.

—No he venido a sentirme mejor.

Xhex, que repasaba su armamento de nuevo, la miró asombrada.

—Entonces, ¿por qué has venido?

—He visto la expresión de tu rostro. No quiero eso para ti.

Xhexania metió la mano en el armario y sacó una chaqueta de cuero negro. Al tiempo que se la ponía, soltó una maldición.

—Mira, las dos sabemos muy bien que ni tú querías que yo naciera ni yo quería venir a este mundo. Yo te perdono y tú me perdonas a mí, porque una y otra somos las víctimas, y bla, bla, bla. Dejemos eso bien claro y así cada una podrá seguir su camino.

—¿Estás segura de que eso es lo que deseas?

La hembra se quedó paralizada otra vez y entornó los ojos.

—Sé lo que hiciste la noche en que nací.

N'adie dio un paso atrás.

—¡Cómo…!

Xhexania se señaló el pecho.

—Soy una symphath, ¿recuerdas? —La joven guerrera avanzó con paso amenazante—. Eso significa que puedo entrar dentro de las personas, así que soy capaz de percibir el miedo que estás sintiendo ahora mismo. Y los remordimientos que te atormentan. Y el dolor que te tortura. El simple hecho de estar frente a mí te hace regresar al lugar en que estabas cuando todo sucedió y, sí, sé que te clavaste una daga en el estómago para no tener que enfrentarte al futuro conmigo. Así que, como ya te he dicho, ¿qué te parece si sencillamente nos perdonamos y nos ahorramos todo este follón?

N'adie alzó la cara.

—Es cierto, pero no del todo, porque al fin y al cabo eres una mestiza.

Xhex levantó las cejas.

—¿Cómo?

—Quizá solo percibes una parte de lo que siento por ti. O tal vez no quieres reconocer, por razones que solo tú conoces, que quizá yo sí quiero cuidarte.

Xhex, con su aspecto terrorífico, cubierta de armas letales, pareció de repente muy vulnerable.

—¡Por favor!

—No cierres todos los caminos con esa áspera actitud —susurró N'adie—. Evita ponerte siempre a la defensiva. No tenemos que forzar nada que no exista ya. Pero piensa, por favor: si hay alguna oportunidad, no impidamos que algo florezca entre nosotras. Tal vez..., tal vez si me dijeras, si hubiera alguna forma, aunque sea mínima, de que yo pueda ayudarte. Podríamos empezar por ahí... y ver qué sucede.

Xhexania comenzó a pasearse de un lado a otro. Su cuerpo fibroso parecía el de un macho, y no solo porque iba vestida como un hombre. Su energía era masculina. Cuando llegó frente al armario se detuvo y, después de un momento, recogió el vestido rojo que Tohrment le había dado para que se lo pusiera el día de su apareamiento.

—¿Ya te has ocupado del vestido? —preguntó N'adie—. No digo que esté mal, pero las telas finas necesitan cuidado para que duren más.

—No sabría cómo hacerlo.

—Entonces, ¿me permites hacerlo por ti?

—Está perfectamente.

—Por favor, déjame hacerlo.

Xhexania miró a su madre y le habló en voz baja.

—¿Por qué diablos quieres ayudarme?

La verdad era tan simple como cuatro palabras y tan compleja como todo un idioma.

—Porque eres mi hija.

D e regreso al centro de Caldwell, Tohr se olvidó del frío, los dolores y la fatiga que lo abrumaban y reanudó la cacería: el aroma de la sangre fresca era como cocaína para su organismo, que bajo su influjo bullía y le daba renovadas fuerzas para seguir.

Detrás de él, Tohr oyó acercarse a los otros dos. Estaba seguro de que John Matthew y Qhuinn no venían a buscar al enemigo, sino a tratar de llevarle a él de regreso a la mansión. Pero solo el amanecer podría lograrlo.

Además, cuanto más agotado se sentía mayores eran sus posibilidades de dormir algo, aunque fueran una o dos horas.

Al doblar la esquina de un callejón, sus botas de combate frenaron en seco. Frente a él había siete restrictores que rodeaban a un par de guerreros. Pero los rodeados no eran Z y Phury, ni V y Butch, ni Blaylock y Rhage.

El de la izquierda tenía una guadaña en las manos. Una guadaña enorme y afilada.

—Hijo de puta —murmuró Tohr.

El macho de la guadaña tenía los pies bien plantados en el pavimento, como si fuera un dios, mientras sostenía el arma con gesto amenazante y en su horrible rostro se dibujaba una sonrisa expectante. Se diría que estaba a punto de sentarse ante un esperado banquete. Junto a él se hallaba un vampiro que Tohr no había visto en varios siglos y que ya no se parecía en nada al tío que había conocido en su día en el Viejo Continente.

Al parecer Throe, hijo de Throe, andaba en malas compañías.

John y Qhuinn se colocaron a ambos lados de este último, que miró de reojo.

—Dime que este no es nuestro nuevo vecino.

—Se trata de Xcor.

—¿Y nació con esa cara de malo o alguien se la dejó así?

—Ni idea.

—Joder, si quería hacerse la cirugía plástica debería haber buscado un cirujano mejor.

Tohr miró a John.

—Diles que no vengan.

—¿Cómo dices? —preguntó el chico por señas.

—Ya sé que enviaste un mensaje a los hermanos. Diles que fue un error. Rápido. Ya. —Cuando John intentó discutir, Tohr lo interrumpió—. ¿Acaso quieres que estalle una gigantesca guerra a muerte aquí? Si llamas a la Hermandad, él convocará a sus soldados y quedaremos atrapados, y sin ninguna estrategia clara. Nos encargaremos de esto nosotros solos. Estoy hablando muy en serio, John. Yo ya he tratado con estos tíos. Tú no.

Al ver la mirada de John, Tohr volvió a tener la sensación de haber pasado ya muchas veces por situaciones parecidas con el joven, y no solo en los últimos meses.

—Tienes que confiar en mí, hijo.

La respuesta de John fue modular una maldición, sacar el móvil y comenzar a teclear.

En ese momento, Xcor se dio cuenta de su presencia… y, a pesar de la cantidad de restrictores que los estaban rodeando, comenzó a carcajearse.

—Pero si son los malditos hermanos de la Daga Negra, y justo a tiempo para salvarnos. ¿Tenemos que hacerte reverencias?

Los asesinos dieron media vuelta para mirar a los recién llegados… Craso error, pues Xcor no desperdició ni un minuto y los atacó con una pasada de la guadaña con la que logró alcanzar a dos en la parte baja de la espalda. Cuando esos dos cayeron al suelo, los otros se dividieron en dos grupos. Unos fueron hacia Xcor y Throe, mientras los otros se dirigieron a donde estaban Tohr y sus chicos.

Tohr dejó escapar un rugido y se enfrentó a los asesinos a mano limpia, dando un salto hacia delante y agarrando al primero que tuvo cerca. Lo sujetó primero de la cabeza, antes de darle un rodillazo con el que le rompió la cara, y luego le dio media vuelta y arrojó el cuerpo desmadejado contra un contenedor de basura.

Mientras se escuchaba aún el eco del impacto del cráneo de ese primer desgraciado contra la pared de metal, Tohr se preparó para atacar al siguiente. Habría preferido completar ese primer ataque con unos cuantos golpes más, pero no podía perder el tiempo: al fondo del callejón acababan de aparecer otros siete nuevos reclutas.

Tohr sacó sus dos dagas, se afirmó sobre las piernas y planeó una estrategia de ataque contra los recién llegados. Joder…, uno podía decir lo que quisiera sobre la moral de Xcor, sobre sus habilidades sociales o sus modales, pero el desgraciado sabía cómo pelear. Blandía la guadaña como si no pesara nada y tenía una increíble capacidad para calcular la distancia y hacer que por todas partes volaran manos, brazos y hasta una cabeza de restrictor. El maldito era increíblemente eficaz. Y Throe tampoco era un incompetente.

Contra todo pronóstico, y también en contra de su voluntad, Tohr y sus chicos terminaron por complementarse en la lucha contra los malditos: mientras Xcor pasaba por las armas al primer grupo a la entrada del callejón, su lugarteniente contenía al segundo grupo en el fondo e iba mandándolos gradualmente para que Tohr, John y Qhuinn hicieran su trabajo y les enviaran a la muerte definitiva.

Aunque al principio hubo alardes innecesarios, ahora todos trabajaban realmente en equipo, sobriamente. Xcor se abstenía de hacer movimientos llamativos con su arma, Throe había dejado de saltar por todas partes y John y Qhuinn se mantenían concentrados.

Y Tohr estaba absorto en su eterna venganza.

Aquellos no eran más que nuevos reclutas, ninguno de los asesinos mostraba realmente mucha destreza, pero eran tantos que existía el peligro de que las cosas cambiaran en cualquier momento.

Un tercer escuadrón apareció entonces por encima del seto.

Viendo cómo saltaban uno tras otro y caían sobre el pavimento, Tohr se arrepintió de la orden que le había dado a John. Tal vez se había dejado llevar por la sed de venganza. Eso de evitar un enfrentamiento entre la Hermandad y la Pandilla de Bastardos no era más que pura mierda; lo que Tohr quería era poder matarlos a todos él mismo. Y el resultado era que estaba poniendo en peligro la vida de John y la de Qhuinn. Por él, Xcor y Throe se podían morir allí mismo o cuando quisieran. Y en lo que se refería a él, bueno, no tardaría en volver a saltar de un puente...

Maldición, ¿qué pasaría con sus chicos? Los dos eran muy valiosos. John era ahora el hellren de una vampira y Qhuinn tenía mucha vida por delante.

No era justo que murieran antes de tiempo.

Xcor, hijo de padre desconocido, no llevaba un arma, tenía a su amante en las manos. La guadaña era la única hembra a la cual había querido de verdad en toda su vida, y esa noche, mientras se enfrentaba a lo que comenzó siendo un grupo de siete enemigos y luego se convirtió en uno de catorce, que al final aumentaron a veintiuno, la amante metálica le había recompensado su lealtad con un desempeño inmejorable.

La querida guadaña parecía una extensión, no solo de sus brazos, sino de todo su cuerpo, de sus ojos y su cerebro. No era un soldado con un arma; juntos constituían una bestia desconocida, jamás vista. Y a medida que trabajaban, es decir, luchaban, Xcor se dio cuenta de que eso era lo que tanto sorprendía a los enemigos. Por eso, consciente de que tenía un don, por así decirlo, había cruzado el océano hacia el Nuevo Mundo: para encontrar una nueva vida en una tierra nueva que todavía estaba llena de antiguos enemigos.

Y cuando llegó a ese Nuevo Mundo se marcó un objetivo aún más ambicioso. Lo que significaba que los otros vampiros que estaban ahora en el callejón se interponían en su camino.

En el extremo contrario, la de Tohrment, hijo de Hharm, era otra historia. A pesar de lo mucho que le molestaba admitirlo, el hermano era un guerrero increíble, con esas dagas negras que parecían atrapar la luz, con esos brazos y esas piernas que cambiaban de posición a una velocidad asombrosa, y ese equilibrio y esa ejecución que rozaban la perfección.

Si Tohr fuera uno de sus soldados, posiblemente Xcor habría tenido que matarlo para poder conservar el mando. Uno de los principios básicos del liderazgo era la conveniencia de eliminar a aquellos que representaban una amenaza potencial a la posición del jefe… Y también a algunos débiles. Por eso su pandilla la formaba gente competente en extremo.

Selección natural.

El Sanguinario le había enseñado eso y mucho más.

Desde luego, algunas de las cosas que le había dicho habían resultado ciertas.

Sin embargo, nunca habría un lugar en su pandilla para alguien como Tohrment: ese hermano y los de su clase nunca se rebajarían por un plato de comida, y mucho menos por un trabajo.

Aunque esa noche habían trabajado juntos, se trataba de algo circunstancial. A medida que se desarrollaba el combate, Throe y él habían comenzado a cooperar con los hermanos, atacando a los asesinos en pequeños grupos, antes de despacharlos de vuelta al Omega.

Tohr estaba con dos hermanos, o dos candidatos a hermanos, y los dos eran más grandes que él. De hecho, Tohrment, hijo de Hharm, ya no parecía tan grande como antes. ¿Se estaba recuperando de una lesión reciente? Pero daba igual: lesionado o no, Tohr había elegido bien sus refuerzos. El de la derecha era un macho formidable, cuyo tamaño hablaba muy bien de la efectividad del programa de reproducción selectiva de la Virgen Escribana. El otro era más parecido a Xcor y sus bandidos en lo que se refería a la estatura y la constitución, lo cual no quería decir que fuera bajito, ni mucho menos. Los dos se manejaban muy bien y sin vacilación, sin mostrar asomo alguno de temor.

Cuando terminaron, Xcor jadeaba. Tenía los brazos doloridos por el esfuerzo. Todos los que tenían colmillos seguían de pie. Todos los que tenían sangre negra en las venas habían desaparecido, y se encontraban, sin excepción, de regreso a su perverso creador.

Los cinco mantuvieron un rato sus posiciones, con las armas todavía en la mano, mientras jadeaban. Mantenían los ojos bien abiertos por si llegase algún nuevo ataque.

Xcor miró de reojo a Throe y le hizo una señal casi imperceptible. Si aparecían más miembros de la Hermandad y había pelea no podrían salir vivos de allí. ¿Y si estallaba un combate con los tres vampiros que ya estaban ahí? Él y su soldado tenían posibilidades de sobrevivir, pero no de salir ilesos.

Y Xcor no había ido a Caldwell para morir. Había venido para convertirse en rey.

—Espero volver a verte pronto, Tohrment, hijo de Hharm —dijo Xcor.

—¿Ya te vas? —preguntó el hermano.

—¿Sigues esperando una reverencia por mi parte?

—No, para eso se necesita tener un poco de clase, y no es tu caso.

Xcor sonrió con frialdad. Los colmillos brillaron, al tiempo que se alargaban. Estaba haciendo un esfuerzo para no perder el control y porque, de hecho, ya estaba comenzando a trabajar con la glymera.

—A diferencia de la Hermandad, nosotros los soldados rasos trabajamos durante la noche. Así que, en lugar de andar besando anillos, preferimos salir a buscar y eliminar más enemigos.

—Ya sé por qué estás aquí, Xcor.

—¿De veras? ¿Acaso me has leído el pensamiento?

—Te vas a hacer matar.

—En efecto. O tal vez sea a la inversa.

Tohrment movió la cabeza lentamente.

—Tómalo como el consejo de un amigo. Regresa al lugar de donde viniste, antes de que tus planes terminen llevándote a la tumba prematuramente.

—Me gusta el lugar donde estoy. En este lado del océano el aire es tonificante. ¿Cómo se encuentra tu shellan, por cierto?

El aire pareció helarse al instante y eso era precisamente lo que Xcor deseaba provocar. Se había enterado de que la hembra Wellesandra había sido asesinada en medio de la guerra hacía algún tiempo y decidió utilizar esa desgracia contra Tohr. No estaba dispuesto a renunciar a ningún arma que pudiera emplear contra sus enemigos.

Y el ataque había dado en la diana, porque los dos jóvenes se habían puesto en guardia enseguida, uno a cada lado del hermano.

Pero esta noche no habría ninguna discusión ni ningún combate. Le bastaba con haber descubierto el flanco débil de su rival.

Xcor y Throe se desintegraron y esparcieron sus moléculas en medio del aire helado. Xcor sabía que no le iban a seguir. Los dos lugartenientes de Tohr tenían que asegurarse de que estuviera bien, lo cual significaba que lo disuadirían de la idea de seguir un impulso caprichoso que podría terminar en una emboscada.

Ignoraban que Xcor no tenía manera de llamar al resto de sus tropas.

Xcor y Throe recuperaron la forma en la azotea del rascacielos más alto de la ciudad. Sus soldados y él siempre fijaban un punto de encuentro en el que pudieran reunirse periódicamente durante la noche, y este rascacielos, que se podía ver desde todos los cuadrantes del campo de batalla, parecía el lugar más adecuado.

A Xcor, además, le gustaba la vista desde las alturas.

—Necesitamos teléfonos móviles —dijo Throe por encima del estruendoso vendaval.

—¿Eso crees?

—Ellos tienen.

—¿Te refieres al enemigo?

—Sí, también. A ambos. —Al ver que Xcor no decía nada más, su soldado de confianza murmuró—: Tienen formas de comunicarse…

—Nosotros no necesitamos eso. Si empiezas a depender de cosas externas, eso terminará convirtiéndose en un arma de doble filo que al final se volverá en tu contra. Nos las hemos arreglado bastante bien sin esa tecnología durante siglos.

—Pero esta es una nueva era, en un lugar nuevo. Las cosas aquí son distintas.

Xcor miró por encima del hombro y dejó de contemplar el magnífico panorama de la ciudad para fijar su atención en el rostro de su lugarteniente. Throe, hijo de Throe, era un espléndido ejemplo de lo mejor de la raza, con sus rasgos perfectos y un cuerpo armonioso y proporcionado que, gracias a las enseñanzas de Xcor, ahora era más que pura decoración. Realmente Throe se había ido fortaleciendo con los años y por fin se había ganado el derecho a ser considerado un verdadero macho.

47

Xcor sonrió con frialdad.

—Si los métodos y las tácticas de los hermanos son tan buenos, entonces ¿por qué la raza fue atacada y diezmada?

—Esas cosas suceden.

—Y a veces son el resultado de errores, errores fatales. —Xcor volvió a fijar la vista en la ciudad—. Te sugiero que reflexiones acerca de la facilidad con que se pueden cometer tales errores.

—Lo único que digo es…

—Ese es el problema con la glymera: siempre están buscando la salida más fácil. Pensé que hacía años había logrado anular esa tendencia en ti. ¿Acaso necesitas que te refresque la memoria?

Al ver que Throe cerraba la boca, Xcor dibujó en la suya una sonrisa todavía más amplia. Y mientras contemplaba una gran parte de Caldwell pensó que, a pesar de la oscuridad de la noche, su futuro estaba lleno de luz.

Y el camino hacia él estaría pavimentado con los cadáveres de los miembros de la Hermandad.

D e dónde diablos estarán sacando estos nuevos reclutas?
—preguntó Qhuinn mientras se paseaba por la escena
del combate pisando los charcos de sangre negra.

John apenas lo oía, a pesar de que sus oídos funcionaban
perfectamente. Después de que los bastardos partieran decidió no
separarse de Tohr. El hermano parecía haberse recuperado algo
del golpe bajo que Xcor le acababa de asestar, pero todavía estaba
muy lejos de encontrarse bien.

Tohr limpió las hojas de las dagas contra su pantalón y
respiró hondo. Parecía estar saliendo del fondo de un pozo interior.

—No sé… Lo único que se me ocurre es Manhattan. Necesitas una población muy grande, con cientos y cientos de man-
zanas podridas en su periferia.

—¿Quién demonios es este jefe de restrictores?

—Un pequeño gusano, según tengo entendido.

—Perfecto para el Omega.

—Aunque es un gusano inteligente.

Justo cuando John estaba a punto de recordarles que nunca se podía estar seguro de nada, algo lo obligó a volver la cabeza
con brusquedad.

Había percibido presencias.

—Más asesinos —dijo Tohr con voz ronca.

Sí, pero ese no era el problema. Lo malo era que no solo había restrictores, la shellan de John también estaba allí, en los callejones.

Se quedó con la mente en blanco, como si acabaran de desconectarle. ¿Qué diablos hacía ella patrullando? Esa noche no tenía turno. Debería estar en casa...

Al sentir el hedor de nuevos asesinos vivitos y al acecho, John sintió que una terrible convicción le apretaba el corazón como si fuese una garra de hierro: *Xhex no debería estar en las calles esa noche.*

—Necesito recuperar mi abrigo —dijo Tohr—. Esperadme aquí y luego iremos todos juntos.

¿Esperar? No, ni pensarlo.

En cuanto Tohr se desintegró para regresar al puente, John echó a correr. Sus botas golpeaban el asfalto como los cascos de un caballo al galope, mientras Qhuinn le gritaba algo que terminó con las palabras: «¡Maldito desgraciado!».

Desgraciado y todo lo que quisiera, pero a diferencia de las diversiones perversas y maniáticas de Tohr, lo que a él le ocupaba sí era importante.

John atravesó el callejón, tomó una calle lateral, saltó por encima de dos filas de coches aparcados, desembocó en una esquina y...

Y allí estaba ella, su pareja, su amante, su vida, enfrentándose a un cuarteto de asesinos junto a una casa abandonada y flanqueada por un maldito traidor rubio, grande y malhablado.

Rhage nunca debería haberla llamado. Cuando John pidió refuerzos, era obvio que no se refería a su Xhex. Además, Tohr había ordenado luego que se quedaran en casa... Entonces, ¿qué demonios estaban...?

—¡Hola! —Rhage hablaba con tono entusiasta, como si los estuviera invitando a una fiesta—. Solo hemos salido a dar un paseo por el hermoso centro de Caldwell.

Aquel era uno de esos momentos en que John verdaderamente lamentaba ser mudo. *¡Maldito imbécil!*

Xhex volvió la cabeza para mirarlo... y fue entonces cuando ocurrió. Uno de los restrictores tenía un cuchillo en la mano y el maldito hijo de puta no solo tenía fuerza sino buena puntería: el arma voló por el aire, con la punta hacia delante...

Hasta que se frenó de repente..., justo al entrar en el pecho de Xhex.

Por segunda vez en la misma noche, John lanzó un desgarrador grito silencioso.

Al ver cómo John se abalanzaba sobre ella, Xhex se lanzó contra el asesino con una expresión de rabia que endureció sus rasgos y, sin perder ni un segundo, agarró la empuñadura del cuchillo y se lo sacó de su propia carne. Pero ¿cuánto tiempo le duraría esa energía?

¡Por Dios santo! Xhex iba a encargarse del desgraciado. Aunque estaba herida, parecía dispuesta a devolverle el ataque con sus propias manos... Sin duda, para terminar muerta en el intento.

El único pensamiento que cruzó por la mente de John fue que no quería ser como Tohr. Él no deseaba vivir ese infierno.

No quería perder a su Xhex esa noche, ni mañana por la noche, ni ninguna noche. Nunca jamás.

Así que el joven vampiro mudo abrió la boca y expulsó todo el aire que tenía en los pulmones. Luego se desintegró casi sin darse cuenta y cayó sobre el asesino con enorme rapidez. Lo agarró del cuello con la mano y lo empujó hacia atrás con toda su fuerza. Cuando los dos cayeron al suelo, le dio un cabezazo en la cara que no solo le rompió la nariz, sino también los pómulos y las órbitas oculares.

Y no se detuvo ahí.

Al sentir el chorro de sangre negra que le salpicó todo el cuerpo, John enseñó los colmillos y desgarró la carne del enemigo con ellos, mientras lo mantenía contra el suelo. Tenía el instinto destructivo tan aguzado que habría seguido mordiéndolo hasta llegar al pavimento, pero entonces recuperó la razón.

Tenía que ver cómo estaba Xhex.

Así que sacó la daga, levantó el brazo por encima de la cabeza y clavó los ojos en los del restrictor. O, mejor dicho, en lo que quedaba de ellos.

Hundió la daga tan profundamente y con tanta fuerza que, cuando pasaron el estallido y el fogonazo, tuvo que usar las dos manos para sacar la hoja del asfalto. Luego se volvió rápidamente para ver dónde se encontraba Xhex...

Y resultó que la guerrera seguía en pie y en pleno combate con otro de los del cuarteto, a pesar de que tenía una mancha roja en el pecho que crecía minuto a minuto y su brazo derecho parecía totalmente inhabilitado.

John estaba a punto de enloquecer.

Enseguida dio un salto e interpuso el cuerpo entre su hembra y el enemigo, justo a tiempo para recibir un golpe que iba dirigido a ella: el impacto de un bate de béisbol que al darle en la cara le hizo perder momentáneamente el equilibrio.

Ese golpe habría dejado a Xhex en el suelo y con un billete de viaje directo al cementerio.

Con un rápido movimiento del cuerpo, John recuperó el equilibrio y neutralizó con las dos manos un segundo *strike* del asesino. Luego asestó un golpe al desgraciado en la cara y lo dejó viendo las estrellas. Después todo fue más fácil.

—¿Qué demonios estás haciendo? —le gritó Xhex, al ver cómo John levantaba al asesino del suelo.

Considerando que John tenía las dos manos ocupadas sobre el cuello del asesino, no contaba con muchas posibilidades de comunicación. Además, estaba muy claro lo que hacía.

John despachó al desgraciado de regreso al Omega con una puñalada rápida y se puso de pie. Su ojo izquierdo, el que había recibido todo el impacto del bate, estaba comenzando a hincharse. Entretanto, Xhex seguía sangrando.

—Nunca vuelvas a hacerme eso —siseó Xhex.

Al oír el tono de indignación de Xhex, a John le dieron ganas de hacerle un corte de mangas, pero si lo hacía, no podría decirle lo que estaba pensando:

—¡Entonces no insistas en pelear cuando estás hiri-herie-herida!

Por Dios, ni siquiera podía comunicarse correctamente, sus dedos se atropellaban al formar las palabras.

—¡Estaba perfectamente bien!

—Pero si estás sangrando…

—Es una herida superficial…

—Entonces, ¿por qué no puedes levantar el brazo?

Los dos se habían ido acercando y desde luego con aire poco cariñoso. Ambos tenían el gesto airado y el cuerpo tenso, casi en actitud de ataque.

Al comprobar que ella no decía nada en respuesta a su pregunta, John tuvo la certeza de que la razón estaba de su parte.

Xhex debía de estar muriéndose de dolor, aguantando, pero no daba su brazo a torcer:

—Yo sé cuidarme sola, John Matthew. No necesito tenerte vigilándome a todas horas solo porque soy hembra.

—Habría hecho lo mismo por uno de los hermanos. —En realidad, dado su carácter, lo habría hecho por cualquiera, hermano o no—. Así que no me salgas ahora con esa cantinela feminista...

—¿Cantinela feminista?

—Tú has empezado a hablar de sexos, no yo.

Xhex entrecerró los ojos.

—Ah, ¿sí?, ¿de veras? Pues ¿sabes lo que te digo? Vete al infierno. Y si piensas que eso de que yo sé cuidarme sola no es más que una maldita declaración de principios, ¡te apareaste con la hembra equivocada!

—¡Esto no tiene nada que ver con que seas una hembra!

—¡Y una mierda!

Dichas estas palabras, Xhex respiró hondo, dolorida. Al hacerlo captó en toda su intensidad el aroma de macho enamorado que emanaba de John, tan fuerte que lograba opacar el hedor de toda la sangre de restrictor que los rodeaba.

John, furioso, enseñó los colmillos y dijo con frenéticos gestos:

—Tiene que ver con lo estúpida que has sido al provocar una situación de riesgo en el campo de batalla.

Xhex abrió la boca dispuesta a contestar, pero no sabía qué decir. Se palpó la herida y lo miró con furia contenida. No esperaba aquel reproche. Se quedó mirándolo fijamente mientras sacudía con lentitud la cabeza.

Parecía muy decepcionada.

John lanzó una maldición y comenzó a pasearse de un lado a otro, enloquecido. De repente notó que todos los que se hallaban en el callejón, es decir, Tohr, Qhuinn, Rhage, Blaylock, Zsadist y Phury contemplaban, atónitos, el espectáculo. Por su expresión, estaba claro que todos y cada uno de esos machos se sentían felices por no haber sido los autores del último comentario del vampiro mudo.

—¿Nos podéis dejar un poquito de intimidad? —dijo John, mientras los fulminaba con la mirada.

Enseguida todos comenzaron a moverse, simulando estar muy ocupados mirando al cielo, a las paredes cercanas, al suelo. Hubo rumor de carraspeos y comentarios insustanciales. Como suele decirse, estaban un poco abochornados y no sabían dónde meterse.

Pero a John en ese momento no le importaba lo que pensaran o hicieran.

Su rabia era tal que, a decir verdad, tampoco le importaba lo que pensara Xhex.

En la mansión de la Hermandad, N'adie tenía entre los brazos el vestido que su hija había llevado en la ceremonia de apareamiento, mientras un doggen que estaba plantado frente a ella trataba de esquivar sus preguntas sobre el ropero, ubicado en el segundo piso de la mansión.

—No —volvió a decir N'adie—. Yo me ocuparé de esto.

—Pero ama, por favor, es muy sencillo...

—Entonces, más a mi favor, no habrá problema en que me ocupe del vestido.

El doggen dejó caer la cabeza y suspiró con aire derrotado.

—Al menos permítame que se lo diga al Jefe Perlmutter...

—Claro, y yo podría contarle lo amable que ha sido usted al mostrarme dónde están los productos de limpieza... Y lo agradecida que estoy por el gran servicio que me ha prestado.

Aunque N'adie llevaba puesta la capucha, y por tanto apenas se le podía ver la cara, el doggen pareció captar con claridad su estado de ánimo. Ella no iba a cambiar de opinión. Nadie la haría desistir de su idea, salvo por la fuerza, cosa que estaba totalmente descartada.

—Voy a...

—A conducirme allí, ¿verdad?

—Ah..., sí, ama, como usted ordene.

N'adie hizo una inclinación con la cabeza.

—Gracias.

—¿Puedo...?

—¿Mostrarme el camino? Sí, por favor. Gracias.

El doggen pareció rendirse del todo. Había comprendido que la endemoniada coja no iba a permitirle llevarse el vestido, ni limpiarlo, ni colgarlo después.

Era un asunto entre ella y su hija. Nadie más podía ni debía meter las narices en él.

Entristecido, con cara de circunstancias, el criado dio media vuelta y comenzó a caminar, conduciéndola por el largo corredor bordeado de hermosas estatuas de mármol que representaban a machos en distintas posturas y actitudes. Luego atravesaron un par de puertas giratorias, doblaron a la izquierda y atravesaron otros dos umbrales.

Y en este punto del recorrido el escenario cambió radicalmente. El suelo de madera ya no estaba cubierto por una preciosa alfombra oriental, sino por una alfombra ordinaria de color crema. Ninguna pieza artística adornaba las desnudas paredes blancas y las ventanas no estaban cubiertas por fastuosas cortinas con flecos y borlas, sino por pesadas telas de algodón del mismo color que la alfombra.

Acababan de entrar en la parte de la mansión que habitaban los sirvientes y el contraste era el mismo que solía haber en la casona de su padre: la zona de la familia tenía sus características, sus lujos, y la que ocupaba la servidumbre poseía rasgos muy distintos.

Al menos eso era lo que había oído, porque en realidad nunca había visitado la parte trasera de la casa de su padre mientras vivió allí.

—Esto debe de ser —dijo el doggen, al tiempo que abría unas puertas— lo que usted está buscando.

La estancia que había quedado a la vista era del mismo tamaño que la suite que ella solía ocupar en la propiedad de su padre, grande y espaciosa. Pero en este caso no había ventanas. Ni una gran cama a juego con los muebles hechos a mano. Tampoco había alfombras bordadas de colores cálidos. Ni armarios llenos de prendas a la última moda de París, ni cajones repletos de joyas, ni cestitas con cintas para el pelo.

No había nada de eso, pero era el lugar al que ella pertenecía ahora. El doggen comenzó a mostrarle aquellos extraños aparatos blancos, que designó como lavadoras y secadoras, y a continuación pasó a detallar el funcionamiento de las mesas de planchar y de las distintas planchas.

Sí, era su ámbito. Ahora, más que los cuartos de huéspedes, su lugar era el ala de la servidumbre. Así había ocurrido ya…

De hecho, si pudiera convencer a alguien, a cualquiera, de que la dejaran dormir allá abajo, en esa parte de la mansión, la situación sería más soportable. Sin embargo, como madre de la shellan de uno de los principales guerreros de la casa, disfrutaba de privilegios que no quería ni merecía.

El doggen comenzó entonces a abrir cajones y armarios y a mostrarle toda clase de aparatos a los que llamaba vaporizadores, limpiadoras en seco, clasificadores de prendas... Terminado el recorrido, la mujer se acercó a una percha y se puso de puntillas con torpeza sobre el pie bueno para colgar el vestido.

—¿Hay alguna mancha en particular que usted quiera quitar? —El doggen la miraba con aire aprensivo mientras ella alisaba la falda del vestido.

N'adie procedió a revisar cada centímetro de la falda, el corpiño y las mangas.

—Solo he podido encontrar esta. —Se inclinó con cuidado para no cargar demasiado peso sobre su pierna enferma—. Aquí, en el borde inferior.

El doggen miró con detenimiento. Allí había, en efecto, un ligero oscurecimiento de la tela. El buen hombre hizo la inspección con manos seguras y un gesto de gran concentración.

—Sí, creo que lo mejor será un lavado en seco manual.

Entonces llevó a N'adie al fondo de la habitación y le explicó cómo se hacía: un proceso que podría llevar fácilmente varias horas. Perfecto. N'adie insistió en que el sirviente se quedara con ella al principio, para ayudarla a no meter la pata. La propuesta pareció satisfacer al criado, que así se sentía al menos un poco útil.

Al cabo de un rato la mujer consideró que ya sabía cómo hacer aquel lavado en seco.

—Creo que ya me siento capaz de seguir por mi cuenta.

—Muy bien, ama. —El doggen hizo una venia y sonrió—. Si no tiene inconveniente, bajaré a prepararlo todo para la Última Comida. Si necesita algo, por favor, llámeme.

Según lo que la mujer había aprendido desde su llegada a la mansión, eso de llamar requería el uso de un teléfono... El criado pareció leerle el pensamiento:

—Aquí. —El doggen señaló el aparato colocado sobre una mesa—. Solo tiene que presionar el botón que dice «hablar» y el número uno y preguntar por mí, Greenly.

—Ha sido usted muy amable.

N'adie desvió la mirada rápidamente, ya que no quería ver cómo él se inclinaba ante ella con aire sumiso. Y solo volvió a mirar en aquella dirección cuando sintió que la puerta se cerraba detrás del doggen.

Al verse sola se llevó las manos a las caderas y dejó caer la cabeza durante un momento, pues sentía una presión en el pecho que le dificultaba la respiración.

Cuando llegó a la mansión ya sabía que tendría que enfrentarse a una situación difícil. Y eso era lo que estaba sucediendo, solo que los obstáculos no eran exactamente los que ella había previsto.

N'adie no había pensado en lo difícil que sería la vida en una casa aristocrática. Para más señas, en la casa de la Primera Familia de la raza. Al menos cuando había estado entre las Elegidas, el santuario había tenido otros ritmos y otras reglas, sin nadie por debajo de ella. Pero aquí… Afirmar que la alta posición aristocrática que la obligaban a ocupar le resultaba incómoda era decir poco; la verdad era que la dejaba sin aliento la mayor parte del tiempo.

Querida Virgen Escribana, tal vez debería haber pedido al criado que se quedara. En su presencia procuraba dominarse, guardar la compostura, y eso mitigaba su angustia y le facilitaba la respiración. Pero sola se ahogaba.

Pasado un rato logró recuperar el aliento.

Si quería seguir limpiando el vestido tendría que quitarse el manto, quedar al descubierto. Así que N'adie fue cojeando hasta la puerta para echar la llave. No quería que nadie la viese sin capucha. Pero descubrió que no había manera de cerrar desde dentro.

Entreabrió entonces la puerta y asomó la cabeza con cuidado para echar una ojeada al pasillo.

Todos los criados debían de estar abajo, preparando la comida para sus amos. En todo caso, en esa parte de la mansión solo había doggen, así que estaba a salvo de miradas indiscretas. Al menos de las miradas indiscretas de los amos, las que más temía.

N'adie volvió a cerrar la puerta, se aflojó la cinta con que se cerraba el manto a la altura de la cintura y se quitó la capucha de la cabeza, descargándose de ese peso que se imponía cada vez que estaba en público. ¡Ah, qué alivio! Luego levantó los brazos, estiró los hombros y la espalda y movió la cabeza de un lado a otro para relajar el cuello. Finalmente levantó la pesada trenza y se la pasó sobre el hombro, para aliviar la tensión que ejercía sobre la nuca.

A excepción de la noche en que había llegado a la casa por primera vez y se había encontrado cara a cara con su hija y con el hermano que había tratado de salvarle la vida hacía tantos años, siempre había tenido el rostro cubierto. Nadie había visto sus rasgos y nadie los vería, porque tenía la intención de permanecer siempre cubierta.

Solo se la quitó cuando tuvo que pasar por la prueba de identidad, un mal necesario.

Como siempre, N'adie llevaba debajo del manto una sencilla túnica de lino que ella misma había confeccionado. Tenía varias, y cuando se desgastaban las utilizaba como toallas. No sabía si en la mansión encontraría con qué hacerlas, pero eso no era problema. Con el fin de recuperar fuerzas para evitar la necesidad de alimentarse de la vena, iba regularmente al Otro Lado, de modo que podría traer de allí lo que lo necesitara.

Eran dos lugares tan diferentes… Y, sin embargo, en cualquiera de los dos las horas transcurrían del mismo modo: lenta, muy lentamente. Eran horas infinitas y bastante solitarias…

Pero no completamente solitarias. Había pasado a este lado para encontrar a su hija y ahora que lo había hecho, iba a…

Bueno, de momento esa noche iba a ocuparse de limpiar el vestido.

Mientras acariciaba el suave satén, N'adie no pudo evitar que le asaltaran recuerdos que prefería olvidar.

Ella solía tener vestidos como ese. Muchos, muchísimos. En otro tiempo, cientos de vestidos llenaban los armarios de su habitación, aquella magnífica habitación con las puertas al exterior.

Puertas que habían demostrado ser muy poco seguras.

Al sentir que sus ojos se humedecían, N'adie trató de borrar esos recuerdos. Había estado demasiadas veces en aquel infierno…

—Deberías quemar ese manto.

Al oír aquella voz N'adie se volvió tan bruscamente que casi tiró el vestido al suelo.

En el umbral había un macho enorme, de pelo rubio y negro. Era tan grande que llenaba todo el marco de la puerta, pero eso no era lo más sorprendente.

Lo asombroso era que el macho parecía brillar.

Quizá fuera lógico, claro, porque estaba cubierto de oro. Llevaba aretes y pendientes en las orejas, en las cejas, en los labios, en el cuello.

N'adie se agachó para recoger el manto con el que normalmente se cubría y él esperó tranquilamente a que se lo pusiera.

—¿No quieres quemarlo?

—¿Quién es usted?

N'adie sintió que el corazón le latía con una fuerza desbocada. Las palabras salieron de su boca de manera atropellada. No se sentía cómoda en la proximidad de los machos, en especial si se trataba de un lugar cerrado y de un macho tan viril.

—Soy un amigo tuyo.

—¿De verdad? ¿Y cómo es posible, si no lo conozco?

—Algunas personas dirían que tienes suerte de no conocerme —murmuró el macho—. Pero me has visto durante las comidas.

N'adie ató cabos. Por lo general, en el comedor mantenía la cabeza gacha y los ojos clavados en el plato, pero alguna vez, en efecto, lo había visto por el rabillo del ojo.

El macho hizo una afirmación inesperada.

—Eres muy hermosa.

Dos circunstancias impidieron que N'adie fuera presa del pánico. En primer lugar, no había en esa voz ni una pizca de insinuación sexual, nada de ardor masculino, nada que la hiciera sentirse amenazada. En segundo término, él había cambiado de posición y ahora estaba apoyado junto al marco de la puerta, dejándole espacio suficiente para huir, en caso de que necesitara hacerlo.

Parecía saber que permanecer en una habitación a solas con un macho era algo que la ponía nerviosa.

—Te he estado dando un poco de tiempo para que te adaptes —murmuró él.

—¿Por qué habría de hacer eso?

—Porque estás aquí por una razón muy importante y yo te voy a ayudar.

Los ojos brillantes y sin pupilas del macho se clavaron en los de N'adie. Pese a la protección del manto y la capucha, la mujer notaba que aquel vampiro era capaz de penetrar en su interior sin que importasen las barreras que levantara entre ellos.

Dio un paso atrás.

—Usted no me conoce.

De eso sí que estaba segura. Aunque ese macho, fuera quien fuese, hubiese conocido a sus padres, a su familia, a todo su linaje, a ella no la conocía. Entre otras cosas porque ella ya no era la misma que había sido una vez. El secuestro, el nacimiento de su hija, la muerte la habían cambiado por completo.

O mejor, la habían destrozado.

—Te conozco lo suficiente para saber que puedes ayudarme —dijo el macho—. ¿Qué te parece eso?

—¿Está usted buscando una criada?

Lo dijo por decir, pues estaba claro que en aquella casa repleta de sirvientes el imponente macho no necesitaba más criadas.

—No. —Ahora el macho sonrió y ella tuvo que admitir que cuando sonreía parecía más bien... un hombre amable—. Tu futuro no es la servidumbre, ni mucho menos.

N'adie levantó la barbilla con altivez.

—Ningún trabajo es deshonroso.

No siempre había pensado eso. Se lo había enseñado la vida, su vida marcada por las desgracias. Santísima Virgen, en otro tiempo fue una chiquilla extremadamente mimada y arrogante. La desaparición de esos horribles defectos fue lo único bueno que había salido de tantos desastres como sufrió.

—No estoy diciendo lo contrario. —El macho ladeó la cabeza y la miró como si se la estuviera imaginando en otro lugar, vestida con otra ropa.

—No sé muy bien lo que está diciendo.

—Entiendo que eres la madre de Xhex.

—Soy la hembra que la dio a luz, sí.

—Oí que Darius y Tohr la entregaron en adopción poco después de nacer.

—Sí, así fue. Ellos me acogieron durante mi convalecencia. —N'adie prefirió no mencionar que le arrebató la daga a Tohr para atentar contra su propia carne. Ya había hablado más de la cuenta con ese macho.

—¿Sabes una cosa? Tohrment, hijo de Hharm, se pasa mucho tiempo mirándote durante las comidas.

N'adie retrocedió.

—Estoy segura de que usted se equivoca.

—Mis ojos funcionan perfectamente bien. Igualito que los de él, según parece.

De pronto, la mujer soltó una carcajada.

—Qué disparate. Le puedo asegurar que él no tiene ningún interés en mí.

El macho se encogió de hombros.

—Bueno, tenemos impresiones distintas, pero no pasa nada, los amigos pueden estar en desacuerdo.

—Con todo respeto, usted y yo no somos amigos. Yo no lo conozco…

Abruptamente la habitación se iluminó con un resplandor dorado tan suave y delicioso que N'adie sintió un cosquilleo cálido en la piel. Pero al cabo de unos instantes dio un paso hacia atrás. Se había dado cuenta de que no se trataba de una ilusión óptica provocada por las joyas que llevaba el hombre encima. El macho era la fuente de esa luz. Brotaba de su cuerpo, de su rostro.

El vampiro luminoso le sonrió, con ánimo tranquilizador. N'adie pensó que la expresión del macho parecía ahora la de un hombre santo.

—Mi nombre es Lassiter y te diré todo lo que necesitas saber sobre mí. Soy en primer lugar un ángel y en segundo un pecador, y no me queda mucho tiempo de permanencia aquí. Jamás te haré daño, pero sí puedo conseguir que te sientas muy incómoda si no me dejas otra alternativa. Lo haré si es necesario para completar mi trabajo. ¿Qué más te puedo contar de mí? Me gustan los atardeceres y los paseos por la playa, y ya no existe la hembra perfecta para mí. Ah, y mi pasatiempo favorito es molestar a los demás. Supongo que el propósito de mi existencia es sacar de sus casillas a la gente…, probablemente con el fin de que resucite.

N'adie tragó saliva.

—¿Por qué está usted aquí?

—Si te lo digo ahora, intentarás oponerte a ello con todas tus fuerzas. Diré simplemente que creo que todo círculo termina por cerrarse… Antes de que llegaras no sabía cuáles eran las cir-

cunstancias de tu caso, ahora sí. —Hizo una pequeña reverencia—.
Cuídate y cuida ese hermoso vestido.

Con esas palabras, el macho desapareció, llevándose toda
la calidez y la luz con él.

N'adie se sentó y apoyó las manos en la mesa. Pasó varios
minutos atormentada por los recuerdos. Luego bajó la mirada y
vio, como si estuvieran muy lejos, sus nudillos blancos, que se
cerraban sobre el manto. Le parecían manos ajenas, de otra persona.

Eso era lo que sucedía siempre que miraba cualquier parte
de su cuerpo.

Al menos todavía podía dominar mal que bien su propio
cuerpo. Así que el cerebro le ordenó a la mano, que estaba unida
al brazo, el cual salía del torso, que se relajara.

Y mientras la mano obedecía, N'adie miró de reojo hacia
el lugar donde había estado apoyado el macho. Las puertas estaban cerradas. Pero él no las había cerrado...

¿Habría estado alguien allí realmente?

N'adie se apresuró a echar un vistazo al corredor. Miró en
todas direcciones..., pero no había nadie.

Con su experiencia de doscientos años como macho apareado, Tohr estaba bastante familiarizado con las discusiones entre un guerrero testarudo y una hembra de carácter. Sin duda era ridículo sentir nostalgia al ver la forma en que John y Xhex se estaban mirando en ese momento. Pero no podía evitar esa sensación.

Dios, él y su Wellsie también habían tenido unas cuantas buenas peleas en su época.

Cómo echaba de menos aquellas maravillosas broncas.

Tohr hizo un esfuerzo para volver al presente y se interpuso entre la pareja, pues entendía que allí, en plena batalla con los restrictores, el horno no estaba para disputas conyugales. O mejor dicho, para esa disputa conyugal. Si se hubiese tratado de otras dos personas, nunca habría levantado un dedo. Los romances no eran asunto suyo, pero se trataba de John. Es decir, del hijo que alguna vez había deseado tener.

De modo que habló con tono tajante.

—Es hora de regresar a la mansión. Los dos necesitáis atención médica.

La pareja respondió al unísono, con las mismas palabras.

—No te metas en esto…

—No te metas en esto…

Tohr estiró el brazo y agarró a John Matthew de la nuca, haciendo fuerza hasta que lo obligó a mirarlo.

—No es momento de comportarse como un idiota.

—Ah, claro, solo tú puedes comportarte como un idiota...

—Pues sí, chico, así son las cosas. Ese es el privilegio de la edad. Ahora cierra la boca y súbete al coche.

John frunció el ceño. No se había dado cuenta de que Butch acababa de llegar con el Escalade.

—Y tú... —Tohr se dirigió a la guerrera con un tono más suave—. Haznos un favor a todos y ve a que te atiendan esa herida. Después puedes decirle a John lo que quieras, pero, por ahora, esa puñalada no hace más que empeorar. Necesitas que nuestros cirujanos te atiendan rápido y, como eres una hembra razonable, reconocerás que tengo razón en lo que digo...

John trató de terciar, pero Tohr le cortó, amenazante, apuntándole con el índice.

—Tú te callas. Y ella va a regresar al complejo por sus propios medios. ¿No es así, Xhex? No va a subirse al todoterreno contigo.

John comenzó a mover las manos, pero se detuvo porque Xhex dijo:

—Está bien. Ya me voy.

—Bien. Vamos, hijo. —Tohr empujó a John hacia el todoterreno. Estaba dispuesto a llevarlo de una oreja si era necesario—. Es hora de dar un paseo.

Joder, John estaba tan furioso que la cara le ardía. Se podría haber frito un huevo en sus mejillas.

Tohr abrió la puerta del copiloto de par en par y metió a John de un empujón, como hubiera metido la mochila, los palos de golf o la bolsa de la compra.

—¿Podrás abrocharte el cinturón como los niños mayores o tendré que hacerlo yo?

John levantó un poco el labio superior para enseñar sus colmillos, pero Tohr se limitó a sacudir la cabeza mientras se recostaba, exhausto, en el todoterreno. Joder, se encontraba realmente agotado.

—Escúchame... Te habla un macho que ha estado muchas veces en esta misma situación, sé que lo que necesitáis ahora es un poco de distancia y algo de tiempo para calmaros. Cada púgil en su esquina del cuadrilátero. Luego podréis hablar del asunto y... —De repente pareció quebrársele la voz—. Bueno, si la memoria no me engaña, el sexo después de la reconciliación suele ser fantástico.

John Matthew moduló con la boca un par de groserías. Luego dio un par de cabezazos al respaldo de la silla.

Tohr suspiró. Nota mental: pedirle a Fritz que compruebe si el asiento ha sufrido algún daño.

—Créeme, hijo. Pasaréis por esto de cuando en cuando y lo mejor es que empecéis a ponerle un poco de racionalidad a las discusiones desde el principio. Yo tardé unos buenos cincuenta años en entender que siempre empeoraba las cosas…, hasta que descubrí la mejor manera de manejar las discusiones. Aprende de mis errores.

John dejó caer la cabeza y comenzó a modular con los labios:

—La amo tanto que me moriría si le pasa algo…

Tohr trató de respirar hondo para hacer caso omiso del dolor que le causaban esas palabras.

—Lo sé. Confía en mí… Lo sé.

Entonces cerró la puerta del todoterreno y se dirigió hacia el lado del conductor para hablar un momento con Butch. El policía bajó la ventana y Tohr le dijo en voz baja:

—Conduce lo más lento que puedas y ve por el camino más largo. Tratemos de que llegue cuando a ella ya la hayan operado. Lo último que necesitamos es que John Matthew esté dando la lata a Manny mientras opera a Xhex.

El policía asintió con la cabeza.

—Oye, ¿y tú no quieres volver con nosotros? No tienes muy buena pinta que digamos.

—Estoy bien.

—¿Estás bien? ¿Seguro que sabes lo que significan esas dos palabras?

—Sí. Nos vemos más tarde.

Cuando dio media vuelta, Tohr vio que Xhex ya se había marchado, sin duda en dirección a casa, tal como había dicho. Aunque estaba furiosa con John, no cabía duda de que no era ninguna estúpida y no iba a poner en peligro su salud ni su futuro por una regañina.

Después de todo, las hembras no son solo el sexo más bello, sino también el más razonable.

Lo cual explicaba que la raza hubiese sobrevivido durante tanto tiempo.

Mientras la Escalade arrancaba a paso de tortuga, Tohr se imaginó lo entretenido que sería el trayecto para Butch. ¡Pobre desgraciado! ¡Vaya viajecito que iban a darle!

John seguía empeñado en ir con su amada y Tohr, a punto de perder la paciencia, trataba de evitarlo. Cuando al fin terminó su perorata, los machos que lo estaban observando mientras hablaba se unieron a sus protestas contra John:

—Es hora de regresar a la mansión.

—Necesitas atención médica.

—Tú eres un macho razonable y estoy seguro de que verás que tengo razón.

—Ahora no te portes como un imbécil.

Al final, Rhage lo resumió todo con tres palabras:

—Ya. A casa.

Maldición.

—¿Teníais esto ensayado? —dijo John por señas.

—Sí, y como sigas en tus trece —Hollywood se metió un caramelo en la boca mientras hablaba—, lo volveremos a hacer, pero esta vez con mímica, para que nos entiendas mejor.

—Por favor, dejadme en paz, no es necesario.

—Bien. Porque si no accedes a regresar somos capaces de cualquier cosa —dijo Rhage—, incluso de cantarte cancioncitas infantiles para que seas un buen nene.

Dicho esto Rhage se puso a cantar una nana, poniendo caras raras, como las que se ponen a los bebés.

Los otros lo observaban como si de pronto le hubiese salido un cuerno en mitad de la frente. De todas formas, las payasadas de ese vampiro no eran una novedad para los presentes.

Rhage se dio la vuelta en mitad de la nana, sacó el trasero y comenzó a darse palmaditas, en actitud más que cómica.

—Por amor de la Virgen Escribana —murmuró Z, al tiempo que miraba a John—, evítanos este espectáculo y regresa ya a la casa.

—¿Sabéis una cosa? Nunca había pensado en las ventajas de ser ciego…

—O sordo.

—O mudo —agregó alguien más.

Tohr miró a su alrededor, con la esperanza de que el muchacho cediera de una vez.

El payaso era capaz de empezar a imitar a Elvis Presley.

Y sus hermanos nunca se lo perdonarían.

Una hora y media…

Regresar a casa les llevó una hora y treinta putos minutos.

John se dijo que Butch solo podía haber hecho el viajecito aún más largo tomando un desvío por Connecticut. O tal vez por Maryland. O por Pekín, quién sabe.

Cuando finalmente llegaron a la gran mansión de piedra, John ni siquiera esperó a que el Escalade se detuviera, o disminuyera la velocidad. Abrió la puerta y saltó con el vehículo aún en movimiento. Cayó, pero se levantó de un salto y salió corriendo en dirección a la entrada principal; después de irrumpir en el espacio de seguridad que antecedía al vestíbulo, puso la cara tan cerca de la cámara que casi rompió la lente con la nariz.

La inmensa puerta de bronce se abrió bastante rápido. John ni siquiera se preocupó por ver quién le había abierto. El increíble vestíbulo de colores, con sus columnas de mármol y malaquita y su techo pintado, le pasó totalmente desapercibido. Al igual que el suelo de mosaico, que atravesó a la carrera. También ignoró los gritos de alguien que lo llamaba por su nombre.

Al llegar a la puerta que había debajo de la gran escalera, bajó corriendo hasta el túnel que conducía al centro de entrenamiento y, después de insertar el código de seguridad a una velocidad increíble, atravesó el pasadizo en segundos. Luego entró en el centro de entrenamiento a través de la puerta situada al fondo del armario de material de oficina. Saltó por encima del escritorio y salió como un rayo por las puertas de vidrio y…

—La están operando en este momento. —Era V, que le hablaba desde lejos, a unos cincuenta metros. El hermano estaba de pie, en la puerta de la sala de reconocimientos principal, con un cigarro entre los dientes y un mechero en la mano enguantada—. Todavía tardarán otros veinte minutos, o más.

Sonó un chasquido, apareció una pequeña llama y la acercó a la punta de su cigarro. Tras la primera calada, el aroma del tabaco turco inundó todo el corredor.

Mientras se restregaba la cabeza dolorida, John se sintió como un alumno al que hubieran expulsado de clase.

—Todo va a ir bien. —V lanzó una nueva columna de humo.

Ya no había nada que hacer. No porque Xhex estuviera en la mesa de operaciones, sino porque estaba claro que habían apostado a V en el corredor para que hiciera de puerta viviente. No podría entrar en la sala hasta que el hermano se lo permitiera.

Lo cual, probablemente, era una sabia medida. Porque, teniendo en cuenta el estado de ánimo en que se encontraba, John era perfectamente capaz de atravesar la puerta como si fuera de cartón y dejar su silueta recortada en el panel, como ocurría en los dibujos animados. Y, naturalmente, eso es lo último que conviene en medio de una fiesta de bisturís y escalpelos.

Ya sin objetivo, John poco menos que se arrastró hasta donde se encontraba el hermano.

—Te han puesto aquí para impedir que entre, ¿no?

—Qué va. Solo he salido a fumarme un cigarro.

—Sí, claro.

Después de recostarse contra la puerta, junto a V, John sintió la tentación de liarse a cabezazos contra la pared de cemento, pero no quería hacer ruido.

Demasiado pronto, pensó el vampiro enamorado. Demasiado pronto para verse otra vez allí, junto al quirófano mientras operaban de nuevo a Xhex. Demasiado pronto para haber tenido la primera pelea. Demasiado pronto para tanta tensión y tanta rabia.

—¿Puedo probar uno de esos? —dijo con señas.

V arqueó una ceja, pero no se opuso. El hermano sacó del bolsillo una bolsa llena de tabaco y papel de liar.

—¿Quieres hacer los honores tú mismo?

John negó con la cabeza. En primer lugar, aunque había visto a V liar cigarrillos en incontables ocasiones, nunca lo había intentado. Además, no estaba seguro de tener en ese momento el pulso suficiente para lograrlo.

V se encargó del asunto en segundos y, después de pasarle el cigarro a John, encendió el mechero.

Justo antes de que John tocara la llama con el cigarro, V le advirtió:

—Estos cigarros pegan duro, así que no te vayas a tragar el humo.

¡Santa hipoxia, cuánta razón tenía!

Los pulmones de John no solo repelieron el ataque, sino que montaron todo un escándalo. Mientras tosía como si quisiera escupir los bronquios, V le quitó el cigarro, lo cual fue de mucha ayuda, pues así fue capaz de apoyar las dos manos sobre los muslos e inclinarse para soportar mejor las arcadas.

Cuando por fin pudo recuperarse medianamente, John miró a V… y sintió que se le helaba la sangre. El hermano ahora se estaba fumando los dos cigarros al mismo tiempo.

Genial. Por si no se sentía ya bastante afeminado, muy poquita cosa, ahí tenía al macho entre los machos aspirando humo tóxico por partida doble como si nada.

V lo miró con aire irónico.

—¿Quieres hacer otro intento? —Al ver que John negaba con la cabeza, V asintió con aprobación—. Buena decisión. Un intento más y terminarías sobre la papelera, y no precisamente para tirar un *kleenex*.

John dejó escurrir el trasero sobre la pared hasta que los glúteos tocaron el suelo.

—¿Dónde está Tohr? ¿No ha regresado aún?

—Sí. Lo mandé a comer algo. Le dije que no lo quería ver aquí hasta que trajera una declaración jurada de que había tomado una comida completa, con postre y todo. —V dio otra calada a los cigarros y siguió hablando mientras expulsaba el humo—. Casi he tenido que arrastrarlo hasta arriba. Pero en fin, allí está, esperándote.

—Casi se ha hecho matar esta noche.

—Lo mismo se podría decir de todos los demás. Es la naturaleza del trabajo.

—Tú sabes que con él es distinto.

Un gruñido fue la única respuesta de V.

Mientras transcurría el tiempo y V fumaba como un carretero, John se sorprendió queriendo preguntar lo impreguntable.

Después de un rato de indecisión, la desesperación terminó por ganar la partida a la prudencia. Así que silbó con suavidad para que Vishous se volviera a mirarlo y usó sus manos con gran cuidado.

—¿Cómo va a morir Xhex, V? —Al ver que el hermano se ponía rígido, John trató de explicarse mejor.

Tengo entendido que a veces puedes ver ese tipo de cosas. Verás…, si tuviera la garantía de que no morirá hasta dentro de mucho tiempo creo que podría llevar mejor este asunto, es decir, eso de que esté en el campo de batalla.

V sacudió la cabeza. Las cejas oscuras se apretaron sobre sus ojos de diamante, mientras el tatuaje de la sien cambiaba de forma.

—No debes hacer ningún cambio en tu vida basándote en mis visiones. No sirven. Solo muestran una instantánea de un momento futuro, el cual podría tener lugar la próxima semana, o el año que viene, o dentro de tres siglos. Son solo una imagen sin contexto, no dice cuándo ni dónde.

John pensó un momento y volvió a hablar, consternado.

—Entonces… ella tendrá una muerte violenta.

—Yo no he dicho eso.

—¿Qué le va a ocurrir? Por favor, dímelo.

V desvió los ojos hasta clavarlos en el fondo del pasillo. Y, en medio de un inquietante silencio, John se sintió aterrorizado y ansioso por saber qué estaría viendo el hermano.

—Lo siento, John. Una vez cometí el error de revelarle una información de este tipo a alguien. Eso lo tranquilizó durante un tiempo corto, es verdad, pero… al final fue una maldición. Créeme, sé por experiencia que abrir esa caja mágica no sirve para nada. —V miró de reojo a John—. Es curioso, la mayor parte de la gente prefiere no saber nada. Y hace bien, yo creo que eso es bueno y así es como debe ser. Esa es la razón por la cual no puedo ver mi propia muerte. O la de Butch. O la de Payne. Son demasiado cercanos. La vida está hecha para transcurrir en la oscuridad, para que no se dé nada por sentado. Y las mierdas que yo veo no son naturales, eso no es lo normal, hermano. No, no es bueno.

Una especie de batalla interior comenzó a librarse en la cabeza de John. Era consciente de que V tenía razón, pero se moría por saber.

Sin embargo, con un simple vistazo al impertérrito rostro de V, John se dio cuenta de que sería inútil insistir.

V no le iba a decir nada.

Lo mismo hasta le daba un puñetazo.

Pero era horrible tener la posibilidad de conocer el futuro, saber que había un libro que no debía leer por nada del mundo y, no obstante, arder en deseos de tenerlo entre las manos.

Toda su vida estaba en juego ahora allí dentro, en manos de la doctora Jane y de Manny. Todo lo que él era, y lo que alguna vez sería, estaba ahora sobre la mesa de operaciones, totalmente inconsciente, mientras la reparaban porque el enemigo la había herido.

Al cerrar los ojos, John recordó la perversa expresión del rostro de Tohr mientras atacaba a ese restrictor.

Sí, pensó, ahora sabía exactamente cómo debía de sentirse Tohr.

Vivir la experiencia del infierno en la Tierra te hace cometer actos desesperados.

Arriba, en el comedor formal, la comida que Tohr compartía con los demás era solo textura, materia sin sabor. De la misma forma, la conversación que se desarrollaba en torno a la mesa era solo un conjunto de sonidos irrelevantes. Y la gente que estaba a su izquierda y a su derecha no era sino un grupo de dibujos bidimensionales, nada más.

Mientras permanecía sentado con sus hermanos y sus shellans y los otros huéspedes de la mansión, apenas percibía un murmullo distante.

Solo había una cosa en todo el salón que le producía una cierta impresión.

Al otro lado de la porcelana y la platería, detrás de los ramos de flores y los candelabros, una figura envuelta en un manto permanecía inmóvil y rígida, sentada en la silla que estaba precisamente frente a él. Con la capucha puesta, lo único que se podía ver de la hembra era un par de delicadas manos que cortaban de vez en cuando un trozo de carne o cogían un poco de arroz.

Comía como un pajarito. Y se mantenía en silencio. Era como una sombra.

Y Tohr no tenía ni idea de por qué estaba allí.

La había enterrado hacía muchos años en el Viejo Continente. Debajo de un manzano, porque tenía la esperanza de que el aroma de las flores pudiera darle un poco de alivio en la muerte.

Dios sabía que ella no lo había tenido fácil al final.

Y, sin embargo, allí estaba, viva otra vez, tras llegar con Payne desde el Otro Lado, lo cual era la prueba definitiva de que, en lo que tenía que ver con las bendiciones de la Virgen Escribana, cualquier cosa era posible.

Un doggen interrumpió sus cavilaciones.

—¿Más cordero, amo?

Tohr ya tenía el estómago lleno, pero todavía se sentía un poco bajo de fuerzas y mareado. Se dijo que comer más era mejor que afrontar la tortura de alimentarse de la vena de otros, así que asintió con la cabeza.

—Gracias.

Mientras le llenaban el plato con más carne y más arroz, Tohr miró a los demás para entretenerse con algo.

Wrath se situaba en la cabecera, presidiendo. Beth, que se suponía que tenía que estar en el otro extremo, se encontraba, como siempre, encima de las piernas de su hellren. Y, como solía ocurrir, Wrath parecía más interesado en atender a su hembra que en alimentarse él mismo. Aunque se había quedado totalmente ciego, acostumbraba a alimentar a su shellan de su plato y levantaba el tenedor lleno de comida para que ella se inclinara y recibiera lo que él le ofrecía.

Lo orgulloso que se sentía de ella, la satisfacción que obviamente le producía ocuparse de cuidarla, la maldita intimidad que compartían transformaban los rasgos duros y aristocráticos del rey en un rostro casi tierno. Y de vez en cuando él enseñaba los colmillos, como si estuviera esperando el momento de encontrarse a solas con ella para poseerla... de todas las formas posibles.

Pero no eran esas las cosas que Tohr quería ver. No lo entretenían, sino que le traían dolorosos recuerdos.

Así que volvió la cabeza y sus ojos cayeron sobre Rehv y Ehlena, que, sentados uno junto al otro, no dejaban de acariciarse. Y Phury y Cormia. Y Z y Bella.

Rhage y Mary...

En ese momento Tohr frunció el ceño y recordó cómo la hembra de Hollywood había sido salvada por la Virgen Escribana. Había estado a punto de morir, pero había sido salvada y ahora disfrutaba de una larga vida.

Abajo, en la clínica, la doctora Jane era un caso similar. Había muerto, pero regresó y ahora tenía toda la eternidad para vivir con su hellren.

Acto seguido Tohr clavó otra vez los ojos en la figura del manto que estaba frente a él. Y sintió cómo hervía la rabia en su estómago distendido. Esa aristócrata caída en desgracia que ahora respondía al nombre de N'adie también estaba de regreso, después de que la maldita madre de la raza le concediera el regalo de vivir de nuevo.

En cambio su Wellsie…

Muerta y desaparecida para siempre. De ella no quedaban nada más que recuerdos y cenizas.

Para toda la eternidad.

Cada vez más furioso, Tohr se preguntó a quién habría que sobornar o golpear para obtener esa clase de privilegio. Su Wellsie había sido una hembra honorable, como las otras tres, si no más. Entonces, ¿por qué no la habían salvado? ¿Por qué él no era como esos otros machos, que podían mirar hacia el futuro con ilusión?

¿Por qué él y su shellan no habían recibido esa bendición cuando más la necesitaban?

Era verdad, la estaba observando.

O mejor dicho, la estaba fulminando con la mirada.

Al otro lado de la mesa, Tohrment, hijo de Hharm, observaba fijamente a N'adie con ojos llenos de rabia, como si no pudiera soportar no solo su presencia en esa casa, sino cada uno de los latidos de su corazón.

La expresión rabiosa no lo favorecía mucho, la verdad. De hecho, había envejecido considerablemente desde la última vez que lo vio, aunque los vampiros, en especial los que provenían de un linaje fuerte, mantenían la apariencia juvenil hasta poco antes de morir. Y ese no era el único cambio que podía apreciar en él. Sufría una persistente pérdida de peso; independientemente de lo mucho que comiera, nunca parecía tener suficiente carne sobre los huesos. Tenía la cara chupada, la mandíbula demasiado afilada y los ojos hinchados. Había bolsas por debajo y por encima de sus ojos.

Sin embargo, esa dolencia física, fuera cual fuera, no le impedía salir a pelear. No se había cambiado para cenar y su ropa húmeda estaba llena de manchas de sangre roja y de una especie de aceite negro. Pruebas visibles de la actividad a la que los machos dedicaban las noches.

Sin embargo, sí se había lavado las manos.

¿Dónde estaría su pareja?, se preguntó N'adie. No había visto a ninguna shellan. ¿Había permanecido soltero durante todos estos años? Porque, si tuviera una hembra, con seguridad ella estaría allí, brindándole sus cuidados y su apoyo.

N'adie bajó la cabeza y dejó el tenedor y el cuchillo junto al plato. No tenía más apetito.

Y tampoco quería escuchar los ecos del pasado. Sin embargo, eso era algo que no podía evitar tan fácilmente.

Tohrment era tan joven como ella cuando pasaron juntos muchos meses en aquella choza fortificada en el Viejo Continente, refugiándose del frío del invierno, la lluvia de la primavera, el calor del verano y los vientos del otoño. Habían tenido cuatro estaciones para observar cómo su vientre se hinchaba con una nueva vida, todo un ciclo del calendario en el que él y su mentor Darius la habían alimentado, protegido y cuidado.

Nunca debió transcurrir de esa manera su primer embarazo. No era así como debería vivirlo una hembra de su linaje. No se parecía en nada al destino que ella se había imaginado.

Ah, qué arrogancia, imaginarse un bello futuro. Pero ya no había marcha atrás. Desde el momento en que fue capturada y arrancada del seno de su familia, su destino fue alterado para siempre, como si le hubiesen rociado el rostro con ácido, o su cuerpo se hubiese quemado hasta quedar irreconocible, o hubiese perdido las extremidades, o la vista, o el oído.

Pero eso no era lo peor. Ya era suficientemente malo el hecho de haber sido mancillada, pero es que además lo hizo un symphath, y la tensión que eso provocó disparó su primer periodo de fertilidad.

Ella había pasado esas cuatro largas estaciones bajo aquel techo de paja, consciente de que en su vientre estaba creciendo un monstruo.

Ciertamente, también habría perdido su posición social si hubiese sido un vampiro el que la secuestrara y le arrebatara a su familia lo más preciado de ella: su virginidad. Antes del secuestro, al ser la hija del leahdyre del Consejo, había sido un bien muy valioso, la prenda que tienes guardada y exhibes en ocasiones especiales como si de una joya se tratase, para despertar la admiración de todos.

De hecho, su padre había estado haciendo arreglos para aparearla con alguien que le habría brindado un estilo de vida incluso más elevado que el que conocía…

Con terrible claridad, N'adie recordó cómo estaba cepillándose el pelo cuando oyó el suave clic de los ventanales al abrirse.

Había dejado el cepillo sobre el tocador.

Y luego sintió cómo una mano que no era la suya corría el cerrojo…

Desde entonces, en los momentos de soledad, a veces imaginaba que esa noche había bajado con su familia a las habitaciones subterráneas.

Pero no lo hizo. No se sentía bien, probablemente debido a los primeros síntomas de su periodo de fertilidad, y se había quedado en el piso superior ya que allá tenía más distracciones.

Sí…, a veces fingía que había seguido a sus parientes hasta el sótano y, una vez allí, finalmente le había hablado a su padre de la extraña figura que solía aparecer en la terraza, junto a su habitación.

Eso la habría salvado.

Y habría salvado a ese guerrero que ahora tenía enfrente de la rabia que…

N'adie había usado la daga de Tohrment. Justo después de dar a luz, se la había quitado. Sin poder soportar la realidad de lo que había traído al mundo, incapaz de seguir viviendo el destino al que estaba condenada, había apuntado la hoja contra su propio vientre.

Lo último que oyó antes de que la luz se apoderara de ella fue el grito de ese guerrero…

El ruido de una silla que alguien empujaba hacia atrás la sobresaltó. Todos los que estaban en la mesa guardaron silencio y dejaron de comer. Cesó todo movimiento y la conversación se suspendió mientras el guerrero salía del salón.

N'adie levantó su servilleta y se limpió la boca bajo la capucha. Nadie la observaba. Era como si ninguno hubiese notado la fijación que el guerrero parecía tener con ella. Pero desde el otro extremo de la mesa, el ángel con el pelo rubio y negro la miraba fijamente.

N'adie vio cómo Tohrment salía de la sala de billar, situada al otro lado del vestíbulo. Tenía en cada mano una botella con un líquido oscuro y su expresión adusta parecía una máscara mortuoria.

N'adie cerró los ojos y trató de buscar en lo más hondo de su interior la fuerza necesaria para acercarse al macho que acababa de salir de manera tan abrupta. Ella había venido a este lado, a esta casa, para hacer las paces con la hija que había abandonado. Pero había alguien más que también merecía una disculpa.

Aunque su objetivo final era expresar su contrición, pensaba comenzar con el vestido, devolvérselo tan pronto terminara de limpiarlo y plancharlo con sus propias manos. Parecía un detalle insignificante, pero había que comenzar por algún lado y el vestido era claramente algo que pertenecía al linaje del guerrero y que le había prestado a su hija, pues ella no tenía familia.

Incluso después de todos esos años, él seguía cuidando a Xhexania.

Era un macho de honor.

N'adie intentó retirarse de la manera más sigilosa, pero el salón volvió a quedar en silencio cuando ella se levantó de la silla. Con la cabeza gacha, salió del comedor, aunque no por el arco que conducía al vestíbulo, como el guerrero, sino por la puerta que llevaba a la cocina.

Después de pasar cojeando por delante de hornos y encimeras bajo la mirada censuradora de varios doggen muy atareados, N'adie tomó la escalera trasera, hecha de escalones de pino y una sencilla pared de yeso blanca…

—Era de la shellan de Tohr.

Sorprendida, se dio la vuelta. El ángel estaba plantado en el último escalón, abajo. Y aclaró sus palabras:

—El vestido. Ese fue el vestido que llevó Wellesandra la noche en que ellos se aparearon, hace casi doscientos años.

—Ah, entonces debo devolvérselo a su compañera…

—Está muerta.

Un temblor frío le recorrió la espalda.

—Muerta...

—Un restrictor le disparó en la cara. —Al ver que N'adie ahogaba una expresión de horror, los ojos blancos del ángel ni siquiera parpadearon—. Estaba embarazada.

N'adie se agarró a la barandilla al notar que se tambaleaba.

—Siento ser tan crudo —dijo el ángel—. No suelo endulzar las cosas y tú debes saber en qué te estás metiendo si pretendes entregárselo. Xhex debería habértelo dicho. Me sorprende que no lo hiciera.

No era tan raro, pues al fin y al cabo no es que ellas hubiesen pasado mucho tiempo juntas. Además, las dos tenían varios asuntos de su exclusiva incumbencia que debían solucionar primero.

N'adie tardó unos segundos en responder.

—No lo sabía. Los cuencos de cristal del Otro Lado..., nunca... —Lo cierto era que no pensaba en Tohrment cuando recurrió a ellos; solo le preocupaba Xhexania.

—La tragedia, como el amor, hace que la gente se vuelva ciega. —Parecía que el ángel podía percibir los remordimientos de N'adie.

—No se lo voy a llevar. —La mujer sacudió la cabeza—. Ya he hecho suficiente daño. Y entregarle ahora el... vestido de su compañera...

—Sería un bonito gesto. Creo que debes devolvérselo. Tal vez eso ayude.

La mujer se quedó desconcertada.

—¿A qué?

—A que asuma que ella ya no está aquí.

N'adie frunció el ceño.

—¿No lo tiene claro?

—Tal vez te sorprenda, querida, pero a veces hay que romper las cadenas del recuerdo. Así que te digo que le lleves el vestido. Lo mejor será que lo reciba de tus manos.

N'adie trató de imaginarse el intercambio.

—Eso sería cruel... No lo haré; si usted está tan interesado en torturarlo, entonces hágalo usted mismo.

El ángel arqueó las cejas.

—No se trata de torturarlo. Se trata de afrontar la realidad. El tiempo pasa y él debe seguir con su vida, y hacerlo cuanto antes. Llévale el vestido.

—¿Por qué está usted tan interesado en los asuntos del guerrero?

—Porque su destino es mi destino.

—¿Cómo es eso posible? No entiendo.

—Confía en mí, las cosas son como son, y yo no tengo la culpa.

El ángel se quedó mirándola, como si la estuviese desafiando a encontrar una pizca de falsedad en lo que acababa de decir.

La mujer siguió hablando con tono brusco.

—Perdóneme, pero ya le he hecho suficiente daño a ese valioso macho. Y no quiero añadir más sufrimiento a su existencia.

El ángel se restregó los ojos como si tuviera dolor de cabeza.

—Maldición. No necesita mimos. Necesita una buena patada en el trasero, y si no la recibe pronto estará perdido para siempre, sin posibilidad de vuelta atrás.

—No entiendo nada de esto…

—El Infierno tiene muchos niveles. Y el lugar hacia el que él se dirige ahora hará que su actual agonía le parezca casi la gloria.

N'adie retrocedió.

—Usted no se expresa con mucha claridad, ángel.

—¿De veras? No me digas.

—No puedo… No puedo hacer lo que usted quiere que haga.

—Sí, sí puedes. Tienes que hacerlo.

Cuando Tohr asaltó el bar del salón de billar, ni siquiera se molestó en mirar qué botellas se estaba llevando. Sin embargo, al llegar al rellano del segundo piso se dio cuenta de que la que tenía en la mano derecha era del Herradura de Qhuin y la que llevaba en la mano izquierda era… ¡Drambuie!

En fin, quizá estuviera desesperado, pero todavía tenía papilas gustativas y esa mierda era un asco, así que se dirigió al cuarto de estar que había al final del corredor y cambió la segunda botella por un ron añejo. Tal vez podría fingir que el tequila era coca-cola y combinarlos.

Una vez en su habitación, cerró la puerta, rompió el sello del ron, abrió la boca y echó un buen trago. Hizo una pausa para tragar y respirar. Y otra vez. Y otra…, y otra más. El incendio que se le declaró desde los labios hasta el estómago resultaba bastante agradable. Era como si se hubiese tragado una ración de rayos, y así siguió, tomando aire cuando lo necesitaba.

La mitad de la botella desapareció en apenas diez minutos y todavía estaba de pie, al lado de la puerta de su habitación.

Lo cual era bastante estúpido, se dijo. Estar de pie era idiota, todo lo contrario que embriagarse, que sí era muy necesario.

Dejó las botellas en el suelo y comenzó a luchar con las botas hasta que logró quitárselas. Los pantalones, los calcetines y la camiseta sin mangas siguieron el mismo camino. Cuando quedó desnudo, se dirigió al baño, abrió la ducha y entró en la bañera con las dos botellas otra vez en la mano.

El ron le duró lo que tardó en echarse el champú y el jabón. Cuando comenzó a enjuagarse, abrió la botella de Herradura y la emprendió con ella.

Solamente empezó a sentir de verdad los efectos del alcohol cuando salió de la ducha y los bordes afilados de su rabia se fueron suavizando hasta transformarse en la suave pelusilla del olvido.

Incluso cuando sintió que estaba a punto de perder la conciencia, siguió bebiendo. Finalmente se dirigió a la cama chorreando agua.

Le habría gustado bajar a la clínica para ver cómo estaban Xhex y John, pero sabía que ella se estaría reponiendo y era mejor dejarles que arreglaran sus problemas por su cuenta. Además, él estaba de bastante mal humor y Dios sabía que Xhex y John ya habían tenido suficiente dosis de cosas desagradables en aquel callejón.

No había necesidad de importunarlos.

Tohr dejó que las sábanas secaran su cuerpo, además del aire que corría suavemente gracias a los ventiladores del techo. El Herradura duró un poco más que el ron, probablemente porque su estómago ya estaba llegando al límite, tras tanto alcohol y la gran cena. Cuando se acabó el tequila, Tohr dejó la botella sobre la mesilla de noche y se acomodó totalmente estirado sobre la cama, cosa que no era difícil.

Cuando cerró los ojos, la habitación comenzó a girar, primero lentamente y luego más rápido, como si su cama se estuviese yendo por el desagüe y todo lo demás fuera desapareciendo lentamente.

Tohr, encantado de su borrachera, se dijo que tendría que recordar esa fórmula. El dolor del pecho ya no era más que un eco lejano; la necesidad de beber sangre había desaparecido; las emociones ya no eran amargas, sino tan plácidas y planas como una encimera de mármol. Ni siquiera cuando dormía lograba un descanso tan completo…

El golpe en la puerta fue tan suave que Tohr pensó al principio que había sido un latido de su corazón. Pero luego se repitió. Y sonó una vez más.

Reaccionó a gritos.

—Maldición, ¿qué coño pasa? ¿Qué sucede? —Al ver que no había respuesta, se puso de pie—. Ya voy, joder, ya voy…

Tuvo que agarrarse del borde de la cama para no caer y, al hacerlo, tiró al suelo la botella de Herradura. Joder. Su centro de gravedad se localizaba ahora en el dedo pequeño del pie izquierdo, por un lado, y en la parte exterior de la oreja derecha. Lo cual significaba que quería avanzar en dos direcciones distintas al mismo tiempo.

Llegar hasta la puerta fue como patinar sobre hielo. En un tiovivo y con un helicóptero en la cabeza.

Y el picaporte no dejaba de moverse. Además, Tohr no podía entender cómo era posible que la puerta se trasladara de un lado al otro del marco.

Cuando logró atraparla y abrirla de par en par, gritó:

—¿Qué pasa?

Pero allí no había nadie. Sin embargo, lo que vio le devolvió la sobriedad de inmediato.

Al otro lado del corredor, colgado de una de las barandillas de bronce, estaba el vestido rojo con que se había apareado su Wellsie.

Tohr miró hacia la izquierda y no vio a nadie. Luego miró a la derecha y vio… a N'adie.

Aquella hembra enfundada en su manto ya casi estaba llegando al extremo del corredor y caminaba tan rápido como se lo permitía su cojera, moviéndose con frenética torpeza bajo los pliegues de la burda tela.

Probablemente habría podido alcanzarla. Pero, mierda, era evidente que le había dado a esa mujer un susto espantoso, y si en el comedor tenía pocas ganas de hablar ahora tendría todavía menos.

Además, estaba completamente desnudo.

Salió al corredor y se plantó frente al vestido. Obviamente, lo habían limpiado con mucho cuidado y lo habían preparado para guardarlo, metiéndole papel de seda entre las mangas y colgándolo en una de esas perchas que tienen una estructura acolchada para insertarla dentro del corpiño.

Al mirar el vestido bajo los efectos del alcohol, le pareció que aquella tela roja comenzaba a moverse, mecida de un lado a otro por la brisa, mientras reflejaba la luz y la proyectaba sobre él desde distintos ángulos.

Pero el que se estaba moviendo era él.

Entonces levantó el brazo, descolgó la percha de la barandilla, se llevó el vestido a su habitación y cerró la puerta. Puso el vestido sobre la cama, en el lado en que Wellsie siempre había preferido dormir, el más alejado de la puerta, y arregló cuidadosamente la disposición de las mangas y la falda, haciendo ajustes casi imperceptibles, hasta que quedó en la posición perfecta.

Luego apagó las luces con el pensamiento.

Se acostó suavemente, de lado, y puso la cabeza sobre la almohada que estaba al lado de la que habría sostenido la cabeza de Wellsie.

Con mano temblorosa, acarició el corpiño del vestido, notando las varillas que tenía metidas entre el satén, aquella estructura diseñada para realzar las curvas del cuerpo femenino.

No era lo mismo que acariciar el torso de Wellsie, por supuesto. El satén tampoco era tan suave como el añorado cuerpo. Ni las mangas tan deliciosas como sus brazos.

—Te echo de menos... —Mientras decía estas palabras, Tohr acariciaba la parte del vestido correspondiente a la cintura...—. Te extraño mucho.

Era increíble pensar que alguna vez el cuerpo de Wellsie había llenado ese vestido. Ella había vivido dentro de él durante un breve periodo de tiempo y ahora era como la fotografía de una noche en la vida de los dos.

¿Por qué sus recuerdos no podían hacerla regresar? Eran recuerdos lo suficientemente fuertes, lo suficientemente poderosos, un conjuro que debería llenar mágicamente el vestido.

Pero el problema era que Wellsie solo estaba viva en su mente. Siempre con él, pero siempre fuera de su alcance.

Eso era la muerte, se dijo Tohr. Una gran escritora de ficción. Lo contrario de la realidad.

Y como si estuviera releyendo un libro, recordó entonces el día de su apareamiento, la manera en que había esperado nervioso al lado de sus hermanos, jugueteando con la bata de satén y el cinturón con piedras preciosas. Su padre de sangre, Hharm, todavía estaba ausente, pues la reconciliación que se había producido al final de su vida aún tardaría un siglo en llegar. Pero

Darius sí estaba allí y lo miraba a cada instante porque, sin duda, le preocupaba que Tohr fuera a desmayarse.

Así que ya eran dos con la misma preocupación.

Y luego había aparecido Wellsie...

Tohr deslizó su mano por debajo de la falda de satén. Al cerrar los ojos, imaginó que un cuerpo tibio y vibrante volvía a llenar el vestido, un cuerpo cuya respiración expandía y contraía regularmente las costuras del corpiño, un cuerpo cuyas piernas largas mantenían la falda lejos del suelo, mientras una melena roja caía hasta el encaje negro de las mangas.

En su visión, Wellsie era real y estaba en sus brazos, mirándolo por debajo de las pestañas, mientras bailaban el minué con los demás. Los dos habían llegado vírgenes a aquella noche. Él era un idiota, pero ella sabía exactamente qué hacer..., y así había sido como habían continuado siempre las cosas en su unión.

Después él se había convertido en un experto en el arte del sexo, y muy rápidamente.

Parecían el yin y el yang y, sin embargo, eran exactamente iguales: él era el sargento de la Hermandad, ella como un general en la casa, y juntos lo tenían todo...

Tal vez esa era la razón por la cual había ocurrido, pensó Tohr. Tanto él como ella tenían demasiada suerte y la Virgen Escribana había tenido que hacer un poco de justicia.

Y ahora él estaba allí, tan vacío como el vestido. Lo que los había llenado a ambos, al vestido y a él, se había ido para siempre.

Las lágrimas brotaron de sus ojos silenciosamente. Eran lágrimas de esas que terminan empapando la almohada, después de pasar por encima del puente de la nariz y caer una tras otra como la lluvia desde los aleros de los tejados.

Tohr siguió acariciando el vestido con el pulgar, tal como solía acariciar las caderas de Wellsie cuando estaban juntos. Luego pasó una pierna por encima de la falda.

No era lo mismo, claro. No había ningún cuerpo allí debajo y la tela olía a limón, que no era la fragancia de la piel de Wellsie. Allí se encontraba, solo, en una habitación que no era su alcoba matrimonial.

—Dios, cómo te echo de menos. —La voz se le quebró al final—. Cada noche. Cada día...

Desde el otro extremo de la habitación en tinieblas, Lassiter observaba la escena plantado al lado de la cómoda. Se sentía hundido al ver cómo Tohr susurraba palabras de pena y amor al vestido.

Mientras se restregaba la cara con las manos, se preguntó por qué…, por qué diablos tenía que ser esa la única manera, entre muchas otras posibles, de hacerlo salir del Limbo en que se encontraba.

Aquella mierda de misión estaba comenzando a afectarlo.

A él. El ángel al que no le importaba nadie, aquel que debería haber estado trabajando en Hacienda, o debería haber sido abogado, o hacer en la Tierra cualquier otra cosa de esas en las que joder a los demás fuera una cualidad.

Nunca debería haber sido un ángel. Eso requería una habilidad que él no tenía y que además no podía fingir.

Tiempo atrás, cuando el Creador se le había acercado para ofrecerle una oportunidad de redimirse, estaba demasiado obsesionado con la idea de salir bien parado como para pensar en los detalles de la tarea. Lo único que oyó fue algo así como: «Ve a la Tierra, haz que este vampiro siga adelante con su vida, libera a esta shellan y bla, bla, bla…». Después de eso quedaría libre para ir a donde quisiera, en lugar de permanecer atrapado en tierra de nadie. Parecía un buen trato. Y al principio así había sido. Le tocó aparecer en el bosque con un Big Mac, alimentar al desgraciado, arrastrarlo de regreso hasta allí…, y luego esperar a que Tohr recuperara la suficiente fuerza física para comenzar el proceso que debía permitirle seguir adelante con su vida.

Buen plan. Tan bueno que pronto entró en vía muerta. Se atascó.

Aparentemente «seguir adelante con su vida» era algo más que volver a combatir contra el enemigo.

Estaba perdiendo la esperanza, a punto de tirar la toalla…, cuando apareció de súbito en la casa aquella hembra a la que llamaban N'adie y, por primera vez, Tohr se fijó realmente en algo.

Entonces fue cuando se le encendió la bombilla: «seguir adelante con su vida» iba a requerir otro nivel de compromiso con el mundo.

Claro. Perfecto. Genial. Debía lograr que Tohr tuviera sexo y así todo el mundo ganaría, en especial el propio Lassiter.

Joder, en cuanto vio a N'adie sin esa capucha supo que iba por buen camino. Era asombrosamente hermosa, la clase de hembra que hace que un macho enderece su vida y se coloque bien los pantalones, aunque no esté interesado en las relaciones. N'adie tenía la piel blanca como la nieve y un pelo rubio que le llegaría hasta las caderas si no se lo recogiera en una trenza. Sus labios eran rosados, los ojos de un hermoso tono gris y las mejillas del color del interior de las fresas. Demasiado radiante para ser real.

Y además era perfecta también por otras razones: quería reparar sus errores. Lassiter había asumido que, con un poco de suerte, la naturaleza seguiría su curso y todo encajaría perfectamente… Es decir, que caería en la cama del hermano.

Claro. Perfecto. Genial.

Pero… ¿qué se podía decir de la escena que se estaba desarrollando frente a sus ojos? Ahí no había nada claro, nada perfecto, nada genial.

Esa clase de sufrimiento era casi una muerte en vida, el purgatorio de quien no ha muerto pero tampoco se puede decir que está vivo. Y el ángel no tenía ni idea de cómo sacar al hermano de allí.

Francamente, ya le estaba costando bastante el simple trabajo de verlo.

Por cierto, Lassiter tampoco había imaginado que pudiera sentir compasión por el vampiro. Después de todo, se trataba de una misión, no estaba allí para hacerse amigo de su pasaporte hacia la libertad.

El problema era que mientras el aroma acre de la agonía del macho llenaba el aire de la habitación, era imposible no sentir pena por él.

Joder, ya no podía soportarlo más.

Después de desintegrarse y reaparecer en el exterior de la habitación, Lassiter avanzó por el pasillo de las estatuas hasta la gran escalera, se sentó en el primer escalón y aguzó el oído para escuchar los ruidos de la casa. Abajo, los doggen estaban recogiendo el comedor después de la Última Comida y sus alegres comentarios eran una relajante música de fondo. Detrás de él, en el estudio, el rey y la reina estaban… «trabajando», por decirlo así. El pesado aroma de macho enamorado de Wrath se esparcía por el aire, mientras que la respiración de Beth parecía muy acompasada. El resto de la casa estaba relativamente en silencio, mientras los otros hermanos y sus shellans e invitados se retiraban a dormir… o a hacer otras cosas más en la línea de lo que estaba haciendo la pareja real.

Lassiter levantó entonces los ojos y se concentró en el fresco que coronaba el techo del vestíbulo. El cielo azul y las nubes blancas que se asomaban por encima de las cabezas de los temibles guerreros, montados en poderosos corceles, parecían un poco ridículos. Después de todo, los vampiros no podían combatir durante el día. Pero, de todas maneras, esa era la ventaja de representar la realidad en lugar de vivirla. Cuando tienes el pincel en la mano eres como el dios que quisieras que gobernara tu vida, capaz de elegir, entre todas las posibilidades del destino, aquellas que representen las mayores ventajas para ti.

Mientras observaba las nubes, Lassiter esperó a que apareciera la figura que estaba buscando. Y de pronto la vio.

Wellesandra se encontraba sentada en un campo inmenso y desolado, cuya interminable planicie estaba salpicada de grandes rocas. Un viento inclemente la atacaba desde todas las direcciones. No parecía estar tan bien como la primera vez que la había visto. Debajo de la manta gris en la que se había envuelto con el pequeño, parecía más pálida, el color rojo del pelo había perdido intensidad, la piel se antojaba seca y resquebrajada y sus ojos habían adquirido un tono marrón indistinguible. Y el bebé que llevaba en brazos, aquel paquete diminuto y envuelto en varias mantas, ya no se movía tanto como antes.

Esa era la tragedia de estar en el Limbo. A diferencia del Ocaso, no era un lugar para pasar la eternidad. Se trataba de una estación de paso, camino al destino final, y cada persona tenía una versión diferente. Lo único que coincidía era que si te quedabas allí durante demasiado tiempo, después no podías salir. Perdías la gracia eterna, entrabas a una nada parecida al Infierno, sin posibilidades de escapar jamás de allí.

Y la madre y el pequeño estaban llegando al final del plazo establecido.

—Estoy haciendo todo lo que puedo —les dijo Lassiter—. Aguantad un poco, maldición, solo resistid un poco más.

En la sala de reanimación lo primero que hizo Xhex cuando volvió en sí fue buscar con la mirada a John.

Pero no estaba en el asiento que había contra la pared. Ni en el suelo, en el rincón. Tampoco en la cama, junto a ella.

Se encontraba sola.

¿Dónde demonios se había metido John?

Estupendo. En el campo de batalla no podía dejarla sola ni un segundo, pero ahora la había abandonado allí. ¿Habría regresado ya para interesarse por el resultado de su operación?

Xhex dejó escapar un gruñido. Pensó en ponerse de lado, pero con todos aquellos cables en el brazo y el pecho, decidió que sería mejor no moverse. Además, alguien le había abierto un agujero en el hombro, cerca del pecho. Varios, en realidad.

Acostada allí, con rostro de visible irritación, Xhex notó que todo lo de aquella habitación la molestaba. El aire caliente que brotaba del techo, el zumbido de las máquinas que tenía detrás de la cabeza, las almidonadas sábanas que le raspaban la piel, la almohada demasiado dura, el colchón demasiado blando…

¿Dónde demonios estaba John?

Por amor de Dios, tal vez había cometido un error al aparearse con ese chico. El amor que sentía por él seguía intacto, eso no había cambiado y tampoco quería que lo hiciera. Pero tal vez debería haber sido más prudente y no oficializar las cosas con tanta prisa. Aunque los papeles tradicionales de uno y otro sexo estaban cambiando entre los vampiros, gracias en gran parte a que Wrath no era tan estricto con respecto a las Viejas Costumbres, todavía había muchos malos usos patriarcales alrededor de las shellans.

¿Para qué aparearse? Siempre podías ser amiga, novia, amante, compañera de trabajo, mecánica, pintora, lo que fuera, y seguir siendo la dueña de tu vida.

La vampira temía, en realidad, que las cosas pudieran cambiar después de que un macho se grabara su nombre en la espalda, en especial tratándose de un guerrero pura sangre.

Las perspectivas cambiaban.

Tu pareja comenzaba a enfurecerse contigo y a pensar que no puedes cuidarte por ti misma.

¿Dónde estaba John?

Desesperada, Xhex decidió incorporarse, de modo que se quitó la vía de la vena. Tuvo buen cuidado de sellar el extremo para que la solución salina no acabara mojando todo el suelo. Enseguida silenció el monitor que vigilaba el ritmo cardiaco y se quitó los electrodos que tenía en el pecho con la mano libre. Debía mantener el brazo derecho inmovilizado contra las costillas. Daba igual, lo que quería era caminar, no agitar una bandera.

Al menos no tenía catéter. Menudo alivio.

Después de poner los pies sobre el suelo de linóleo, se incorporó con cuidado y se felicitó por ser una paciente tan buena. En el baño, se lavó la cara, se cepilló los dientes y usó el inodoro.

Cuando salió de nuevo, tenía la esperanza de ver a John en alguna de las dos puertas.

Pero nada.

Entonces rodeó la cama lentamente. Tenía que tomarse las cosas con calma, ya que su cuerpo todavía estaba bajo el efecto de los medicamentos y la operación y, además, necesitaba alimentarse. Aunque, pensándolo bien, alimentarse de la vena de John era la última cosa que le interesaba en ese momento.

Maldito idiota. Cuanto más tiempo se mantuviera alejado, menos querría volver a verlo.

Al llegar al armario, Xhex abrió las puertas, se quitó la bata y se puso una ropa de hospital que, desde luego, no era de su talla, sino mucho más grande, como para un macho. Irónico, pensó.

Mientras trataba de vestirse con una sola mano, maldijo a John, a la Hermandad, el papel de las shellans y a todas las hembras en general... Y en especial aquellos detestables pantalones que le quedaban enormes.

Se dirigió a la puerta y trató de olvidar que echaba de menos a su pareja. Empezó a entonar las canciones que se le pasaban por la cabeza, pequeñas versiones *a cappella* de éxitos como *Qué derecho tenía a sacarme del campo de batalla*, *Cómo demonios pudo dejarme aquí sola* y el siempre popular *Todos los hombres son unos idiotas*.

Al abrir la puerta...

Al otro lado del corredor, John estaba sentado en el suelo, con las rodillas dobladas, tensas como las cuerdas de un arpa, y los brazos cruzados sobre el pecho. Tan pronto apareció Xhex, sus ojos se clavaron en los de ella, pero no porque hubiese mirado adrede en esa dirección, sino porque tenía la mirada fija en la puerta desde mucho antes de que ella hiciera su aparición.

Inmediatamente cesó el parloteo en la mente de Xhex: se veía que John había vivido un verdadero infierno y parecía como si hubiese atizado el fuego del diablo con sus propias manos.

—Pensé que te gustaría tener un poco de privacidad.

Bueno, mierda. Ahí estaba el John de toda la vida, siempre fastidiándole el mal humor.

Arrastrando los pies, Xhex se dirigió hacia donde estaba John y se sentó junto a él. El macho no la ayudó y ella sabía que de ese modo trataba de respetar su independencia.

—Supongo que ha sido nuestra primera pelea —dijo ella.

Él asintió.

—Fue horrible. Todo el asunto. Y lo siento mucho... Simplemente..., no puedo explicar qué me pasó, pero cuando vi que te habían herido perdí el control.

Xhex soltó el aire lentamente.

—Pero dijiste que estabas de acuerdo con que siguiera combatiendo. Justo antes de aparearnos, dijiste que no tenías problema con eso.

—Lo sé. Y todavía pienso así.

—¿Estás seguro?

Después de un momento, John volvió a asentir.

—Te amo.

—Y yo a ti.

La verdad era que John no había respondido a su pregunta, pero ella no tuvo fuerzas para insistir. Los dos se quedaron sentados en el suelo, en silencio, hasta que, pasado un rato, la mujer le agarró la mano.

—Necesito alimentarme —confesó con voz ronca—. ¿Querrías…?

John la miró enseguida a los ojos y asintió con la cabeza.

—Siempre —dijo, modulando la palabra con los labios.

Xhex se puso de pie sin ayuda y le tendió la mano libre. Cuando John se la agarró, ella reunió todas las fuerzas que le quedaban y lo levantó a pulso. Luego lo condujo a la sala de reanimación y cerró las puertas con el pensamiento, mientras él se sentaba en la cama.

John se restregaba las palmas de las manos contra los pantalones de cuero, como si estuviera nervioso, y antes de que ella se acercara, dio un salto.

—Necesito ducharme. No puedo acercarme a ti en este estado… Estoy cubierto de sangre.

Dios, y ella ni siquiera había notado que su amado todavía llevaba puesta la ropa de combate.

—Está bien.

Entonces cambiaron de puesto y ella se dirigió a la cama mientras él iba al baño y abría el grifo del agua caliente. John dejó la puerta abierta…, así que cuando se quitó la camiseta sin mangas, Xhex pudo observar cómo sus hombros se contraían y se expandían.

Su nombre, Xhexania, no estaba tatuado, sino grabado en la espalda de John con preciosos caracteres.

Cuando el macho se agachó para quitarse los pantalones, su trasero hizo una estupenda aparición ante los ojos de la amada, que luego observó cómo se flexionaban con bella elegancia las piernas, primero una y después la otra. Mientras estaba en la ducha, Xhex no podía verlo, pero regresó casi enseguida.

No estaba excitado, como bien notó Xhex.

Era la primera vez que sucedía algo así. Resultaba extraño, en especial teniendo en cuenta que ella estaba a punto de alimentarse.

John se envolvió una toalla alrededor de las caderas. Cuando se volvió hacia ella, había en sus ojos una seriedad que entristeció a Xhex.

—¿Prefieres que me ponga una bata?

¿Qué demonios les había ocurrido?, pensó Xhex. Por Dios Santo, habían pasado por demasiadas cosas para llegar a lo que se suponía que era lo bueno y ahora resultaba que no iban a disfrutarlo.

—No, la bata no. —Xhex sacudió la cabeza, al tiempo que se secaba los ojos—. Por favor…, no…

Mientras se acercaba, John mantuvo la toalla en su lugar.

Y al llegar frente a ella, se puso de rodillas y le ofreció la muñeca.

—Toma de mi vena. Por favor, déjame cuidarte.

Xhex se inclinó y le agarró la mano. Mientras le acariciaba la vena con el pulgar, sintió cómo renacía la conexión entre ellos. El vínculo que se había roto en el callejón volvía a tejerse rápidamente.

Entonces estiró el brazo y lo agarró de la nuca para acercar la boca de John a la suya. Mientras lo besaba lenta, exhaustivamente, la hembra abrió las piernas para que él pudiera acercarse y, en un instante, las caderas de John reencontraron el lugar que solo le pertenecía a él.

Cuando la toalla cayó al suelo, Xhex estiró la mano hacia el miembro masculino. Ahora sí estaba duro.

Tal como ella quería.

Comenzó a acariciarlo y, al levantar el labio superior, aparecieron los colmillos. Luego ladeó la cabeza y deslizó la afilada punta de sus colmillos por el cuello de John, lo que le provocó un estremecimiento que sacudió todo su inmenso cuerpo. A la vista de tan buen resultado, repitió el gesto, pero esta vez con la lengua.

—Ven a la cama conmigo —dijo Xhex haciéndole sitio.

No hubo que decírselo dos veces. John no desperdició ni un segundo, mientras le sostenía la mirada. Era como si los dos necesitaran reencontrarse con el otro.

Mientras se acercaba a él, Xhex tomó la mano de John y se la puso en las caderas, y en cuanto sus cuerpos entraron en contacto sintió cómo la mano de su amado se apretaba contra su piel y el aroma de macho enamorado llenaba la habitación.

Xhex tenía intención de llevar el encuentro con calma, pero sus cuerpos tenían otros planes. El deseo tomó entonces las riendas y ella lo mordió en el cuello con fuerza, tomando lo que necesitaba para sobrevivir y recuperar las fuerzas, al tiempo que lo marcaba. En respuesta, el cuerpo de John se apretó contra Xhex y su erecta masculinidad empezó a buscar la maravillosa puerta de entrada al cuerpo femenino.

Mientras tomaba grandes sorbos de la vena de John, Xhex comenzó a forcejear con los pantalones para quitárselos, pero al final John tuvo que encargarse del asunto, rasgando la tela de un tirón. Y luego su mano se ubicó exactamente donde ella quería: deslizándose por la vagina, provocándola, penetrándola. Y mientras Xhex se movía contra aquellos dedos largos y penetrantes, fue encontrando un ritmo que sin duda los llevaría al clímax a los dos. En su garganta, entretanto, los gemidos competían con la sangre que bebía ansiosamente.

Después del primer orgasmo, Xhex cambió de posición, con ayuda de John, y se sentó a caballo sobre las caderas del macho. Necesitaba estar relativamente quieta para seguir bebiendo sangre. Por tanto, él se encargó de los movimientos y empezó a bombear, vientre contra vientre, acercándose y retirándose para establecer la fricción que los dos deseaban.

Cuando se corrió por segunda vez, Xhex tuvo que retirar la boca del cuello de John y gritar su nombre. Y mientras él la embestía con todas sus fuerzas, ella dejó de moverse para absorber por completo la sensación infinitamente placentera de aquel ir y venir que le resultaba tan familiar y, al mismo tiempo, tan novedoso.

Por Dios…, solo había que ver la expresión de John…, con los ojos y los dientes apretados, los músculos del cuello tensos y un chorrito de delicioso líquido rojo escurriéndose desde los pinchazos que ella todavía tenía que cerrar.

Finalmente, la hembra herida y excitada se extasió contemplando la serena dicha que se reflejaba en aquellos ojos azules. El amor de John por ella no era solo emocional, también tenía un componente físico innegable. Así era como reaccionaban y se comportaban los machos enamorados.

Entonces Xhex pensó que tal vez era cierto que John no había podido contenerse en aquel callejón. Quizá era un reflejo de la bestia que permanecía escondida bajo la apariencia de civilización, esa parte animal de los vampiros que tanto distinguía a su especie de la de los sosos humanos.

Xhex bajó la cabeza, lamió el cuello de John para cerrar los pinchazos y disfrutó del regusto que aún persistía en su boca y su garganta. Ya podía sentir el poder que se proyectaba desde su estómago, y eso solo era el comienzo. A medida que su cuerpo fuera absorbiendo lo que él le había dado, se sentiría cada vez más fuerte.

—Te amo —dijo Xhex.

Y con esas palabras, levantó a John de las almohadas hasta quedar sentada sobre sus piernas, para que el pene pudiera penetrarla todavía más, y, agarrándolo del cuello con la mano libre, lo acercó a su vena.

John no necesitó más impulso que ese y el dolor que Xhex sintió cuando él la mordió fue en realidad un ardor tan exquisito que volvió a llevarla al borde del orgasmo, mientras su sexo devoraba el del amado.

John cerró sus brazos alrededor de la hembra. Al verlos por el rabillo del ojo, ella alzó las cejas. Los brazos de John eran tan grandes que parecían más gruesos que sus muslos o, incluso, que su cintura. Y a pesar de toda la fuerza que ella tenía, Xhex sabía que esos brazos podían levantar más peso y golpear más duro y más rápido que los de ella.

En efecto, sus cuerpos no eran iguales. Él siempre sería más poderoso físicamente.

Eso era una realidad, claro. Pero el factor determinante a la hora de competir en el campo de batalla no era la fuerza, y por eso la fuerza tampoco era la única vara de medir la capacidad de un guerrero. Ella era igual de precisa a la hora de disparar, igual de buena con una daga e igualmente furiosa y tenaz cuando estaba frente a su presa.

Sencillamente, tendría que hacerle entender eso a John.

La biología es la biología y cada uno es como es. Pero hasta los machos tienen cerebro y pueden entender las cosas.

Cuando por fin terminaron de hacer el amor, John se quedó acostado junto a su compañera, más que satisfecho y adormilado. Probablemente sería buena idea conseguir algo de comer, pensó, pero no tenía suficiente energía para levantarse ni ganas de ir a buscarlo.

Además, no quería abandonar a Xhex. Ni en ese momento ni en diez minutos. Ni mañana, ni la próxima semana, ni el próximo mes…

Xhex se acurrucó contra él y John agarró una manta de la mesita auxiliar y la echó sobre los dos. No se trataba de calentarse, sino de unirse más, porque el calor de sus cuerpos era suficiente para mantenerlos a una temperatura muy placentera.

El guerrero mudo se dio perfecta cuenta del instante en que ella se durmió, porque el ritmo de su respiración cambió y comenzó a mover una pierna de vez en cuando.

John se preguntó si lo estaría pateando en sueños, por lo idiota que había sido.

Tenía que corregirse en algunos aspectos, eso era innegable.

Y no tenía a nadie con quien hablar de ello. John sabía que de Tohr no podía esperar nada más que el rápido consejo que le había dado esa noche. Y las relaciones de todos los demás eran perfectas, de modo que ninguno tendría experiencia en broncas matrimoniales. Lo único que veía en el comedor eran parejas felices y sonrientes, nada que se pareciera a lo que él estaba experimentando en aquellas horas.

Ya se podía imaginar la reacción que encontraría ante cualquier insinuación: «¿Tenéis problemas? ¿De verdad? Vaya, qué raro… Tal vez podrías llamar a algún programa de radio o algo por el estilo».

Lo único que cambiaría sería la apariencia del interlocutor: un tío de perilla, o uno que llevaba gafas de sol, o uno que andaba siempre con un abrigo de visón, o uno que tenía en todo momento un caramelo en la boca… Pero las respuestas serían idénticas.

Pensó más y mejor y llegó a la conclusión de que en realidad en ese momento se sentía en paz. Y tal vez él y Xhex pudieran construir algo a partir de ahí.

No les quedaba más remedio que hacerlo, en todo caso.

«Dijiste que estabas de acuerdo con que siguiera combatiendo. Justo antes de aparearnos dijiste que no tenías problema con eso».

Y así había sido. Pero eso fue antes de ver cómo la herían ante sus mismísimos ojos.

Lo cierto era que, a pesar de lo mucho que le dolía admitirlo, lo último que John quería en la vida era convertirse en el hermano que más admiraba. Ahora que Xhex era formalmente suya, la idea de perderla y estar en la piel de Tohr era lo más aterrador que se podía imaginar.

Ahora no entendía cómo Tohr era capaz de levantarse cada noche. Y, francamente, si no lo hubiese perdonado ya por haber desaparecido al enterarse de la muerte de Wellsie, ahora sí que lo perdonaría.

Recordó con toda claridad el momento en que Wrath y la Hermandad habían llegado a buscarlos en grupo. Él y Tohr estaban en la oficina del centro de entrenamiento y el hermano no dejaba de llamar a su casa cada cinco minutos, con la esperanza de que respondiera una voz que no fuera la del contestador automático…

En el pasillo de la parte delantera de la oficina todavía se podían ver las marcas que había dejado Tohr, a pesar de que las malditas paredes estaban hechas de puro cemento y tenían más de medio metro de grosor. La descarga de energía de su rabia y su inmenso dolor había sido tan grande que literalmente había estallado. Una explosión interior cuyo alcance nadie en realidad conocía aún. Los hermanos solo sabían que había llegado hasta los cimientos subterráneos de Tohr, resquebrajándolos.

John todavía no sabía adónde había ido Tohr en aquella ocasión. Solo sabía que Lassiter lo había traído de regreso en muy malas condiciones.

Y al cabo de tanto tiempo, todavía estaba en malas condiciones.

Por muy egoísta que fuera tal pensamiento, John no quería eso para su futuro. Tohr era la mitad del macho que había sido, y no solo porque había perdido mucho peso. Aunque nadie le mostraba su compasión directamente, todos y cada uno de los guerreros lo compadecían en privado.

Era difícil saber cuánto tiempo podría resistir Tohr en la guerra contra sus enemigos. Se negaba a alimentarse de la vena, de modo que estaba cada vez más débil, y sin embargo salía todas las noches al campo de batalla, pues su deseo de venganza era cada vez más asfixiante.

Acabaría por hacerse matar, y punto.

Escudriñar su futuro era como estudiar el impacto de un coche contra un árbol: pura geometría. Solo tenías que calcular los ángulos y la trayectoria y ¡bum! Ahí tendrías el resultado, el momento y el lugar en que Tohr acabaría muerto sobre el pavimento.

Joder, seguro que estaba deseándolo. Al saber que por fin podría estar con su shellan seguro que moriría con una sonrisa en el rostro.

Piensa que te piensa, John sintió una nueva oleada de angustia por las actividades militares de Xhex. Tenía buenas relaciones con los otros habitantes de la casa: con su media hermana Beth, con Qhuinn y Blay, con los otros hermanos. Pero Tohr y Xhex eran las personas a las que siempre acudía y la idea de perderlos a los dos…

¡Era un verdadero infierno!

Pensaba en su Xhex en el campo de batalla. Sabía que si seguía saliendo a combatir a sus enemigos, lo más probable era que volvieran a herirla. Tal cosa les pasaba a todos de vez en cuando. La mayor parte de las lesiones eran pasajeras, pero nunca sabías cuándo podrías cruzar la raya, ni cuándo se complicaría un simple combate cuerpo a cuerpo.

No es que dudara de Xhex ni de sus habilidades, a pesar de lo ocurrido esa noche en el callejón. Lo que le angustiaba era un simple cálculo de probabilidades. Cuando tiras los dados una y otra vez es muy posible que en algún momento pierdas. Y la vida de Xhex era más importante que tener otro guerrero en el campo. Muchísimo más.

Debería haber pensado un poco más en eso antes de decir que no veía problema alguno en que ella saliera a combatir…

En medio de la oscuridad, la voz de la amada lo sacó de sus reflexiones.

—¿En qué estás pensando?

Era como si la tensión que emanaba de los pensamientos de John la hubiese despertado de su sueño.

Él se reacomodó y sacudió la cabeza como diciendo: «en nada». Pero estaba mintiendo. Y probablemente ella lo sabía.

A la noche siguiente Qhuinn se encontraba de pie en el estudio de Wrath, en un rincón en que se unían dos paredes de color azul claro. La habitación era inmensa, de unos doce metros de largo por otros tantos de ancho, y tenía un techo lo suficientemente alto como para provocar un mareo si mirabas hacia arriba. Y, sin embargo, el espacio parecía cada vez más escaso, porque, amontonadas allí, en medio de los sofisticados muebles de estilo francés, había más de una docena de personas, todas bastante grandes.

Qhuinn no ignoraba que los muebles eran de estilo francés. A su difunta madre le encantaba ese estilo, y, antes de que su familia renegara de él, había tenido que oír incontables regañinas por sentarse en el maldito sofá Luis-no-sé-qué de la buena señora que lo trajo al mundo.

En el terreno de las prohibiciones no lo discriminaban en su familia: su madre tenía terminantemente prohibido que se sentaran en esas delicadas sillas; las únicas que podían hacerlo eran ella y la hermana de Qhuinn. Él y su hermano estaban vetados. Que lo hiciera el padre era tolerado con irritación, probablemente solo porque era él quien había pagado los muebles hacía unos doscientos años.

En fin.

Al menos el puesto de mando de Wrath tenía una apariencia acorde con las circunstancias. La silla del rey era tan grande como un coche, probablemente pesaba lo mismo que un BMW, y estaba hecha de una madera fuerte y torneada que la identificaba como el trono de la raza. Y el inmenso escritorio que se alzaba delante tampoco parecía apto para cualquiera.

Esa noche, como de costumbre, Wrath tenía el aspecto del asesino que era: silencioso, intenso y letal. A su lado estaba Beth, su reina y shellan, en actitud solemne y seria. Y al otro lado se hallaba George, su perro guía, que parecía sacado de una postal. Los golden retriever tienen esa cualidad: siempre son pintorescos, bonitos, adorables.

Parecía más el perro de Donny Osmond que el de un señor de la noche.

Pero Wrath compensaba esa imagen de blandura más que sobradamente.

De pronto, Qhuinn bajó sus ojos de distintos colores hacia la alfombra. No quería ver a quien estaba al lado de la reina.

Joder.

Su visión periférica parecía estar funcionando demasiado bien esa noche.

Su puto primo, ese malnacido de Saxton el Magnífico, siempre con su elegante traje y su finura Montblanc, se encontraba de pie, al lado de la reina, y parecía una combinación de Cary Grant y un modelo de una maldita firma de perfumes.

No es que Qhuinn estuviera amargado porque ese tío compartiera la cama con Blay.

No. Por supuesto que no.

Es que ese maldito chupapollas…

En ese momento, Qhuinn pensó que tal vez debería cambiar ese insulto por algo que no tuviera que ver con lo que esos dos hacían…

Dios, no quería pensar en eso. Si quería seguir respirando no podía evocar tan dolorosa imagen.

Blay también estaba presente, pero se mantenía alejado de su amante. Siempre era así. Ya fuera en estas reuniones, o en cualquier otro lugar, nunca se situaban a menos de un metro de distancia.

Lo cual era lo único que salvaba a Qhuinn, teniendo en cuenta que vivía en la misma casa que ellos. Nadie los había visto nunca besándose ni agarrados de la mano.

Aunque… eso no impedía que Qhuinn se pasara los días despierto, torturándose al pensar en toda clase de posiciones del *Kamasutra*…

De pronto se abrió la puerta del estudio y Tohrment entró arrastrando los pies. Joder, parecía que lo acabara de atropellar un camión de mudanzas. Tenía los ojos hundidos y el cuerpo rígido y fue a sentarse junto a John y Xhex.

Tras la llegada de Tohr, la voz de Wrath se alzó por encima de la charla de los demás y todos guardaron silencio.

—Ya que estamos todos, voy a ir al grano. Le cedo la palabra a Rehvenge, porque yo no tengo mucho que decir sobre esto, así que creo que será mejor que él os cuente de qué se trata.

Mientras los hermanos murmuraban en voz baja, el desgraciado del penacho clavó su bastón en el suelo y se puso de pie. Como siempre, el mestizo iba vestido con un traje negro a rayas —¡por Dios, Qhuinn estaba comenzando a odiar todo lo que tuviera solapas!— y un abrigo de visón con el que se mantenía caliente. Con las tendencias symphaths bajo control gracias a las inyecciones regulares de dopamina, sus ojos eran de color violeta y no parecían tan perversos.

Perversos, sí, porque en realidad Rehv no era alguien a quien quisieras tener como enemigo y no solo por el hecho de que, al igual que Wrath, fuera el líder de su pueblo. Su trabajo diurno era ser el rey de la colonia symphath que se situaba al norte del Estado, mientras que las noches las pasaba allí, en la mansión, con su shellan Ehlena, haciendo vida vampira. Y los dos debían mantenerse aparte.

No hacía falta decir que tener a Rehv de su parte era muy importante para la Hermandad.

—Hace unos días, cada uno de los vampiros que dirigen los linajes supervivientes recibió una carta. —Rehv metió la mano en su abrigo de piel y sacó lo que parecía ser un pergamino a la antigua usanza—. Enviada por correo convencional, escrita a mano y en Lengua Antigua. La mía tardó un tiempo en llegar a mis manos porque la enviaron primero a mi casa de campo en el norte. No, no tengo idea de cómo consiguieron la dirección. Puedo asegurar que todo el mundo ha recibido una igual.

Rehv apoyó el bastón contra el sofá y abrió el pergamino con la punta de los dedos, como si no le gustara mucho tocar aquella cosa. Luego, con una voz ronca y profunda, leyó cada frase en la lengua antigua en la que estaba escrita.

> *Mi querido y viejo amigo:*
> *Me dirijo a usted para informarle de mi llegada a la ciudad de Caldwell con mis soldados. Aunque llevamos mucho tiempo residiendo en el Viejo Continente, los funestos sucesos ocurridos en esta jurisdicción en los últimos años nos han impedido continuar tranquilamente en el lugar donde habíamos fijado nuestro domicilio.*
>
> *Como tal vez sea de su conocimiento, gracias a informes de parientes que viven al otro lado del mar, nuestros continuos esfuerzos han logrado erradicar a la Sociedad Restrictiva de la tierra de nuestros ancestros y por eso hoy nuestra raza puede vivir allá en paz y total seguridad. Es evidente que ha llegado el momento de que traigamos este fuerte brazo protector a este lado del océano, donde la raza ha tenido que padecer terribles pérdidas de vidas que, tal vez, se podrían haber evitado si hubiésemos venido antes.*
>
> *No pido nada a cambio de nuestro servicio a la raza, aunque agradecería tener la oportunidad de reunirme con usted y el Consejo, aunque solo sea para expresarles mis más sinceras condolencias por todo lo que han sufrido desde los últimos ataques. Es una vergüenza que las cosas hayan llegado a este punto y eso refleja el mal estado de ciertos segmentos de nuestra sociedad.*
>
> *Cordialmente,*
> *Xcor*

Cuando Rehv terminó de leer, dobló de nuevo el papel y lo guardó. Nadie dijo nada.

—Esa también fue mi reacción —murmuró al cabo Rehv con sarcasmo.

Pero ese comentario pareció abrir las compuertas y se produjo la inundación: todo el mundo comenzó a hablar al mismo tiempo y a lanzar toda clase de insultos y amenazas.

Wrath cerró el puño y dio un golpe tan fuerte que la lámpara se tambaleó y George corrió a esconderse debajo del trono de su amo. Cuando por fin se restauró el orden, había tanta tensión en el ambiente que aquello parecía una caldera a punto de estallar. El aire se podía cortar con un cuchillo.

Wrath tomó la palabra.

—Tengo entendido que ese bastardo estaba anoche en los callejones.

—Nos encontramos con Xcor, sí —confirmó Tohrment.

—Así que la carta no miente.

—No, pero seguramente la escribió otro. Él es analfabeto…

—Me ofrezco a enseñar a leer a ese maldito —murmuró V—, metiéndole por el trasero toda la maldita Biblioteca del Congreso.

Cuando los gruñidos de aprobación comenzaron a imponerse de nuevo, Wrath volvió a dar un golpe sobre el escritorio.

—¿Qué sabemos de su gente?

Tohr se encogió de hombros.

—Suponiendo que todavía conserve a los mismos, son cinco en total. Tres primos. Un tal Zypher, que parece una estrella del cine porno… —Rhage carraspeó al oír eso. Aunque ahora era un macho felizmente apareado, era evidente que Hollywood sentía que la raza tenía una, y solo una, leyenda sexual: él—. Y Throe, que estaba con él en ese callejón —concluyó Tohr, haciendo caso omiso de Rhage—. Mirad, no voy a engañaros, es evidente que Xcor está planeando algo contra…

Al oír que Tohr dejaba la frase sin terminar, Wrath asintió con la cabeza y remachó.

—Contra mí.

—Lo que significa contra nosotros…

—Sí, contra nosotros…

—Sí, contra nosotros…

Sonaron una y otra vez más voces de las que se podían contar, todas expresando el mismo compromiso desde cada rincón del salón, cada sillón y cada pared en la que había alguien recostado. La clave era que, a diferencia del padre de Wrath, este rey había sido primero un guerrero y un hermano, así que los lazos que se habían formado no eran consecuencia de ningún deber impuesto, sino del hecho de que Wrath había estado muchas veces con ellos en el campo de batalla y les había salvado el pellejo en varias ocasiones. Era un hermano de armas.

El rey esbozó una ligera sonrisa.

—Os agradezco el apoyo.

—Xcor tiene que morir. —Al notar que todo el mundo se volvía a mirarlo, Rehvenge se encogió de hombros—. Es muy sencillo. No hay que enfangarse con protocolos y estúpidas reuniones. Simplemente hay que matarlo.

—¿No te parece que eso sería un poco sangriento? —Wrath hizo esta pregunta arrastrando las palabras.

—De un rey a otro, déjame decirte que lo que te mereces es un corte de mangas. —Rehv sonrió para quitar hierro a sus propias palabras—. Los symphaths somos famosos por nuestra eficiencia.

—Sí, entiendo tus razones. Desgraciadamente, la ley dice que tiene que atentar contra mi vida antes de que yo pueda mandarlo a la tumba.

—No creo que tarde en intentar matarte.

—Cierto, pero mientras no ocurra tenemos las manos atadas. Ordenar el asesinato de quien aparentemente es un macho inocente no nos va a ayudar ante los ojos de la glymera.

—¿Y por qué tendrías que estar asociado con su muerte?

—Además, si ese desgraciado es inocente, yo soy el conejito de Pascua —apuntó Rhage.

Alguien decidió tomarle el pelo.

—Ah, perfecto. De ahora en adelante te llamaremos el Conejito Hollywood.

—El conejito bestial —apuntó otra voz.

—Podríamos ponerte en un anuncio de chocolate Cadbury y por fin haríamos dinero…

—¡Silencio! ¡No es momento de idioteces! —vociferó Rhage—. La cuestión es que ni es inocente ni yo soy el conejito de Pascua…

—¿Dónde tienes tu canasta?

—¿Puedo jugar con tus huevos?

—Salta, conejito…

—¿Queréis callar? ¡Por favor!

Después de otros cuantos comentarios del mismo talante, Wrath tuvo que volver a dar un golpe en el escritorio. La explicación de todas esas bromas era obvia: todo el mundo estaba tan tenso que si no liberaban un poco de vapor las cosas se iban a poner muy feas. De ninguna manera significaba que la Hermandad no estuviese totalmente concentrada. Como mínimo, todos se sentían igual que Qhuinn, medio deprimidos, medio enfurecidos.

Wrath era la esencia de su vida, la base de todo, la estructura viviente de la raza. Después de los brutales asaltos de la Sociedad Restrictiva, lo que quedaba de la aristocracia había huido de Caldwell hacia casas de seguridad ubicadas fuera de la ciudad. Lo último que necesitaban los vampiros era más división, y menos si eso implicaba derrocar violentamente a su legítimo rey.

Y Rehv tenía razón: el regicidio se estaba cociendo. Demonios, hasta Qhuinn podía ver todo el plan: paso uno, sembrar dudas en las cabezas de la glymera acerca de la capacidad de la Hermandad para proteger a la raza. Paso dos, llenar el «vacío» en las calles con esos soldados de Xcor. Paso tres, buscar aliados en el Consejo y fomentar la irritación contra el rey y la falta de confianza en él. Paso cuatro, destronar a Wrath y manipular la tormenta. Paso cinco, presentarse como el nuevo líder.

Cuando por fin se restableció el orden en la abarrotada estancia, Wrath parecía realmente molesto.

—El próximo idiota que me obligue a dar otro golpe en el escritorio va a salir volando de aquí con una patada en el trasero. —Y al tiempo que decía estas palabras, se agachó para agarrar a su cobarde retriever de cuarenta kilos y ponerlo de nuevo junto a sus pies—. Estáis asustando a mi perro y eso me cabrea.

Mientras el animal apoyaba la cabeza sobre el brazo del rey, Wrath comenzó a acariciarlo. Era una imagen absolutamente incongruente: el vampiro cruel y aterrador calmando al perrito lindo y manso.

Pero lo cierto era que el amo y el can tenían una especialísima relación, donde reinaban la confianza y el amor.

El rey prosiguió:

—Ahora, si por fin estáis listos para razonar, os diré lo que vamos a hacer. Rehv va a tratar de retrasar a Xcor todo lo que pueda.

Rehv recogió el guante:

—Todavía creo que deberíamos meterle un cuchillo en el ojo izquierdo, pero si eso no es posible, es verdad que tenemos que neutralizarlo. Está claro que quiere observar y dejarse ver y, como leahdyre del Consejo, yo puedo bloquearle el camino hasta cierto punto. No necesitamos que su voz llegue a oídos de la glymera.

—Entretanto —volvió a hablar Wrath—, trataré de reunirme personalmente con los cabezas de familia, en su propio terreno.

Estas palabras provocaron gran revuelo en el salón, a pesar de las advertencias del rey, que seguía pidiendo orden. Nadie quería que el rey se expusiera tanto. Prácticamente todos saltaron de sus sillas y alzaron el brazo daga en mano.

Mala idea, pensó Qhuinn, que estaba de acuerdo con los otros.

Wrath los dejó protestar durante un momento. Luego retomó el control de la reunión.

—No puedo esperar que me apoyen si no me gano ese apoyo, y llevo décadas, en algunos casos siglos, sin ver a muchas de esas personas. Mi padre se reunía con la gente cada mes, y a veces cada semana, para resolver las disputas.

Una voz se distinguió sobre las demás:

—¡Tú eres el rey! No tienes que hacer nada…

—¿No habéis visto lo que dice la carta? La realidad es que si no respondo de forma activa, si no agarro el toro por los cuernos, estaremos perdidos. Escuchad, hermanos: si estuvierais en el campo de batalla a punto de enfrentaros al enemigo, ¿os distraeríais contemplando el paisaje? ¿Fantasearíais sobre la disposición de las calles, los edificios, los coches, o pensaríais si hace frío o calor, si llueve o está seco? ¡No!, ¿verdad? Entonces, ¿por qué debería engañarme pensando que la tradición me puede proteger cuando estalle el tiroteo? En tiempos de mi padre, la tradición era como un chaleco antibalas, eso es verdad. Pero ¿ahora lo es? No es más que papel, hermanos. Bien lo sabéis.

Hubo un largo momento de silencio y luego todo el mundo miró a Tohr. Se diría que estaban acostumbrados a recurrir a él cuando las cosas se ponían difíciles.

—Wrath tiene razón. —El hermano no podía disimular su irritación. Luego clavó la mirada en Wrath—. Pero debes saber que no vas a hacerlo solo. Tendrás que llevar contigo a dos o tres de nosotros. Y las reuniones se harán en el curso de varios meses. Si las concentras mucho, parecerás desesperado y por lo tanto débil. Pero, y esto es más importante aún, no quiero que nadie tenga la oportunidad de organizarse para atacarte. Los lugares de las citas deberán ser revisados primero por nosotros y… —En ese momento, Tohr hizo una pausa para mirar a su alrededor—. Tienes que ser consciente de que vamos a estar muy nerviosos. Dispararemos a matar si tu vida está en peligro, sin importar de quién venga la amenaza, macho o hembra, doggen o jefe de familia. No vamos a pedir permiso para atacar, ni a dejar heridos ni hacer prisioneros. Si puedes aceptar esas condiciones, te permitiremos hacerlo.

En otra época nadie podría hablar de esa manera y salir de la reunión de una pieza. Antes el rey daba órdenes a la Hermandad, no al revés. Pero el mundo estaba cambiando, tal como había dicho el propio Wrath.

El rey apretó los dientes y frunció el ceño durante un rato. Luego gruñó y dio su respuesta.

—De acuerdo.

Hubo una explosión general, mezcla de furia y júbilo, en el curso de la cual Qhuinn se sorprendió mirando a Blay. Dios, otra vez la misma tortura. Por eso Qhuinn evitaba a Blay como si fuera la peste. Con solo una mirada quedaba descompuesto, sujeto a toda clase de reacciones, como si la habitación comenzara a girar como un…

De pronto, seguramente por casualidad, los ojos de Blay se cruzaron con los suyos.

Y Qhuinn se sintió como si le hubieran puesto un cable de alto voltaje en el trasero: su cuerpo comenzó a temblar tanto que tuvo que ocultar la reacción fingiendo un ataque de tos y desviando la mirada.

No era el mejor disimulo, desde luego.

Mientras, el rey seguía hablando:

—… Y, entretanto, quiero averiguar dónde se refugian esos soldados.

—Yo puedo ocuparme de eso —dijo Xhex.

Todas las cabezas se volvieron hacia ella. A su lado, John se puso rígido desde la coronilla hasta la punta de los pies y Qhuinn maldijo entre dientes. No se le iba de la cabeza el espectáculo que acababa de dar la dichosa pareja recién apareada, mucho más escandalosa que su fingido acceso de tos. Joder, había ocasiones en las que Qhuinn realmente se alegraba de no tener vida social.

Otra vez no, pensó John para sus adentros. Por Dios Santo, acababan de volver a dirigirse la palabra… y ¿ahora esto?

Si había llegado a la conclusión de que luchar hombro a hombro con Xhex sí que era un problema, la idea de que ella tratara de infiltrarse en la casa de la Pandilla de Bastardos era francamente inconcebible. John apoyó la cabeza en la pared y se dio cuenta de que todo el mundo estaba mirándolo. Hasta el perro. Incluso los ojos marrones de George apuntaban en su dirección.

Xhex estaba fuera de sí:

—¿Por qué no contestáis? ¿Esto es una broma? ¿Queréis joderme?

Pero nadie la miraba pese a sus duras palabras. Toda la atención seguía puesta en John. Era evidente que todos estaban esperando a que él, como su hellren, aprobara o no lo que ella acababa de proponer.

Y John no reaccionaba, atrapado entre dos fuegos: los deseos de su hembra y el terror de que le ocurriese una desgracia.

Wrath carraspeó.

—Bueno, esa es una propuesta muy estimable…

A la hembra se le salían los ojos de sus órbitas:

—¿Una propuesta muy estimable? ¡No os estoy invitando a dar un paseo por el bosque!

Di algo, se dijo John. Mueve las puñeteras manos y dile… ¿Qué le vas a decir? ¿Que estás de acuerdo con que vaya a buscar a seis machos sin conciencia? ¿Después de lo que Lash le había hecho? ¿Qué pasaría si la capturaran y…?

John sentía que se estaba desmoronando. Sí, Xhex era feroz, fuerte y capaz. Pero era tan mortal como cualquiera. Y sin Xhex, él no querría seguir viviendo.

Rehvenge agarró su bastón y se puso de pie.

—¿Por qué no vamos a discutir el asunto tú y yo?

La guerrera puso los ojos como platos.

—¿Cómo? ¿Discutir? ¿Como si yo fuera la que está equivocada? No te ofendas, pero vete a la mierda, Rehv. Todos necesitáis mi ayuda.

Mientras los demás machos presentes miraban al suelo, el rey symphath sacudió la cabeza.

—Las cosas son distintas ahora.

—¿Por qué?

—Vamos, Xhex...

—¿Es que os habéis vuelto locos? ¿Solo porque él tiene mi nombre grabado en su espalda de repente me he convertido en una especie de prisionera?

—Xhex...

—Ah, no, de ninguna manera. Te puedes meter ese tonito supuestamente razonable por donde te quepa —espetó Xhex mientras miraba, desafiante, a los machos. Luego clavó los ojos en Beth y Payne—. No sé cómo lo soportáis. Realmente no lo entiendo.

John estaba tratando de pensar qué decir para evitar la colisión, pero todo resultaba inútil. Demasiado tarde. Las dos locomotoras ya se habían estrellado y ahora había metales retorcidos y humeantes por todas partes.

Desolado, vio que Xhex se dirigía a la puerta, como si se dispusiera a destrozarla con sus propias manos simplemente para demostrar que tenía razón.

Cuando trató de seguirla, ella lo fulminó con la mirada.

—Si no vienes a decirme que estás de acuerdo con que vaya tras Xcor, quédate exactamente donde estás. Porque entonces perteneces a este anacrónico grupo de misóginos y no a mi mundo.

John levantó las manos y habló por señas:

—¿Qué tiene de malo querer que estés a salvo?

—Esto no tiene nada que ver con mi seguridad, sino con la necesidad de controlarme.

—¡No es cierto! Hace menos de veinticuatro horas estabas herida...

—Muy bien. Tengo una idea. Yo quiero que tú estés a salvo, así que ¿por qué no dejas de combatir? —Xhex se volvió y miró a Wrath—. ¿No vas a apoyarme, milord? ¿Y qué decís vosotros, imbéciles? ¿Por qué no le regalamos a John una falda y un par de medias de seda? Vamos, apoyadme. ¿No? ¿Os parece que no sería «justo»?

En ese momento, John no pudo más y perdió el control. No quería hacer lo que hizo, pero sucedió. Pateó el suelo estruendosamente para recabar la atención de todos y señaló... directamente a Tohr.

—No quiero acabar como él.

Ese simple gesto y esa descarnada frase provocaron un tenso y horrible silencio.

John y Xhex no solo habían lavado los trapos sucios a la vista de todos, sino que al parecer también acabarían aireando los asuntos de Tohr.

¿Y qué hizo Tohr? El hermano simplemente cruzó los brazos sobre el pecho y asintió con la cabeza. Solo una vez.

Xhex sacudió la cabeza.

—Tengo que salir de aquí. Necesito aclarar mis ideas. John, si sabes lo que te conviene, no me sigas.

Y, con esas palabras, desapareció.

Entonces John se restregó la cara con violencia, impotente, sin saber qué hacer.

Wrath intervino en voz baja pero firme.

—¿Qué tal si lo dejamos por esta noche y todo el mundo atiende sus ocupaciones? Quiero hablar con John. Tohr, quédate tú también.

No tuvo necesidad de repetirlo. La Hermandad y los demás salieron como si hubiese un ladrón en el jardín y les estuviesen robando el coche.

Beth también se quedó. Al igual que George.

Cuando las puertas se cerraron, John miró a Tohr.

—Lo siento.

—Bah, no te preocupes. —Tohr dio un paso adelante—. Yo tampoco quiero que tú pases por lo que yo estoy viviendo.

El hermano abrazó a John y este se dejó abrazar. De inmediato, el joven mudo se derrumbó y estalló en sollozos contra el pecho que en otro tiempo fuera tan fuerte.

Entonces John oyó la voz serena de Tohr en su oído:

—Está bien, tranquilo. Estoy aquí contigo. Está bien…

Algo más sereno, John volvió la cabeza hacia un lado y se quedó mirando la puerta por la que se había marchado su shellan. Cada fibra de su ser deseaba ir tras ella, pero esas mismas fibras los estaban separando, porque anhelaban tenerla a salvo. Racionalmente, John entendía todo lo que ella decía, pero su corazón y su cuerpo se hallaban bajo el dominio de una cosa distinta, algo más grande y más primordial. Y ese algo terminaba por dominarlo todo.

Era la pasión, el amor.

Y estaba mal. Era una falta de respeto. Demostraba una mentalidad más anticuada de lo que pensaba sobre sí mismo. John no creía que las hembras tuvieran que vivir encerradas, y tenía mucha fe en su compañera, y quería que ella...

Estuviera a salvo.

Punto.

Tohr seguía consolándole.

—Dale un poco de tiempo y después iremos a buscarla, ¿vale? Yo te acompañaré.

—Buen plan —dijo Wrath—, porque ninguno de los dos va a salir a las calles esta noche. —El rey levantó las palmas de las manos para acallar las incipientes protestas—. ¿Verdad?

John y Tohr guardaron silencio.

El rey se dirigió a Tohr.

—Entonces, ¿estás bien? ¿No te sientes ofendido?

Tohr sonrió con amargura.

—Ya vivo en el Infierno y las cosas no van a empeorar solo porque él me ponga como ejemplo de lo que no quiere que le suceda.

—¿Estás seguro?

—No te preocupes por mí.

—Es más fácil decirlo que hacerlo. —Wrath movió la mano con un gesto que indicaba que ya no quería hablar más del asunto—. ¿Entonces hemos terminado?

Al ver que Tohr asentía con la cabeza, daba media vuelta y se encaminaba hacia la puerta, John hizo una reverencia a la Primera Familia y lo siguió.

No tuvo que correr para alcanzarlo. Tohr lo estaba esperando en el corredor.

—Escúchame bien: no pasa nada, no hay ningún problema. De verdad.

—De verdad lo siento. Todo esto me duele mucho. Y..., mierda, yo también extraño a Wellsie, de verdad la echo de menos.

Tohr parpadeó brevemente. A continuación habló con voz firme.

—Lo sé, hijo. Sé que también fue una pérdida para ti.

—¿Crees que Xhex le habría agradado?

—Sí. —Un remedo de sonrisa atravesó el adusto rostro del hermano—. Solo la vio una vez, y fue hace mucho tiempo, pero sintonizaron bien, y si hubiesen tenido más tiempo…, se habrían entendido de maravilla. Ay, John, en una noche como esta, ¡qué bien nos hubiera venido su apoyo, tan firme, tan femenino!

—Muy cierto —convino John, al tiempo que pensaba en cómo acercarse a Xhex.

Al menos se podía imaginar adónde había ido: sin duda había regresado a su casa en el río Hudson. Ese era su refugio, su espacio privado. Y cuando él se presentara en su puerta, lo único que podía hacer era rezar para que no lo despachase con una patada en el trasero.

Pero tenían que resolver este asunto de algún modo.

—Creo que lo mejor será que vaya solo. Lo más probable es que el asunto se ponga feo.

En realidad quería decir más feo.

—Me parece bien. Solo quiero que sepas que estaré aquí si me necesitas.

¿No era siempre así?, se preguntó John cuando se separaron. Claro que lo era. Parecía que se conocían desde hacía siglos, en vez de unos pocos años. John pensó que eso es lo que ocurre cuando te cruzas con alguien con quien entablas de inmediato una relación de tanta amistad.

Te sientes como si hubieses estado con esa persona toda la vida.

10

Yo lo haré.

Al oír la voz de N'adie, el grupo de doggen a los que estaba espiando desde atrás se volvió hacia ella. Lo hicieron todos al tiempo, como se mueve una bandada de pájaros. En el modesto cuarto de estar había varios machos y hembras, cada uno con el uniforme adecuado para el papel que desempeñaba, ya fuera cocinera o limpiadora, panadero o mayordomo. N'adie los había encontrado mientras daba un paseo por la casa y ciertamente no iba a desperdiciar esa oportunidad.

El doggen de mayor rango, Fritz Perlmutter, parecía a punto de desmayarse. Lógico, porque había sido el doggen de su padre hacía muchos años y tenía especiales dificultades para aceptar que ella se definiera ahora como una criada.

—Mi querida ama…

—No me llames así. Soy N'adie. Ahora me llamo N'adie. Te ruego que te dirijas a mí solo de esa manera. Y, como ya dije, yo puedo encargarme de la lavandería en el centro de entrenamiento.

Ni siquiera sabía dónde estaba.

El trabajo del día anterior con el famoso vestido había sido como una bendición, pues la había mantenido ocupada y le había permitido entretenerse mientras pasaban las horas. Lo mismo solía ocurrir en el Otro Lado, sus ocupaciones manuales eran lo único que la tranquilizaba y le daba cierto respiro a su existencia.

En realidad había ido allí con un objetivo claro: tratar de establecer contacto con su hija, pero estaba recién apareada y por el momento tenía otras prioridades, lógicamente. También había ido, en fin, en busca de un poco de paz, pero la verdad era que no lograba ese objetivo. Incluso su locura parecía ir en aumento.

Para colmo, había estado a punto de tener un altercado con Tohrment al comienzo de la mañana.

Al menos él había cogido el vestido, pues ya no estaba donde lo había colgado apresuradamente al ver que el macho reaccionaba de manera tan brusca...

De pronto N'adie notó que el mayordomo la miraba con angustia expectante, como si acabara de decir algo que requiriese una respuesta.

—Por favor, llévame hasta allí —dijo la encapuchada— y muéstrame lo que hay que hacer.

Al ver que la cara arrugada del viejo mayordomo se entristecía aún más, N'adie se dio cuenta de que esa no era la respuesta que esperaba el pobre hombre.

—Ama...

—N'adie, por favor. Te lo ruego: muéstrame el camino.

Todos los doggen parecían enormemente preocupados. Cualquiera hubiera dicho que acababan de enterarse de que llegaba el fin del mundo.

N'adie insistió y le habló dulcemente al mayordomo:

—Y gracias anticipadas por facilitarme mi labor.

Convencido al fin de que no iba a ganar, el jefe de los doggen hizo una reverencia.

—Por supuesto, am..., quiero decir, N'..., yo...

N'adie se compadeció del mayordomo al ver que no era capaz de llamarla por su nombre.

—Eres muy amable. No te preocupes, te sigo.

El mayordomo pidió a los demás que se marcharan y la guio a través de la cocina hasta el vestíbulo y luego atravesaron otra puerta que era nueva para ella. Mientras avanzaban, N'adie evocaba la chica que fue en otra época, la altiva hija de una familia adinerada, que se negaba a cortar su propia carne, o a cepillarse el pelo, o a vestirse. ¡Qué imbécil! Al menos ahora que no era nadie y no tenía nada, sabía con claridad cómo pasar el tiempo de una manera significativa y útil: trabajando. El trabajo era la clave.

—Por aquí. —El mayordomo abrió una puerta que estaba escondida debajo de la magnífica escalera del vestíbulo principal—. Permítame enseñarle la contraseña.

—Gracias.

Le dio la clave y N'adie se esforzó por memorizarla.

Mientras seguía al doggen a través de un largo y estrecho pasadizo subterráneo, la encapuchada pensó que si se iba a quedar en ese lado necesitaba encargarse de algunas tareas y deberes, aunque eso inquietara al doggen, a la Hermandad, a las shellans... Porque eso era mucho mejor que la prisión a la que equivalía vivir sumida obsesivamente en sus propios pensamientos.

Salieron del pasadizo a través de la parte posterior de un armario y entraron a una habitación en la que había un escritorio, varios armarios de metal y una puerta de vidrio.

El doggen carraspeó.

—Este es el centro de entrenamiento, que también alberga las instalaciones médicas. Tenemos aulas, un gimnasio, taquillas, una sala de pesas, una zona de fisioterapia y una piscina, entre otras instalaciones. Varios doggen se encargan de la limpieza profunda de cada sección. —Hablaba con un tono solemne, como si no pudiese olvidar que se dirigía a la invitada del rey. Además, parecía orgulloso del buen funcionamiento del personal a su cargo—. Pero la doggen responsable de la lavandería ha caído enferma, apenas puede mantenerse en pie. Por favor, por aquí.

Cruzaron la puerta acristalada, salieron a otro corredor y se dirigieron a una habitación de puertas dobles que estaba equipada de la misma manera que el cuarto de ropas del que había hecho uso la noche anterior en la mansión. Durante los siguientes veinte minutos, N'adie recibió una auténtica conferencia sobre cómo funcionaban las máquinas. Luego el mayordomo repasó con ella un plano de las instalaciones para que supiera bien dónde debía recoger las cestas de ropa sucia y dónde tenía que dejar la ropa limpia.

Por fin, después de un incómodo silencio y una despedida todavía más incómoda, N'adie se quedó sola y feliz.

En medio de la lavandería, rodeada de lavadoras, secadoras y mesas para doblar, cerró los ojos y respiró hondo.

Ah, la maravillosa soledad y el feliz peso de los deberes que ella misma se había impuesto. Durante las siguientes seis horas, solo tenía que pensar en un montón de toallas y sábanas blancas: en dónde encontrarlas, cómo meterlas en las máquinas, cómo doblarlas, cómo devolverlas a sus lugares de origen.

Allí no había cabida para el pasado ni los remordimientos. Solo trabajo.

Agarró el carrito, lo llevó hasta el corredor e inició el recorrido, comenzando por la clínica. Empezó el ir y venir a la lavandería. Metió la primera carga en la inmensa lavadora, volvió a salir y entró en un cuarto donde había una montaña de ropa sucia. Necesitó hacer dos viajes para llevar todas esas toallas. Luego hizo un montón con ellas en el centro, junto al desagüe que había en el suelo de cemento gris.

Su parada final fue la última puerta a mano izquierda, donde estaba la piscina. Mientras avanzaba, las ruedas del carrito hacían un peculiar ruido, al igual que sus pies torcidos. El carrito le servía de andador, le daba más estabilidad y le permitía caminar más rápido.

Oyó una música procedente de la zona de natación. Aminoró el paso y luego se detuvo.

Las notas llamaron su atención, pues todos los miembros de la Hermandad y sus shellans se habían marchado a ocuparse de sus asuntos. Pensó que tal vez alguien se había dejado la música puesta después de darse un baño.

Al entrar en una antesala grande y de techo bajo con las paredes cubiertas de mosaicos que representaban la figura de varios machos atléticos, N'adie sintió con tanta fuerza el golpe del calor y la humedad que fue como si se estrellara contra una cortina de terciopelo. Había un extraño olor en el aire, como a productos químicos, que le hizo preguntarse con qué tratarían el agua allí. En el Otro Lado todo se mantenía siempre fresco y limpio, pero N'adie sabía que en la Tierra las cosas eran distintas.

Dejó el carrito en la entrada y avanzó hacia un espacio grande que parecía una cueva. Alargó el brazo para tocar los tibios baldosines que recubrían la pared y deslizar sus dedos por los cielos azules y los campos verdes del mosaico, evitando, eso sí, las figuras de los machos con sus arcos y sus posiciones de defensa y ataque.

A N'adie le encantaba el agua. Adoraba flotar en el agua, aquella frescura que le aliviaba los dolores de la pierna, la sensación de libertad que le proporcionaba.

Avanzó acariciando el mosaico, hasta que al doblar una esquina…

—¡Ay…, Virgen Santísima!

La piscina era cuatro veces más grande que el mayor estanque del Otro Lado y el agua brillaba con un color azul pálido, probablemente debido a las baldosas que recubrían su pronunciada hondura. Unas rayas negras la atravesaban de lado a lado, marcando las calles. Había una serie de números a lo largo del borde, que debían de indicar la profundidad de cada zona. El techo era abovedado y estaba cubierto por más mosaicos. Contra las paredes había bancos para sentarse. El eco de la música era más fuerte allí, pero no demasiado. La misteriosa resonancia resultaba más bien agradable.

Al considerar que se encontraba sola, N'adie no pudo resistir la tentación de acercarse para probar la temperatura del agua con su pie descalzo.

Era tentadora. Muy tentadora.

Sin embargo, en lugar de ceder a la tentación de bañarse, se volvió a concentrar en sus deberes y regresó a donde estaba el carrito para recoger la ropa que había en una gran canasta de mimbre.

Antes de marcharse definitivamente, se detuvo un momento y volvió a mirar el agua.

La lavadora todavía no había terminado con la primera tanda de sábanas. Según sus cálculos, faltaban al menos cuarenta y cinco minutos para que terminara.

Miró el reloj de la pared.

Tal vez podría pasar unos cuantos minutos en la piscina, se dijo. Le vendría muy bien el agua para aliviar el dolor de la parte baja de la espalda. En los próximos minutos no había nada que pudiera hacer para adelantar su trabajo. Así que agarró una de las toallas recién dobladas y revisó de nuevo la antesala para asegurarse de que estaba sola. También se asomó al corredor. No había nadie por allí. Era el mejor momento para hacerlo, pues la servidumbre estaría limpiando el segundo piso de la mansión, cosa que siempre hacían entre la Primera y la Última Comida. Además, tampoco había nadie en tratamiento en la clínica, al menos por el momento.

Debía apresurarse.

N'adie fue cojeando hasta la piscina, se aflojó el cinturón con el que se cerraba el manto y se quitó la capucha. Luego se despojó del manto y, tras un breve momento de vacilación, se quitó también la túnica de lino y se quedó desnuda. Tenía que acordarse de llevar otra si quería volver a hacer esto. No podía perder el pudor.

Mientras doblaba sus cosas, observó deliberadamente su pierna mala y siguió con los ojos las cicatrices, que formaban en su piel un horrible mapa lleno de montañas y valles. En otro tiempo su pierna había funcionado perfectamente y era tan bella como las que dibujaban los artistas. Sin embargo, ahora era un símbolo de la persona en que se había transformado, un recuerdo de la desgracia que la había convertido en un ser inferior y, con el tiempo, en una persona mejor.

Qué triste paradoja.

Por fortuna había una barandilla cromada junto a las escaleras y a ella se agarró para mantener el equilibrio mientras entraba lentamente en el agua tibia. Luego se acordó de su trenza y la recogió cuidadosamente alrededor de la parte superior de la cabeza, asegurándose de que se mantuviera quieta.

Después se dejó llevar por el agua.

Cerró los ojos y se entregó a la querida sensación de ingravidez. El agua era como una brisa que acariciaba su carne, mientras unas invisibles manos líquidas sostenían su cuerpo. A medida que avanzaba hacia el centro, desistió del propósito de no mojarse el pelo y se puso de espaldas, mientras movía las manos en círculo para mantenerse a flote.

Por un instante se permitió sentir algo, abrir la puerta de sus sensaciones.

Y la experiencia fue… buena.

Solo en la mansión durante toda la noche, pues lo habían sacado de la rotación impidiéndole ir al combate, Tohr se sentía atrapado, resacoso, lo que equivale a decir que tenía un pésimo estado de ánimo.

La buena noticia era que, como la mayoría de la gente se había marchado o estaba ocupada, no impondría su tóxica presencia a nadie.

Con esa idea se dirigió al centro de entrenamiento, sin otra prenda que el bañador. Como había oído que la mayoría de las resacas eran producto de la deshidratación, decidió no solo ir a la piscina a sumergirse, sino llevar un poco de líquido para refrescarse el gaznate y el resto del organismo. Todo muy saludable.

¿Y qué líquido encontró? Vodka, lo que le encantó. Además, parecía agua.

Mientras avanzaba por el pasadizo, se detuvo un momento para darle un sorbo al Goose de V…

Mierda.

Los pensamientos no le dejaban en paz. El zapatazo de John contra el suelo, como si fuera el tañido de una campana, era algo que nunca iba a olvidar. Ni tampoco su dedo apuntándole directamente.

Hora de darle otro sorbo a la botella… O mejor dos.

Mientras retomaba el camino hacia lo que probablemente acabaría en naufragio, Tohr reconoció que se había convertido en un cliché andante. Antes de que le arrebataran a Wellsie, de vez en cuando había visto a otros hermanos en ese mismo estado, atravesando un momento de amargura y confusión, con mala cara y una botella en las manos para olvidar. Y nunca los había comprendido.

Pero ahora… ¡Por Dios! Comprendía a la perfección lo que les pasaba.

Uno hacía lo que tenía que hacer para sobrevivir hora tras hora. Y las noches en que no podías salir a pelear eran las peores. A menos, claro, que tuvieras frente a ti todo un día de luz e inactividad. Eso era todavía peor.

Al encaminarse hacia la piscina, Tohr se alegró de estar solo, de no tener que preocuparse por la expresión de su cara, de vigilar sus palabras, de controlar su arisco temperamento.

Cuando empujó la puerta de la antesala de la piscina, sintió que la presión arterial le bajaba gracias a la ola de humedad que lo envolvió. La música también ayudaba: por los altavoces se oía *The Joshua Tree*, un viejo clásico de U2.

La primera pista de que algo raro estaba pasando fue la pila de ropa que vio en el borde de la parte seca. Y tal vez, si no hubiese estado medio borracho, habría podido sumar dos más dos antes de…

Ver a una hembra en el centro de la piscina, flotando sobre el agua con la cara hacia arriba, los senos desnudos y brillantes y la cabeza hacia atrás.

—Mierda.

Era difícil saber qué ruido había sido peor, si su exclamación o el estallido de la botella de Goose contra el suelo… Quizá lo peor fue el chapoteo de N'adie, luchando por ocultar su desnudez y mantener la cabeza fuera del agua.

Tohr dio media vuelta y se tapó los ojos con las manos…

Pero, al girar, pisó un trozo de vidrio que se le clavó en el pie y el dolor le hizo perder el equilibrio (aunque tampoco necesitaba mucha ayuda en ese sentido, gracias a todo el vodka que se había tomado). Apoyó las manos al caer y terminó cortándose también la palma derecha.

Soltó un grito.

—¡Puta mierda!

Mientras Tohr andaba en esas, N'adie salió del agua y se echó el manto directamente sobre la piel mojada. Su larga trenza siguió meciéndose de un lado a otro mientras se ponía la capucha.

Tohr volvió a maldecir y se miró la herida. Genial. Tenía un corte justo en el centro de la mano con que empuñaba la daga, y la herida era de unos cinco centímetros de largo y un par de milímetros de profundidad.

Solo Dios sabía qué se había hecho en el pie.

—No sabía que estabas aquí —dijo a la mujer sin mirarla—. Lo siento.

Por el rabillo del ojo, Tohr vio que N'adie se estaba acercando y sus pies desnudos se asomaban por debajo del manto.

—¡No te acerques más! Hay trozos de cristal por todas partes.

—Ahora vuelvo.

—Bien —dijo el vampiro mientras levantaba el pie para ver en qué estado se encontraba.

Fantástico. La herida del pie era más larga, más profunda y sangraba más. Y todavía tenía el vidrio dentro.

Tohr agarró el pequeño triángulo de cristal y se lo sacó. Furioso, observó cómo pasaba la luz a través del trozo de vidrio empapado de sangre.

—¿Estás considerando la posibilidad de volverte cirujano?

Tohr levantó la vista hacia el doctor Manny Manello, el cirujano humano que se había convertido en el hellren de la gemela de V. El tío había llegado con un maletín de primeros auxilios y su habitual actitud de cordial suficiencia.

¿Qué pasaba con los cirujanos? ¿De dónde sacaban esa soberbia que rozaba el cretinismo? Eran casi tan desesperantes como los guerreros. O los reyes.

El humano se puso en cuclillas junto a él.

—Estás sangrando.

—¿De veras?

Cuando comenzaba a preguntarse dónde estaría N'adie, la hembra apareció con una escoba, una papelera con ruedas y un recogedor. Sin mirarles ni a él ni al humano, empezó a barrer con cuidado.

Al menos se había puesto zapatos.

Por Dios santo… En el agua estaba desnuda.

Mientras Manello le examinaba la mano y luego comenzaba a limpiar y a coser, Tohr observaba a la hembra por el rabillo del ojo. No se atrevía a mirarla directamente. En especial después de…

Por Dios…, *de verdad* estaba desnuda…

Muy bien, es hora de dejar de pensar en eso. Ya soy mayorcito.

Así que pensó en la cojera de la hembra y al notar que era bastante pronunciada, se preguntó si no se habría hecho daño al salir tan apresuradamente de la piscina para vestirse.

Una vez la había visto frenética. Pero solo una vez…

Fue la noche en que la rescataron de las garras del symphath.

Tohr mató al desgraciado. Le disparó en la cabeza y el bastardo cayó como una piedra. Luego Darius y él la montaron en un carruaje y partieron en dirección a la casa de su familia. Querían devolverla a su hogar, llevarla con sus seres queridos. Entregarla a aquellos que deberían haberla ayudado a recuperarse física y espiritualmente.

Pero cuando llegaron cerca de la mansión, ella saltó del carruaje, pese a que los caballos iban aún al galope. Tohr nunca olvidaría su imagen, con un camisón blanco, corriendo por el campo como si la estuvieran persiguiendo, aunque en realidad acababan de liberarla.

Ella sabía que estaba encinta. Y esa era la razón por la que quería huir.

Entonces ya cojeaba.

Ese fue su único intento de huida…, hasta los momentos posteriores al parto, cuando repitió la fuga, y funcionó.

Dios…, qué nervioso se había sentido por estar cerca de ella durante los meses que permanecieron juntos en la cabaña de Darius. Tohr no tenía ninguna experiencia con hembras de alcurnia. Por supuesto, había crecido rodeado de hembras cuando estaba con su madre, pero entonces solo era un niño, un pretrans. Pero en cuanto le llegó la transición lo sacaron de su casa y lo arrojaron al infierno del campo de entrenamiento del Sanguinario, donde había estado demasiado ocupado tratando de sobrevivir como para preocuparse por las mujeres. Ni siquiera por las prostitutas.

Al principio ni siquiera había conocido personalmente a Wellsie. Su compromiso fue una obligación contraída por su madre cuando él tenía veinticinco años, antes incluso de que ella naciera…

Tohr se revolvió con un gruñido. Manello levantó la vista de la aguja y el hilo.

—Lo siento. ¿Quieres más anestesia?

—Estoy bien.

Notó que la capucha de N'adie se movía. Lo había mirado. Después de un momento, la hembra siguió barriendo.

Puede que fuera el efecto del alcohol, o quién sabe qué, pero el caso es que de repente Tohr renunció a las formalidades y se permitió mirar abiertamente a la hembra, mientras el buen doctor terminaba su trabajo en la mano.

—¿Sabes una cosa? Voy a tener que conseguirte una muleta —murmuró Manello.

La mujer terció enseguida.

—Si me dice lo que necesita yo se lo traeré.

—Perfecto. Ve al cuarto donde se guarda el material médico, en el fondo del gimnasio. En la sala de fisioterapia, encontrarás…

Mientras el humano daba las instrucciones, N'adie asentía y la capucha se movía de arriba abajo, impidiendo distinguir sus rasgos. Tohr estaba tratando de recordar cómo era su rostro, pero no acababa de representárselo. Llevaba siglos sin verla; ese brevísimo instante en la piscina no contaba, ya que se encontraba muy lejos. Y cuando se había quitado la capucha frente a Xhex y él, antes de la ceremonia de apareamiento, estaba demasiado aturdido como para prestarle atención.

Era rubia, de eso estaba seguro. Y siempre le habían gustado las sombras, o al menos así había ocurrido mucho tiempo atrás, en la cabaña de Darius. Por aquel entonces tampoco le gustaba que la miraran.

—Muy bien, vamos bien. —Manello inspeccionaba ahora la sutura de la mano—. Vendemos esto y sigamos con el pie.

N'adie regresó justo cuando el cirujano estaba acabando de ponerle una venda en la mano.

—Puedes mirar si quieres.

Tohr frunció el ceño hasta que entendió que Manello estaba hablando con N'adie. La hembra daba vueltas alrededor de ellos y, aunque tenía la cara cubierta con la capucha y no podía ver su expresión, Tohr estaba seguro de que estaba preocupada.

—Fíjate bien. —Manello señaló el pie herido, dando explicaciones a la mujer—. Esto está peor que la mano, pero la palma de la mano es más importante, porque es con lo que él pelea.

Al ver que N'adie vacilaba, Tohr se encogió de hombros.

—Puedes mirar todo lo que quieras, si puedes soportarlo.

La hembra se colocó, decidida, detrás del doctor y cruzó los brazos debajo del manto, de modo que parecía una especie de estatua religiosa.

Una estatua que estaba muy viva: cuando él hizo un gesto de dolor por el pinchazo de la anestesia, la hembra se estremeció, como si la afectara el sufrimiento del guerrero.

Tohr evitó su mirada durante toda la curación.

Al cabo de un rato, el médico dio por terminado su trabajo.

—Listo, ya hemos terminado. Y antes de que lo preguntes, te diré que sí. Teniendo en cuenta lo rápido que os curáis, lo más probable es que estés bien para mañana por la noche. Dios santo, sois como coches: se estrellan, van al taller y al día siguiente están en la calle otra vez. Los humanos tardamos tanto en recuperarnos…

Bueno, en realidad Tohr todavía no estaba listo para que lo compararan con un Dodge. La fatiga que arrastraba siempre significaba que tenía que tomar sangre de una puñetera vez… El caso es que por su debilidad aquellas pequeñas heridas quizá podían tardar un poco más en sanar.

Aparte de aquella primera sesión con Selena, no había tomado de la vena de nadie desde…

No. No iba a pensar en eso. No necesitaba abrir esa puerta.

—No puedes apoyar el pie. —El cirujano daba las instrucciones mientras se quitaba los guantes—. Al menos hasta que amanezca. Y nada de piscina.

—No hay problema. —En especial, no había problema con la última recomendación. Después de lo que había visto flotando en el agua era posible que nunca más volviera a bajar a la piscina. A ninguna piscina, en realidad.

Lo único que había impedido que ese improvisado encuentro se convirtiera en un verdadero desastre era que, por parte de él, no había habido ninguna connotación sexual. Sí, estaba asombrado, pero eso no quería decir que quisiera…, en fin, eso, follar con ella o cualquier cosa así.

—Una pregunta —dijo el médico, mientras se levantaba y le ofrecía la mano.

Tohr aceptó la mano y se sorprendió al ver cómo el médico lo levantaba con facilidad.

—¿Qué?

—¿Cómo sucedió?

Tohr miró de reojo a N'adie, que apartó la mirada a toda velocidad.

—Se me cayó una botella.

—Ah, bueno… Los accidentes son inevitables. —El tono un poco irónico sugería que el médico no le había creído una palabra—. Llámame si me necesitas. Estaré en la clínica el resto de la noche.

—Gracias, amigo.

—De nada.

Y luego… Tohr y N'adie se quedaron otra vez solos.

11

Al ver que el sanador se marchaba, N'adie quiso alejarse inmediatamente de Tohrment. Parecía como si, en ausencia de otras personas, el hermano de repente estuviera más cerca de ella. Y que se hubiese vuelto mucho, mucho más grande.

En el silencio que siguió, N'adie tuvo la sensación de que deberían decirse algo, pero la verdad era que se sentía muy confundida. Mortificada, más bien, y tenía la sospecha de que, si al menos pudiera explicar lo que había ocurrido, tal vez podría sentirse mejor. También se hallaba incómoda por la forma en que la presencia física de Tohr parecía llenar todos sus sentidos. Era muy alto, más de treinta centímetros más que ella. Aunque estaba más delgado de lo que recordaba, y era mucho más liviano que sus hermanos, Tohr seguía siendo considerablemente más fornido y musculoso que cualquier macho de la glymera...

¿Por qué no era capaz de decir nada?, se preguntó N'adie.

Y mientras se preguntaba eso, no podía dejar de contemplar la increíble anchura de aquellos hombros y los gigantescos contornos de ese pecho y esos brazos largos y llenos de músculos. Sin embargo, el sentimiento no era de admiración sino, más bien, de extraño miedo ante todo ese poder físico... Un miedo quizá teñido de cierto remoto deseo.

Finalmente fue Tohrment el primero en reaccionar. Dio un paso atrás y habló con expresión de disgusto.

—No me mires así.

N'adie salió de su estupor y se recordó que Tohr era el macho que la había salvado, no un hombre al que debiera temer. Todo lo contrario.

—Lo siento…

—Escucha, quiero dejar esto bien claro. No estoy interesado en nada contigo. No sé qué clase de juego te traes…

—¿Juego?

El poderoso brazo del hermano señaló hacia la piscina.

—Esperando ahí a que yo llegara…

N'adie retrocedió.

—¿Qué? Yo no te estaba esperando ni a ti ni a nadie…

—¡Mientes!

—Lo revisé todo primero para asegurarme de que estaba sola…

—Pero estabas desnuda, flotando como cualquier ramera…

—¿Ramera?

Las voces airadas rebotaban contra las paredes como balas y sus trayectorias se cruzaban en uno y otro sentido.

Tohrment se inclinó hacia delante.

—¿Por qué viniste aquí?

—Trabajo en la lavandería…

—No me refiero al centro de entrenamiento, sino al maldito complejo.

—Quería ver a mi hija…

—Entonces, ¿por qué no has estado casi con ella?

—¡Está recién apareada! He tratado de ponerme a sus órdenes…

—Sí, ya veo. Y no solo a las órdenes de ella.

Al percibir la falta de respeto con que le estaba hablando Tohr, N'adie sintió ganas de huir, pero la actitud de él era tan injusta que eso la llenó de coraje.

—¿Cómo podía saber que ibas a entrar aquí? Pensé que todo el mundo había salido…

Tohrment acortó la distancia entre ellos.

—Voy a decir esto solo una vez: aquí no hay nada para ti. Los machos apareados de la casa están enamorados de sus shellans, Qhuinn no está interesado y yo tampoco. Si viniste buscando un hellren o un amante, tienes mala suerte…

—¡Yo no quiero ningún macho! —La violencia del grito femenino hizo que Tohr se callara—. Te voy a confesar una cosa, solo una vez: me mataría antes que volver a aceptar a otro macho dentro de mi cuerpo. Yo sé por qué me odias y respeto tus razones, pero no te quiero a ti ni a ningún otro. Jamás.

—Entonces te sugiero que vayas por ahí vestida.

N'adie lo habría abofeteado si hubiese podido alcanzarle la cara. Pero no era cuestión de dar un salto para borrar de la cara del hermano esa terrible expresión mediante la fuerza. Solo levantó el rostro y dijo con toda la dignidad de que era capaz:

—Quizá tú hayas olvidado lo que me hizo el último macho con el que estuve, pero te aseguro que yo no. Si eliges creerme o prefieres seguir engañado, ese ya no es mi problema.

Y cuando pasó cojeando frente a él, N'adie deseó, por una vez, que su pierna funcionara como antes: era más fácil mantener el orgullo con un paso ágil y armonioso.

Al llegar a la antesala se volvió a mirarlo. El hermano no se había dado la vuelta, así que N'adie se dirigió a sus hombros... y al nombre de la difunta shellan, que tenía grabado en la piel.

—Nunca más volveré a acercarme a esta piscina. Ni desnuda ni vestida.

Siguió renqueando hasta la puerta, temblando de pies a cabeza, y solo cuando sintió el golpe de aire frío del exterior se dio cuenta de que había olvidado llevarse el carrito de ruedas y la escoba, y de que también se había dejado la túnica.

Pero por nada del mundo volvería ahora a recogerlos, de eso estaba segura.

Una vez en la lavandería, N'adie se encerró con llave y se apoyó contra la pared.

De pronto sintió como si se ahogara y se quitó la capucha. En efecto, su cuerpo estaba caliente, pero no debido al pesado manto que llevaba puesto. En sus entrañas parecía haberse encendido una especie de fuego interno y un humo ardiente estaba llenando sus pulmones y robándole el oxígeno.

Era imposible reconciliar la figura del macho que había conocido en el Viejo Continente con la del que veía ahora. El primero era un poco torpe, pero nunca, jamás, había sido irrespetuoso. Se trataba de un alma caritativa que, por alguna razón, estaba·muy bien dotado para la guerra, pero conservaba la capacidad de sentir compasión.

Pero lo que había encontrado ahora no era más que un fantasma amargado.

Y pensar que había creído que arreglar el vestido serviría de algo…

Tendría más suerte tratando de mover la mansión con la mente.

Después de la abrupta partida de N'adie, Tohr se dijo que John Matthew y él verdaderamente tenían mucho en común: gracias a su temperamento, los dos llevaban ahora el disfraz del Capitán Imbécil, el cual incluía, por el mismo precio, la capa de la desgracia, las botas de la vergüenza y las llaves del fracaso.

Por Dios, ¿qué era lo que había dicho la pobre mujer?

«Quizá tú hayas olvidado lo que me hizo el último macho con el que estuve, pero te aseguro que yo no».

Tohr se pasó la mano por el rostro y gruñó. ¿Por qué diablos había pensado, aunque fuera por un segundo, que esa hembra podía tener algún interés sexual por un macho?

—Porque sabías que ella se sentía atraída por ti y eso te asustó.

Tohr cerró los ojos.

—Ahora no, Lassiter.

Naturalmente, el ángel caído hizo caso omiso de las barreras y la advertencia de prohibido el paso. El idiota de pelo rubio y negro fue a sentarse en uno de los bancos y apoyó los codos en las rodillas, mientras lo miraba con sus extraños ojos blancos y una expresión seria en el rostro.

—Es hora de que tú y yo tengamos una pequeña charla.

—¿Sobre mis habilidades sociales? —Tohr negó con la cabeza—. No te ofendas, pero preferiría recibir consejos de Rhage…, y eso ya es mucho decir.

—¿Alguna vez has oído hablar del Limbo?

Tohr giró con torpeza sobre su pie bueno.

—No estoy interesado en una clase de astronomía o de teología o de lo que sea. Gracias.

—Es un lugar bastante real.

—Al igual que Cleveland, Detroit o la hermosa ciudad de Burbank... Pero tampoco quiero saber nada de esos lugares.

—En el Limbo es donde está Wellsie.

Tohr sintió que el corazón se le paralizaba.

—¿De qué demonios estás hablando?

—Te estoy diciendo que no está en el Ocaso. —Lo único que pudo hacer Tohr fue quedarse mirando fijamente al ángel—. Ella no está donde crees que está —murmuró el ángel.

A pesar de que tenía la boca seca, Tohr logró hablar por fin.

—¿Estás diciendo que mi amada se encuentra en el Infierno? Porque si no está en el Ocaso esa es la otra opción posible.

—No, no lo es.

Tohr respiró hondo.

—Mi *shellan* era una hembra de valía y por tanto está en el Ocaso, no hay razón para pensar que pueda encontrarme en el Dhund. En cuanto a mí, ya me he cansado de discutir por esta noche. Así que voy a salir por esa puerta de allí. —Señaló hacia la antesala—. Y tú me vas a dejar en paz, porque no tengo ánimos para andar con gilipolleces.

Dio media vuelta y comenzó a avanzar a la pata coja, apoyándose en la muleta que N'adie le había llevado.

—Estás muy seguro de algo de lo que no sabes una mierda.

Tohr se detuvo. Volvió a cerrar los ojos y luchó para encontrar en su interior una emoción, cualquier impulso distinto de las ganas de matar.

Pero sin éxito.

Así que se volvió y miró al ángel por encima del hombro.

—Eres un ángel, ¿verdad? Así que se supone que debes sentir compasión por los demás. Acabo de acusar de portarse como una ramera a una hembra que fue violada hasta que quedó encinta. ¿Sinceramente crees que puedo afrontar en este momento una conversación sobre mi *shellan*?

—Después de la muerte puedes ir a tres lugares. El Ocaso, donde los seres queridos se reencuentran. El Infierno, adonde van los malvados. Y el Limbo...

—¿No has oído lo que te acabo de decir?

—El Limbo es el lugar donde se atascan las almas. No es como los otros dos...

—¿Te importaría dejarme en paz?

—Porque el Limbo es distinto para cada persona. Justo en este momento, tu shellan y tu hijo están retenidos allí por tu culpa. Esa es la razón por la cual estoy aquí, he venido para ayudarte a ayudarlos a llegar al lugar al que pertenecen.

Joder, este sí que era un buen momento para estar cojo, pensó Tohr, porque de pronto sintió que perdía el equilibrio. Consternado, estremecido, apenas pudo balbucear dos palabras:

—No entiendo.

—Tienes que seguir adelante con tu vida, amigo mío. Deja de aferrarte a ella, para que ella se pueda ir…

—No existe el Purgatorio, si es eso lo que estás sugiriendo…

—¿Y de dónde carajo crees que vengo yo?

Tohr arqueó una ceja.

—¿De verdad quieres que te conteste a eso?

—Déjate de chistes, estoy hablando en serio.

—No, estás mintiendo…

—¿Nunca te has preguntado cómo te encontré en esos bosques? ¿Por qué me he quedado todo este tiempo? ¿Te has preguntado por un momento por qué estoy perdiendo el tiempo contigo? Tu shellan y tu hijo están atrapados y fui enviado aquí para liberarlos.

De repente, el ya muy afectado vampiro cayó en la cuenta de que el ángel no hablaba solo de su amada, sino también de otra persona. La ira y la angustia le habían impedido ser consciente de ello… Hasta ahora.

—¿Por qué hablas de mi hijo? —La voz de Tohr era casi inaudible.

—Como sabes, ella llevaba un bebé en su vientre.

En ese momento, las piernas de Tohr sencillamente dejaron de sostenerlo. Por fortuna, el ángel alcanzó a agarrarlo antes de que se derrumbara.

—Ven aquí. —Lassiter lo llevó hasta un banco—. Siéntate y pon la cabeza entre las piernas… Estás blanco como la leche.

Por una vez, Tohr no discutió. Se sentó y permitió que el ángel lo ayudara. Al abrir la boca y tratar de respirar, notó que veía borroso. Las baldosas no tenían su color habitual, parecían llenas de pintas de colores. Y se movían.

Una mano enorme comenzó a hacerle masajes circulares en la espalda, y con ello se sintió extrañamente reconfortado.

—Mi hijo… —Tohr levantó la cabeza un poco y se pasó la mano por la cara—. Al principio yo no quería ese hijo.

—Pero ella sí.

Tohr levantó la mirada.

—No quiero hablar de eso.

—Tú sabías que ese era su más hondo anhelo.

Tohr pareció reír con tristeza. O tal vez fue un sollozo.

—Sí, así era Wellsie. Siempre luminosa, honda y apasionada a la hora de expresar sus deseos.

—Claro.

—Entonces…, dices que la has visto.

—Sí, y no está bien, Tohr.

De pronto Tohr sintió ganas de vomitar.

—¿Está en el Purgatorio?

—Que no, te he dicho que está en el Limbo. Y hay una razón para que nadie sepa de su existencia. Si sales de ahí, vas al Ocaso, o al Infierno, y enseguida olvidas tus experiencias en ese lugar, un mal recuerdo que se borra. Pero si tu ventana se cierra quedas atrapado para siempre.

—No lo entiendo. Ella vivió una buena vida. Era una hembra de valía, que partió antes de tiempo. ¿Por qué no fue directamente al Ocaso?

—¿No has oído lo que te acabo de decir? Por culpa tuya.

—¿Mía? —Tohr levantó las manos—. ¿Qué diablos hice mal? Estoy vivo, no me suicidé y no voy a…

—Pero no te has desprendido de ella. No lo niegues. Veamos simplemente lo que acabas de hacerle a N'adie. Llegaste y la viste desnuda, sin que fuera culpa suya, y acabas de insultarla porque pensaste que te estaba seduciendo.

—¿Y acaso está mal que no quiera que me coman con los ojos? Además, ¿cómo diablos sabes con certeza lo que pasó?

—No me digas que crees que alguna vez estás solo, ¿o sí lo crees? El problema no es N'adie. El problema eres tú, que no quieres sentirte atraído por ella.

—No me sentí atraído. No me siento atraído por ella.

—Pero está bien que te sientas atraído. Esa es, precisamente, la cuestión.

Tohr estiró los brazos, agarró la parte delantera de la camisa del ángel y lo acercó a él.

—Tengo dos cosas que decirte: no creo ni una palabra de lo que me estás contando y, si sabes lo que te conviene, vas a dejar de hablar de mi pareja inmediatamente.

Tohr le soltó y se puso de pie. Lassiter lanzó una maldición.

—Joder, no tienes toda la vida para arreglar esto, amigo.

—Mantente alejado de mi habitación.

—¿Vas a arriesgar la eternidad de Wellsie por tu rabia y tu orgullo? ¿De verdad eres tan arrogante y tan estúpido?

Tohr lo fulminó con la mirada, pero el muy hijo de puta ya no estaba allí. En el banco en el que se encontraba el ángel ya no había más que aire. Y era difícil pelear con el aire.

—Maldito tarado.

12

Cuando Xhex entró en el Iron Mask se sintió como si viajara en el tiempo. Durante años había trabajado en clubes como ese, rodeada de gente desesperada como esa, con los ojos bien abiertos por si estallaba un problema…, como aquel pequeño conato de pelea que estaba teniendo lugar allí.

Directamente frente a ella, dos tíos se estaban poniendo en guardia. Un par de toros góticos que escarbaban la tierra con sus botas New Rock. A su lado, una chica con el pelo negro y blanco, el escote lleno de escarcha y una pinta indescriptible, llena de correas de cuero negro con hebillas, parecía bastante satisfecha con lo que iba a ocurrir.

Xhex sintió deseos de abofetearla y echarla a patadas.

Sin embargo, el verdadero problema no era esa estúpida, sino los dos imbéciles que estaban a punto de liarse a puñetazos. Y la preocupación no era tanto por lo que pudieran hacerse ellos mismos, sino por lo que pudiera pasar con las otras doscientas personas que se estaban comportando bien. Un par de cuerpos volando en diferentes direcciones podían causar estragos entre los presentes, incluso una avalancha o una reyerta general. ¿Quién quería algo así?

Xhex estaba a punto de intervenir cuando recordó que ese ya no era su trabajo. Ya no era responsable de lo que hicieran esos idiotas con sus celos, su consumo de drogas, sus hazañas sexuales…

Y, de todas maneras, ahí estaba Trez Latimer para encargarse del asunto.

Los humanos veían al Moro como uno más entre ellos, solo que más grande y más agresivo. Sin embargo, Xhex sabía la verdad. Ese Moro era mucho más peligroso de lo que cualquier *Homo sapiens* podría haber imaginado. Si lo deseaba, podría cortarles el cuello a todos en un segundo, tirar los cuerpos a una hoguera, dejarlos asarse durante un par de horas y cenárselos con una mazorca de maíz y una bolsa de patatas fritas.

Los Moros tenían una forma única de deshacerse de sus enemigos.

En cuanto apareció la figura de Trez, la dinámica de la pelea cambió al instante. Un solo vistazo al aparecido y la putita de las correas pareció olvidar los nombres de los dos tíos que estaban a punto de matarse por ella. Entretanto, los borrachines parecieron recuperar un poco el control y dieron un paso atrás para evaluar la nueva situación.

Buena idea, pues estaban a solo un segundo de que otro tomase decisiones por ellos.

Los ojos de Trez se cruzaron con los de Xhex durante una fracción de segundo y luego el Moro se concentró en sus tres clientes. Cuando la putita trató de acercarse furtivamente a él, entornando los ojos y meneando los senos, Xhex estuvo a punto de soltar una carcajada.

Trez no parecía estar para bromas.

Por encima del estruendo de la música, Xhex solo alcanzó a oír unas pocas palabras, pero podía recordar el discurso bastante bien: «No seáis tan estúpidos. Salid de aquí. Este es el primer y último aviso antes de que os declaremos personas non gratas».

Al final, Trez prácticamente tuvo que quitarse de encima a la arpía que, en su estupidez, se le había pegado al brazo.

Al zafarse el gigante de la pobre idiota con un «no puedes estar hablando en serio», la vampira dio un paso adelante y su viejo conocido la saludó con voz profunda y seductora.

—Hola.

—Hola. —Xhex sonrió—. ¿Otra vez tienes problemas con las féminas?

—Siempre. —Trez miró a su alrededor—. ¿Dónde está tu hombre?

—No está aquí.

—Ah. —Pausa—. ¿Cómo estás?

—No sé, Trez. No sé por qué estoy aquí. Solo...

En ese momento, Trez extendió el brazo y lo puso sobre los hombros de Xhex, al tiempo que la acercaba hacia él. Dios, seguía oliendo como siempre: una combinación de Gucci pour Homme y algo que era exclusivamente suyo.

—Vamos, niña. Vamos a mi oficina.

—No me llames «niña».

—Está bien. ¿Qué te parece «tesorito»?

Xhex le pasó el brazo por la cintura y apoyó la cabeza contra sus pectorales, al tiempo que comenzaban a caminar juntos.

—¿Te gusta tener las pelotas donde las tienes o prefieres que te las cambie de sitio?

—Están bien donde están. Pero me gusta pincharte. Cabreada te vuelves irresistible.

—Bueno, pues entonces no me enfadaré....

—Entonces, ¿nos quedamos con «tesorito»? ¿O voy a tener que ponerme más duro contigo? Porque soy capaz de llamarte «bomboncito de nata» si es necesario.

En la parte trasera del club, junto a los vestidores donde las «bailarinas» se cambiaban de ropa, la puerta de la oficina de Trez parecía la de un gran congelador de carne. En su interior había un sofá de cuero negro, un gran escritorio de metal y un armario forrado de plomo que, además, estaba atornillado al suelo. Eso era todo. Bueno, además de miles de órdenes de compra, recibos, mensajes telefónicos, ordenadores...

A Xhex le pareció que hacía un millón de años que había salido de allí.

—Supongo que iAm no ha pasado por aquí todavía. —Xhex señaló con la cabeza el desorden del escritorio. El gemelo de Trez nunca habría tolerado ese caos.

—iAm está en Sal's, cocinando hasta medianoche.

—Entonces sigue con el mismo horario.

—Si funciona, ¿para qué cambiar?

Tomaron asiento, él en su silla en forma de trono y ella en el sofá. Xhex sentía una opresión en el pecho.

—Cuéntame. —La miró con seriedad.

La mujer apoyó la cabeza en su mano y tomó aire antes de entrar en explicaciones.

—¿Qué pensarías si te dijera que quiero volver a mi antiguo trabajo?

Xhex vio que su gigantesco amigo se ponía tenso.

—Creí que estabas peleando al lado de los hermanos.

—Lo mismo pensaba yo.

—¿Qué pasa? ¿Wrath no se siente muy cómodo al tener a una hembra en el campo de batalla?

—No, es John. —Al ver que Trez soltaba una maldición, Xhex suspiró con fuerza—. Y como soy su shellan, predomina lo que él dice.

—¿De verdad te miró a los ojos y te dijo que…?

—No, hizo mucho más que eso. —Cuando Xhex oyó un gruñido amenazador que atravesaba el aire, movió la mano para calmarlo—. No, no hubo nada ni remotamente violento. Pero la discusión, o, mejor dicho, las discusiones, no fueron precisamente divertidas.

Trez se recostó en la silla. Tamborileó con los dedos sobre los papeles que tenía frente a él y se quedó mirándola.

—Claro que puedes volver, ya me conoces. No estoy atado por ninguna noción vampírica de lo que es o no apropiado… Además, nuestra sociedad es matriarcal, así que nunca he entendido la misoginia de las Viejas Leyes. Sin embargo, me preocupáis John y tú.

—Ya lo solucionaremos. —¿Cómo lo harían? No tenía ni idea. Aunque no iba a confesarle que temía que eso fuera imposible—. Pero lo cierto es que no puedo sentarme en esa casa a no hacer nada y ahora prefiero no ver a ninguno de ellos durante un tiempo. Mierda, Trez, debí darme cuenta de que todo eso del apareamiento no era buena idea. No estoy hecha para eso.

—A mí me parece que tú no eres el problema. Aunque entiendo la posición de John. Si algo le pasara a iAm yo me volvería loco. Así que no es buena idea que él y yo peleemos hombro con hombro.

—Y sin embargo lo hacéis.

—Sí, pero es una estupidez. Y nosotros no nos dedicamos a combatir todas las noches. Tenemos empleos de oficina que nos mantienen ocupados y solo nos encargamos de lo que nos incumbe directamente. —Trez abrió un cajón del escritorio y le arrojó a Xhex un juego de llaves—. Hay una oficina desocupada al final del corredor. Si ese detective de homicidios vuelve a aparecer para preguntar por Chrissy y su novio muerto, ya veremos cómo lo manejamos. Entretanto, te pondré de nuevo en nómina. Es un buen momento para volver, me viene muy bien que me ayudes a organizar a los gorilas. Pero, y hablo en serio, esto no implica una obligación a largo ni a medio plazo. Te puedes ir cuando quieras.

—Gracias, Trez.

Los dos se quedaron mirándose por encima del escritorio.

—Todo irá bien —dijo el Moro.

—¿Estás seguro?

—Seguro.

Algo así como manzana y media más allá del Iron Mask, Xcor se hallaba junto a la puerta de un salón de tatuajes. Las luces rojas, amarillas y azules del cartel de neón ya lo estaban poniendo nervioso.

Throe y Zypher habían entrado al establecimiento hacía ya cerca de diez minutos.

Pero no para hacerse un tatuaje.

Ciertamente, Xcor habría preferido que sus soldados estuvieran en cualquier otra parte, en una misión. Pero, por desgracia, la necesidad de beber sangre no se podía negociar y todavía tenían que encontrar una fuente permanente de suministro. Las hembras humanas servirían por el momento, pero con ese producto la energía nunca duraba lo mismo y eso significaba que la búsqueda de víctimas era casi tan frecuente como la de comida.

En efecto, llevaban solo una semana en la ciudad y ya podía sentir en su organismo cierto estado letárgico. En el Viejo Continente disponían de hembras vampiras a las cuales pagaban por sus servicios. Pero aquí por el momento no contaban con ese lujo y Xcor temía que así tendrían que seguir durante un tiempo.

Desde luego, si se convertía en rey, ese problema quedaría solucionado.

Mientras esperaba, se movía nervioso, volcando el peso del cuerpo alternativamente en una y otra pierna. Con cada movimiento el abrigo de cuero crujía un poco. En la espalda, enfundada y escondida pero lista para usar, la guadaña aguardaba con la misma impaciencia.

Xcor podía jurar que a veces la guadaña le hablaba. Por ejemplo, cuando pasaba algún humano por la boca del callejón en el que se encontraba; tal vez era un solitario que caminaba con rapidez, o una mujer que andaba lentamente mientras trataba de encender un cigarrillo contra el viento, o un pequeño grupo de juerguistas. A unos y otros, sus ojos los seguían como si fueran una presa, fijándose en la forma en que se movían los cuerpos, dónde podían estar ocultando algún arma y cuántos saltos necesitaría para atravesarse en su camino.

Y durante todo ese tiempo la guadaña le susurraba palabras de encendido ánimo, alentándolo a entrar en acción.

En los tiempos del Sanguinario había menos humanos, que además eran menos fuertes, lo cual significaba que eran buenos como presa de práctica y como fuente de alimentación (por cierto, así fue como esa raza de ratas sin cola terminó creando tantos mitos sobre los vampiros). Sin embargo, ahora los roedores habían tomado el palacio de la Tierra y se habían convertido en una amenaza de verdad.

Era una lástima que no pudiera conquistarse Caldwell como era debido. Arrebatarle la ciudad no solo al gran Rey Ciego y a la Hermandad, sino también a los humanos.

Su guadaña estaba lista, de eso no podía tener dudas. Allí descansaba, palpitante en su espalda, rogándole que la usara con una voz que era más sexy que cualquier cosa que sus oídos hubiesen escuchado nunca en boca de una hembra.

Throe salió del salón de tatuajes y se dirigió al callejón. De inmediato, ante la inminencia del festín, los colmillos de Xcor se alargaron y su polla se puso dura, no porque estuviera interesado en el sexo, sino porque así era como funcionaba su cuerpo.

—Zypher está terminando de hablar con ellas —dijo el lugarteniente.

—Bien.

Al ver que una puerta de metal se abría al fondo, los dos machos metieron las manos en los abrigos de cuero y agarraron las armas.

Falsa alarma: era Zypher…, acompañado de un trío de damas, todas ellas tan atractivas como un cubo de basura al lado de un perro muerto.

Indigentes, busconas, a saber. Lo importante era que todas tenían el requisito principal: un cuello.

Mientras avanzaban hacia ellos, Zypher reía, pero con cuidado de no enseñar sus colmillos. Con su peculiar acento extranjero, Zypher hizo las presentaciones.

—Estas son Carla, Beth y Linda...

—Lindsay —gritó la que estaba en el extremo.

—Lindsay —se corrigió Zypher, al tiempo que estiraba un brazo y la acercaba más a él—. Chicas, ya conocéis a mi amigo, y este es mi jefe.

El soldado no se molestó en dar nombres, ¿para qué? A pesar de la presentación tan poco formal, ellas parecían muy contentas... y excitadas. Carla, Beth y Lin-lo-que-fuera sonrieron a Throe y sus ojos brillaban..., hasta que vieron a Xcor.

Aunque estaba casi en la oscuridad de las sombras, una luz de seguridad se había activado cuando se abrió la puerta y fue evidente que a las chicas no les gustó lo que vieron. Dos de ellas clavaron los ojos en el suelo y la otra se puso a juguetear con la chaqueta de cuero de Zypher.

El rechazo automático era una reacción normal. De hecho, ninguna hembra lo había mirado alguna vez con atracción o aprobación.

Por fortuna, a él eso no le importaba nada.

Antes de que el silencio se volviera más incómodo, Zypher habló.

—En todo caso, estas adorables señoritas van camino al trabajo...

—En el Iron Mask —dijo Lin-lo-que-fuera.

—Pero han accedido a encontrarse con nosotros aquí a las tres de la mañana.

—Cuando salgamos del trabajo —apuntó otra.

Mientras que el trío, más tranquilo, comenzaba una ronda de molestas risitas traviesas, Xcor pensó que estaba tan interesado en ellas como ellas en él. Desde luego, sus ambiciones apuntaban mucho más alto que las de alguien como Zypher. El sexo, al igual que beber sangre, era una función biológica un tanto molesta. Era demasiado inteligente para interesarse por los romances.

Si alguien estaba decidido a seguir ese camino, la castración era lo más fácil, menos doloroso e igual de permanente.

Zypher sonrió a las mujeres.

—Entonces, ¿tenemos una cita?

La que estaba prácticamente montada sobre él le susurró algo que lo obligó a bajar la cabeza. Al ver que el soldado fruncía el ceño no era difícil imaginar de qué se trataba, y la mujer no pareció demasiado molesta con la respuesta. Más bien lo contrario, pues ronroneó como un gato.

Claro, eso es lo que hacen las gatas de los callejones, pensó Xcor, siempre despectivo.

—Entonces definitivamente es una cita —dijo el vampiro de peculiar acento, y miró de reojo a Throe—. Acabo de prometer que nos encargaremos de las tres lo mejor que podamos.

—Que no quepa la menor duda.

—Bien. Perfecto. —Zypher dio un golpecito en el trasero a una y luego a otra. A la tercera, la mujer que estaba tratando de meterse debajo de su abrigo, la besó con ardor.

Más risitas. Más miradas coquetas. Reacciones propias de prostitutas que acababan de conseguir un buen cliente, y también de chicas que creen que van a disfrutar.

Al marcharse, cada una de las mujeres miró a Xcor. Su expresión sugería que con él no se divertirían tanto, que lo consideraban como una enfermedad a la que pronto tendrían que exponerse. Xcor se preguntó quién sería la perdedora cuando todas regresaran, porque estaba tan seguro de que iba a follar con una de ellas como de que el día era largo y las noches siempre eran muy cortas.

No se la tiraría por gusto, sino por necesidad. Maldita biología.

—Qué buenos ejemplos de virtud —dijo Xcor con sarcasmo cuando se quedó solo con sus soldados.

Zypher se encogió de hombros.

—Son lo que son. Y nos servirán igual de bien que cualquier otra.

—Estoy tratando de conseguir hembras apropiadas para nosotros —apuntó Throe—. Solo que no es fácil.

—Tal vez debas esforzarte más. —Xcor levantó la mirada al cielo—. Ahora, vamos a trabajar. El tiempo vuela.

Ramera!

Mientras N'adie se transportaba hasta el Otro Lado y regresaba al Santuario en el que había pasado varios siglos, no podía quitarse de la cabeza aquella palabra ni el dolor que le había producido.

En el centro de entrenamiento del complejo la ropa limpia nunca había sido doblada con tanta perfección y, cuando terminó sus deberes, quedarse en la mansión durante las horas del día parecía sencillamente imposible.

Así que el Santuario era su único refugio posible.

En todo caso, ya era hora de regresar para reponerse un poco.

De pie en medio del campo lleno de flores de colores, N'adie respiró profundamente varias veces… y deseó poder tener un poco de paz. Las Elegidas eran un grupo de hembras sagradas y muy amables, y no se merecían lo que ella tenía para ofrecer por el momento. Por fortuna, la mayoría se encontraba ahora en el otro lado con el Gran Padre.

N'adie se recogió el manto y comenzó a caminar por el campo de tulipanes siempre florecidos, con sus enormes sombreros de colores vibrantes. Siguió andando hasta que la pierna lesionada empezó a protestar, pero ni siquiera eso la hizo interrumpir su paseo.

El precioso santuario de la Virgen Escribana estaba rodeado por los cuatro costados de un espeso bosque y por todas partes se veían edificios y templos de estilo clásico. N'adie conocía cada techo, cada muro, cada sendero, cada estanque y ahora, impulsada por la furia, estaba decidida a recorrerlo todo.

La rabia la animaba y la impulsaba a seguir hacia…, hacia nada ni nadie. Porque no tenía objetivo alguno, y, sin embargo, seguía caminando.

¿Cómo era posible que ese hombre que la había visto sufrir tanto la tildara de ramera? Ella fue una virgen a la que le habían arrebatado con violencia el regalo que pretendía entregar a quien la desposara.

¡Ramera!

Era evidente que Tohrment ya no era el macho que había conocido en el pasado y, al reflexionar sobre esa circunstancia, N'adie se dio cuenta de que en eso los dos estaban a la par. Al igual que él, ella había dejado atrás su primera encarnación, pero, a diferencia de él, su personalidad era mejor ahora.

Después de un rato, la pierna comenzó a dolerle tanto que tuvo que aminorar el paso… y luego detenerse por completo. El dolor era un gran clarificador y finalmente había logrado que el entorno en que se encontraba se impusiera sobre el que había dejado allá abajo, el cual, sin embargo, seguía mortificándola.

Empezó a calmarse.

N'adie se encontraba frente al Templo de las Escribanas Recluidas, que se hallaba vacío, como casi todos los demás edificios.

Mientras miraba a su alrededor, sintió la verdadera profundidad del silencio. El paisaje que la rodeaba estaba totalmente desierto. Era como si, irónicamente, el color que por fin había llegado hasta allí no solo hubiese remplazado al agobiante blanco, sino que hubiese espantado a la vida misma.

Al recordar el pasado, cuando había tantas cosas que atender, N'adie comprendió que, en verdad, había ido a la Tierra no solo para buscar a su hija, sino para encontrar otro lugar donde pudiera estar tan ocupada que no tuviera tiempo de pensar.

En este lado ya no tenía nada que hacer.

Otra vez perdió la calma.

¡Santa Virgen Escribana! N'adie sintió que estaba a punto de enloquecer.

De repente, una imagen de los hombros desnudos de Tohrment, hijo de Hharm, se impuso de tal manera en su mente que no pudo ver nada más.

«Wellesandra».

El nombre estaba grabado y ocupaba todo lo ancho de la imponente musculatura, con los caracteres de la Lengua Antigua, y parecía el símbolo de una verdadera unión de cuerpo y alma.

Después de que el destino le arrebatara algo tan querido, no cabía duda de que Tohrment debía de vivir tan frustrado como ella. La encapuchada también había sentido ira al principio. Al llegar al Santuario, después de morir, cuando la Directrix le enseñó sus deberes, la apatía se desvaneció y fue relevada por la rabia. Sin embargo, como no tenía a nadie a quien culpar excepto a sí misma, eso era lo que había hecho durante décadas enteras. Culparse.

Al menos hasta que entendió la «razón» de su destino, el propósito que se escondía tras su tragedia, la causa de su salvación.

Le habían concedido una segunda oportunidad para que pudiera volver a nacer, esta vez en un papel de humildad y espíritu de servicio, y aprender la lección de los errores de su conducta anterior.

Empujó la puerta del templo y entró cojeando en el inmenso salón lleno de escritorios, rollos de pergamino y plumas para escribir. En cada escritorio, en el centro de la zona de trabajo había un cuenco redondo de cristal, lleno en sus tres cuartas partes de un agua tan pura que era casi invisible.

En efecto, Tohrment tenía que estar sufriendo tanto como ella había sufrido y quizá apenas estaba comenzando un viaje que ella sentía que había completado hacía demasiados años. Y aunque era fácil enfurecerse por la injusta acusación que le había hecho, la comprensión y la compasión eran emociones más valiosas...

N'adie había aprendido eso del ejemplo que daban las Elegidas.

Pero la comprensión requería conocimiento, pensó, mientras observaba uno de los cuencos.

N'adie dio un paso al frente y se sintió inquieta por la búsqueda que estaba a punto de iniciar. Pero siguió. Eligió un escritorio que estaba situado al fondo, lejos de las puertas y las ventanas con vidrieras similares a las de las catedrales.

Cuando se sentó, no vio ni una pizca de polvo sobre la superficie del escritorio. El agua se mantenía tan pura como siempre y la tinta no se había secado en los tinteros, a pesar de que había pasado mucho tiempo desde la última vez que aquel salón estuvo lleno de hembras que veían en los cuencos los sucesos que aparecían ante sus ojos para registrarlos y escribir así la historia de la raza.

N'adie tomó el cuenco y lo sostuvo con las palmas de las manos, no con los dedos, y con un movimiento casi imperceptible comenzó a agitar el agua hasta que surgió la imagen de la espalda de Tohrment, tan clara como podía recordarla.

Rápidamente empezó a desarrollarse una historia a través de conmovedoras imágenes que fueron apareciendo a todo color, animadas por el amor.

Nunca se le había ocurrido buscar a Tohr en los cuencos. Las pocas veces que acudió allí lo hizo para enterarse de la suerte de su familia y los sucesos de la vida de su hija. Ahora sabía que en aquella época habría sido muy doloroso para ella enterarse de lo que había ocurrido con los dos guerreros que la acogieron y protegieron.

Porque su último acto en vida, y el más cobarde, había sido traicionarlos precisamente a ellos.

En la superficie del agua N'adie vio a Tohrment con una hembra de pelo rojo y gran estatura: bailaban un vals, ella con el famoso traje rojo y él sin nada sobre el torso, para exhibir el grabado que le acababan de hacer con el nombre de la amada escrito en Lengua Antigua. Él estaba feliz y radiante. El amor y su compromiso lo hacían brillar como si fuera una estrella.

Luego siguieron otras escenas que mostraban el paso de los años, desde el tiempo en que todo era nuevo entre ellos hasta la cómoda y feliz familiaridad; desde cuando vivían en una casa pequeña hasta que residieron en una mansión grande; desde los buenos tiempos en que se reían juntos hasta los momentos difíciles en que discutían apasionadamente.

Era lo mejor que la vida podía ofrecerle a alguien: una persona a quien amar y que nos ame y con la cual grabar nuestro destino, nuestra marcha feliz a través del tiempo.

Y a continuación vino otra escena.

La hembra estaba en una cocina, una hermosa y luminosa cocina, frente al fogón. Había un sartén en el fuego, en el cual se estaba cocinando carne. Ella tenía una espátula en la mano. Sin embargo, no miraba lo que hacía. Observaba el vacío con ojos distraídos mientras una columna de humo comenzaba a subir hacia el techo.

Entonces aparecía Tohrment, que entraba por la puerta corriendo. La llamaba por su nombre y enarbolaba un trapo que agitaba con vigor.

Junto a la cocina, Wellesandra reaccionaba bruscamente y retiraba la sartén ardiente del fuego. Entonces ella empezaba a hablar, y aunque había imágenes pero nada se oía, era evidente que se estaba disculpando.

Recobrada la calma, Tohrment se recostaba contra la encimera, cruzaba los brazos sobre el pecho y decía algo. Luego guardaba silencio.

Pasaba un buen rato antes de que Wellesandra respondiera. En las imágenes anteriores de su vida, la mujer siempre parecía fuerte y directa. Sin embargo, ahora, en esta nueva escena, tenía una expresión vacilante.

Cuando terminaba de hablar, apretaba la boca y clavaba la mirada en su compañero.

Tohrment dejaba caer lentamente los brazos hasta que le quedaban colgando de los hombros como dos sacos de arena. Y su boca también parecía desmayarse. Después comenzaba a abrir y cerrar los ojos varias veces, abría y cerraba, abría y cerraba…

Cuando por fin se movía, lo hacía con la torpeza de quien se acaba de romper todos los huesos del cuerpo: prácticamente se arrastraba hasta donde estaba ella y caía de rodillas ante su *shellan*. Y luego, con manos temblorosas, tocaba el vientre de ella, al tiempo que los ojos se le llenaban de lágrimas.

Sin decir una palabra, Tohrment estrechaba a su compañera entre sus brazos grandes y fuertes y apoyaba en su vientre la mejilla húmeda.

Por encima de la cabeza de Tohrment, Wellesandra comenzaba a sonreír… En realidad, a brillar, tal parecía ser su felicidad.

Sin embargo, abajo, el rostro de Tohr adoptaba una expresión de terror, como si, aun en ese momento, supiera que el embarazo que ella tanto celebraba terminaría siendo la perdición de los tres…

—Pensé que te podría encontrar aquí.

N'adie se volvió bruscamente y el agua del cuenco se derramó sobre su manto, desapareciendo la imagen.

Tohrment estaba en la puerta. Era como si aquella invasión de su intimidad lo hubiera invocado, y le hubiera hecho presentarse para proteger lo que le pertenecía. Ya no estaba de mal humor, pero, aun sin estar furioso, su rostro adusto no se parecía en nada a lo que N'adie acababa de ver en los cuencos.

—Vengo a disculparme —dijo el vampiro.

N'adie devolvió el cuenco a la mesa con gran cuidado, mientras observaba cómo la superficie del agua se calmaba y recuperaba su nivel, como si una mano invisible y desconocida hubiera vuelto a llenar el recipiente.

—Pensé que era mejor que esperase a estar un poco más sobrio…

—Te he estado observando. En el cuenco. Con tu shellan.

Tras oír esto, Tohr guardó silencio.

Entonces N'adie se puso en pie y se alisó el manto, aunque este caía, como siempre, perfectamente recto, sin variación ni gracia alguna. Como el macho no decía palabra, ella siguió hablando.

—Entiendo por qué vives siempre de mal humor y tienes tan mal carácter. Es natural que los animales heridos ataquen incluso a una mano amiga.

Al levantar la mirada, N'adie vio que Tohr tenía el ceño tan fruncido que sus cejas parecían una sola. No era la mejor actitud para iniciar una conversación serena, pero había llegado la hora de aclarar las cosas entre ellos y, al igual que sucede al desinfectar una herida, había que soportar algún dolor.

Tohr seguía encerrado en un hosco silencio.

—¿Cuánto hace que murió?

El vampiro abrió la boca al fin, con voz ronca y trémula.

—Fue asesinada. No murió, fue asesinada.

—¿Cuánto tiempo hace?

—Quince meses, veintiséis días, siete horas y…, tendría que ver un reloj para saber cuántos minutos.

N'adie se acercó a la ventana y se quedó observando el césped verde y brillante.

—¿Cómo te enteraste de que te la habían arrebatado?

—Mi rey y mis hermanos me informaron, vinieron… a decirme… que le habían disparado.

—¿Y qué sucedió después?

—Lancé un grito y me transporté a otro lugar, a cualquier parte. Lloré durante semanas enteras en la soledad del bosque.

—¿Entonces no celebraste una ceremonia de despedida para su entrada en el Ocaso?

—Volví al cabo de casi un año. —Tohr soltó una maldición y se restregó la cara con las manos—. No puedo creer que me estés preguntando todo esto y yo te esté respondiendo.

La encapuchada se encogió de hombros.

—Es porque fuiste muy cruel conmigo en la piscina. Te sientes culpable y yo siento que me debes algo. Esto último me vuelve más osada y lo primero afloja tu lengua.

Tohr abrió la boca, pero la volvió a cerrar. Finalmente habló.

—Eres muy sagaz.

—Qué va. Digo lo que es obvio.

—¿Qué viste en los cuencos?

—¿Estás seguro de que quieres que te lo diga?

—Todo aquello da vueltas y vueltas en mi mente de manera constante. Nada de lo que digas será para mí peor que lo que ya sé, sea lo que sea.

—Ella te contó que estaba embarazada cuando os encontrabais en la cocina. Tú caíste de rodillas ante ella; ella estaba feliz, pero tú no.

Al ver que Tohr se ponía pálido, N'adie deseó haber compartido cualquiera de las otras escenas.

Y luego él la sorprendió.

—Es extraño…, pero yo supe enseguida que no era una buena noticia. Demasiada buena suerte. Ella deseaba mucho tener un hijo. Cada diez años, cuando ella tenía su periodo de fertilidad, teníamos peleas por eso. Finalmente llegamos a un punto en que amenazó con dejarme si no accedía a intentarlo. Era como elegir entre recibir una bala o una puñalada; en todo caso yo sabía que… de alguna manera iba a perderla.

Apoyándose en la muleta, Tohr avanzó hasta una silla, la retiró hacia atrás y se sentó. Al verlo mover el pie herido con torpeza, la mujer pensó que ahora tenían otra cosa en común.

N'adie se acercó lentamente y se sentó en el escritorio de al lado.

—Lo siento. —Al ver que él parecía un poco sorprendido, volvió a encogerse de hombros—. ¿Cómo podría no ofrecerte mis condolencias ante semejante pérdida? Realmente, después de haberos visto juntos, no creo que pueda olvidar lo mucho que la amabas.

Después de un momento, Tohr murmuró con voz ronca:

—Ya somos dos.

Mientras guardaban silencio, Tohr se quedó observando la pequeña figura encapuchada que estaba sentada junto a él. Los separaban apenas un par de metros, cada uno sentado en su escritorio, pero parecían encontrarse más cerca.

—Quítate la capucha, por favor. —Al ver que N'adie vacilaba, insistió—. Tú has visto lo mejor de mi vida. Yo quiero ver bien tus ojos.

Tras unos instantes de duda, la hembra levantó las manos blancas, que parecían temblar un poco cuando retiraron la capucha que le cubría la cara.

Ella no lo miró. Probablemente no se sentía capaz de hacerlo.

Tohrment pudo contemplar, entonces, sin ningún apasionamiento, los espectaculares rasgos de aquella hembra.

—¿Por qué llevas puesta esa capucha todo el tiempo?

N'adie respiró profundamente y al hacerlo el manto se agitó de una manera tan especial que Tohrment recordó que probablemente todavía estaba desnuda bajo la burda tela que la cubría.

La falta de respuesta pareció impacientarlo.

—Dime por qué.

Tohr, que la estaba observando detenidamente, pensó que quien creyera que esa hembra era débil se equivocaba por completo. La forma en que había defendido ante él su honestidad, incluso la manera en que acababa de echar los hombros hacia atrás, revelaba una personalidad impresionante, pese a tantas desgracias como la habían afligido.

—Este rostro miente. —N'adie hizo un movimiento con las manos alrededor de su perfecta mandíbula y sus bellas mejillas rosadas—. No revela lo que soy. Si la gente lo ve, me tratan con una deferencia que resulta inapropiada. Sucedía incluso con las Elegidas. Lo cubro porque, si no lo hago, estaría propagando una mentira, y aunque eso solo me perjudicara a mí, ya sería suficiente.

—Sí que tienes una manera especial de plantear las cosas.

—¿La explicación no te parece suficiente?

—En cierto modo sí. —Cuando vio que ella comenzaba a ponerse la capucha de nuevo, la agarró del brazo para que no lo hiciera—. Si te prometo no tener en consideración tu apariencia, ¿podrías quedarte descubierta? No puedo juzgar tus reacciones con exactitud cuando estás escondida tras ese manto y, como habrás notado, no estamos hablando precisamente del clima. Necesito verte la cara para hablar de asuntos tan importantes.

N'adie mantuvo la mano sobre la capucha, como si fuera incapaz de soltarla, y lo miró tan directamente a los ojos que Tohr se echó instintivamente hacia atrás.

Era la primera vez que de verdad lo miraba, pensó Tohr. La primera.

La mujer habló con total honestidad.

—Solo para que seamos completamente claros el uno con el otro, debo decirte que no tengo interés en ningún macho. Me siento sexualmente asqueada por los machos. Y eso te incluye a ti.

Tohr carraspeó. Se arregló la camiseta. Se movió con incomodidad en el asiento.

Luego respiró lentamente y con alivio.

N'adie continuó hablando.

—Si te he ofendido…

—No, no, en absoluto. Ya sé que no es algo personal.

—De verdad que no lo es.

—Para ser sincero, eso hace que las cosas sean… más fáciles. Porque yo siento lo mismo.

Al oír eso, N'adie esbozó una sonrisa.

—Verdaderamente somos muy parecidos.

Se quedaron callados durante un rato, hasta que él de repente rompió el silencio.

—Todavía estoy enamorado de mi shellan.

—¿Por qué no habrías de estarlo? Era adorable.

Tohr sintió que sonreía por primera vez en… quién sabe cuánto tiempo.

—No era solo su aspecto. Todo en ella era adorable.

—Me di cuenta de eso por la forma en que la mirabas. Parecías fascinado.

Tohr tomó una de las plumas que había sobre el escritorio y palpó su afilada punta.

—Dios… ¡Qué nervioso estaba la noche en que nos apareamos! La deseaba tanto…, y no podía creer que realmente fuera mía.

—¿Fue un apareamiento convenido?

—Sí, por mi mahmen. A mi padre no le importaba esa clase de cosas. En realidad tampoco le importaba mucho yo. Pero mi madre se encargó de todo lo mejor que pudo y fue muy inteligente. Ella sabía que si yo estaba con una buena hembra, tendría una buena vida. O, al menos, ese era su plan.

—¿Tu mahmen todavía vive?

—No, y me alegro de que así sea. A ella no le habría… gustado nada…, en fin, nada de esto.

—¿Y tu padre?

—También está muerto. Renegó de mí hasta que estuvo al borde de la muerte. Unos seis meses antes de morir me llamó y la verdad es que yo nunca habría ido de no ser por Wellsie. Ella me obligó a ir, e hizo bien. Mi padre se reconcilió formalmente conmigo en su lecho de muerte. No sé por qué eso era tan importante para él, pero así fue.

—¿Y qué hay de Darius? No lo he visto…

—Cayó asesinado por nuestros enemigos. Poco antes que Wellsie. —Al ver que ella contenía una exclamación de horror y se tapaba la boca con la mano, Tohr asintió con la cabeza—. Ha sido un verdadero infierno.

La mujer habló en voz baja, con infinita compasión.

—Estás completamente solo.

—Tengo a mis hermanos.

—¿Y los dejas acercarse?

Tohr se rio brevemente y luego sacudió la cabeza.

—Eres un verdadero peligro con las palabras, ¿lo sabías?

—Lo siento, yo…

—No, no te disculpes. —Él volvió a poner la pluma en el tintero—. Me gusta hablar contigo.

Tohr tomó aire y rio con amargura.

—Joder, qué comentarios tan encantadores los que te estoy haciendo esta noche, ¿no? —Para poner fin a la conversación, se dio una palmada en los muslos y se puso de pie con la ayuda de la muleta—. Escucha, también he venido porque quiero hacer una pequeña investigación. ¿Sabes dónde está la biblioteca? No he podido encontrarla.

—Sí, claro que lo sé. —Al levantarse de la silla, N'adie se volvió a poner la capucha—. Te llevaré.

Cuando pasó frente a él, Tohr frunció el ceño.

—Estás cojeando más que de costumbre. ¿Te has hecho daño?

—No. Pero cuando me muevo demasiado, duele más.

—Podríamos encargarnos de eso allá abajo, Manello es...

—Gracias, pero no.

Tohr estiró un brazo y la detuvo antes de que ella atravesara la puerta.

—La capucha. No te la pongas, por favor. —Al ver que ella no respondía, Tohr añadió—: Solo estamos nosotros dos. Estás a salvo.

ontemplando la orilla del río Hudson, a unos quince
minutos al norte del centro de Caldwell, John Matthew
se sentía como si estuviera a miles de kilómetros de distancia de
todo el mundo.

Tras él, en medio de la brisa, se veía una pequeña cabaña
de cazadores a la que nadie iría si la pudiera ver de cerca. Porque,
aunque diminuta, se trataba de una verdadera fortaleza, con paredes reforzadas con acero, un techo impenetrable, ventanas a
prueba de balas… y suficiente munición en el garaje como para
hacer que la mitad de la población de la ciudad viera a Dios de
cerca.

John se había imaginado que Xhex iría a su cabaña y estaba tan convencido de ello que ni siquiera se había molestado en
hacer averiguaciones por si finalmente hubiera decidió refugiarse
en otro sitio.

Y así fue, porque no estaba allí…

Unas luces que aparecieron a mano derecha lo hicieron
volverse. Por el sendero se acercaba un coche lentamente hacia la
cabaña.

John frunció el ceño al escuchar con más claridad el sonido del motor. Era un rugido profundo pero discreto.

No se trataba de un Hyundai ni de un Honda. El ruido de
aquel motor era demasiado suave.

Fuera lo que fuera, pasó de largo y siguió hasta el extremo de la playa, donde habían construido una casa enorme y lujosa. Minutos después, se empezaron a encender luces en el interior de la mansión, que alegraron los balcones curvos y los ventanales de tres pisos.

La casa, tan iluminada de repente, parecía una nave espacial a punto de despegar.

Sin embargo, eso no era de su incumbencia. Además, era hora de marcharse.

Soltó una maldición, dispersó sus moléculas y se dirigió al mismísimo centro de Caldwell, a esa zona de bares, clubes de *striptease* y salones de tatuajes que se encontraba cerca de la calle del Comercio.

El Iron Mask había sido el segundo club de Rehvenge, un bar para bailar, tener encuentros sexuales y consumir drogas, dedicado sobre todo a los góticos, que no tenían cabida en su primer establecimiento, ZeroSum, de ambiente más cosmopolita.

Había cola para entrar, como siempre, pero los dos gorilas de la puerta, Rob el Grande y Tom el Silencioso, lo reconocieron y lo dejaron pasar por delante de todo el mundo.

Cortinas de terciopelo, sofás bajitos, luces negras…, mujeres vestidas con ropa de cuero negro, maquillaje blanco y extensiones en el pelo que les llegaban hasta la cintura…, hombres apiñados en grupos, que ideaban estrategias para acostarse con más de una… Música deprimente, con letras que te hacían pensar seriamente en tirarte desde un puente.

Bueno, a lo mejor exageraba. Tal vez tan penosa impresión se debía a su estado de ánimo.

Xhex se encontraba allí.

John percibía la presencia de su sangre, que corría por las venas de Xhex. Por ello se dirigió hacia la multitud, siempre siguiendo la llamada de su propia sangre.

Al llegar a la puerta que conducía a la zona reservada para el personal, Trez salió de entre las sombras.

—¿Qué tal? —El Moro le tendió la mano.

Los dos se estrecharon la mano, chocaron los hombros y luego se dieron una palmada en la espalda.

—¿Has venido a hablar con ella? —Al ver que John asentía, el Moro le abrió la puerta—. Le di la oficina que está junto a los vestidores. En el fondo… Ahora mismo está revisando los informes del personal que va a estar a su cargo…

El Moro se quedó callado de repente, pero ya había dicho lo suficiente.

Por Dios Santo…, qué bocazas.

—Bueno, en fin, que está allí. —El gigantón se dijo que hacía tiempo que no se veía en un apuro semejante.

John se dirigió hacia el fondo del pasillo. Cuando llegó ante la puerta cerrada no vio ninguna placa con el nombre de Xhex, y se preguntó cuánto tiempo pasaría antes de que la hubiera.

Y entonces golpeó en la puerta, consciente de que ella debía saber que él estaba allí.

La mujer respondió, él abrió y…

Xhex se encontraba en un rincón, agachada, recogiendo algo del suelo. Al levantar la vista con irritación se quedó paralizada. John se dio cuenta de que, en realidad, ella no había sido avisada de su presencia.

Genial. Estaba tan absorta en su nuevo viejo empleo que ya se había olvidado de él.

—Ah…, hola.

Tras el breve saludo bajó la mirada y siguió con lo que estaba haciendo… Tiraba de un alargador que estaba atrapado debajo del archivador y cuyo extremo, tras el tirón definitivo, salió volando con el enchufe. Pero antes de que este le diera un buen golpe a Xhex, John saltó y lo agarró, golpeándose con la mesa en las costillas por la brusquedad del movimiento. Dolorido, entregó el dichoso cable a la exguerrera.

—Gracias. Maldita sea, estaba atrapado ahí detrás y no alcanzaba a cogerlo.

—Entonces, ¿ahora vas a trabajar aquí? —John movía las manos con rapidez.

—Sí. Así es. No creo que la otra opción sea realista. —Sus ojos se endurecieron—. Y si tratas de decirme que no puedo…

—Por Dios, Xhex, nosotros no somos así. —John se movía de un lado al otro del escritorio que los separaba—. Esto no es lo que somos.

—En realidad yo creo que sí. Después de todo, estamos aquí, ¿o no? Pues por algo será.

—No quiero impedirte que sigas combatiendo…

153

—Pero lo has hecho. No vamos a fingir que no ha sucedido. —Xhex se sentó en la silla del escritorio—. Ahora que estamos apareados, los hermanos, incluso tu rey, siguen tus indicaciones...

—Pero...

—No, espera, no he terminado. —Xhex cerró los ojos, con aire de encontrarse exhausta—. Déjame decirte lo que pienso. Ya sé que ellos me respetan, pero respetan más los privilegios que tiene un macho apareado sobre su shellan. Y eso no es una particularidad de la Hermandad, es parte de la esencia misma de la sociedad vampira y sin duda se explica porque los machos apareados son animales peligrosos. Eso es algo que tú no puedes cambiar. Y como yo no puedo vivir de esa manera... Aquí estoy.

—Puedo hablar con ellos, puedo hacer que...

—Pero es que ellos no son el problema de fondo.

John sintió irrefrenables ganas de golpear la pared.

—Yo puedo cambiar.

De repente, Xhex dejó caer los hombros y sus ojos, aquellos ojos grises como el metal, se tomaron muy serios.

—No creo que puedas hacerlo, John. Y yo tampoco puedo cambiar. No me voy a sentar a esperar a que regreses a casa todos los días al amanecer.

—No te estoy pidiendo que hagas eso.

—Mejor, porque no pienso volver a la mansión. —John notó que toda la sangre de la cabeza se le iba a los pies. Xhex se aclaró la garganta y siguió—. ¿Sabes una cosa? Todo ese asunto del enamoramiento y el vínculo... Ya sé que no puedes hacer nada para evitarlo... Estaba furiosa cuando me fui, sí, pero ya he tenido tiempo de pensarlo y... Mierda, sé que si pudieras cambiar de sentimientos, si pudieras ser distinto, lo harías. Pero la realidad es que podríamos pasar otro horrible par de meses estrellándonos todos los días contra los prejuicios y al final terminaríamos odiándonos. Y yo no quiero eso. Y tú tampoco.

—Así que quieres que terminemos —dijo él con señas—. ¿Eso es lo que quieres?

—¡No!... No lo sé... Quiero decir que... Mierda. —La hembra levantó las manos—. ¿Qué quieres que haga? Me siento tan frustrada contigo, conmigo, con todo... Ni siquiera sé si lo que digo tiene algún sentido.

John frunció el ceño, pues más o menos se encontraba frente al mismo callejón sin salida. ¿Dónde estaba la tercera vía? Pero no se resignaba.

—Tú y yo estamos más allá de todo esto… Nuestra relación no puede romperse por una ocupación…

—Eso es lo que quisiera creer. —La mujer hablaba con honda tristeza—. De verdad.

De pronto, por un repentino impulso, John rodeó el escritorio y se plantó a un lado de la silla y la giró hasta que Xhex quedó cara a cara con él. Luego le tendió las manos.

No trataba de agarrarla y llevársela, simplemente le ofrecía la paz. Ella era libre de elegir.

Tras unos dramáticos instantes, Xhex puso sus manos sobre las de John y, cuando este tiró hacia arriba, ella no opuso resistencia. Después la rodeó con sus brazos y la acercó a él, estrechándola.

Mirándola directamente a los ojos, el macho le rozó los labios una sola vez. Al ver que ella no lo golpeaba, ni daba patadas, ni lo mordía, volvió a bajar la cabeza y puso su boca sobre la de su mujer, haciendo presión con los labios.

Ella cedió a la presión y de inmediato John fundió su cuerpo con el de ella y la besó apasionadamente. Una de sus manos terminó sobre el trasero de Xhex mientras la otra sostenía con fuerza la nuca. Un gemido de la hembra confirmó al macho que iba por el buen camino.

Aunque no tenía una solución inmediata y concreta para sus problemas, él sabía que ese tipo de conexión entre ambos no se había perdido. Era su tabla de salvación en un mundo que repentinamente se había llenado de incertidumbres.

John interrumpió el beso, devolvió a Xhex a donde estaba, se dirigió a la puerta y desde allí le habló por señas.

—Envíame un mensaje cuando quieras verme de nuevo. Voy a darte la distancia y el tiempo que necesitas, pero debes saber una cosa: te esperaré eternamente.

Menos mal que estaba sentada, se dijo Xhex cuando John cerró la puerta tras él.

Joder, podía tener bloqueada la mente con respecto a su macho, pero el cuerpo era otra cosa. Puf. El deseo la tenía aún al borde del orgasmo espontáneo. Para qué negar la evidencia. Todavía lo deseaba. Y el muy cabrón también se lo había demostrado. Desde luego estaban hecho el uno para el otro, al menos en lo físico.

¡Malditas complicaciones de la vida!

¿Qué hacer entonces?

Una posibilidad sería… enviar un mensaje a John para que regresara enseguida y luego encerrarse juntos en su nueva oficina y estrenarla haciendo cosas poco santas.

Xhex alargó la mano para sacar el móvil. Y lo sacó, pero al final terminó enviando un mensaje muy distinto.

«Encontraremos una salida. Prometido».

Tras mandar el SMS dejó el móvil sobre el escritorio, y se dijo que dependía de los dos labrarse su propio futuro, alejarse de las costas escarpadas y embravecidas cerca de las cuales se hallaban ahora y dar con una forma de vida en aguas mucho más calmadas que satisficiera las necesidades de ambos.

Por un tiempo creyó que la solución era luchar hombro con hombro con él y con la Hermandad. Y John había creído lo mismo.

Tal vez la solución fuera realmente esa. O quizá no.

Miró a su alrededor y se preguntó cuánto tiempo estaría en esa oficina…

De repente se escuchó un golpe en la puerta que interrumpió sus pensamientos.

—Pase —gritó Xhex.

Rob el Grande y Tom el Silencioso entraron. Como siempre, tenían todo el aspecto de ir a darte un golpecito en la cabeza por haberte portado mal. No habían cambiado nada.

A pesar de lo absorta que estaba pensando en John, la mujer pensó que era bueno poder distraerse con algo. Aquel trabajo se le daba bien. Había pasado muchas noches trabajando para que el club funcionara sin ningún problema. Eso era algo que sabía hacer.

—¿Qué pasa, chicos?

Naturalmente, Rob el Grande fue el que tomó la palabra.

—Hay un nuevo jugador en la ciudad.

—¿En qué clase de negocio?

El gorila se dio unos golpecitos a un lado de la nariz.

Drogas. Genial, pero realmente no era ninguna sorpresa. Rehv había sido el gran capo de la ciudad durante una década y ahora que había desaparecido de la escena, naturalmente había muchos oportunistas que querían llenar ese vacío… El dinero era un gran motivador.

Estupendo. El submundo de Caldwell ya era todo un esperpento salido del infierno y verdaderamente no necesitaba más inestabilidad.

—¿Quién es?

—Nadie lo sabe. Al parecer salió de la nada y acaba de comprarle a Benloise medio millón en polvo, que pagó en efectivo.

Xhex frunció el ceño. No es que dudara de las fuentes de sus gorilas, pero estaban hablando de mucha mercancía.

—Eso no significa que lo vayan a vender en Caldwell.

—Nos enteramos por un gilipollas que estaba armando líos en el servicio de hombres.

Rob el Grande arrojó sobre el escritorio una bolsita de celofán. Contenía el cuarto de onza normal en estos casos, excepto por un pequeño detalle. Llevaba un sello estampado en tinta roja.

Mierda…

—No tengo ni idea de qué significa ese signo.

Por supuesto que Rob el Grande no podía saber qué era eso. Se trataba de una letra de la Lengua Antigua, que Rob no podía conocer. Por lo general, todos los documentos oficiales llevaban ese sello, y representaba la muerte.

La pregunta era… ¿Quién estaba tratando de ocupar el lugar de Rehv…, que casualmente pertenecía a la raza vampira?

Xhex resopló.

—¿Qué ha pasado con el tío que os lo contó? ¿Lo dejasteis ir?

—Te está esperando en mi oficina.

La vampira se levantó y rodeó el escritorio. Mientras lanzaba un rápido y cariñoso puñetazo a Rob el Grande en el brazo, le dedicó unas amables palabras.

—Siempre me has agradado mucho.

E n el Santuario, N'adie guió a Tohrment hasta la biblioteca con la intención de dejarlo luego a solas con sus investigaciones, cualesquiera que fuesen. Sin embargo, cuando llegaron a su destino, él abrió la puerta y la invitó a seguir adelante.

Por tanto, ambos cruzaron el umbral.

El templo de los libros era largo, estrecho y alto, como un gigantesco folio colocado verticalmente. Por todas partes había volúmenes encuadernados en cuero y llenos de cuidadosos trazos hechos por generaciones y generaciones de Elegidas. Otros muchos permanecían guardados en cajas de mármol blanco, ordenadas cronológicamente. En ellos estaban consignados los hechos de la vida de la raza allá abajo, tal como habían sido vistos por las Elegidas en la pantalla transparente del agua.

Tohrment se quedó quieto un momento, apoyado en la muleta y con el pie vendado levantado unos centímetros sobre el suelo.

—¿Qué estás buscando?

N'adie miraba de reojo las estanterías que tenían más cerca. Ver esos volúmenes la hizo preguntarse cuál sería el futuro de la tradición de registrar el pasado de esa manera. Mientras las Elegidas se encontraban explorando el mundo real, no era mucho lo que se estaba anotando. Así que era posible que esa larga tradición terminara por perderse.

La respuesta de Tohrment interrumpió sus reflexiones.

—La vida después de la vida, eso es lo que estoy buscando. ¿Tienes idea de si hay una sección sobre eso?

—Tengo entendido que las crónicas están organizadas por años, no por temas.

—¿Alguna vez oíste hablar del Limbo?

—¿El qué?

Tohr rio con amargura, mientras daba pequeños saltitos apoyado en la muleta y comenzaba a inspeccionar las estanterías.

—Exacto. Tenemos el Ocaso y el Dhund. Dos extremos opuestos, los cuales yo suponía hasta hace muy poco que eran las únicas alternativas tras la muerte. Pero estoy buscando alguna evidencia de que exista otra. Maldición… Es verdad, estos tomos están colocados por orden cronológico y no por temas. ¿Hay algún otro lugar donde haya otra clasificación?

—No, que yo sepa.

—¿Algún índice o sistema de ficheros?

—Solo hay un índice por décadas, según creo. Pero no soy experta en el tema.

—Mierda, podría llevar años revisar todo esto.

—Lo mejor será que hables con una de las Elegidas. Sé que Selena, por ejemplo, fue escribana…

—Prefiero que nadie intervenga en este asunto. Es algo relacionado con mi Wellsie.

La frase de Tohr, dicha ante quien acababa de escudriñar su pasado, encerraba cierta ironía, pero pasó inadvertida.

—Espera…, hay otra sala…

N'adie condujo a Tohr por el pasillo central y luego doblaron a mano izquierda, para entrar en un espacio abovedado en el que había una pesada puerta.

—Este es el lugar más sagrado de la biblioteca, donde se conserva el relato de las vidas de los miembros de la Hermandad.

La pesada puerta opuso resistencia a la intrusión, al menos cuando ella trató de abrirla. Pero ante la fuerza de Tohrment acabó cediendo para revelar un espacio no muy grande, de techos alto.

—Así que nos mantenéis aquí encerrados —dijo Tohr con ironía mientras inspeccionaba los lomos de los distintos volúmenes—. Mira esto…

Sacó uno de los tomos y lo abrió.

—Ah, Throe, padre del actual Throe. Me pregunto qué pensaría el viejo si supiera con quién anda su hijo.

Tohr volvió a poner el tomo en su lugar. N'adie, mientras, no disimulaba su interés por aquel vampiro metido a investigador. Observó detenidamente sus cejas fruncidas por el esfuerzo de leer, la forma en que sus dedos, fuertes pero estilizados, manipulaban el libro con cuidado, el modo en que su cuerpo se inclinaba sobre las estanterías.

El pelo negro y brillante parecía muy fuerte, aunque estaba cortado al rape. Y, desde luego, el mechón blanco frontal se antojaba totalmente fuera de lugar... N'adie se fijó finalmente en los ojos cansados y llenos de angustia.

Ay, esos ojos. Azules como zafiros, preciosos.

Con mechón o sin él, desmejorado o no, Tohr era muy guapo, sin duda.

Qué curioso: como estaba enamorado de otra, se sentía en libertad de observarlo a su gusto. Mientras siguiera sintiendo por su shellan lo que sentía, ella estaba... a salvo. Ya ni siquiera se sentía incómoda por el hecho de que la hubiese visto desnuda. Tohr nunca podría verla con ojos lujuriosos. Eso implicaría una traición a su amor por Wellesandra.

De nuevo, la voz del vampiro interrumpió sus meditaciones.

—¿Hay algo más aquí? Solo veo... biografías de los hermanos...

—Espera, permíteme ayudarte.

N'adie y Tohr revisaron juntos toda la estantería, pero no encontraron ningún libro relativo al Cielo o el Infierno. Solo la vida de un hermano tras otro.

—Nada —murmuró Tohr—. ¿Para qué diablos sirve una biblioteca si no puedes encontrar nada en ella?

—Tal vez si... —N'adie se agarró al borde de un estante y se agachó con dificultad para mirar los títulos. Finalmente encontró lo que estaba buscando—. Podríamos buscar en tu biografía.

Tohr cruzó entonces los brazos sobre el pecho y pareció prepararse para lo peor.

—Ella está ahí, ¿verdad?

—Claro, formaba parte de tu vida y tú eres el tema del libro.

—Miremos.

Había varios tomos dedicados a él, de modo que N'adie sacó el más reciente. Lo abrió, se saltó la relación del linaje que aparecía al comienzo y fue repasando las distintas páginas dedicadas a sus hazañas en el campo de batalla. Cuando llegó a lo último que se había escrito, frunció el ceño.

—¿Qué dice? —preguntó él.

N'adie leyó en voz alta y en Lengua Antigua, primero la fecha y luego la anotación: «A partir de esa noche, él perdió a su amada shellan, Wellesandra, quien dejó el mundo terrenal mientras estaba esperando un hijo suyo. Inmediatamente después, se separó de la sociedad comunitaria de la Hermandad de la Daga Negra».

—¿Eso es todo?

—Sí.

N'adie giró el libro para que Tohr pudiera verlo con sus propios ojos, pero él hizo un brusco gesto negativo con la mano.

—¡Por la Virgen Escribana!, mi vida se hace trizas y eso es todo lo que escriben.

—Tal vez querían respetar tu dolor. —N'adie volvió a guardar el libro—. Sin duda, es mejor mantener el dolor en privado.

Tohr no dijo nada más; se quedó callado, apoyado en la muleta que le ayudaba a mantener el equilibrio, con la mirada clavada en el suelo.

—Dime algo —dijo ella con voz suave.

—Maldición. —Mientras se restregaba los ojos, una sensación general de fatiga pareció emanar de él—. El único consuelo que tengo en medio de toda esta pesadilla es pensar que mi Wellsie se encuentra en el Ocaso con mi hijo. Esa es la única razón por la que puedo seguir viviendo. Cuando siento que llego al límite de la locura, me digo que ella se encuentra a salvo y que es mejor que sea yo quien sufra y no ella, mejor que sea yo quien la añora aquí, en este mundo. Porque, vamos, se supone que el Ocaso es un lugar de paz y amor, ¿no? Pero entonces llega ese maldito ángel y empieza a hablar de una especie de sitio, el Limbo… Y ahora, de repente, mi única fuente de tranquilidad se evapora como por arte de magia. Y, para empeorar las cosas, yo nunca antes había oído hablar de ese lugar y tampoco puedo comprobar si…

—Tengo una idea. Ven conmigo. —Al ver que Tohr simplemente se quedaba mirándola, N'adie lo agarró del brazo, pues no estaba dispuesta a aceptar un no por respuesta—. Ven.

Lo volvió a llevar a la parte principal de la biblioteca y comenzó a buscar con cuidado en las estanterías, revisando los años de los volúmenes, hasta localizar los más recientes.

—¿En qué fecha exacta le ocurrió aquello…?

Tohrment volvió a darle el mes y el día de la muerte y ella sacó el tomo correspondiente.

Mientras lo hojeaba, N'adie sentía la presencia de Tohr muy cerca de ella, pero no se sintió amenazada.

—Mira, aquí está.

—Ay…, Dios. ¿Qué dice?

—Solo dice…, sí, lo mismo que estaba anotado en tu biografía. Dejó el mundo terrenal… Espera un momento.

Entonces retrocedió unas cuantas páginas y a continuación miró otras cuantas más adelante, repasando las historias de otras hembras y machos que murieron en esa misma fecha: Fulano de tal entró en el Ocaso… Zutano entró en el Ocaso… entró en el Ocaso…

Cuando N'adie levantó los ojos hacia Tohr, sintió verdadero pánico.

—De hecho, aquí no dice que ella haya entrado. En el Ocaso, me refiero.

—¿Qué quieres decir?

—Solo dice que ella dejó el mundo terrenal. No dice que esté en el Ocaso.

En el frío e inclemente corazón de Caldwell, Xcor perseguía a un restrictor solitario.

Corría sobre el césped quemado de un parque, moviéndose sigilosamente tras el muerto viviente, con la guadaña en la mano y todo el cuerpo listo para atacar. Se trataba de un restrictor que se había separado del grupo que él y su pandilla de bastardos habían atacado hacía solo unos minutos.

Era evidente que el desgraciado iba herido, pues su sangre negra dejaba un rastro que, pese a las tinieblas reinantes, resultaba bastante visible.

Xcor y sus soldados habían asesinado a todos sus colegas en los callejones y se habían hecho con algunos trofeos, pero él se había separado de los demás para encontrar al desertor solitario. Entretanto, Throe y Zypher regresaron al salón de tatuajes, pues ya iba siendo hora de organizar a las hembras para el procedimiento de alimentación. Los primos habían regresado al campamento base para curarse sus heridas de guerra.

Si despachaban a las mujeres con celeridad, tal vez pudieran encontrar otro escuadrón de enemigos antes del amanecer. Aunque, bien pensado, «escuadrón» no era la palabra correcta, sonaba demasiado profesional. Estos nuevos reclutas no se parecían en nada a los de los mejores días de la guerra del Viejo Continente; recién inducidos, estos mierdecillas no parecían estar bien organizados ni ser capaces de trabajar juntos durante un enfrentamiento. Además, tenían armas esencialmente callejeras: navajas, cuchillos, bates de béisbol. Sus pocas armas de fuego eran pistolas de mala calidad.

Formaban, pues, un ejército improvisado, cuya única fuerza parecía ser la gran cantidad de soldados. Nada más. Y, aun así, la Hermandad no había podido derrotarlos. ¡Qué vergüenza!

Xcor iba acortando distancias con su presa. Era hora de terminar con aquello, alimentarse y volver a salir de caza.

La zona verde a la que habían entrado ahora estaba junto al río y parecía demasiado iluminada para el gusto de Xcor. También era demasiado abierta. Llena de mesas para picnic y contenedores para los desperdicios, no ofrecía mucha protección contra las miradas curiosas. Al menos la noche era lo suficientemente fría como para que los humanos normales, es decir, los testigos creíbles, se mantuvieran lejos de las calles. Desde luego, siempre había algún indigente, alguna fulana, algún trastornado… Pero a esos no les harían caso.

Unos metros por delante del cazador, el restrictor corría por un sendero de cemento que en lugar de llevarlo a un sitio seguro lo conduciría a la muerte. Herido y agotado, había comenzado a tambalearse y agitaba inútilmente un brazo para tratar de conservar el equilibrio mientras mantenía el otro pegado al cuerpo. A ese paso iba a terminar en el suelo en cualquier momento y entonces la lucha no tendría ningún interés.

De repente, se escuchó un gemido que se impuso sobre los ruidos sordos de la noche. Y luego otro.

Estaba llorando. El maldito restrictor estaba llorando como una plañidera.

La rabia de Xcor creció de tal manera que sintió que se ahogaba. Irritado, guardó la guadaña en su funda y sacó la daga de acero.

Si hasta hacía unos segundos el interés del vampiro por matar al restrictor era puramente laboral, ahora se había vuelto un asunto personal.

Xcor apagó con la mente las luces del sendero, una por una, tanto las que estaban delante como las que se encontraban detrás del asesino, de manera que la oscuridad se fue cerrando sobre él. Y así, extremadamente débil, atormentado por el dolor, se dio cuenta de que su hora había llegado.

—Ay, mierda, no… Por Dios Santo, no…

Tenía la cara completamente blanca, como si se hubiera maquillado. Era pura palidez natural, pues se notaba que no llevaba tanto tiempo en la Sociedad como para haber perdido el color. Joven, de solo dieciocho o veinte años, tenía tatuajes alrededor del cuello y en los brazos y, si a Xcor no le fallaba la memoria, era bastante hábil con el cuchillo, aunque en el combate cuerpo a cuerpo había notado que eso era más producto del instinto que del entrenamiento.

También parecía evidente que había sido un criminal en su anterior encarnación, pues al comienzo de la pelea mostró aires de hampón y la seguridad de quien ha matado muchas veces en las calles oscuras. Sin embargo, ya habían pasado sus horas triunfales. Las patéticas lágrimas demostraban que el maldito estaba acabado.

Cuando la última luz, la que estaba justo encima de él, se apagó, el restrictor gritó.

Xcor lo atacó con una fuerza brutal, lanzando su enorme peso hasta golpear al asesino y tumbarlo de espaldas sobre el suelo.

Mientras lo inmovilizaba con una mano en la cara, le enterró el cuchillo en el hombro, destrozando tendones, músculos y hasta huesos. El asesino volvió a gritar, lo que le confirmó a Xcor que los muertos vivientes también sentían dolor.

Entonces se inclinó y acercó su boca al oído del restrictor.

—Llora otra vez. Sigue llorando cada vez más fuerte, hasta que ya no puedas respirar.

El desgraciado obedeció y comenzó a llorar como un loco. Mientras lo hacía, tomaba grandes bocanadas de aire que expulsaba espasmódicamente por la boca. Mientras observaba el espectáculo, Xcor absorbía la debilidad a través de los poros y la nariz y la contenía dentro de sus propios pulmones.

El odio que sentía iba más allá de la guerra, más allá de esa noche y ese momento. En lo más hondo de su alma experimentaba el irrefrenable impulso de descuartizar al antiguo humano.

Puso al desgraciado bocabajo, le clavó la cara contra el césped… y se puso a trabajar.

Ya no había necesidad de enterrar el cuchillo con fuerza. Era el momento de la precisión y el trabajo minucioso con la daga.

Mientras el restrictor se retorcía, Xcor, tras ponerse la daga entre los dientes, rasgó la camiseta sin mangas del restrictor para dejar expuestos los hombros y la espalda. Entonces apareció un tatuaje que representaba una escena urbana. Al vampiro le pareció que la tinta ciertamente causaba una impresión interesante sobre la superficie de la piel, una impresión que sobresalía bajo la sangre negra y aceitosa.

El llanto y los jadeos hacían que la imagen se distorsionara por momentos, como si el tatuaje estuviera en movimiento. Parecía una película sobre una pantalla defectuosa.

—¡Qué lástima me da estropear una obra tan estupenda! —Xcor arrastraba las palabras—. Debió de costar mucho trabajo este tatuaje. Y también debió de doler.

Puso la punta de la daga sobre la nuca del asesino y la fue hundiendo lentamente hasta llegar al hueso.

Más lágrimas.

Entonces volvió a acercar la boca al oído del desgraciado:

—Esto no ha hecho más que empezar.

Con un movimiento seguro y firme, Xcor fue abriendo la carne con el cuchillo a lo largo de toda la línea de la columna vertebral, mientras su víctima chillaba como un cerdo. Y luego sujetó férreamente las piernas del desgraciado con sus rodillas, apoyó la mano izquierda en su hombro izquierdo y metió la derecha en la enorme herida que había abierto, hasta agarrar la parte superior de la espina dorsal.

Lo que sucedió cuando tiró con todas sus fuerzas no está dentro de la comprensión humana. Ya no podía respirar y ya nunca más podría ponerse de pie. La mano de Xcor mostraba las vértebras del muerto viviente, como un trofeo de guerra. Y sin embargo el restrictor seguía vivo.

El asesino ya no era capaz de respirar, pero seguía llorando: las lágrimas brotaban de sus ojos sin parar.

Xcor se sentó y respiró varias veces para recuperarse del esfuerzo que acababa de hacer. Sería estupendo dejar a esa piltrafa allí, en ese estado, para que viviera por toda la eternidad como el desperdicio que era. Xcor se tomó un momento para disfrutar del sufrimiento de su víctima y grabar en su mente aquella imagen de degradación, crueldad y espanto.

Sus pensamientos viajaron muy atrás en el tiempo y recordó una ocasión en que él mismo había estado en una situación similar. Reducido a las emociones más elementales, tirado en el suelo, desnudo y humillado.

«Eres tan despreciable como tu cara. ¡Largo!».

El Sanguinario había sido frío, implacable. Y sus subordinados también actuaron con eficiente inclemencia: entre varios agarraron a Xcor de las manos y los pies y lo llevaron a la entrada de la caverna que hacía las veces de campamento de los guerreros, donde lo arrojaron como se tira un excremento de caballo.

Solo, en medio de la nieve fría y blanca del invierno, Xcor se quedó en el lugar donde había aterrizado, igual que ahora el restrictor, indefenso y a merced de cualquiera.

Sin embargo, él estaba boca arriba. Y tenía las vértebras en su sitio.

Pero esa no era la primera vez que lo expulsaban de algún sitio. Empezando por la hembra que lo trajo al mundo y siguiendo por todos los orfanatos en los que estuvo, la suya había sido una eterna historia de rechazo. El campamento de guerreros había constituido su última oportunidad de pertenecer a una comunidad y por eso se había resistido a salir de sus confines.

Tenía que ganarse la oportunidad de regresar aguantando el dolor. Y hasta el Sanguinario se había sorprendido al ver lo que Xcor era capaz de resistir.

Las lágrimas eran para los niños, las hembras y los machos castrados. Lástima que ese pedazo de imbécil no pudiese aprovechar la lección…

—Veo que has estado ocupado.

Xcor levantó la vista. Throe había aparecido de la nada. Seguramente se acababa de materializar allí mismo.

—¿Las hembras están listas?

—Sí, es la hora.

El asesino de la guadaña se concentró en recuperar fuerzas. Tenía que ocuparse de aquel desastre, pues no sería recomendable dejar tirado un cuerpo a medio descuartizar, para que los humanos lo encontraran y empezaran a especular hasta que les estallara la cabeza.

—Hay unos baños públicos por allí. —Throe señaló hacia el otro extremo del parque—. Termina aquí y permítenos que te ayudemos a lavarte.

—¿Como si fuera un bebé? —Miró a su lugarteniente con odio—. Ni hablar. Regresa con las rameras. Iré para allá en un momento.

—No puedes traer tus trofeos.

—¿Y dónde sugieres que los deje? —El tono de Xcor sugería que estaba pensando metérselos a Throe por el trasero, pero se limitó a despedirlo con una orden tajante—: Vete.

Throe, por pura disciplina, que no por convicción, asintió con la cabeza y desapareció.

Cuando se quedó solo, Xcor dedicó una última mirada al despojo que tenía a sus pies.

—Dios, por favor, basta…

El asco que le causaba tanta debilidad le dio energías para apuñalarlo en el pecho. En cuanto penetró la punta del acero, hubo un estallido, una llamarada…, y luego no quedó más que una mancha negra sobre la hierba.

Xcor se puso de pie con esfuerzo, tomó la columna vertebral de su presa y la metió en la bolsa de trofeos que llevaba colgada del hombro.

No cabía; un sanguinoliento extremo sobresalía por encima del cierre.

Throe tenía razón en lo de la macabra bolsa de recuerdos. ¡Maldición!

Se desintegró y fue hasta el techo de la cabaña que hacía las veces de baño, dejó los trofeos debajo del sistema de ventilación y luego se transportó al interior, donde estaban los inodoros y los lavabos. Había un olor fuerte a ambientador, pero nada era capaz de eliminar el hedor de su presa.

Los lavabos eran de acero inoxidable y bastante rudimentarios, pero de ellos salía agua fría y limpia y Xcor se agachó y se lavó la cara con las manos una, dos y tres veces.

Era una estupidez perder el tiempo en eso, se decía. Esas rameras no se iban a acordar de nada y lavarse la cara tampoco le convertiría en un tipo más guapo.

Por otra parte, había que reconocer que era mejor no asustarlas, para evitar que trataran de huir. La tarea de retenerlas era tan agotadora…

Al levantar la cabeza, Xcor se vio en la superficie de metal que hacía las veces de espejo. Aunque la imagen era borrosa, su fealdad resultaba evidente y eso lo llevó a pensar en Throe. A pesar de que había estado peleando toda la noche, su atractivo rostro parecía tan fresco como una flor y sus rasgos aristocráticos se imponían al efecto de la sangre de restrictor en la ropa y a sus numerosos rasguños y magulladuras.

Sin embargo, Xcor podría tomarse un descanso de dos semanas seguidas y alimentarse horas y horas de las venas de una maldita Elegida y aun así seguiría siendo repulsivo.

Se lavó la cara una vez más. Luego miró alrededor para buscar algo con que secarse, pero lo único que parecía haber a su disposición eran esas máquinas pegadas a la pared para secarse las manos con aire caliente.

El abrigo de cuero estaba sucio, igual que su camisa negra.

Así que abandonó el baño con la cara chorreando y volvió a aparecer en el techo. Su bolsa de trofeos no parecía estar suficientemente segura allí. Y también tendría que dejar la guadaña y el abrigo.

Exhausto, Xcor pensó… que todo eso no era más que una maldita molestia.

CAPÍTULO

16

M uy lejos del caos de Caldwell, en la silenciosa biblioteca de las Elegidas, tras oír lo que leía la mujer, Tohr
sintió un estremecimiento. El vértigo se apoderó de él.

—Dame eso.

Después de tomar el volumen, Tohr forzó sus ojos para
concentrarse en aquellos caracteres de la Lengua Antigua que
habían sido escritos con tanto cuidado: «Wellesandra, compañera del hermano de la Daga Negra Tohrment, hijo de Hharm, hija
de sangre de Relix, dejó el mundo terrenal en el curso de esa
noche, llevándose con ella a su retoño no nacido, un varón de unas
cuarenta semanas».

Tohr sintió como si todo aquello acabara de pasar solo unos
momentos antes, y su cuerpo volvió a sumergirse en el ya habitual
océano de dolor.

Tuvo que releer varias veces los signos antes de poder concentrarse no solo en lo que decía allí, sino en lo que no decía.

No existían, en efecto, ninguna mención al Ocaso.

Entonces Tohr se saltó varios párrafos para buscar las anotaciones que había sobre otros decesos. Había varios…

«Dejó el mundo terrenal y entró en el Ocaso». «Dejó el
mundo terrenal y entró en el Ocaso». «Dejó el mundo te…», Tohr
se saltó otras páginas, «…y entró en el Ocaso».

—Dios…

Aunque oyó un ruido a sus espaldas, Tohr no levantó los ojos, pero de pronto N'adie comenzó a tirar de él.

—Siéntate, por favor. —La mujer tiró más fuerte—. Por favor.

Tohr obedeció y se sentó en el taburete que ella había arrastrado. La miró y la interrogó con voz gutural.

—¿Hay alguna posibilidad de que sencillamente se hayan olvidado de incluirlo?

Era una pregunta absurda. No había necesidad de que N'adie respondiera. Las escribanas recluidas tenían un trabajo sagrado, en el que no se podían equivocar. Esa clase de «olvido» habría sido imperdonable.

Entonces Tohr oyó la voz de Lassiter en su cabeza: «Esa es la razón por la que vine... Estoy aquí para ayudarte a ayudarla a ella».

—Tengo que regresar a la mansión —murmuró Tohr.

El siguiente movimiento fue ponerse de pie, pero no resultó una buena idea. Entre la repentina debilidad que había invadido su cuerpo y la herida del maldito pie, se fue contra una de las estanterías, empujando con el hombro la fila de libros tan cuidadosamente ordenados. Y como el suelo pareció inclinarse en la dirección contraria, Tohr se vio de repente en el aire...

Hasta que algo pequeño y suave se atravesó en la trayectoria de su caída.

Era un cuerpo. Un cuerpo femenino diminuto, con caderas y senos que, de repente, se marcaron claramente contra el cuerpo de Tohr, aun en medio de su confusión.

Al instante, la visión de N'adie en la piscina, sus formas desnudas, brillantes y húmedas, emergió y explotó en su cerebro como una bomba. Y la detonación fue tan grande que lo sacudió de la cabeza a los pies.

Todo ocurrió muy rápido: el contacto, el recuerdo... y la erección.

Bajo la bragueta de sus pantalones de cuero, el miembro de Tohr se hinchó hasta alcanzar su máxima dimensión. Así, de repente, por las buenas.

—Déjame que te ayude a sentarte de nuevo —dijo N'adie, pero la voz resonó en los oídos del macho como si estuviera muy lejos.

—No me toques. —La empujó hacia atrás, mientras se tambaleaba—. No te acerques a mí. Estoy… a punto de… enloquecer…

Trastabillándose entre las estanterías, Tohr casi no podía respirar, ni sostenerse sobre sus propios pies.

En cuanto salió de la biblioteca, huyó del Santuario y se transportó a la estancia que ocupaba en la mansión.

Todavía estaba excitado cuando llegó.

Joder.

Mientras se miraba fijamente la bragueta, trató de encontrar una explicación que no fuera la obvia. ¿Podría tener un coágulo de sangre? Un trombo en la polla…, o tal vez…, mierda…

No era posible que se sintiera atraído por otra hembra.

¡Él era un macho apareado, maldición!

Miró a su alrededor y empezó a gritar:

—¡Lassiter! ¡Lassiter! —¿Dónde diablos estaba ese maldito ángel?—. ¡Lassiter!

Al ver que no había respuesta angelical y que nadie entraba corriendo por la puerta, se sintió atrapado y solo…, con su erección.

La rabia hizo que apretara el puño de la mano derecha y se golpeara con todas sus fuerzas en los testículos…

—¡Puta mierda!

Era como recibir un golpe de una bola de demolición, de modo que el rascacielos se desplomó y terminó sobre la alfombra.

Mientras trataba de contener las arcadas y ponerse de pie y se preguntaba si no se habría causado alguna lesión seria, Tohr escuchó una voz sarcástica que se filtraba entre sus aullidos.

—Eso tiene que doler. —La cara del ángel apareció de repente frente a su campo de visión—. Lo bueno del asunto es que tal vez a partir de ahora puedas poner la voz de tiple en las canciones de Navidad.

—¿Qué… coño es el… Limbo? —Le resultaba difícil hablar. Y también respirar. Y cada vez que tosía, se preguntaba si no iba a escupir las pelotas. Pero quería respuestas—. Dime… Háblame de eso…, del Limbo…

—¿No prefieres esperar hasta que puedas respirar?

Tohr levantó una mano y agarró al ángel de los brazos.

—Habla, desgraciado.

Una verdad universal para los machos es que cada vez que ves que alguien recibe un golpe en las pelotas, experimentas, por simpatía, un ataque de dolor fantasma en tu propia entrepierna.

De modo que cuando se agachó junto al cuerpo encorvado del hermano, Lassiter también se estaba sintiendo un poco mareado y tuvo que darse un respiro para asegurarse de que lo que le colgaba entre las piernas seguía en su sitio, porque... por muy iconoclasta que fuera, algunas cosas son sencillamente sagradas.

—¡Habla!

Era impresionante que Tohr todavía tuviera fuerzas para gritar. En fin, lo de «por qué no hablamos más tarde» no parecía viable con un hijo de perra que era capaz de darse semejante puñetazo.

Y tampoco había razón para andarse con rodeos.

—El Limbo no está realmente bajo la jurisdicción de la Virgen Escribana o el Omega. Es el territorio del Creador..., y, antes de que me lo preguntes, me refiero al creador de todas las cosas. También de tu Virgen Escribana, el Omega, todo. Hay un par de maneras de acabar en el Limbo, pero básicamente tiene que ver con que tú no te desprendas de la vida pasada o que alguien no quiera desprenderse de ti.

Al ver que Tohr guardaba silencio, Lassiter vio indicios de que se le habían colapsado las neuronas y sintió compasión por el maldito hijo de puta. Así que puso una mano sobre el hombro del hermano y siguió hablando con voz suave.

—Respira acompasadamente conmigo. Vamos, vamos a hacerlo juntos. Respiremos juntos durante un minuto...

Los dos se quedaron allí un buen rato, Tohr doblado en dos y Lassiter tomando y soltando aire, y sintiéndose como un convidado de piedra. En su larga vida, el ángel había visto el sufrimiento en todas sus formas. La enfermedad, la decepción, el descuartizamiento... Lassiter se daba cuenta de que estaba demasiado endurecido por la sobreexposición al dolor. Se diría alejado de toda compasión.

Joder, él no era el ángel adecuado para ese trabajo.

Vaya situación en la que se encontraban Tohr y él.

Tohr levantó los ojos; los tenía tan dilatados que, si Lassiter no hubiera sabido que eran azules, habría pensado que los tenía negros.

El hermano gimió:

—¿Qué puedo hacer?

Santo Dios, el ángel empezaba a estar harto. Se levantó y fue hasta la ventana. Allá fuera, el paisaje estaba discretamente iluminado. Los jardines parecían lejos de su máximo esplendor. En efecto, la primavera era una incubadora lenta y el calor del verano aún estaba a varios meses de distancia.

A toda una vida de distancia.

Sonó la ronca voz de Tohr.

—Ayúdame a ayudarla. Eso fue lo que me dijiste que teníamos que hacer.

En el silencio que siguió, Lassiter sintió que no tenía nada que decir. Era como si se hubiera quedado sin voz. Ni siquiera tenía pensamientos, a pesar de que, a menos que se sacara algo de la manga, iba directo hacia un infierno diseñado especialmente para él, un infierno sin esperanzas de escape. Y Wellsie y el bebé también se quedarían atrapados en su propio infierno. Y Tohr, en el suyo.

Había sido tan arrogante...

Nunca se le ocurrió que su plan podía fracasar. Desde el principio había tenido una actitud displicente, confiada. No pensaba más que en el resultado final, que tenía que ver únicamente con su propia libertad. Lo de menos era salvar a aquellas desdichadas almas.

Nunca se le ocurrió que pudiera haber conflictos. El concepto de fracaso no había pasado ni remotamente por su cabeza.

Nunca había pensado que en realidad le importaba un pepino lo que sucediera con Wellsie y Tohr, pero así era. Hasta ahora, cuando de pronto había caído en la cuenta de su estúpido egoísmo.

—Dijiste que estabas aquí para ayudarme a ayudarla a ella. —Al ver que no había ninguna respuesta, Tohr adoptó un tono más dramático—. Lassiter, mírame, te lo estoy rogando de rodillas.

—Eso es porque tienes las pelotas en el estómago.

—Me dijiste que...

—Pero tú no me creíste, ¿recuerdas?

—Estuve haciendo averiguaciones... En los libros del Otro Lado. Es verdad: no está en el Ocaso.

Lassiter se quedó mirando los jardines y se maravilló de lo cerca que estaban de la vida; a pesar de lo desnudos que aún se veían, estaban a punto de florecer y asombrar como cada año.

—¡No está en el Ocaso!

Lo agarró, lo hizo girar sobre su propio eje y lo lanzó de espaldas contra la pared con tanta fuerza que, si hubiese tenido puestas las alas, se las habría machacado horriblemente.

—¡No está en el Ocaso!

El rostro de Tohr estaba distorsionado. Parecía un demente. Le apretaba la garganta con las manos, bramaba... Lassiter, hasta ese momento conmocionado por el descubrimiento de su propio fracaso, reaccionó al fin: tuvo un momento de claridad. El hermano estaba a punto de matarlo.

O sea, que le podía mandar otra vez al Limbo. Un par de golpes en la cabeza, tal vez un estrangulamiento y hala, vuelta a empezar.

Era curioso que tampoco hubiese considerado en ningún momento la posibilidad de regresar. Lo mismo era la mejor solución.

—Será mejor que abras tu maldita boca, ángel —gruñó Tohr.

Lassiter volvió a estudiar los rasgos de aquel rostro, la potencia de aquel cuerpo y la intensidad de su rabia.

—La amas demasiado.

—Ella es mi shellan...

—Fue tu shellan. Joder, fue, no es: fue tu shellan. Esa es la clave.

Hubo un instante de silencio. Luego, para el ángel, un golpe, un espectáculo de lucecitas y mucho dolor. Después se le aflojaron las rodillas.

El muy desgraciado podía matarlo, en efecto.

Lassiter se quitó al hermano de encima, escupió un poco de sangre sobre la alfombra y pensó en devolver el golpe. Sin embargo, desistió. Si el Creador iba a llamarlo al orden, que viniera a buscarlo; no iba a permitir que Tohr lo enviara por correo aéreo.

Era hora de largarse de esa habitación.

Mientras caminaba hacia la puerta, Lassiter hizo caso omiso del insulto que oyó a sus espaldas. En especial cuando se estaba preguntando si uno de sus ojos no estaría colgando del nervio óptico en ese preciso momento.

—Lassiter. Mierda, Lassiter… Lo siento.

El ángel dio media vuelta.

—¿Quieres saber cuál es el problema? —Apuntó con el dedo directamente a la cara del hermano—. Tú eres el problema. Siento que hayas perdido a tu hembra. Siento que todavía tengas ganas de suicidarte. Siento que no tengas ningún incentivo para levantarte cada noche… o para acostarte cada mañana. Siento que te duela el trasero y tengas dolor de muelas y otitis al mismo tiempo. Pero tú estás vivo y ella no. Y el hecho de que te aferres al pasado está haciendo que los dos estéis atrapados en el Limbo. —Se detuvo de repente y dio unos pasos hacia Tohr—. ¿Y quieres saber qué dice la letra pequeña de esta historia? Pues bien, dice que ella se está desvaneciendo en el Limbo, sin acercarse al Ocaso. Y tú tienes la culpa de que eso esté ocurriendo. —Hizo un movimiento con las manos para señalar el cuerpo retorcido de Tohr y su mano y su pie vendados—. Esto es la causa de que ella esté allí. Y cuanto más te aferres a ella y a tu antigua vida, y a todo lo que perdiste, menos oportunidades tendrá ella de salir de allí. El responsable eres tú, no ella, ni yo. Así que, ¿por qué no te golpeas tú mismo la próxima vez, imbécil?

Tohr se pasó una mano temblorosa por la cara, como si estuviese tratando de borrar sus rasgos. A continuación se la llevó al corazón.

—No puedo dejar de amarla… solo porque su cuerpo dejó de funcionar.

—Pero te portas como si hubiese ocurrido ayer y tengo la impresión de que eso no va a cambiar. —Lassiter se dirigió a la cama, donde reposaba el vestido de la ceremonia de apareamiento. Agarró el satén, lo arrastró y lo sacudió—. Esto no es ella. Tu rabia no es ella. Tus sueños, tu maldito dolor…, nada de eso es ella. Ella está muerta.

—Ya lo sé —replicó Tohr con rabia—. ¿Crees que no lo sé?

Lassiter arrojó el vestido a sus pies.

—¡Entonces dilo!

Silencio.

—Dilo, Tohr. Quiero oírte decirlo.

—Ella está…

—Dilo.

—Ella está…

Al ver que de la boca del hermano no salía nada más, Lassiter sacudió la cabeza, recogió el vestido del suelo y lo tiró sobre la cama. Mientras murmuraba algo entre dientes, se dirigió de nuevo a la puerta.

—Esto no lleva a ninguna parte.

Mientras se acercaba el amanecer, Xhex terminó los deberes propios de su primera noche de vuelta en su antigua vida. El paso de las horas había sido agradable, la descarga de adrenalina que implicaba manejar a un montón de gente, en un espacio cerrado y con el ingrediente de la circulación del alcohol y otras sustancias. También era bueno volver a ser Alex Hess, jefa de seguridad, es decir, recuperar su propia personalidad, aunque el nombre fuera ficticio.

Y era realmente fantástico no tener a la Hermandad tras el cogote.

Lo que no parecía tan genial era la apatía que sentía por todo, como si una apisonadora acabara de pasar por encima de su existencia.

Nunca había oído que las hembras desarrollaran el mismo vínculo que los machos por sus compañeras. Pero, como en tantas otras cosas, eso no significaba que ella no pudiera ser la excepción. Y la conclusión era que sin John a su lado todo le parecía una mierda.

Después de echar un rápido vistazo al reloj, Xhex pensó que aún quedaba una hora de oscuridad. Joder, qué pena no haber venido en su moto para apagar la luz y marchar entre las sombras a una velocidad increíble. Pero la moto estaba bien guardada en su garaje.

Se preguntó si habría una regla en contra de que las shellans montaran en moto.

Probablemente no... Siempre y cuando montaran de lado, con armadura y un casco reforzado, es probable que les dejaran dar unas cuantas vueltas alrededor de la fuente, delante de la casa.

Al salir de la oficina, cerró la puerta mentalmente para no tener que preocuparse por llaves y similares zarandajas...

—Hola, Trez —dijo Xhex, al ver que su jefe salía en ese momento de los vestuarios de las chicas—. Precisamente iba a buscarte.

El Moro se estaba metiendo su camisa impecablemente blanca por debajo del pantalón negro y parecía un poco más relajado de lo habitual. Un segundo después, una de las chicas salió por la misma puerta y estaba tan radiante que parecía que acabaran de hacerle un satisfactorio y completo chequeo.

Lo que, probablemente, no estaba lejos de la verdad.

La vampira vio la expresión de desconcierto de la chica y el gesto de disimulo de Trez y se dijo que su buen amigo y jefe debería tener cuidado. No se deben mezclar los negocios y el placer, porque siempre pueden surgir complicaciones.

—Te veo mañana —dijo la mujer con una sonrisa—. Tengo prisa, he quedado con unos amigos.

Cuando la muchacha hubo salido por la puerta trasera, Xhex miró a Trez.

—Deberías recurrir a otras fuentes.

—Es práctico, y tengo cuidado.

—Pero no es seguro. Además, podrías terminar haciéndole daño.

—Nunca uso a ninguna dos veces seguidas. —Trez le pasó un brazo por encima de los hombros—. Pero ya hemos hablado mucho de mí. ¿Qué tal te encuentras? ¿Ya sales?

—Sí.

Los dos caminaron hacia la puerta por la que acababa de salir la mujer. Dios..., era como en los viejos tiempos, como si no hubiese pasado nada desde la última vez que cerraron el club juntos. Y, sin embargo, no podía olvidar a Lash, ni a John, ni la ceremonia de apareamiento...

—No te voy a insultar ofreciéndome a acompañarte —murmuró Trez.

—Veo que te gustan tus pelotas donde están y como están.

—Sí. Me siento muy bien físicamente, no quiero problemas. —El macho abrió la puerta para que ella saliera primero y el viento helado los golpeó en la cara con un vigor sorprendente y reconfortante—. ¿Qué quieres que le diga si me pregunta?

—Que estoy bien.

—Menos mal que no tengo problemas para mentir. —Al ver que Xhex abría la boca para protestar, el Moro entornó los ojos—. No desperdicies tus palabras conmigo, no soy tonto y tengo ojos en la cara. Ve a casa a dormir. Tal vez mañana veas mejor las cosas.

A modo de respuesta, Xhex le dio un abrazo y salió a la oscuridad.

En lugar de desintegrarse, se fue andando por la calle del Comercio. Todo el mundo estaba cerrando a esa hora: los clubes escupían a sus últimos clientes, todos con un aspecto tirando a lamentable; los salones de masaje estaban apagando sus carteles luminosos; el restaurante de *tex-mex* ya había echado el cierre.

Las calles se volvían más sórdidas según avanzaba. Todo era cada vez más sucio y triste. Finalmente alcanzó un suburbio lleno de edificios abandonados. Con la crisis económica, los negocios fracasaban cada vez más rápido y cada vez había menos arrendatarios…

Xhex se detuvo de pronto. Olfateó el aire. Miró a la izquierda.

El inconfundible olor de un vampiro macho salía de uno de aquellos callejones desiertos.

Antes de que la Hermandad se cagara de miedo y no supiera qué hacer con ella, Xhex habría ido a ver qué pasaba, por si se necesitaba su ayuda. Pero en ese momento siguió andando, con la cabeza bien alta. Peor para ellos si no querían su ayuda. Bueno, probablemente eso no era exacto. En realidad parecían estar conformes hasta que John expresó sus dudas. Fue entonces cuando dejaron de sentirse cómodos con ella a su lado…

Un par de calles más adelante, una figura enorme se atravesó en su camino.

Xhex se detuvo. Respiró hondo. Sintió ardor en los ojos.

La brisa le trajo el inconfundible olor a macho enamorado de John, fragancia que no solo se llevó consigo el hedor natural de la ciudad, sino también el dolor y la infelicidad que la estaban atormentando.

Xhex comenzó a caminar hacia él. Rápido, cada vez más rápido.

Hasta que corrió.

Se encontraron a medio camino, pues también él empezó a correr en cuanto vio que ella lo hacía.

Los dos cuerpos se estrellaron con una fuerza feliz y gloriosa.

Imposible saber quién fue el primero que buscó la boca del otro, o quién abrazó con más fuerza, o quién se encontraba más desesperado.

Porque en todo eso los dos estaban en igualdad de condiciones.

En medio del beso, ella gruñó:

—Mi cabaña.

Él asintió y de inmediato ella desapareció. Y enseguida él... Y los dos tomaron forma junto a la cabaña del río.

Pero no esperaron a estar dentro.

Follaron allí mismo, de pie, contra la puerta, en medio del frío cortante, que ni notaron.

Todo fue rápido, frenético, apasionado: la forma en que ella se bajó los pantalones, la manera en que él se desabrochó la bragueta. Luego ella abrió las piernas y se acomodó sobre las caderas de John y él metió el miembro hasta lo más profundo de la adorada vagina.

John empezó a bombear con tanta fuerza que la cabeza de Xhex se golpeaba contra la puerta como si estuviera tratando de derribarla de tan excéntrica manera. Y después la mordió a un lado del cuello, pero no para alimentarse sino para mantenerla quieta. John se sentía pleno dentro de ella, ensanchándola hasta el límite de su capacidad. Y eso era justamente lo que Xhex necesitaba. En ese momento, esa noche, ella necesitaba que John se portara como un salvaje.

Y eso fue exactamente lo que obtuvo.

Cuando el macho se corrió, apretó las caderas contra las de ella, mientras su pene estallaba como un volcán allá dentro y provocaba, a su vez, el orgasmo de Xhex.

Poco después estaban en la cabaña. En el suelo. Ella con las piernas abiertas y John con la boca sobre su sexo.

Con las manos hundidas en sus muslos y la polla todavía erecta asomándole por la bragueta abierta, John comenzó a excitarla con la lengua, lamiéndola, penetrándola, saboreando aquel néctar.

El placer era insoportable, una especie de agonía que le hacía echar la cabeza hacia atrás y contorsionarse sobre el suelo mientras sus manos apaleaban frenéticamente el linóleo.

El orgasmo estalló con tanta fuerza que ella gritó diez, cien veces el nombre de John y vio infinidad de luces. Sin embargo, él no bajó el ritmo. Mientras el asalto continuaba, Xhex, embriagada de salvaje placer sexual, llegó a pensar que su amante acabaría matándola de un mordisco… Pero le daba igual. Gozaba tan intensamente que no podía preocuparse por nada.

Cuando John finalmente se detuvo y levantó la cabeza, se encontraban en el fondo de la cabaña. Habían rodado casi hasta el salón.

La escena era asombrosa. John tenía la cara roja, la boca hinchada y brillante y los colmillos tan alargados que no podía cerrar la boca. Y ella estaba tan agotada que respiraba con dificultad y sentía que el sexo le palpitaba tanto como el corazón.

John todavía estaba excitado.

Lástima que ella solo tuviera fuerzas para parpadear, porque él se merecía otra cosa muy distinta…

John pareció leer sus pensamientos, porque enseguida se levantó, se agarró el miembro y comenzó a frotárselo.

Con un gemido, Xhex arqueó la espalda y sacudió las caderas.

—Córrete sobre mí —suplicó, con los dientes apretados.

John siguió masturbándose y se oía un sonido cada vez más lúbrico a medida que bombeaba. Sus enormes muslos se abrieron un poco más para mantener el equilibrio, mientras los músculos del brazo igualaban en dureza al excitado pene. Y luego John quiso decir algo pero no pudo: se puso rígido, sufrió convulsiones, gimió y de su miembro salieron chorros ardientes.

La mera idea de verse cubierta de semen fue casi suficiente para hacer que se corriera de nuevo. Y así ocurrió. Xhex sintió que se lanzaba una vez más al abismo…

—Habrá que ofrecerle otros doscientos por estar con él.

Xcor se hizo a un lado durante la negociación con las rameras, asegurándose de ocultarse bajo las sombras, en especial ahora que Throe había llegado al difícil tema de quién iba a acostarse con él. No había razón para recordarles su apariencia y dar pie a que el precio subiera todavía más.

Solo dos de las tres chicas habían aparecido por ahora en aquella casa abandonada de la calle del Comercio. Al parecer, la tercera ya estaba en camino, y como iba a ser la última en llegar, finalmente las otras le dejaron la peor parte: él.

Como lo cortés no quita lo valiente, de todas formas sus amigas estaban abogando por ella y pedían más dinero en su nombre. Después de todo, las buenas putas, como los buenos soldados, tienden a cuidarse el pellejo unas a otras.

De repente, Zypher se acercó a la mujer que dirigía la negociación, claramente dispuesto a usar el atractivo físico en favor de sus intereses económicos. Cuando el vampiro pasó un dedo por la clavícula de la mujer, ella pareció entrar en trance. Y no se trataba de ningún juego mental. Las hembras de las dos razas se derretían por Zypher.

El vampiro se inclinó para hablarle al oído y luego le lamió el cuello. Tras él, Throe adoptó la actitud de siempre: silencioso, vigilante y paciente. En espera de su turno.

Siempre tan caballero.

—Está bien —dijo la mujer entre jadeos—. Solo cincuenta más…

En ese momento, la puerta se abrió de par en par.

Xcor y sus soldados se llevaron instintivamente la mano a las armas, prestos a matar. Pero solo se trataba de la ramera que faltaba y que saludó alegremente.

—Hola, chicas.

Al verla allí, de pie en el umbral, con una chaqueta ancha encima de su ropa de puta y con el escaso equilibrio de un borracho, era evidente que la mujer no estaba en buenas condiciones… En el rostro exhibía la típica despreocupación de los drogados.

Perfecto. Así sería más fácil tratar con ella.

Zypher aplaudió.

—¿Comenzamos?

La que estaba junto a él soltó una risita.

—Me encanta tu acento.

—Vas a tener mi acento y todo lo demás.

De inmediato saltó la otra negociadora.

—¡Espera, yo también quiero! ¡A mí también me encanta!

—Tú te vas a encargar de mi amigo, que es quien os va a pagar a todas ahora mismo.

Throe dio un paso adelante con el dinero y, mientras lo repartía entre las palmas extendidas, las putas parecían más interesadas en los machos que en el dinero.

Un descuido profesional que Xcor no creía que se diera muy a menudo.

Se formaron las parejas y Throe y Zypher se llevaron a sus presas a rincones separados, mientras que él se quedó con la puta que estaba borracha y drogada.

—Entonces, ¿vamos a hacerlo? —La mujer hablaba con voz pastosa y sonrisa forzada.

—Ven aquí.

Xcor le tendió la mano desde la oscuridad.

—Ah, eso me gusta —dijo la mujer mientras se acercaba y exageraba el movimiento de las caderas—. Suenas como…, qué sé yo.

Cuando ella puso su mano sobre la de Xcor, este dio un tirón…, pero ella lo rechazó.

—Ay…, no…, espera…

La mujer volvió la cara hacia un lado, se restregó la nariz y luego se la apretó, como si no pudiera soportar el olor de la pareja que le había caído en suerte. Lógico. Se necesitaba más que agua para quitarse de encima la peste a sangre de restrictor. Naturalmente, Throe y Zypher habían ido un momento hasta la casa para cambiarse y asearse. Pero Xcor se había quedado para seguir peleando.

Eran unos malditos tiquismiquis. Los dos. Pero sus mujeres no estaban tratando de escaparse.

Cuando Xcor dio un tirón más fuerte, la ramera se resignó.

—Está bien, pero nada de besos.

—No tenía intención de darte ninguno.

—Mejor que todo quede claro.

Empezaron a sonar los gemidos en la cabaña. Xcor se quedó mirando a la mujer. Tenía el pelo suelto sobre los hombros, un cabello grasiento, estropeado. Llevaba mucho maquillaje y se le habían corrido el rímel y el pintalabios. Olía a sudor y a…

Xcor frunció el ceño al captar un aroma inesperado.

—Espera —dijo ella—, ¿por qué me miras así?

El vampiro pestilente dejó que hablara, mientras estiraba una mano y le levantaba el pelo para dejarle el cuello a la vista… En un lado no había nada más que piel, pero en el otro aparecían dos pinchazos, justo en la yugular.

Esa mujer ya había sido usada esa noche por alguien de la raza. Y eso explicaba varias cosas, empezando por el olor que él estaba percibiendo.

Xcor la empujó y se alejó.

—No puedo creer que seas tan quisquilloso —dijo la mujer—. Solo porque no te voy a besar… No te voy a devolver el dinero, ¿sabes? Un trato es un trato.

Alguien estaba experimentando un orgasmo y los gemidos de placer eran tan sugestivos que por un momento la casa pareció el más refinado burdel.

—Claro, puedes quedarte con el dinero —murmuró Xcor.

—¿Sabes lo que te digo? Vete a la mierda, ten tu dinero. —La mujer le arrojó los billetes—. Hueles a demonios y eres más feo que un pecado.

Los billetes rebotaron contra su pecho, y él movió levemente la cabeza.

—Como quieras.

—Púdrete.

La facilidad con la que pasó de la felicidad al mal humor mostraba que esos cambios de humor eran bastante frecuentes en ella. Otra razón para mantener bajo control las relaciones con las hembras…

Cuando Xcor se agachó para recoger el dinero, la mujer levantó el pie y trató de darle una patada en la cabeza.

Gran error. Con todo su entrenamiento como guerrero y años de experiencia en el combate, el cuerpo de Xcor se defendió sin que la mente tuviera que darle ninguna orden: agarró a la puta de un tobillo, dio un tirón y la tumbó en el suelo. Y antes de que pasaran dos segundos, la dobló sobre el vientre y le pasó el brazo por debajo del cuello… Y ya estaba listo para rompérselo.

En ese momento la mujer abandonó su actitud agresiva y comenzó a gemir y a implorar.

Xcor se contuvo de inmediato, se separó de ella y la ayudó a recostarse contra la pared. La mujer hiperventilaba. El pecho le subía y le bajaba con tanta fuerza que parecía que en cualquier momento podían explotar aquellos pechos probablemente de silicona.

Xcor pensó en cómo habría manejado la situación el Sanguinario. Ese macho jamás habría tolerado lo de los besos, habría tomado lo que deseaba bajo sus propias condiciones y sin importarle cuánto daño le hiciera. Ni si llegaba a matarla.

—Mírame —le ordenó Xcor.

Cuando los ojos grandes y aturdidos de la puta se clavaron en los suyos, Xcor borró sus recuerdos recientes y la dejó en una especie de trance. La respiración de la mujer se regularizó de inmediato, su cuerpo se relajó y las manos dejaron de moverse frenéticamente.

Luego Xcor recogió el dinero y se lo puso a la mujer sobre las piernas. Se lo merecía, aunque solo fuera por las magulladuras con las que iba a amanecer por la mañana.

El vampiro dejó escapar un gruñido, se recostó contra la pared junto a ella, estiró las piernas y las cruzó a la altura de los tobillos. Tenía que ir a recoger su bolsa de trofeos y su guadaña al rascacielos, pero por el momento estaba demasiado exhausto para moverse.

Tampoco se alimentaría esa noche. Ni siquiera aprovechando el trance de su víctima.

Si tomaba de la vena de la mujer que tenía al lado podía llegar a matarla. Desde luego, tenía mucha hambre, pero no sabía cuánta sangre le habían sacado ya a la pobre. Por lo que había comprendido finalmente que el estado de confusión de la mujer no se debía a las drogas, sino a una bajada de la presión sanguínea.

Al otro lado de la habitación, Xcor observó a sus soldados, que seguían follando, y tenía que admitir que el ritmo de los cuatro cuerpos parecía muy erótico. Y empezó a excitarse, pese a su debilidad. Por un momento se dijo que donde follan dos follan tres y donde lo hacen cuatro puede haber cinco. Pero luego desistió de la idea. Estaba demasiado sucio, demasiado amargado.

Apoyó la cabeza contra la pared, cerró los ojos y siguió escuchando.

Si se quedaba dormido y sus soldados le preguntaban si se había alimentado, él simplemente usaría la excusa de que la mujer ya había estado con otro vampiro.

Además, ya habría tiempo para hundir sus colmillos en otra fuente cualquiera.

En realidad, Xcor detestaba tomar sangre directamente de las venas. A diferencia del Sanguinario, no obtenía ningún placer al imponerse por la fuerza a mujeres y hembras…, y Dios sabía que ninguna se había acercado nunca voluntariamente a él.

Oyó el inconfundible sonido de otro orgasmo, probablemente de Throe y su ramera, y se imaginó con una cara diferente, una cara guapa que atrajera a las hembras en lugar de espantarlas.

Tal vez debería arrancarse su propia columna vertebral.

En fin, lo bueno de las fantasías es que nadie se enteraba de ellas. Y nadie tenía por qué conocer tus debilidades.

A Qhuinn nunca se le había dado bien esperar. Eso en condiciones normales, así que esta vez, cuando incluso acababa de mentir dos veces acerca del paradero de John Matthew,
era todavía peor: estaba que se subía por las paredes.

Merodeaba junto a la puerta escondida que se hallaba al
pie de la gran escalera para poder esconderse en el túnel si alguien
aparecía de repente. Desde su posición Qhuinn disfrutaba de la
mejor vista posible del vestíbulo. Lo que significó que, cuando
la puerta del este se abrió, estaba en primera fila para ver a su
pareja favorita: Blay y Saxton.

Cómo no iba a suceder lo peor que podía suceder.

El caso es que Blay abrió la puerta y, como el caballero que
era, la mantuvo abierta hasta que Saxton entró y luego le lanzó
una mirada sugestiva.

Joder, esas miraditas eran peores que verlos besándose en
público.

Sin duda, habían salido a comer y luego a casa de Saxton
para practicar esos pequeños juegos que era difícil hacer allí en la
mansión. Porque la privacidad total no era algo fácil de alcanzar
en el complejo…

Cuando Blay se quitó el abrigo Burberry, su camisa de seda
se abrió un poco y dejó ver la marca de un mordisco en el cuello.
Y otro en la clavícula.

Solo Dios sabía en qué otras partes tendría marcas…

De repente Saxton dijo algo que hizo que Blay se sonrojara y la risa reservada y ligeramente tímida que siguió provocó que Qhuinn sintiera ganas de vomitar.

Ahora resultaba que aquel prostituto de mierda también era divertido y Blay se reía con sus chistes.

Fantástico.

Insuperable.

Inmediatamente después, Saxton enfiló las escaleras, y Blay dobló en dirección a donde estaba Qhuinn, que dio media vuelta y se abalanzó hacia la puerta, alargando la mano a la desesperada para poder abrir rápidamente. Pero no le dio tiempo.

—Hola.

La mano de Qhuinn se quedó inmóvil. En realidad se había paralizado de arriba abajo. Sobre todo se le había parado el corazón. Ah, esa voz. Esa voz suave y profunda que había escuchado durante casi toda su vida.

Se enderezó, abandonó la idea de escapar, volvió a girar sobre sus talones y se enfrentó a su antiguo mejor amigo como el macho que era.

—Hola. ¿Has tenido una buena noche?

Como si no supiera que había sido así.

—Sí, ¿y tú?

—Yo también. Bien todo. John y yo salimos y ahora vamos al cuarto de pesas a hacer un poco de ejercicio. Él se está cambiando.

Las mentiras le volvían más hablador de lo habitual.

—¿Y no vas a comer?

—No.

En el silencio que siguió, Qhuinn pudo oír el canto de los grillos en el jardín. No movía un músculo. A decir verdad, podía haber estallado una bomba nuclear y él no se habría movido.

Dios, los ojos de Blay eran tan condenadamente azules… Y encima estaban a solas. ¿Cuándo había sido la última vez que habían estado solos?

Lo recordó: justo después de que Blay se enredara con su primo por primera vez.

—Así que te has quitado los *piercings* —dijo Blay.

—No todos.

—¿Por qué? Quiero decir que… te sentaban bien, iban con tu personalidad, ¿sabes?

—Supongo que ya no quiero que me identifiquen de ese modo.

Al ver que Blay levantaba las cejas, Qhuinn pensó replicar con alguna frase vacía: «¡Bah, no es nada!», o «Todavía tengo algunos en lugares estratégicos, no te preocupes». Pero le pareció que con ello haría todavía más el imbécil y solo conseguiría que Saxton, siempre con las palabras oportunas en la boca, le pareciera aún más atractivo.

Intentó, pues, aparentar que todo le parecía normal.

—¿Y cómo van las cosas entre vosotros?

Qhuinn sintió ganas de comerse al macho que tenía enfrente.

—Bien…, los dos… estamos bien.

—Me alegro.

Después de un momento, Blay miró atrás, hacia la puerta que llevaba a la alacena. Evidentemente, tenía ganas de escapar.

Qhuinn sintió ganas de decirle: «Oye, antes de irte, ¿me harías un favor? Creo que dejé mi corazón en el suelo, así que trata de no pisarlo, ¿vale? Gracias».

Pero no abrió la boca, y el otro pareció preocupado:

—¿Te sientes bien?

—Sí. Voy a hacer ejercicio con John. —Mierda. Ya había dicho eso. Esto se ponía cada vez peor—. ¿Y tú? ¿Adónde vas?

—Voy a… buscar algo de comer para Sax y para mí.

—¿Entonces vosotros tampoco vais a cenar? Bueno, pues pásalo bien. O mejor dicho, pasadlo bien.

Al fondo del vestíbulo, la puerta se abrió y apareció John Matthew.

—Maldito hijo de puta —murmuró Qhuinn—. Por fin aparece.

—Pensé que habías dicho que…

—Lo estaba encubriendo. Bueno, en realidad lo encubría a él y a mí.

—Joder, ya sabes que si se enteran de que no estás con él…

—No pude evitarlo, no fué cosa mía. Créeme.

Cuando Qhuinn comenzó a caminar en dirección al Señor Independencia, Blay lo siguió. Al verlos, a John se le borró de la cara la expresión de satisfacción con la que había entrado en la estancia.

—Tenemos que hablar —susurró Qhuinn.

John miró a su alrededor como si estuviera buscando un refugio en mitad de un bombardeo. Por desgracia, en el comedor no había ningún refugio antiaéreo. Ni un triste saco terrero.

—Qhuinn, te iba a llamar... —Las manos de John se movían con rapidez formando las palabras.

Qhuinn agarró a John de la nuca y lo empujó hacia el reino del billar y las palomitas de maíz. Cuando cruzó la puerta, John se soltó y se dirigió al bar. Cogió una botella de Jack y la abrió.

—¿Crees que esto es un juego? —Qhuinn tenía ganas de desahogar sus diversas frustraciones y el vampiro mudo podía pagar el pato—. Se supone que debo permanecer contigo cada segundo de la noche y el día, imbécil. Y llevo cuarenta minutos diciendo mentiras por tu culpa...

Blay terció para sorpresa de ambos:

—Es verdad, tiene razón.

—Fui a ver a Xhex, ¿de acuerdo? En este momento ella es mi prioridad.

Qhuinn levantó las manos.

—Genial. Así que cuando V me esté entregando la carta de despido con una puñalada en el pecho, tú seguirás feliz con tus prioridades. Gracias.

—John, no puedes bromear con esto. —Blay fue hasta el bar y agarró un vaso, como si tuviera miedo de que su amigo se fuera a tomar toda la botella—. Dame eso.

Blay agarró el whisky, sirvió una buena dosis y... se la bebió. Al ver que los otros dos lo miraban sorprendidos se encaró con ellos.

—¿Qué pasa? —Miró a John—. Toma, toma la botella si eso es lo que quieres.

John bebió un trago y luego se quedó mirando al vacío. Al cabo de un momento, le pasó la botella a Qhuinn, que soltó un suspiro.

—Bueno, este es un tipo de disculpa que suelo aceptar.

Cuando cogió la botella, Qhuinn se dio cuenta de que hacía siglos que no estaban los tres juntos. Antes de su transición, solían pasar todas las noches después del entrenamiento en la antigua habitación de Blay, en la casa de sus padres, desafiándose con videojuegos, bebiendo cerveza y hablando sobre el futuro.

Y ahora que finalmente estaban donde querían estar…, cada uno había tomado una dirección diferente.

Pero, bien pensado, John tenía razón. Ahora estaba apareado formalmente, así que era natural que su cabeza estuviera en otra parte. Y Blay estaba pasándoselo bomba con Saxton el puto. Qhuinn era el único que marchaba a la deriva.

—Joder —murmuró este último—. Venga, olvidemos el asunto…

—No —interrumpió Blay—. Esto no está bien. Tienes que dejar de hacerlo, John. Deja que él vaya contigo. No me importa si te vas a encontrar con Xhex o no. Es tu deber estar con él.

Qhuinn dejó de respirar y se concentró por completo en el macho que había sido su mejor amigo pero nunca sería su amante…

A pesar de todas las cosas que habían pasado entre ellos, y todas las cagadas de Qhuinn, que eran legendarias, Blay seguía apoyándolo.

—Te quiero —murmuró Qhuinn en medio del silencio.

John levantó las manos y dijo:

—Yo también te quiero. Y de verdad lo siento mucho. Este asunto con Xhex ha…

Bla, bla, bla. O *bla, bla, bla*, como se decía en lenguaje de señas.

Pero Qhuinn no estaba prestando atención. Mientras John hablaba y hablaba, explicando su situación, el frustrado amante de Blay se sintió tentado a interrumpirlo y aclarar a quién se lo había dicho. Pero lo único en lo que podía pensar era en que Blay se dirigía a encontrarse de nuevo con Sax, sin duda para intercambiar miraditas.

Necesitó hacer un gran esfuerzo para mirar a John y hablar.

—Todo irá bien desde ahora, ¿verdad? Solo permíteme seguirte… Prometo no estorbarte, hagas lo que hagas.

John replicaba, Qhuinn asentía con la cabeza, lo que Blay aprovechó para iniciar la retirada. Primero un paso, luego otro y a continuación otro.

Más conversación.

Blay seguía retrocediendo, hasta que dio media vuelta y salió. Iba a por algo de comer para subírselo a Saxton.

Qhuinn, que se había percatado de la marcha de su amor imposible, ahora parecía no prestar atención a Johh, que soltó un súbito y agudo silbido.

—¡Qué pasa!

John frunció el ceño.

—Que no me estás haciendo ni puto caso.

—Sí te lo hago.

—Pues me ha dado la impresión de que no me estabas prestando atención. Y tenía razón.

Qhuinn se encogió de hombros.

—Míralo de esta manera: que pase de ti quiere decir que ya no tengo ganas de darte una paliza.

—Ah, qué bien. En fin, Blay tiene razón. No volveré a hacerlo.

—Gracias, hermano.

—¿Una copa?

—Sí. Buena idea. Genial. —Qhuinn se dirigió al bar—. De hecho, sacaré mi propia botella.

E stá muerta.

Al oír aquella voz masculina, Lassiter miró hacia atrás, por encima del hombro. Tohr se encontraba en el otro extremo de la habitación, en la puerta, agarrado al marco para mantener el equilibrio.

Lassiter dejó a un lado la chaqueta que estaba guardando. La rutina de hacer la maleta no obedecía a que pudiera llevarse nada cuando se fuera, sino a que le parecía adecuado dejar sus cosas bien ordenadas y guardadas antes de que lo llamaran al orden. Cuando fuera absorbido otra vez por el Limbo, los criados tendrían menos complicaciones.

El hermano entró y cerró la puerta.

—Ella está muerta. —Fue saltando sobre la pierna sana hasta una silla—. Ahí lo tienes, ya he dicho lo que querías que dijera.

Lassiter se sentó sobre la cama y se quedó mirando a Tohr.

—¿Y crees que eso es suficiente?

—¿Qué diablos quieres de mí?

El ángel no pudo contener una carcajada.

—Por favor, no quiero nada. ¿Qué voy a querer? Si yo estuviera a cargo de todo esto, tú la habrías tenido de vuelta hace meses y yo ya me habría largado de aquí.

Tohr se agitó en el asiento.

—¿Seguro?

—Por favor, hermano. Yo no quiero joderte. En primer lugar, tienes el pecho demasiado plano y a mí me gustan las tetas. Y, además, eres un buen tío y te mereces algo mejor que esto.

Ahora Tohr parecía totalmente perplejo.

—No merezco nada.

—Maldita sea… —Lassiter se puso de pie y regresó al cajón de la cómoda que tenía abierto, donde comenzó a trajinar frenéticamente. Quería tener las manos ocupadas para concentrarse mejor. Pero ese truco no estaba funcionando muy bien. Tal vez simplemente debería golpearse la cabeza contra la pared.

Tohr señaló la maleta.

—¿Vas a algún lado?

—Sí.

—¿Estás renunciando a ayudarme?

—Ya te lo dije. Yo no soy quien hace las reglas. Me van a sacar de aquí y eso va a suceder muy pronto. Quiero estar listo.

—¿Adónde te van a llevar?

—A donde estaba. —Lassiter se estremeció, casi como se estremece una jovencita asustada. No resultaba una reacción muy varonil, pero pasarse la eternidad en aquel aislamiento era peor que el infierno para alguien como él—. Y no es un viaje que me haga mucha ilusión.

—¿Vas a ir al lugar… donde está Wellsie?

—Ya te he dicho que el Limbo es distinto para cada persona.

Tohr se agarró la cabeza con las manos.

—Entiéndelo: sencillamente no me puedo desligar de ella, me es imposible. Esa mujer era mi vida. ¿Cómo demonios podría…?

—Podrías empezar por no tratar de castrarte con tu propio puño cuando te excitas al ver a otra hembra.

Cuando vio que el hermano no decía nada, Lassiter tuvo la sensación de que estaba llorando. Y eso lo complicaba todo aún más. Maldición.

Lassiter sacudió la cabeza.

—No soy el ángel adecuado para esta tarea, de veras.

—Yo nunca la traicioné. —Tohr sorbió por la nariz ruidosamente—. Otros machos…, aun los que están apareados, miran a otras hembras de vez en cuando. Tal vez flirtean un poco por ahí.

O echan una cana al aire. Pero yo no. Ella no era perfecta, pero era más que suficiente para que yo viviera satisfecho. Demonios, cuando Wrath necesitó a alguien que cuidara de Beth, antes de que se aparearan, ¿a quién recurrió? Me envió a mí. Él sabía que yo nunca me propasaría con ella, no solo por respeto a él sino porque no iba a tener ningún interés. Realmente no hubo ni una sola ocasión en que pensara en nadie más.

—Pero hoy lo hiciste.

—No me lo recuerdes.

Bueno, al menos lo reconocía.

—Pues esa es la razón por la cual estoy a punto de emprender un viaje sin retorno. Y tu shellan se va a quedar donde está.

Tohr se frotó el centro del pecho como si le doliera.

—¿Estás seguro de que no estoy muerto y no me encuentro ya en ese dichoso Limbo? Porque te aseguro que me siento tal y como tú lo describes. Sufriendo, pero sin estar en el Infierno.

—No lo sé. Tal vez algunas personas no son conscientes de que están en él, pero mis instrucciones eran tan claras como el agua y me ordenaban que consiguiera que tú te desprendieras de ella, para que ella pudiera seguir su camino.

Tohr dejó caer las manos desolado, como si ya no supiera qué más hacer.

—Nunca pensé que podría haber algo peor que la muerte de Wellsie. No podía imaginarme ninguna otra cosa que doliera más. —Se dio una palmada cargada de rabia en la frente—. El destino es sádico, ingeniosamente sádico. Ahora resulta que tengo que follar con otras hembras para que la hembra a la que amo entre en el Ocaso. Qué fabulosa ecuación. Sencillamente fantástica.

Y eso no era ni la mitad del asunto, pensó Lassiter. Pero no había necesidad de mencionarlo ahora.

—Necesito saber una cosa —dijo el hermano—. Como ángel, ¿crees que hay personas que están malditas desde el principio? ¿Que algunas vidas están condenadas al fracaso desde que llegan al mundo?

—Creo que… —Mierda, Lassiter nunca entraba en esas profundidades. Esa no era su naturaleza—. Yo…, yo creo que la vida trabaja con un conjunto de posibilidades que esparce al azar por encima de las cabezas de todo ser viviente. Y la suerte es injusta por definición.

—Entonces, ¿qué pasa con tu Creador? ¿Él no juega ningún papel en eso?

—Mi Creador... —murmuró Lassiter—. No lo sé. Yo ignoro muchas cosas y tampoco tengo demasiada fe.

—¿Un ángel ateo?

Lassiter se rio.

—Tal vez por eso vivo metido en constantes líos.

—No. Eso es porque puedes ser un verdadero pelmazo.

Los dos se rieron y luego guardaron un silencio que acabó interrumpiendo Tohr.

—Entonces, ¿qué es lo que debo hacer? De verdad, ¿qué demonios quiere ahora el destino de mí?

—Lo habitual: sangre, sudor y lágrimas.

—Pues qué bien —dijo Tohr con amargura.— Al ver que Lassiter no respondía, el hermano sacudió la cabeza—. Escucha, tienes que quedarte. Tienes que ayudarme.

—Lo he intentado, pero he fracasado.

—Me esforzaré más. Por favor.

Tras unos interminables momentos de duda, Lassiter asintió con la cabeza.

—Está bien, lo haré.

Tohr suspiró aliviado. El ángel pensó que eso quería decir que seguía metido en el lío. O el Limbo o el lío, menudo dilema.

El hermano decidió hacerle una confesión.

—¿Sabes una cosa? No me caíste bien cuando te conocí. Pensé que eras un idiota.

—El sentimiento era mutuo. No es que te creyera idiota, que no lo sé, sino que me caíste como el culo. Y no era nada personal. Como te he dicho, a mí no me gusta la gente, no creo realmente en nada.

—¿Y aun así te vas a quedar a ayudarme?

—No lo sé... Supongo que es puro egoísmo, quiero lo mismo que quiere tu shellan, o sea, liberarme. —Lassiter se encogió de hombros—. Además..., no sé, tú no eres tan malo.

Tohr regresó a su habitación un poco más tarde. Cuando llegó a la puerta, encontró la muleta apoyada contra el marco. N'adie se la había devuelto. Se la había dejado olvidada en el Otro Lado. La recogió y entró..., y por un instante pensó que se iba a encontrar a N'adie desnuda sobre su cama, lista para follar. Lo cual era completamente ridículo, en muchos sentidos.

Después de sentarse en el sillón, se quedó mirando el vestido que Lassiter había manipulado con tanta brusquedad. El satén estaba arrugado y formaba una especie de olas que paradójicamente creaban un magnífico espectáculo sobre la cama.

—Mi amada está muerta —dijo Tohr en voz alta.

Cuando el sonido de las palabras se desvaneció, algo quedó de repente, estúpidamente, muy claro: Wellesandra, hija de sangre de Relix, nunca más volvería a llenar ese corpiño. Nunca más volvería a meterse esa falda por la cabeza ni a forcejear con el corsé, y nunca más tendría que mover el cuello para liberar los cabellos que se quedaban atrapados en los encajes de la espalda. No volvería a buscar unos zapatos del mismo color, ni se irritaría por estornudar justo después de empolvarse, ni se preocuparía por no manchar el vestido.

Porque estaba... muerta.

Vaya ironía. Llevaba todo ese tiempo doliéndose por su muerte y, sin embargo, parecía haber pasado por alto lo más obvio: que no iba a regresar. Jamás.

Entonces Tohr se levantó y agarró el vestido. Pero la falda se negó a obedecer y se le escurrió de las manos para regresar al suelo. Era como si la prenda estuviera haciendo lo que quería y tomando el control de la situación.

Tal como siempre había hecho su Wellsie.

Cuando por fin logró controlarlo, Tohr lo llevó al armario, abrió las puertas dobles y colgó el glorioso vestido.

Qué coño, si lo dejaba allí lo iba a ver cada vez que abriera el armario, así que lo pasó al otro extremo, de manera que quedara en la oscuridad, detrás de los dos trajes que nunca utilizaba y las corbatas que le había comprado Fritz.

Y a continuación cerró el armario con fuerza.

De regreso en la cama, se recostó y cerró los ojos.

Seguir adelante con su vida no tenía por qué implicar encuentros sexuales, se dijo para sus adentros. Aceptar la muerte, desprenderse de ella para salvarla, eso era algo que podía hacer sin necesidad de tener a una hembra desnuda en su lecho. Después de todo, ¿qué podía hacer? ¿Dirigirse a los callejones para encontrar a una puta y follársela? Esa era una función meramente corporal, como respirar. Así que resultaba difícil ver cómo podía ayudar. No entendía al maldito ángel, o quizá no quería entenderlo.

Recostado, inmóvil, Tohr trató de pensar en palomas que eran liberadas de sus jaulas, en aguas que se desbordaban de una presa, en el viento soplando entre los árboles…

Qué gilipollez, en lugar de meditar conectaba su cabeza con el maldito Discovery Channel.

Pero luego, cuando comenzó a adormilarse, las imágenes cambiaron y Tohr vio un lugar cubierto de un agua azul verdosa, que no corría. Un agua serena, templada. Y rodeada de una atmósfera húmeda…

Sin darse cuenta se durmió, y la imagen se convirtió en un sueño que comenzó con un brazo muy blanco, un precioso brazo blanco flotando en el agua, el agua azul verdosa que no corría. Un agua serena y templada…

Era su Wellsie en la piscina. Su hermosa Wellsie, con los senos erguidos mientras flotaba, su abdomen, las caderas, el sexo acariciado por el agua.

En el sueño, Tohr se vio entrando en la piscina, bajando los escalones, y luego notó cómo el agua comenzaba a mojar su ropa…

Pero de repente se detuvo y se miró el pecho.

Aún llevaba colgadas sus dagas. Y las pistolas enfundadas en la sobaquera. Y el cinturón lleno de munición en las caderas.

¿Qué demonios estaba haciendo? Si las armas se mojaban, quedarían inservibles…

Esa no era Wellsie. Maldición, esa *no* era su shellan…

Con un grito, Tohr se incorporó de un salto para liberarse del sueño. Y cuando se tocó los muslos pensando que iba a encontrar los pantalones de cuero mojados, se dio cuenta de que nada de eso había sido real.

Sin embargo, otra vez estaba excitado. Y un pensamiento al que se negaba a dar credibilidad surgió de pronto con fuerza y se quedó dando vueltas por su cabeza. Bajó la mirada hacia su sexo y maldijo. La longitud de su polla era un tormento.

Pensó en la cantidad de veces que la había usado por placer y diversión…, y para procrear.

Ahora solo quería que permaneciera flácida, sin vigor.

Se echó de nuevo sobre las almohadas y al reconocer cuánto de verdad había en las palabras del ángel, sintió un dolor casi físico. Verdaderamente, él no había permitido que su Wellsie se fuera al Ocaso.

El problema… era él.

VERANO

D esde un punto de observación privilegiado y gracias a los prismáticos, la mansión al otro lado del río Hudson se veía enorme. Era un inmenso bloque de varios pisos que se asentaba atrevidamente sobre un risco escarpado. En todos los pisos se observaba el brillo de las luces a través de enormes paneles de cristal, como si la casa no tuviera ninguna pared sólida.

Zypher se admiró en medio de la brisa cálida.

—¡Vaya palacio!

—Así es. —Se oyó desde algún lugar a mano izquierda de él. Xcor se quitó los prismáticos de los ojos.

—Demasiada exposición a la luz del día. Eso es tentar en exceso al destino.

—Tal vez tenga un sótano muy bien equipado —comentó Zypher—. Con más bañeras de mármol como esas…

Al oír el tono del soldado, Xcor pensó que Zypher debía de estar imaginándose a hembras de todas las clases cubiertas de espuma y le lanzó una mirada de desaprobación. Acto seguido reanudó la vigilancia.

Todo aquello no era más que puro desperdicio. Assail, el hijo de uno de los mejores hermanos que habían existido, podría haber sido un guerrero, tal vez incluso un hermano, pero su madre, una Elegida caída en desgracia, le había impuesto un destino diferente.

Aunque uno podría argumentar que si el desgraciado tuviese las pelotas bien puestas, bien podría haberse forjado un destino distinto del de las bañeras de mármol. Sin embargo, Assail no era más que otro zángano inútil de la especie, un dandi que no tenía nada importante que hacer con sus noches.

Pero todo eso podría cambiar durante la velada que estaba a punto de comenzar. Bajo un cielo tormentoso, contra el telón de fondo de los rayos y los truenos, este macho tenía un gran significado, al menos durante un breve tiempo. Su propia relevancia podría costarle la vida, pero si los libros de historia servían para algo, Assail podía ser recordado en el futuro por haber desempeñado un pequeño papel en el gran punto de inflexión de la raza.

Aunque, desde luego, él no sabía nada de eso.

Lógico. En realidad nadie espera que la carnada sea consciente de que está atrayendo a los tiburones.

Al estudiar los alrededores de nuevo, Xcor pensó que la ausencia de árboles y vegetación debía de ser el resultado del proceso de limpieza que antecede a cualquier construcción. No cabía duda de que un aristócrata como Dios manda querría tener hermosos jardines, y quizá estuviera pensando hacerlos más adelante. Pero de momento no había nada y eso hacía más fácil la vigilancia de la mansión. Podrían ver sin dificultad a quien se acercara.

La buena noticia era que, aunque seguramente había acero en la estructura de la casa, las vigas y los cimientos, al menos se podía entrar y salir de ella a través de todos aquellos ridículos paneles de cristal.

—Ah, sí, ahí está el orgulloso anfitrión. —Xcor había visto la figura de un macho que entraba al gran salón.

No había ni siquiera cortinas que ocultaran su presencia. Era como si Assail fuera un hámster en una jaula.

Ese macho merecía morir por ser tan estúpido. De hecho, la guadaña de Xcor comenzó a zumbar, excitada, en su espalda.

El vampiro de la guadaña enfocó mejor los prismáticos. Assail se estaba sacando algo del bolsillo: un cigarro. Naturalmente, el mechero era dorado. Probablemente, Assail era de los que pensaban que el fuego, al igual que la carne empaquetada, solo se podía conseguir en los supermercados.

Menudo bobo. Iba a ser un placer aniquilarlo. Junto con todos los que aparecieran por allí en unos pocos minutos.

En efecto, el Consejo de la glymera había logrado mantener a raya a Xcor y su pandilla de bastardos. Nunca los habían invitado a ninguna reunión. Nunca habían recibido un saludo de bienvenida de su leahdyre, Rehvenge. Ni siquiera una respuesta oficial a la carta que les había enviado en primavera.

Al principio, eso había hecho que se sintiera muy frustrado. Pero luego, un pajarillo, un espía, había comenzado a cantarle al oído y gracias a ello había encontrado otro camino.

Con frecuencia, la mejor arma en una guerra no es una daga ni una pistola ni un cañón. En este caso era algo invisible y letal, que sin embargo no era un gas venenoso. Algo completamente ingrávido y que, no obstante, podía causar daños de inmensa gravedad.

La información, una información sólida y cierta, obtenida de una fuente infiltrada en el campo de tu enemigo, tenía el poder de una bomba atómica.

Su misiva al Consejo ciertamente había sido recibida y, lo que era más importante, había sido tomada muy en serio. El gran Rey Ciego, sin decir nada, había comenzado de inmediato a reunirse con los cabezas de todos los linajes que quedaban. Y lo hacía en persona, en sus lugares de residencia.

Ese era un movimiento muy audaz en épocas de guerra y demostraba que el desafío de Xcor era acertado: un rey no arriesgaba su vida a menos que hubiese perdido contacto con sus súbditos y se viera obligado a volver a retomarlo.

Pensándolo bien, eso era incluso mejor que una reunión con el Consejo. Quedaban apenas unos pocos de sus miembros y todos ellos poseían residencias conocidas. Wrath ya había tenido audiencias con la mayoría y, gracias a ese pequeño pajarillo, Xcor estaba muy al tanto de quién faltaba.

Con los prismáticos estudió detenidamente el edificio, las paredes, el tejado, las puertas, las cristaleras. Todo.

De acuerdo con la fuente de Xcor, Assail había regresado en primavera, había comprado esa propiedad y… eso era todo lo que sabían los aristócratas. Bueno, aparte de que el macho no había traído a nadie con él: ni familia, ni servidumbre, ni shellan. Estaba muy solo. Las dos cosas eran inusuales para un miembro de la glymera, pero claro, quizá estaba esperando a ver cómo evolucionaban las cosas en este nuevo entorno, antes de traer a su familia con él...

Tenía un hermano menor, ¿no? Un tío al que su madre también había mimado mucho. ¿Y no había una hermana mediana de mala reputación?

Xcor oyó cómo sus soldados se movían nerviosamente tras él. Las ropas de cuero chirriaban con los roces y las armas llenaban el aire de ruidos metálicos. Arriba, en el cielo, de las nubes seguían saliendo rayos intermitentes, aunque el estruendo resonaba aún lejos.

Debería haberlo pensado desde el principio: si quería derrocar a Wrath iba a tener que hacerlo él solo. Confiar en la glymera para cualquier cosa que no fueran gansadas y delirios de grandeza había sido un error.

Al menos tenía un aliado en el Consejo. Una vez transcurridos los hechos, cuando las cosas se pusieran feas, iba a necesitar apoyo. Por fortuna, había mucha gente que estaba de acuerdo con él: Wrath no era más que una figura decorativa y aunque en tiempos de paz eso era tolerable, en épocas de guerra y conflictos la falta de liderazgo se hacía insoportable.

Las Antiguas Tradiciones podían mantener y mantenían a Wrath en un lugar que no le correspondía. Xcor había decidido esperar el momento propicio y atacar luego con determinación.

Era hora de que el reino de Wrath quedara relegado a una insignificante nota en la historia vampírica.

—Detesto esperar —murmuró Zypher.

—Pues ahora la paciencia es la única virtud que importa —le respondió Xcor.

En el vestíbulo de la mansión de la Hermandad todo el mundo se estaba reuniendo para salir: los machos se paseaban a los pies de la gran escalera con expresiones ceñudas, mientras las armas que llevaban sobre el pecho y las caderas reflejaban la luz y sus cuerpos se movían con nerviosismo. Parecían caballos alterados a punto de desbocarse.

Entre las sombras que proyectaba la puerta que llevaba a la alacena, N'adie esperaba a que Tohrment bajara a reunirse con ellos. Por lo general siempre era uno de los primeros, pero últimamente se demoraba cada vez más...

Allí estaba por fin, en lo alto del rellano del segundo piso, vestido de cuero negro.

Al bajar se agarró a la barandilla con gesto casual, como si lo hiciera sin necesidad ni propósito alguno.

Pero N'adie no se dejó engañar.

Durante los últimos meses se había debilitado aún más y su cuerpo estaba cada día más deteriorado, hasta el punto de que era evidente que lo único que lo animaba era su deseo de venganza.

Se estaba muriendo por llevar tanto tiempo sin tomar sangre. Y parecía darle igual: siempre rechazaba la idea de ceder a ese capricho biológico.

Así que al comienzo de cada noche, N'adie vigilaba nerviosamente con la esperanza de que bajara por fin renovado, y al final de la noche acababa rezando para que regresara vivo.

Querida Virgen Escribana, él…

—Tienes muy mal aspecto —dijo uno de los hermanos.

Tohrment hizo caso omiso del comentario, mientras caminaba hasta donde estaba el joven inmenso con el que se había apareado Xhexania. Por lo que había podido entender, ellos dos formaban equipo y N'adie daba las gracias por ello. El joven tenía que ser un vampiro purasangre. La bella encapuchada había oído muchas referencias a sus hazañas en el campo de batalla. Además, ese guerrero en particular nunca estaba solo: tras él, tan fiel como su sombra, siempre había un soldado de apariencia imponente, terrorífica, que tenía los ojos de colores distintos y una expresión en la mirada que sugería que era tan inteligente como fuerte.

N'adie esperaba que los dos intervinieran si Tohrment llegaba a estar en peligro.

—¿Te gusta lo que ves? A mí no.

N'adie se dio la vuelta con tanta rapidez que el vuelo de su manto ondeó violentamente. Lassiter había aparecido en la cocina sin que ella se diera cuenta. Se hallaba de pie en el umbral y su pelo rubio y negro y sus colgantes dorados reflejaban la luz de la lámpara que tenía encima.

Sus ojos inquisitivos siempre intimidaban, pero, al menos por el momento, la mirada blanca del ángel no se centraba en ella.

N'adie cruzó los brazos sobre el pecho y metió las manos entre las mangas del manto, mientras volvía a concentrarse en Tohrment.

—Verdaderamente, no entiendo cómo puede seguir peleando.

—Es hora de dejar de andarnos con mariconadas con él.

N'adie no estaba del todo segura de lo que el ángel quería decir, pero tenía una vaga idea.

—Aquí hay Elegidas que se ocupan de alimentarlos. Seguramente podría recurrir a alguna de ellas, ¿no es así?

—Ojalá lo hiciera.

Como si hubiesen recibido una señal, los dos se volvieron al tiempo para observar a Wrath, el Rey Ciego, cuando apareció en lo alto de la escalera y comenzó a bajar hacia donde estaban todos. Él también iba vestido para el combate, pero en esta ocasión no lo acompañaba su amado perro; era conducido por su reina y los dos se movían de manera tan sincronizada que tenían el mismo andar.

Tohrment debía de ser así antes, pensó N'adie.

—Quisiera que hubiese alguna manera de hacer algo por él —murmuró la mujer—. Yo haría cualquier cosa por ayudarlo, para no verlo torturado, solo en su sufrimiento.

El ángel la miró.

—¿De verdad piensas eso?

—Claro que sí.

Lassiter clavó la mirada en ella aún más intensamente.

—¿De verdad lo piensas?

N'adie trató de dar un paso atrás, pero ya estaba contra el marco de la puerta.

—Sí...

El ángel levantó la mano con gesto solemne.

—Júralo.

La hembra frunció el ceño.

—No entiendo...

—Que harías cualquier cosa... Quiero oírte jurar que harías cualquier cosa por él. —Sus ojos brillaron con un fuego extraño—. Llevamos dilatando esto desde la primavera, y en ese momento ya no nos sobraba tiempo. Dices que quieres salvarlo y yo quiero que tú te comprometas a hacerlo..., sin importar lo que eso implique.

Abruptamente, como si el recuerdo hubiese sido disparado en su mente de forma deliberada, tal vez por el ángel pero más probablemente por su propia conciencia, N'adie recordó aquellos momentos después de dar a luz a Xhexania, cuando su dolor físico y su angustia mental se fundieron en una sola agonía en su corazón por todo lo que había perdido, e, incapaz de soportar el peso de sus sufrimientos, había tomado la daga que Tohrment llevaba en su pecho y la había utilizado de una manera que lo había hecho gritar de horror.

El alarido ronco de Tohrment había sido lo último que ella había escuchado.

N'adie levantó la vista para mirar al ángel y, como no era estúpida ni ingenua, dijo:

—Estás sugiriendo que yo lo alimente con mis venas.

—Sí. Así es. Es hora de dar un paso adelante, que creo que será decisivo.

N'adie tuvo que armarse de valor para mirar a Tohrment. Pero al contemplar de nuevo el cuerpo frágil de Tohr, tomó una decisión: Tohrment la había enterrado…, así que ciertamente ella podía tomarse el trabajo de alimentarlo de su vena con el fin de devolverle la vida.

Suponiendo, claro, que él aceptara. Y que ella, la hembra traumatizada, violada, mancillada, fuera capaz de hacerlo.

N'adie sintió que su cuerpo temblaba solo con pensarlo, pero su mente rechazó la respuesta de su organismo. Este no era un macho interesado en sus atractivos sexuales. De hecho, era el único macho a quien ella podría alimentar con total confianza.

—La sangre de una Elegida sería más pura —balbuceó N'adie.

—Por Dios, así no llegaremos a ningún lado. No se trata de la pureza de tu sangre.

N'adie sacudió la cabeza, pues se negaba a interpretar lo que podía significar esa respuesta, y cedió.

—Atenderé su necesidad de beber sangre, si él viene a mí.

Lassiter le hizo una ligera reverencia.

—Yo me ocuparé de esa parte. Y te voy a hacer cumplir tu palabra.

—No tendrás necesidad de obligarme. Mi promesa es un voto solemne.

Tohr esperaba en el vestíbulo junto a sus hermanos. Tenía un mal presentimiento sobre lo que podía ocurrir esa noche. Trataba de tranquilizarse achacándolo al mal sueño en el que aparecían su Wellsie y el bebé, el mismo sueño que había tenido ocasionalmente, pero que solo había entendido cuando Lassiter lo puso en su contexto. Ahora Tohr sabía que sus dos seres más queridos se encontraban en el Limbo, arropados bajo una manta gris, en medio de un paisaje igualmente gris, muy frío e inhóspito.

Los dos se iban alejando gradualmente.

La primera vez que tuvo esa visión pudo observar cada uno de los cabellos de su shellan…, y las uñas…, y la forma en que las fibras ásperas de la manta reflejaban la extraña luz ambiental… Veía también los contornos del pequeño fardo que ella acunaba en su pecho.

Últimamente, sin embargo, Wellsie estaba a varios metros de distancia y el suelo gris que los separaba parecía poco menos que insalvable. Y para empeorar las cosas, la amada había perdido todo el color y su rostro y su pelo tenían ahora el mismo color gris que la prisión en la que estaba encerrada.

Naturalmente, Tohr había despertado a punto de volverse loco.

Por Dios santo, en los últimos meses no había hecho más que esforzarse en seguir adelante. Había bajado a comer y cenar todos los días, sin faltar ninguno. Incluso intentó hacer yoga, meditación trascendental y todas esas tonterías, y hasta se había metido en Internet a buscar información sobre las distintas etapas del duelo y toda esa cháchara seudopsicológica.

Había tratado de no pensar en Wellsie, y si su subconsciente rescataba de forma traicionera algún recuerdo hacía lo posible por aniquilarlo. Cuando le dolía el corazón buscaba en su mente imágenes de palomas escapando de una jaula, presas que se desbordaban, estrellas fugaces y otro montón de estúpidas metáforas que había visto en libros de autoayuda.

Y, sin embargo, seguía teniendo el terrible sueño en tonos grises.

Y Lassiter continuaba allí.

Todos aquellos esfuerzos no estaban sirviendo de nada.

De pronto llegó a sus oídos la voz del rey.

—¡Tohr! ¿Me escuchas?

—Sí.

—¿Seguro? —Tras unos tensos instantes, las gafas oscuras de Wrath giraron para concentrarse en el resto del grupo—. Esto es lo que vamos a hacer: V, John Matthew, Qhuinn y Tohr, conmigo. Todos los demás, listos en el campo, listos para acudir en apoyo.

Se oyó un rugido colectivo de asentimiento de los hermanos, que de inmediato comenzaron a salir.

Tohr fue el último en llegar a la puerta y, justo cuando acababa de cruzar el umbral, algo le hizo detenerse y mirar hacia atrás.

N'adie había salido de la nada y allí estaba, observándolo desde el borde exterior del mosaico que representaba un manzano. La capucha y el manto hacían que pareciese una sombra que de repente hubiese adquirido tres dimensiones.

El tiempo pareció volverse más lento y cuando los ojos de los dos se cruzaron, Tohr sintió que algo extraño sucedía entre ellos.

En los meses que habían transcurrido desde la primavera, había visto a N'adie durante las comidas, se había obligado a hablarle, le había retirado la silla con caballerosidad y la había ayudado a servirse, tal como hacía con las otras hembras de la casa.

Pero nunca habían estado solos y jamás la había tocado.

Sin embargo, por alguna razón, ahora era como si la estuviera tocando.

—N'adie…

La hembra descruzó los brazos para liberarlos de las mangas del manto y levantó las manos hacia la capucha que le cubría la cabeza. Con elegancia, se descubrió el rostro.

Tenía los ojos luminosos, aunque parecía un poco atemorizada. Sus rasgos eran tan perfectos como aquella tarde de primavera en el Santuario. Y, más abajo, el precioso cuello brillaba como una columna delicada y pálida…, que ella se tocó suavemente con dedos temblorosos.

De repente, Tohr sintió el golpe del deseo. Las ansias de estar con una hembra repercutieron por todo su cuerpo, alargando sus colmillos, haciéndole abrir los labios…

—¿Tohr? ¿Qué demonios pasa?

La voz inquisitiva de V rompió el hechizo y Tohr, maldiciendo, se volvió enseguida.

—Voy…

—Más vale, porque el rey te está esperando, ¿sabes?

Tohr volvió a mirar hacia el vestíbulo, pero N'adie ya había desaparecido.

Mientras se restregaba los ojos, el guerrero se preguntó si habría imaginado todo el asunto. ¿Estaría tan debilitado que ya incluso tenía alucinaciones?

Pero si estaba viendo visiones, no era debido al agotamiento, le dijo una voz interior.

—No digas ni una palabra más —murmuró al pasar junto a V—. Ni una más.

Eso fue suficiente para que V comenzara a recitar entre dientes una letanía resumiendo todos los defectos de Tohr, reales e imaginarios. Pero, pese a sus palabras, el aludido no dijo nada. Casi prefería oír los reproches, entretenerse con algo mientras caminaban hacia donde estaban Wrath, John Matthew y Qhuinn.

—Aquí estoy —anunció Tohr.

Ninguno de los otros necesitó decir nada en voz alta. Sus expresiones eran elocuentes.

Segundos después, los cinco volvieron a tomar forma en el jardín de una casa tan grande que en ella se podría alojar todo un ejército. Pero el único que vivía allí era el dueño, porque era el último que quedaba de su linaje.

Esto mismo había ocurrido en demasiadas casas a lo largo de los últimos meses. Demasiadas. Y la historia era siempre la misma. Familia diezmada. Todas las esperanzas perdidas. Y los que quedaban no podían más que seguir tirando, arrastrarse por la vida, pues eso no era vivir.

La Hermandad asumía que sus visitas pudieran no ser bienvenidas, aunque, naturalmente, nadie se atrevía a hacerle un desplante al rey. Así que no corrían riesgos innecesarios: con las armas en la mano, todos avanzaban en formación hacia la puerta: Tohr iba delante de Wrath, V detrás, John a la derecha del rey y Qhuinn al otro lado.

Les quedaban dos reuniones más como esa y luego podrían tomarse un descanso… Pero lo que sucedió enseguida demostró que todo se podía ir a la mierda en cualquier instante.

Abruptamente, el mundo comenzó a dar vueltas y la casa antigua empezó a girar como si sus cimientos fueran la base de una licuadora.

Se oyó un grito.

—¡Tohr!

Una mano lo agarró. Alguien lanzó una maldición.

—¿Le han disparado?

—Maldito hijo de puta…

Mientras maldecía, Tohr se quitó a todo el mundo de encima y recuperó el equilibrio.

—Joder, estoy bien…

V acercó tanto su cara a la de Tohr que parecía querer aplastarle la nariz.

—Vete a casa.

—¿Estás loco?

—Eres un peligro aquí. Voy a pedir refuerzos.

Tohr estaba a punto de protestar, pero Wrath sacudió la cabeza y dictó sentencia.

—Necesitas alimentarte, hermano. Ya es hora.

—Y Layla está lista —agregó Qhuinn—. La he mantenido aquí para eso.

Tohr miró a los cuatro con aire desafiante, pero sabía que no tenía nada que argumentar. Joder, V ya tenía el móvil en la oreja.

Tohr sabía que ellos tenían razón. Pero, maldita sea, no quería volver a pasar por esa tortura.

—Vete a casa —insistió Wrath.

V guardó el móvil.

—Rhage llegará en… ¡Bingo!

Cuando Hollywood apareció, Tohr maldijo un par de veces. Pero no había modo de resistirse. No podía pelear contra ellos…, ni contra la realidad.

Con el mismo entusiasmo que alguien que se acerca al quirófano para que le amputen una extremidad, Tohr regresó a la mansión… para buscar a la Elegida Layla.

Mierda.

A través de sus prismáticos, Xcor observó cómo el venerable Assail entraba en una cocina gigantesca y se detenía frente a una ventana que miraba exactamente en la dirección en la que se encontraban ellos.

El macho seguía siendo increíblemente atractivo, de pelo oscuro y piel bronceada. Sus rasgos eran aristocráticos y por ello parecía muy inteligente, aunque, claro, esa era la ventaja de la glymera. Con frecuencia, la gente tenía una apariencia tan distinguida que los demás suponían erróneamente que también poseía una inteligencia superior.

El vampiro comenzó a hacer algo. Xcor frunció el ceño y se preguntó si no estaría viendo visiones. Pero… no. Parecía que, en efecto, el macho estaba revisando el mecanismo de un arma de fuego con tanta destreza que parecía un experto. Terminada la operación, se guardó el arma en el interior de la chaqueta de su traje negro de corte perfecto y tomó otra pistola, que empezó a revisar con la misma precisión.

Extraño.

A menos que el rey le hubiese advertido que podía haber problemas durante su visita. Pero no, eso sería una tontería. Si tú representas el poder de la raza, no quieres dar la impresión de que te encuentras en peligro, sobre todo si eso es cierto.

—Se marcha —anunció Xcor, al ver que Assail aparecía a la entrada del garaje—. No se va a encontrar con Wrath. Al menos no será aquí esta noche. Crucemos el río ahora mismo, vamos.

En un segundo, sus soldados y él se desintegraron y volvieron a tomar forma en el bosque de pinos que había al borde de la propiedad.

Xcor se dio cuenta, entonces, de que estaba equivocado acerca de las condiciones de la finca. Había pequeñas zonas circulares en las que estaba creciendo el césped y allí, por la parte de atrás de la casa, había un montón de troncos perfectamente ordenados. Y también árboles enteros. No muy lejos, un hacha clavada en un tocón, y un serrucho…, y un fardo de leña recién cortada y lista para quemarla.

De todo ello se desprendía que el macho sí tenía algún doggen. Se confirmaba, eso sí, que deseaba contar con una zona despejada alrededor de la casa para avistar a posibles atacantes.

Assail, a fin de cuentas, no parecía ser el típico aristócrata, pensó con inquietud Xcor. ¿Quién era en realidad y qué pretendía ese hombre?

La puerta del garaje que se encontraba más cerca de la casa comenzó a levantarse sin hacer ningún ruido y a medida que subía revelaba un haz de luz cada vez más grande. En el interior rugió un poderoso motor. Al cabo de unos instantes, un coche largo y negro salió al ralentí.

El vehículo se detuvo de repente y la puerta comenzó a bajar. Era evidente que Assail estaba esperando pacientemente a que la casa quedara bien cerrada antes de partir. Y luego, cuando arrancó, no lo hizo a toda velocidad ni encendió los faros.

—Tenemos que seguirlo. —Xcor guardó los prismáticos y se los colgó del cinturón.

Desintegrándose de manera alternativa, la pandilla de bastardos pudo seguir al macho hasta el río, en dirección a Caldwell, con facilidad. La persecución no representaba ningún desafío: a pesar de ir al volante de lo que aparentaba ser un coche deportivo muy rápido, Assail no mostraba ninguna prisa…, lo cual, en otras circunstancias, Xcor habría atribuido a que el macho era el típico aristócrata que no tenía otra cosa que hacer que lucirse en su automóvil de lujo.

Pero en esta ocasión probablemente no se trataba de eso.

El coche se detuvo en todos los semáforos, evitó la autopista y entró en la zona de callejones del centro con la misma parsimonia.

Assail dobló a la izquierda, luego a la derecha y a la izquierda otra vez. De nuevo a la izquierda. Todavía hizo otros giros hasta llegar a la parte más vieja de la ciudad, donde los edificios de ladrillo estaban en ruinas y se veían más fogatas de indigentes que negocios prósperos.

No podría haber tomado una ruta menos directa.

Xcor y su pandilla lo siguieron desintegrándose de un tejado a otro, un ejercicio que se fue haciendo más difícil a medida que se degradaban las condiciones de la zona.

Pasado un rato, el coche se detuvo frente a la entrada de un callejón estrecho, entre un inmueble clausurado y el cascarón de un viejo edificio. Al bajarse del vehículo, Assail expulsó el humo del cigarro y el olor dulzón subió con el aire hasta la nariz de Xcor, quien por un momento se preguntó si habrían caído en una trampa, por lo que agarró enseguida su arma, mientras sus soldados hacían lo mismo. Pero acto seguido un coche grande y negro dobló por el callejón. El nuevo automóvil se detuvo frente a Assail. Entonces se hizo evidente la posición ventajosa del aristócrata. A diferencia de los recién llegados, había estacionado frente a la boca del callejón, de manera que, dado el caso, podía escapar en cualquier dirección.

Del otro coche se bajaron cuatro humanos. El que iba delante lo saludó con una pregunta:

—¿Has venido solo?

—Sí. Tal y como lo pedisteis.

Los humanos cruzaron miradas que sugerían que el hecho de que el vampiro se hubiese presentado solo demostraba que estaba loco.

—¿Tienes el dinero?

—Sí.

—¿Dónde está?

—Lo tengo conmigo. —El acento del vampiro era pesado como el de Xcor, pero ahí terminaba el parecido, pues uno era el acento aristocrático de la clase alta y el otro no era más que el tono burdo de un campesino—. ¿Vosotros tenéis mi mercancía?

—Sí, aquí está. Muéstranos la pasta.

—Cuando vea lo que me habéis traído.

El hombre que lideraba el grupo sacó un arma y la apuntó contra el pecho del vampiro.

—No vamos a hacer las cosas de esa manera.

Assail soltó otra bocanada de humo azul y giró el cigarro entre los dedos. El humano perdió la paciencia.

—¿Has oído lo que he dicho, imbécil?

Los otros tres hundieron las manos en los bolsillos de sus chaquetas.

—Sí, sí lo he oído.

—Vamos a hacer las cosas a nuestro modo, idiota.

—Podéis llamarme Assail, por favor.

—Vete a la mierda. Dame el dinero.

—Bueno. Si eso es lo que queréis…

De repente, los ojos del vampiro se clavaron en los del humano y al cabo de un momento la pistola que el hombre tenía en la mano comenzó a vibrar. El tipo miró, confundido, su mano.

—Pero esa no es la forma en que yo hago negocios —murmuró Assail.

El cañón de la pistola comenzó a moverse gradualmente, alejándose del vampiro y trazando un gran círculo hacia el otro extremo. Con pánico creciente, el hombre se agarró su propia muñeca, como si estuviera luchando con otra persona. Pero sus esfuerzos no pudieron hacer nada para cambiar la trayectoria del cañón.

Mientras el arma se volvía poco a poco hacia su propio portador, los otros hombres comenzaron a gritar y a moverse. El vampiro no dijo nada, no hizo nada. Permaneció calmado, con un dominio absoluto de sí mismo, y se limitó a paralizar a los otros tres con la mirada, inmovilizando sus cuerpos pero no sus rostros. Esas expresiones de pánico eran realmente magníficas. Hubiera sido una pena perderse el espectáculo.

Cuando el arma quedó apuntando contra la sien del hombre, Assail sonrió y enseñó unos dientes blancos que brillaron en la oscuridad.

—Permitidme mostraros cómo hago yo negocios —dijo en voz baja.

Un segundo después, el humano apretó el gatillo y se disparó en la cabeza.

Mientras el cuerpo caía sobre el pavimento y el sonido del disparo retumbaba por todo el callejón, los ojos de los otros se abrieron con horror. Sus cuerpos permanecían fijos, inmóviles.

—Tú. —Assail señaló al que estaba más cerca del coche—. Tráeme lo que he comprado.

—Yo…, yo… —El hombre tragó saliva con esfuerzo—. No hemos traído nada.

Assail habló con una elegancia digna de un rey.

—Lo siento, ¿qué has dicho?

—No hemos traído nada.

—¿Y por qué no?

—Porque nosotros íbamos a… —El hombre tuvo que volver a tragar saliva—. Íbamos a…

—¿Ibais a coger mi dinero y luego me ibais a matar? —Al ver que no había respuesta, Assail asintió con la cabeza—. Ya veo. Entonces estoy seguro de que entenderéis lo que debo hacer ahora.

El vampiro dio una calada a su cigarro. El hombre que había hablado vio cómo el arma giraba hacia su cabeza.

Uno tras otro, se oyeron otros tres tiros.

Y luego el vampiro pasó por encima de ellos y apagó su cigarro contra la boca del primero que había caído.

Xcor se rio entre dientes mientras Assail regresaba a su vehículo.

Zypher miró al jefe.

—¿Lo seguimos?

Buena pregunta. Allí, en el centro de la ciudad, había muchos restrictores que atrapar y no había razón para preocuparse por que Assail estuviera haciendo dinero con las adicciones de los humanos. Todavía quedaban una cuantas horas de oscuridad que podían aprovechar. Pero aún podía tener lugar el encuentro entre el macho y el rey.

—Sí —respondió Xcor—. Pero lo seguiremos Throe y yo solos. Si hay una cita con Wrath, os avisaremos de alguna forma.

—Esa es la razón por la cual todos necesitamos teléfonos móviles —dijo Throe—. Para lograr una coordinación más rápida y mejor.

Xcor apretó los dientes. Desde su llegada al Nuevo Mundo había permitido que Throe llevara uno de aquellos putos teléfonos, pero no los otros. El sentido del olfato y el oído de un guerrero, el instinto afinado por el entrenamiento y la experiencia, su conocimiento del enemigo y de sí mismo, todo eso era lo decisivo. Y ninguna de esas cosas venía con una factura mensual, ni había que recargarlas, ni te las podías olvidar en el bar de la esquina.

Así que Xcor hizo caso omiso del comentario.

—Los demás id en busca del enemigo.

—¿Cuál de ellos? —Zypher soltó una carcajada—. Cada vez tenemos más enemigos entre los que elegir.

Así era. Porque Assail no se estaba portando como un aristócrata. Estaba actuando como un macho que tal vez trataba de construir un imperio propio.

Era totalmente posible que este miembro de la glymera fuera el vampiro que Xcor andaba buscando. Lo cual significaba que también tendría que ser eliminado en algún momento, y no como un simple daño colateral.

En Caldwell solo había sitio para un rey.

22

Cuando Tohr volvió a tomar forma en la mansión de la Hermandad, estaba furioso con el mundo. Totalmente amargado y enloquecido.

Entró en el vestíbulo y cruzó los dedos para que Fritz se limitara a abrir la puerta con el mando a distancia y no fuera a abrirle personalmente. No era necesario que lo vieran en ese estado…

Por fortuna, sus plegarias fueron escuchadas y pudo entrar sin que nadie lo viera. En el primer piso reinaba un completo silencio, pues los doggen seguramente estaban aprovechando para arreglar las habitaciones de arriba antes de ocuparse de los preparativos de la cena.

Mierda. Tendría que enviar un mensaje a Phury para preguntar por Layla…

Pero de repente, de forma instintiva, Tohr volvió la cabeza desde la base de la columna y sus ojos se fijaron en el comedor.

Alguna señal interna le ordenó que siguiera caminando y el impulso lo llevó más allá de los arcos que separaban el comedor del vestíbulo, por un lado de la mesa…, hasta la puerta de la cocina.

N'adie estaba allí, sola, rompiendo unos huevos sobre un recipiente.

Se quedó quieta de pronto y alzó la encapuchada cabeza para mirarlo.

El corazón de Tohr comenzó a latir con fuerza.

El vampiro le hizo una pregunta que la dejó sorprendida.

—¿Ya no quieres complacerme?

—¿Perdón?

—¿Acaso no quedamos en que si estábamos a solas podría verte la cara? ¿Me imaginé esa conversación?

N'adie bajó lentamente la mano y dejó el huevo a un lado. Temporalmente.

—No. No la imaginaste.

—Vuelve a quitarte la capucha.

No era una pregunta, sino una orden, la clase de orden que Wellsie jamás habría tolerado. Pero N'adie obedeció con solemnidad.

Y allí estaba, frente a sus ojos, con la maravillosa melena rubia que se entrelazaba en una gruesa trenza, las delicadas mejillas pálidas, los ojos luminosos, aquel rostro...

—Le dije a Lassiter... —N'adie carraspeó—. Lassiter me preguntó si estaría dispuesta a darte sangre.

—¿Y qué contestaste?

—Que sí.

De repente, Tohr volvió a ver a N'adie en aquella piscina, flotando de espaldas, completamente desnuda, acariciada por el agua.

El macho tuvo que agarrarse a una estantería. Era difícil saber qué era lo que más le perturbaba: si la súbita necesidad de morder el cuello de N'adie o el sentimiento de absoluta frustración que eso le causaba.

—Todavía estoy enamorado de mi shellan.

Y ese seguía siendo el problema: a pesar de toda su determinación, de su disposición a pasar página y desprenderse del pasado, sus emociones no se habían modificado lo más mínimo.

N'adie sonreía dulcemente.

—Lo sé. Y me alegra.

—Debería usar a una Elegida. —Tohr dio un paso hacia ella.

—Estoy de acuerdo. Su sangre es más pura.

Tohr dio otro paso hacia la hembra.

—Pero tú desciendes de un buen linaje.

—Descendía —corrigió la mujer con amargura.

Al ver que los frágiles hombros de N'adie comenzaban a temblar ligeramente, como si hubiese percibido su deseo, el depredador que Tohr llevaba dentro entró en acción y de repente se sorprendió deseando abalanzarse sobre aquella maravillosa criatura.

¿Para qué? Bueno, eso era evidente.

Aunque su corazón y su mente eran bloques de hielo, el resto de su ser, su cuerpo entero, estaba vivo y palpitaba con un deseo que amenazaba con pasar por encima de las buenas intenciones, el decoro… y hasta el dolor por la pérdida que había sufrido.

Mientras daba unos pasos hacia ella, Tohr pensó con horror que esto debía de ser a lo que Lassiter llamaba desprenderse. Porque en ese momento se había desprendido totalmente de Wellsie: lo único en lo que podía concentrarse era en la diminuta hembra que tenía frente a él y que estaba librando toda una batalla para no salir huyendo.

Tohr solo se detuvo cuando no quedaban más que unos pocos centímetros entre ellos y, clavando la vista en la cabeza inclinada de la hembra, sus ojos se concentraron en el frágil pulso de la yugular de N'adie.

Ella respiraba de forma tan alterada como él.

Y cuando tomó aire, Tohr percibió el aroma que despedía el cuerpo de N'adie.

Y no había miedo en su fragancia.

Querida Virgen Escribana, qué macho tan enorme.

A medida que el gran guerrero se le acercaba, N'adie podía notar el calor que salía de su cuerpo inmenso. Era como si estuviera frente a una hoguera. Y, sin embargo…, no sentía que pudiera quemarse. Y tampoco tenía miedo de aquel fuego. Tardó en darse cuenta de que buena parte de ese calor provenía de su propio interior. Y era reconfortante.

¿Qué le estaba pasando? Lo único seguro era que él iba a alimentarse de su vena en unos pocos instantes y que ella iba a permitírselo. Y no porque el ángel se lo hubiese pedido, ni porque ella se hubiese comprometido a hacerlo, ni siquiera para reparar un error del pasado.

Lo haría porque quería que él lo hiciera. De no haberlo deseado, le habría sido imposible alimentarlo.

Se oyó un siseo. N'adie supo que Tohrment acababa de abrir la boca y enseñar los colmillos.

Era la hora. Pero no se levantó la manga, sino que se aflojó la parte de arriba del manto, se lo abrió hasta enseñar los hombros y ladeó la cabeza para ofrecerle su garganta al macho.

Y cómo le latía el corazón.

—Aquí no —rugió él—. Ven conmigo.

Tras tomarla de la mano, Tohr la llevó hasta la despensa y se encerraron allí. El cuartito, pequeño y atiborrado de estanterías llenas de latas de conservas de distintos colores, olía a café recién molido y harina.

La luz se encendió al mismo tiempo que la puerta se cerraba y se echaba el cerrojo. N'adie pensó que el macho la había encendido con el pensamiento.

Tohr se quedó mirándola mientras sus colmillos se alargaban; cada vez le brillaban más los ojos.

La mujer se dirigió a él con voz ronca por la emoción.

—¿Qué debo hacer?

Él frunció el ceño.

—¿A qué te refieres?

—¿Qué tengo que hacer… por ti?

El symphath había tomado lo que deseaba y luego la había abandonado. Y su padre, naturalmente, nunca había permitido que ningún macho se alimentara de ella. No sabía en qué consistía eso de alimentar a otro.

Ante esas palabras, Tohrment pareció recuperar la conciencia, liberarse del remolino de pasión que lo tenía atrapado. Y, sin embargo, su cuerpo siguió totalmente excitado. Tenía que hacer enormes esfuerzos para dominarlo.

—¿Es que nunca has…?

—Mi padre me estaba cuidando. Y cuando fui secuestrada…, nunca había hecho esto de una forma normal.

Tohrment se llevó una mano a la cabeza como si le doliera.

—Escucha, esto es…

—Simplemente dime qué tengo que hacer.

Cuando Tohr volvió a fijar sus ojos en ella, N'adie pensó que realmente tenía un nombre muy apropiado. Ese macho vivía ciertamente atormentado.

—Necesito esto —dijo Tohr, como si estuviera hablando consigo mismo.

—Sí, así es. Estás tan demacrado que sufro por ti.

Al ver cómo se ensombrecía la mirada del macho, la mujer pensó que Tohr estaba a punto de suspenderlo todo. Y ella sabía por qué.

—Ella es bienvenida —murmuró la hembra—. Trae a tu shellan a tu mente. Deja que tome mi lugar.

Haría cualquier cosa para ayudarlo. Por todas las atenciones que Tohrment había tenido con ella en su vida anterior y por los crueles golpes que le estaba dando el destino.

Tohr habló con voz áspera.

—Te podría hacer daño.

—No hay nada peor que aquello a lo que sobreviví.

—¿Por qué no…?

—Deja de hablar. Deja de pensar. Haz lo que debes hacer para cuidarte.

Hubo un largo y tenso silencio. Al cabo la luz se apagó y el cuarto diminuto quedó en una penumbra interrumpida solamente por la escasa luz que penetraba por los paneles de cristal opaco de la puerta.

N'adie jadeó.

Él respiró con fuerza.

Y luego un brazo la agarró por detrás, a la altura de la cintura, y le dio un tirón hacia delante. N'adie se estrelló contra el muro del pecho de Tohr y fue como si chocara contra una roca. Impulsivamente abrió las manos para agarrarse de algo…

La piel de sus brazos era suave y ardiente por encima de los magníficos músculos.

Después N'adie sintió que le tiraba de la trenza. Y entonces su pelo fue liberado de toda restricción y el tirón le hizo echar la cabeza hacia atrás. Una mano grande se hundió en la melena, tirando hacia abajo. Y a medida que el tirón se hacía más fuerte, N'adie fue perdiendo el equilibrio hasta quedar sostenida únicamente por la fuerza del macho.

Quedó desorientada por un momento.

Entonces buscó la cara de Tohr y la encontró. Pero como no pudo ver sus rasgos con claridad el rostro se volvió una confusa mezcla de planos y ángulos; y el cuerpo ya no era el de Tohrment, el hermano que había tratado de salvarla, sino el de un desconocido.

Sin embargo, ya no había marcha atrás, no había manera de retroceder en el tiempo.

El macho la agarró todavía con más fuerza, hasta que ella quedó aplastada contra él.

La mujer se puso rígida. Él bajó la cabeza y dejó escapar un gruñido feroz que brotó directamente de su pecho, al tiempo que despedía un aroma oscuro y penetrante. Luego gimió, y ella notó un rasguño que comenzó a la altura de la clavícula y fue subiendo.

N'adie se dejó dominar por el pánico.

Aquella presencia masculina, la forma en que la tenía inmovilizada, el hecho de no poder verlo bien, todo la llevó de nuevo al pasado y comenzó a forcejear.

Y en ese momento la mordió.

Con violencia.

N'adie gritó y trató de apartarlo de un empujón, pero los colmillos del macho ya estaban hundidos en su garganta y el dolor era extrañamente dulce. El macho comenzó a succionar, a succionar con fuerza mientras todo su cuerpo temblaba.

No quedó ahí la cosa. Algo duro surgió debajo de las caderas de Tohr y comenzó a hacer presión contra el vientre de N'adie.

Recurriendo a todas sus fuerzas, ella trató de zafarse, pero sus esfuerzos eran inútiles. Una brisa enfrentada a un huracán.

Y luego… la pelvis del macho comenzó a moverse contra ella, girando, y la verga erecta hacía presión contra su manto, buscando una manera de penetrarla, mientras rugidos de satisfacción llenaban el aire que los rodeaba.

Él ni siquiera sintió el temor de la hembra, así de absorto estaba.

Y el pánico de N'adie le impidió entender que eso era precisamente lo que ella había deseado en el fondo.

Mientras miraba el techo fijamente, N'adie recordó otras ocasiones en las que había forcejeado inútilmente y entonces comenzó a rezar, tal como había hecho antes, para que todo pasara lo más rápido posible.

Querida Virgen Escribana, ¿qué era lo que había hecho?

El cuerpo que se apretaba contra el de Tohr entregó todo lo que podía entregar: sangre, aliento y piel. Y, contraviniendo su propia razón, él lo tomó todo, con voracidad, succionando con fuerza y deseando tomar algo más que la sangre de sus venas.

Tohr deseaba la esencia de aquella hembra.

Quería estar dentro de ella mientras se alimentaba de sus venas.

Y eso ocurría pese a que era perfectamente consciente de que esa no era su Wellsie. El pelo no era como el de Wellsie, el de N'adie caía en ondas suaves y no en rizos espesos. Su sangre tampoco sabía igual. Y este cuerpo era delgado y delicado, no fornido y poderoso como el de la añorada. Pero igualmente maravilloso.

Y la deseaba.

Su maldito miembro rugía sin excusas, dispuesto a conquistar, penetrar…, adueñarse de ella.

Mierda, esta explosión de deseo no se parecía en nada a la anémica escena que había tenido con la Elegida Selena. Así era como debían ser las cosas, con este abandono, este deshacerse de la piel civilizada para dejar ver el animal que se escondía debajo de ella.

Y contra toda razón, contra toda su historia, Tohr se dejó llevar.

Mientras reacomodaba a N'adie, bajó la mano con la que la sostenía por detrás hasta que quedó sobre las caderas…, y luego sobre las nalgas.

De repente la empujó contra las puertas de cristal de un armario y los paneles se sacudieron. Tohr no tenía intención de ser brusco, pero resultaba imposible luchar contra su deseo. Y lo que era peor aún: en lo más recóndito de su mente tampoco quería hacerlo.

Luego levantó la cabeza y dejó escapar un rugido que retumbó en sus propios oídos, y entonces volvió a morderla. Había perdido el control, arrastrado por el festín del que estaban disfrutando sus depravados sentidos.

La segunda vez que la mordió lo hizo más arriba, más cerca de la mandíbula, y la succión se volvió todavía más intensa.

Ambos parecían apresados por la locura mientras los nutrientes de la sangre de N'adie eran absorbidos por las fibras de sus músculos, fortaleciéndolo, restaurando su poder físico.

Cuando por fin levantó la cabeza, Tohr se sentía totalmente embriagado. La mente le daba vueltas por razones distintas a las meramente físicas. El paso siguiente tenía que ser el sexo. Incluso se giró para ver si había una cama.

Pero, joder, estaban en la despensa. ¿Qué demonios era esto? ¿Qué hacían allí?

Por Dios, ni siquiera podía recordar cómo había sucedido todo.

Pero lo primero era lo primero. Hubieran llegado como hubieran llegado a la despensa, no quería que ella sangrara por los pinchazos, así que bajó la cabeza hacia la garganta de N'adie, sacó la lengua y lamió aquella preciosa superficie que había mordido dos veces. De nuevo sintió la suavidad de aquella piel, el sabor de su sangre y su olor…

El olor que penetró por sus fosas nasales no era el de ningún perfume comercial.

Y tampoco el de una hembra excitada, como creyó percibir al principio.

N'adie estaba aterrorizada. No, no era posible. ¡Qué había hecho!

—¡N'adie!

Con un grito ronco, ella comenzó a sollozar y él se quedó paralizado en medio de un absoluto desconcierto. Empezó a volver en sí, a recuperar las sensaciones, y percibió con claridad cómo las uñas de N'adie se habían clavado en sus brazos cuando su delicado cuerpo había tratado de zafarse.

Tohr la soltó de inmediato.

N'adie empezó a retroceder y enseguida corrió hacia la puerta, a la que comenzó a sacudir con desesperada violencia.

—Espera, yo la abro…

Tan pronto Tohr quitó el seguro con la mente, ella salió corriendo, y cruzó la cocina y el vestíbulo como si la estuvieran persiguiendo para matarla.

—¡Mierda! —Tohr salió detrás de ella—. ¡N'adie!

Al vampiro no le importó que alguien pudiera oírlo mientras gritaba de nuevo su nombre. La tremenda voz del macho rebotaba contra el techo alto del comedor. Debía de oírse en la mansión entera.

Al verla atravesar como un rayo el suelo de mosaico del vestíbulo, Tohr recordó la imagen de ella aquella noche en que trataron de llevarla a casa de su padre, la forma en que el camisón volaba tras ella, convirtiéndola en un fantasma mientras corría bajo la luz de la luna.

Ahora era el manto lo que volaba detrás de ella mientras se dirigía a las escaleras. Tohr estaba asustado. Se desintegró y volvió a aparecer en el rellano de la escalera, pero siempre detrás de ella. Entonces siguió persiguiéndola por el pasillo y pasaron frente al estudio de Wrath antes de doblar a la derecha.

Tan pronto como llegó a la habitación que ocupaba, N'adie se apresuró a entrar y cerró la puerta.

Tohr llegó justo en el instante en que ella estaba echando la llave.

La sangre de N'adie corría por su organismo, devolviéndole el poder que tanta falta le hacía, el apetito que había perdido y la claridad mental que había desaparecido durante tanto tiempo. Y Tohr recordó todo lo que no había podido recordar mientras se alimentaba de las venas de la desdichada hembra.

Ella se había entregado voluntaria, generosamente, y él había abusado, había tomado demasiado, y demasiado rápido, en un cuarto oscuro donde él habría podido ser cualquiera y no el macho al que ella había accedido a alimentar.

La había asustado. O algo peor.

Entonces Tohr giró sobre sus talones y apoyó la espalda contra la puerta de N'adie. Se deslizó hasta sentarse en el suelo.

—Mierda… Puta mierda…

Aquello merecía una condena.

Bueno, en realidad ya estaba condenado.

U n momento antes de cerrar el Iron Mask, Xhex se encontraba en su oficina, mirando al Gran Rob. Sobre el escritorio reposaban tres paquetes más de aquella cocaína marcada con el símbolo de la muerte.

—¿Es una broma?

—Se la quité a un tío hace diez minutos.

—¿Y todavía está por ahí?

—Sí, pero tranquila, todo dentro de lo legal. Le dije que tenía que firmar unos papeles. Claro, que no le expliqué con claridad que podía marcharse cuando quisiera. Por fortuna está tan borracho que no se ha preocupado por sus derechos civiles.

—Déjame ir a hablar con él.

—Está donde te gusta.

Xhex salió y dobló a mano izquierda. El cuarto de «interrogatorios» estaba al final del pasillo, pero no tenía blindajes ni nada de particular; lo último que necesitaban era tener problemas con el Departamento de Policía. Es decir, más problemas, pues teniendo en cuenta lo que ocurría dentro de esas paredes noche tras noche, no era raro que la policía curiosease con frecuencia.

Al abrir la puerta, Xhex maldijo para sus adentros. El tío que estaba frente a la mesa parecía más un burdo maniquí que una persona. Estaba completamente desmadejado, con la barbilla clavada en el pecho, los brazos colgando a los lados y las piernas flojas y abiertas. Vestía de época, como si viniera de un baile de disfraces, con un traje negro ajustado y una camisa blanca con cuello alto de encaje. Y para completar el disfraz, el tío llevaba un bastón. Y una capa. La impresión general era penosa, por no decir ridícula.

Xhex cerró la puerta con sigilo, se acercó en silencio, apretó el puño… y lo descargó violentamente sobre la mesa para despertarlo.

El desgraciado se echó hacia atrás, sobresaltado, y quedó haciendo equilibrio sobre el bastón y las patas traseras de la silla. Xhex le quitó el bastón y dejó que la gravedad decidiera qué hacer con el humano…

El tipo abrió la boca para protestar, y Xhex pudo ver dos fundas de porcelana que simulaban colmillos y que tenía pegados a los caninos. Seguramente eso le hacía sentirse como Frank Langella o Christopher Lee. En fin, que iba de vampiro dieciochesco.

El humano, finalmente, aterrizó sobre la espalda. Xhex se sentó y estudió la calavera plateada que coronaba el bastón. El tío se levantó del suelo, se arregló su estúpido disfraz, volvió a sentarse derecho y se pasó la mano por el pelo negro, en el que se veían raíces color café.

—Tranquilo, te vamos a soltar —le dijo, y añadió—: Y si me dices lo que quiero saber, te prometo no comentar nada a nuestros amigos del Departamento de Policía.

—De acuerdo. Sí. Gracias.

Al menos el idiota hablaba con normalidad, sin pretensiones clásicas.

—¿Dónde conseguiste la cocaína? —Al ver que el tío abría la boca, Xhex levantó la mano para hacer un inciso—. Antes de que me digas que era de un amigo y solamente tú se la estabas guardando, o que le pediste prestada la chaqueta a alguien y la coca estaba en los bolsillos, te advierto de que la policía no te va a creer más que yo, y te garantizo que tendrán la oportunidad de oír tus excusas.

Hubo un largo silencio durante el cual Xhex observó al imbécil. Hasta llevaba lentillas rojas para aparentar que tenía los ojos inyectados en sangre. Xhex se preguntó si alguna vez habría tratado de desintegrarse a través de una pared. Porque ella estaba dispuesta a ayudarle a intentarlo.

—La compré en la esquina de la calle del Comercio con la Octava. Hace unas tres horas. No conozco el nombre del camello, pero por lo general siempre está allí, entre las once y las doce.

—¿Y solo vende la droga que tiene esta marca?

—No. —El tío pareció relajarse y su acento de Jersey se fue haciendo más marcado—. Vende de todo. Hace unos meses, en primavera, no siempre tenía coca. Pero, no sé por qué, desde hace un mes siempre parece tener buena mercancía. Y esta es la que más me gusta.

Xhex movió la cabeza viendo el patetismo creciente de aquel Drácula de pacotilla.

—¿Cómo se llama esta mercancía?

—Daga. Y me cuadra a la perfección. —El muy cretino hizo un movimiento con la mano para resaltar su disfraz—. Soy un vampiro.

—¿De veras? Pensé que los vampiros no existían.

—Eso se dice, sí, pero somos muy reales. —Miró a Xhex con ojos insinuantes—. Podría presentarte a algunos amigos, e incluso llevarte a un aquelarre.

—Pero ¿eso no es una reunión de brujas?

—Tengo tres esposas, ¿sabes?

—Parece que en tu casa hay mucha gente.

—Y estoy buscando una cuarta.

—Te agradezco la oferta, pero estoy casada. —Al decir esas palabras, Xhex sintió una fuerte desazón, casi un dolor en el pecho—. Felizmente casada, si me permites completar la información.

No sabía por qué había dicho eso. O quizá sí. Por Dios, John…

Sonó un golpecito en la puerta, apenas audible. La vampira respondió de inmediato

—¿Qué pasa ahora?

—Tienes una visita.

En cuanto oyó la respuesta, el cuerpo de Xhex volvió a la vida y sintió deseos de arrojar al pobre imbécil por la puerta cuanto antes.

Esta vez John había llegado antes, lo cual era perfecto.

—Hemos terminado —anunció, y se puso de pie.

El humano también se levantó. Le temblaban las aletas de la nariz.

—Dios, tu perfume es... asombroso.

—No vuelvas a traer esa mierda a mi casa, porque la próxima vez no habrá ninguna charla, sino solo acción. ¿Está claro? ¿Me entiendes?

Al abrir la puerta, Xhex se encontró con el aroma de macho enamorado de su compañero: ese que había invadido, embriagador, todo el pasillo.

Y allí se hallaba él, al final del corredor, de pie junto a la oficina de Xhex.

Su John.

El mudo volvió la cabeza para mirarla, bajó la barbilla y sonrió. Sus ojos tenían una expresión traviesa, lo que significaba que estaba más que listo para entregarse a ella.

—Eres muy hermosa —dijo el idiota al salir del cuarto.

Xhex estaba pensando si quitárselo de encima con un sopapo cuando John vio al pequeño gusano. Y no le gustó.

El macho enamorado echó a correr hacia él por el pasillo. Los pasos de sus poderosas botas retumbaron más que la percusión de la música del local.

El idiota disfrazado de vampiro, al ver aquella masa de casi ciento cincuenta kilos a punto de echársele encima, se escondió detrás de Xhex.

Un valiente, un macho inigualable. Un verdadero semental.

John se detuvo en la puerta, negándole toda posibilidad de escapatoria. Sus hermosos ojos azules fulminaban al humano por encima del hombro de Xhex.

Esta, viendo su magnífico aspecto, se moría de ganas de follar con John.

Entre excitada y divertida, los presentó.

—Este es mi marido, John. John, «esto» ya se estaba marchando. ¿Quieres acompañarlo a la salida, querido?

Antes de que el idiota pudiera decir nada, John le enseñó los colmillos y dejó escapar un siseo letal. Era el único sonido que podía emitir además de los silbidos, pero resultaba aún mejor que las palabras...

—Joder —murmuró Xhex, y se hizo a un lado.

El humano se acababa de mear en los pantalones.

John estaba encantado con el encargo de sacar la basura. ¿Cómo era posible que un humano imbécil como aquel mirara de esa forma a su hembra? El bastardo tenía suerte de que John estuviese tan excitado. De no ser por eso, se habría tomado la molestia de romperle una pierna o un brazo solo para darle una lección.

Pero tenía prisa, así que agarró al idiota del cuello y lo fue empujando hasta la salida trasera. Abrió la puerta de una patada y lo arrojó al aparcamiento. Solo un pequeño resto de sentido común que aún perduraba en medio de su excitación sexual impidió al vampiro liquidar al pobre cretino.

Como no tenía forma de ordenarle que lo mirara, John hizo rodar al desgraciado como si fuera un balón, lo agarró de los hombros y lo levantó hasta que sus lindos zapatos de cuero negro quedaron colgando en el aire. Le miró a los ojos, con las lentillas de ese ridículo color rojo, y puso al idiota en trance para borrarle el recuerdo de los colmillos. Por un momento acarició la idea de meterle en la mente alguna paranoia sobre la existencia de los vampiros, para que viviese aterrorizado por bobo.

Pero, claro, tampoco valía la pena el esfuerzo. Y, además, su hembra lo estaba esperando.

Tras una última sacudida, lo soltó y dejó que se perdiera en la noche, raquítico y aterrorizado.

Dio media vuelta hacia el club y vio la moto de Xhex aparcada junto al edificio, bajo una luz de seguridad. Se la imaginó a horcajadas, cabalgando sobre la poderosa máquina, llevándola a una velocidad de vértigo...

A punto de explotar de excitación, se dirigió a la puerta. Xhex ya estaba esperándolo allí.

—Pensé que le ibas a cortar la cabeza —dijo ella, arrastrando las palabras con sugerente ironía.

También ella estaba completamente excitada.

El macho avanzó hacia ella, y solo se detuvo cuando los senos de Xhex quedaron aplastados contra su pecho. La mujer, por supuesto, no retrocedió un milímetro, lo cual lo excitó aún más. Dios, si habitualmente su simple visión le volvía loco de deseo, esta separación autoimpuesta hacía que anhelase desesperadamente estar con ella.

La hembra no dejaba el tono seductor.

—¿Quieres venir a mi oficina? ¿O prefieres hacerlo aquí?

John asentía con la cabeza, aturdido. Y ella soltó una carcajada.

—¿No será mejor que entremos para no asustar a los niños?

Sí, claro, buena idea. Los pobres humanos se asustaban si veían un encuentro sexual con mordiscos, sangre y esas cosas.

Xhex echó a andar y John se quedó observando el movimiento de sus caderas. Estaba al borde de la eyaculación, no solo precoz, sino feroz.

En cuanto se encerraron en la oficina, John saltó sobre ella y comenzó a besarla, mientras sus manos se apresuraban a quitarle la camiseta. Cuando los dedos de Xhex se hundieron entre su pelo, el macho se inclinó hacia el pecho femenino y dio gracias a Dios por que Xhex nunca se molestara en llevar sujetador.

Con uno de los pezones de Xhex en la boca y una mano entre sus piernas, John la recostó sobre el maremágnum de papeles que cubría el escritorio. El siguiente paso era quitarle los pantalones y, luego, penetrarla.

El primer asalto siempre incluía un polvo rápido y furioso, de aquellos que desordenan los muebles y suelen llamar la atención de los que se encuentran en lugares cercanos. El segundo era más lento. Y el tercero incluía todos esos movimientos y ritos sensuales que en las películas se difuminan para que no las consideren porno.

Era igual que en un banquete: primero te atracas de comida para saciar el hambre, luego te concentras en los platos favoritos y por último terminas con un delicado postre…

Los dos se corrieron al mismo tiempo, él inclinado sobre ella y ella envolviendo las caderas de John con sus largas piernas.

Con el miembro palpitando, John levantó la cabeza. Enfrente había un archivador y una silla para las visitas. La pared era de cemento pintado de negro. Todo eso lo había visto muchas veces, no tenía nada de extraordinario, pero ahora de repente lo entristeció. Pensó que, aunque acababan de hacer el amor allí mismo, era el lugar elegido por su amada para mantenerse distanciada de él. Y se dijo que Xhex no lo había vuelto a invitar a su casa del río desde aquella primera sesión de sexo tras separarse.

Y tampoco había vuelto a pisar la mansión.

El macho cerró los ojos y trató de volver a centrarse en lo que estaba haciendo, que era lo que más le gustaba en la vida, pero lo único que pudo encontrar fueron vagas sensaciones de palpitación debajo de la cintura. Entonces abrió los ojos y quiso mirarla a la cara, pero Xhex había arqueado la espalda y solo le podía ver la barbilla. Y también papeles de sus empleados, tarjetas y cosas similares.

Alguno de sus gorilas podría estar en ese mismo instante en la puerta, escuchando lo que pasaba allí dentro.

Mierda, todo aquello era sórdido.

Él estaba teniendo una aventura… con su propia mujer.

Al principio había sido excitante, como si estuvieran viviendo la etapa de noviazgo y cortejo que nunca tuvieron. Y John lo consideró hasta divertido. Pero siempre había habido sombras aquí y allá.

Volvió a cerrar los ojos con fuerza y pensó que preferiría estar haciendo el amor en una cama. Su cama matrimonial. Y no porque fuera un tipo chapado a la antigua, sino porque añoraba la convivencia íntima, el placer de vivir y dormir junto a ella.

—¿Qué sucede, John?

El vampiro abrió los ojos. Tendría que haber imaginado que Xhex se iba a dar cuenta de lo que estaba pensando. Para ello no solo disponía de sus habilidades de symphath, sino que además era la persona que mejor lo conocía. Y ahora, al mirar el fondo de esos ojos grises, sintió una puñalada de dolor y tristeza en el pecho.

Sin embargo, no quería hablar de eso. Tenían muy poco tiempo para estar juntos.

John la besó apasionadamente, pues pensó que esa era la mejor manera de distraer su atención…, y funcionó. Cuando la lengua de Xhex se encontró con la suya, John comenzó a moverse otra vez dentro de ella y las largas caricias volvieron a llevarlo al límite del orgasmo. El ritmo era lento pero inexorable, y se dejó llevar a un lugar maravilloso donde su mente se serenó.

Esta vez la eyaculación fue una suave liberación que el macho mudo disfrutó con cierto desgarro.

Cuando terminó, John cobró plena conciencia del zumbido lejano de la música del club, el ruido de tacones en el pasillo y el timbre de un teléfono móvil.

A ella le pareció que su macho estaba un poco raro.

—¿Qué sucede?

John se percató de que estaban casi totalmente vestidos. ¿Cuándo había sido la última vez que habían estado totalmente desnudos?

Por Dios… Fue durante aquel periodo de felicidad después de su apareamiento. Pero eso parecía ya un recuerdo lejano. O tal vez había sido un simple sueño.

—¿Todo fue bien con Wrath hoy? —Xhex le hizo la pregunta al tiempo que se ponía los pantalones—. ¿Es eso lo que te preocupa?

La cabeza de John luchaba por serenarse, centrarse en la conversación con su pareja.

—Sí, creo que la reunión estuvo bien. Aunque es difícil saberlo con certeza. La glymera vive de apariencias.

—Ya. —Xhex nunca tenía mucho que decir acerca de los asuntos que tuvieran que ver con la Hermandad. Teniendo en cuenta lo que los hermanos pensaban acerca de que ella combatiera a su lado, a John le sorprendía que Xhex quisiera oír hablar de ellos siquiera.

—¿Y tú? ¿Cómo te ha ido hoy?

Ella cogió algo que estaba sobre el escritorio, una bolsita.

—Tenemos un nuevo capo en la ciudad.

John agarró lo que ella le arrojó y frunció el ceño al ver el símbolo que aparecía estampado sobre el celofán.

—¿Qué demonios es esto? Esto es… un carácter en Lengua Antigua.

—Sí, y todavía no sabemos quién está detrás. Pero te prometo que lo voy a averiguar.

—Avísame si hay algo que yo pueda hacer.

—Me las puedo arreglar sola.

—Lo sé.

El momento de silencio que siguió sirvió para recordarle a John dónde estaban y por qué.

—Ya sé que lo sabes, perdóname. Por cierto, he preferido no invitarte a mi casa porque ya me resulta suficientemente difícil dejarte ir cuando estamos aquí.

—Podría quedarme contigo. Podría mudarme y…

—Wrath nunca lo permitiría…, y con razón. Tú eres un bien muy valioso para él y mi cabaña no es ni remotamente tan segura como la mansión. Además, ¿qué demonios haríamos con Qhuinn?

Él también merece tener una vida y al menos en la mansión disfruta de cierta autonomía.

—Entonces podría quedarme un día sí y otro no.

Xhex se encogió de hombros.

—¿Hasta que eso no sea suficiente? John, esto es lo que tenemos y es más de lo que tiene mucha gente. ¿No crees que Tohr mataría por algo parecido?

—Pero no es suficiente para mí. Soy codicioso y tú eres mi shellan, no solo una aventura.

—Pero yo no puedo regresar a la mansión. Lo siento. Si lo hago, terminaría odiándolos a ellos y odiándote a ti. Me gustaría fingir que puedo olvidarme del asunto, pero no puedo.

—Hablaré con Wrath…

—Wrath no es el problema. Ellos comparten tus opiniones. Todos ellos.

Al ver que John no respondía, Xhex se acercó a él, le agarró la cara con las manos y le miró a los ojos.

—Así es como tiene que ser. Ahora vete para que pueda cerrar aquí. Y regresa a primera hora de la noche. Ya estoy contando los minutos que faltan.

Lo besó con decisión.

Y luego dio media vuelta y salió de la oficina.

N'adie se despertó con un grito agudo y terrible, de esos que acompañan a los crímenes sangrientos.

Tardó un momento en darse cuenta de que era ella quien estaba emitiendo ese sonido, con la boca totalmente abierta, el cuerpo contraído y los pulmones ardiendo.

Por fortuna había dejado las luces encendidas. Miró frenéticamente a su alrededor, pasando los ojos por las paredes, las cortinas, la cama. Luego se fijó en su manto..., sí, llevaba puesto el manto, no un delgado camisón de dormir.

Había sido un sueño. Un sueño nada más.

No estaba prisionera en un silo subterráneo.

No estaba a merced del symphath...

—Lo siento.

N'adie se sobresaltó y se echó bruscamente hacia atrás, de modo que se golpeó contra la cabecera acolchada de la cama. Tohrment se hallaba dentro de la habitación y la puerta estaba cerrada.

—¿Estás bien?

N'adie se puso inmediatamente la capucha.

—Yo... —Los recuerdos de lo que había ocurrido entre ellos hacían que le fuera más difícil pensar con claridad—. Estoy... bien.

—No lo creo. —El vampiro hablaba con brusquedad—. Dios..., lo siento tanto. No hay excusa para lo que hice. Y te juro que no volveré a acercarme nunca más a ti.

La angustia de su voz mortificó tanto a N'adie que se sintió conmovida.

—Está bien…

—Por supuesto que no está bien. Hasta has tenido una pesadilla por mi culpa…

—No, esa pesadilla no ha tenido nada que ver contigo. Ha sido por algo… que sucedió hace mucho. —N'adie suspiró antes de proseguir—. Es extraño, hasta ahora nunca había soñado con… lo que me sucedió…, jamás. Pensaba en ello con frecuencia, pero al dormir solo veía oscuridad.

Tohr la miraba con tanto interés como arrepentimiento.

—¿Y ahora?

—Ahora ha sido como volver a estar encerrada bajo tierra. En aquel silo subterráneo. El olor de ese lugar, querida Virgen, ese olor… —N'adie se abrazó y se estremeció como si volviera a sentir otra vez la brisa que se colaba por aquella pesada puerta de cedro—. Y los bloques de sal… Había olvidado los bloques de sal.

—¿Cómo?

—El silo estaba lleno de bloques de sal, para conservar carne… Tenía un efecto corrosivo y me quedaron cicatrices. Siempre me he preguntado si tal vez él había usado algún tipo de poder symphath o algo así para alterar mi piel. Pero no, por fin lo recuerdo bien: había bloques de sal y cecina. —Sacudió la encapuchada cabeza—. Lo había olvidado. Se me habían borrado todos esos detalles precisos…

Al oír un gruñido y una maldición entre dientes, N'adie levantó la vista. La expresión de Tohrment sugería que deseaba volver a matar a ese symphath, pero enseguida se controló. No quería alterarla más.

—No creo que nunca te haya dicho lo mucho que lo siento. —El vampiro hablaba ahora con voz suave—. Hace años, en la cabaña con Darius, sentíamos tanta pena por lo que tú…

—Por favor, no hablemos más sobre ese tema. Gracias.

En el tenso silencio que siguió se escucharon con claridad los rugidos del estómago de Tohrment.

—Deberías comer algo —murmuró ella.

—No tengo hambre.

—Pero tu estómago dice lo contrario.

—Se puede ir al infierno.

Al contemplar la figura de Tohrment, N'adie se sorprendió por los cambios que se percibían en su apariencia física. En tan poco tiempo había vuelto a tener color en la cara, parecía más erguido y sus ojos estaban más vivos.

La sangre era una cosa muy poderosa, pensó N'adie.

—Te volveré a dar de mi sangre. —Al ver que el hermano la miraba como si se hubiese vuelto loca, N'adie levantó la barbilla y le sostuvo la mirada—. Así es. Volveré a hacerlo.

Con tal de ver otra mejoría como aquella en un tiempo tan corto estaba dispuesta a soportar de nuevo los momentos de terror. Se sentía atrapada en su pasado para siempre, pero el cambio en él era tan notorio: la sangre de N'adie lo había liberado de su fatiga y eso podría salvarle la vida en el campo de batalla.

—¿Cómo puedes decir eso? —Tohr tenía de nuevo una voz tan ronca que sonaba casi entrecortada.

—Porque eso es lo que siento.

—No te sientas obligada a torturarte de esa manera.

—Eso es decisión mía, no tuya.

El macho frunció el ceño.

—Hace un rato, en ese cuartito, parecías un cordero ante el matarife.

—Pero solo eran aprensiones. Aquí sigo, viva y a salvo.

—¿Es que te ha gustado el sueño que acabas de tener? ¿Te has divertido? —N'adie se estremeció. Tohr se acercó a las ventanas cerradas por las persianas de acero y se quedó contemplándolas fijamente, como si pudiera ver el jardín a través de ellas—. Tú eres más que una criada o una prostituta de sangre, lo sabes muy bien.

—Servir a los demás es una tarea muy noble —le respondió N'adie con aire digno.

Tohr se dio la vuelta para mirarla y buscó sus ojos a pesar de que tenía puesta la capucha.

—Pero tú no lo estás haciendo como un acto de nobleza. Escondes tu belleza y tu posición detrás de ese manto solo para castigarte. No creo que esto tenga nada que ver con la dignidad.

—Tú no me conoces a mí ni conoces mis motivaciones…

Tohr tomó aire y decidió ser más claro.

—Yo estaba excitado. Tuviste que darte cuenta. —Sí, se había dado cuenta. Pero…—. Y si vuelvo a alimentarme de tu vena, me ocurrirá de nuevo.

—Pero no estabas pensando en mí.

—¿Y acaso eso marcaría alguna diferencia?

—Sí.

Tohr pasó de la seriedad al sarcasmo.

—¿Estás segura?

—No hiciste nada para aprovecharte, ¿o sí? Escucha: alimentarte una sola vez no será suficiente. Tú lo sabes. Ha pasado demasiado tiempo. Hasta ahora has podido sobrevivir, pero pronto vas a necesitar más.

Al oír que Tohr maldecía, N'adie volvió a levantar la cabeza con altivez, indicando que no estaba dispuesta a cambiar de opinión.

Después de un rato largo, él sacudió la cabeza.

—Eres tan… extraña.

—Lo tomaré como un cumplido.

Desde el otro lado de la habitación, Tohr observaba a N'adie y hay que decir que sentía gran respeto por ella, aunque era evidente que la hembra estaba como una cabra. A pesar de tener un par de marcas en el cuello, de haberse despertado gritando y de encontrarse frente a un hermano excitado, parecía completamente inflexible en su posición.

Por Dios, cuando la oyó gritar había decidido entrar, aunque tuviera que tirar la puerta. El temor de hallarla otra vez con un cuchillo, haciéndose quién sabe cuánto daño, lo había impulsado a actuar. Pero lo único que había encontrado era la pequeña figura de N'adie sobre la cama, atribulada solo por lo que anidaba en sus recuerdos.

Sal corrosiva. Qué puñetera vida.

El macho volvió a hablar con voz suave.

—¿Qué te pasó en la pierna?

—Me puso un aro de acero en el tobillo y me encadenó a una viga. Cuando él… venía a mí… el aro se me clavaba en la carne.

Tohr cerró los ojos como si así pudiera dejar de ver lo que se estaba imaginando.

—Maldita sea…

No sabía qué decir después de eso. Simplemente se quedó allí, impotente, triste…, deseando poder cambiar muchas cosas en la vida de los dos.

—Creo que sé por qué estamos aquí —dijo ella de repente.

—Porque gritaste.

—No, me refiero a… —N'adie carraspeó—. Siempre me había preguntado por qué la Virgen Escribana me había llevado al Santuario. Pero Lassiter, el ángel, tiene razón. Estoy aquí para ayudarte, tal y como tú me ayudaste hace tiempo.

—Pero no pude salvarte, ¿recuerdas? Al final no.

—Sin embargo sí lo hiciste. —Tohr ya estaba sacudiendo la cabeza cuando ella lo interrumpió—. Solía mirarte mientras dormías, allá en el Viejo Continente. Siempre estabas a la derecha del fuego y dormías de frente a mí. Pasé muchas horas memorizando la forma en que el resplandor de la hoguera jugueteaba sobre tus ojos cerrados, tus mejillas, tu mandíbula.

De repente, la habitación pareció cerrarse sobre ellos dos y se volvió más pequeña…, más cálida.

—¿Por qué?

—Porque eras totalmente distinto del symphath. Tú tenías el pelo oscuro y él claro. Tú eras grande y él delgado. Tú eras amable conmigo… y él no. Tú eras lo que me impedía perder la razón del todo.

—No lo sabía.

—No quería que lo supieras.

Hubo una pausa y luego Tohr habló con amargura.

—¿Todo el tiempo estuviste planeando suicidarte?

—Sí.

—¿Y por qué no hacerlo antes de dar a luz? —Joder, Tohr no podía creer hasta dónde estaba llegando esa conversación.

—No quería matar a la criatura. Había oído rumores acerca de lo que ocurría si tomabas el destino en tus manos y yo estaba preparada para aceptar las consecuencias. Pero ¿qué pasaría con esa criatura que aún no había nacido? Ya estaba llegando al mundo en medio de una gran tristeza, pero al menos podría forjarse su propio destino.

Y, sin embargo, al final no se había condenado, tal vez por las circunstancias en que decidió matarse… Dios sabía que ya había sufrido lo suficiente antes de marcharse.

Tohr volvió a sacudir la cabeza.

—Sobre lo de alimentarme de nuevo, agradezco tu oferta, de veras, pero la verdad es que no me puedo imaginar cómo nos puede ayudar a ninguno de los dos el hecho de repetir esa escena de allá abajo.

—Admite que te sientes más fuerte.

—Pero dijiste que no habías soñado con esa mierda desde que ocurrió.

—Un sueño no es…

—Para mí sí es suficiente.

La hembra volvió a levantar la barbilla, un gesto que no era especialmente atractivo pero impresionaba.

—Si pude sobrevivir a los sucesos reales, podré sobrevivir a los recuerdos.

En ese preciso momento, mientras contemplaba esa demostración de voluntad por parte de ella, Tohr se sintió extrañamente unido a N'adie, como si una cuerda los envolviera a los dos por el pecho.

La mujer siguió hablando.

—Ven otra vez a mí cuando lo necesites.

Tohr no daba su brazo a torcer.

—Ya veremos. Ahora, ¿estás… bien? Me refiero a si estás bien aquí, en esta habitación. Puedes cerrar la puerta con llave…

—Estaré bien si vienes a mí de nuevo.

—N'adie…

—Es la única manera que tengo de compensarte.

—Tú no tienes por qué compensarme. De verdad.

Tohr dio media vuelta y se dirigió a la puerta, pero antes de salir, la observó por encima del hombro. N'adie se miraba las manos, meditando.

Tras dejar a N'adie más o menos tranquila, Tohr trasladó su estómago rugiente hasta su propia habitación y se quitó las armas. Se estaba muriendo de hambre y sentía como si tuviera un agujero en la parte baja del torso. Habría preferido hacer caso omiso del hambre, pero no tuvo elección. Le pidió a Fritz que le subiera una bandeja con comida, se acordó de N'adie y le pidió al doggen que se asegurara de llevarle también algo a ella.

Luego llegó la hora de bañarse. Después de abrir el grifo, se desvistió y dejó la ropa sobre el suelo de mármol, exactamente donde cayó. En ese momento vio su imagen en el espejo que estaba sobre los lavabos.

Incluso ante sus ojos poco detallistas, era evidente que había mejorado, que los músculos comenzaban a marcarse bajo la piel y que los hombros habían vuelto a la posición en que debían estar y ya no parecían escurridos.

Lástima que semejante recuperación no pudiera alegrarlo.

Entró en la ducha, se plantó debajo de los chorros, abrió los brazos y dejó que el agua corriera por su cuerpo.

Cuando cerró los ojos, se volvió a ver en la despensa, encima de N'adie, succionándole la sangre. Debería haberse alimentado de su muñeca, no de su garganta… De hecho, ¿por qué no había sido así?

De pronto el recuerdo se aclaró plenamente y los sabores y los olores y las sensaciones de esa hembra apretada contra su cuerpo le hicieron perder el control y encendieron sus sentidos.

Dios, había sido como un… amanecer.

Tohr abrió los ojos y se quedó mirando la erección que se había manifestado desde que cruzó por su mente la primera imagen del encuentro en la despensa. El pene tenía ahora las mismas proporciones de su cuerpo, es decir, que era largo, grueso y pesado. Y era capaz de mantenerse así durante horas.

Mientras la erección reclamaba su atención, Tohr tuvo miedo de que ese estado fuera similar a la sensación de hambre, que no le dejara en paz hasta verse saciado.

Pero ya no era un chico recién salido de la transición, de esos que se mantienen excitados y no pueden hacer nada más que masturbarse. Él podía elegir si se masturbaba o no, joder, y en esta ocasión había que decantarse por un rotundo NO.

Buscó la pastilla de jabón y se enjabonó las piernas. Y deseó ser como V. Pero no por aquella parafernalia de las velas negras y todo lo demás. Si tuviera el cerebro de su hermano, en ese momento se podría poner a pensar en la composición molecular del plástico, o en la composición química de la pasta dental, o… en la razón por la que la gasolina mueve los coches. Cualquier cosa que no fuera el sexo.

O quizá también podría pensar en otros tíos, lo cual, teniendo en cuenta lo poco que lo atraían las relaciones homosexuales, implicaría una honrosa retirada de la erección.

El problema estaba en que él solo era Tohrment, hijo de Hharm…, así que las posibilidades se reducían a tratar de recordar cómo se hacían galletas de avena, porque no sabía una mierda sobre ciencias, los deportes le importaban un bledo y hacía años que no leía un periódico ni veía las noticias.

Lo único que sabía hacer en la vida era galletas de avena… Aunque ya ni siquiera estaba seguro de eso. ¿Qué era lo que había que ponerles? ¿Mantequilla? ¿Margarina?

No se le ocurría nada en que pensar para no acabar masturbándose.

Casi dolorido de las caderas para abajo y desesperado, cerró los ojos… y pensó en su Wellsie, desnuda y acostada en su cama. En el sabor de su piel y la textura de su cuerpo, en las mil maneras en que habían hecho el amor, en todos los días que habían pasado entrelazados y jadeantes.

Así que se agarró el miembro y decidió pegar las imágenes de su compañera en la página principal de su mente, para ocultar con ellas cualquier cosa que pudiera tener que ver con N'adie. No quería que esa otra hembra ocupara ese espacio.

Era seguro que no podía elegir su destino, pero sus fantasías sí dependían totalmente de él.

Mientras se frotaba la polla, trató de recordar todo lo que podía de su hermosa pelirroja: el pelo eróticamente extendido sobre su pecho, el resplandor de su sexo, la forma en que sus senos se erguían cuando estaba acostada de espaldas. El olor de su excitación cuando se le ofrecía, abierta, lubricada.

Sin embargo, todo eso parecía ahora un texto de historia. Era como si las ilustraciones hubieran ido perdiendo color, como si la tinta estuviera comenzando a difuminarse.

Tohr abrió los párpados y se quedó mirándose la mano con la que se estaba restregando la maldita erección.

Era como tratar de ordeñar un grifo… Bueno, excepto por el vago dolor que sentía cada vez que la piel se estiraba.

Menuda historia.

Entonces decidió abandonar la tonta idea de masturbarse y se puso a trabajar con el jabón, restregándose el pecho y las axilas.

—¡Señor! —Era la voz de Fritz desde la habitación—. ¿Necesita usted algo más?

No, no le iba a pedir al doggen que le consiguiera unas revistas porno. Eso sería asqueroso en muchos sentidos.

—No, gracias amigo.

—Muy bien. Que duerma usted bien.

Sí, claro, cojonudamente.

—Tú también.

Tras oír que la puerta se cerraba de nuevo, Tohr se echó un poco de champú en la mano y se lo restregó por la cabeza como si estuviera tratando de sacar una mancha de una alfombra. Luego se quedó mucho rato debajo del agua, porque se había aplicado demasiado champú, o lo que fuese aquello que Fritz le había comprado y a él le pareció champú.

Más tarde pensó que habría sido mejor mantener los ojos abiertos.

Porque en cuanto los cerró para que no le entrara espuma en los ojos, la caricia tibia del agua sobre su torso se convirtió en un par de manos y el deseo de tener un orgasmo regresó con más fuerza que antes, mientras el miembro palpitaba y los testículos se le apretaban… Al instante se vio de nuevo en la despensa, con la boca sobre el delicado cuello de N'adie, llenándose la barriga, mientras sus brazos la apretaban contra su cuerpo…

«Tu shellan es bienvenida».

Tohr sacudió la cabeza al oír otra vez la voz de la hembra en su mente. Pero luego se dio cuenta de que esa era la solución.

De modo que volvió a agarrarse la polla y le dijo a su cerebro que las imágenes eran de su Wellsie. Que los sentimientos, las sensaciones, el olor, el sabor… eran los de su Wellsie, no los de otra hembra.

No era un recuerdo.

Era como tener a su compañera de vuelta…

El alivio fue tan inesperado que se echó hacia atrás y abrió los ojos como platos, mientras su cuerpo se sacudía, pero no por el orgasmo sino por la sorpresa de ver que, en efecto, estaba teniendo un orgasmo en la vida real y no en medio de un sueño.

Mientras se frotaba con más rapidez montándose en la ola del orgasmo, vio cómo se corría y cómo su miembro hacía lo que se suponía que debía hacer, lanzando chorros hacia el mármol húmedo y los paneles de cristal de la puerta.

Era una visión más biológica que erótica.

Solo era una función de su organismo, se dijo Tohr. Como respirar y comer. Sí, se sentía mejor, pero lo mismo sucede cuando respiras profundamente: en medio de ese vacío de emociones, en esa ducha solitaria, en realidad no era más que una serie de eyaculaciones que expulsaba su aparato reproductor.

Los sentimientos dan sentido al sexo, ya sea en una fantasía o con tu pareja…, sin ellos no es más que un desahogo corporal, una función biológica.

Cuando su cuerpo terminó, Tohr tuvo miedo de que hubiera sido solo el primer asalto, pues seguía tan erecto como cuando todo había empezado. Pero al menos no se sentía como si hubiese traicionado a su compañera. De hecho, no sentía nada de nada, y eso era bueno.

Terminó de aclararse, salió, se secó con una toalla… y se llevó la toalla a la habitación.

Estaba muy seguro de que, después de comer algo, cuando se acostara, las cosas se iban a poner otra vez feas, y no por causa de una indigestión.

Pero todo iba… bien. Tan bien como podían ir las cosas, se dijo.

El sexo que solía tener con su compañera era magnífico, exuberante, transformador.

Lo de hacía un momento no era nada de nada.

Siempre y cuando no pensara en…

Tohr se contuvo y carraspeó, aunque no estaba hablando en voz alta.

Siempre y cuando no pensara en otra representante del sexo femenino, él estaría bien.

A la noche siguiente, Xcor se encontraba escondido en la entrada de un viejo edificio de ladrillo ubicado en el corazón del centro de la ciudad. Como el portal del edificio formaba una especie de nicho de casi un metro, el espacio parecía un ataúd que le proporcionaba no solo la suficiente oscuridad para esconderse, sino una buena protección en caso de tiroteo.

Mientras vigilaba la zona y el elegante coche negro al que había seguido, se sentía cada vez más furioso.

Miró el reloj por enésima vez. ¿Dónde demonios estaban sus soldados?

Había llegado hasta allí después de separarse del grupo para seguir a Assail. Antes de partir les había dicho a los otros que se reunieran con él cuando terminaran la primera ronda de combates, lo cual implicaba una tarea de localización que no debería resultar difícil. Lo único que tenían que hacer era vigilar desde las azoteas la parte de la ciudad donde se hacían más negocios ilícitos.

Eso no era difícil en absoluto.

Y, sin embargo, allí seguía, más solo que la una.

Assail todavía estaba dentro del edificio de enfrente, probablemente haciendo negocios con otros sujetos de la misma calaña que los que había asesinado la noche anterior. El local al que había entrado parecía a todas luces una galería de arte, pero aunque Xcor era un chapado a la antigua, no era ingenuo. En cualquier establecimiento «legítimo» era posible encontrar toda clase de mercancías y contratar todo tipo de servicios.

Pasó cerca de una hora antes de que el otro vampiro saliera por fin de la galería. La luz que alumbraba la salida trasera destacó por un momento aquella melena negra y sus rasgos de depredador. El elegante coche en el que se movía estaba aparcado junto a la acera y, mientras caminaba hacia él, Xcor alcanzó a ver los destellos de un anillo en la mano de Assail. Vestido de negro, tal como estaba, y moviéndose con tanto sigilo, Assail parecía realmente lo que era: un vampiro. Misterioso, sensual y peligroso.

Cuando se detuvo frente a la puerta del vehículo, metió la mano en el bolsillo de la chaqueta para sacar las llaves… y dio media vuelta para quedarse frente a Xcor apuntándole con un arma.

—¿De verdad crees que no sé que me estás siguiendo?

Tenía un acento tan cerrado y propio del Viejo Continente que a veces parecía que estuviera hablando en otro idioma, aunque Xcor estaba íntimamente familiarizado con esa forma de hablar, por lo que le entendió con claridad.

¿Dónde diablos se encontraban sus malditos soldados?

Al salir de su escondite, Xcor tenía también su pistola automática en la mano y no dejó de sentir cierta satisfacción cuando vio que el otro macho daba un paso atrás al reconocerlo.

El de la guadaña se dirigió al aristócrata con tono mordaz.

—¿Qué pasa? ¿Tal vez esperabas a un hermano?

—Estoy ocupado en asuntos que no son de tu incumbencia y no tienes ningún derecho a seguirme.

—Yo soy quien decide qué es de mi incumbencia y qué no.

—Tus métodos no valen aquí.

—¿Y qué métodos son esos? .

—Aquí hay leyes.

—Eso he oído. Y tengo entendido que tú estás quebrantando varias de ellas con tu conducta.

—No me refiero a leyes humanas —respondió Assail con desdén, convencido de que las leyes humanas eran totalmente irrelevantes, cosa en la que los dos estaban de acuerdo—. Las Leyes Antiguas dicen que…

—Estamos en el Nuevo Mundo, Assail. Nuevo Mundo, nuevas reglas.

—¿Quién dice eso?

—Yo.

El aristócrata entornó los ojos.

—¿No te estás extralimitando?

—Saca tus propias conclusiones.

—Entonces dejaré las cosas como están. Y ahora debo irme…, a menos que tengas intención de dispararme, en cuyo caso te advierto que te marcharías conmigo. —Assail levantó la otra mano, en la que tenía un pequeño dispositivo negro—. Para ser claro, la bomba que está instalada en la parte inferior de mi coche estallará si mi pulgar se contrae, que es precisamente el reflejo automático que se producirá si me metes una bala en el pecho o en la espalda. Ah, y quizá también deba mencionar que la explosión tiene un radio de acción que incluye de sobra el espacio en que te encuentras, y la detonación será de tal calibre que no podrás desintegrarte con suficiente rapidez.

Xcor soltó una carcajada, quizá motivada por un genuino sentimiento de respeto.

—Ya sabes lo que dicen acerca de los suicidios, ¿no? Los suicidas no pueden entrar en el Ocaso.

—Si tú me disparas primero, no sería un suicidio. Sería defensa propia.

—Quién sabe… ¿Quieres poner eso a prueba?

—Solo si tú estás dispuesto.

El vampiro aristócrata parecía completamente seguro de sí mismo, independientemente de la decisión que se tomara. No le importaba vivir o morir, ni le preocupaban la violencia o el dolor. Sin embargo, tampoco estaba dispuesto a ceder en su posición.

Habría sido un soldado excepcional, pensó Xcor. Si su mamá no lo hubiese castrado.

—Así que tu solución —murmuró Xcor— es la destrucción mutua.

—Entonces, ¿qué decides?

Si Xcor contara con sus hombres, habría habido una impecable manera de manejar el asunto. Pero esos bastardos no aparecían por ningún lado. Y un principio fundamental de la guerra es que si tu enemigo no solo da la talla, sino que está bien equipado y es valiente, lo mejor es no entrar en conflicto, sino retirarse, rearmarse y esperar para luchar en circunstancias más favorables para obtener la victoria.

Además, Assail tenía que permanecer en este mundo para que el rey pudiera ir a verlo.

Xcor, de todas formas, no estaba satisfecho con esas consideraciones y su estado de ánimo se fue volviendo más y más negro. No dijo nada más. Sencillamente se desintegró hasta otro callejón a un kilómetro de distancia y permitió que su marcha hablara por sí misma.

Al volver a tomar forma junto a un quiosco cerrado, estaba absolutamente furioso con sus soldados, hasta el punto que volcó en ellos toda la rabia que le había causado el encuentro con Assail.

Se dedicó a buscarlos. Registró edificios abandonados, clubes, salones de tatuajes y construcciones varias, hasta que los encontró en el rascacielos. Al tomar forma allí, vio que estaban holgazaneando, como si no tuvieran nada mejor que hacer.

Se estremeció de ira, se le subió la sangre a la cabeza, se le contrajeron los músculos. Sintió un creciente zumbido dentro del cráneo.

—¿Dónde demonios estabais? —Parecía a punto de matarlos mientras el viento se arremolinaba sobre su cabeza.

—Nos dijiste que esperásemos aquí…

—¡Os dije que me buscarais!

Throe levantó las manos.

—¡Maldición! Todos necesitamos móviles, no solo…

Xcor se abalanzó sobre el impertinente macho, lo agarró del abrigo y lo lanzó contra una puerta de acero.

—Cuidado con lo que dices.

—Pero tengo razón en es…

—No vamos a tener esa discusión otra vez.

Xcor se retiró y se alejó del soldado, mientras su abrigo volaba tras él mecido por el viento cálido que azotaba la ciudad.

Sin embargo, Throe no dejó las cosas ahí.

—Podríamos haber estado donde querías que estuviéramos. La Hermandad tiene móviles…

Xcor dio media vuelta y chilló, descompuesto:

—¡A la mierda con la Hermandad!

—Tendrías más posibilidades de lograr tus propósitos si contáramos con una forma de comunicación.

—¡La Hermandad se ha debilitado precisamente porque se apoya en la tecnología!

Throe sacudió la cabeza, con la actitud aristocrática del que siente que sabe más que los demás.

—No, ellos viven en el futuro. Y nosotros no podremos competir con ellos si seguimos en el pasado.

Xcor cerró los puños. Su padre, o mejor, el Sanguinario, habría empujado a ese hijo de puta desde lo alto del edificio por semejante insolencia e insubordinación. Con esa idea en la cabeza, dio un paso hacia Throe.

Pero luego pensó con fría lógica. Había mejores formas de lidiar ese asunto.

—Vamos al campo de batalla. ¡Ya!

Lo dijo mirando a Throe. Ante semejante orden había una única respuesta aceptable, y los otros así lo entendían a juzgar por cómo agarraron sus armas y se prepararon para enfrentarse al enemigo de inmediato. Throe dudó un instante, pero como buen caballero siempre respetuoso con el orden social, aun en situaciones críticas, finalmente siguió el ejemplo de sus compañeros.

Además tenía otras razones para seguir las órdenes de Xcor, razones que estaban por encima del apego al orden: se trataba de aquella deuda que creía que iba a tener que pagar durante toda su vida. Y del sentimiento de compromiso que sentía hacia los otros bastardos, que había ido creciendo con el tiempo y era mutuo… Bueno, hasta cierto punto.

Y, por supuesto, también estaba el recuerdo de su amada hermana desaparecida, que seguía, de alguna manera, todavía con él.

Aunque, en realidad, ella estaba más unida a Xcor.

A la señal de Xcor, todos dispersaron sus moléculas para dirigirse al laberinto de callejones. En su viaje por el aire, Xcor recordó aquella noche, tanto tiempo atrás, en la que un elegante caballero se le acercó en una parte sórdida de Londres para hacerle una propuesta sangrienta.

Las condiciones de la solicitud fueron más complicadas de lo que Throe había pensado. Para que Xcor matara al sujeto que había deshonrado a su hermana, Throe tuvo que ofrecer mucho más que los chelines que llevaba en el bolsillo. Tuvo que ofrecer toda su vida. Y el cumplimiento de esa deuda lo había convertido en mucho más que un miembro de la glymera que por casualidad portaba un nombre de la Hermandad: Throe había estado a la altura de su linaje y había sobrepasado cualquier expectativa.

De hecho, había superado todas las expectativas. En realidad, Xcor forzó ese acuerdo con el fin de usar al macho como ejemplo de debilidad ante los demás. Se suponía que Throe sería humillado por los soldados de verdad, superado y aplastado como un afeminado que terminaría convertido en su sirviente. Pero no fue exactamente eso lo que acabó pasando.

El callejón en el que volvieron a tomar forma apestaba a sudor y descomposición por efecto de los calores del verano. Cuando sus soldados se desplegaron detrás de Xcor, llenaron por completo el espacio que había entre los muros de ladrillo.

Ellos siempre cazaban en grupo; a diferencia de la Hermandad, ellos se mantenían juntos.

Así que todos vieron lo que sucedió.

Después de desenfundar una de sus dagas de acero, Xcor la empuñó con fuerza y dio media vuelta para quedarse frente a Throe. Y acto seguido le rajó el vientre de un lado a otro.

Alguien gritó. Varios lanzaron maldiciones. Throe se dobló sobre la herida…

Pero Xcor lo agarró del hombro, sacó la daga y se la volvió a hundir.

El olor a sangre fresca de vampiro era inconfundible. Sin embargo, tenía que haber dos fuentes, no solo una.

Así que Xcor volvió a enfundar su daga, empujó a Throe hacia atrás para que cayera como un bulto sobre el suelo, sacó una de las dagas del herido y se cortó con ella la parte interna del antebrazo.

Pasó luego su herida por todo el torso de Throe y después le colocó la daga ensangrentada en la mano. Por último, se puso en cuclillas y clavó sus perversos ojos en los del macho al que había rajado.

—Cuando la Hermandad te encuentre, te recogerá y te curará; así averiguarás dónde viven. Les dirás que yo te traicioné y que quieres luchar a su lado. Te congraciarás con ellos y encontrarás una manera de infiltrarte en su casa. —A continuación le apuntó con el dedo muy cerca de la cara—. Y como eres tan aficionado al intercambio de información, vas a contármelo todo a mí. Tienes veinticuatro horas. Luego nos reencontraremos… o los restos de tu dulce hermana tendrán un final muy desgraciado. —Throe tenía los ojos desorbitados—. Sí, yo tengo sus restos.

—Xcor se inclinó un poco más, hasta que quedaron nariz con nariz—. La he tenido conmigo durante todo este tiempo. Así que te lo advierto: no olvides dónde están tus lealtades.

—Tú…, maldito…

—Tienes razón, pero así son las cosas. Tienes hasta mañana. En la Cima del Mundo, a las cuatro de la madrugada. No faltes.

Los ojos del macho agredido ardieron y el odio que expresaban fue toda la respuesta que Xcor necesitaba. Tenía las cenizas de sus muertos y los dos sabían que si era capaz de apuñalar a su segundo al mando, también era muy capaz de arrojar esas cenizas a un cubo de basura, o a un inodoro sucio, o a una freidora de McDonald's.

Esa amenaza era más que suficiente para dejar a Throe con las manos atadas.

Y tal como había hecho en el pasado, ahora volvería a sacrificarse por los seres queridos que había perdido.

Xcor se levantó y dio media vuelta.

Sus soldados estaban esperándolo muy juntos, formando una barrera que podría significar una amenaza. Pero a Xcor no le preocupaba la posibilidad de sufrir una insurrección. Cada uno de ellos había sido criado, si se podía decir así, por el Sanguinario y este les había enseñado el arte de la lucha y el saqueo. Así que, si estaban sorprendidos, sería solamente por el hecho de que Xcor hubiese tardado tanto tiempo en hacer precisamente lo que había hecho.

—Regresad al campamento por el resto de la noche. Tengo que asistir a una reunión… Y si vuelvo y encuentro que falta alguno de vosotros, lo perseguiré hasta encontrarlo. Y a ese no voy a dejarlo simplemente herido. Terminaré el trabajo.

Los soldados se marcharon sin mirar a Throe ni a Xcor.

Buena decisión, pues en ese momento su rabia estaba más afilada que las dagas que acababa de usar.

Cuando Throe se quedó solo en el callejón, se llevó la mano al abdomen y ejerció presión para contener la hemorragia.

Aunque estaba paralizado por el dolor, su visión y su audición se agudizaron de modo asombroso. Estudió el entorno:

los edificios que se arqueaban sobre él eran altos y carecían de luces. Las ventanas eran estrechas y tenían gruesos cristales opacos. Llegaba olor a carne asada, como si estuviera cerca de un restaurante. Se oían de fondo los bocinazos de los coches y el chirrido de los frenos de un autobús. A lo lejos, una mujer soltaba estridentes carcajadas.

La noche apenas había comenzado.

Cualquiera podía encontrarlo. Amigo. Enemigo. Restrictor. Hermano.

Al menos Xcor le había dejado la daga en la mano.

Lanzó cien maldiciones y trató de ponerse de lado y levantarse…, pero el esfuerzo casi lo mató. En medio de aquella agonía, acabó preguntándose si el plan de Xcor no acabaría fracasando porque muriera. Al maldito canalla se le había ido la mano con la navaja.

Volvió a tumbarse en el mismo lugar donde estaba y pensó que definitivamente era muy posible que, en lugar de ser una trampa para la Hermandad, este callejón se convirtiera en una tumba para él.

Throe se daba cuenta de que debería haber sido más cauteloso. Había acabado por sentirse cómodo junto a Xcor de la misma forma que el domador de tigres se acostumbra a sus fieras y con ello pone en peligro su propia vida. Se había acostumbrado a ciertos patrones de conducta, que encontraba errados pero predecibles. Con el roce, Xcor no se había vuelto menos peligroso. Todo lo contrario, su peligro había aumentado.

Siguió pensando, a la espera de que alguien lo salvara o lo rematara. Había quedado atrapado por las circunstancias que los habían unido originalmente.

Su hermana. Su hermosa y pura hermana.

«La he tenido conmigo durante todo este tiempo».

Throe gimió, pero no debido a sus heridas. ¿Cómo se había apoderado Xcor de las cenizas? Throe creyó que su familia había oficiado una ceremonia apropiada y se había encargado debidamente de los restos de su hermana. Pero ¿cómo podría haber supuesto que no fue así? Xcor no le había permitido volver a ver a su madre ni a su hermano después de sellar el trato, y su padre había muerto hacía diez años.

Todo eso era terriblemente injusto, pues esperaba que, al menos en la muerte, ella gozara de la paz que merecía. Después de todo, el Ocaso había sido creado para almas tan luminosas y adorables como la de su querida hermana. Pero sin la mediación de la ceremonia… ¡Querida Virgen Escribana! Tal vez se le había negado la entrada.

Esta era una nueva maldición para él. Y para ella.

Mientras contemplaba el cielo, del cual no veía casi nada, Throe pensó en la Hermandad. Si lo encontraban antes de que muriera, y si lo recogían tal como Xcor suponía que harían, estaba dispuesto a hacer lo que le habían ordenado. Porque, a diferencia de los otros bastardos de la banda, él sí sabía dónde estaban sus lealtades, y no era con el rey, ni con Xcor, ni con sus compañeros soldados; aunque, en verdad, con el tiempo había comenzado a inclinarse hacia ellos.

No, sus lealtades estaban en otra parte… y Xcor lo sabía. Lo cual explicaba que ese déspota hubiese hecho el esfuerzo de encontrar algo que obligara todavía más a Throe…

Al principio pensó que el hedor que traía la brisa cálida provenía de algún contenedor de basura. Pero no, había un cierto dulzor, muy significativo y revelador, en el asqueroso olor.

Throe levantó entonces la cabeza y después de recorrer su cuerpo con los ojos, vio al final del callejón a tres restrictores que acababan de aparecer. La risa de los asesinos fue como el campanazo anunciador de la muerte. Y, sin embargo, Throe sonrió al percibir los destellos que indicaban que habían sacado sus cuchillos.

La idea de que el destino truncara los planes de Xcor parecía la mejor nota de despedida. Pero quedaría pendiente el asunto de su hermana… ¿Cómo podría ayudarla si estaba muerto?

Los asesinos se acercaban. Throe sabía que lo que le iban a hacer convertiría la herida que tenía en el abdomen en un ridículo arañazo, pero tenía que luchar, y eso haría. Hasta el último latido de su corazón, hasta el último aliento, iba a pelear con todas sus fuerzas por la única razón que le quedaba para vivir.

S e merecía un castigo por lo que había hecho, pero la verdad era que Tohr no podía evitar darse cuenta del cambio que se había operado en él. A pesar de lo mucho que le costaba admitirlo, mientras John, Qhuinn y él se dirigían a su zona de trabajo en el centro se sentía más fuerte, más ágil…, más lúcido. Y también había recuperado sus sentidos. No más problemas de inestabilidad. Su visión era perfecta. Y el oído era tan bueno que podía percibir las pisadas de las ratas que corrían a esconderse en los callejones.

Solo cuando te levantas, te das cuenta de lo espesa que es la niebla que te envuelve.

Beber sangre directamente de la vena era sin duda algo extraordinario; en especial para los guerreros. Sin sangre no se puede luchar, así que necesitaba una nueva profesión. Contable, quitapelusas, psiquiatra canino. Cualquier cosa que significara pasarse buena parte de la vida sentado.

Pero si elegía cualquiera de esas profesiones, no podría ofrecer el ahvenge a su Wellsie. Y después de todo lo que había ocurrido la noche anterior, desde lo sucedido en la despensa hasta lo que se había hecho antes de acostarse, estaba claro que tenía que compensar a Wellsie.

Por Dios, eso de que N'adie le hubiese dado tanta energía le hacía pensar que había violado de alguna manera el recuerdo de Wellsie. Que lo había manchado. Que se había erosionado por su culpa.

Cuando se alimentó de la Elegida Selena no se sintió tan mortificado, quizá porque todavía parecía un cadáver, pero más probablemente porque no se había sentido excitado ni lo más mínimo, ni antes, ni durante, ni después.

Maldición, lo cierto era que se sentía listo para pelear esa noche. Y a menos de tres calles, encontró lo que estaba buscando: olor a restrictores.

Mientras sus chicos y él comenzaban a trotar sigilosamente, Tohr no sacó ninguna de sus armas. Se sentía tan bien que creía que lo que necesitaba era una lucha cuerpo a cuerpo, y si tenía suerte… El grito que se sobrepuso al ruido lejano del tráfico no provenía de una hembra. Ronco y desesperado, solo podía haber salido de una garganta masculina.

Al diablo con el acercamiento sigiloso.

Tohr se lanzó a la carrera y, al doblar la esquina de un callejón, se estrelló de frente contra una pared de olores que no le costó trabajo discernir: sangre vampira, de dos individuos distintos, los dos machos. Y sangre de restrictor, toda igual, rancia y asquerosa.

En efecto, Tohr vio frente a él a un vampiro macho tirado en el asfalto, dos restrictores a sus pies y otro más que daba vueltas alrededor y obviamente había sufrido un ataque en la cara. Lo cual explicaba el grito.

Esa era toda la información que Tohr necesitaba.

Se lanzó sobre uno de los restrictores, al cual agarró del cuello con el brazo, antes de lanzarlo al aire como si fuera una tarta en una película cómica. Mientras la gravedad se hacía cargo del asunto y estampaba al desgraciado de cara contra el pavimento, Tohr sintió la tentación de molerlo a patadas, pero recordó que había un herido en mitad del callejón; se trataba de una situación de emergencia, así que sacó una de sus dagas, apuñaló al maldito en el pecho y adoptó de nuevo la posición de combate incluso antes de que se desvaneciera el fogonazo de la explosión.

A mano izquierda, John se estaba haciendo cargo del restrictor con la herida en la mejilla, al que apuñalaba para mandarlo de regreso con su creador. Y Qhuinn había agarrado al tercero y le estaba haciendo girar en el aire antes de lanzarlo contra la pared.

Al no tener más enemigos de los que ocuparse, al menos por el momento, Tohr corrió hacia el macho que estaba en el suelo.

—Throe —dijo entre dientes, al reconocerlo.

El soldado estaba tumbado de espaldas, agarrándose las vísceras con la mano en la que no tenía la daga. Había mucha sangre. Y mucho dolor, a juzgar por su expresión de tormento.

De pronto se puso a dar gritos.

—¡John! ¡Qhuinn! Abrid los ojos, porque pueden aparecer los bastardos.

Al oír en respuesta un silbido y un «entendido», Tohr se agachó y trató de tomar el pulso al vampiro. La dificultad que tuvo para encontrarlo no era buena señal.

—¿Me vas a decir quién te ha hecho esto, o me vas a obligar a adivinarlo? —Throe abrió la boca, tosió para expulsar un poco de sangre y cerró los ojos—. Bueno, pues adivinaré. Me voy a arriesgar a decir que fue tu jefe. ¿Voy bien encaminado? —Tohr levantó la mano del macho y pudo ver la herida en todo su esplendor. Mejor dicho, las heridas—. ¿Sabes lo que pienso? Nunca hiciste buena pareja con ese malnacido.

Ninguna respuesta, pese a que todavía no se había desmayado; la respiración estaba muy acelerada y los jadeos indicaban que era consciente del dolor. En todo caso…, Xcor era la única explicación. La Pandilla de Bastardos siempre peleaba como un solo escuadrón y nunca habrían dejado atrás a uno de sus soldados a menos que Xcor lo hubiese ordenado.

¿Y por qué había dos clases de sangre vampira? Eso indicaba que había sido una pelea daga contra daga.

—¿Qué sucedió? ¿Tuvisteis diferencias sobre el menú de la cena? ¿O fue por la forma de vestir? ¿O quizá se trató de algo más serio? ¿Homero versus Pedro Picapiedra?

Tohr desarmó rápidamente a Throe. Le quitó dos dagas buenas que todavía podían servir, gran cantidad de munición, varias navajas, un trozo de cable para estrangular y…

—¡Cuidado! —Throe había levantado un brazo. Tohr se lo agarró y le obligó a bajarlo sin tener que hacer ningún esfuerzo—. Los movimientos imprudentes pueden hacer que yo termine el trabajo que Xcor comenzó.

Throe balbuceaba

—Cuchillo… en la espinilla.

Tohr le levantó los pantalones y encontró más armas blancas.

—Al menos los mantiene bien equipados —murmuró Tohr, al tiempo que sacaba su móvil y marcaba el número del complejo.

En cuanto V contestó dio un mensaje muy concreto.

—Tengo una emergencia.

Tras un rápido intercambio de palabras con su hermano, Vishous y él decidieron llevar al hijo de puta hasta el centro de entrenamiento. Después de todo, el enemigo de tu enemigo puede ser tu amigo…, bajo las circunstancias adecuadas, claro. Además, el mhis que rodeaba el complejo era útil ante cualquier cosa, desde un GPS hasta Papá Noel con sus renos voladores. No había manera de que la Pandilla de Bastardos encontrara a su compañero si se trataba de una emboscada.

Diez minutos después llegó Butch con el Escalade.

Throe no tuvo mucho que decir mientras lo levantaban, lo llevaban hasta el todoterreno y lo depositaban sobre el asiento trasero. Finalmente, el desgraciado perdió el conocimiento. La buena noticia era que eso significaba que ya no causaría ninguna molestia, pero sería casi un milagro revivirlo.

¿Y para qué querían revivirlo? ¿Para usarlo como rehén? ¿Como fuente de información? ¿Como taburete?

Las opciones eran infinitas.

—Esta es la clase de pasajero que me gusta. —Con estas palabras Butch se sentó otra vez tras el volante—. No hay manera de que trate de darme instrucciones.

Tohr asintió con la cabeza.

—Voy contigo…

El primer disparo que se oyó provenía de la cuarenta de John. Tohr se puso de inmediato en actitud de combate, al tiempo que cerraba la puerta del Escalade y sacaba su propia arma.

El segundo disparo era del enemigo, fuera el que fuera.

Mientras buscaba protección detrás del todoterreno blindado, Tohr dio un golpe al panel de atrás para que el policía arrancara. Bromas aparte, Throe era muy valioso para perderlo por algo tan insignificante como un escuadrón de restrictores. O peor aún, un escuadrón de bandidos bastardos.

El hermano pisó el acelerador y Tohr quedó al descubierto, pero rápidamente se encogió y comenzó a rodar por el suelo, convirtiéndose en un objetivo móvil al que sería más difícil acertar.

Las balas lo siguieron, pero el tío que estaba a cargo del gatillo realmente no sabía cómo llenar a su presa de plomo. Aunque las balas rebotaban contra el suelo muy cerca de él, no lo hacían con suficiente velocidad. Llegó a un contenedor de basura y se escondió detrás, listo para devolver el fuego tan pronto como supiera dónde estaban sus chicos.

Silencio en el callejón...

No, eso no era exacto, porque se oía un goteo, como si algo estuviera escurriendo por debajo de la barriga de acero del enorme contenedor de basura, así que Tohr hizo una pequeña inspección. Pero no era el contenedor, sino él.

Mierda. Lo habían herido.

Pasó revista a su cuerpo e identificó las fuentes de los problemas: una estaba en el pecho, a la altura de las costillas, y la otra en el hombro, y... eso era todo.

Ni siquiera se había dado cuenta, y tampoco se sentía afectado por los disparos, ni por el dolor ni por la pérdida de sangre. Joder, alimentarse de la vena era como llenar el tanque con combustible para aviones. Y también ayudaba la feliz circunstancia de que las balas no hubiesen alcanzado ningún órgano importante. Eran superficiales.

Tohr asomó la cabeza por detrás del contenedor, pero no pudo ver a nadie en el callejón. Podía sentir, sin embargo, la presencia de varios restrictores escondidos alrededor. No sentía olor a ninguna sangre fresca, aparte de la suya. Así que John y Qhuinn estaban a salvo, gracias a Dios.

La calma que siguió empezó a ponerlo nervioso.

Era preocupante, en especial si persistía.

Joder, había que precipitar los acontecimientos, porque Butch llevaba una bomba de relojería a bordo y además Tohr quería estar allí cuando el hermano llegara al complejo.

Pero la calma siguió.

De repente Tohr recordó aquella horrible escena en la despensa, su deseo enloquecido, la desesperación de N'adie por escaparse y la reacción de su cuerpo. Todo empezó a bailar en su mente... Y una inmensa rabia se apoderó de él, destruyendo su concentración en el combate, sacándolo de él para llevarlo exactamente a donde no quería estar.

Consciente de que la confusión se apoderaba de él y el pecho le ardía, quiso gritar. Pero en lugar de eso eligió otra manera de obligar a su mente a concentrarse en otra cosa. Sacó sus dos pistolas y las apuntó hacia delante, mientras salía de detrás del contenedor.

Y se acabó la tregua. Los gatillos se accionaron de inmediato. Voló plomo por todas partes. Y él era el blanco.

Al sentir un agudo dolor en el hombro, Tohr se dio cuenta de que le habían dado de nuevo; pero no quiso prestar atención a esa minucia. Buscó a los tiradores y enseguida descargó las dos pistolas semiautomáticas contra un rincón oscuro, al que se acercaba.

Alguien estaba gritando, pero él no podía oír..., no oyó.

Llevaba puesto el piloto automático.

Era... invencible.

Cuando el equipo médico recibió la llamada, N'adie se encontraba en la sala de reconocimiento principal del centro de entrenamiento, guardando un montón de trajes de cirugía recién doblados que acababan de salir de la secadora y todavía estaban calientes.

Desde el escritorio, la doctora Jane se inclinó y contestó:

—¿Cómo dices? ¿Podrías repetir eso? ¿Quién? ¿Y lo traéis aquí?

En ese momento se abrió la puerta que daba al corredor y N'adie dio un paso involuntario hacia atrás. Los hermanos Vishous y Rhage llenaron la habitación. Ambos tenían una expresión adusta, el ceño fruncido y el cuerpo rígido.

Llevaban dagas en la mano.

—Espera, sí, aquí están. ¿Cuánto tardarás en llegar? Está bien, vale, estaremos listos. —Jane colgó y miró a los machos—. Supongo que vosotros estáis a cargo de la seguridad.

—Correcto. —Vishous hizo un gesto con la cabeza hacia la mesa de operaciones—. Así que no te podré ayudar.

—Porque tendrás un cuchillo apuntando a la garganta de mi paciente.

—De acuerdo. ¿Dónde está Ehlena?

La conversación se generalizó mientras la doctora Jane comenzaba a reunir el instrumental y el equipo que necesitaba. En medio del caos que siguió, la encapuchada elevó una plegaria para que nadie se fijara en ella. ¿A quién estarían trayendo?

Como si Vishous hubiese leído su mente, miró en dirección a N'adie.

—Todo el personal que no sea esencial debe salir del centro de entrenamiento...

En ese momento volvió a sonar el teléfono que estaba sobre el escritorio y la sanadora Jane lo descolgó y volvió a ponérselo en la oreja.

—¿Sí? Hola, Qhuinn. ¿Qué dices? ¿Que hizo... qué? —Los ojos de la hembra se clavaron enseguida en los de su compañero y se puso pálida—. ¿Es muy grave? ¿Y necesitáis transporte? Ah, ¿ya tenéis? Gracias a Dios. Sí, me encargaré de eso. —La doctora colgó y dijo con voz neutra—. Tohr está herido. Heridas múltiples. ¡Manny! ¡Tenemos otra emergencia en camino!

¿Tohrment?

Vishous soltó una maldición.

—Si Throe se atrevió a darle un simple golpe...

—Se metió en mitad de un tiroteo —lo interrumpió Jane.

Todo el mundo se quedó paralizado.

N'adie tuvo que apoyarse contra la pared para no caerse. Rhage intervino con voz suave:

—¿Se metió en un tiroteo?

—No sé mucho más que eso. Qhuinn solo me ha dicho que salió de su escondite, apuntando con dos cuarentas, y simplemente... comenzó a caminar en medio de la lluvia de balas.

El otro doctor, Manuel, entró corriendo por la puerta de al lado.

—¿Y a quién tenemos ahora?

En ese momento se iniciaron varias conversaciones, profundas voces masculinas que se mezclaban con el tono más agudo de las voces de las hembras. Ehlena, la enfermera, llegó también. Y dos hermanos más.

N'adie retrocedió hasta el rincón, junto al gabinete de suministros, para quitarse de en medio. Clavó la mirada en el suelo y comenzó a rezar. Cuando un par de botas negras enormes entraron en su campo de visión, ella negó con la cabeza, pues sabía lo que le iban a decir.

—Tiene que salir.

La voz de Vishous resonó con un tono firme, pero casi amable, lo cual era una novedad.

Ella levantó los ojos y, cuando quedó frente a aquellos ojos de hielo, dijo:

—Ciertamente tendréis que sacarme a rastras de aquí si queréis que me marche.

El hermano frunció el ceño.

—Nos traen a un peligroso…

Un súbito gruñido pareció sorprender al macho. Qué estupidez, pensó N'adie, teniendo en cuenta que era él quien estaba haciendo ese… Pero no. No era él.

Era ella. Ese gruñido de advertencia estaba saliendo de su propio pecho y brotaba de sus labios. Mejor, se dijo, y reafirmó con palabras lo que había indicado con el gruñido.

—Me quedaré aquí. ¿En qué sala lo van a curar?

V parpadeó, como si estuviera desconcertado. Pasado un momento, miró por encima del hombro hacia donde estaba su compañera.

—Oye, Jane…, ¿dónde van a operar a Tohr?

—Aquí. Throe estará en el segundo quirófano, o tal vez incluso un poco más allá, para reducir el riesgo de que se escape.

El hermano dio media vuelta y se marchó, pero solo para agarrar un taburete y acercárselo a N'adie.

—Esto es para cuando se canse de estar de pie.

Luego la dejó sola.

Querida Virgen Escribana, ¿quién se enfrentaba al enemigo a pecho descubierto, sin ninguna protección?, se preguntó N'adie. La respuesta le removió las entrañas: alguien que desea ser asesinado mientras cumple con su deber. Esa era la respuesta.

Quizá sería mejor que Layla lo alimentara. Menos complicado… No, no sería menos complicado. La Elegida era increíblemente hermosa y no tenía ninguna deformidad. Sí, él había declarado que no deseaba una relación sexual, pero la decisión de un macho podía ser puesta a prueba por cualquier hembra que tuviera una apariencia física como esa. Y cualquier clase de respuesta en ese sentido lo mataría.

N'adie era la mejor para él. Sí, eso era lo adecuado. Ella tendría que cubrir las necesidades de Tohr.

Mientras continuaba justificando su decisión ante sí misma, prefirió pasar por alto algo muy significativo. Imaginarse a Tohr lamiendo el cuello de la Elegida la hacía sentirse curiosamente irritada.

Throe se despertó en medio del vacío. No veía nada, no oía nada y tampoco sentía su cuerpo, como si la oscuridad que lo rodeaba se hubiese apoderado completamente de él.

Así que este era el Dhund, pensó. Lo opuesto al resplandeciente Ocaso. El tenebroso lugar donde eran encerrados para toda la eternidad aquellos que habían pecado en la Tierra.

Este era el infierno del Omega. Y, en efecto, era ardiente. Porque Throe sentía que le ardían las entrañas…

—No, te equivocas. Ese restrictor también recibió un tiro desde arriba. Había alguien más en ese lugar.

Los sentidos de Throe se despertaron rápidamente y espantaron el vacío de forma tan contundente como el amanecer ahuyenta las tinieblas. Pero tuvo cuidado de no cambiar el ritmo de la respiración ni moverse, pues el macho que hablaba no era uno de sus compañeros soldados.

Y tampoco lo era el dueño de la segunda voz.

—¿De qué estás hablando?

—Cuando me acerqué para apuñalarlo y enviarlo de regreso al Omega, vi que estaba como un colador y que tenía algunos disparos que solo podía haber recibido desde lo alto. Sé de lo que hablo, tenía el cráneo agujereado, al igual que los hombros, estaba como un colador.

—¿Y ninguno de nuestros chicos se encontraba arriba?

—No, que yo sepa.

Intervino una tercera voz.

—Todos estábamos abajo, en el suelo.

—Pues entonces lo mató un desconocido. Tohr le metió un poco de plomo en el cuerpo, claro, pero eso no fue lo decisivo...

—Silencio. Nuestro huésped se está despertando.

Sin poder fingir más, Throe había abierto los ojos. No, aquello no era el Dhund, pero se le parecía: la Hermandad de la Daga Negra se encontraba allí, en pleno, alrededor de él, y todos los machos lo miraban con odio. Y eso no era todo. También había otras personas, soldados, obviamente... Y aquella hembra, la que había matado al Sanguinario.

Joder, también el gran Rey Ciego.

Throe se concentró en Wrath. Llevaba gafas ahumadas, pero incluso así la mirada resultaba bastante penetrante. El vampiro más importante del planeta tenía el mismo aspecto de siempre: un guerrero gigantesco, con la astucia de un maestro en estrategia, la expresión de un verdugo y un cuerpo lo suficientemente fuerte como para complementar cualquiera de esas habilidades.

Verdaderamente imponía.

Xcor había elegido a un adversario muy, pero que muy peligroso.

El rey dio un paso hacia el borde de la cama.

—Mis cirujanos te han salvado la vida.

—No lo dudo. —A Throe le salía una voz ronca. Querida Virgen Escribana, tenía la garganta totalmente seca.

—Así que, tal como lo veo, bajo circunstancias normales un macho honorable estaría en deuda conmigo. Pero teniendo en cuenta con qué compañías andas, las reglas normales no se aplican.

Throe tragó saliva un par de veces.

—Mi principal lealtad, mi única... lealtad... es con mi familia...

—Esa familia de mierda —murmuró el hermano Vishous.

—Me refiero a mi familia de sangre. Mi... amada hermana...

—Creí que había muerto.

Throe miró con odio al guerrero.

—Así es. Murió.

El rey decidió calmar los ánimos.

—Bueno, bueno, hagamos un trato. Te liberaremos en cuanto te recuperes, para que vayas a contarle al mundo que mis chicos y yo somos tan compasivos y justos como la maldita Madre Teresa. A pesar del jefe que tienes...

—Tenía.

—Da igual. En todo caso, nadie te hará daño...

—A menos que la cagues —terció Vishous.

El rey fulminó al hermano con la mirada.

—Siempre y cuando te portes como un caballero. Incluso te conseguiremos a alguien que te dé su sangre. Cuanto más pronto salgas de aquí, mejor.

—¿Y si mi deseo es luchar junto a vosotros?

Vishous escupió en el suelo.

—Nosotros no aceptamos a traidores...

Wrath se dirigió a él con furia.

—V, cierra tu maldita boca o sal de aquí.

Vishous, hijo del Sanguinario, no era la clase de macho al que nadie pudiera dirigirse en ese tono. Excepto Wrath, claro. El hermano de los tatuajes en la cara y reputación de pervertido, el de la mano de la muerte, hizo exactamente lo que le decían y cerró la boca.

Lo cual hablaba muy bien de Wrath.

El rey se volvió otra vez hacia Throe.

—Pero no me importaría saber quién te hizo esto.

—Xcor.

Las fosas nasales de Wrath aletearon.

—¿Y te dejó allí para que te murieras?

—Así es. —De alguna manera, Throe todavía no podía creerlo. Lo cual lo catalogaba como un estúpido—. Sí..., eso es lo que hizo.

—¿Esa es la razón por la que ahora solo les debes lealtad a tus parientes de sangre?

—No. Eso siempre ha sido así.

Wrath asintió con la cabeza y cruzó los brazos sobre el pecho.

—¿Dices la verdad?

—Siempre.

—Bueno, me alegra que los hayas abandonado, hijo. La Pandilla de Bastardos está alborotando un avispero de esos de los que nadie sale vivo.

—Ciertamente... no hay nada que pueda decir que tú no sepas ya.

Wrath soltó una carcajada moderada.

—¡Qué diplomacia!

—Más bien qué porquería —matizó Vishous, que no podía permanecer mucho tiempo callado.

Wrath levantó la mano y el diamante negro del anillo del rey resplandeció.

—Que alguien saque de aquí a ese bocazas o lo haré yo mismo.

—Ya me voy.

Vishous se marchó y el rey se frotó la frente.

—Bien. No más charla. Tienes muy mal aspecto... —Se dirigió a los demás—. ¿Dónde está Layla?

Throe comenzó a negar con la cabeza.

—No necesito alimentarme de la vena de nadie...

—Pamplinas. Mientras estés aquí no te dejaré morir. No quiero que Xcor pueda acusarnos de matarte. No le voy a facilitar esa clase de arma. —Cuando el rey comenzó a avanzar hacia la puerta, Throe vio por primera vez que tenía un perro a su lado, un chucho que llevaba un arnés al cual iba agarrado Wrath. No era posible... ¿De verdad estaba ciego?—. No es necesario decirte que tendrás constante compañía... Ah, hola, Elegida.

El cerebro de Throe dejó de funcionar al ver que una aparición entraba en el cuarto. Una absoluta... aparición. Alta, rubia y de ojos claros, vestida con una túnica blanca. Era, en efecto, una Elegida por los dioses.

Una verdadera belleza, pensó Throe. Un amanecer que respiraba y caminaba... Un milagro.

Pero no estaba sola, como era de esperar tratándose de semejante joya. A su lado se encontraba Phury, hijo de Ahgony, como un escudo protector. Ese hermano tenía un gesto tan serio que parecía que ella fuera de su propiedad. Incluso llevaba una daga negra en la mano, aunque discretamente escondida junto a la pierna, sin duda para no alarmar a la hembra.

—Os dejaré para que procedáis —dijo Wrath—. Yo en tu lugar sería muy prudente en cada movimiento, pues mis chicos están un poco nerviosos.

Cuando el gran Rey Ciego salió con el perro, Throe se quedó a solas con los hermanos, los soldados… y aquella hembra.

La sonrisa de la Elegida fue para él como una fuente de paz, de dulce feminidad en medio de las perversas trampas de la guerra y la muerte. Si Throe no hubiese estado malherido, seguramente habría caído de rodillas en actitud de adoración.

Había pasado tanto tiempo desde la última vez que estuvo cerca de una hembra honorable… Se había acostumbrado a las prostitutas, a quienes trataba como damas, pero no por convicción sino por hábito.

Los ojos se le llenaron de lágrimas, pues la Elegida le recordó lo que hubiera sido su hermana.

Phury dio un paso al frente y se colocó delante de ella para impedir que la mirase. Luego se agachó y acercó la boca al oído de Throe. Y mientras le apretaba un brazo con sadismo, le susurró:

—Si te atreves a excitarte, te castraré en cuanto se marche.

Desde luego, había quedado claro. El herido echó una mirada a la habitación y vio que Phury no era el único que estaba dispuesto a hacerle pagar sus errores. Los otros hermanos parecían capaces de pelearse entre ellos por sus despojos si se atrevía a tener una erección.

Tras incorporarse, Phury sonrió a la hembra como si no hubiese nada de qué preocuparse.

—Este soldado está muy agradecido por contar con el regalo de tu vena, Elegida. ¿No es así?

Aunque Phury no dijo en voz alta el apelativo que seguramente seguía a esto último, la forma de mirarlo fue suficientemente enfática.

—Siempre os estaré agradecido, señora —dijo Throe en voz baja.

Al oír eso, la Elegida le sonrió a Throe, con lo cual le quitó el poco aliento que le quedaba.

—Me siento bendecida por la posibilidad de servir a un macho honorable como tú, aunque sea de manera insignificante. No hay mayor servicio para la raza que combatir al enemigo.

—Sí que lo hay —dijo alguien entre dientes.

Phury hizo señas a la Elegida para que se acercara a la cama. Throe pudo contemplar su cara, mientras su corazón dudaba entre latir muy fuerte o dejar de latir definitivamente. Imaginándose a qué podría saber su sangre, trató de no lamerse los labios, porque seguramente eso caía dentro de la categoría de las actividades prohibidas. También le recordó a su sexo que permaneciera flácido, o se arriesgaba a no levantarse nunca más.

—No soy digno de esto —le dijo Throe en voz baja.

—Eso es muy cierto —gruñó alguien.

La Elegida frunció el ceño.

—Seguro que es digno. Cualquiera que empuñe con honor una daga contra los restrictores es digno de respeto. —La Elegida se giró para mirarlo de nuevo—. Señor, ¿podemos proceder?

Maldición.

Aquellas palabras llegaron directamente a su entrepierna, la cual se alborotó al instante. Desde la base hasta la punta, el miembro empezó a arder de deseo.

Throe cerró los ojos y rogó a la Virgen Escribana que le diera fuerzas. Y que los hermanos no se dieran cuenta. Aunque era poco probable que se le concediera alguna de las dos cosas...

La muñeca de la Elegida se acercó a sus labios... Throe podía olerla. Abrió los ojos y, al ver la frágil vena a solo unos centímetros de sus colmillos, solo pudo pensar en una cosa: en estirar la mano para acariciar esa suave mejilla...

Pero una daga negra lo obligó a bajar el brazo.

—Sin tocar. —La voz de Phury tenía un tono severo.

Bueno..., si el hermano estaba preocupado por eso, era porque, obviamente, no había notado lo que estaba pasando debajo de la cintura de Throe.

Pero no estaba dispuesto a dejarse castrar, así que muy bien, sin tocar.

Nada de caricias para él...

Tohr se despertó con la idea de que era un poco temprano para estar durmiendo. ¿No debería andar por la calle, peleando contra el enemigo? ¿Por qué estaba...?

—Traed inmediatamente a Layla —ordenó una voz masculina—. No podemos operar hasta que no suba un poco la tensión arterial...

¿Cómo?, se preguntó Tohr. ¿La tensión arterial de quién?

—Vendrá en cuanto pueda —respondieron desde lejos.

¿Acaso estaban hablando de él? No, no podía ser...

Abrió los ojos. La lámpara que colgaba sobre su cabeza aclaró las cosas con celeridad. No estaba en su habitación, sino en la clínica, abajo, en el centro de entrenamiento. Y sí que estaban hablando de él.

Se hizo la luz en un instante. Tohr se vio saliendo de detrás del contenedor, con el cuerpo agujereado por las balas mientras avanzaba. Recordó con total viveza el momento en que abrió fuego y siguió disparando hasta que saltó por encima de la asquerosa figura de aquel asesino.

Después comenzó a tambalearse como un poste que no han asegurado bien al suelo.

Y luego perdió el conocimiento.

Tohr dejó escapar un gruñido y trató de levantarse, pero las palmas de sus manos resbalaron sobre la camilla. Seguramente estaba sangrando...

En ese momento, la apuesta cara de Manello apareció en su línea de visión, reemplazando a la lámpara. Hombre, mira quién está aquí. El tío parecía feliz, como siempre. ¡Qué sorpresa!

—Es increíble que estés consciente.

—¿Tan mal lo ves?

—Incluso un poco peor. No te ofendas, pero ¿en qué diablos estabas pensando? —El buen cirujano giró sobre sus talones, corrió hasta la puerta y asomó la cabeza—. Necesitamos a Layla ahora mismo. ¡Ya!

Se inició una conversación, pero Tohr no la siguió, y no porque estuviera herido, sino porque no le interesaba. Hablaban de la Elegida Layla, pero a pesar de lo hermosa que era, no era a ella a quien su cuerpo reclamaba para alimentarse y reponer las otra vez maltrechas fuerzas. Quería a N'adie. O, mejor dicho, su cuerpo reclamaba a la encapuchada. Se trataba de un deseo casi inconsciente, instintivo, pero clarísimo. La mente le decía que era injusto usarla otra vez, pero el corazón y el organismo decían lo contrario.

—Yo lo haré. Yo me encargaré de él.

Al oír la voz de N'adie, Tohr apretó los dientes y sintió que una misteriosa fuerza lo recorría de arriba abajo. Volvió la cabeza y al mirar más allá de las mesitas con ruedas llenas de material quirúrgico... vio a N'adie en el rincón, con la capucha puesta, el cuerpo inmóvil y las manos entrelazadas bajo las mangas del manto.

Nada más verla se le alargaron los colmillos y su cuerpo herido amenazó con salirse de la piel. El dolor y el deseo se mezclaban, en un remolino de sensaciones que jamás había experimentado.

Lo que sí conocía bien era lo que estaba ocurriéndole en la entrepierna. Incluso cosido a tiros tenía un miembro revoltoso.

Mierda.

Tohr camufló rápidamente la erección echándose la sábana encima y esforzándose por encogerse.

—Deberías permanecer tumbado. No es bueno que te incorpores —murmuró Manny.

¿Se había incorporado? Pues sí, en su afán por disimular la erección creyó encogerse, pero en realidad se había erguido hasta quedar sentado en la camilla. En eso tenía razón el médico, pero en cuanto a lo de la alimentación de las venas de la Elegida, no se enteraba de nada. No se daba cuenta de que a la que necesitabá era en realidad a la otra...

Sin embargo, Tohr estaba preocupado por N'adie. La primera y última vez que lo alimentó fue un desastre total.

Pero desde el otro lado de la habitación, ella asintió con la cabeza, como si supiera exactamente qué era lo que estaba pensando, lo que le preocupaba en ese momento, y estuviese dispuesta a seguir adelante de todas maneras.

Aquella muestra de valor y firmeza de la mujer hizo que a Tohr le ardieran los ojos.

—Déjanos solos. —Tohr habló al cirujano sin mirarlo—. Y no permitas que nadie entre hasta que yo te llame.

El médico, que se había dado cuenta de las preferencias del vampiro herido, soltó una sarta de maldiciones en voz baja, de las que Tohr hizo caso omiso. Cuando el doctor salió se propuso controlar sus instintos. Sencillamente, esta vez no iba a hacerle daño, ni volvería a asustarla. Punto.

La voz aguda de N'adie interrumpió el silencio.

—Estás sangrando mucho.

Joder, seguramente no lo habían limpiado todavía.

—Parece peor de lo que es. La sangre siempre es muy llamativa.

—Bonita frase en boca de un vampiro.

Tohr se rio de buena gana, pero el movimiento de los músculos costales le provocó dolores que interrumpieron sus carcajadas.

Se restregó la cara con las manos y se dio cuenta de que también allí tenía una venda. No acababa de llevarse sorpresas. ¿Cuántas balas tenía en el cuerpo? ¿No se encontraría cerca de la muerte?

«No te ofendas, pero ¿en qué diablos estabas pensando?», le habían preguntado.

Al diablo. Trató de olvidarse de todo eso. Sacó la mano y le hizo señas a N'adie para que se acercara. Ella obedeció. Al avanzar hacia él, Tohr notó que cojeaba un poco más de lo normal. Cuando la mujer alcanzó la mesita, apoyó la cadera contra el borde, probablemente porque le estaba doliendo la pierna.

El herido hizo ademán de levantarse.

—Déjame acercarte una silla.

Pero una mano delicada lo obligó a recostarse de nuevo.

—Yo misma lo haré.

Cojeó hasta el otro lado del cuarto. A Tohr se le hizo evidente que estaba sufriendo más de lo que quería reconocer.

—¿Cuánto tiempo llevas de pie?

—Un buen rato.

—Debiste marcharte.

N'adie acercó un taburete con ruedas y no pudo contener un leve gemido al sentarse.

—No podía ni puedo marcharme hasta verte a salvo. Ellos dijeron… que te metiste en medio de un tiroteo.

Dios, cómo deseaba Tohr ver aquellos ojos, aquel rostro libre de los pliegues de la maldita capucha.

—No es la primera vez que hago algo estúpido.

Como si eso arreglara las cosas. Menudo imbécil, se dijo inmediatamente.

—No quiero que mueras —susurró la encapuchada.

La emoción latente en aquellas palabras dejó a Tohr desconcertado.

El silencio se impuso de nuevo. Tohr se quedó mirando la sombra que creaba la capucha y pensó en el momento en que había salido de detrás del contenedor de basura. Luego retrocedió aún más en sus recuerdos...

—¿Me dejas hacerte una confesión? He estado furioso contigo todos estos años. —Al ver que N'adie parecía encogerse, Tohr moderó su tono—. Sencillamente no podía aceptar lo que hiciste. Habíamos llegado tan lejos, los tres: tú, Darius y yo. Éramos como una familia. No sé, pensaba que, de alguna manera, nos habías traicionado. Pero ahora..., después de haberlo perdido todo yo también..., creo que entiendo tus reacciones. De verdad.

N'adie bajó la cabeza.

—Ay, Tohrment.

El vampiro alargó la mano y la puso sobre las de ella, pero enseguida notó que tenía la palma y los dedos manchados de sangre. Había plantado una mano espeluznante en la purísima piel de aquella belleza.

Sin embargo, cuando trató de retirarla, ella se la agarró.

Tohr suspiró.

—Sí, creo que entiendo por qué lo hiciste. En momentos tan terribles sencillamente no puedes tener más perspectiva que tus desgracias. Lo que haces no lo haces para herir a los que te rodean. Se trata de terminar con tus propios sufrimientos porque simplemente no puedes soportarlos ni un minuto más.

Hubo un largo momento de silencio que acabó rompiendo ella.

—Cuando caminaste hoy hacia las balas, ¿estabas tratando de...?

—No, solo fue parte del combate.

—¿De verdad?

—Sí. Hacía mi trabajo, nada más.

—Pero, a juzgar por la reacción de tus hermanos, eso no parece formar parte de tus obligaciones.

Tohr levantó entonces los ojos hacia arriba y vio la imagen de los dos reflejada en los contornos de acero inoxidable de la lámpara que se situaba sobre la mesa de operaciones: él acostado y sangrando y ella encorvada y cubierta por la capucha. La escena estaba distorsionada, retorcida por la irregularidad de la superficie del metal, pero la imagen resultaba acertada en más de un sentido. Los destinos de los dos habían sido lo suficientemente crueles como para que su realidad tuviera una representación grotesca.

Curiosamente, las manos entrelazadas de ambos eran la parte de la imagen más clara de todas y la que se veía de inmediato.

—Detesto lo que te hice anoche —dijo él de repente.

—Lo sé. Pero esa no es razón para quitarte la vida.

Cierto. Tenía otras muchas razones para eso.

Sin previo aviso, N'adie se quitó la capucha. Tohr miró de inmediato aquel maravilloso cuello.

Mierda, deseaba esas venas, sobre todo aquella que corría tan cerca de la superficie.

La hora de hablar había terminado. Volvió el deseo, una pasión que ahora no tenía que ver solamente con la biología. Tohr deseaba estar otra vez dentro de la piel de N'adie, bebiendo su sangre, no solo para curar sus heridas, sino porque le gustaba el sabor de aquel néctar, la sensación de aquella fina piel contra su boca y la forma en que sus colmillos se hundían en ella y le permitían apropiarse de una parte de la hembra.

Bien, tal vez había mentido un poco acerca del tiroteo. Odiaba haberle hecho daño, pero esa no era la única razón por la cual se había metido en medio de aquella lluvia de plomo. La verdad era que ella estaba despertando algo en su corazón, una emoción aún no identificada del todo, y esos sentimientos estaban empezando a mover dentro de él cosas que ya estaban oxidadas por la falta de uso.

Y eso le daba miedo. Ella le aterrorizaba.

Sin embargo, al mirar ahora ese rostro preocupado, celestial, Tohr se alegraba de haber salido vivo de aquel callejón.

—Me alegro de estar todavía aquí.

Ella suspiró con alivio.

—Tu presencia conforta a muchas personas. Eres importante en este mundo, muy valioso.

El herido rio con incomodidad.

—Me sobrevaloras.

—Tú eres el que te subestimas.

—Bueno, como quieras, pero... lo dicho.

—¿Qué?

—Ya sabes a qué me refiero. —Tohr enfatizó sus palabras con un apretón de mano. Y cuando vio que ella no respondía nada, agregó—: Me alegra que estés aquí.

—Y a mí me alegra que tú estés aquí. Es un milagro.

Sí, probablemente N'adie tenía razón. Tohr no entendía cómo había podido salir vivo de la refriega. Ni siquiera llevaba puesto el chaleco antibalas.

Tal vez su suerte estaba cambiando.

Por desgracia, un poco tarde para muchas cosas.

Mientras la observaba fijamente, Tohr repasaba sus magníficos rasgos, desde los ojos grises hasta los sonrosados labios..., la elegante columna de su garganta, el sugestivo pulso que palpitaba debajo de esa preciosa piel.

De pronto, la mirada de N'adie se dirigió a su boca.

—Sé lo que deseas —dijo ella—. Puedes disponer de mi vena.

Tohr sintió algo parecido a una oleada de poder ardiente que recorría todo su cuerpo, sacudiéndole las caderas y resolviendo de un plumazo el problema de la baja tensión arterial que tanto preocupaba al cirujano. Pero otra vez estaba adentrándose en terreno prohibido. No podía dejar que aflorase esa parte de él que deseaba de la encapuchada cosas con las que ella no se iba a sentir bien. No, de ninguna manera volvería a cometer ese error.

Además, la mente y el corazón de la hembra no estaban interesados en ninguna de esas mierdas y esa era otra razón por la cual ella era perfecta para él. Layla bien podía aceptar su cuerpo si estaba excitado, pero N'adie nunca lo haría. Y había peores traiciones a su shellan que desear lo inalcanzable. Al menos con N'adie, y gracias a su autocontrol, esos impulsos siempre se quedarían en el terreno de la fantasía, como una masturbación mental inocua e imposible, que no tenía más sustancia en la vida real que el porno que ves por Internet...

Que Dios se apiade de ti, le dijo una voz que provenía desde su interior, si esa mujer alguna vez llega a desearte de manera irrefrenable.

Muy cierto. Pero aunque ella parecía tener una actitud vacilante, él estaba seguro de que eso nunca se iba a producir.

Con voz gutural, Tohr le dijo a N'adie:

—No tengo prisa. Y quiero que sepas una cosa: esta vez las luces se quedarán encendidas… y yo tomaré de tu muñeca…, y solo lo que quieras darme.

Sentada al lado de Tohrment, N'adie dijo otra vez «sí».

Querida Virgen Escribana, algo había cambiado entre ellos. En la atmósfera cargada, eléctrica, que separaba sus cuerpos, se percibía una especie de calor, una corriente de energía que les hacía estremecerse.

Esto era totalmente distinto de lo que había ocurrido entre ellos en la oscuridad de la despensa, cuando había quedado atrapada en las garras perennes del pasado.

Tohrment maldijo en voz baja.

—Mierda, todavía no me han limpiado.

Como si no fuera un herido, sino una mesa por la que hubiese que pasar la bayeta.

N'adie frunció el ceño.

—No me importa tu apariencia. Lo único que me importa es que sigas respirando y que tu corazón palpite.

—Pides muy poco a los machos.

—No tengo ninguna petición para los machos. Sin embargo, en lo que tiene que ver contigo, si hay salud y estás a salvo, yo estoy en paz.

—Realmente, no te entiendo…, pero te creo.

—Haces bien porque es la verdad.

Mientras contemplaba su mano entrelazada con la de Tohr, N'adie pensó en lo que él había dicho sobre el pasado, acerca de la familia improvisada que habían formado los tres en el Viejo Continente.

Dijo que ella los había destrozado a todos, incluso a su propia hija.

En realidad, durante mucho tiempo N'adie había visto la resurrección que le fue concedida como una oportunidad de arrepentirse por haberse quitado la vida, pero luego notó que se trataba de otra cosa… Y ahora volvía a darse cuenta de que tenía que cumplir otro propósito.

Por ejemplo, había hecho daño a este macho, y tenía la oportunidad de ayudarlo.

Así era como funcionaba el principio fundamental de la Virgen Escribana: todas las trayectorias, todas las vidas tenían que trazar un círculo completo para mantener el equilibrio cósmico.

Pero ¿podría ayudarlo?

Decidida a hacerlo, contempló el cuerpo de Tohr, o al menos lo que podía ver fuera de la sábana. Tenía el pecho magníficamente musculoso, con una cicatriz en forma de estrella en uno de los pectorales. También el abdomen parecía increíblemente fuerte. Por todas partes se veían magulladuras en las que prefería no pensar, y pequeños agujeros que la asustaban.

Pero enseguida captó su atención lo que estaba ocurriendo por debajo de la cintura. Tohr mantenía la sábana azul sobre las caderas, como si tratara de esconder algo. Además, notó que su antebrazo y su mano sujetaron la tela más fuerte al ver que ella miraba hacia allí.

—No te preocupes por eso —balbuceó el pobre.

Está excitado, pensó N'adie.

—N'adie, vamos…, mírame a los ojos. No mires hacia allá abajo.

La temperatura del cuarto pareció subir de repente, hasta tal punto que la hembra pensó en quitarse el manto. Y de pronto, como si pudiera leer sus pensamientos, Tohr arqueó la pelvis con un movimiento sensual, que fue instintivo pero pareció consciente.

—Ay, mierda… N'adie, olvídate de esto, por favor.

Una extraña excitación corrió entonces por las venas de la hembra, haciendo que le zumbara la cabeza y sintiera un ligero mareo. Y, sin embargo, en ningún momento pensó en no alimentarlo. Por el contrario, con esa excitación deseaba sentir la boca de Tohr sobre su piel.

En tales condiciones, N'adie acercó la muñeca a los labios de Tohr.

El herido gimió y la mordió rápidamente. Para ella fue un dolor dulce, inexplicable, totalmente distinto de cualquier pinchazo normal. Tohr comenzó a succionar y su boca tibia y húmeda se ajustó perfectamente sobre la carne femenina, alimentándose rítmicamente...

Desde el fondo de su garganta, a Tohr se le escapó un gemido de placer y, al oírlo, N'adie sintió que el corazón le saltaba en el pecho y comenzaba a latir todavía más rápido. Y creció aquel calor interno, insidioso, sensual y sofocante, y su cabeza pareció derretirse. Igual que el cuerpo.

Como si hubiese sentido las reacciones físicas de la mujer, Tohrment volvió a gemir y entornó los ojos. Y luego comenzó a emitir pequeños gruñidos, amorosos sonidos que resultaban chocantes al salir de aquel formidable cuerpo.

Con las luces encendidas y la posibilidad de retirar el brazo cuando quisiera, N'adie estuvo tranquila. Solo la amenazó el pánico durante unos segundos, antes de desaparecer por completo. Podía ver muy claramente a Tohrment. Imposible confundirlo con otro. La habitación bien iluminada no tenía nada en común con aquel silo subterráneo: aquí todo brillaba y se hallaba limpio, y el macho que estaba tomando sangre de su vena... era claramente un vampiro, ni remotamente parecido a un symphath.

Cuanto más cómoda se sentía, más consciente era de lo que ocurría en la sala.

Por ejemplo: Tohr no dejaba de mover las caderas.

Bajo la sábana que ella tendría que lavar al día siguiente, oculta por la pantalla que formaban las manos de Tohr, la pelvis del guerrero no dejaba de moverse. Y cada vez que lo hacía, los abdominales se tensaban, el torso se arqueaba y los gemidos se hacían un poco más fuertes.

La excitación de Tohr era enorme.

A pesar de estar gravemente herido, su cuerpo se encontraba listo para aparearse, desesperado por hacerlo, a juzgar por el movimiento de sus caderas...

Al principio N'adie no entendió el cosquilleo que comenzó a sentir por todas partes y que la fue adormeciendo y sensibilizando al mismo tiempo. Tal vez era debilidad, el resultado de haber alimentado a Tohr dos veces en menos de un día... Pero no se trataba de eso. Cuando vio que las manos de Tohrment se apretaban de nuevo frente a sus caderas, que parecía agarrarse la verga por debajo de la sábana, entendió que su sexo estaba clamando por recibir atención y que él se había visto obligado a darle algún...

La electricidad ambiental se disparó hasta el infinito cuando N'adie se dio cuenta cabal de que Tohr se estaba masturbando.

La hembra empezó a respirar con dificultad y, bajo el manto, el calor se hizo mayor y se centró en la parte inferior de su vientre.

Querida Virgen Escribana, ella también estaba... excitada. Por primera vez en su vida.

Como si pudiera leer sus pensamientos, los ojos de Tohr se clavaron en los de la hembra y N'adie pudo ver en ellos una expresión de confusión y una misteriosa oscuridad que parecía cercana al miedo. Y, mientras, la excitación femenina crecía y crecía...

Se miraban intensamente. Tohr liberó una de sus manos y tocó el antebrazo de N'adie. No lo hizo con la intención de sujetarla para retenerla, sino para acariciarla suave, lentamente.

Respirar se estaba volviendo una misión imposible. Pero a ella no le importó.

Las delicadas caricias de los dedos de Tohr eran embriagadoras y la acercaban cada vez más a una anhelada llama que no alcanzaba a ver. N'adie cerró los ojos y se dejó llevar lejos de cualquier preocupación o temor, hasta que solo percibió las nuevas sensaciones que le regalaba su cuerpo.

Mientras alimentaba a Tohr, en cierto modo N'adie también se estaba alimentando. Nutría por primera una parte de su alma que nunca había explorado.

Pasado un rato, N'adie notó unos lametones. Tohr había terminado.

Quería pedirle, o mejor rogarle, que continuara. Abrió los ojos, que notaba pesados. El mundo parecía borroso y ella se sentía igualmente extraña..., sin aliento, como si se hubiese vuelto etérea, con miel en lugar de sangre corriéndole por las venas y con un cerebro de algodón.

Tohrment se encontraba en un estado totalmente distinto.

No estaba, ni mucho menos, en una nube. Los músculos se mostraban tensos no solo a la altura de las caderas, sino por todo el cuerpo, desde los bíceps hasta los abdominales. Incluso los pies parecían erguirse, poderosos, debajo de la sábana.

La otra mano, aquella con la que había estado acariciándola, regresó a su posición inicial debajo de la cintura.

—Creo que es mejor que te marches.

Había hablado con un tono tan profundo que N'adie frunció el ceño mientras trataba de descifrar el sentido último de aquellas palabras.

—¿He hecho algo malo?

—No, pero yo sí estoy a punto de hacerlo. —Tohr apretaba los dientes y sus caderas subían y bajaban por debajo de la sábana—. Tengo que... Mierda.

¿Qué más necesitaba saber la hembra? Todo estaba muy claro.

—N'adie, por favor..., tengo que... No podré contenerme durante mucho más tiempo...

N'adie pensó en lo hermoso que era el cuerpo enorme de Tohr en medio de aquella mezcla de placer y agonía: aunque estaba herido y lleno de sangre por todas partes, había una carga inconfundiblemente sexual en la manera en que apretaba los dientes y se agitaba sobre la mesa de operaciones.

Durante un momento, la pesadilla de lo que había vivido con el symphath amenazó con regresar y el terror intentó apoderarse de nuevo de su conciencia. Pero Tohrment gimió y eso la hizo volver en sí.

—No quiero irme —dijo la hembra con voz ronca.

Tohr crispó el rostro y dejó escapar otra maldición.

—Si te quedas, vas a ver un tremendo espectáculo.

—Entonces... muéstramelo.

Los ojos del macho se clavaron en los de ella, mientras su cuerpo se quedaba como paralizado. Su único movimiento era ahora el de los párpados. Finalmente habló con tono sordo.

—Voy a correrme. ¿Sabes lo que eso significa? ¿Sabes qué es tener un orgasmo?

N'adie dio las gracias mentalmente a la Virgen por estar sentada. Porque entre la voz ronca de Tohr, aquel pesado y fascinante olor y la manera tan erótica en que se estaba agarrando el miembro viril, sentía que estaba a punto de caerse al suelo, de volverse loca, de morirse de pasión.

—N'adie, ¿entiendes lo que estoy diciendo?

La parte de ella que acababa de despertar a la vida respondió:

—Sí. Lo entiendo, y quiero verlo.

Tohr sacudió la cabeza como si tuviera la intención de discutir. Pero luego lo pensó mejor y no dijo nada más.

—Alíviate, guerrero —le dijo N'adie con voz sensual.

—Ay, Dios…

—Ahora.

Al oír la orden de N'adie, Tohr se sintió obligado a obedecer. Así que levantó una de sus rodillas por debajo de la sábana, abrió las piernas y se agarró con más fuerza la parte de su anatomía que lo definía como un macho.

Lo que sucedió después fue indescriptible. Tohr se masturbó sobre la sábana, convertida en un ovillo, moviendo las caderas, haciendo presión, gimiendo mientras su cuerpo llegaba al momento cumbre…

El sonido, la música de la masturbación, la respiración entrecortada, los gemidos y los crujidos de la camilla, todo eso también llevó a la hembra a regiones desconocidas.

Era el espíritu animal en medio de la agonía de la pasión.

Y no había marcha atrás para ninguno de los dos.

Tohr movió la mano más rápido, haciendo más presión, hasta que el pecho se levantó y toda su anatomía pareció tallada en piedra y no de piel, carne y huesos. Luego soltó una maldición y se sacudió. Los espasmos del macho hacían que N'adie hiciera presión instintivamente sobre su propio pecho y que comenzara a jadear, como si lo que le estaba ocurriendo a él se repitiera en ella. ¿Qué clase de milagro era ese? Tohrment parecía estar sufriendo, y sin embargo no parecía querer que cesara su sufrimiento; todo lo contrario, incrementaba la agonía moviendo las caderas con más fuerza.

Hasta que terminó.

Después, lo único que se escuchaba era la respiración de los dos, al principio bastante agitada y luego cada vez más silenciosa.

Cuando sus sentidos volvieron a la normalidad, N'adie sintió que también recuperaba la conciencia. Y lo mismo pareció ocurrir con él. Tohr retiró las manos de su entrepierna y se vio que parte de la sábana estaba mojada. Había una mancha húmeda que antes no estaba allí.

El vampiro habló por fin.

—¿Estás bien?

N'adie abrió la boca, pero no tuvo fuerzas para hablar, así que solo asintió con la cabeza.

—¿Seguro?

Era tan difícil poner en palabras lo que estaba experimentando… No se sentía amenazada, eso era seguro. Pero tampoco podía decirse que estuviera bien…

Se sentía angustiada, ansiosa. La cabeza le daba vueltas. El mundo daba vueltas en torno a ella.

—Estoy tan… confundida.

—¿Sobre qué?

Vio los agujeros de las balas en el cuerpo de Tohr y sacudió la cabeza. No era el momento adecuado para hablar.

—Déjame llamar a los sanadores. Necesitas que te atiendan.

—Tú eres más importante que eso. ¿Estás bien?

A juzgar por la firmeza de su gesto, resultaba evidente que Tohr no iba a dejar las cosas así. Y si ella se marchaba para llamar al cirujano, seguramente la seguiría y dejaría en el suelo un reguero de esa preciosa sangre que no podía permitirse malgastar.

N'adie no tuvo más remedio que intentar explicarse.

—Sencillamente, nunca esperé que…

De pronto N'adie creyó volver a la realidad. No podía engañarse. Esa erección, la masturbación… había sido posible porque él estaba pensando en su shellan. Ella misma le había dicho que Wellesandra era bienvenida y él había dejado muy claro que no quería a ninguna otra hembra. No había experimentado el orgasmo por ella, sino pensando en la otra, en la amada que ya no volvería.

No había tenido nada que ver con ella.

Lo cual, en realidad, no debería molestarla. Después de todo, era exactamente lo que le había dicho que quería que pasara. ¿Por qué, entonces, se sentía tan desilusionada?

—Estoy bien. —N'adie lo miró a los ojos—. De verdad. Ahora, ¿puedo ir a por los sanadores? No me quedaré tranquila hasta que te atiendan.

Tohr dudó, pero luego asintió con la cabeza.

—Está bien.

La hembra hizo un esfuerzo por sonreír y dio media vuelta. Pero cuando llegó a la puerta, Tohr la detuvo.

—N'adie.

—¿Sí?

—Quiero devolverte el favor.

Aquellas palabras la hicieron frenar en seco.

Al igual que a Tohr.

Mientras N'adie permanecía en la puerta, dándole la espalda, Tohr no podía creer que semejante frase hubiera salido de su boca. Pero era la maldita verdad, y estaba decidido a cumplir su deseo.

—Sé que vas al Santuario para satisfacer tus necesidades de sangre —dijo él—, pero eso ahora no será suficiente. Me he alimentado mucho de ti en las últimas veinticuatro horas.

La hembra no respondió, pero él percibió su aroma y tuvo que contener un gruñido. No estaba seguro de que N'adie tuviera conciencia de ello, pero su cuerpo había sido muy claro: deseaba lo que él le podía dar.

Con ansia.

Dios, ¿en qué lío se estaba metiendo? ¿De verdad se estaba ofreciendo a dar su sangre a otra hembra distinta de su Wellsie?

«Dios te ayude si ella alguna vez llega a desearte...».

No, no, no tenía nada que ver con sexo. Simplemente quería ayudarla, después de todo lo que ella le había permitido tomar de su propio cuerpo. Era solo sangre...

Pero la voz interior no se dejaba engañar.

¿Solo? ¿Te parece poco?

¿Estás seguro de lo que vas a hacer?

El maldito sermón de Lassiter regresó a su memoria: «Tú estás vivo. Ella no. Y el hecho de que te aferres al pasado os está dejando a los dos en el Limbo».

Tohr carraspeó.

—De verdad. Quiero devolverte el favor. Solo se trata de eso.

Ah, ¿de veras?, preguntó la vocecita.

Vete a la mierda…

—¿Cómo dices? —La hembra hablaba desde la puerta, con gesto de sorpresa.

—Escucha, ven a buscarme después de que terminen de remendarme. Estaré en mi habitación.

—Es posible que estés más herido de lo que crees.

—No, he estado aquí muchas veces. Cientos de veces.

Ella se puso la capucha de nuevo.

—Pero necesitas la sangre para recuperarte.

—Tú me has dado más que suficiente para los dos. Ven a mí, quiero decir…, ven a verme.

Hubo una larga pausa.

—Voy a buscar al doctor.

Cuando N'adie salió, Tohr dejó caer la cabeza, que se estrelló contra la dura superficie de la camilla. El golpe reverberó por todo su cráneo. Y el dolor le gustó. Así que volvió a hacerlo.

Manello entró en ese momento.

—¿Ya habéis terminado?

El tono del cirujano carecía por completo de malicia, lo cual Tohr habría agradecido con alguna broma si en ese momento no se hubiera dado cuenta de que la sábana estaba llena de semen.

—Muy bien, te diré lo que vamos a hacer. —El cirujano se puso unos guantes—. Te hice unas placas cuando estabas inconsciente y me alegra informarte de que solo tienes un par de balas dentro del cuerpo. Una en el pecho y otra en el hombro. Así que voy a abrirte, voy a extraer el plomo y luego coseré las otras heridas de entrada y salida. Fácil, ¿verdad?

—Pero primero necesito limpiarme.

—Ese es mi trabajo y, créeme, tengo suficiente agua destilada como para quitar toda esa sangre y todavía lavar un coche.

—Sí…, bueno… No me refería a esa clase de limpieza.

Manello adoptó de pronto una expresión decididamente profesional, lo cual mostró que había entendido el mensaje con claridad.

—Me parece buena idea. ¿Qué tal si te traigo otra sábana?

—Será estupendo, gracias. —Puta mierda. Estaba ruborizado. O tal vez no se había dado cuenta de que también le habían disparado en la cara y por eso le ardían las mejillas.

Mientras la sábana limpia pasaba de unas manos a otras, Manello comenzó a revisar con deliberada lentitud todos los instrumentos que tenía sobre la mesita de ruedas: las agujas, el bisturí, el hilo, las tijeras, los paquetes de gasa estéril…

Era increíble cómo el sexo podía convertir en adolescentes a hombres hechos y derechos.

Tohr se aseó y le pidió a su erección que desapareciera de una puta vez. Por desgracia, el miembro parecía hablar otra lengua, porque permaneció duro como una palanca. ¿Sería, tal vez, un pene sordo?

Menos mal que ya no estaba dispuesto a darle un puñetazo.

Tohr arrojó al suelo la sábana manchada y se tapó con la limpia.

—Estoy listo.

La buena noticia era que al menos no tenía ninguna herida en las piernas, así que Manello permanecería concentrado en el torso.

—Bien. —El doctor se acercó de nuevo—. Creo que será suficiente con anestesia local. Cuantas menos drogas, mejor. ¿Te parece bien?

—Claro, haz lo que te parezca mejor.

—Me gusta esa actitud. Empezaremos con esta herida en la parte alta del pecho. Puede que sientas ardor mientras se adormece…

—¡Mieeeeerda!

—Lo siento.

Mientras Manello empezaba a trabajar, Tohr cerró los ojos y pensó en N'adie. Luego miró al médico.

—No me tengo que quedar aquí cuando terminemos, ¿verdad?

—Si fueras un humano, sí. Pero esta mierda ya está sanando. Joder, sois increíbles.

—Así que podré volver a la mansión.

—Bueno, sí…, después de un rato. —En ese momento se oyó un golpe metálico, como si el médico acabara de dejar caer una de las balas en la bandeja—. Creo que Mary quería echarte un vistazo antes.

—¿Por qué?

—Solo quiere echarte un vistazo, ya sabes, lo habitual.

Tohr fulminó al médico con la mirada.

—¿Por qué?

—¿Te das cuenta de la suerte que has tenido de no haber terminado…?

—No necesito «hablar» con ella, tengo la cabeza en mi sitio.

—Mira, yo no tengo nada que ver en eso.

—Estoy perfectamente…

—Tanto que esta noche te ha dado por correr en mitad de un tiroteo.

—Gajes del oficio…

—Venga ya. Tú no estás bien y claro que necesitas hablar con alguien, imbécil. —Al pronunciar las palabras *bien* y *hablar*, el humano movió las manos en el aire formando unas comillas, a pesar de que tenía las manos ocupadas.

Tohr cerró los ojos, frustrado.

—Mira, iré a ver a Mary cuando pueda…, pero cuando terminemos aquí tengo algo que hacer.

En respuesta, el cirujano soltó una retahíla de improperios.

Pero eso no era problema de Tohr.

Al este, en lo más profundo de la zona rural de Caldwell, Zypher permanecía en silencio, sentado en la parte de arriba de su litera. No se encontraba solo en el sótano de la casa en la que se alojaba la Pandilla de Bastardos. Los tres primos estaban con él, todos con las mismas ganas de hablar, pero todos reticentes a hacerlo.

Nada se movía entre ellos. Ni siquiera se oía ruido alguno, salvo el del cuchillo contra un trozo de madera que parecía estar tallando.

Todos estaban despiertos.

Mientras amanecía sobre el campo y la luz reclamaba el dominio sobre el planeta, todos parecían sumidos en sus pensamientos, pues la gravedad de los actos de su líder comenzaba a pesar demasiado sobre sus cabezas.

No era tan incomprensible que Xcor hubiese apuñalado a Throe con tanta brutalidad por su insubordinación. Tampoco era difícil de creer que hubiese ordenado a todos los demás que se marcharan para que su compañero quedara a merced del enemigo.

No era tan raro, no. Y sin embargo, Zypher no podía entenderlo. Y estaba claro que los demás tampoco.

Throe siempre había sido el que los aglutinaba, un macho valioso, con más honra que todos los demás juntos… Y también con una claridad mental que lo había convertido en una especie de mediador ante Xcor: Throe siempre se interponía en la línea de fuego de su frío y calculador líder y al final era la única voz que este escuchaba… Bueno, casi siempre. También había sido el intermediario entre todos ellos y el resto del mundo, el que tenía acceso a Internet, el que les había conseguido aquella misma casa y buscaba hembras de la raza de las que pudieran alimentarse. Y el que coordinaba los asuntos relacionados con el dinero, la servidumbre y demás necesidades materiales.

Además, tenía razón acerca de la tecnología.

Pero Xcor había estallado y ahora… Si los asesinos no habían encontrado a Throe en ese callejón, era posible que los hermanos lo hubiesen matado, aunque fuera solo por una cuestión de principios.

Pronto pondrían precio a sus cabezas. Solo era cuestión de tiempo…

Zypher miró la talla que estaba haciendo y pensó que era una mierda, pues se parecía a un pájaro tanto como cualquier otro trozo de madera de arce. En efecto, carecía de habilidad con las manos, los ojos o el corazón. Lo de tallar era una manera de pasar el tiempo mientras permanecía despierto.

Zypher habría preferido tener una hembra a mano. Lo que mejor se le daba era follar. Era conocido por pasar horas y horas entre las piernas de las damas sin perder eficacia en su labor erótica.

Ciertamente le vendría bien un poco de distracción.

Después de lanzar el trozo de leña a los pies de la litera, Zypher examinó su daga. Tenía un aspecto magnífico, templada y afilada, capaz de lograr mucho más que una mala talla.

Al principio, Throe no le había agradado. Aquel macho llegó a la casa de la Pandilla de Bastardos durante una noche lluviosa y parecía fuera de lugar: un chico mimado en medio de asesinos, entrando en una casucha en la que seguramente en condiciones normales no habría guardado ni su caballo.

Al principio todos lo habían despreciado de la cabeza a los pies, desde el sombrero de copa hasta los zapatos perfectamente lustrados.

Xcor sorteó entre ellos quién sería el primero en darle una paliza. Zypher había ganado y había sonreído al apretarse los nudillos y prepararse para entregar a su rey la virilidad de ese macho en bandeja de plata.

Throe flaqueó tras los dos primeros ganchos, sin protegerse bien y encajando los golpes en la cabeza y el abdomen. Pero para sorpresa general, algo cambió en él, y de pronto modificó su posición sin razón aparente: apretó los puños, los levantó y todo su cuerpo pareció llenar aquella ropa elegante de una manera completamente distinta.

El cambio había sido realmente extraordinario.

Zypher siguió peleando, lanzándole varias series de puñetazos que Throe comenzó a neutralizar…, y, después de un rato, él mismo tuvo que ponerse a la defensiva.

El dandi parecía haber aprendido a pelear por arte de magia, aunque su ropa fina se estuviera volviendo trizas y estuviera empapado en su propia sangre.

Durante aquella primera noche y las que siguieron, Throe había demostrado una asombrosa capacidad de asimilación y adaptación. Frente a Zypher, entre el primer puñetazo y el momento en que finalmente cayó sentado y exhausto, había evolucionado como guerrero más que muchos soldados que habían pasado años en el campamento del Sanguinario.

Todos habían rodeado a Throe cuando yacía en el barro, con el pecho agitado y la apuesta cara llena de moretones.

De pie, junto a Throe, Zypher había escupido la sangre que tenía en la boca… y luego se había agachado para tenderle la mano a su adversario. El dandi todavía tenía que demostrarles muchas cosas, pero se había portado como un verdadero macho durante la pelea.

En todo aquel tiempo, ni una sola vez se había comportado como un lacayo afeminado.

Era extraño sentir lealtad hacia alguien de la aristocracia. Sin embargo, Throe se había ganado ese respeto una y otra vez. Y ya hacía mucho tiempo que formaba parte de ellos… Aunque era posible que eso hubiese llegado a su fin en aquel callejón de mierda. En todos los sentidos.

Zypher empezó a dar vueltas a su cuchillo mientras contemplaba el hermoso reflejo de las llamas sobre el acero, casi tan fascinante como cuando se reflejaban en los muslos de una hembra.

Xcor había usado su daga para lo que se suponía que servía: cortar, herir, matar. Pero ¿quién había sido su víctima? Si se tenía en cuenta todo lo que Throe había hecho por ellos, su líder, en medio de aquel ataque de ira, había hecho más mal que bien. En efecto, la sed de venganza estaba convirtiendo a Xcor en un individuo muy volátil y eso no casaba muy bien con los planes que tenía.

De repente, Zypher sintió un cosquilleo en la nuca. Seguro que era una de las arañas que convivían con ellos en el sótano. Así que levantó la mano y la aplastó contra el cogote, al tiempo que lanzaba una maldición.

Debería tratar de dormir. En realidad, había estado esperando el regreso de Xcor, pero hacía ya rato que había amanecido y no había vuelto. Tal vez estaba muerto, quizá la Hermandad lo había atrapado. O tal vez la reunión con cierto miembro de la glymera se había complicado.

Zypher se sorprendió al descubrir que no le importaba lo más mínimo. De hecho, más bien deseaba que Xcor no volviera nunca.

Y eso representaba un gran cambio en su manera de pensar. Muchos años atrás, cuando la Pandilla de Bastardos se reunió por primera vez en el Viejo Continente, no eran más que un montón de mercenarios que se preocupaban solo por sí mismos. El Sanguinario había sido el único capaz de unirlos. Aquella máquina del crimen, que carecía de toda capacidad de moderar sus instintos, fue el macho más cruel que había conocido entre los soldados. Pero todos ellos lo habían seguido como símbolo de la libertad y la fuerza en la guerra.

Con ese historial no había manera de que la Hermandad de la Daga Negra llegara a recibirlos en sus filas.

Con el tiempo, sin embargo, se habían creado algunos lazos. A pesar de lo que Xcor pensaba, los soldados que peleaban bajo sus órdenes habían desarrollado ciertas lealtades..., y estas se extendían incluso a Throe, el antiguo aristócrata.

—¿Vas a hablar con él? —La pregunta la hizo Syphon, con voz suave desde el camastro de abajo.

Syphon y él habían compartido litera desde hacía siglos. Zypher siempre dormía arriba. También compartían las mujeres y las hembras, y los dos hacían buena pareja. Syphon era un buen compañero, ya fuera en la cama, en el suelo, contra una pared... o en el campo de batalla.

—Sí. Si es que regresa.

—¿Lo habrá matado? —Había una evidente pesadumbre en el tono de voz de Syphon, y en el de los demás, cuando hablaban de este asunto—. No debió hacerlo.

—Así es.

—Pero tú no tienes por qué tolerarlo.

—No, ya me encargaré del asunto.

El gruñido que se escuchó como respuesta sugería que contaba con refuerzos en caso de que llegara a necesitarlos. Xcor era peligroso como enemigo y como amigo, siempre.

—Malditas arañas. —Zypher volvió a darse un golpe en la nuca.

—Debimos hacer algo —dijo Balthazar en medio de la oscuridad.

Y enseguida se escuchó un murmullo general de aprobación.

—No debemos volver a quedarnos quietos —anunció Zypher—. Y no lo haremos.

Suponiendo que Xcor regresara. Pero si eso no sucedía, seguramente no sería porque había tenido remordimientos por su acción. Xcor nunca se arrepentía de nada. Él era tan implacable como sus cuchillos.

Sin embargo, una cosa estaba clara: si Throe había muerto, Xcor se vería obligado a afrontar una rebelión. Demonios, eso tendría que ocurrir independientemente de la suerte que hubiese corrido Throe. Nadie iba a arriesgar su pellejo por poner en el trono a un sujeto que no era capaz de honrar los lazos de…

Zypher se dio otro golpe tan fuerte en la nuca que alguien bromeó.

—Si quieres un látigo, te prestamos uno.

Pero al sentir que tenía la palma de la mano húmeda, Zypher se la acercó a la cara.

Sangre. Sangre roja. Mucha sangre roja.

Maldición, seguramente la araña lo había picado. Así que comenzó a explorar la zona con la otra mano, tanteando con los dedos…

Y le cayó una gota sobre la muñeca.

Levantó la vista hacia las vigas del techo y su mejilla recibió otra gota procedente de una rendija de la madera.

Antes de que le cayera otra gota de sangre, Zypher estaba en el suelo, con los cuchillos en la mano y en posición de ataque.

Los otros se pusieron alerta de inmediato, sin ni siquiera pronunciar palabra: el mero hecho de verlo en posición de combate los hizo salir de sus camas e imitarlo.

—Estás sangrando —susurró Syphon.

—No soy yo. Hay alguien arriba.

Zypher tomó aire con la intención de percibir algún aroma, pero lo único que pudo sentir fue el olor a humedad de ese sótano oscuro.

Alguien susurró una pregunta:

—¿Será posible que la Hermandad nos haya traído de regreso a Xcor?

En segundos, prepararon sus armas y se cubrieron el pecho con sus armaduras.

—Yo voy delante —dijo Zypher.

Nadie discutió la propuesta, cosa que habría sido inútil, porque el soldado ya se encontraba junto a las toscas escaleras y estaba comenzando a subir. Los otros lo siguieron y, aunque todos juntos pesaban fácilmente media tonelada, subieron sin hacer el más mínimo ruido, sin que la madera crujiera ni una vez.

Los últimos tres escalones habían sido desencajados a propósito, para dar la señal de alarma ante cualquier infiltración. Sin embargo, los soldados los evitaron desintegrándose directamente hasta la puerta de acero reforzado que estaba empotrada dentro de un marco grueso, rodeado de paredes recubiertas de acero por encima del yeso.

Nadie podía entrar o salir fácilmente de allí.

Con cuidado, Zypher desatrancó la puerta y giró el picaporte. Luego la empujó un centímetro.

El olor a sangre fresca llegó enseguida hasta sus fosas nasales, con tanta fuerza que Zypher sintió un sabor metálico en la boca. Y entonces reconoció la fuente.

Era Xcor. Y no había nada ni nadie con él: no había rastros del hedor de los restrictores, ni olía a especias, como les suele ocurrir a los vampiros machos, ni tampoco se percibía la patética fragancia de las colonias que utilizaban los humanos.

Zypher hizo señas a los otros para que se quedaran atrás. Quizá necesitara su apoyo si la nariz lo estaba engañando.

Así que abrió la puerta con rapidez y se ocultó entre las sombras creadas por las tablas y las cortinas que cubrían las ventanas...

En un extremo del suelo, más allá de las baldosas y las tablas de madera burda que formaban una especie de vestíbulo, en el último rincón del salón, en medio de un círculo de luz, se encontraba Xcor, sentado en un charco de sangre.

Todavía llevaba puesta la ropa de combate; la guadaña y las armas reposaban en el suelo junto a él. Tenía las piernas estiradas y los antebrazos, desnudos y completamente ensangrentados, apoyados sobre los muslos.

Tenía una daga en la mano.

Se estaba autolesionando, él mismo se hacía cortes profundos. Una y otra vez, se hería con la afilada daga en aquellos brazos fibrosos, y ya tenía tantas heridas que la sangre le resbalaba por los brazos. Pero eso no era lo más impresionante. Lo que más conmocionaba a quien lo veía y lo conocía era que Xcor estaba llorando. Las lágrimas rodaban por sus mejillas y caían desde la cara para mezclarse con la sangre de los brazos que encharcaba el suelo.

Y se oía un murmullo ronco que repetía: «Maldito maricón..., llorando como un afeminado..., deja de gimotear..., para..., hiciste lo que tenías que hacer..., maldito maricón».

Al parecer, sus hombres no eran los únicos que habían establecido un vínculo con Throe.

Allí estaba el líder, reducido a una condición miserable, agobiado por el dolor y los remordimientos.

Zypher retrocedió lentamente, cruzó la puerta y la cerró tras de sí.

Syphon fue el primero en preguntar con voz queda:

—¿Qué pasa?

—Tenemos que dejarlo solo.

—Entonces, ¿Xcor está vivo?

—Sí. Y se está aplicando el castigo que merece: derrama su propia sangre por aquel a quien ofendió de manera tan terrible.

Hubo un murmullo de aprobación y luego todos dieron media vuelta y bajaron.

Al menos era algo. Pero todavía tenían que pasar muchas cosas para que Xcor recuperara la lealtad de sus soldados. Primero necesitaban saber qué había sucedido con Throe.

Sentado sobre el suelo de tablas, en medio del charco que había formado su propia sangre, Xcor se debatía entre las enseñanzas que había recibido del Sanguinario y su... corazón.

Porque aquello debía de ser cosa del corazón. Era extraño descubrir a esa edad que tenía corazón. Y, desde luego, resultaba difícil calificar ese descubrimiento como una bendición.

Parecía más bien un indicio de fracaso. El Sanguinario le había enseñado bien las cualidades que debía reunir un buen soldado y las únicas emociones que tenían cabida en su vocabulario eran la rabia, la venganza y la codicia. La lealtad era algo que exigías a tus subordinados, y si estos no te la entregaban a ti, y solo a ti, tú los desechabas como se hace con las armas que no funcionan bien. El respeto era algo que solo se sentía por la fuerza del enemigo y únicamente porque no querías que te ganara por subestimarlo. El amor no existía, salvo el amor al poder. Era un sentimiento asociado exclusivamente con la adquisición y la defensa exitosa del poder.

Mientras volvía a herirse con la daga, Xcor gimió. El dolor en los brazos y las piernas era mortificante y hacía que la cabeza se le nublara. El corazón empezaba a perder el ritmo.

La sangre manaba sin parar. Xcor rezaba para que se llevara con ella la confusa mezcla de ira y remordimientos que se había apoderado de él poco después de dejar a Throe sobre el pavimento.

¿Cómo era posible que todo hubiera salido tan mal?

Todo había comenzado cuando decidió no marcharse de aquel callejón.

Después de despachar a sus soldados, Xcor tenía intención de hacer lo mismo que ellos, pero había terminado quedándose en el techo de uno de los edificios, escondido mientras vigilaba a su soldado. Se había dicho que lo hacía para asegurarse de que fueran los hermanos los que encontraran a su segundo al mando, y no la Sociedad Restrictiva, porque la información que necesitaba tenía que ver con los primeros y no con la segunda.

Pero mientras observaba a Throe retorciéndose de dolor en el asfalto, tratando infructuosamente de encontrar un poco de alivio al cambiar de postura, la realidad de un orgulloso guerrero que ha quedado indefenso caló en lo profundo de su mente.

¿Por qué razón había causado semejante agonía?

Mientras el viento azotaba su cara y le aclaraba la mente y enfriaba su temperatura, Xcor se dio cuenta de que no se sentía cómodo con lo que había hecho, y que su conducta le resultaba intolerable.

Cuando los asesinos llegaron, sacó el arma, listo para defender al macho al que acababa de herir. Pero no hizo falta, porque Throe se había defendido increíblemente bien…, y luego llegaron los hermanos y actuaron tal como él había previsto que harían, deshaciéndose de los restrictores con facilidad, recogiendo a Throe y montándolo en la parte trasera de un vehículo negro.

En ese momento, Xcor resolvió no seguir al todoterreno. Y la razón que eligió fue la más inesperada en vista de su comportamiento previo. En los cuarteles de la Hermandad, Throe recibiría el mejor tratamiento posible.

Uno podía pensar lo que quisiera sobre los lujos de esos desgraciados, pero Xcor sabía que tenían acceso al mejor cuidado médico. Ellos eran la guardia privada del rey y Wrath solo les podía ofrecer lo mejor. Si él seguía al todoterreno con la idea de infiltrarse en sus cuarteles, los hermanos podrían descubrirlo y combatirían con él, en lugar de prestar a Throe la ayuda que necesitaba.

Xcor se mantuvo, por tanto, al margen por la razón equivocada, la razón incorrecta, una razón inaceptable. A pesar de todo el entrenamiento que había recibido, se sorprendió eligiendo la vida de Throe por encima de su ambición. Su rabia lo había llevado en una dirección, pero sus remordimientos lo habían empujado en la contraria. Y eran estos últimos los que habían terminado por ganar la batalla.

Sin duda, el Sanguinario se estaría revolviendo en su tumba.

Ya había decidido no hacer nada más el resto de la noche cuando un disparo iluminó el callejón, aun antes de que arrancara el vehículo en el que iba Throe.

Intentó hacerse cargo de lo que sucedía. Hubo un momento de calma. Luego Tohrment, hijo de Hharm, salió al centro del callejón, dejando atrás su escondite y convirtiéndose en un objetivo perfecto para los restrictores que acababan de llegar y a los que el suicida disparaba.

Resultaba imposible no respetar semejante comportamiento.

Xcor se encontraba justamente encima del asesino que había iniciado el fuego contra el hermano y, aunque varias balas del enemigo habían penetrado en su cuerpo, Tohrment seguía disparando con las dos pistolas, implacable, sin inmutarse.

Un tiro en la cabeza y se acabó, estaría muerto.

Siguiendo un impulso que se negó a calificar, Xcor se tiró al suelo, se arrastró hasta el borde del edificio y apuntó con su arma. En un instante vació el cargador sobre el asesino que estaba escondido. Así disminuían las posibilidades de que el hermano muriera. Qué menos podía hacer ante semejante despliegue de coraje.

Luego se desintegró para irse lejos de la zona de combate. Recorrió las calles de Caldwell durante horas, con las enseñanzas del Sanguinario dando vueltas y más vueltas en su cabeza… Trataba de resucitarlas, devolverles su vigencia, para atenuar aquella maldita sensación de que lo que le había hecho a Throe había estado muy mal.

Sin embargo, solo consiguió que los remordimientos se intensificaran. De golpe desfilaron por su cerebro recuerdos de años y años de relación con aquel soldado, ese que alguna vez le había llamado padre.

La idea de que tal vez él no estaba hecho de la misma madera que el Sanguinario era difícil de aceptar. Sobre todo si se tenía en cuenta que había emprendido junto con sus soldados una guerra contra el Rey Ciego, para la cual necesitaría la clase de fortaleza que solo proviene de la falta de compasión.

En efecto, ya era muy tarde para echarse atrás, aunque quisiera, y tampoco quería. Todavía tenía la intención de derrocar a Wrath, por la sencilla razón de que el trono existía para ser conquistado, independientemente de lo que dijeran las Leyes Antiguas o las tradiciones.

Pero, en cuanto a sus soldados y su lugarteniente…

Xcor volvió a concentrarse en sus antebrazos e, impulsado por lo que ya era una horrible rutina y una difusa búsqueda ciega de sí mismo, volvió a clavar la hoja de la daga en su carne, y utilizando además el lado menos cortante, para que la herida fuese más brutal, irregular y peligrosa.

Cada vez resultaba más difícil encontrar un trozo de piel sin heridas.

Apretaba los dientes y gemía, y rogaba que el dolor llegara hasta el centro mismo de su ser. Lo necesitaba para escarbar entre sus emociones en busca de la voz del Sanguinario, que nunca dejaba de llenarlo de fuerzas y aclarar su mente y su frío corazón.

Sin embargo, no lo lograba, por más dolor que se infligiera. El sufrimiento hacía más fuerte la certeza de su infamia, más horrible la traición a un buen macho, con un alma noble, que le había servido muy bien.

Empapado de sangre por todas partes, anegado por el dolor, Xcor volvió a cortarse muchas veces más, en espera de que le llegara la claridad…

Y cuando se convenció de que esta no llegaría, se sorprendió reconociendo que, si alguna vez tenía oportunidad de hacerlo, liberaría a Throe de su condena de una vez y para siempre.

CAPÍTULO

30

Mientras yacía en la cama, Tohr solo podía pensar en las palpitaciones de su pene. Mejor dicho, en eso y en el olor a flores recién cortadas que seguramente Fritz debía de estar poniendo en el corredor.

Desesperado, se puso a hablar en voz alta.

—¿Esto es lo que quieres de mí, ángel? Vamos, sé que estás ahí. ¿Esto es lo que quieres?

Para hacer más llamativo su reproche, Tohr metió una mano bajo las sábanas y la dejó bajar por el pecho y el abdomen hasta llegar al bajo vientre. Cuando se agarró el miembro no pudo contener un estremecimiento de placer ni el gemido animal que brotó de su garganta.

—¿Dónde demonios estás? —Ahora no sabía con certeza con quién estaba hablando en medio de la oscuridad. ¿Era Lassiter o N'adie? Tal vez el Cielo se compadeciera de él y fuera la segunda.

Joder, no podía creer que estuviera esperando a otra hembra que no fuera su difunta pareja. Y más increíble era que en la lucha entre la culpa y el deseo estuviese venciendo este último.

—Si dices mi nombre mientras haces eso, voy a tener que vomitar.

La voz de Lassiter sonaba ronca e incorpórea y le llegaba desde el rincón de la habitación donde había un sillón.

—¿A esto es a lo que te referías? —Volvió a tocarse. Dios santo, ¿de verdad era él quien estaba dando ese espectáculo ridículo?, se preguntó Tohr. Ansioso, impaciente, totalmente alterado por la excitación, había perdido cualquier noción del decoro.

—Sí, a eso. Es mejor que meterse en mitad de un tiroteo… —Se oyó cómo el ángel cambiaba de posición—. De todas formas, no te ofendas, pero ¿te importaría poner las dos manos donde pueda verlas?

—¿Puedes hacer que ella venga a buscarme?

—El libre albedrío es intocable. Y deja las manitas quietas. Por favor.

Tohr sacó al fin las dos manos.

—Quiero darle mi sangre, no follar con ella. No sometería nunca a N'adie a esa tortura.

—Te sugiero que dejes que ella tome sus propias decisiones con respecto al sexo. —El ángel carraspeó, porque el sexo era un tema incómodo entre tíos si estaban hablando de mujeres honorables—. Ella puede tener sus propias ideas.

Tohr recordó cómo la hembra lo había mirado en la clínica mientras él se masturbaba. No parecía asustada; más bien cautivada… O tal vez estaba… Dios, no sabía cómo afrontar aquel maldito asunto que lo estaba consumiendo.

Su cuerpo se volvió a arquear, como señalándole el camino que debía seguir para resolver sus problemas.

El ángel volvió a carraspear, y Tohr se rio.

—¿Qué te pasa? ¿Tienes alergia a las flores?

—Sí. Eso es. Ahora te voy a dejar solo, ¿de acuerdo? —Hubo una pausa—. Estoy orgulloso de ti.

Tohr frunció el ceño.

—¿Por qué?

Al ver que no recibía respuesta, se dio cuenta de que el ángel ya se había marchado…

Sonó un golpecito en la puerta y desapareció el dolor de las heridas. Tohr sabía exactamente quién estaba llamando.

—Entra.

«Ven a mí», había dicho en la clínica.

La puerta se abrió un poco y N'adie se coló sigilosamente y cerró.

Cuando Tohr oyó que ella echaba la llave a la puerta, su cuerpo apagó la mente por completo: era hora de alimentarla… y, si Dios quería, follar, siempre y cuando ella estuviese por la labor.

Durante un breve momento de lucidez, Tohr pensó que debería decirle a N'adie que se marchara, para ahorrarse las horas posteriores al encuentro sexual, cuando la cabeza se aclara… y dos personas se dan cuenta de que esos cócteles Molotov que parecían tan divertidos de hacer y de arrojar realmente han causado daños colaterales.

Pero Tohr le tendió la mano para que se acercara.

Tras un instante de duda, ella se quitó la capucha. Tohr volvía a mirarle la cara, y una vez más pensaba que ella no se parecía en nada a su Wellsie. Era más bajita y tenía una constitución mucho más delicada. Era más bien pálida, en lugar del tono rojo vibrante de la piel de Wellsie. Era modesta, no atrevida.

Sí, le gustaba que aquella hembra fuera así. De alguna manera, al ser tan diferente había menos oportunidades de que esta otra hembra reemplazara a su amada, que siempre seguiría ocupando un lugar en su recuerdo. Ciertamente estaba excitado, pero se dijo que eso no tenía ninguna importancia. Cuando los machos que provenían de linajes como el suyo gozaban de buena salud y estaban bien alimentados, como le sucedía a él ahora, se podían empalmar mirando un saco de patatas.

Y desde luego, a pesar de la opinión que tenía de sí misma, N'adie era mucho más atractiva que un saco de patatas…

Joder, qué metáfora tan romántica.

N'adie se acercó lentamente. Ahora apenas se notaba su cojera. Cuando llegó al borde de la cama, miró el pecho desnudo de Tohr, sus armas, su estómago… y siguió bajando.

—Otra vez estoy excitado —reconoció el vampiro con voz ronca. Y por supuesto que no lo dijo para asustarla. La verdad era que tenía la esperanza de volver a ver la mirada que ella le dedicó cuando eyaculó abajo, en la clínica.

Y la vio. Ahí estaba otra vez, llena de calor y curiosidad. Exenta del menor rastro de miedo.

La hembra lo miró y le habló con dulzura.

—¿Puedo beber de tu muñeca desde aquí?

—Ven a la cama —gruñó Tohr.

Ella subió una pierna sobre el colchón y luego trató de hacer lo mismo con la otra, pero como era la mala, perdió el equilibrio y se fue hacia delante…

Tohr la agarró con facilidad y la sostuvo de los hombros para evitar que se estrellara de cara contra él.

—Te tengo.

Dos palabras de ambiguo significado.

Deliberadamente, la acercó a él, para que quedara recostada sobre sus pectorales. Joder, no pesaba nada. No debía de comer gran cosa. Desde luego, en el comedor comía como un pajarito.

O sea, que no era el único que tenía que alimentarse bien.

Tohr se detuvo para dar a la hembra tiempo de adaptarse a la postura. Él era un macho muy viril, estaba muy excitado y ya la había asustado más que suficiente. Por él, podía tomarse todo el tiempo del mundo para afrontar lo que vendría después con la mayor tranquilidad.

Pero el olor de N'adie cambió de repente. Ahora tenía el inconfundible aroma del despertar femenino. En respuesta, Tohr sacudió las caderas por debajo de las sábanas. Ella giró la cabeza para observar la reacción del cuerpo de Tohr.

Si hubiese sido un verdadero caballero, habría ocultado la reacción y se habría asegurado de que el encuentro solo consistiera en devolverle el favor que ella le había hecho. Pero en ese momento era mucho más macho que caballero. Muchísimo más.

Y, por eso, enseguida la acomodó sobre su pecho de manera que la boca de N'adie quedara justo sobre su yugular.

Piel.

Tibia piel masculina contra sus labios.

Tibia y limpia piel de vampiro, de un magnífico tono dorado. Y un arrebatador olor a especias, y la fuerza del pecho y los brazos…, todo era tan erótico que el cuerpo de N'adie registró una sacudida volcánica.

Al respirar, el olor de Tohr, ese olor a macho, produjo en ella una reacción sin precedentes. Todo se volvió instinto, los colmillos se le alargaron desde la mandíbula superior, los labios se entreabrieron y la lengua se asomó como si quisiera probar el más exquisito de los manjares.

—Toma mi sangre, N'adie... Tú sabes que quieres hacerlo. Tómame...

N'adie tragó saliva y se apoyó en él para levantarse un poco y mirarlo a los ojos. Había demasiadas emociones allí como para descifrarlas todas..., y lo mismo se podía decir de la voz y la expresión de Tohr, que eran como un mundo entero.

No era fácil para él, porque aquella era su habitación matrimonial, el lugar donde seguramente había estado miles de veces con su pareja.

Y sin embargo él la deseaba. Eso era evidente por la tensión de su cuerpo, y por la erección que N'adie podía ver aun debajo de las sábanas.

La mujer conocía la encrucijada tan difícil en la que se encontraba ese macho deseado, atormentado por las contradicciones; porque ella se sentía igual. Deseaba el encuentro, pero sabía que si se alimentaba de él ahora, la relación avanzaría y no estaba segura de encontrarse preparada para lo que viniese después.

Pero no había vuelta atrás para ella. Y para él tampoco.

—¿No quieres que beba del brazo?

—No.

—Entonces, dime dónde quieres que te muerda. —Lo sabía de sobra. Querida Virgen Escribana, N'adie no entendía por qué estaba hablando así, con aquel tono seductor y exigente. Jamás lo había hecho.

—En la garganta. —Tohr susurró tan bajo que era difícil de escuchar, y a continuación gimió al ver que los ojos de ella regresaban al lugar donde él parecía haberla acomodado deliberadamente.

Este poderoso guerrero deseaba que lo usara. Mientras yacía acostado sobre las almohadas, su cuerpo enorme parecía estar bajo el dominio de esa misma fuerza extraña que ella había presenciado antes, amarrado por lazos invisibles que no parecía poder ni querer romper.

Los ojos de Tohr se mantuvieron fijos en los de ella mientras ladeaba la cabeza y exponía su vena..., que estaba al otro lado de donde ella se encontraba. Así que tendría que estirarse por encima de su pecho una vez más. Sí, pensó ella, eso también era lo que ella quería... Pero antes de hacer cualquier movimiento, dio a su alma una última oportunidad de entregarse al pánico. Dios, no. Lo último que quería era desmoronarse en mitad de aquel encuentro buscado por ambos.

No sentía nada de miedo. Por primera vez en la vida, el presente resultaba tan vívido y cautivador que el pasado ya no era una sombra ni un eco. No existía. Ella se hallaba en ese momento, sin recuerdo alguno.

Y tenía total conciencia de lo que deseaba.

N'adie alargó el brazo y se estiró para cubrir la increíble extensión del torso de Tohr. La comparación era casi una broma, la yuxtaposición de sus cuerpos se antojaba absurda. Pero lo importante era que ella no estaba asustada. Los poderosos pectorales de Tohr y la inmensidad de sus hombros no la hacían sentirse amenazada ni lo más mínimo.

Al contrario, agudizaban el deseo que sentía de morderle, absorberle, poseerle.

El cuerpo de Tohr se arqueó hacia arriba cuando ella se acostó sobre él. Y gozó de su calor. Ese calor que hervía en su piel y agrandaba las acuciantes necesidades de su cuerpo.

Había pasado tanto tiempo desde la última vez que se alimentó de un macho… Y en el pasado, eso solo sucedía bajo la estricta supervisión no solo de su padre sino de los otros machos de su linaje. En efecto, a lo largo de todo el proceso, se respiraba tal ambiente de solemnidad que la biología quedaba sepultada por la sociedad y las expectativas sociales.

Nunca había estado excitada en aquellos trances. Y si el caballero que ella usaba alguna vez se había excitado, había sabido ocultar muy bien su reacción, porque ella ni se enteró.

Tales fueron sus experiencias anteriores.

Esto era básico, salvaje… y muy sexual.

—Muerde, bebe —le ordenó Tohr, al tiempo que apretaba la mandíbula para exponer aún más el cuello.

La hembra bajó la cabeza, se estremeció por completo y lo mordió sin ninguna delicadeza…

Esta vez el gemido provino de ella.

El sabor de la sangre de Tohr no se parecía a nada que pudiera recordar, era como un rugido en su boca, sobre la lengua, a lo largo de la garganta, hasta lo más íntimo de su ser femenino. La sangre de Tohr era la más pura y fuerte que había probado.

Era como si la potencia de su cuerpo de guerrero se transmitiera al cuerpo de ella y la transformara en un ser mucho más grande de lo que fuera jamás.

—Toma más —acució el macho con voz ronca—. Tómalo todo...

Ella obedeció y se reacomodó para que su boca quedara en una posición aún más firme. Y mientras bebía con renovado gusto, se dio cuenta de que era cada vez más consciente del contacto de sus senos con el pecho de Tohr. Y del dolor de su vientre, si es que podía llamarse dolor a aquella sensación que solo parecía aumentar a medida que bebía. Y de la pulsión lujuriosa de sus piernas..., que parecían cobrar vida propia y no desear nada más que abrirse.

Para él.

Su cuerpo había perdido toda rigidez y eso parecía irreversible. Pero ¿qué tenía eso de malo?, ¿qué importaba? N'adie estaba tan absorta que no le importaba nada más que lo que estaba recibiendo.

T ohr tuvo un orgasmo poco después de que N'adie lo
mordiera por primera vez. No pudo detener la contrac-
ción de los testículos ni las palpitaciones que subían y bajaban
por su miembro, ni la explosión que experimentó el glande, entre
contorsiones bajo las sábanas.

—Ahhhh… N'adie…

Consciente de lo que acababa de suceder y de qué era lo
que le estaba pidiendo, N'adie asintió sobre su garganta, para
mostrarle que no tenía objeción. Tanto era así que lo tomó de
la muñeca y condujo su mano hacia abajo, por debajo de la
sábana.

Tohr ya no tendría que pedir permiso.

Así que abrió las piernas y comenzó a frotarse el pene, que
seguía totalmente erecto, con un ritmo acompasado con el de la
succión de N'adie. Cuando volvió a eyacular y su verga siguió
palpitando como loca, se agarró los testículos y apretó con fuerza. El placer y el dolor se volvieron una sola cosa y el clímax se
difundió por todo el cuerpo, por el abdomen, el pecho, los miembros, los colmillos…

La sensación de abandono, de liberación del dolor con el
que luchaba todos los días y todas las noches supuso un alivio
maravilloso. Ahora su alma era un lago que se había descongela-
do. Se deleitó con la idea de estar eternamente así, con ella, deba-

jo de ese cuerpo liviano y arrebatador, atrapado por su ligereza y su poderoso mordisco.

Hacía tanto tiempo que no sentía nada bueno en el fondo de su alma… Y como sabía que todos sus pesares lo estarían esperando cuando ese idílico amanecer se desvaneciera, Tohr se sumergió aún más en aquella experiencia, dejándose llevar deliberadamente por todas las sensaciones que el destino le brindaba.

Cuando N'adie retiró por fin los colmillos, los lametones para sellar los pinchazos le hicieron correrse de nuevo: la caricia tibia y húmeda de esa lengua sobre su piel se trasladó de inmediato a la entrepierna, que se sacudió y soltó, torrencialmente, más chorros del líquido que ya empapaba todas las sábanas.

Tohr contempló los ojos de N'adie mientras eyaculaba, se mordió el labio inferior y echó la cabeza hacia atrás, pero siempre procurando no perder de vista sus ojos.

Y así fue como se dio cuenta… de que ella también quería un poco de placer.

La mirada lo decía. El exquisito aroma que despedía el cuerpo de N'adie lo confirmaba.

Tras algunas dudas, hizo la pregunta con voz ronca.

—¿Me permitirías darte algo de placer?

—Yo… no sé qué hacer.

—¿Eso es un sí?

—Sí… —dijo con tono casi inaudible.

Entonces Tohr se acostó de lado y la depositó suavemente sobre el colchón.

—Lo único que tienes que hacer es quedarte ahí… Yo me encargaré de todo.

La facilidad con la que ella obedeció fue una agradable y excitante sorpresa y una señal inmediata, en lo que tenía que ver con su libido, para desnudarla y poseerla.

Pero eso no iba a suceder. No debía hacerlo. Por muchas razones.

—Iré despacio. —Tohr se preguntaba si no se lo estaba diciendo a sí mismo. Y luego pensó que a lo mejor actuaba muy lentamente porque ya se acordaba de lo que se le hace a una hembra…

Pero, de repente, una sombra cruzó por su mente, amenazando con saltar sobre ellos y oscurecer el momento.

Con tristeza, Tohr se dio cuenta de que no podía recordar con precisión cuándo había sido la última vez que su Wellsie y él habían estado juntos. Si hubiese sabido lo que iba a pasar, seguro que habría retenido con mucha más precisión aquellos días celestiales.

Sin duda debió de ser una de aquellas maravillosas y serenas sesiones en su cama matrimonial, cuando los dos estaban semidormidos y felices de seguir sus instintos...

—¡Tohrment!

La voz de N'adie lo sobresaltó y amenazó con hacer descarrilar el tren que avanzaba por la vía del presente. Y entonces Tohr pensó en Lassiter... y en su shellan en medio del submundo gris, atrapada en aquel campo desolado y lleno de polvo.

Si se detenía ahora, no habría una nueva oportunidad de vivir este momento, esta situación llena de promesas con N'adie... ni con cualquier otra. Y él se quedaría prisionero para siempre en su dolor y Wellsie nunca sería libre.

Maldición, así era la vida, a veces tenías que superar obstáculos. Lo malo es que este era el mayor que él, superviviente de tantas batallas a muerte, se había encontrado. Pero había que hacerlo. Ya había tenido más de un año para elaborar su duelo y todavía le quedaban décadas, siglos de vida por delante. Así que durante los próximos diez o quince minutos —quizá una hora o el tiempo que durara—, necesitaba permanecer solo en el aquí y el ahora.

Solo con N'adie.

—Tohrment, podemos detenernos...

—¿Puedo abrirte el manto? —Tohr la había interrumpido con voz forzada por la excitación—. Por favor..., déjame verte.

La hembra asintió y él tragó saliva y llevó una mano temblorosa hasta el cinturón del manto, que se soltó casi sin resistencia alguna.

Los pliegues se abrieron y dejaron expuesto el cuerpo casi desnudo.

El pene de Tohr palpitó con fuerza al contemplar aquel cuerpo, apenas separado de sus ojos, sus manos..., su boca.

Y esa reacción le dijo que, afortunada o desgraciadamente, sí podía hacer lo que se proponía. E iba a hacerlo.

Cuando deslizó una mano por la cintura de N'adie, se detuvo un momento. Wellsie tenía un cuerpo tan sensual, tan lleno de curvas y de fuerza femenina que volvía loco. El de N'adie no se le parecía en absoluto.

—Tienes que comer más —dijo con tono brusco. —Al ver que ella levantaba las cejas y parecía encogerse, Tohr sintió ganas de darse un puñetazo en la cabeza. Ninguna hembra necesitaba oír la enumeración de sus defectos en un momento como ese—. Eres muy hermosa. —Sus ojos penetraban la delgada tela que cubría sus senos y sus caderas—. Solo estoy preocupado por tu salud. Eso es todo.

Cuando percibió que ella volvía a relajarse, Tohr se tomó su tiempo y comenzó a acariciarla por encima de la sencilla camisola de lino que llevaba encima, bajando lentamente hacia el vientre. La imagen de ella suspendida sobre el agua azul de la piscina, flotando con los brazos abiertos, la cabeza echada hacia atrás y los senos erguidos, lo hizo gruñir. Y le marcó un primer objetivo.

Tohr dirigió las manos hacia arriba y rozó la base de los senos de la hembra.

Los gemidos que ella dejó escapar y la forma en que se arqueó le dejaron claro que el contacto había sido más que bienvenido. Pero no había prisa. Ya se había apresurado demasiado en la despensa y eso no iba a ocurrir de nuevo.

Con serenidad, Tohr fue subiendo el dedo índice hasta llegar al pezón. Más gruñidos, siseos, gemidos. Más movimientos del cuerpo.

Y más exploración.

Tohr sentía que su cuerpo rugía y su miembro se rebelaba contra las sábanas, contra su autocontrol, contra su ritmo. Pero tenía la intención de mantener tranquilas las cosas allá abajo y estaba decidido a que así fuera. Se trataba del placer de ella, no del suyo, y la manera más rápida de cambiar las cosas sería acercarle su cuerpo desnudo.

Tenía que tratarse de la sangre de ella que corría por sus venas. Sí, eso era. Esa era la causa de esta loca necesidad de apareamiento…

Cuando N'adie comenzó a mover las piernas encima de la sábana y le clavó las uñas en el antebrazo, Tohr le agarró los senos con las dos manos y comenzó a acariciarla con el pulgar.

—¿Te gusta? —Arrastraba las palabras. Ella jadeaba.

Respondió con gemidos, pero la verdadera respuesta fue la enorme tensión erótica que podía ver con sus ojos.

Claro que le gustaba lo que estaba sintiendo.

Entonces Tohr la rodeó con el brazo y la levantó suavemente hasta la altura de su boca. Tuvo un momento de vacilación antes de besarle los senos, pero solo porque no podía creer que de verdad le estuviera haciendo eso a una hembra. En los últimos amargos meses no se le había ocurrido pensar que alguna vez tendría sexo, más allá de sus recuerdos. Pero allí estaba, con su cuerpo desnudo y excitado, su boca a punto de probar a una hembra que no era la añorada.

—Tohrment —gimió ella—. No sé qué voy a…

—No pasa nada, estoy contigo… Yo te tengo.

Tohr dejó caer la cabeza, abrió los labios y le rozó el pezón por encima de la camisola, y comenzó a acariciarla de esa manera. Ella le acarició apasionadamente la cabeza.

La hembra desprendía un olor delicioso. Su aroma era más ligero que el de Wellsie…, y sin embargo actuaba igualmente como combustible de vehículo espacial en sus venas.

El primer lamento le hizo intuir el paraíso, así que siguió lamiéndola y lamiéndola, una y otra vez.

Luego se puso a chupar los pezones, a tirar de ellos delicadamente, con los dientes, con cierto ritmo. Y mientras ella se agarraba a él con más fuerza, empezó a mover sus manos por todo el cuerpo de N'adie, explorando sus caderas y la parte externa de los muslos, el vientre, los costados…

La cama crujía ligeramente y el colchón cedía con todos sus movimientos, mientras él se iba acercando cada vez más al cuerpo femenino, hasta poner en contacto ambos sexos.

Era hora de llevar el encuentro a otro nivel.

Esta era la razón por la cual las hembras ponían esa cara tan especial cuando pensaban en sus compañeros.

N'adie por fin estaba entendiendo por qué cada vez que un hellren entraba en una habitación su shellan se enderezaba un poco y esbozaba una discreta sonrisa. Esta era la razón de todas esas miradas entre los dos sexos de la especie. Esto explicaba la prisa por terminar la ceremonia de apareamiento, después de alimentar a los invitados y permitirles bailar un par de piezas; y explicaba también la necesidad de cerrar la casa durante el día.

Esta era la razón por la cual las parejas felizmente apareadas no bajaban a veces al comedor y se saltaban la Última Comida, o la Primera, o todas.

Este festín de los sentidos constituía el sustento último de la especie.

Algo que ella nunca había pensado que llegaría a conocer.

¿Y por qué, contra lo que siempre creyó, era capaz de disfrutarlo? Porque a pesar del deseo frenético, Tohr había tenido mucho cuidado. Aunque evidentemente estaba excitado, al igual que ella, no se apresuró: su autocontrol fue como una jaula de acero que contuvo sus instintos, su premura y su ritmo para que todo discurriera con la lentitud y la serenidad de una pluma que cae al suelo un día sin viento.

Tan delicado era el vampiro que N'adie ya estaba comenzando a impacientarse.

Pero ella sabía que eso era lo mejor. A pesar de lo ansiosa que se sentía, sabía que esa era la manera correcta de hacerlo, porque así no había posibilidad de que ella se confundiera con respecto a la persona con la que estaba o de que dudara de si realmente deseaba lo que estaba pasando...

La sensación de la boca húmeda de Tohr sobre sus senos la hizo gritar y arañar el cuero cabelludo del guerrero. Y eso fue antes de que él empezara a chuparle los pezones.

Con uno de los pezones en la boca, Tohr preguntó:

—¿Abrirías tus piernas para mí?

Los muslos obedecieron antes de que los labios pudieran contestar afirmativamente. Un rugido de satisfacción brotó del pecho de Tohr, que no desperdició ni un minuto. Mientras reacomodaba su boca sobre los senos de ella, deslizó la palma de la mano hasta la parte superior de uno de sus muslos y siguió hacia la zona interna.

—Levanta las caderas, por favor —dijo Tohr, antes de seguir chupándole el pezón.

Ella obedeció de inmediato y estaba tan absorta en las sensaciones que experimentaba que no entendió por qué le pedía eso.

En ese momento sintió un suave roce alrededor de las piernas.

Tohr estaba subiéndole la camisola.

Y a continuación, comenzó a acariciarla de nuevo, pasando primero por la parte superior del muslo, luego hacia abajo…, y otra vez hacia la parte interna…

Qué maravillosa sensación le brindaba la caída de todas las barreras. Como si las cosas no fueran ya suficientemente buenas.

En respuesta, N'adie arqueó la pelvis y tensó los músculos, pero no logró con ello que Tohr se apresurase a llegar hasta ese epicentro de calor que ella sabía que terminaría por reclamar. En realidad, sometida a tantas sensaciones distintas, la hembra ya solo sintió que su sexo florecía y que estaba a punto de estallar. Notó una creciente humedad y aumentó la necesidad de que la acariciara allí, hasta que le doliera, es decir, hasta que pudiera disfrutar como había disfrutado con los mordiscos.

La primera vez que Tohr le tocó la vagina fue apenas un roce que de inmediato la hizo gritar porque quería más. La segunda vez lo hizo con más fuerza. Y la tercera…

N'adie lanzó la mano hacia abajo para cubrir la de Tohr y empujarlo hasta lo más hondo.

El gemido que emitió Tohr fue totalmente inesperado. Probablemente tocarle el sexo lo había hecho eyacular de nuevo. Sí, N'adie pudo confirmar su hipótesis al ver cómo el cuerpo de Tohr se sacudía debajo de las sábanas, de una manera que la hizo pensar instintivamente en la penetración.

Una penetración vigorosa y repetida.

—Tohrment… —N'adie le habló con voz entrecortada, totalmente centrada en una sola idea…

Pasó un momento antes de que él pudiera emitir algún sonido que no fuera el de su respiración.

—¿Estás bien?

—Ayúdame. Necesito…

Tohr volvió a rozar sus labios con los senos de la hembra.

—Me encargaré de eso. Te lo prometo. Solo espera un poco más.

Ella no sabía cuánto tiempo podría soportar aquello sin que su cuerpo se desintegrara.

Pero Tohr le enseñó que la frustración podía alcanzar niveles más altos.

Después de un rato, las caricias siguieron tal como habían comenzado, lenta, suavemente. Eran más un roce que una caricia propiamente dicha. Pero, gracias a la Virgen Escribana, las cosas no se quedaron ahí. Mientras él aumentaba sutilmente la presión en la parte alta de su sexo, N'adie recordó cómo se había masturbado el macho en la clínica, empujando las caderas con las manos y creando una fricción rítmica que finalmente estalló en una ola de placer…

El orgasmo fue más poderoso que cualquier otra cosa que ella hubiese sentido en la vida. Fue un infinito placer que sacudió la parte inferior de su cuerpo, reverberó por todo el torso y tuvo eco hasta en las yemas de los dedos.

N'adie conocía la Tierra y conocía el Santuario.

Pero esto… Esto era el Cielo.

Cuando N'adie llegó al orgasmo, Tohr volvió a estallar, pues el contacto con la vagina húmeda, sus caderas sacudiéndose y su voz gritando lo lanzaron otra vez por encima del abismo. Estaba lubricada, estaba abierta, estaba lista para él.

Era un volcán de sensualidad.

Y mientras ella se restregaba contra la mano de Tohr, él quería poner su boca donde se encontraba la mano, para poder beber lo que le ofrecía.

De hecho, si ella no hubiese estado agarrada a él con tanta fuerza, Tohr habría cambiado de posición enseguida, girando ciento ochenta grados para tocarla con sus labios. Pero por el momento no podía moverse. No era posible hasta que los dos llegaran al final de sus respectivos orgasmos y sus músculos se relajaran.

Pero N'adie no lo soltó.

Incluso después de que el orgasmo terminara, sus brazos siguieron aferrados al cuello de Tohr.

Y cuando comenzó a temblar, él lo notó de inmediato.

Al principio se preguntó si sería la pasión, que regresaba, pero rápidamente se dio cuenta de que no se trataba de eso.

N'adie estaba llorando en silencio.

Cuando Tohr trató de apartarse, ella lo agarró con más fuerza, apoyó la cabeza en su pecho y se hundió en él. Era evidente que no estaba asustada ni se sentía agredida por él. Pero, Dios, aun así lloraba.

—Calma —susurró Tohr mientras le ponía la mano en la espalda y empezaba a acariciarla con movimientos circulares, delicados—. Todo va bien...

Pero no estaba seguro de eso, y menos cuando ella empezó a sollozar con más fuerza.

Sabedor de que no podía hacer otra cosa que quedarse consolándola, dejó caer la cabeza cerca de la suya y se quitó la sábana de las piernas para abrigarla un poco.

El llanto de la hembra duró una eternidad.

Y él la habría seguido abrazando todavía mucho más tiempo.

Servir a N'adie de punto de apoyo también significó un apoyo para él, pues le brindó un objetivo noble y tan fuerte como lo había sido el deseo sexual hacía solo unos instantes. Tohr se decía que había sido tan idiota que no había previsto que al alimentarse el uno al otro ocurriría algo así. Lo que acababa de suceder era, probablemente, la primera y única experiencia sexual a la que ella había accedido voluntariamente. Se trataba de una hembra honorable y descendiente de una familia de gran linaje; seguro que no le habían permitido ni siquiera ir de la mano de un macho.

La violencia del maldito symphath había sido su única experiencia en ese terreno.

Tohr sintió ganas de volver a matar a aquel canalla.

Por fin, todavía entre sollozos, la hembra fue capaz de decir algo.

—No sé..., no sé por qué... estoy llorando.

—No importa, estoy contigo. Y seguiré todo el tiempo que necesites. No estás sola.

La crisis ya estaba pasando. La respiración de N'adie comenzaba a regularizarse, los suspiros disminuían. Hubo un último estremecimiento. Luego se quedó tan quieta como él.

Tohr le acarició la espalda.

—Háblame. Dime qué estás pensando.

Ella abrió la boca como si tuviera intención de hablar, pero se limitó a mover la cabeza. El vampiro, pues, siguió consolándola.

—Bueno, pues hablaré yo: yo creo que eres muy valiente.

—¿Valiente? —Ella se rio con tristeza—. ¡Cómo se ve que no me conoces!

—Muy valiente. Esto ha debido de ser difícil para ti… Y me siento muy honrado de que me hayas permitido… hacer lo que te hice.

Por la cara de N'adie cruzó una sombra de desconcierto.

—¿Por qué?

—Porque eso implica una gran confianza, N'adie, en especial para alguien que ha pasado por una experiencia como la que viviste tú. —La hembra frunció el ceño y pareció hundirse en sus propios pensamientos—. Oye. —Tohr le puso el índice debajo de la barbilla—. Mírame. —Cuando ella lo hizo, él le acarició el contorno de la cara con suavidad—. Quisiera poder decirte algo muy profundo y trascendental, algo útil para ayudarte a entender lo ocurrido. Pero la filosofía no es lo mío, y bien que lo siento en un momento como este. Sin embargo, hay algo que sí puedo decirte y es que se necesita verdadero coraje para romper con el pasado. Y eso es lo que has hecho hoy.

—Entonces supongo que los dos somos valientes.

Tohr desvió la mirada.

—Tal vez.

Hubo un rato de silencio, como si necesitaran asimilar lo que acababan de decirse.

De repente N'adie reanudó la conversación.

—¿Por qué es tan raro este momento que sigue a…? Quiero decir, lo que se siente después de lo que hemos hecho. Me siento tan… lejos de ti.

Tohr asintió con la cabeza y pensó que tenía razón, que el sexo podía ser muy raro, incluso si no había complicaciones como las que ellos tenían. Aunque no llegaras muy lejos, la enorme intimidad que conseguías compartir hacía que el regreso a la normalidad se viviera en los primeros instantes como un alejamiento.

—Debería volver a mi habitación ahora —remachó ella.

Tohr se la imaginó en el pasillo y le pareció que ese sitio estaba demasiado lejos.

—No. Quédate aquí.

En medio de la penumbra, Tohr alcanzó a ver que la hembra volvía a fruncir el ceño.

—¿Estás seguro?

Tohr atrapó un mechón rubio que se había escapado de la trenza de N'adie.

—Sí. Estoy seguro.

Los dos se quedaron mirándose a los ojos durante un rato muy largo y, de alguna manera —quizá por la expresión de vulnerabilidad que había en los ojos de ella o por el gesto de su boca, o tal vez porque él le estaba leyendo la mente—, Tohr supo exactamente qué era lo que N'adie se estaba preguntando.

—Yo era consciente de que eras tú —dijo el vampiro con voz suave—. Todo el tiempo… sabía que eras tú.

—¿Y eso fue bueno?

Tohr pensó en su antigua compañera.

—No te pareces en nada a Wellsie.

Al verla removerse, se dio cuenta de que no había contestado a su pregunta.

—Verás, lo que quiero decir es que…

—No tienes que explicar nada. —La sonrisa triste de N'adie estaba llena de compasión—. De verdad.

—N'adie…

Ella levantó una mano.

—No tienes que explicarme nada. Por cierto, las flores de aquí son fantásticas. Nunca había sentido un olor tan maravilloso.

—Están fuera, en el pasillo. Fritz las cambia cada dos días. Escucha, ¿puedo hacer algo por ti?

—¿Es que no has hecho ya bastante por mí? —dijo ella.

—Me gustaría traerte algo de comer.

N'adie levantó las cejas con sorpresa.

—No quisiera molestarte…

—Pero tienes hambre, ¿verdad?

—Bueno…, sí…

—Entonces espera, regresaré en un minuto.

Tohr se levantó e inconscientemente se preparó para que el mundo comenzara a girar a su alrededor, como le ocurría en los últimos meses. Pero no sintió ni el más ligero mareo, no tuvo que agarrarse a ningún mueble para conservar el equilibrio. Nada. Su cuerpo estaba impaciente por moverse, mientras rodeaba la cama… La recuperación era extraordinaria, pese a haber alimentado a la hembra.

Los ojos de N'adie se clavaron en él y la expresión en su rostro le hizo frenar en seco.

Allí estaba otra vez el gesto interrogante. Y también lleno de deseo.

No había considerado la posibilidad de que hubiese una repetición, pero teniendo en cuenta la forma en que ella lo estaba mirando…, la respuesta parecía ser un gran sí.

—¿Te gusta lo que ves? —De forma natural le había salido un tono seductor.

—Sí…

La respuesta hizo que se excitara. Debajo de la cintura, una vez más el miembro se puso firme de inmediato y los ojos de ella se clavaron automáticamente en ese lugar.

—Hay otras cosas que quiero hacerte —dijo Tohr con voz gutural—. Lo que hicimos antes puede ser solo el comienzo, si lo deseas.

Ella entornó los ojos.

—¿De verdad quieres eso?

—Sí, eso es lo que quiero.

—Entonces…, sí, por favor.

El macho hizo un gesto de asentimiento, como si acabaran de sellar un trato. Luego tuvo que realizar un esfuerzo supremo para alejarse de la cama.

Cuando llegó al armario, sacó unos vaqueros y se dirigió a la puerta.

—¿Quieres alguna comida en particular?

N'adie negó lentamente con la cabeza, con los ojos aún entornados, la boca entreabierta y las mejillas ruborizadas. Joder…, ella no sabía lo atractiva que estaba en aquella cama inmensa y desordenada, con el manto colgando a un lado del colchón, el pelo desplegado por las almohadas y ese aroma sexual, más fuerte y seductor que nunca.

Tal vez la comida podía esperar, se dijo. Y encima notó que la hembra tenía las piernas descubiertas.

Sí, tenía algunos planes para esas piernas…

De pronto, ella se echó una manta sobre la pierna mala, para que él no pudiera verla.

Tohr se acercó a la cama y volvió a poner la manta como estaba. Luego acarició delicadamente las cicatrices de la pierna, mientras la miraba directamente a los ojos.

—Eres hermosa. Cada centímetro de tu cuerpo es hermoso. No pienses ni por un momento que tienes algo malo. ¿Está claro?

—Pero...

—No. No quiero oír nada de eso. —Se agachó y la besó en la espinilla, la pantorrilla, el tobillo, siguiendo siempre la línea de las cicatrices—. Hermosa. De los pies a la cabeza.

—¿Cómo puedes decir eso? —La hembra trataba de contener las lágrimas.

—Porque es la verdad. —Luego se enderezó y le dio un apretón final—. Nada de ocultarte ante mí, ¿vale? Cuando hayas comido, creo que voy a tener que demostrarte que estoy hablando muy en serio. —Eso la hizo sonreír..., y después rio abiertamente—. Esa es mi chica. —Nada más decirlo, el vampiro se quedó pensativo. Mierda, ella no era su chica. ¿De dónde demonios habían salido esas palabras?

Tohr se obligó a regresar a la puerta, salió al pasillo, cerró la puerta tras él y...

—¿Qué demonios es esto? —Tohr levantó una pierna y se miró la planta del pie. Tenía una mancha de pintura plateada.

Observó la alfombra y encontró un rastro de... pintura plateada que seguía por todo el pasillo hasta el balcón del segundo piso.

Tohr soltó una maldición y se preguntó qué estarían haciendo los doggen. Fritz se iba a poner furioso.

Siguió el rastro desde lo alto de la gran escalera hasta el vestíbulo. Allí vio que el reguero lo atravesaba de punta a punta.

—Señor, buenos días. ¿Necesita usted algo?

Tohr se volvió hacia Fritz, que venía del comedor con un bote de cera para el suelo en la mano.

—Ah, hola. Sí, necesito algo de comer. Pero, dime, ¿qué es este rastro de pintura? ¿Es que están pintando la fuente o algo así?

El mayordomo se movió y frunció el ceño.

—Nadie está pintando nada en el complejo.

—Bueno, pues alguien está tratando de imitar a Miguel Ángel. —Tohr se puso en cuclillas y metió el dedo en uno de los pequeños charcos.

Un momento... No era pintura.

Y olía a flores.

¿Flores frescas?

De hecho, el mismo olor que había en su habitación.

Cuando sus ojos se clavaron en la puerta exterior de la mansión, Tohr pensó en la lluvia de plomo que había recibido. Y se dio cuenta de que, tal vez, el hecho de que estuviera vivo no había sido propiamente un milagro.

—Llama a la doctora Jane ahora mismo —ordenó al doggen.

Qué placer, pensó Lassiter, mientras giraba sobre la loza caliente y comenzaba a broncearse el trasero desnudo. Esto es…

Viendo las cosas en toda su amplitud, había sido un buen día para recibir unos cuantos disparos.

Bueno, mejor dicho, una buena noche.

O, mejor, una buena época.

Gracias al Creador, era verano y él estaba echado en las escaleras de piedra que subían hasta la mansión, mientras el brillante sol de julio descargaba todos sus megavatios sobre él y curaba su cuerpo lleno de balas. ¿Qué habría pasado si no hubiese sol? Es posible que hubiera muerto de nuevo, y esa no era exactamente la forma en que quería reencontrarse con su jefe. De hecho, la luz del sol era para él lo que es la sangre para los vampiros: una necesidad vital, que además disfrutaba. Y mientras tomaba su baño de sol, el dolor iba cediendo, la energía regresaba poco a poco…

Mucho más tranquilo, el ángel pensó en Tohr.

Lo que había hecho en ese callejón era una verdadera estupidez. ¿En qué demonios estaba pensando?

En cualquier caso, no podía permitir que ese idiota caminara hacia semejante aguacero de plomo sin protección. Ya habían llegado demasiado lejos como para cagarla justo cuando empezaban a hacer algunos progresos. Y ahora, gracias a que él se había convertido en un colador, Tohr y N'adie estaban follando. Qué cosas.

Así que no todo estaba perdido. Sin embargo, Lassiter estaba pensando seriamente en dar un buen golpe en las pelotas al hermano, a modo de recompensa. En primer, porque las heridas le habían dolido un montón. En segundo lugar, porque aquello bien podía haber ocurrido en diciembre, y entonces... Desde luego, el cretino suicida no pensó si había sol o nubes cuando hizo lo que hizo.

El sonido que emitió la pesada puerta de la mansión al abrirse le hizo levantar la cabeza y mirar hacia allí. La doctora Jane, la fantástica sanadora de la Hermandad, salió como si quisiera batir el récord de los cien metros lisos.

Y tuvo que pararse en seco para no tropezar con él.

—¡Aquí estás!

Qué curioso, la doctora traía su simpático maletín, ese con la crucecita roja y lleno de suministros médicos de primeros auxilios.

—Excelente época para broncearse —murmuró la mujer.

Lassiter volvió a bajar la cabeza y apoyó la mejilla sobre la piedra tibia.

—Aquí estoy tomando mi medicina, como un buen paciente.

—¿Te molesta si te examino?

—¿Tu compañero me va a matar si me ves desnudo?

—¡Ya estás desnudo!

—Pero no estás viendo mi mejor parte. —Al ver que ella se quedaba mirándolo con sorna, sin decir nada, murmuró—: Está bien, como quieras, pero no me tapes el sol. Yo lo necesito más que tú.

La doctora dejó el maletín en el suelo, junto a la oreja del ángel, y se arrodilló.

—Ya lo sé, V me contó algunas cosas sobre el funcionamiento de tu organismo.

—Me imagino que sabe bastante de mí. Él y yo hemos tenido nuestros encuentros. —El hijo de puta incluso le había salvado la vida una vez, lo cual había sido un milagro, si tenían en cuenta lo mucho que se detestaban—. Nos conocemos desde hace tiempo.

—Lo sé, V mencionó algo de eso. —La doctora respondía con gesto ausente, más concentrada en examinar sus heridas que en la charla con el ángel—. Es posible que tengas todavía algo de plomo dentro. ¿Te molesta si te doy la vuelta?

—El plomo no me preocupa. Mi cuerpo lo absorberá, siempre y cuando reciba suficiente sol.

—Pero todavía estás sangrando mucho.

—Eso no tiene importancia.

Cuando acabó el tiroteo, Lassiter procuró no ser visto. Se refugió en el asiento trasero del Mercedes en el que habían llevado a Tohr hasta la clínica. Tan pronto llegó al centro médico, robó algunas vendas y se quedó quieto para no seguir dejando sangre por todas partes. No había razón para ir fuera, pues todavía no había suficiente sol a esa hora. Además, pensó que su estado no era grave.

Pero se equivocaba. Poco después de subir a la habitación con Tohr, se dio cuenta de que tenía serios problemas. Cada vez le resultaba más difícil respirar. El dolor aumentaba. La visión comenzó a volverse borrosa. Por fortuna, en ese momento el sol ya estaba en todo lo alto.

Y, de todas formas, tenía que marcharse antes de que llegara N'adie...

—Lassiter, quiero verte de frente.

—Eso es lo que dicen todas las chicas.

—¿Quieres que yo misma te dé la vuelta? Porque estoy dispuesta a hacerlo.

—A tu compañero no le va a gustar esto.

—Estoy segura de que eso te preocupa mucho...

—No mucho, la verdad. En realidad me encanta, es muy interesante.

Lassiter dejó escapar un gruñido, apoyó las palmas de las manos en el charco de sangre plateada que se había formado debajo de él y se dio la vuelta como el chuletón que era en ese momento.

—Caramba —musitó la sanadora.

—Lo sé. ¿Verdad que soy asombroso? Todo un semental.

—Si te portas bien, y logras sobrevivir a esto, te prometo no contarle nada a V.

—¿Sobre el tamaño?

Ella se rio de buena gana.

—No, sobre eso de que supongas que te estaba mirando de una forma no profesional. ¿Puedo vendarte alguna de estas heridas? —La doctora Jane lo tocó suavemente en el pecho—. Aunque dejemos las balas dentro, tal vez podamos reducir la hemorragia.

—No es buena idea. Lo que necesito es mucho sol y mucha exposición a la luz, cosa que impiden las vendas. Todo irá bien siempre y cuando no se nuble.

—¿Buscamos una cabina de rayos uva?

Al oír eso, Lassiter se echó a reír, lo cual le hizo toser.

—No, no… Tiene que ser sol de verdad.

—No me gusta esa tos.

—¿Qué hora es?

—La una y veintiséis.

—Vuelve en treinta minutos y hablamos.

Hubo un momento de silencio.

—Está bien. Lo haré. Tohr querrá que le dé un informe y… —El teléfono de la doctora sonó en ese momento y ella contestó—. Estaba hablando precisamente de ti. Sí, estoy aquí con él y está… mal, pero dice que puede solucionarlo solo. Desde luego, me voy a quedar con él… No, tengo suficientes medicinas, te llamaré en veinte minutos. Bueno, en diez. —Hubo una larga pausa al final de la cual la mujer suspiró—. Es…, ah… Tiene muchos disparos. En el pecho. —Otra pausa—. ¿Oye? Hola, Tohr. Pensé que te había perdido. Sí… No, escucha, tienes que confiar en mí. Si creyera que está en peligro lo arrastraría hasta dentro, por mucho que gritara y pataleara. Pero, para serte sincera, estoy viendo cómo las heridas sanan mientras hablamos. Puedo ver que las magulladuras desaparecen. Está bien. Sí. Chao.

Lassiter no hizo ningún comentario, simplemente se quedó donde estaba, con los ojos cerrados, absorbiendo la luz del sol para recuperarse.

—Así que tú eres la razón de que Tohr haya salido vivo de ese callejón —murmuró la buena doctora después de un rato.

—No sé de qué hablas.

L o siento, amigo, pero solo tienes derecho a una alimentación. Eso fue lo que me dijeron.

Inquieto en la cama a la que estaba atado, Throe no se sorprendió al oír la respuesta del médico humano a su pregunta. Que el prisionero recuperase las fuerzas no favorecía a la Hermandad. El problema era que no se estaba recuperando muy bien y un poco más de sangre vendría de maravilla a su organismo.

Desde luego…, si se iba a alimentar de la vena de aquella criatura, además de reponerse sería una gloria… Nada deseaba más que ver a aquella Elegida.

Y estaba cerca. Throe podía sentirla…

—De hecho, creo que están haciendo planes para tu marcha inmediata. Pronto anochecerá.

¿Y si se negaba a moverse, sin más?

Una pregunta tonta. Probablemente eso no detendría a la Hermandad. Sencillamente, lo llevarían a donde fuera, como un bulto. No estaba en condiciones de hacer una huelga de movimientos.

El cirujano humano salió de la sala y Throe volvió a quedarse a solas. Por cierto, se dijo, ¿cómo era posible que tuvieran un cirujano humano?

Cuando la puerta se volvió a abrir, Throe no se molestó en abrir los ojos. No era la Elegida…

Un ruido metálico cerca de su oído le hizo ponerse en guardia, abrió los ojos y vio que estaba frente al cañón de una Magnum 357.

El dedo enguantado de Vishous se hallaba pegado al gatillo.

—Es hora de despertarse.

Throe habló con voz débil

—Si me movéis ahora no sobreviviré.

Y estaba en lo cierto. Después de haber vivido de la sangre de hembras humanas durante tanto tiempo, no estaba en condiciones de curarse tan rápidamente como los hermanos.

Vishous se encogió de hombros.

—Entonces te devolveremos a Xcor en un ataúd.

—Te deseo suerte en la búsqueda, amigo. Porque no te voy a decir dónde encontrarlo. —La razón no era la lealtad a Xcor, por supuesto. Throe no quería que sus compañeros soldados, o mejor dicho, sus antiguos camaradas, fueran atacados por sorpresa—. Podéis hacerme lo que os plazca, pero de mis labios no saldrá ni una sílaba.

—Si decidiera torturarte estoy seguro de que cantarías, créeme.

—Entonces procede…

El cirujano se interpuso entre ellos.

—Está bien, relajaos antes de que tenga que ir otra vez a por aguja e hilo. Tú —dijo dirigiéndose a Throe—, cierra el pico. Este tío no necesita ningún estímulo cuando se trata de derramar sangre. Y en cuanto a darle el alta… —Ahora se dirigió al hermano—: Mi paciente tiene razón. Mira sus signos vitales, está pendiente de un hilo. Creí que se trataba de mantenerlo vivo, ¿no? En conclusión, va a necesitar refuerzo de sangre. Eso o una o dos semanas de recuperación.

Los gélidos ojos de V se concentraron en las máquinas que pitaban y se encendían detrás de la cama.

Mientras el hermano soltaba una maldición, Throe sonrió para sus adentros.

Vishous salió sin decir palabra.

—Gracias —dijo Throe al sanador.

El hombre frunció el ceño.

—Solo es mi opinión clínica. Créeme, no veo la hora de que te largues de aquí.

—Entiendo.

Cuando volvió a quedarse solo se puso a esperar con impaciencia. Y el hecho de que transcurriera un rato sin que nadie apareciera le confirmó que los hermanos debían de estar deliberando sobre su destino.

Seguramente sería una discusión bastante animada.

Pasado un rato se abrió por fin la puerta. De inmediato sintió un dulce estremecimiento. Allí estaba ella.

Tan adorable como un sueño. Tan celestial como la luna. Tan real como las ataduras que lo mantenían prisionero en la cama.

Flanqueada por los hermanos Phury y Vishous, la Elegida le sonrió con dulzura, como si no tuviera ninguna conciencia de que esos machos estaban prestos a despedazarlo si se atrevía siquiera a estornudar cerca de ella.

—Señor, me dicen que requiere usted más de mis servicios.

Necesito todo lo que puedas darme, pensó Throe mientras asentía con la cabeza.

Cuando se acercó a la cama, la Elegida trató de sentarse junto a él, pero Phury enseñó los colmillos por encima de la cabeza de ella y Vishous le apuntó disimuladamente con el arma hacia la entrepierna.

—Aquí. —Phury la desvió hacia una silla con suavidad—. Aquí estarás mucho más cómoda.

No era cierto, pues ahora tendría que estirar más el brazo, pero la voz del hermano era tan encantadora que daba veracidad a sus palabras.

Le acercó el brazo. Throe quiso decirle que era hermosa, y que iba a echarla de menos cuando se fuera, y que estaba dispuesto a adorarla si ella le daba la oportunidad de hacerlo. Pero como le gustaba tener su lengua dentro de la boca, y no cortada y tirada en el suelo, no dijo nada.

La Elegida movió un poco la cabeza.

—¿Por qué razón me miras de esa manera?

—Eres tan hermosa…

Por encima del hombro de la Elegida, Phury volvió a enseñar los colmillos y su cara se transformó en una máscara violenta.

Pero a Throe no le importó. Iba a recibir otra dosis de ambrosía y esos dos machos no harían nada realmente horrible delante de la bella Elegida, que se había ruborizado por completo…, lo cual la volvió aún más radiante.

Cuando la Elegida se estiró un poco más y acercó su muñeca a los labios de Throe, este sacudió las cadenas que lo mantenían sujeto a la cama. Ella quedó confundida por aquel ruido metálico. Las sábanas no permitían ver nada, no sabía que estaba encadenado.

—Solo son los resortes de la cama —murmuró Throe.

La Elegida sonrió de nuevo y volvió a acercarle la muñeca a la boca.

Abrazándola con los ojos, Throe la mordió con toda la delicadeza que pudo, pues no quería hacerle el más mínimo daño. Bebió, y al hacerlo siguió contemplando su rostro, decidido a memorizarlo, para poder mantenerlo siempre en su corazón.

Porque seguramente era la última vez que la veía.

En efecto, se sentía dividido entre el deseo de agradecer a la Virgen Escribana que le concediera la oportunidad de estar con esa hembra, aunque fuera un momento, y la tentación de considerar estos dos encuentros como una especie de maldición.

Porque la iba a recordar siempre, pensó Throe. Y ese recuerdo de la felicidad imposible lo acecharía durante el resto de sus días como un fantasma…

Todo terminó rápidamente. Al cabo de pocos minutos, ya estaba retirando sus caninos de la deliciosa piel. La lamió una, dos veces, acariciándola con la lengua…

—Bueno, ya es suficiente. —Phury levantó a la Elegida de la silla y le sonrió con cariño—. Ahora ve a buscar a Qhuinn, porque vas a necesitar un poco de fuerza.

Eso era cierto, pensó Throe sintiéndose un poco culpable. Ahora estaba pálida y parecía un poco mareada. Normal, lo había alimentado dos veces en pocas horas.

Throe deseó llamarse Qhuinn.

Phury la acompañó hasta la puerta y la despidió con palabras cariñosas en Lengua Antigua. Y luego regresó… y se aseguró de cerrar la puerta con llave.

El puñetazo le llegó desde el otro lado y, teniendo en cuenta la dolorosa sensación de contacto con cuero, provenía claramente del hermano Vishous.

El golpe sonó como un poderoso hachazo contra un árbol bien plantado.

Pero él siempre había tenido una mandíbula muy fuerte.

Throe oyó campanas en la cabeza y escupió un poco de sangre. Vishous habló con sarcasmo:

—Esto es por mirarla como si te la estuvieras follando mentalmente.

Desde el otro extremo de la habitación, el hermano Phury apretó el puño y comenzó a darse golpes en la palma de la otra mano. Se aproximó pronunciando palabras llenas de odio.

—Y esto es para asegurarnos de que no se te ocurra poner en práctica esa brillante idea.

Throe sonrió a los dos. Cuanto más le pegaran, más probable sería que hubieran de alimentarlo de nuevo.

Y tenían razón. Claro que quería estar con ella, aunque preferiría hablar de hacer el amor más que de follar.

Y esos momentos con ella eran tan valiosos que no importaba lo que le hicieran.

En la mansión, Tohr estaba sentado en el primer peldaño de la gran escalera, con los codos sobre las rodillas, la barbilla sobre un puño y el móvil junto a él.

Ya se le había dormido el trasero después de estar allí las últimas cinco horas. Probablemente tendría que pedirle a la doctora que lo despegara de la alfombra con sus escalpelos y esas cosas…

El panel de seguridad pitó y al fin se levantó para mirar la pantalla y abrir la puerta.

Lassiter entró solo, pues la doctora Jane había regresado directamente a la Guarida. El ángel estaba totalmente desnudo… y perfectamente sano. No tenía ninguna herida, ni agujeros de bala, ni cicatrices, ni magulladuras.

—Si sigues mirándome así, será mejor que me pagues la cena después de que lo hagamos.

Tohr fulminó al ángel con la mirada.

—¿En qué demonios estabas pensando?

Lassiter negó con el dedo.

—Tú eres la última persona con derecho a preguntarme eso después de lo que pasó anoche.

Y con esas palabras, y sin preocuparse lo más mínimo por su desnudez, Lassiter se dirigió a la sala de billar y fue directamente al bar. Al menos, mientras estaba detrás de la barra sirviéndose algo de beber, su virilidad ya no estaba expuesta a la vista de todos.

—¿Escocés? ¿Ginebra? ¿Bourbon? —Hablaba en voz alta—. Ya sé, me voy a hacer un cóctel, tomaré un «orgasmo».

Tohr se restregó la cara con las manos.

—¿Te importa evitar esa palabra mientras estés en pelotas?

El ángel entonó la melodía de la Quinta de Beethoven con la palabra «orgasmo» a modo de letra. Solo interrumpió la cantinela para beberse de un trago su combinado.

—Ah, qué rico... —Sonrió—. Creo que me voy a preparar otro. ¿Quieres uno? ¿O ya has tenido suficientes orgasmos por esta tarde?

La súbita imagen de los senos de N'adie se le vino a la mente e hizo que su miembro saltara. Trató de serenarse y miró al ángel despelotado.

—Lassiter, sé lo que hiciste.

—¿Allí fuera? Sí, el sol y yo nos llevamos realmente bien. Es el mejor médico que existe..., y es gratis. Ja, ja, ja.

Más bebida. Lo cual sugería que aquella demostración de salud podía ser un poco forzada.

Tohr se sentó en uno de los taburetes.

—¿Por qué demonios te interpusiste entre esas balas y yo?

Él ya estaba preparándose su tercer «orgasmo».

—Te diré lo mismo que le respondí a la doctora Jane: no sé de qué me hablas.

—Tenías el cuerpo lleno de balazos.

—¿De veras?

—Sí.

—¿Y puedes probarlo? —Lassiter dio un giro de trescientos sesenta grados con los brazos levantados, mostrando su cuerpo desnudo como si fuera una bailarina—. ¿Puedes probar que estaba herido?

—¿Por qué lo niegas?

—No lo estoy negando, sencillamente no tengo ni puta idea de qué hablas.

Con otra de sus encantadoras sonrisas, el ángel se tomó todo el tercer trago y comenzó a preparar el cuarto.

Tohr sacudió la cabeza.

—Si te vas a emborrachar, ¿por qué no lo haces como un macho de verdad?

—Me gusta el sabor a fruta de los «orgasmos». —El ángel levantó la vista hacia el reloj—. Mierda. Me perdí *Maury*. Pero tengo grabado *Ellen*.

Lassiter se acostó en el sofá de cuero y Tohr se sintió afortunado porque al menos tuvo la decencia de echarse una manta encima de sus atributos. Cuando la tele se encendió y Ellen DeGeneres salió bailando frente a una fila de amas de casa, Tohr pensó que era obvio que el ángel no tenía ninguna intención de conversar.

—Sencillamente no entiendo por qué lo hiciste —murmuró el vampiro.

Era tan poco propio de Lassiter, siempre preocupado solo por sí mismo.

En ese momento, N'adie apareció en la entrada de la sala de billar. Tenía puesto su manto y la capucha, pero Tohr la vio con otros ojos, es decir, completamente desnuda, y su cuerpo volvió a las andadas.

Cuando se puso de pie y se dirigió hacia la hembra, Tohr creyó oír que Lassiter murmuraba: «Por eso lo hice».

Una vez junto a N'adie, Tohr la miró con dulzura.

—Hola, ¿recibiste la comida?

—Sí, pero estaba preocupada por ti. ¿Qué ha pasado? ¿Por qué no has vuelto?

Tohr se volvió para mirar a Lassiter. El ángel parecía haberse dormido, pues su respiración era bastante regular y tenía el mando a distancia sobre el pecho. Le colgaba un brazo y la bebida reposaba en el suelo, junto a él.

Pero Tohr no se fiaba de las apariencias.

—No te preocupes, no ha pasado nada —dijo con voz ronca—. Subamos a descansar un rato.

Mientras Tohr le daba media vuelta agarrándola suavemente de los hombros, ella pareció inquietarse.

—¿Estás seguro?

—Sí.

Seguramente iban a descansar de verdad, pues Tohr se sintió súbitamente exhausto.

Lanzó una última mirada al ángel por encima del hombro y se dirigió al vestíbulo. Lassiter estaba exactamente en la misma posición…, solo que parecía tener una ligera sonrisa en el rostro.

Como si todo hubiese valido la pena, porque al final Tohr y N'adie estaban juntos.

La noche avanzaba. Throe recorría las calles de Caldwell sin compañía, sin armas, con la ropa de paciente de cirugía…, y más fuerte de lo que se había sentido desde que llegó al Nuevo Mundo.

Los golpes que le habían propinado los dos hermanos sanaron casi de inmediato y la Hermandad lo dejó en libertad poco después.

Todavía le quedaban varias horas antes de su cita con Xcor y decidió pasar el tiempo sumido en sus pensamientos, caminando con unas zapatillas deportivas que le había regalado el enemigo.

Durante su estancia en la mansión de la Hermandad, no había obtenido ni una brizna de información acerca de dónde se localizaban sus cuarteles. Estaba inconsciente cuando lo llevaron al complejo y encerrado en una furgoneta sin ventanas cuando salió. Después de dar vueltas durante un rato, seguramente metiéndose por todos los desvíos posibles, había sido depositado junto al río y abandonado a su suerte.

Naturalmente, la furgoneta no tenía matrícula ni ningún rasgo distintivo. Throe, además, había tenido la sensación de que lo estaban vigilando, como si estuvieran esperando a ver si él trataba de seguirlos.

Pero no lo hizo. Se quedó donde estaba hasta que se marcharon… y luego sí comenzó a caminar.

La brillante estrategia de Xcor no había tenido ningún éxito. Solo había acertado en la previsión de que le salvarían la vida a Throe. Lo poco que había descubierto sobre la Hermandad no era nada que no se pudiera adivinar: sus recursos eran inmensos, a juzgar por el equipo médico con que lo habían tratado, que contaba con los últimos adelantos. La gran cantidad de gente que había visto u oído caminando por el pasillo era igual de impresionante; y se tomaban muy en serio la seguridad. En fin, la Hermandad parecía ser toda una comunidad muy bien organizada, que vivía escondida de los humanos y los restrictores por igual.

Todo tenía que ser subterráneo, se dijo Throe. Bien vigilado. Camuflado de modo que no se viera nada en particular. Porque ni siquiera durante los ataques de la Sociedad Restrictiva, cuando fueron arrasadas tantas casas de la raza, se había oído decir que la mansión del rey hubiese sido atacada.

Así que el plan de Xcor solo había provocado la lógica animosidad hacia él por parte de Throe.

Por un momento el caballeroso vampiro se preguntó si debería presentarse a la cita con su antiguo líder o no.

Pero sabía que al final no podría rebelarse. Xcor tenía algo que Throe deseaba, la única cosa que le importaba en realidad. Y mientras esas cenizas estuviesen en poder del maldito macho no quedaba sino apretar los dientes, bajar la cabeza y seguir adelante. Eso era, después de todo, lo que llevaba haciendo varios siglos.

Eso sí: no iba a cometer dos veces el mismo error. Solo un idiota olvidaría cómo estaban realmente las cosas entre ellos.

El objetivo era recuperar los restos de su hermana. ¿Y cuando los recuperase? Echaría de menos a sus antiguos compañeros, de la misma forma en que sentía nostalgia por su familia, pero se separaría de la Pandilla de Bastardos, incluso por la fuerza si fuera necesario. Luego tal vez echaría raíces en algún otro lugar de América, pues la posibilidad de regresar al Viejo Continente estaba descartada. La tentación de visitar a su familia sería muy grande y eso era cometer una injusticia con sus parientes.

Hacia el final de la noche, alrededor de las cuatro de la mañana a juzgar por la posición de la luna, se desintegró hasta el techo del rascacielos. No disponía de armas con las que protegerse, pero tampoco tenía propósito de pelear. Según le habían enseñado, su hermana no podría entrar en el Ocaso si no se realizaba la ceremonia apropiada, así que tenía que vivir para poder enterrar sus cenizas adecuadamente.

Sin embargo, cuando llegó al punto de encuentro…

Allá, encima de las calles y los otros edificios de la ciudad, en aquella estratosfera curiosamente silenciosa en la que no se oían bocinas, ni gritos, ni el zumbido de los camiones de reparto que llegaban a entregar mercancías a esa hora, el viento soplaba con fuerza y era frío y húmedo, pese a las altas temperaturas del verano. Sobre su cabeza rugían los truenos y se veían relámpagos que iluminaban las nubes cargadas que prometían una buena tormenta al amanecer.

Cuando comenzó su viaje con Xcor, él era un caballero educado en el arte de bailar con una dama, pero no sabía nada sobre cómo afrontar una pelea cuerpo a cuerpo, a manos desnudas. Pero ya no era el mismo, claro.

Así que Throe se plantó en medio de la azotea sin sentir miedo ni achicarse en ningún sentido, con los pies bien afirmados y los brazos a los lados. No se veía ninguna sombra de debilidad en la expresión de su cara, ni en el contorno de su pecho, ni en la postura de sus hombros. Tampoco abrigaba temor en su corazón frente a lo que pudiera ocurrir. Y, paradójicamente, esa firmeza se la debía a Xcor o a su gente, porque, aunque había nacido siendo un macho, solo cuando se enroló con ese guerrero aprendió a portarse verdaderamente como tal.

Siempre estaría en deuda con los soldados con los que había vivido durante tanto tiempo…

De repente, una figura emergió tras unas chimeneas. El viento hacía ondear el largo abrigo tras aquel cuerpo pesado y letal.

El instinto y el entrenamiento pusieron en guardia a Throe y enseguida adoptó una posición de combate, preparado para enfrentarse al que…

El recién aparecido dio un paso adelante y la luz de la lámpara que iluminaba la puerta de la azotea cayó sobre su rostro.

No era Xcor.

Throe no cambió de posición.

—¡Zypher!

—Sí, soy yo.

Súbitamente, el soldado echó a correr y se abalanzó sobre él. Antes de que Throe se diera cuenta de lo que ocurría, se vio envuelto en un abrazo. Le rodeaban afectuosamente unos brazos tan fuertes como los suyos y le apretaban contra un cuerpo tan grande como el suyo.

—¡Estás vivo! —Hablaba de manera entrecortada, emocionada—. Estás vivo...

Con un poco de torpeza al principio y luego con una extraña desesperación, Throe devolvió el abrazo al guerrero.

—Así es. Sí, estoy vivo.

De repente Zypher se soltó y lo empujó hacia atrás para examinarlo de pies a cabeza.

—¿Qué te hicieron?

—Nada.

Zypher entornó los ojos.

—Dime la verdad, hermano. Y antes de que respondas, has de saber que todavía tienes un ojo morado.

—Me proporcionaron un sanador y una... Elegida.

—¿Una Elegida?

—Así es.

—Tal vez debería tratar de que me apuñalaran a mí también.

Throe soltó una carcajada.

—Ella era... como salida de otro mundo. Rubia, de piel clara, etérea, aunque vivía y respiraba, era muy real.

—Pensé que todas esas cosas eran un mito.

—No lo sé... Tal vez la he idealizado. Pero era exactamente tal y como las describen las historias; más adorable que cualquier hembra que tus ojos hayan visto en la vida.

—¡No me tortures de esa manera! —Zypher sonrió y luego se volvió a poner serio—. ¿Estás bien?

Más que una pregunta era una exigencia.

—En general, me trataron como a un invitado. —De hecho así fue, con excepción de las cadenas y la paliza del final; aunque teniendo en cuenta que estaban protegiendo la virtud de aquella preciosa gema, Throe tenía que reconocer que aprobaba lo que le habían hecho—. Y estoy totalmente recuperado, gracias a sus sanadores. —Throe miró a su alrededor—. ¿Dónde está Xcor?

Zypher negó con la cabeza.

—No vendrá.

—Así que eres el elegido para matarme. —Qué extraño que Xcor le encargara a otro hacer algo con lo que sin duda disfrutaría.

—Joder, no. —Zypher puso sobre el suelo un morral que llevaba colgando del hombro—. He venido para entregarte esto.

Del morral sacó una caja grande de bronce, con adornos e inscripciones antiguas.

Throe se quedó mirando la caja.

Llevaba siglos sin verla. De hecho, no sabía que se la habían robado a su familia hasta que Xcor lo amenazó con deshacerse de ella.

Zypher carraspeó.

—Me pidió que te dijera que quedas en libertad. Tu deuda ha sido saldada y te devuelve los restos…

Las manos de Throe temblaban al recibir el peso de la caja con las cenizas de su hermana. Pasados unos instantes se calmó y dejó de temblar.

Mientras permanecía allí azotado por el viento, como pegado al suelo, Zypher comenzó a pasearse alrededor, con las manos en las caderas y los ojos fijos en el suelo.

—No es el mismo desde que te abandonamos en ese callejón. Esta mañana lo encontré haciéndose cortes en los brazos, hasta tocar hueso, atormentado por la pena.

Throe se giró para mirar al macho que conocía tan bien.

—¿De veras?

—Así es. Ha estado así todo el día. Y esta noche ni siquiera ha salido a pelear. Está en la casa, solo. Ordenó a los demás que se fueran y luego me dio esto.

Throe apretó la caja contra su corazón.

—¿Estás seguro de que soy yo la causa de esa mortificación? —Hizo la pregunta con amargura.

—Totalmente. En realidad, en el fondo del corazón no se parece en nada al Sanguinario. Quisiera ser como él y es capaz de hacer cosas que yo personalmente no podría siquiera imitar. Pero contigo, con nosotros…, somos su clan. —Zypher miraba a Throe con candor—. Deberías volver con nosotros. Con él. Nunca volverá a portarse así, las cenizas son la prueba. Y nosotros te necesitamos, no solo por todo lo que haces, sino por el significado que

337

has adquirido para el grupo. No hace ni veinticuatro horas que te fuiste y ya estamos sumidos en el desastre.

Throe miró hacia el cielo y hacia la tormenta que se preparaba en él. Después de haber sido condenado por las circunstancias, no podía creer que estuviera pensando en condenarse voluntariamente.

—Estaríamos como incompletos sin ti. Incluso él.

Throe no pudo contener una sonrisa.

—¿Alguna vez pensaste que un día dirías algo así?

—No. —Zypher soltó una carcajada profunda que flotó sobre el viento—. Y menos a un aristócrata. Pero tú eres más que un aristócrata, claro.

—Gracias a ti.

—Y a Xcor.

—No acabo de creerlo.

—Regresa conmigo. Ven a verlo. Reúnete con tu familia. A pesar de lo mucho que te duela reconocerlo ahora, estás perdido sin nosotros, así como nosotros estamos perdidos sin ti.

En respuesta, Throe se quedó mirando la ciudad, sus miles y miles de luces parecidas a estrellas, que eclipsaban el brillo de los astros de verdad.

—No puedo confiar en él.

—Hoy te ha devuelto la libertad. Sin duda eso debe significar algo.

—Si seguimos adelante, todos tendremos que enfrentarnos a sentencias de muerte. He visto a la gente de la Hermandad. Si eran poderosos en el Viejo Continente, aquello no es nada en comparación con lo que son aquí, con los recursos de que disponen ahora.

—Así que viven bien...

—Viven muy bien. No podría encontrarlos aunque quisiera hacerlo. Y tienen unos cuarteles inmensos. Forman un ejército de cuidado. —Throe miró a su compañero—. Xcor se sentirá decepcionado por lo poco que averigüé, prácticamente nada.

—Ya no.

Throe frunció el ceño.

—No te entiendo.

—Dijo que no desea saber nada de eso. Nunca recibirás una disculpa directa de sus labios, pero te ha dado la llave de las cadenas que te mantenían preso y no aceptará ninguna información de tu parte.

Por un momento la rabia sacudió a Throe. Entonces, ¿para qué había hecho todo aquello?

Bien, claro…, quizá Xcor nunca pensó que se iba a sentir como se estaba sintiendo. Y Zypher tenía razón: la idea de no estar con sus compañeros era… como la muerte. Después de todos esos años, ellos eran lo único que tenía.

—Si vuelvo, podría representar un peligro. ¿Y si he firmado un pacto secreto con la Hermandad? ¿Y si están por aquí? —Hizo un gesto señalando a su alrededor—. ¿Y si ahora soy su caballo de Troya?

Zypher se encogió de hombros con total despreocupación.

—Llevamos meses tratando de encontrarnos con ellos. Así que la reunión sería bienvenida.

Throe parpadeó. Y luego se echó a reír.

—Estáis locos.

—¿No deberías decir «estamos locos»? —Enseguida Zypher sacudió la cabeza—. Tú nunca nos traicionarías. Aunque odiaras a Xcor con todas tus fuerzas, nunca pondrías en peligro la vida de los demás.

Eso era cierto, pensó Throe. En cuanto a lo de odiar a Xcor…

Se quedó mirando la caja que tenía entre las manos.

A lo largo de los años, se había preguntado muchas veces por su destino. Y parecía que esta noche tendría que volver a hacerse esa pregunta.

Tenía dudas sobre el enfrentamiento con Wrath, pero ahora que había visto a esa Elegida le gustaba la idea de conquistar el trono para encontrarla y reclamarla como suya.

¿Así que ahora se había vuelto un sanguinario? Desde luego, su antigua personalidad nunca habría pensado semejante cosa. Pero su nueva persona se había acostumbrado a tomar por la fuerza lo que deseaba. El manto de civilización con el que lo cubrieron al nacer se había ido desgastando durante todos esos años.

Si llegaba hasta Wrath, podría encontrarla a ella de nuevo…

Sí, estaba decidido. Solo pondría una condición.

—Tendrá que permitirme conseguir teléfonos móviles.

Xcor se quedó en casa toda la noche.

El problema eran las lesiones de sus antebrazos. Detestaba pensar que todavía tenía que esperar un tiempo hasta que las heridas sanaran, pero era lo bastante inteligente como para saber que no podía salir a pelear. En realidad, casi no podía levantar la cuchara para comer.

Sostener una daga para usarla contra el enemigo sería imposible. Y también estaba el riesgo de contraer una infección.

Era el maldito asunto de la sangre. Otra vez. Tal vez si se hubiese alimentado de aquella ramera en… Por la Virgen, ¿cuándo fue? ¿Había sido en primavera? ¿Tanto hacía?

Mientras fruncía el ceño, hizo un cálculo rápido que sumaba muchos días. No era de extrañar que estuviera hecho una mierda… Al menos no había perdido del todo la razón por culpa de tanto ayuno.

¿O sí la había perdido? Recordando lo que le había hecho a Throe, era difícil no pensar que se había vuelto majara.

Xcor soltó una maldición y dejó caer la cabeza, mientras sentía que la fatiga y una extraña apatía se apoderaban de su cuerpo…

La puerta que daba a la cocina se abrió y, teniendo en cuenta que era muy temprano para que sus soldados estuvieran de vuelta, pensó que sería Zypher con noticias sobre Throe.

—¿Estaba bien? —Xcor hizo la pregunta sin levantar la vista—. ¿Se marchó sano y salvo?

—Estaba bien y se marchó sano y salvo. —Xcor levantó la mirada de inmediato. Throe en persona se hallaba en el umbral, fuerte, alerta y orgulloso—. Y ha vuelto sano y salvo —remató Throe con tono solemne.

Xcor volvió a clavar la mirada en la sopa y parpadeó. Desde la distancia, vio cómo la cuchara que tenía en la mano vertía su contenido.

Habló en un murmullo, con brusquedad.

—¿Acaso Zypher no te lo dijo?

—¿Que quedaba en libertad? Sí, lo hizo.

—Si deseas pelear, pondré a salvo mi comida.

—No creo que en este momento estés en condiciones de hacer nada que no sea alimentarte.

Malditas camisas sin mangas, pensó Xcor, al tiempo que trataba de ocultar las heridas de sus brazos.

—Podría hacer el esfuerzo, si fuese necesario. ¿Dónde están tus botas?

—No sé. Me quitaron todo lo que llevaba.

—¿Te trataron bien?

—Muy bien. —Throe se acercó y las tablas del suelo chirriaron bajo sus pies—. Zypher dijo que no querías saber nada de lo que había visto. —Xcor negó con la cabeza—. También dijo que nunca oiría una disculpa de tus labios. —Hubo una larga pausa—. Quiero una disculpa. Ya.

Xcor dejó su sopa a un lado y se sorprendió buscando las heridas que se había infligido él mismo, recordando aquel dolor, toda esa sangre..., que se había secado ya sobre las tablas del suelo.

Volvió a hablar con voz ronca.

—¿Y luego qué?

—Tendrás que averiguarlo.

Era justo, pensó Xcor.

Sin ninguna elegancia, porque carecía por completo de ella, Xcor se puso de pie. Al levantarse, parecía un poco inestable por muchas razones, y esa sensación se incrementó todavía más cuando clavó los ojos en los de su... amigo.

Miró a Throe a la cara, dio un paso al frente y extendió la mano.

—Lo siento. —Dos palabras simples, pronunciadas con fuerza y nitidez. Pero eso no fue todo—. Me equivoqué al tratarte como lo hice. Yo... no soy tan parecido al Sanguinario como pensé..., como siempre quise ser.

—Eso no es malo —dijo Throe en voz baja.

—Cuando se trata de gente como tú, estoy de acuerdo.

—¿Y qué hay de los demás?

—Los otros también. —Xcor negó con la cabeza—. Pero eso es todo.

—Así que tus ambiciones no han cambiado.

—No. Sin embargo, mis métodos... nunca serán los mismos.

En medio del silencio que siguió, Xcor no sabía qué podía esperar a continuación: un insulto, un golpe, cualquier cosa. La sensación de inestabilidad no hacía más que crecer.

—Pídeme que regrese contigo como un macho libre —exigió Throe.

—Por favor, vuelve en libertad, y tienes mi palabra, aunque valga menos que un penique, de que recibirás el respeto que mereces desde hace mucho tiempo.

Pasado un momento, Throe le estrechó la mano.

—De acuerdo.

Xcor dejó escapar una especie de suspiro tembloroso, de alivio.

—Muy bien, que así sea.

Tras soltar la mano de Throe, Xcor se agachó, cogió el plato de sopa que apenas había tocado… y se lo ofreció a Throe.

—Me permitirás transformar las comunicaciones —dijo este por toda respuesta.

—Sí.

Y eso fue todo.

Throe aceptó finalmente la sopa y fue a sentarse donde había estado sentado Xcor. Puso su caja de bronce al otro lado y comenzó a comer.

Xcor se sentó sobre el suelo manchado de sangre y en medio del silencio se completó el reencuentro. Pero el asunto no terminaba allí, al menos por parte de Xcor. Sus remordimientos seguirían acechándolo y el peso de sus actos lo perturbaría para siempre, como una herida que ha cicatrizado pero no ha sanado bien.

O, en este caso…, que ha sanado bien pero deja dolor.

OTOÑO

N'adie se despertó en medio de un terremoto.

Debajo de ella, el colchón se movía con fuertes sacudidas y una inmensa fuerza caótica lanzaba lejos las almohadas, echaba a volar las sábanas y dejaba su piel a merced del aire helado…

Pero su conciencia rápidamente identificó lo que ocurría. No era que la Tierra se estuviera moviendo, era Tohrment. Agitaba los brazos y las piernas junto a ella, como si estuviera luchando contra cadenas invisibles que lo ataban a la cama, y su enorme cuerpo se estremecía de manera incontrolable.

Probablemente había tenido otra vez aquel sueño. Aquel del que se negaba a hablar y el cual, desde luego, debía de tener que ver con su amada.

El resplandor que venía desde el baño iluminó su cuerpo desnudo cuando aterrizó sobre el suelo, con los músculos de la espalda tensos, los puños cerrados y las piernas flexionadas, como si estuviera a punto de echar a correr.

Cuando Tohr recuperó el aliento y se dio cuenta de dónde se encontraba, el nombre que tenía grabado en la piel y que formaba un precioso arco se expandió y se contrajo, casi como si la hembra hubiese vuelto a la vida.

«Wellesandra».

Sin decir palabra, Tohrment se dirigió enseguida hacia el baño, cerró la puerta y con ello cortó el chorro de luz que alumbraba la habitación y cualquier posibilidad de comunicación con ella.

Acostada en la oscuridad, N'adie oyó cómo corría el agua. Una rápida mirada al reloj de la mesita le indicó que era hora de levantarse, pero de todas maneras se quedó donde estaba.

¿Cuántos días llevaba en la cama de Tohr? Un mes. No, dos. ¿O eran tres? El tiempo había dejado de tener significado para ella y las noches pasaban veloces, como la fragancia de la brisa del verano.

N'adie suponía que era la primera amante que tenía Tohr.

Aunque él se negaba a estar con ella plenamente, por así decirlo.

Más aún: después de todo el tiempo que habían pasado juntos, no le permitía que lo tocara. Ni dormía debajo de las sábanas con ella. Ni la besaba en la boca. Y tampoco se bañaba con ella en la bañera o en la piscina, ni la miraba mientras se vestía con ojos llenos de deseo..., y no la abrazaba cuando dormían.

Sin embargo, era generoso con sus talentos sensuales y la llevaba una y otra vez hasta ese lugar increíble de dicha pasajera, preocupándose siempre mucho por no mancillar su cuerpo y por que encontrara el máximo placer.

Ella sabía que él también obtenía placer: las reacciones de su cuerpo eran demasiado poderosas para ocultarlas.

Quizá fuera una manifestación de codicia eso de querer más. Pero no lo podía evitar. Quería más, la plenitud.

A pesar de la pasión que despertaban el uno en el otro, a pesar de la manera en que él se alimentaba sin restricciones de la vena de ella y ella de la de él, N'adie se sentía... estancada. Atrapada a mitad de un camino que no conocía pero cuya existencia intuía.

Aunque había encontrado un poco de sentido a su vida trabajando por las noches en el complejo y sentía alivio y esperanza cada amanecer, cuando él regresaba sano y salvo, de todas formas estaba... en un atolladero. Y se sentía muy inquieta.

Infeliz.

Por eso había solicitado permiso para llevar una visita al complejo esa noche.

Así podría tratar de hacer algún progreso en otro campo. Al menos eso esperaba.

N'adie salió del cálido nido que había creado en la cama y se estremeció de frío, aunque la calefacción estaba encendida. Los cambios de temperatura eran algo a lo que todavía tenía que acostumbrarse en este mundo, y el clima eternamente templado, la única cosa del Santuario que añoraba. Aquí había días en los que se sentía sofocada y otros en los que pasaba frío, y estos se habían vuelto predominantes últimamente, ahora que había llegado septiembre y aparecían los primeros fríos del otoño.

Al echarse encima el manto, N'adie sintió los helados pliegues sobre la piel y tembló al recibir el abrazo de la gélida tela. Siempre se vestía en cuanto se levantaba. Tohrment nunca había dicho nada al respecto, pero tenía la sensación de que él lo prefería así: porque a pesar de lo mucho que él parecía disfrutar con su contacto, sus ojos evitaban contemplar su desnudez y también desviaba la mirada cada vez que estaban en público. Aunque con seguridad sus hermanos sabían que dormían juntos.

N'adie tenía la impresión de que él trataba de encontrar a su shellan en el cuerpo de ella, en las experiencias que compartían, aunque él insistía en que sabía que era a ella a quien estaba complaciendo.

Qué iba a decir él.

Deslizó los pies en los mocasines de cuero y vaciló antes de partir. Odiaba verlo tan mal, pero Tohr nunca hablaría con ella sobre eso. De hecho, últimamente no hablaba mucho cuando estaban juntos, aunque sus cuerpos conversaban fluidamente en el muy especial lenguaje en el que se comunicaban. Verdaderamente nada bueno podría resultar de quedarse más tiempo allí, sobre todo teniendo en cuenta el humor de Tohr.

N'adie se obligó entonces a caminar hasta la puerta, se puso la capucha y asomó la cabeza para mirar a derecha e izquierda, antes de salir al pasillo y dejarlo solo.

Como siempre, se marchó sin hacer ruido.

—Lassiter —susurró Tohr frente al espejo del baño. Al ver que no había ninguna respuesta, se echó agua fría en la cara otra vez—. ¡Lassiter!

Cerró los ojos y vio de nuevo a Wellsie en aquel paisaje gris. Parecía estar todavía más lejos de él, allá, en la distancia…, cada vez más difícil de alcanzar, mientras permanecía sentada entre aquellas rocas de piedra de color anodino, triste.

Estaban perdiendo la batalla.

—Lassiter, ¿dónde demonios estás?

El ángel apareció finalmente sobre el borde del jacuzzi, con una caja de galletas de chocolate en una mano y un vaso de leche en la otra.

—¿Quieres una? —Le ofreció una de aquellas galletas llenas de calorías—. Acabo de sacarlas del refrigerador. Frías están muy ricas.

Tohr lo fulminó con la mirada.

—Me dijiste que yo era el problema. —Al ver que lo único que obtuvo por respuesta fue el sonido de las muelas de Lassiter triturando las galletas, sintió deseos de obligarlo a tragarse la caja entera. De una sola vez—. Pero ella todavía está en ese lugar. Está a punto de desaparecer.

Lassiter dejó las galletas a un lado, como si hubiese perdido el apetito de repente. Se limitó a sacudir la cabeza, y Tohr tuvo un momento de pánico.

—Si descubro que me mentiste, ángel, te juro que te mato.

El ángel entornó los ojos.

—Yo ya estoy muerto, idiota. Y permíteme recordarte que a quien estoy tratando de liberar no es solo a tu shellan... Mi destino es el de ella, ¿recuerdas? Si tú fallas, yo me jodo, y no tengo ningún interés en joderme contigo.

—¿Entonces por qué demonios ella todavía está en ese horrible lugar?

Lassiter levantó las manos.

—Mira, amigo, esto va a requerir más de un par de orgasmos. A estas alturas deberías saberlo.

—Por Dios santo, no puedo hacer mucho más de lo que estoy...

—¿De veras? —El ángel entornó los ojos—. ¿Estás seguro de eso?

Sus miradas se cruzaron. Tohr entendió a qué se refería y se preguntó si N'adie y él disfrutaban de verdadera intimidad cuando ese cotilla con alas parecía verlo todo.

Pero daba igual, a la mierda; habían tenido más de cien orgasmos juntos, así que si eso le parecía poco...

—Tú sabes tan bien como yo lo que no has hecho. —El ángel hablaba con voz suave—. Sangre, sudor y lágrimas, eso es lo que se necesita.

Tohr bajó la cabeza y se frotó las sienes, pues se sentía a punto de estallar. Maldición...

El ángel siguió hablando.

—Vas a salir esta noche, ¿verdad? Pues búscame cuando regreses.

—Siempre estás conmigo de todas maneras, ¿no?

—No sé de qué hablas. Nos vemos después de la Última Comida.

—¿Qué vas a hacer?

—Dices que quieres ayuda... Pues bien, voy a dártela.

Lassiter se puso de pie y recogió sus galletas.

—Hasta el amanecer, amigo.

Una vez solo, Tohr consideró durante un momento la posibilidad de dar un golpe al espejo, pero luego pensó que tal vez se cortase y eso pusiera en peligro sus posibilidades de salir a pelear y a matar restrictores. Y, por el momento, esa perspectiva era lo único que lo mantenía cuerdo.

Sangre, sudor, lágrimas.

Tohr soltó una maldición, se dio una ducha, se afeitó y salió a la habitación. N'adie ya se había marchado, seguramente para poder bajar a la Primera Comida por su cuenta. Hacía lo mismo todas las noches, aunque esa comedia no debía de engañar a nadie.

«Tú sabes tan bien como yo lo que no has hecho».

Maldita sea, Lassiter posiblemente tenía razón..., y no solo en lo que tenía que ver con el sexo.

Mientras pensaba en eso, se dio cuenta de que nunca le había dicho nada a la hembra sobre sus sentimientos y su padecer. Como si la pobre no supiera que él tenía pesadillas, cuando saltaba de la cama cada dos por tres como si fuera una tostada y se le ponía una mala cara que parecía enfermo del hígado. Pero él nunca le explicaba nada. Nunca le daba pie para preguntar nada.

En realidad no hablaba con ella de eso ni de nada. Ni de su trabajo en el campo de batalla. Ni de sus hermanos. Ni de los conflictos que tenía el rey con la glymera.

Y también mantenía otras muchas distancias...

Fue hasta el armario, sacó unos pantalones de cuero y se los puso...

Pero se le quedaron atascados a la mitad de la pierna. Y cuando trató de quitárselos, no pudo. Entonces tiró con más fuerza... y se rasgaron por la mitad.

¿Qué coño estaba pasando?

Malditos pantalones de mierda.

Tohr agarró otros. Y le pasó lo mismo... Joder, sus muslos se habían vuelto demasiado grandes.

Entonces revisó toda la ropa de combate que tenía en el armario. Ahora que lo pensaba, hacía días que la ropa le quedaba apretada. Cada vez más. Las chaquetas le oprimían los hombros. Las camisas terminaban descosidas por el sobaco al final de la noche.

Se dio la vuelta y se miró en el espejo.

Virgen Escribana. Había recuperado el tamaño que tuvo en su día. Era curioso que no lo hubiese notado antes, pero lo cierto era que su cuerpo, ahora que tomaba sangre fresca de manera regular, había recobrado sus antiguas dimensiones y los hombros estaban cubiertos de músculos, los brazos eran gruesos, en el estómago se podían ver los abdominales y los muslos se hinchaban llenos de poder.

N'adie era la responsable de eso. Lo que lo fortalecía era la sangre de N'adie corriendo por sus venas.

Dio media vuelta, se dirigió al teléfono que tenía sobre la mesita, pidió unos pantalones de cuero de una talla más grande y se sentó en el sillón.

Sus ojos se clavaron en el armario.

El vestido de la ceremonia de apareamiento todavía estaba allí, relegado al fondo, colgado en el mismo lugar donde lo había dejado cuando decidió intentar seguir adelante.

Lassiter tenía razón: no había llevado las cosas hasta donde podía llevarlas. Pero, joder, ¿por qué tenía que hacer el amor con otra? ¿Estaba obligado al sexo de verdad con la encapuchada? Él solo había estado con su Wellsie.

Mierda... Aquella pesadilla no hacía más que agravarse.

Pero esa visión que tenía en sueños de su shellan alejándose más y más..., cada vez más desvanecida..., con ojos exhaustos y tan grises como el paisaje...

El golpe en la puerta resonó con demasiada fuerza para que fuera Fritz.

—Adelante.

John Matthew se asomó un poco. El chico iba vestido para pelear, llevaba sus armas encima y no parecía muy feliz.

Tohr se sorprendió.

—¿Vas a salir antes que los demás?

—No, he cambiado el turno con Z… Solo quería avisarte.

—¿Qué sucede?

—Nada.

Menuda mentira. La verdad se notaba en las palabras del mudo, sus manos parecían dibujar letras llenas de puntas y bordes afilados, como si fueran mucho más bruscas de lo habitual. Y no quitaba los ojos del suelo.

Tohr pensó en la cama deshecha y en que N'adie había dejado una de sus camisolas sobre la silla del escritorio.

—John, escucha…

El chico no lo miró. Solo se quedó allí, en el umbral, con la cabeza gacha, el ceño fruncido y el cuerpo listo para marcharse.

—Entra un minuto. Y cierra la puerta.

John se demoró unos instantes, pero al final entró y cruzó los brazos cuando cerró la puerta.

Joder. ¿Por dónde empezar?

—Creo que sabes lo que está pasando aquí. Con N'adie.

—No es de mi incumbencia.

—Mentira. —Al menos esa brusca respuesta consiguió que John lo mirara, aunque en ese momento Tohr ya no supo cómo seguir. ¿Cómo podía explicarle lo que estaba sucediendo?—. Es una situación complicada. Pero no está ocupando el lugar de Wellsie. —Joder, ese nombre—. Quiero decir que…

—¿La amas?

—¿A N'adie? No, no.

—¿Entonces qué demonios es lo que estás haciendo? No, no me contestes. —John comenzó a pasearse de un lado a otro, con las manos en las caderas. Las pistolas atrapaban de vez en cuando la luz lanzando inquietantes destellos—. Ya me lo imagino.

Aunque era triste, Tohr pensó que la rabia de John era un sentimiento admirable. Un hijo protegiendo la memoria de su madre.

Dios, eso dolía.

—Tengo que seguir adelante —susurró Tohr con voz ronca—. No tengo elección.

—A la mierda con eso. Pero, como ya te he dicho, no es de mi incumbencia. Me tengo que ir. Hasta luego…

—Si piensas por un momento que me estoy divirtiendo mucho aquí, te equivocas.

—He oído los ruidos y sé exactamente cuánto te estás divirtiendo.

Al marcharse, la puerta se cerró con un golpe.

Fantástico. Si esa noche mejoraba, seguramente alguien terminaría perdiendo solamente una pierna. O nada más que la cabeza.

E n términos generales, el olor de la sangre humana no era ni de lejos tan interesante como el de la sangre de restrictor o de vampiro. Pero se podía reconocer con la misma facilidad y era algo a lo que también tenías que prestarle un poco de atención.

Xhex pasó la pierna por encima de su Ducati y volvió a olfatear el aire.

Definitivamente era sangre humana y venía de las calles situadas al oeste del Iron Mask.

La hembra miró su reloj; vio que tenía un poco de tiempo antes de su cita y, aunque normalmente no le habría despertado ninguna curiosidad cualquier clase de lío entre humanos, a la luz de los últimos acontecimientos del mercado negro la cosa cambiaba, así que volvió a bajarse de la moto, quitó la llave y se desintegró en esa dirección.

Durante los últimos tres meses se había cometido una serie de crímenes en el centro. Eso no era nada raro. Pero lo que había llamado la atención de Xhex no eran los conflictos habituales entre pandillas, ni los crímenes pasionales, ni los accidentes protagonizados por borrachos que atropellaban a alguien y huían. Lo que le interesaba eran los delitos relacionados con las drogas.

Unos crímenes recientes que no eran normales y corrientes.

Todas las muertes aparentemente eran suicidios. Los intermediarios, es decir, los camellos, se estaban suicidando a mansalva. Desde luego, no parecía verosímil que tantos de esos sinvergüenzas tuvieran súbitos remordimientos al unísono. A menos que alguien estuviera echando una droga de la moralidad o algo similar en el sistema de aguas de Caldwell, en cuyo caso Trez se quedaría sin trabajo más temprano que tarde... Pero ese no era el caso, por supuesto.

La policía humana estaba desconcertada. La noticia ya tenía alcance nacional. Los políticos se mostraban realmente entusiasmados y redoblaban sus discursos desde las más diversas tribunas.

Xhex había tratado de investigar un poco por su cuenta, pero no había llegado muy lejos. De todas formas, ella ya sabía la respuesta a muchas de las preguntas de los humanos. La clave era aquel signo de la Lengua Antigua que simbolizaba la muerte y figuraba en todos esos paquetes. Y cuantos más tíos caían muertos por sus propias balas, más de esos paquetes aparecían en el mercado. El símbolo estaba comenzando a aparecer incluso en paquetes de heroína y éxtasis, no solo de cocaína.

El vampiro o vampira en cuestión, fuera quien fuese, se estaba apoderando gradualmente del mercado. Y después de un verano frenético durante el cual no había hecho más que convencer a la escoria humana de las ventajas de dejar este valle de lágrimas, había logrado deshacerse de toda una legión de profesionales del tráfico de drogas. Prácticamente, los únicos que quedaban eran los vendedores callejeros de base... y Benloise, el gran capo que suministraba la droga.

La hembra tomó forma detrás de una furgoneta y enseguida se dio cuenta de que había llegado a la escena de un crimen poco después de que todo ocurriera: en el asfalto había dos tíos que yacían bocarriba, inertes. Los dos aún empuñaban sendas pistolas y tenían agujeros de bala en la frente, mientras que su coche, con las puertas abiertas, seguía con el motor encendido y echando humo por el tubo de escape.

Sin embargo, nada de eso llamó especialmente la atención de Xhex. Lo que realmente le interesó fue el vampiro que se estaba subiendo en ese momento a un elegante Jaguar y cuyo pelo tenía destellos azules bajo la luz del callejón.

Quizá la investigación de Xhex estaba a punto de dar un gran salto cualitativo.

Con un movimiento rápido, volvió a tomar forma delante del coche. Como el macho no había encendido los faros, logró verle la cara con nitidez, iluminada como estaba por la luz del tablero de mandos.

Bueno, bueno, bueno, musitó Xhex, mientras el macho levantaba la cabeza.

La carcajada lenta que salió de la boca del tipo fue como las noches de verano en los suburbios: profunda, tibia y peligrosa.

—La bella Xhexania.

—Assail. Bienvenido al Nuevo Mundo.

—Había oído que estabas aquí.

—Yo también había oído lo mismo sobre ti. —Xhex hizo un gesto con la cabeza hacia los cadáveres—. Entiendo que has estado dedicado al servicio público, limpiando las calles.

El vampiro adoptó una expresión muy respetable que a la vez tenía mucho de perversa.

—Me estás otorgando un mérito que no merezco.

—Claro, claro.

—No me dirás que ahora te interesan estas ratas sin cola.

—No, me interesa el hecho de que tu mercancía haya entrado en mi club.

—¿Tu club? —Assail arqueó las cejas, con irónica elegancia—. ¿Acaso trabajas con los humanos?

—Más bien los mantengo a raya.

—Y no te gustan las drogas.

—Cuanto más drogados están, más molestos son.

Hubo una larga pausa.

—Te veo muy bien, Xhex. Como siempre.

La hembra pensó en John, en cómo había tratado al supuesto vampiro hacía un par de meses. Con Assail sería muy distinto: John se divertiría más con un oponente que diera la talla, y desde luego este Assail era capaz de cualquier cosa…

De pronto tuvo un doloroso pensamiento: se preguntó si hoy por hoy su compañero se molestaría siquiera en pelear por ella.

Las cosas habían cambiado entre ambos, y no para bien. Todas esas decisiones del verano de mantenerse unidos pero separados, lejos pero conectados, se habían desvanecido bajo la monotonía de sus empleos nocturnos; y las breves y explosivas ocasiones en que se encontraban parecían alejarlos más, en lugar de acercarlos.

Últimamente, con el frío del otoño, las visitas se habían vuelto menos frecuentes y más difíciles. Y menos sexuales.

—¿Qué sucede, Xhex? —Assail nunca dejaba de emplear su tono suave—. Puedo oler que estás sufriendo.

—Sobrevaloras tu olfato, Assail, al igual que estás haciendo con tu capacidad, si crees que puedes conquistar Caldwell con tanta rapidez. Estás tratando de ocupar el puesto de alguien muy… grande.

—Te refieres a tu jefe, Rehvenge.

—Exacto.

—¿Significa eso que vendrás a trabajar para mí cuando termine de limpiar la casa?

—Ni en sueños.

—¿Y por qué no? —Assail quitó hierro a sus palabras con una sonrisa—. Siempre me has agradado, Xhex. Si quieres un empleo de verdad, búscame… No me molestan los mestizos.

Este último comentario desató la ira de Xhex, que sintió ganas de dejarle sin dientes de una patada.

—Lo siento, me gusta estar donde estoy.

—A juzgar por tu olor, eso no es cierto. —Cuando Assail encendió el motor, su rugido dejó claro que había muchos caballos de potencia bajo el capó—. Nos veremos.

Con un gesto displicente, Assail cerró la puerta y arrancó sin encender las luces.

Mientras observaba cómo se alejaba el coche, Xhex pensó que al menos ya tenía un nombre, pero hasta ahí llegaban las buenas noticias. Assail era mal enemigo, uno de esos machos a los que no puedes dar la espalda ni un instante. Un camaleón sin conciencia, que podía mostrar mil caras distintas a mil personas diferentes sin que nadie llegara a conocerlo de verdad.

Por ejemplo, Xhex no creía que Assail la encontrara atractiva en absoluto. Solo era un comentario para perturbarla, para que bajase la guardia. Y había funcionado, aunque no por la razón que él se imaginaba. Había logrado su objetivo porque le recordó al amado.

Dios, John…

La situación creada entre ellos los estaba matando a los dos. Se encontraban estancados. No podían hacer que las cosas funcionaran, pero tampoco eran capaces de poner punto final.

Un desastre.

Xhex regresó a donde estaba su motocicleta, se montó, se puso las gafas oscuras para protegerse los ojos y arrancó. Mientras salía del centro, se cruzó con una caravana de patrullas de la policía que llevaban las sirenas encendidas y avanzaban lo más rápido que podían hacia el lugar del que ella venía.

Divertíos, chicos, pensó Xhex.

Y luego se preguntó si a esas alturas no tendrían ya un protocolo muy elaborado para los suicidios múltiples.

Xhex se dirigió al norte, hacia las montañas. Habría sido más práctico desintegrarse, pero necesitaba airearse un poco y no había nada como ir a ciento cuarenta kilómetros por hora por una carretera rural para despejar la cabeza. Mientras el aire frío chocaba con las gafas y la nariz y su chaqueta de motera formaba una especie de segunda piel sobre sus senos, era la reina del mambo. Xhex aceleró todavía más, al tiempo que se inclinaba hacia delante, volviéndose una con la moto.

Se acercaba a la mansión de la Hermandad. No sabía muy bien por qué había decidido hacer aquello. Tal vez solo había sido por la sorpresa que le causó la solicitud. Tal vez solo quería encontrarse con John. O quizá estaba buscando algo, cualquier cosa, que le ayudara a disipar esa bruma de tristeza que la envolvía.

Pero un encuentro con su madre tal vez no sirviera más que para empeorar las cosas.

Unos quince minutos después, salió de la carretera y se encontró de frente con el mhis que siempre estaba en su sitio. Redujo la velocidad, porque no era cosa de atropellar a un venado ni estrellarse contra un árbol, y comenzó a ascender lentamente la montaña, deteniéndose en las distintas puertas del camino, todas similares a las que llevaban a la entrada del centro de entrenamiento.

Pasar por el control de las cámaras de seguridad no le llevó más que un momento: la estaban esperando.

Después de pasar la última barrera y doblar por el sendero que conducía al jardín, Xhex sintió que el corazón se le bajaba al estómago. Joder, la inmensa casa de piedra estaba igual que siempre. Claro, ¿por qué tendría que haber cambiado? Podría haber una guerra nuclear en toda la costa nororiental y el lugar seguiría en pie.

La fortaleza, las cucarachas y los pastelitos de crema seguirían intactos. Todo lo demás desaparecería.

Xhex dejó la moto detrás de las escaleras de piedra que subían hasta la puerta principal, pero no se bajó. Al mirar el portón en forma de arco, los inmensos paneles tallados, las gárgolas que escondían cámaras de seguridad en la boca, pensó que el recibimiento a los visitantes no era muy cálido.

Se trataba de dejar claro que quien entraba lo hacía bajo su propia responsabilidad.

Un rápido vistazo al reloj le confirmó lo que ya sabía: John ya había salido y estaría peleando en la parte de la ciudad de la que ella venía...

Giró la cabeza hacia la izquierda.

Detectaba el patrón emocional de su madre en la parte trasera de la casa, en los jardines posteriores.

Buena noticia, porque Xhex no quería entrar en la casa. No le apetecía atravesar el vestíbulo. No deseaba recordar lo que llevaba puesto, ni lo que estaba pensando y soñando cuando se apareó.

Porque no fue más que una estúpida fantasía de lo que sería su vida.

Al desintegrarse hasta el otro lado del seto, Xhex no tuvo problemas para orientarse. John y ella habían deambulado por allí en primavera, agachándose para pasar por debajo de las ramas de los frutales, respirando el aroma de la tierra húmeda, abrazados para protegerse del aire fresco nocturno.

En aquellos momentos se abrían tantas posibilidades ante ellos... Y al ver la situación en la que se encontraban ahora, parecía muy apropiado que el calor del verano ya se hubiese desvanecido, como los buenos tiempos del amor. Ahora las hojas descansaban en el suelo, las ramas de los árboles se habían vuelto a quedar peladas y todo parecía empobrecerse día tras día.

Trató de reaccionar, porque en ese estado de ánimo, lo único que le faltaba era empezar a llorar.

Se concentró, por tanto, en la búsqueda del patrón emocional de su madre y comenzó a rodear la casa, pasando frente a los ventanales que daban acceso a la sala de billar y la biblioteca.

N'adie estaba en el borde de la piscina. Era una figura inmóvil, tenuemente iluminada por el reflejo azul del agua que ya pronto vaciarían para evitar que se congelara.

Caramba, pensó Xhex. Algo había cambiado en esa hembra, y cualquiera que fuese el cambio, había alterado gran parte de su superestructura emocional. Tenía el patrón emocional totalmente trastocado, y no para mal. Recordaba a una casa que está pasando por un profundo proceso de renovación. Era un buen comienzo, una transformación positiva que probablemente necesitaba largo tiempo para completarse.

No pudo contener una exclamación entre dientes.

—¡Bravo, Tohr!

Como si la hubiese oído, N'adie miró hacia atrás y fue cuando Xhex se dio cuenta de que no llevaba puesta la capucha que siempre utilizaba. Por lo que podía ver, llevaba el pelo recogido en una trenza rubia, cuyo extremo quedaba escondido debajo del manto.

Xhex esperaba percibir, como siempre, que se activaba el miedo en el patrón emocional de su madre. Pero se quedó esperando…

Vaya, el cambio era realmente grande.

—Gracias por venir —dijo N'adie mientras Xhex se acercaba.

La voz también era diferente. Más profunda. Más segura. N'adie se había transformado, pues, en muchos sentidos.

—Gracias a ti por invitarme —respondió Xhex.

—Estás muy bien.

—Tú también.

Al detenerse frente a su madre, la mestiza estudió la forma en que la luz del reflejo de la piscina jugueteaba sobre la cara perfecta de aquella hembra. Y en medio del silencio que siguió, frunció el ceño, pues la información que fluía por sus receptores sensoriales parecía completar el panorama.

—Estás en un callejón sin salida. —Al decirlo, Xhex pensaba que eso era bastante irónico, pues a ella le pasaba lo mismo.

Su madre levantó las cejas.

—Sí, lo estoy.

—Curioso. —Xhex levantó la vista hacia el cielo—. Yo también.

Al contemplar a la hembra orgullosa y fuerte que tenía enfrente, N'adie sintió una extraña conexión con su hija: iluminados por los reflejos de la luz de la piscina, siempre en movimiento, esos ojos grises de acero expresaban una terrible sensación de frustración, similar a la que ella experimentaba.

—Así que tú y Tohr… —dijo Xhex con el tono más neutro posible.

N'adie levantó las manos al sentir que se ruborizaba.

—No sé cómo responder a eso.

—Quizá no he debido preguntarlo. Lo que pasa es que puedo sentir su presencia en tu mente.

—No es así.

—Mentira. —La tajante respuesta de la hija no era acusatoria, sin embargo. Tampoco lo dijo con tono de censura. Solo constataba un hecho.

N'adie volvió a mirar el agua y se recordó que, al ser mitad symphath, su hija sabría la verdad aunque ella no dijera nada.

—No tengo derecho a estar con él —murmuró N'adie, con los ojos clavados en el agua—. No tengo derecho a recibir nada de él. Pero esa no es la razón por la cual te pedí que vinieras…

—¿Quién dice eso?

—¿Cómo?

—¿Quién dice que no tienes derecho a estar con él?

N'adie sacudió la cabeza.

—No hace falta que lo diga nadie. Tú conoces bien las razones.

—No. No las conozco. Si tú lo deseas y él te desea…

—Él no me desea. No… en sentido pleno. —N'adie hizo un gesto con la mano como si quisiera quitarse el pelo de la cara, aunque lo tenía recogido atrás. Querida Virgen Escribana, sentía que el corazón le palpitaba con demasiada fuerza—. No puedo…, no debería hablar de esto.

Se sentía más segura si no le decía nada a nadie… Sabía que a Tohr no le gustaría que hablaran de él.

Hubo un largo silencio.

—John y yo no estamos bien.

N'adie la miró con las cejas levantadas, sorprendida por la sinceridad de su hija.

—Yo… me preguntaba cómo te iría. Hace tiempo que te marchaste de aquí y él no parece muy feliz. Tenía la esperanza de que las cosas fueran distintas. En muchos sentidos.

También se refería a la relación entre ellas dos.

Sin embargo, lo que Xhex acababa de decir era cierto. Las dos estaban en punto muerto en sus vidas. Y aunque no eran asuntos que solieran compartir, la mestiza estaba dispuesta a aprovechar cualquier cosa que tuvieran en común.

—Creo que Tohr y tú hacéis buena pareja. —Xhex comenzó a caminar, pensativa, alrededor de la piscina—. Me gusta.

N'adie volvió a arquear las cejas y se preguntó si no sería mejor dejar el tema.

—¿De veras?

—Es un buen macho. Estable, de fiar. Eso sí, acusa mucho lo que le ocurrió a su familia, que fue demasiado dramático. John lleva mucho tiempo preocupado por él. Ya sabes, ella fue la única madre que John conoció. Me refiero a Wellsie.

—¿Llegaste a conocerla?

—No directamente. No era la clase de hembra que frecuenta los lugares donde he trabajado y Dios sabe que nunca fui bienvenida en la Hermandad. Pero conocía su reputación. Era un hueso duro de roer, franca, una hembra muy honorable en ese sentido. No creo que la glymera la estimara mucho y el hecho de que a ella eso le importara un pito es otra de las cosas que la hacían una persona valiosa, en mi opinión.

—La historia de ellos dos es una verdadera historia de amor.

—Sí, eso he oído. Francamente, me sorprende que Tohr haya sido capaz de seguir adelante con su vida, pero me alegra que haya sido así. Te ha hecho mucho bien.

N'adie respiró profundamente y sintió el olor de las hojas secas.

—No tiene alternativa.

—¿Por qué? No te entiendo.

—No tengo derecho a contarte nada más, pero baste con decir que si él pudiera elegir otro camino, cualquier otro, lo haría gustoso.

—Sigo sin comprender a qué te refieres. —Al ver que N'adie no tenía intención de dar más explicaciones, Xhex se encogió de hombros—. Pero sé respetar la intimidad de los demás.

—Gracias. Me alegra que hayas venido.

—Me sorprendió que quisieras verme.

—Te he fallado tantas veces que ya he perdido la cuenta. —Al ver que Xhex se encogía de hombros, N'adie asintió con la cabeza—. Cuando llegué aquí, me sentí tan abrumada por tantas cosas: completamente perdida, a pesar de que hablaba la misma lengua; aislada, aunque no estaba sola. Sin embargo, quiero que sepas que tú eres la verdadera razón de que viniera. Ya es hora de que te pida perdón y es lo que hago esta noche.

—¿Perdón por qué?

—Por abandonarte desde el mismo instante de tu nacimiento.

—Por Dios… —Xhex se pasó la mano por su pelo corto, mientras contraía todos los músculos del cuerpo, como si se esforzase por no salir huyendo—. Verás, escucha, no tienes que disculparte por nada. Tú no pediste que te…

—Eras una criatura recién llegada al mundo, sin una mahmen que te cuidara. Dejé que te defendieras por tus propios medios, cuando lo único que podías hacer era llorar para pedir un poco de calor y protección. Yo… lo siento mucho, hija mía. —N'adie se llevó la mano al corazón—. Me ha costado mucho tiempo encontrar la voz y las palabras, pero debes saber que llevo dando vueltas a esto en mi cabeza desde hace mucho, mucho tiempo. Quiero decirte lo correcto, porque entre tú y yo todo ha salido mal desde el principio…, y todo por mi culpa. Fui tan egoísta, tan cobarde, y yo…

—No sigas —dijo Xhex con voz forzada—. Por favor, no sigas.

Pero siguió.

—Me equivoqué al darte la espalda. Y también al esperar todo este tiempo. Fallé en todo. —Dio un golpe en el suelo con el pie—. Pero esta noche quiero reconocer todos mis errores, para poder entregarte también mi amor, un amor imperfecto y no deseado, lo sé. No merezco ser tu madre, o llamarte mi hija, pero tal vez podamos forjar una especie de… amistad entre nosotras. También puedo entender que no estés interesada y sé que no tengo derecho a pedirte nada. Así que solo quiero que sepas que estoy aquí y que tengo el corazón y la mente abiertos para conocerte... y saber quién eres.

Xhex parpadeó y guardó silencio. Estaba intentando asimilar aquel discurso, como si lo que acababa de escuchar proviniera de una emisora con interferencias o fuese un mensaje en clave que tenía que descifrar.

Finalmente la hija respondió.

—Soy una symphath. Tú eres consciente de eso, ¿no? El término «mestiza» no tiene ningún valor cuando en realidad quiere decir que una de tus mitades es devoradora de pecados.

N'adie levantó la cabeza.

—Eres una hembra honorable. Eso es lo que eres. No me interesa la composición de tu sangre.

—Pero me tenías pánico.

—Le tenía pánico a todo.

—Y, además, cada vez que me miras ves a ese macho reflejado en mi cara. Cuando lo haces, seguro que no puedes evitar recordar lo que te hizo.

N'adie tragó saliva. Quizá era en parte cierto, pero a esas alturas también resultaba un detalle sin importancia. Lo único importante era la felicidad de su hija.

—Eres una hembra honorable. Eso es lo que veo en tu cara. Nada más... y nada menos.

Xhex volvió a parpadear. Temblaba.

Y, de pronto, se abalanzó sobre su madre y N'adie quedó envuelta por unos brazos fuertes y seguros.

Un abrazo que ella no dudó en devolver con el mismo afecto.

Mientras apretaba a su hija entre sus brazos, pensó que no había mejor manera de otorgar el perdón que a través del contacto. Las palabras nunca podían expresar todo lo que significaba el abrazo de la persona a la que había rechazado en un momento de agonía, lo que significaba tener a su hija apretada contra su pecho, poder apoyar, aunque fuera tarde, a la persona a quien le había hecho tanto daño a causa de su egoísmo.

—Hija mía. —N'adie casi no podía articular palabra—. Mi hermosa, fuerte y valiosa hija.

Con mano temblorosa, N'adie puso la mano sobre la cabeza de Xhex y la acunó sobre su hombro, casi como si fuera un bebé. Durante largos segundos le acarició el pelo con delicadeza.

Era imposible decir que se sentía agradecida por algo de lo que aquel symphath le había hecho, pero el emocionante reencuentro borró aquel dolor. Era el momento crucial en el que por fin se cerraba un viaje infernal, que comenzara con la terrible violación de aquel lejano día. Las dos mitades que habían estado separadas durante mucho tiempo volvían a unirse.

Xhex se separó de los brazos de su madre y N'adie se sobresaltó.

—¡Estás sangrando! —Alargó la mano para tocar la mejilla de su hija y limpiarle las gotas rojas que corrían por su cara—. Llamaré a la doctora Jane...

—No te preocupes por eso. No hay motivo de alarma. Solo es la forma en que yo... lloro.

N'adie acarició la mejilla de su hija y sacudió la cabeza con asombro.

—No te pareces en nada a mí. —Al notar que Xhex desviaba la mirada rápidamente, agregó—: No, cariño, no te avergüences, eso es bueno. Tú eres fuerte. Poderosa. Me encanta eso de ti... me encanta todo en ti. Y el llanto también es una manifestación, de fuerza, porque son los valientes los que muestran sus sentimientos.

—Exageras.

—Tu lado symphath... es una especie de bendición. —Al ver que Xhex comenzaba a sacudir la cabeza en señal de protesta, N'adie añadió—: Te proporciona una capa de protección contra... ciertas cosas. Te da un arma contra ellas.

—Tal vez.

—Sin ninguna duda.

—¿Sabes una cosa? Nunca te he tenido resentimiento. Me refiero a que entiendo por qué hiciste lo que hiciste. Trajiste al mundo a un ser abominable...

—Nunca uses esa expresión delante de mí. —N'adie se puso muy seria—. Cuando estés hablando de ti misma, no la utilices. ¿Está claro?

Xhex se rio y levantó las manos en señal de disculpa.

—Está bien, está bien.

—Tú eres un milagro.

—Más bien una maldición. —Al ver que N'adie abría la boca para discutir de nuevo, Xhex la interrumpió—: Mira, te agradezco todo…, todo esto. De veras, en realidad pienso que es muy generoso por tu parte. Pero yo no creo en hadas y unicornios y tú tampoco deberías hacerlo. ¿Sabes a lo que me he dedicado durante los últimos años, o, mejor dicho, durante todos los años de los que tengo memoria?

N'adie frunció el ceño.

—Has estado trabajando en el mundo humano, ¿no? Creo haber oído eso en algún momento.

La mestiza levantó sus manos pálidas y flexionó los dedos simulando unas garras.

—Soy una asesina. Me pagan por perseguir a la gente y matarla. Tengo las manos llenas de sangre, N'adie, y es bueno que lo sepas antes de que comiences a hacer planes después de este tierno reencuentro. Nuevamente te repito que me alegra que me hayas invitado y estás más que perdonada por todo… Pero no estoy segura de que tengas una imagen realista de mí.

N'adie metió los brazos dentro de las mangas de su manto.

—¿Y aún sigues… vinculada a esas prácticas?

—No, ya no trabajo para la Hermandad ni para mi antiguo jefe. Pero con el trabajo que tengo ahora, no vacilaría en recurrir de nuevo a esas habilidades, de ser necesario. Tengo que proteger lo que es mío y si alguien se atraviesa en el camino, haré lo que tenga que hacer. Así es como soy.

N'adie estudió los rasgos de su hija, aquella expresión adusta, el cuerpo tenso y musculoso que parecía más masculino que femenino… y vio lo que se escondía detrás de toda esa fuerza: había una inmensa vulnerabilidad, como si Xhex estuviera esperando constantemente que la rechazaran, que la expulsaran, que la aislaran.

—Creo que eso está bien.

Xhex se sorprendió.

—¿Qué?

La madre volvió a levantar la barbilla con orgullo.

—Estoy rodeada de machos que viven según esas reglas. ¿Por qué tú deberías ser distinta solo por ser hembra? De hecho, me siento orgullosa de ti. Es mejor ser el agresor que el agredido… Prefiero que sea así y no al revés.

Xhex suspiró con un estremecimiento.

—Dios..., maldición..., no tienes ni idea de cuánto necesitaba oír eso en este momento.

—Tendré mucho gusto en repetirlo, si lo deseas.

—Nunca pensé que..., bueno, da igual. Me alegra que estés aquí. Me alegra que me hayas llamado.

N'adie sonrió y sintió como si un rayo brillante cruzara por su pecho.

—Yo también me alegro. Tal vez, si tienes, ¿cómo se dice?, ¿tiempo libre? Si lo tienes, podríamos pasar unas horas juntas.

Xhex comenzó a sonreír.

—¿Puedo pedirte algo?

—Lo que sea.

—¿Alguna vez has montado en moto?

—¿En qué?

—Acompáñame, déjame enseñarte una cosa.

Tohr regresó al final de la noche, con dos dagas sucias, sin munición y con una magulladura en la espinilla derecha que lo hacía caminar como un zombi. Malditos bates de béisbol. Al menos, la recompensa para el puto restrictor en cuestión había sido más bien divertida. Nada como destrozar la cara de tu enemigo contra el suelo para levantar el ánimo.

El asfalto es genial.

Había sido una dura noche de combate para todos. Dura y larga. Dos cosas muy buenas. Las horas habían pasado volando y, aunque olía a carne podrida por la cantidad de sangre negra que tenía encima y alguien iba a tener que remendar sus nuevos pantalones de cuero, se sentía mejor que cuando había salido de la casa.

Tal como decía siempre Rhage, combatir y follar eran las dos mejores formas de estabilizar el ánimo.

Lástima que por lo demás nada hubiese cambiado. Al regresar a casa seguía esperándolo la misma mierda.

Mientras atravesaba el vestíbulo, Tohr comenzó a desarmarse: se quitó la funda que se colgaba del hombro y se desabrochó el arnés del pecho y el cinturón. El olor a cordero recién salido del horno llenaba todo el vestíbulo y, al mirar rápidamente hacia el comedor, vio que los doggen ya lo tenían todo preparado: la plata brillaba, el cristal relucía y la gente ya estaba comenzando a reunirse para la Última Comida.

Pero N'adie no se encontraba entre ellos, lo cual tampoco era extraño.

Subió corriendo las escaleras y, al hacerlo, se dio cuenta de que su miembro empezaba a juguetear. Ya empezamos, se dijo. La erección no lo hacía exactamente feliz.

«Tú sabes tan bien como yo lo que no has hecho».

Llegó, agarró el picaporte y cerró los ojos. Luego se obligó a abrir.

—¿Estás aquí, N'adie?

El turno en la lavandería había terminado hacía ya casi una hora. Fritz había insistido en que N'adie tuviera algo de tiempo para arreglarse para la cena, una disposición que ella había combatido al comienzo pero que ahora parecía estar aprovechando. El *jacuzzi* siempre estaba húmedo cuando Tohr regresaba después de pelear.

Ojalá no esté en la bañera, pensó Tohr. Deseaba darse una ducha y no sabría cómo manejar la situación si los dos estaban desnudos y juntos en el baño.

«Tú sabes tan bien como yo lo que no has hecho».

Silencio.

Tohr dejó sus armas sobre una mesa y comenzó a quitarse la camiseta y las botas de combate.

—N'adie, ¿estás aquí?

El vampiro frunció el ceño y se asomó al baño. No había nadie.

Ninguna fragancia en el aire. Ni agua en la bañera. Ni toallas fuera de lugar.

Curioso.

Desconcertado, Tohr volvió a salir al pasillo, bajó las escaleras y entró por la puerta que llevaba al pasadizo subterráneo. Al atravesarlo, se preguntó si N'adie se encontraría en la piscina.

Esperaba que no fuera así, aunque su entrepierna no estaba de acuerdo.

Joder, ya no sabía qué pensar.

Pero la excitante encapuchada no estaba flotando en el agua, ni desnuda ni de ninguna otra forma. Y tampoco se hallaba en la lavandería. Ni en el cuarto de pesas, ni junto a las taquillas, ni en el gimnasio, donde solía cambiar las toallas. Tampoco estaba en la clínica guardando la ropa de cirugía.

Sencillamente…, no estaba en ninguna parte.

Regresó a la mansión. Tardó en volver la mitad del tiempo que había empleado en bajar y, cuando llegó a la cocina, lo único que encontró fue un montón de doggen, corriendo de aquí para allá para servir la cena.

Aguzó sus sentidos y concluyó que N'adie no estaba en la mansión.

Un pánico terrible lo recorrió de arriba abajo. La cabeza le empezó a zumbar…

No, un momento, se escuchaba un ruido, el sonido de… ¿Oía bien? Sí, era una motocicleta.

Un ruido profundo y constante que no tenía sentido. A menos que Xhex hubiese venido a la casa por alguna razón, lo cual sería una buena noticia para John.

N'adie se encontraba frente a la casa en ese momento.

Tohr buscó el rastro de su propia sangre corriendo por las venas de N'adie. Atravesó el vestíbulo a la carrera, salió por la puerta y… frenó en seco en lo alto de las escaleras de la entrada.

Xhex estaba en su Ducati y su figura forrada de cuero negro combinaba a la perfección con la moto. Y detrás de ella se hallaba N'adie, sin capucha, con el pelo hecho un desastre y una sonrisa tan grande como el sol.

La expresión de la hembra cambió en cuanto lo vio, momento en el que se puso más seria.

—Hola.

Al saludar, Tohr notó que su corazón volvía a latir normalmente. Sintió otra presencia detrás de él: John.

Xhex miró a su compañero y lo saludó con un gesto de la cabeza. Luego se volvió hacia su madre.

—¿Estás bien ahí atrás, mamá?

—Sí, perfectamente. —N'adie se bajó de la moto con torpeza y su manto cayó rápidamente hasta los pies, como si se sintiera aliviado de que el paseo hubiese llegado a su fin—. Entonces, ¿te veo mañana por la noche?

—Sí. Te recojo a las tres.

—Perfecto.

Las dos hembras compartieron una sonrisa tan espontánea que Tohr estuvo a punto de echarse a llorar. Algo grande había sucedido entre ellas…, y si él no podía tener de regreso a su Wellsie y su hijo, al menos quería que N'adie encontrara a su verdadera familia.

Y aquello parecía un gran paso en la dirección correcta.

Cuando N'adie subió los escalones de piedra, John bajó hacia donde descansaba la moto, dispuesto a reemplazarla. Tohr quería preguntarle a N'adie adónde habían ido, qué habían hecho, qué se habían dicho. Pero de inmediato se dijo que, a pesar de que hacía días que dormían juntos, no tenía ningún derecho a preguntarle nada de eso. Lo cual mostraba los pocos avances que había habido entre ellos.

Por fin, cuando, caballerosamente, dejó paso a la hembra para que entrara en la mansión, optó por una pregunta más bien convencional.

—¿Lo has pasado bien?

—Sí, muy bien. —N'adie se agarró el manto y entró en el vestíbulo cojeando—. Xhex me ha llevado a dar un paseo en motocicleta... ¿O se dice moto?

—Cualquiera de los dos formas vale. —También trampa mortal, o ataúd con ruedas—. Pero la próxima vez será mejor que uses un casco.

—¿Casco? ¿Como el de montar a caballo?

—No exactamente. Me refiero a algo un poco más duro que un sombrero de terciopelo con una correa para sujetarlo debajo de la barbilla. Te conseguiré uno.

—Ay, gracias. —N'adie se alisó el pelo, alborotado por el viaje—. Ha sido tan... divertido. Era como si voláramos. Al principio iba asustada, pero Xhex conducía despacio. Pero, después me encantó, y eso que íbamos muy rápido.

Lo que estaba oyendo hacía a Tohr feliz, pero también le preocupaba.

Por primera vez se sorprendió deseando que N'adie tuviera miedo de hacer algo. Esa Ducati no era más que un poderoso motor con un asiento pegado encima. Cualquier golpe haría que esa delicada piel quedara convertida en una mancha sobre el pavimento.

—Sí..., es genial. —En su cabeza, Tohr comenzó a sermonearla sobre los principios de la energía cinética, sin ahorrar términos médicos como «hematoma» y «amputación». Pero se guardó el sermón para sí—. ¿Estás lista para comer?

—Me estoy muriendo de hambre. El aire fresco me ha despertado el apetito.

A lo lejos, Tohr oyó el rugido de la moto que arrancaba. Al poco tiempo entró John con cara de pocos amigos.

El chico se dirigió a la sala de billar. Tohr estaba seguro de que no iba a por palomitas de maíz. Pero no había manera de hablar con él. John lo había dejado muy claro al principio de la noche.

—Vamos —dijo Tohr a la hembra—, vamos a sentarnos.

En la mesa la conversación cesó cuando ellos dos entraron en el comedor, pero él estaba demasiado absorto en la hembra que iba delante de él como para notarlo. La idea de que ella hubiese estado en el mundo exterior, paseando en plena noche con Xhex, la hacía parecer… diferente.

La N'adie que él conocía nunca habría hecho algo así.

Tohr sintió cómo su cuerpo se excitaba al imaginarla vestida con otra ropa distinta del dichoso manto, cabalgando en la moto, con el pelo suelto, paseando en medio de la noche.

¿Cómo estaría N'adie con unos vaqueros? Pero unos vaqueros como es debido, de los que abrazan y marcan bien el trasero de las hembras y hacen que los machos quieran montar, pero no exactamente en moto.

De pronto, la calenturienta mente del vampiro pasó a mayores. Se la imaginó desnuda y contra la pared, con las piernas abiertas, el pelo suelto y las manos sobre los senos. Y él, como es lógico, de rodillas, con la boca sobre el sexo de la hembra y la lengua explorando ese lugar del que tanto habían aprendido sus dedos.

Besaba y lamía allí abajo, sentía la humedad femenina sobre su cara, mientras ella se arqueaba y…

El rugido que brotó de su boca resonó atronadoramente en medio del silencio del comedor. N'adie lo miró con absoluta sorpresa. Los demás con estupor. Y él se sintió como un completo imbécil.

Para disimular, Tohr retiró ceremoniosamente la silla para que N'adie se sentara. Como si fuera una operación muy difícil.

Cuando la hembra tomó asiento, Tohr sintió que ella también estaba excitada y casi tuvo que estrangularse para evitar que se le escapara el nuevo rugido que comenzaba a vibrar en su pecho.

Se sentó en su sitio y sintió alivio. Así, con el pene bien constreñido por los pantalones, la situación estaba bajo control. Intentó doblarse más, dispuesto a cortar al puto miembro el suministro de sangre.

Pero curiosamente el suministro aumentó. O al miembro la sangre le importaba un pimiento.

Fantástico.

Tohr agarró su servilleta, la desdobló y…

Se dio cuenta de que todo el mundo los estaba mirando: la Hermandad, sus shellan e incluso los doggen que iban a comenzar a servir la cena.

—¿Qué pasa? —preguntó, mientras se colocaba la servilleta sobre las piernas.

Fue entonces cuando se percató de que él iba sin camisa y ella no llevaba puesta la capucha.

Era difícil discernir cuál de los dos llamaba más la atención. Probablemente ella, pues la mayoría de la gente nunca la había visto con la cara descubierta…

Sin que pudiera controlarse, Tohr se mordió el labio superior, al tiempo que sus colmillos se alargaban y comenzaba a mirar a cada uno de los machos de la mesa, siseando en un tono bajo y amenazante. Ello a pesar de que todos estaban felizmente apareados y eran sus hermanos, y a pesar de que él no tenía ningún derecho a hacer ese tipo de demostraciones de territorialidad.

Al ver eso, muchas cejas se levantaron con sorpresa. Un par de personas pidieron otro trago de lo que estaban tomando. Alguien empezó a silbar despreocupadamente.

Mientras N'adie se ponía rápidamente la capucha, la gente comenzó a hablar sobre el tiempo, los deportes y otros asuntos igualmente interesantes.

Tohr solo se frotó las sienes. Resultaba difícil saber cuál era la causa de su dolor de cabeza.

Tenía tantas para escoger…

Al final, la comida transcurrió sin más incidentes. Pero ya habían tenido bastante, ¿qué más podía ocurrir? ¿Que todos comenzaran a pelear por la comida? ¿Que la cocina se incendiara?

Cuando la cena terminó, la pareja de la noche abandonó el comedor…, pero cada uno con una idea distinta.

—Tengo que ir a trabajar —dijo ella cuando llegaron al pie de la escalera—. Llevo fuera toda la noche.

—Puedes ponerte al día al anochecer.

—Eso no sería correcto.

Tohr se dio cuenta de que en los últimos meses N'adie solo había estado con él. En la lavandería del centro de entrenamiento trabajaba sola y durante las comidas no cruzaba palabra con nadie. El resto del tiempo, con él.

De un tiempo a esa parte, además, en la habitación se masturbaban o dormían. Así que, en realidad, ella tampoco se relacionaba gran cosa con él.

—¿Adónde fuiste con Xhex?

—A muchos sitios: al río, a la ciudad…

Tohr cerró los ojos un instante. Pensó en la ciudad. Y luego se preguntó por qué nunca había llevado a N'adie a ninguna parte. Cuando tenía una noche de descanso, bajaba al gimnasio o se quedaba leyendo en la cama, esperando a que ella terminara. Nunca se le había ocurrido hacer nada con ella en el mundo exterior.

«Eso es porque la has estado escondiendo todo lo que has podido», le señaló su conciencia.

Qué desastre…

—Oye, espera un minuto, ¿por qué nunca tienes una noche libre? —Tohr le hizo la pregunta frunciendo el ceño. Mierda, ¿qué demonios estaba haciendo ese mayordomo? ¿Estaba explotando a su hembra?

—Sí que tengo noches libres, solo que nunca me las tomo. No me gusta quedarme sin hacer nada. —Tohr se acarició una oreja, pensativo—. Si me disculpas —murmuró ella—, bajaré al centro de entrenamiento para comenzar ahora mismo.

—¿A qué hora terminarás?

—Probablemente alrededor de las cuatro de la tarde.

—Muy bien. —Cuando N'adie dio media vuelta, Tohr le puso una mano sobre el antebrazo—. Escucha, si tienes que ir a los vestuarios durante las horas del día, es mejor que siempre llames antes de entrar, ¿de acuerdo?

Lo último que faltaba era que viera a uno de sus hermanos desnudo.

—Claro, claro. Siempre lo hago.

Xhex se marchó y Tohr se quedó observándola. Notó que su cojera tenía una dignidad innata que él no había descubierto hasta ese momento.

—Tenemos una cita, ¿recuerdas?

Tohr miró hacia la derecha y sacudió la cabeza al ver a Lassiter.

—No estoy de humor.

—Pues te jodes. Vamos, lo tengo todo organizado.

—Mira, no te ofendas, pero ahora no soy buena compañía…

—¿Y cuándo lo has sido?

—En realidad yo no…

—Bla, bla, bla. Cierra el pico y ponte en movimiento.

El ángel lo agarró de un brazo y tiró de él. Tohr se dejó arrastrar hasta las escaleras y por el pasillo de las estatuas…, hasta el otro lado. Pasaron frente a su habitación, por delante de las de los chicos y junto a la suite que ocupaban Z, Bella y Nalla. Luego siguieron hacia la zona que ocupaba la servidumbre, hasta la entrada a la sala de cine.

Tohr frenó en seco.

—Si estás planeando otro maratón de Betty Midler, te juro que te daré tantos azotes en el trasero que no podrás sentarte en una semana.

—Ay, qué miedo, mira cómo tiemblo.

—De verdad, si te queda algo de compasión, deja que vaya a acostarme…

—Tengo cacahuetes.

—No me gustan.

—Y uvas pasas.

—Puaj.

—Y cerveza Sam Adams.

Tohr entornó los ojos.

—¿Fría?

—Helada.

Tohr cruzó los brazos sobre el pecho y fingió hacer pucheros como un chiquillo de cinco años.

—Quiero conguitos.

—Tengo. Y palomitas de maíz.

Tohr soltó una maldición, abrió la puerta y subió hasta la caverna roja, apenas iluminada. El ángel lo tenía todo preparado allá arriba: sillones más que cómodos, dos Sam Adams abiertas y listas para beber —y varias botellas más entre hielo—, y un increíble despliegue calórico que incluía una caja llena de conguitos. Y las malditas palomitas de maíz.

Se sentaron uno junto al otro y estiraron las piernas con comodidad.

—Dime que no es una película de los cincuenta, de esas de amor, para hembras —murmuró Tohr.

—No, nada de eso. ¿Quieres palomitas? —El ángel puso en marcha el proyector—. Con dosis extra de mantequilla, no esa mierda sin calorías.

—Por el momento estoy bien.

En la pantalla apareció el logo de un famoso estudio cinematográfico y a continuación un montón de créditos. Y después dos personas de avanzada edad, sentadas en un sofá. Conversando.

Tohr dio un sorbo a su cerveza.

—¿Qué diablos es esto?

—*Cuando Harry encontró a Sally.*

Tohr se quitó la botella de la boca.

—¿Qué?

—Cállate. Después de esto vamos a ver un episodio de *Luz de luna*. Luego, *Tú y yo*, la original, no esa estupidez con Warren Beatty. Y de postre, *La princesa prometida...*

Tohr se levantó como un resorte.

—Está bien, que te diviertas...

Lassiter oprimió el botón de pausa en el mando a distancia y le puso una mano sobre el hombro.

—Vuelve a sentarte ahora mismo. Observa y aprende.

—¿Qué? ¿Con lo que odio las comedias románticas? ¿Qué tal si dejamos eso en claro de una puta vez?

—Necesitas ver esto.

—¿Para qué? ¿Para rematar mi carrera de solitario convirtiéndome en afeminado?

—Porque tienes que recordar en qué consiste eso de ser romántico.

Tohr sacudió la cabeza.

—No, no, de eso nada.

Tohr insistía en marcharse; Lassiter sacudía la cabeza sin parar.

—Tienes que recordar que ligar como Dios manda es posible, amigo.

—A la mierda con eso…

—Estás paralizado, Tohr. Y aunque tienes tiempo de sobra para desperdiciarlo, Wellsie no se puede permitir ese lujo.

Tocado. Tohr cerró la boca, se volvió a sentar y comenzó a arrancar la etiqueta de su cerveza.

—No puedo hacerlo, hermano. No puedo fingir que siento… eso.

—¿Entonces crees que no puedes tener sexo con N'adie? ¿Cuánto tiempo piensas seguir así?

—Hasta que tú desaparezcas y Wellsie quede libre.

—¿Y te parece que eso está funcionando bien? ¿Te gustó el sueño que tuviste hoy?

Tras un momento de duda, el vampiro contestó:

—Las películas no me van a ayudar.

—¿Y qué vas a hacer? ¿Masturbarte en tu habitación hasta que N'adie regrese del trabajo? ¿Y luego seguir masturbándote pero junto a ella? Ah, espera, déjame adivinar… Te vas a pasear de un lado a otro de tu habitación. Porque eso es algo que nunca has hecho. —Lassiter le puso las palomitas en la cara—. ¿Tanto trabajo te cuesta quedarte aquí conmigo? Cierra el pico y cómete lo suyo, idiota.

Tohr aceptó las palomitas de mala gana.

Una hora y treinta y seis minutos después, no tuvo más remedio que carraspear cuando Meg Ryan le decía a Billy Crystal que lo odiaba en medio de una fiesta de Año Nuevo.

—Hay que ponerle salsa a la vida —dijo Lassiter al acabar la película—. Esa es la respuesta a todo.

Un minuto después, apareció en la pantalla la imagen de Bruce Willis joven y Tohr dio gracias al cielo.

—Esto es mucho mejor. Pero necesitamos más cerveza.

—Está en camino.

Seis cervezas después, ya habían visto dos episodios de *Luz de luna*, entre ellos uno de Navidad en el que todo el equipo de filmación cantaba con los actores en la última escena.

Eso no hizo carraspear a Tohr.

Menos mal.

Luego trataron de ver *Tú y yo*. Al menos hasta que Lassiter se compadeció de su acompañante, y de sí mismo, y comenzó a adelantar las escenas.

—Las chicas dicen que esto es genial —murmuró el ángel, mientras pasaba a toda velocidad de una escena tras otra—. Tal vez fue un error elegir esta.

—Amén.

La película de la princesa no fue tan horrible, tenía escenas graciosas. Y es genial el final, cuando se juntan los dos protagonistas. Además, a Tohr le gustó ver a Colombo haciendo de abuelo. Pero no se podía decir que aquello lo fuera a convertir en un Casanova.

Lassiter lo miró de reojo.

—Todavía no hemos terminado.

—Siempre y cuando me sigas dando cerveza…

—Pide y recibirás.

El ángel le entregó una botella recién salida del hielo y se fue a cambiar el DVD. Cuando regresaba a su lugar, la pantalla se encendió.

Tohr casi se cayó de la silla.

—¿Qué demonios es esto?

Cuando el enorme cuerpo de Lassiter pasó frente a la pantalla, un gigantesco par de senos cubrió toda su cara y su pecho.

—*Adventures in the MILFy Way*. Un verdadero clásico.

—Pero ¡esto es porno!

—¿Y qué?

—Verás, no sé cómo decírtelo: esto no lo voy a ver contigo.

El ángel, que todavía estaba de pie, se encogió de hombros.

—Solo quería asegurarme de que tienes conciencia de lo que te estás perdiendo.

Entonces se empezaron a oír toda clase de gemidos, mientras los senos gigantes…, esos inmensos senos que parecían a punto de callar a Lassiter de un golpe…

Tohr se cubrió los ojos con horror.

—¡No! ¡Quítalo!

Lassiter paró la película y los ruidos porno cesaron. Mirando entre los dedos, Tohr vio que no había dado a pausa sino que la había detenido definitivamente, gracias a Dios.

—Solo estoy tratando de llegar hasta ti. —Lassiter se sentó y abrió una cerveza. Parecía cansado—. Joder, esta mierda de ser ángel..., es tan difícil tener alguna influencia sobre alguien o algo. Nunca había tenido problemas con el libre albedrío, pero, coño, contigo quisiera poder usar alguna clase de hechizo como los de *Yo sueño con Jeannie* para llevarte a donde tienes que estar. —Al ver que Tohr se enfadaba, el ángel murmuró—: Pero no te preocupes. Te haremos llegar hasta allí de alguna manera...

Los dos se quedaron bebiendo en silencio durante un rato, hasta que en la pantalla comenzó a aparecer de manera intermitente un logo de Sony.

De repente, Tohr hizo una pregunta inesperada:

—¿Alguna vez has estado enamorado?

—Una vez. Solo una.

—¿Qué sucedió? —Como el ángel no respondía, Tohr lo miró de reojo—. Ah, entonces tú sí tienes derecho a conocer toda mi intimidad, pero... ¿No eres capaz de devolver el favor?

Lassiter se encogió de hombros y abrió otra cerveza.

—¿Sabes lo que pienso?

—No lo puedo saber mientras no me lo digas.

—Pienso que deberíamos ver otro episodio de *Luz de luna*.

Tohr, sorprendentemente, se mostró de acuerdo. Después de todo, no era tan malo ver películas con el ángel y comentar los diálogos mientras tomaban cerveza y comían porquerías. De hecho, no recordaba la última vez que había estado en una situación similar.

Desde luego, debió de ser con Wellsie. Si tenía tiempo libre, Tohr siempre lo pasaba con ella.

Dios, cuántos días habían pasado vegetando sin más frente al televisor, viendo cosas que ya habían visto o películas de mierda en los canales de cable, y dormitando durante los telediarios... Solían cogerse de la mano, y a veces ella se acostaba sobre su pecho mientras él jugueteaba con aquellos rizos rojos.

Qué cantidad de tiempo perdido, pensó Tohr. Pero mientras pasaban los minutos y las horas, ellos eran felices.

Dichosa pérdida de tiempo.

Otra cosa más que añoraba del pasado.

Tohr pidió un cambio.

—¿Qué tal si vemos algo de la carrera posterior de Willis?

—¿*Duro de matar*?

—Vale. Tú pones la peli mientras yo preparo más palomitas.

—Trato hecho.

Cuando los dos se levantaron y se dirigieron al fondo de la sala, Tohr se detuvo de repente y sujetó al ángel del brazo.

—Gracias, hermano.

El ángel le dio un golpecito en el hombro y luego continuó en busca de la película.

—Solo hago mi trabajo.

El vampiro observó cómo Lassiter bajaba su cabeza mitad rubia y mitad morena para pasar por la puerta.

El maldito tenía razón.

¿Y qué pasaría entonces con él y N'adie?

Era difícil pensar en lo que vendría después. Demonios, cuando empezó a liarse con ella le había costado muchísimo superar todas las emociones que le provocaba el simple hecho de aceptar la vena de N'adie, ofrecerle a ella la suya y luego masturbarla.

Pero ¿qué pasaría si llevaban las cosas más lejos?

El siguiente nivel abría grandes incógnitas.

Eran las doce del mediodía cuando sonó el móvil de Xcor y el suave timbre del teléfono lo sacó de un sueño ligero. Con torpes manotazos, buscó el botón verde para contestar y, después de oprimirlo, se colocó el aparato en la oreja.

Xcor odiaba esos malditos teléfonos, pero en la práctica tenía que reconocer que representaban una ventaja increíble y se preguntaba por qué se había opuesto tanto a ellos.

—¿Sí? —Al oír la voz aguda que le contestó, Xcor sonrió en medio de la penumbra del sótano, apenas iluminado por una vela—. Saludos, distinguido caballero. ¿Cómo te encuentras hoy, Elan?

—Pero… —El aristócrata tuvo que tomar aliento—. ¿Qué es lo que me habéis enviado?

Su informante del Consejo tenía una voz más bien aguda de por sí; pero era obvio que el paquete que acababa de abrir había hecho que su tono de tiple se elevara hasta la estratosfera.

—Una prueba de nuestra labor. —Mientras Xcor hablaba, se empezaron a levantar las cabezas en los camastros; la Pandilla de Bastardos parecía muy atenta a la conversación—. No quiero que pienses que hemos exagerado sobre nuestra eficacia, ni que, la Virgen Escribana no lo permita, te hemos engañado con respecto a nuestras actividades. Son muestras de lo mucho que valemos.

—Yo… Yo… ¿Qué esperáis que haga con… esto?

Xcor entornó los ojos.

—Tal vez algunos de tus criados puedan hacer varios paquetes y distribuirlos entre tus compañeros del Consejo. Y supongo que tendrás que mandar limpiar la alfombra.

Dentro de la gran caja de cartón que le había enviado, Xcor había guardado algunos de los recuerdos de sus crímenes, toda clase de pedazos de restrictores: brazos, manos, aquella asquerosa columna vertebral, una cabeza, parte de una pierna. Los había estado coleccionando en espera del momento oportuno para conmocionar al Consejo… y mostrar el trabajo que estaban haciendo.

Con el grotesco «regalo» quería que el Consejo viera la eficacia de Xcor y sus soldados. Pero también corrían el riesgo de que los consideraran unos salvajes.

Elan carraspeó.

—En efecto, veo que habéis estado bastante ocupados.

—Reconozco que esto es desagradable, pero la guerra es un negocio ingrato, del cual, por cierto, solo deberías beneficiarte, sin tener que participar en él. Debemos mantenerte a salvo de estas cosas tan sórdidas. —Hasta que dejes de sernos útil, pensó—. Sin embargo, me gustaría señalar que eso es solo una pequeña muestra de los muchos que hemos matado.

—¿De verdad?

La percepción de un ligero sentimiento reverencial fue gratificante.

—Así es. Puedes estar seguro de que luchamos cada noche por la raza y que somos muy eficaces.

—Sí, es evidente que lo sois… Y quisiera dejar claro que ya no requiero más «pruebas», si podemos llamarlas así. Por otra parte, os iba a llamar esta tarde. Finalmente se ha fijado la última cita con el rey.

—Ah, ¿sí?

—Llamé a los miembros del Consejo porque he programado una reunión para esta noche… Algo informal, claro, de modo que el procedimiento no requiera convocar a Rehvenge. Pero Assail ha avisado de que no puede asistir. Es evidente que debe de tener audiencia con el rey o, de otra manera, vendría a mi casa.

—Puede que así sea. —Xcor arrastraba ahora las palabras—. O quizá no. —Teniendo en cuenta las andanzas nocturnas de Assail, que se habían intensificado desde el verano, probablemente estaba muy ocupado—. Te agradezco la información.

—Cuando los demás lleguen, les mostraré esta... colección.

—Hazlo. Y diles que estoy dispuesto a encontrarme con ellos en cualquier momento. Solo tienes que llamarme... Estoy a tus órdenes en esto y en todo lo que quieras. De hecho... —Xcor hizo una pausa para dar más efecto a sus palabras—, será un honor conocerlos con tu mediación... Juntos, tú y yo podremos asegurarnos de que entiendan exactamente el estado tan vulnerable en el que se encuentran bajo el mando del Rey Ciego y la seguridad que ambos podríamos proporcionarles.

—Ah, sí, claro... Sí. —El macho se sintió halagado por aquella verborrea, que tenía precisamente esa intención—. Muchas gracias por vuestra sinceridad.

Era increíble ver cómo una turbia conspiración podía ser vista como una muestra de sinceridad.

—Y yo te agradezco tu apoyo, Elan.

Xcor colgó y miró de reojo a sus soldados, y luego se dirigió a Throe:

—Después del ocaso visitaremos de nuevo la propiedad de Assail. Tal vez esta vez encontremos algo.

Mientras los otros gruñían para mostrar su aprobación, Xcor levantó el móvil en silencio... y le hizo una inclinación de cabeza a su segundo al mando.

—Señor, hemos llegado. La puerta ya se está cerrando detrás de nosotros.

Al oír la voz de Fritz a través del intercomunicador de la furgoneta, Tohr no se sorprendió con la noticia, a pesar de que desde allí atrás no podía ver nada.

—Gracias.

Mientras tamborileaba con los dedos sobre el suelo de la parte trasera de la furgoneta, el vampiro se sintió un poco mareado por las muchas cervezas que se había tomado con Lassiter. Para colmo, tenía acidez de estómago por el atracón de palomitas con mantequilla y otras guarrerías.

O quizá las náuseas tenían más que ver con el lugar donde se encontraban.

—Señor, ya puede salir.

Tohr fue gateando hasta las puertas, mientras se preguntaba por qué demonios se estaba torturando de esa manera. Cuando Lassiter y él terminaron su homenaje al almíbar de celuloide, el ángel se fue a dormir y Tohr… se metió en este lío, aparentemente sin ninguna razón.

Al bajarse de la furgoneta… Tohr quedó en medio de su propio garaje, sumido en tinieblas, pues todo estaba cerrado.

Fritz bajó la ventana.

—Señor, quizá debería esperar aquí con usted.

—No, vete. Voy a quedarme aquí hasta que amanezca.

—¿Está seguro de que las cortinas están bien cerradas?

—Sí. Esa es la norma y confío en mi doggen.

—Pero ¿no debería entrar yo primero, solo, para verificarlo?

—En realidad no es…

—Por favor, señor. No me envíe a casa para tener que enfrentarme a su rey y a sus hermanos sin tener la certeza de que usted se encuentra a salvo.

Era difícil discutir eso.

—Esperaré aquí.

El doggen se apresuró a bajarse de su puesto tras el volante y comenzó a caminar a una velocidad admirable para sus viejos huesos… Probablemente porque le preocupaba que Tohr cambiara de opinión.

Mientras el mayordomo entraba en la casa, Tohr dio una vuelta por el garaje, al tiempo que inspeccionaba su vieja cortadora de césped, sus rastrillos, la sal para la entrada de la casa en las nevadas del invierno. El Stingray se encontraba en el garaje de la mansión desde la noche en que Tohr le llevó a Xhex el vestido de Wellsie.

Tohr no había querido regresar para devolver el vestido cuando al fin estuvo lavado y planchado.

Tampoco tenía muchas ganas de estar allí en ese momento.

—Todo está bien, señor.

Tohr giró sobre sus talones y se alejó del lugar donde solía aparcar su Corvette descapotable.

—Gracias, amigo.

Sin esperar a que el mayordomo se marchara —había demasiada luz detrás de aquellas puertas cerradas como para quedarse esperando a que se abrieran—, Tohr se dispuso a entrar en la casa. Así que se despidió con un gesto de la mano, reunió valor... y entró.

Cuando la puerta se cerró detrás de él, lo primero que vio fueron los abrigos de invierno, colgados en el vestíbulo trasero. Las malditas parcas seguían colgadas de sus ganchos: la suya, la de Wellsie y la de John.

La de John era pequeña, pues en aquella época solo era un pretrans.

Era como si aquellos abrigos estuvieran esperando a que todos volvieran a casa.

Siguió por el pasillo y entró a la cocina con la que tanto había soñado Wellsie.

Fritz había tenido la consideración de dejar las luces encendidas, pero la impresión que le produjo ver todo aquello por primera vez desde la muerte de Wellsie hizo que se preguntara si no habría sido mejor entrar a oscuras: las encimeras que habían elegido juntos, el congelador que ella tanto adoraba, la mesa que habían comprado por Internet, las estanterías que él le había colocado para los libros de cocina..., todo estaba allí, tan limpio y brillante como el primer día.

Mierda, nada había cambiado. Todo estaba *exactamente* igual que la noche en que ella fue asesinada. Su doggen se había encargado de hacer la limpieza, pero nada más.

Tohr se dirigió entonces al escritorio empotrado en la pared y, no sin aprensión, leyó un post-it escrito por Wellsie.

Martes: Havers - control, 11.30.

Tohr dejó caer el papel y dio media vuelta, mientras se preguntaba seriamente si se habría vuelto loco. ¿Qué hacía en aquella casa? ¿Qué podía encontrar allí que le sirviera para sentirse mejor?

Deambuló por la vivienda, atravesó la sala, la biblioteca y el comedor, haciendo un recorrido completo por las zonas comunes del primer piso..., hasta que sintió que no podía respirar. Aunque ya no se sentía mareado, su cuerpo estaba hipersensible y tenía los sentidos de la vista, el olfato y el oído insoportablemente aguzados. ¿Por qué había...?

Tohr parpadeó al darse cuenta de que se encontraba ante la puerta de la cocina.

Ya había dado toda la vuelta y estaba de regreso.

Y muy cerca se hallaba la puerta que conducía al sótano.

Joder. No..., no estaba listo para eso.

La verdad era que Lassiter y sus estúpidas películas le habían hecho más mal que bien. Todas esas parejas que había visto en la pantalla..., aunque eran artificiosos productos de ficción, se habían colado dentro de su mente y habían disparado toda clase de sensaciones.

Ninguna de las cuales tenía nada que ver con Wellsie.

En lugar de rememorar a Wellsie, en lo único en lo que Tohr había podido pensar era en aquellos días que había pasado en compañía de N'adie, forcejeando contra todas esas sábanas que separaban sus cuerpos, mientras ella lo miraba como si deseara mucho más de lo que él le estaba dando y él se contenía por respeto a sus muertos..., o quizá porque, en el fondo, no era más que un maldito cobarde.

Probablemente, por las dos razones.

Por eso Tohr había sentido la necesidad de ir a su casa. Necesitaba reencontrarse con los recuerdos de su amada, con imágenes de su Wellsie que tal vez había olvidado; necesitaba un poderoso encuentro con el pasado para contrarrestar lo que le parecía una traición en el presente.

Como si se observara desde fuera, Tohr vio que su mano se estiraba y agarraba el picaporte. Luego lo giró a la derecha y empujó el pesado panel de acero pintado hasta abrirlo de par en par. Cuando el sensor de movimiento encendió las luces de la escalera, quedó frente a un ambiente color crema: la alfombra de la escalera era beis, las paredes estaban pintadas de un color similar y todo tenía un aire tranquilo y sereno.

Aquel era su refugio sagrado.

Bajar el primer escalón fue como saltar desde el borde del Gran Cañón. Y el segundo tampoco fue fácil.

Todavía se sentía así cuando llegó al último peldaño.

El sótano tenía una distribución parecida al primer piso, pero solo dos tercios del espacio estaban ocupados por la habitación principal, un gimnasio, una lavandería y una minicocina. El resto hacía las veces de trastero.

Tohr no supo cuánto tiempo se quedó allí quieto.

Fuera el que fuese, después comenzó a caminar hacia delante, hacia la puerta cerrada que tenía enfrente…

Al abrirla, quedó ante un espacio oscuro.

Mierda, el cuarto todavía olía a ella. A su perfume. A su aroma femenino.

Entró, cerró la puerta y tomó aire mientras buscaba el interruptor en la pared e iba encendiendo las luces gradualmente.

La cama estaba perfectamente hecha.

Probablemente por la propia Wellsie. Aunque tenían personal de servicio, a ella le gustaba hacer las cosas por su cuenta. Cocinar, recoger, lavar, doblar la ropa limpia.

Y hacer bien la cama al final de cada día.

No había ni una brizna de polvo en ninguna de las superficies, ni sobre las cómodas, la de él y la de ella, ni sobre las mesitas de noche, la de él con el reloj despertador encima y la de ella con el teléfono, ni sobre el escritorio donde reposaba el ordenador que compartían.

Tohr sentía que se ahogaba.

Entró en el baño con la idea de recuperar el aliento y volver a llenar su cuerpo de oxígeno.

Pero no fue buena idea, porque los recuerdos de Wellsie también estaban por todo el baño, al igual que sucedía con el resto de la casa.

Al abrir uno de los armaritos agarró un frasco de crema de manos y leyó las etiquetas, la de delante y la de detrás, algo que nunca había hecho cuando ella estaba viva. Hizo lo mismo con un champú y con un frasco de sales de baño que… olía tal como él lo recordaba, a limón.

Volvió a la habitación.

Fue hasta el armario…

De repente se produjo un cambio. Tal vez fue mientras inspeccionaba los jerséis perfectamente doblados en las estanterías. O quizá cuando observaba los zapatos de Wellsie, ordenados en sus compartimentos. Puede que fuera al revisar las blusas colgadas en las perchas, o los pantalones de Wellsie…, puede que mientras examinaba las faldas y los vestidos…

El caso es que después de un rato, en medio del abrumador silencio, sumido en su dolorosa soledad, su eterno dolor..., Tohr se dio cuenta de que todo aquello no eran más que objetos materiales.

La ropa de Wellsie, sus productos de maquillaje, sus artículos de belleza..., la cama hecha por sus propias manos, la cocina en la que solía trajinar, la casa que ella tanto había disfrutado.

Solo un montón de objetos materiales.

Y así como ella nunca volvería a meterse dentro de aquel vestido que había llevado en la ceremonia de apareamiento, tampoco volvería a esa casa a reclamar ninguna de esas cosas. Todo eso había sido de Wellsie y ella lo había usado y había necesitado cada una de aquellas cosas..., pero nada de eso era ella misma.

«Dilo..., di que ella está muerta».

«No puedo».

«Tú eres el problema».

Nada de lo que había hecho durante su largo periodo de luto había podido traerla de vuelta. Ni la agonía de los recuerdos, ni la bebida, ni las lágrimas, ni la resistencia a estar con otra hembra... Tampoco sirvió de nada evitar ese lugar durante tanto tiempo, ni todas esas horas que había pasado sentado a solas, con un agujero en el alma.

Ella ya no estaba allí. Se había ido.

Y eso significaba que todo aquello no era más que un montón de cosas guardadas en una casa vacía.

Dios..., esto no era lo que Tohr esperaba sentir. Había ido a esa casa para olvidarse de N'adie. Pero ¿qué había ocurrido en lugar de eso? Lo único que había encontrado eran aquellos objetos inanimados, que eran tan incapaces de ayudarlo como de hablar y caminar.

Aunque, teniendo en cuenta el lugar en el que Wellsie se encontraba, la idea de estar buscando una forma de cortar la conexión con N'adie era una locura. En realidad Tohr tendría que estar feliz por reconocer que podía pensar en otra hembra.

Pero la verdad era que todavía encontraba que eso estaba mal, muy mal.

E n la mansión de la Hermandad, N'adie se encontraba sentada sobre la cama que compartía con Tohrment, con el manto doblado a su lado y cubierta solo por la camisola.

Silencio. La habitación estaba muy silenciosa sin Tohr.

¿Dónde estaría su macho?

Cuando volvió, acabado su trabajo en el centro de entrenamiento, esperaba haberlo encontrado allí, relajado, y quizá dormido sobre las sábanas. Pero en lugar de eso la cama estaba intacta, las almohadas seguían recostadas contra la cabecera y el edredón extra, el que él usaba para arroparse, seguía doblado a los pies del colchón.

Tohr tampoco estaba en la sala de pesas, ni en la piscina, ni en el gimnasio. Tampoco en la cocina, donde ella había hecho una pequeña parada para tomar algo. Ni en la sala de billar, ni en la biblioteca.

No había aparecido durante la Primera Comida.

El picaporte de la puerta giró y ella se sobresaltó, pero enseguida suspiró con alivio. Antes de que el cuerpo de Tohr se asomara por la puerta, la sangre de N'adie que corría por las venas de Tohr le anunció su presencia.

Tohr seguía sin camisa, y también descalzo.

Y su mirada parecía tan severa y desolada como los infernales pasillos del Dhund.

Lo recibió con un murmullo.

—¿Dónde estabas?

Tohr evitó la mirada y la pregunta de N'adie y fue directamente al baño.

—Voy con retraso. Wrath nos ha convocado a una reunión.

Tohr abrió el grifo de la ducha, y al percatarse la hembra agarró el manto y se lo echó sobre los hombros, pues sabía que él se sentía incómodo si no la veía completamente vestida cuando no estaban en la cama.

Pero esa no debía de ser la causa de su mal humor; ya estaba muy serio antes de ver que estaba medio desnuda.

Su amada, pensó N'adie. Tenía que ver con su amada.

Por tanto, lo mejor sería dejarlo solo.

Pero no lo hizo.

Cuando Tohr salió, tenía una toalla sobre las caderas y se dirigió enseguida al armario, sin mirar siquiera a N'adie. Tras un momento de indecisión lo abrió y se inclinó hacia delante. El nombre que tenía grabado en los hombros quedó bajo la luz de la lámpara.

Pero no sacó nada del armario. Solo dejó caer la cabeza y se quedó allí, quieto.

—Hoy he ido a mi casa —dijo de repente.

—¿Hoy? ¿Durante el día?

—Fritz me llevó.

N'adie se sobresaltó al pensar que Tohr hubiese podido estar expuesto a la luz del sol… De repente cayó en la cuenta de algo que le pareció sorprendente.

—¿No vivíais en la mansión?

—Teníamos nuestra propia casa —respondió Tohr—. No residíamos aquí con todos los demás.

Así que esta no era su habitación matrimonial. Ni su tálamo nupcial.

Al ver que Tohr no decía nada más, la hembra volvió a la carga.

—¿Y qué encontraste allí?

—Nada. Absolutamente nada.

—¿Ya no estaban vuestras cosas?

—Sí, la casa está exactamente en el mismo estado que la noche que ella murió. Los platos limpios todavía están en el lavavajillas, el correo sobre la mesita… Todo igual, como si el tiempo se hubiera detenido.

Tohr debía de estar sufriendo mucho, pensó N'adie. El vampiro pareció leerle el pensamiento.

—Fui para buscar a Wellsie, pero lo único que encontré fue una fría exposición del pasado.

—Pero tú nunca estás lejos de ella, tu Wellesandra siempre está contigo. Ella respira a través de ti.

Tohrment dio media vuelta. Le dedicó una mirada intensa.

—No es como antes, para qué engañarse.

N'adie se enderezó al sentir el fuego de los ojos de Tohr sobre ella. Inquieta, se puso a juguetear con el manto. Luego cruzó las piernas. Y las descruzó.

—¿Por qué me estás mirando de esa manera?

—Porque quiero follar contigo. En el fondo, esa es la razón por la que fui a mi casa.

Al ver que el rostro de N'adie se encendía por la monumental sorpresa que acababa de darle, Tohr no se molestó en edulcorar la verdad con palabras bonitas ni excusas de ninguna clase. Estaba harto de todo: de luchar contra su cuerpo, de discutir con su destino, de pelear contra lo inevitable. Totalmente asqueado por haber perdido tanto tiempo negándose a aceptar la realidad.

Allí, de pie frente a N'adie, se hallaba desnudo en un sentido que no tenía nada que ver con la falta de ropa. Desnudo y cansado…, y deseaba estar con ella…

—Entonces puedes proceder —replicó ella con voz suave, entrecortada, seductora.

Tohr se puso pálido. No podía creer que aceptara tan…

—¿Entiendes lo que acabo de decir?

—Has sido lo suficientemente claro. Quieres que follemos.

—Pero se supone que deberías mandarme al diablo.

Hubo una corta pausa.

—Bueno, tú verás, tampoco es obligatorio que procedamos.

Caramba con la tímida encapuchada.

No había ni pizca de rencor en la voz de N'adie. Tampoco de súplica. Ni de decepción… Por tanto, todo dependía de él, de lo que quisiera.

¿Cómo podía ser que N'adie se mostrara tan dócil ante su petición, con todo lo que había sufrido?

—No quiero hacerte daño.

—No me lo harás. Yo sé que todavía estás enamorado de tu compañera y no te culpo. Lo vuestro fue, es, un amor eterno.

—¿Y qué pasa contigo?

—No tengo necesidad ni deseos de ocupar su puesto. Y te acepto tal como eres, admito que vengas a mí en el papel que elijas. O que no vengas, si así es como ha de ser.

Tohr soltó una maldición, pero enseguida hubo de reconocer que parte de su viejo dolor desaparecía inesperadamente.

—Pero eso no es justo para ti.

—Sí, sí lo es. Me llena de gozo simplemente compartir el tiempo contigo. Eso es suficiente…, y más de lo que podría haber esperado de mi destino. Estos últimos meses me han proporcionado una felicidad, compleja pero maravillosa, que no habría cambiado por nada en el mundo. Y si tiene que terminar, sé que al menos lo habré tenido. Y si puede ir un poco más allá, entonces soy más afortunada de lo que me merezco. Y… si eso te da aunque sea solo un poco de paz, entonces he cumplido con mi único propósito en relación a ti.

La hembra quedó en silencio. Tohr sintió que la suprema dignidad de N'adie lo atravesaba de parte a parte. De verdad. Notó un súbito impulso y caminó hasta donde se encontraba ella, se inclinó y le agarró la cara con las manos.

Le acarició las mejillas mientras la miraba a los ojos.

—Tú eres… —Se le quebró la voz—. Eres una mujer muy honorable.

N'adie puso sus manos sobre las gruesas muñecas de Tohr.

—Escucha mis palabras y créeme. No te preocupes por mí. Ocúpate primero de tu corazón y tu alma. Eso es lo más importante.

El vampiro se arrodilló frente a ella y se abrazó a su vientre. Como le sucedía siempre con ella, se sentía al mismo tiempo extraño y cómodo en una postura íntima.

Se levantó y recorrió el hermoso rostro de N'adie con los ojos. Y luego se concentró en los labios.

Con movimientos muy lentos, se inclinó, sin estar muy seguro de lo que hacía. Nunca la había besado. Ni una sola vez.

Con lo bien que conocía el cuerpo de N'adie, no sabía nada de su boca. Al ver que los ojos de ella resplandecían, entendió que todo eso era inesperado pero grato para ella.

Entonces ladeó la cabeza, cerró los ojos… y fue acortando la distancia que los separaba hasta sentir el roce de algo tan suave como el terciopelo.

Fue un contacto delicado, casi casto. Enseguida se retiró.

Pero eso no fue suficiente. Así que volvió a inclinar la cabeza y esta vez permaneció un poco más sobre la boca de ella, acariciándola, recorriéndola con sus propios labios. Luego suspendió otra vez el contacto bruscamente. Si no se detenía en ese momento, ya no podría hacerlo, y ya iba más que retrasado para reunirse con Wrath y sus hermanos. Además, no se trataba de echar un polvo rápido.

Era algo mucho más importante que eso.

—Tengo que vestirme —le dijo—. Debo marcharme, no me queda más remedio.

—Estaré aquí cuando regreses. Si eso es lo que deseas.

—Sí, por favor.

Tohr dio media vuelta y ya no perdió tiempo. Se vistió y reunió las armas a toda velocidad. Cuando agarró su chaqueta de cuero, tenía la intención de salir disparado por la puerta, pero se detuvo para mirarla. En ese momento la hembra se estaba acariciando los labios recién besados por él y tenía los ojos muy abiertos, llenos de asombro… Era como si nunca hubiese sentido nada ni remotamente parecido a lo que acababa de experimentar.

Tohr no pudo evitarlo: fue hasta la cama.

—¿Ha sido tu primer beso?

Ella se ruborizó y su piel adquirió un precioso tono rosa, al tiempo que clavaba los ojos en el suelo con timidez.

—Sí.

Durante un momento, lo único que pudo hacer Tohr fue sacudir la cabeza. Dios, lo que aquella criatura celestial había tenido que pasar…

Luego volvió a inclinarse.

—¿Me dejas darte otro?

—Sí, por favor… —La hembra jadeaba.

Tohr la besó durante más tiempo esta vez, deteniéndose sobre el labio inferior y dándole incluso un ligero mordisco. Y ese pequeño contacto fue la chispa que prendió el gran incendio. El deseo estalló entre ellos. Tohr la apretó contra su cuerpo, abrazándola con más fuerza de la debida, dada la cantidad de armas que colgaban de su torso.

Cuando estaba a punto de levantarla en vilo, Tohr se sintió obligado a contenerse, a dejarla donde estaba.

—Gracias —susurró.

—¿Por qué?

Tohr solo acertó a encogerse de hombros, pues su gratitud era demasiado grande para expresarla en palabras.

—Supongo que por no tratar de cambiarme —dijo al fin.

—Nunca lo haría, ya lo sabes. Ahora, ve con cuidado.

—Lo haré.

Una vez en el pasillo, Tohr cerró la puerta con delicadeza y respiró hondo…

—¿Te encuentras bien, hermano?

Sobresaltado, se volvió hacia Z, que también llevaba ropa de combate. Venía del otro lado del corredor, no del extremo donde estaba su habitación.

—Ah, sí, claro. ¿Y tú?

—Me envían a buscarte.

Entendido. Y Tohr se alegró de que el enviado fuera Z. No cabía duda de que ese hermano era muy consciente de la alteración que sufría Tohr, pero, a diferencia de los demás (léase Rhage, por ejemplo), Z nunca se atrevería a inmiscuirse en sus asuntos.

Los dos machos recorrieron hombro con hombro el pasillo y entraron en el estudio del rey, donde V hacía el uso de la palabra.

—Esto no me gusta. El único vampiro que nos ha dado largas durante meses de repente llama y dice que está listo para verte. ¿Por qué?

Hablaban de Assail, pensó Tohr, mientras ocupaba su puesto, pegado a la biblioteca.

Los hermanos murmuraron distintas variaciones de la opinión que había expresado V. Tohr estuvo de acuerdo con ellos. Era demasiada coincidencia.

Desde el gran escritorio, la expresión de Wrath se endureció y todos guardaron silencio. Era evidente que el rey estaba dispuesto a ir, solo o acompañado.

—Maldita sea —dijo Rhage—. No puedes hablar en serio.

Mientras maldecía entre dientes, Tohr entendió que no valía la pena discutir: la expresión de Wrath mostraba tal determinación que cualquier intento de disuadirlo habría sido inútil.

—Pero llevarás un chaleco antibalas —dijo Tohr al rey.

Wrath enseñó los colmillos.

—¿Y cuándo no lo he hecho?

—Solo quería que quedara muy claro. ¿A qué hora quieres salir?

—Ya.

Vishous encendió un cigarro y soltó una columna de humo.

—Maldición, no me lo puedo creer.

Wrath se puso en pie, agarró a George y salió de detrás del escritorio.

—Quiero conmigo un escuadrón normal, de cuatro. Si llegamos con demasiada gente y demasiadas armas, parecerá que estamos nerviosos. Tohr, V, John y Qhuinn formarán el primer anillo de seguridad.

Eso tenía sentido. Rhage podía representar un riesgo muy grande. Z y Phury no estaban de turno esa noche. Butch tenía que encargarse del Escalade. Y Rehv no se encontraba en el estudio, lo que significaba que probablemente se hallaba en la colonia, al norte del Estado, ejerciendo su pluriempleo como rey diurno de los symphaths.

¿Y Payne? Teniendo en cuenta su apariencia, era posible que el pobre Assail se quedara tan deslumbrado que no pudiera ni hablar. Al igual que su hermano gemelo, Payne solía causar una gran impresión en los miembros del sexo opuesto.

Sin embargo, todo el mundo estaría en máxima alerta. Wrath tenía razón: si llegaban todos juntos, esa aparición enviaría el mensaje equivocado.

Mientras salían al corredor y se dirigían a la escalera, se oía toda clase de improperios en sordina. Una vez abajo, todos volvieron a revisar sus armas y se ajustaron los arneses de las dagas.

Tohr miró de reojo a John. Qhuinn estaba junto a él y se alegró, pues era evidente que las cosas seguían sin marchar muy bien en el mundo del joven mudo. Su olor era el de un macho enamorado, pero parecía un muerto.

El rey se inclinó y habló un segundo con George. Luego tomó a su reina y la besó con pasión.

—Volveré pronto, leelan.

Wrath cruzó entre todos y desapareció en el jardín sin ayuda. Tohr se acercó a Beth, la agarró de la mano y le dio un apretón.

—No te preocupes por nada. Lo traeré de regreso: sano y salvo, en cuanto termine la reunión. No lo olvides, sano y salvo.

—Gracias. Dios, gracias. —Beth abrazó a Tohr con fuerza—. Yo sé que estará a salvo contigo.

Beth se agachó para consolar al perro y Tohr se dirigió a la puerta, pero se detuvo para dejar pasar a sus hermanos, que todavía estaban saliendo. Mientras esperaba, levantó la vista hacia el balcón del segundo piso. N'adie estaba allí, sola y sin capucha.

Esa trenza tenía que desaparecer, se dijo Tohr. Un pelo tan hermoso debía desplegarse a la vista de todos.

Tohr se despidió con la mano. Ella hizo lo mismo. El guerrero salió en busca del frío de la noche y de lo que les deparase el destino.

Procuró ponerse cerca de John, pero no demasiado, y esperó a que Wrath diera la señal. El rey la dio y todos se desintegraron rumbo a una península del río Hudson, un poco al norte de la cabaña de Xhex.

En el pequeño bosque en el que volvieron a tomar forma, el aire estaba helado y olía a humedad y hojas caídas. Se escuchaba el rumor del agua al pasar sobre las piedras de la ribera del río.

Frente a Tohr y los demás, la moderna mansión de Assail era un verdadero espectáculo, incluso desde aquel punto en el que se veía la parte trasera, la de los garajes. La estructura palaciega tenía dos pisos principales, con un porche que la rodeaba por completo y muchísimas ventanas. Toda la casa estaba construida de manera que tuviera las mejores vistas posibles del Hudson.

Era un hogar fatal para un vampiro. ¿Qué hacía con todos esos ventanales durante el día?

Pero, claro, ¿qué se podía esperar de un miembro de la glymera?

La Hermandad había estudiado previamente la casa, igual que hizo con todas las otras en las que había habido encuentros del rey, de modo que estaban familiarizados con el exterior. Pero aquí habían llegado más lejos. V había entrado subrepticiamente para estudiar también el interior. Informe: no había mucho allí dentro. Y era evidente que todo seguía igual. Bajo las luces que iluminaban la casa desde el techo no se veía prácticamente ningún mueble.

Era como si Assail viviera en una vitrina para exhibirse él mismo, y nada ni nadie más.

Y, sin embargo, al parecer el tío sí que había hecho alguna que otra cosa inteligente. Según V, todos esos paneles de cristal estaban atravesados por finísimos cables de acero, de una forma similar a como funcionan ciertos blindajes sofisticados, así que no había manera de desintegrarse ni hacia dentro ni hacia fuera. También había despejado el jardín que rodeaba la casa, de modo que si algo o alguien se acercaba, sería presa fácil de los defensores.

A propósito de eso, Tohr dio rienda suelta a sus instintos y sus sentidos, por si había algo sospechoso… Pero no encontró nada en la pantalla de su radar. No se movía nada que no debiera moverse: solo los insectos y las ramas y las hojas de los árboles en medio de la brisa. Y un venado a unos trescientos metros de allí. Y, por supuesto, ellos mismos.

Pero al cabo de unos instantes empezó a aproximarse un coche por el estrecho sendero pavimentado.

Un Jaguar, pensó Tohr, a juzgar por el sonido del motor.

Y tenía razón. Un XKR negro. Con cristales tintados.

El largo descapotable pasó junto a ellos, se detuvo en la puerta del garaje que estaba más cerca de la mansión y entró después de que los paneles de la puerta se abrieran automáticamente. Assail, o quien estuviese al volante, no apagó el motor ni se bajó del coche enseguida. Esperó a que la puerta se cerrara por completo tras él. Tohr notó que la puerta no tenía ventana ni tronera alguna. Era prácticamente del mismo color que el resto de la casa, igual que las puertas de los otros cinco garajes.

Assail había construido unos garajes muy bien camuflados, e inexpugnables, pensó Tohr.

Tal vez el hijo de puta no era tan idiota como se decía, después de todo.

—Me adelantaré hasta la puerta principal —dijo V, y sus ojos de diamante brillaron—. Os haré una señal…, o tal vez oigáis a ese imbécil gritando como una chiquilla. En todo caso, ya sabéis qué hacer.

Y con esas palabras se marchó, desintegrándose hasta el otro lado de la casa. Sería mejor no perderlo de vista, pero Wrath era el elemento más importante y la línea de árboles de la parte posterior constituía el único escondite posible que había. No podían proteger a los dos al mismo tiempo.

Mientras esperaban, Tohr sacó su arma y lo mismo hicieron John Matthew y Qhuinn. El rey llevaba encima varias cuarentas, pero las dejó donde estaban. Sería demasiado revelador que llegara con un arma en la mano.

¿Y su guardia personal? No había problema. Ir con las armas en la mano era parte de su trabajo. Eso no revelaba nada, ni debilidad ni fortaleza.

Siempre alerta, Tohr pensó nuevamente en lo bueno que sería dejar al rey en casa durante todo ese proceso de inspección previa, pero Wrath se había negado rotundamente a ello desde hacía meses. Sin duda sería mortificador para él, teniendo en cuenta que, a diferencia de su padre, él había sido un guerrero antes de asumir el trono.

Tres minutos después, el móvil de Tohr vibró anunciando un mensaje: «Puerta de la cocina, junto al garaje».

—Quiere que vayamos por la entrada posterior —dijo Tohr mientras guardaba el teléfono—. Wrath, eso está cincuenta metros delante de ti.

—Entendido.

Los cuatro se desintegraron y reaparecieron en la puerta trasera, formados de la manera que proporcionaba a Wrath la mayor protección posible: Tohr iba delante del rey, John a su derecha, Qhuinn a su izquierda…, y V ocupó enseguida la retaguardia.

Y, justo en ese momento, Assail abrió la puerta.

L a primera impresión que tuvo Tohr fue que Assail no había cambiado lo más mínimo. Todavía era lo suficientemente grande como para ser un hermano y tenía el pelo tan negro que hacía que V pareciera rubio. Y, como siempre, vestía ropa formal y de un corte perfecto. También seguía siendo tan cauteloso como de costumbre, con esa mirada astuta y engañosa... que veía demasiado y era capaz de cualquier cosa.

Otra estupenda incorporación al Nuevo Continente.

El aristócrata, rey de la sutileza, les dedicó una sonrisa que no llegó a afectar a su mirada, impasible.

—Supongo que el que viene en medio de todos esos poderosos cuerpos es Wrath.

—Muestra un poco de respeto —le espetó V.

—Los elogios son el condimento de la conversación —dijo Assail, al tiempo que daba media vuelta y dejaba que todos entraran sin mayores formalismos—. Simplemente...

Wrath se desintegró y se atravesó en el camino del vampiro. Lo hizo tan rápido que no solamente le cortó la frase, sino que quedaron a escasos centímetros de distancia.

Enseñando unos colmillos tan largos como dagas, el rey gruñó con tono amenazante.

—Cuida tus palabras, hijo. O me aseguraré de que nunca más vuelvas a parlotear soltando mierda por ahí.

Assail dio un paso atrás y entornó los ojos como si estuviera estudiando a Wrath.

—No te pareces a tu padre.

—Tú tampoco, por desgracia.

V cerró la puerta y Assail se llevó rápidamente la mano al bolsillo interior de su chaqueta. De inmediato quedó frente a cuatro cañones que le apuntaban directamente a la cabeza. Así que permaneció quieto y pasó la mirada de un arma a la otra.

—Solo estaba sacando un cigarro.

—Pues en tu lugar yo lo haría muy lentamente —murmuró Wrath—. A mis chicos no les molestaría dispararte.

—Menos mal que no estamos en el salón. Me encanta la alfombra que tengo allí, y al parecer peligraría. —Assail miró de reojo a V—. ¿Estás seguro de que quieres matarme aquí, en el recibidor trasero?

—Sí, cabrón, estoy seguro —vociferó Vishous.

—¿Te gustan los sitios sórdidos? Yo preferiría matar entre ventanales, no en sitios como este.

Wrath decidió acabar con el intercambio de bravatas.

—Estabas a punto de encender un cigarro. Hazlo, y luego vayamos al grano, a lo que nos interesa.

Assail levantó las cejas y sacó un cigarro habano larguísimo. Se tomo su tiempo para exhibirlo ante todo el mundo. Después volvió a meter la mano en el bolsillo, sacó un mechero dorado y se lo enseñó a su audiencia, armada hasta los dientes.

—¿Alguien quiere uno? ¿No? —Assail cortó la punta del cigarro y lo encendió con tranquilidad, como si no le importara lo más mínimo que su cabeza todavía fuera el blanco de varias pistolas. —Después de un par de caladas, volvió a hablar—. Quiero saber una cosa.

—Abrevia —murmuró V.

—¿Esa es la razón de que por fin me llamaras? ¿Quieres preguntar algo? —preguntó Wrath.

—Sí, así es. —El vampiro giró el puro con el pulgar y el índice—. ¿Tienes intención de alterar las leyes acerca del comercio con humanos?

Mientras se inclinaba un poco hacia un lado, Tohr hizo un rápido examen de lo que alcanzaba a ver del resto de la casa, que no era gran cosa: una cocina moderna, un atisbo del comedor, un salón al otro extremo. Al no detectar ningún movimiento en las habitaciones vacías, volvió a prestar atención a la charla.

—No —dijo Wrath—. Siempre y cuando los negocios permanezcan en la clandestinidad, puedes hacer lo que quieras. ¿En qué clase de negocios andas?

—Compraventa de mercancía.

—¿Qué clase de mercancía?

—¿Acaso importa?

—Como veo que no contestas, supongo que se trata de drogas o mujeres. —Wrath frunció el ceño al ver que Assail seguía callado—. Aclárame lo, ¿cuál de las dos?

—Las mujeres son demasiado complicadas.

—Pero el tráfico de drogas es más difícil de mantener en la clandestinidad.

—No cuando haces las cosas como las hago yo.

V terció.

—Así que tú eres el causante de que los camellos se maten en las calles.

—Sin comentarios.

Wrath volvió a fruncir el ceño.

—¿Y por qué te preocupa lo del comercio en este momento?

—Digamos que he tenido algunos encuentros perjudiciales para mi prosperidad.

—Trata de ser más claro.

—Bueno, uno de ellos mide como uno ochenta. Pelo negro y corto. Buenas curvas. Su nombre recuerda al sexo y su cuerpo es perfecto para eso también.

Joder, no, no es posible, pensó Tohr...

John soltó un rugido, lo que acaparó todas las miradas. Escrutaba al aristócrata con clara intención de matarlo.

—Lo siento, disculpad. —Assail hablaba ahora más despacio—. No sabía que tuvierais alguna relación con ella.

Tohr gruñó en nombre de su hijo, porque eso era el joven mudo para él, aunque estaban un poco alejados por el momento.

—Él está más que relacionado con ella. Así que puedes ir borrando esa sonrisita maliciosa de tu cara, y desde luego más te vale mantenerte alejado de ella.

—Ella fue la que me buscó a mí.

La venenosa frase cayó como una bomba...

Pero, antes de que las cosas se salieran de madre, Wrath levantó la mano.

—Me importa un pito lo que hagas con los humanos, siempre y cuando limpies todas tus cagadas. Pero si te atrapan, ya sabes, tendrás que arreglártelas solo.

—De acuerdo. Punto dos: ¿qué sucede si es nuestra propia especie la que interfiere en mis negocios?

Wrath esbozó una sonrisa, aunque, a juzgar por su expresión, no se estaba divirtiendo mucho.

—¿Ya tienes problemas para defender tu territorio? El que mucho abarca, poco aprieta.

Assail hizo una inclinación de cabeza.

—Me parece justo.

Un repentino estallido de cristales detrás de ellos cortó en seco la conversación. Todas las mentes hicieron el mismo diagnóstico al unísono: tiroteo.

Con una agilidad increíble, Tohr se lanzó al aire y voló sobre el suelo de baldosas en busca de su objetivo: proteger a Wrath.

Mientras una lluvia de balas entraba por la parte posterior de la casa, Tohr tumbó al rey en el suelo y lo cubrió con su propio cuerpo todo lo que pudo. Los demás, incluido Assail, también se echaron al suelo y buscaron refugio donde pudieron.

—Señor, ¿estás herido? —Tohr susurraba en el oído de Wrath, mientras enviaba el mensaje de alarma desde el móvil.

El rey contestó entre gruñidos.

—Tal vez en el cuello.

—Quédate quieto.

—Estás encima de mí. ¿Adónde crees que podría ir?

Tohr echó un vistazo a su alrededor para ver dónde se hallaban los demás. V se ocupaba de Assail, al que tenía agarrado de la garganta, mientras le apuntaba en la sien con su pistola. John y Qhuinn, cuerpo a tierra más o menos en sus posiciones iniciales, cubrían, armas en mano, el exterior y la entrada a la cocina.

La brisa helada que entraba entre los cristales rotos de la puerta no llevaba consigo ningún olor en particular y eso venía a indicar de quién se trataba: si fueran restrictores, olería a demonios, pues tanto el viento como los tiros procedían del mismo sitio, el norte.

Tenía que ser Xcor con su Pandilla de Bastardos.

Desde luego, a la Hermandad no le extrañaba. El primer disparo tenía que provenir de un rifle que seguramente apuntaba a Wrath a través de los paneles de cristal de la puerta... Cosa de un especialista, y hacía mucho tiempo que la Sociedad Restrictiva no mostraba ninguna habilidad en sus ataques. Ya no tenía buenos tiradores ni especialistas en casi nada, solo reclutas de mierda.

—Se suponía que esta era una reunión secreta, vampiro.
—V hablaba al aristócrata en un tono letal.

—Nadie sabe que estáis aquí.

—Entonces deduzco que fuiste tú quien ordenó el asesinato.

Con toda naturalidad y sin que le preocupara en absoluto, Tohr pensó que V estaba a punto de matar a aquel desgraciado allí mismo.

Sin embargo, Assail mantuvo la calma y se encaró con el hermano de modo que el cañón de la pistola quedó ahora sobre el centro de su frente.

—A la mierda. Por esto quería que habláramos en el salón. Allí los vidrios son a prueba de balas, imbécil. Y, para tu información, yo también estoy herido, cabrón.

El macho levantó el brazo y mostró cómo le sangraba la mano derecha, la que había sujetado el cigarro unos segundos antes.

—Parece que tus amigos tienen mala puntería.

—No es mala puntería. Yo también soy un objetivo...

De nuevo llovían las balas sobre la parte posterior de la casa. Algunas entraron por la cristalera destrozada en el primer ataque. Todos se pegaron más al suelo.

—¿Cómo te encuentras? —Tohr seguía preocupado por Wrath, mientras revisaba su teléfono para ver si había respuesta de los otros hermanos.

—Bien. ¿Y tú? —Una tos preocupante desmintió la afirmación del rey. No daba la impresión de estar muy bien, desde luego. Parecía que le habían alcanzado algún punto vital.

Rápido como una exhalación, Assail se zafó de las manos de V y se arrastró hasta el fondo del recibidor, hacia una puerta que probablemente conducía al garaje.

—¡No dispares! ¡Tengo un coche en el que podéis sacarlo de aquí! Y además voy a apagar todas las luces de la casa.

Mientras todo quedaba en tinieblas, Vishous se desintegró, alcanzó a Assail y lo puso de cara contra el suelo de baldosas.

—Voy a matarte ahora mismo…

—No —ordenó Wrath—. No hagas nada hasta que sepamos qué es lo que sucede.

En medio de la oscuridad, V apretó los dientes y miró al rey con rabia. Pero obedeció, no apretó el gatillo. Se conformó con acercar la boca al oído del aristócrata.

—Será mejor que lo pienses dos veces antes de intentar fugarte.

—Pues hazlo tú mismo —dijo Assail con dificultad, pues tenía la boca aplastada contra el suelo.

Vishous y Tohr cruzaron miradas. Cuando el segundo hizo un leve gesto de asentimiento, el otro lanzó una maldición… y levantó la mano para abrir la puerta que llevaba hacia el garaje. Las luces automáticas todavía estaban encendidas. Tohr alcanzó a ver cuatro coches: el Jaguar, un Spyker, un Mercedes negro y una furgoneta negra sin ventanas laterales.

—Llevaos la GMC —gruñó Assail—. Tiene las llaves puestas y está completamente blindada.

Se había hecho el silencio. Pasados unos instantes, John y Qhuinn comenzaron a disparar a través de los cristales rotos. Se alternaban. No veían al enemigo, solo intentaban que nadie tratara de desintegrarse hacia dentro.

Pero la munición no les iba a durar mucho.

Tohr soltó una maldición. Estaban en una situación muy delicada y tampoco había tenido noticias de la Hermandad…

—Nosotros podemos resistir sin problemas —dijo Qhuinn, sin volverse a mirar—. Pero necesitamos aquí a los otros hermanos antes de que vosotros intentéis salir.

—Ya he dado la alarma —murmuró Tohr—. Deben de estar en camino.

Al menos, eso esperaba.

La voz de Assail se alzó por encima del estruendo de los disparos.

—Llevaos la maldita furgoneta. Estoy con vosotros.

Tohr miró al vampiro con una seriedad letal.

—Si no es cierto, te desollaré vivo.

—Lo juro.

No había muchas más garantías que pedir, así que Tohr se quitó de encima del rey, al que ayudó a ponerse en cuclillas. Mierda…, tenía sangre en el cuello. Mucha sangre.

—Mantén la cabeza gacha, milord, y sígueme.

—De acuerdo.

Moviéndose tan rápido como se lo permitían las circunstancias, Tohr comenzó a atravesar el recibidor. Llevó al rey hasta la pared para que tuviera dónde apoyarse.

—Lavadora. —Tohr señalaba al rey los obstáculos del camino, para que no tropezara con ellos—. Secadora… Puerta a cuatro metros… Un escalón.

Cuando pasaron frente a Assail, este los observaba con atención.

—Por la Virgen Escribana, realmente es ciego.

Wrath frenó en seco, desenfundó su daga y la apuntó directamente contra la cara de Assail.

—Pero el oído me funciona perfectamente bien, me orienta de maravilla.

Assail no se movió. No podía retroceder, pues estaba atrapado por la pared, el arma del rey y el tiroteo, es decir, sin capacidad de maniobra.

—Sí. Ya lo veo.

—Esta reunión no ha concluido —añadió Wrath.

—Yo no tengo nada más que decir.

—Pero yo sí. Ten cuidado, hijo; si me entero de que estás involucrado en esta pequeña escaramuza, tu próxima casa no tendrá ventanales, será un ataúd.

—No tengo nada que ver. Lo juro. Soy un hombre de negocios, nada más. Solo quiero que me dejen en paz.

—Cómo no —masculló V con acidez, mientras Tohr tiraba de Wrath para que siguiera moviéndose.

Ya en el garaje, Tohr y Wrath avanzaron gateando por el suelo de cemento, rodeando los coches allí aparcados. Al llegar a la furgoneta, Tohr la revisó rápidamente, abrió las puertas dobles de atrás y prácticamente arrojó a su interior al vampiro más poderoso del planeta, como si no fuera más que una maleta.

En el campo de batalla no hay miramientos.

Mientras cerraba de nuevo las puertas, se tomó un momento para respirar profundamente. Luego corrió hasta la puerta del conductor y se montó. Las luces interiores permanecieron encendidas durante unos segundos. Las llaves estaban, en efecto, donde Assail había dicho. El vehículo había sufrido varias modificaciones importantes: tenía dos depósitos de gasolina, la carrocería había sido reforzada con acero y el grosor de las ventanillas sugería que realmente eran a prueba de balas.

Había un panel corredero que separaba la parte delantera de la de atrás y Tohr lo abrió para poder ver y oír al rey.

Con el oído aguzado al máximo, el goteo de la sangre sonaba tan fuerte como los disparos que lo habían causado.

—Estás malherido, milord.

Pero lo único que escuchó como respuesta fue una tos preocupante.

Mierda.

John estaba más que listo para matar.

Colocado a la izquierda de la maldita puerta trasera, los gruesos músculos de sus muslos le dolían de pura tensión y el corazón le rugía desbocado en el pecho. Sin embargo, el pulso de su mano armada permanecía firme como una piedra.

La Pandilla de Bastardos había iniciado el ataque desde el mismo lugar donde se refugiara la Hermandad inicialmente: el extremo del jardín, en el pequeño bosque que había detrás de la casa.

Vaya disparo, pensó John. La primera bala de rifle había perforado el panel de cristal de la puerta siguiendo su camino hasta la cabeza de Wrath, aunque había varias personas a su alrededor.

El impacto con el vidrio solo la desvió unos milímetros, los suficientes para que el proyectil no acertara en el cráneo, sino en el cuello. Muy cerca. Demasiado cerca.

Esos tíos eran unos verdaderos profesionales, lo cual quería decir que debían de estar preparándose para un segundo ataque…, y no desde ese ángulo, que ahora estaba bien protegido.

Qhuinn seguía disparando de manera intermitente. John se echó hacia atrás y se asomó por el arco que llevaba a la cocina.

Emitió un suave silbido para llamar la atención de Qhuinn e hizo un gesto con la cabeza en esa dirección.

—Entendido...

—John, no vayas solo —intervino V—. Que te acompañe Qhuinn. Yo vigilaré la puerta trasera y a nuestro anfitrión.

—¿Y qué pasaría si trataran de entrar por el agujero? —preguntó Qhuinn.

—Los liquidaría uno por uno.

Era difícil discutir con V, que ya apuntaba su segunda pistola hacia el lugar que John y Qhuinn habían estado cubriendo.

Fin de la conversación.

John y Qhuinn comenzaron a moverse al unísono, con trayectoria lateral. Aprovechando la luz de la luna, atravesaron la cocina, que estaba magníficamente equipada, y trataron de abrir cada puerta que se encontraron. Sin éxito. Cerrada. Cerrada. Cerrada.

El comedor, el salón y las habitaciones eran estancias inmensas. Por suerte, había columnas adornadas que sostenían el techo cada tantos metros, así que John y Qhuinn pudieron usarlas como parapetos, saltando de una a otra, mientras recorrían la casa e iban revisando todas las puertas correderas.

Todo estaba cerrado. Tras inspeccionar toda la casa, comprobaron que no se había infiltrado nadie. Pero, Dios, todo aquel cristal...

John frenó en seco, levantó el cañón de su pistola hacia uno de los cristales, silbó a V para ponerlo sobre aviso... e hizo un tiro de prueba.

El cristal permaneció intacto. Ni siquiera se abolló. El panel de cristal de tres metros por dos sencillamente recibió la bala y la atrapó, como si no fuera más que un proyectil de juguete.

Assail no había mentido. Al menos sobre eso.

Desde la parte posterior de la casa oyeron con claridad la voz del anfitrión.

—¡Cerrad la puerta que está al comienzo de las escaleras, que suben al segundo piso! Rápido.

Entendido.

John dejó que Qhuinn se encargara de revisar los baños y la oficina mientras él corría hacia la escalera de mármol blanco y negro. En efecto, incrustado en la pared había un panel de acero inoxidable y blindado que olía a pintura fresca, como si lo hubiesen instalado recientemente.

Tenía dos cerraduras, una para la parte de arriba y otra para la de abajo.

John aseguró la puerta y pensó que Assail realmente se merecía un gran respeto por la maestría con la que llevaba los asuntos de seguridad.

—Este lugar es una fortaleza —dijo Qhuinn al salir de otro baño.

—¿Sótano? —John lo dijo modulando, por no enfundar el arma para hablar por señas.

Como si les estuviera leyendo el pensamiento, se oyó de nuevo al aristócrata.

—La puerta del sótano está cerrada. Está en la cocina, junto al segundo congelador.

John y Qhuinn se dirigieron entonces hacia el lugar donde se había iniciado todo y, en el camino, localizaron otro de esos paneles de acero, que, en efecto, estaba cerrado con llave.

John miró su móvil y vio el mensaje de texto que Rhage les había enviado a todos: «Estamos combate centro. Iremos cuanto antes».

—Mierda —dijo John, y mostró la pantalla a Qhuinn.

—Voy a salir —anunció este, al tiempo que corría hacia una de las puertas correderas—. Cierra cuando salga…

John se estiró para agarrar a su amigo.

—De ninguna manera.

Qhuinn se soltó.

—Nos van a masacrar y, además, hay que llevar a Wrath a la clínica. —Al ver que John maldecía en silencio, Qhuinn negó con la cabeza—. Sé razonable, amigo. Tú tienes que apoyar a V en la vigilancia a Assail y, además, debéis defender el interior de la casa. Por otro lado, esa furgoneta tiene que moverse porque el rey está sangrando mucho. Tienes que dejarme salir ahí fuera y hacer lo que pueda para asegurar el área. No tenemos a nadie más.

John volvió a maldecir, mientras buscaba otras posibilidades en su cabeza.

Al final, agarró a su amigo de la nuca y lo acercó a él hasta que sus cabezas se tocaron por un instante. Luego lo soltó y dio un paso atrás, con ganas de morirse.

Conclusión: su primer deber era salvar al rey, no a su mejor amigo. El objetivo estratégico era Wrath, no Qhuinn.

Además, Qhuinn era un hijo de puta muy peligroso, rápido de pies, bueno con la pistola y genial con el cuchillo. Había que confiar en esas habilidades. Su amigo tenía razón: en esa situación, era indispensable que hiciera lo que se proponía.

Con un último gesto de la cabeza, Qhuinn se deslizó por la puerta de cristal. John la cerró y echó la llave después de que Qhuinn se marchara.

Con suerte, la Pandilla de Bastardos pensaría que todo el mundo estaba dentro de la casa y se quedaría allí. Supondrían que la Hermandad estaba esperando refuerzos, y lo normal es esperar la llegada de los refuerzos antes de pasar al contraataque. Por tanto, podían sorprenderlos.

Se oyó la voz de V.

—¡John! ¡Qhuinn! ¿Qué diablos está pasando ahí?

John regresó corriendo al recibidor. Por desgracia, estaba un poco lejos de V y no había manera de comunicar lo que estaba pasando sin soltar su arma… Pero el hermano se hizo cargo de lo que ocurría.

—Mierda, Qhuinn se ha ido solo, ¿verdad?

Assail soltó una carcajada.

—Últimamente tropiezo con todo tipo de suicidas.

E n cuanto Syphon accionó el gatillo de su rifle de precisión de largo alcance, Xcor pensó que su soldado bien podía haber matado al rey.

Allí, al abrigo del bosque, se maravilló de la puntería de su súbdito: la bala había volado por encima del jardín, había abierto un agujero en el cristal de la puerta… y había tumbado al rey como si fuera un saco de arena. Pero lo vio moverse. Lástima, no estaba muerto.

El rey podía estar herido, o quizá había decidido buscar refugio.

No había manera de saber si su desaparición era una reacción defensiva o se debía a que estaba en las últimas.

Tal vez las dos cosas fueran ciertas.

—Abrid fuego —ordenó Xcor a través del flamante radio-transmisor que llevaba sobre el hombro—. Y ocupad la segunda posición.

Con la precisión adquirida en el entrenamiento, sus soldados se pusieron en acción. El sonido de los disparos les permitía olvidarse de las precauciones para no hacer ruido. Todos, excepto Xcor y Throe, se movieron en varias direcciones.

La Hermandad llegaría en cualquier momento, así que no había tiempo que perder. Debían prepararse para el combate. ¡Era magnífico que sus soldados estuvieran tan bien entrenados!

Pero, de repente, la casa quedó a oscuras... ¡Una maniobra inteligente! Así sería más difícil aislar a cada uno de los objetivos. Joder, teniendo en cuenta que todos los cristales, con excepción del de aquella puerta trasera, habían resistido los disparos, parecía que Assail era mucho mejor estratega de lo que creían. No era el típico cretino de la glymera.

A pesar de todo.

Durante los minutos de calma que siguieron, Xcor pensó frenéticamente. Se dijo que si el rey estaba vivo e ileso, se desintegraría a través del agujero de la puerta trasera, intentando escapar mientras los otros atacaban. Si el rey se encontraba herido, todo el mundo se pondría a cubierto y esperaría a que llegaran los otros miembros de la Hermandad para que los cubrieran mientras sacaban al rey en un coche. ¿Y si el Rey Ciego estuviera muerto? Al principio se había movido, pero no habían vuelto a verle. Los hermanos, en caso de que muriese, se quedarían protegiendo el cadáver hasta que llegaran los otros...

Se oyó un disparo en el interior de la casa. Uno solo, cuyo fogonazo se vio a mano izquierda.

Debían de estar probando los cristales, pensó Xcor. Así que o Assail estaba muerto o la Hermandad no confiaba mucho en él.

—Alguien está saliendo de la casa —dijo Throe, que se hallaba al lado de Xcor.

—Tirad a matar —ordenó Xcor a través del radiotransmisor.

No había razón para hacer prisioneros: cualquiera que luchara al lado de la Hermandad estaba entrenado para soportar la tortura y, por tanto, no era buen candidato para sacarle información. Más aún, esta situación era como un gran polvorín a punto de estallar y el objetivo más importante era reducir la cantidad de enemigos, no tomar rehenes.

Se oyeron varios disparos que indicaban que sus soldados estaban tratando de aniquilar a quien había salido, pero, como era previsible, el guerrero se desintegró enseguida, así que era poco probable que le hubiesen dado...

La Hermandad al completo había llegado al mismo tiempo y los inmensos guerreros tomaron posiciones alrededor de la casa, como si la hubiesen estudiado cuidadosamente de antemano.

Cuando comenzó el intercambio de disparos, Xcor se concentró en los dos que se ubicaron en el techo, mientras que los demás tomaron como objetivo las sombras que se movían por los porches y cualquiera que pudiera llegar desde la parte de atrás del bosque.

Xcor quería interponerse en el camino de cualquier vehículo que tratara de salir de la casa.

—Yo cubriré el garaje —dijo el jefe acercando la boca al aparato—. Mantened las posiciones. —Miró a Throe—. Tú ayuda a los primos por el norte.

Al ver que su soldado asentía y se ponía en marcha, Xcor hizo lo propio y echó a correr, como si estuviese demasiado agitado para desintegrarse: si trataban de sacar a Wrath en un vehículo porque estaba herido, Xcor debía ser el que tuviera la satisfacción de impedir la fuga del rey y terminar el trabajo si era necesario. Por lo tanto, el garaje era su principal objetivo: los hermanos tendrían que tomar uno de los vehículos de Assail, pues parecía que no habían llevado ninguno, y seguramente el aristócrata les ofrecería su ayuda. Después de todo, Assail no estaba comprometido con ningún grupo en particular: ni con la Pandilla de Bastardos, ni con el Consejo, y, probablemente, tampoco con el rey. Pero no querría cargar con la responsabilidad de contribuir a un atentado contra Wrath.

Xcor se instaló detrás de una roca enorme que había a un lado de la explanada de asfalto situada detrás de la casa. Luego sacó un trozo de metal que había sido pulido hasta alcanzar un brillo perfecto. Colocó ese espejo sobre la piedra para tener una vista perfecta de cualquier cosa que ocurriera detrás de él. Y después se puso a esperar.

Ahí salen. Otra vez había tenido razón…

Mientras se seguían oyendo disparos de un lado y de otro, la puerta del garaje que estaba más hacia la derecha comenzó a abrirse y la protección que ofrecía fue disminuyendo panel por panel.

La furgoneta que salió marcha atrás no tenía ventanas en la parte trasera y Xcor estaba seguro de que, al igual que la casa, sus costados debían de ser impenetrables para todo lo que no fuera un misil antiaéreo.

Por supuesto, también era perfectamente posible que aquello fuese una treta.

Pero no estaba dispuesto a perder la oportunidad, en caso de que no fuera una trampa.

Levantó la vista un momento, revisó su retaguardia y luego se concentró en la furgoneta. Si saltaba y se interponía en el camino del vehículo, quizá pudiera disparar al motor a través de la rejilla frontal...

El ataque que llegó desde atrás fue tan sorpresivo que lo único que sintió fue un brazo que se cerraba sobre su cuello y tiraba de su cuerpo hacia atrás. Recurrió a sus conocimientos de defensa personal e impidió que el enemigo le torciera el cuello dándole un codazo en el abdomen que lo dejó sin aire. Aprovechó el desconcierto inicial del otro para darse la vuelta.

Xcor tuvo una vaga imagen de unos ojos extraños, como de distinto color..., y enseguida se desencadenó un combate brutal.

El ataque era tan feroz que cada puñetazo era como el golpe de una máquina de demolición. Pero Xcor tenía muy buen sentido del equilibrio y excelentes reflejos, así que se agachó como un rayo para agarrar al macho de las piernas y tumbarlo. Cuando logró derribar aquel cuerpo enorme, saltó sobre él y comenzó a golpear la cara de su atacante con tanta intensidad que la sangre no tardó en brotar a chorros, salpicándolo todo a su alrededor.

Pero esa posición dominante de Xcor no duró mucho. A pesar de que el otro guerrero no podía ver con claridad, logró atrapar las muñecas de Xcor y se aferró a ellas. Luego tiró hacia atrás con enorme fuerza y Xcor quedó a merced de un cabezazo brutal, que hizo que el mundo estallara. Fue como si los árboles que los rodeaban tuvieran fuegos artificiales en lugar de ramas y hojas.

Aturdido, notó que lo estaban arrastrando por el suelo. Pero no estaba dispuesto a dejarse vencer, así que puso fin al paseo enterrando una de sus botas en la tierra a modo de freno. Mientras soportaba un gran peso sobre el pecho, vio que la furgoneta negra arrancaba a toda velocidad por el sendero. Rugía el motor, las llantas chirriaban.

La rabia que le dio perder la oportunidad de atacar directamente al rey le concedió más fuerzas de las que tenía. Se puso de pie con el otro macho agarrado a sus hombros como si fuese una capa.

412

Entonces sacó su cuchillo de cacería y lanzó una puñalada hacia atrás. Notó que la hoja penetraba en carne blanda y oyó una maldición. Pero luego volvió a sentir un brazo que le apretaba la garganta, que le impedía respirar y le hacía cada vez más difícil llevar oxígeno a los pulmones.

La roca tras la que se había escondido inicialmente estaba más o menos a un metro de distancia. Xcor se dirigió hacia ella, siempre cargando con el enemigo. Sus botas resonaban contra el suelo. Tomó aire como pudo, dio media vuelta y estrelló al guerrero contra la roca una vez, dos...

A la tercera, justo antes de que Xcor se quedara completamente sin aire, el brazo que le apretaba el cuello se aflojó. Medio desorientado, se zafó, al tiempo que una bala pasaba tan cerca de su cabeza que le quemó el cuero cabelludo.

Tras él, el soldado cayó sobre la hierba. Pero no tardaría en recuperarse. Xcor echó una rápida ojeada al tiroteo que se estaba desarrollando en la casa y sus alrededores y entendió que si no se marchaban pronto de allí sufrirían pérdidas desastrosas. Sí, era posible que mataran a algunos miembros de la Hermandad, pero ellos también tendrían que pagar un coste tremendo.

La batalla estaba perdida. O al menos no podían ganarla ya. Había pasado la oportunidad.

Su instinto le decía que Wrath ya se había marchado. Y aunque la mitad de la Hermandad fuera dentro de la furgoneta, o alrededor de ella —y si se estaban llevando al rey en ese vehículo, no cabía duda de que algunos de ellos debían ir custodiando el vehículo—, todavía quedaban suficientes hermanos como para infligirles un daño importante.

El Sanguinario se habría quedado allí a pelear.

Sin embargo, él era más inteligente: tanto si Wrath se hallaba herido de muerte como si estaban llevándose el cadáver, Xcor iba a necesitar a su banda de bastardos para la segunda fase de su plan.

Si había sobrevivido, ya no tenía sentido proseguir la batalla.

—¡Retirada! —gritó acercando la boca al radiotransmisor.

Antes de marcharse, Xcor dio una patada al desgraciado de ojos extraños que yacía en el suelo, para asegurarse de que se quedara donde estaba.

Luego cerró los ojos y luchó para calmarse..., calmarse..., calmarse...

La supervivencia dependía de que lograra alcanzar el estado de ánimo adecuado...

Otra bala le rozó el cráneo. Sintió que le salían alas... y desapareció.

—¿Cómo van las cosas allí atrás?

Tohr hizo la pregunta a gritos, mientras tomaba la enésima curva a gran velocidad. La maldita furgoneta se sacudía, meciéndose de un lado a otro como un viejo carromato, hasta casi marearlo.

Por su parte, Wrath rebotaba en la parte trasera como una canica en un frasco. El rey agitaba los brazos tratando de sujetarse como buenamente podía.

—¿Hay alguna posibilidad... —Wrath hablaba con dificultad, tosiendo y escupiendo sangre a cada instante— de que puedas... disminuir un poco... la velocidad de esta... cosa?

Tohr miró por el espejo retrovisor. Había dejado abierta la mampara y estaba pendiente del rey. Este se hallaba pálido como la leche. Por eso la sangre que bañaba el cuello llamaba aún más la atención.

—No puedo reducir la velocidad... Lo siento.

Si tenían suerte, la Hermandad mantendría ocupados a los bastardos en la casa el tiempo suficiente, pero a saber qué podía pasar.

Tohr y Wrath estaban al otro lado del río Hudson y todavía tenían por delante un viaje de por lo menos otros veinte minutos.

Sin nadie que los cubriera.

Y Wrath, mierda, la verdad, no parecía encontrarse muy bien.

Tohr repitió la pregunta.

—¿Cómo vas?

Hubo un silencio. Demasiado largo.

Tohr apretó los dientes y calculó la distancia hasta la clínica de Havers. Joder, estaban casi a la misma que de la casa de la Hermandad, así que dirigirse allí con la esperanza de encontrar a alguien con entrenamiento médico no les ahorraría mucho tiempo.

De repente, Lassiter surgió de la nada y se instaló en el asiento del copiloto.

—Puedes bajar el arma —dijo el ángel con brusquedad. —Y es que Tohr le estaba apuntando con la pistola—. Yo me encargo del volante —afirmó Lassiter con tono autoritario—. Tú ocúpate de él.

Tohr se desabrochó el cinturón de seguridad y abandonó el asiento del conductor en cuanto el ángel tomó el volante. Al moverse Tohr se dio cuenta de que Lassiter estaba armado hasta los dientes. Perfecto.

—Gracias, amigo.

—Es un placer. Y permíteme suministrarte un poco de luz allá atrás.

El ángel comenzó a resplandecer, pero solo por la espalda. Y al pasar a la parte trasera, lo que vio gracias a la luz dorada del ángel fue a la muerte corriendo a toda velocidad para llevarse al rey: Wrath respiraba con dificultad y de manera entrecortada y los músculos de su cuello se tensaban por el esfuerzo que estaba realizando para llevar un poco de oxígeno a sus pulmones.

Ese disparo en el cuello había comprometido las vías respiratorias por encima de la nuez. Con suerte, el enorme grosor del cuello se debía a una hinchazón momentánea, pero en el peor de los casos podía tener rota una arteria y terminaría ahogándose con su propia sangre.

Gritó al ángel:

—¿Estamos muy lejos del puente?

—Ya puedo verlo.

A Wrath se le estaba acabando el tiempo.

—No reduzcas la velocidad. Por nada del mundo.

—Entendido.

Tohr se arrodilló junto al rey y se quitó la chaqueta de cuero.

—Voy a ver si puedo ayudarte, hermano...

El rey lo agarró del brazo.

—No te dejes asustar por la sangre.

—No me asusto, milord. —Pero sí estaba asustado, y con razón. El peligro que atisbaba no era producto de la paranoia. Si el rey no recibía pronto ayuda para respirar, no llegarían a tiempo de que le curasen el balazo. Aunque se tratara de una simple hinchazón por la herida, esta podría asfixiarle.

Así que Tohr se puso manos a la obra. Abrió la chaqueta del rey con rapidez, le quitó la parte delantera del chaleco antibalas y sintió un ligero alivio al comprobar que no había lesiones en el pecho. El problema era la herida del cuello. Una inspección más cuidadosa le indicó que la bala estaba alojada en alguna parte de esa zona. Solo Dios sabía cuál era el problema exactamente. Pero estaba seguro de que si podía abrir una entrada de aire por debajo de la herida, tendrían la oportunidad de salir del trance.

—Wrath, tengo que ayudarte a respirar. Por favor, por lo que más quieras, por el amor de tu shellan, no opongas resistencia a nada de lo que haga ahora. Necesito que trabajemos juntos, mano a mano y sientas lo que sientas.

El rey movió la mano delante de su cara con torpeza. Tras varios intentos, encontró las gafas oscuras y se las quitó. Cuando aquellos ojos verdes, claros, increíblemente bellos, se clavaron en los de Tohr, parecía que funcionaran perfectamente.

—Tohr, Tohr... —El rey trataba de hablar y de respirar—. ¿Dónde... estás?

Tohr atrapó la mano del rey y se la apretó.

—Estoy aquí. Vas a dejarme ayudarte a respirar, ¿vale? Si me has oído, mueve la cabeza, hermano, pero no hables. —Cuando vio que el rey asentía, Tohr se dirigió a Lassiter—: Trata de que esto se mueva lo menos posible hasta que yo te diga.

—Ya llegamos al puente.

Al menos tenían una buena recta por delante.

—Nada de acelerar en las curvas, ángel, ¿entendido?

—Entendido.

Tohr desenfundó una de sus dagas y la puso sobre el suelo de la furgoneta, al lado de la cabeza de Wrath. Luego sacó su paquete de hidratación y lo abrió: tomó el tubo de plástico flexible que salía de la boca de la bolsa, lo aplastó y lo cortó por los dos extremos, y después sacó el agua que tenía dentro.

Se inclinó sobre Wrath.

—Voy a tener que abrirte un orificio para introducir el tubo.

Mierda, la respiración era cada vez peor, ahora reducida a meros estertores.

El guerrero no esperó la autorización de Wrath ni ninguna clase de respuesta. Agarró el cuchillo y, con la mano izquierda, tanteó la zona carnosa situada bajo la nuez del rey.

—¿Listo?

No hubo respuesta.

Era una lástima que no pudiera esterilizar el cuchillo, pero aunque tuviera una hoguera por la que pasarlo, no había tiempo para dejar que se enfriara: las respiraciones entrecortadas se volvían cada vez más débiles.

Mientras elevaba al cielo una plegaria silenciosa, Tohr hizo exactamente lo que V le había enseñado: apretó la punta de la daga contra la piel que recubría el túnel del esófago. Otra plegaria rápida y enseguida hizo un corte, no demasiado profundo. Inmediatamente después, insertó el tubo flexible en el cuerpo del rey.

El alivio fue inmediato y el aire salió rápidamente, sin producir ruidos especiales. Wrath pudo comenzar a respirar de verdad. Tomó una bocanada de aire, y otra…, y después otra.

Tohr apoyó entonces la palma de la mano sobre el suelo de la furgoneta y se concentró en mantener el tubo donde estaba, saliendo de la parte delantera de la garganta del rey. Cuando la sangre brotó de la zona aledaña, decidió olvidarse de sostener el tubo y apretó la piel que lo rodeaba. Había que evitar pérdidas de sangre y de aire.

Aquellos ojos verdes capaces de perforar cualquier cosa pese a la ceguera se clavaron en los suyos. Y estaban llenos de gratitud. Wrath parecía consciente de que le había salvado la vida.

Pero eso todavía estaba por verse. Cada brinco de la suspensión de la furgoneta, por leve que fuera, hacía que Tohr se sintiera a punto de enloquecer y todavía estaban muy lejos de la casa.

—Quédate conmigo, no te duermas, no te vayas —murmuró Tohr—. Quédate aquí conmigo.

Al ver que Wrath asentía, Tohr miró de reojo el chaleco antibalas. Esos malditos trastos estaban diseñados para proteger algunos órganos vitales, pero no eran garantía de nada.

A propósito de eso, Tohr se preguntó cómo diablos habrían conseguido salir de allí en esa furgoneta. Con seguridad, los soldados de Xcor vigilarían el garaje. Esos sangrientos bastardos debían de saber que esa era la única vía de escape posible para el rey herido.

Alguien los cubrió, sin duda uno de los hermanos que habrían llegado en el último momento.

—Ya puedes correr otra vez —dijo Tohr.

—Estoy pisando el acelerador a fondo. —El ángel miró hacia atrás—. Y si algo se atraviesa en el camino, paso por encima.

N'adie estaba abajo, en el centro de entrenamiento, empujando un carrito lleno de sábanas limpias para las
camas de la sala de reanimación, cuando volvió a suceder lo de la
otra vez.

El teléfono sonó en la sala de reconocimiento principal y oyó
a través de la puerta abierta cómo la doctora hablaba rápidamente y
con tono profesional… y pronunciaba el nombre de Tohr…

Se detuvo en seco y sus manos se apretaron sobre la barra
del carrito metálico, mientras el corazón le saltaba en el pecho y
el mundo comenzaba a dar vueltas…

En ese momento se abrió de par en par la puerta de vidrio
de la oficina, al fondo del pasillo, y apareció Beth, la reina, que
venía corriendo como loca.

—¡Jane! ¡Jane!

La sanadora asomó la cabeza por la puerta de la sala de
reconocimiento.

—Estoy hablando con Tohr. Ya lo traen para acá.

Beth atravesó el pasillo en un instante.

—Estoy lista para alimentarlo.

N'adie tardó un momento en comprender lo que estaba
pasando.

No era Tohr, no era Tohr… Querida Virgen Escribana,
gracias…

Era Wrath… ¡El rey!

El tiempo se fue estirando como si fuera una banda elástica y los minutos transcurrían lentamente mientras la gente de la casa comenzaba a hacer acto de presencia. Hasta que llegó un momento en que no resistió más y todo se volvió borroso.

La doctora Jane y el sanador Manuel salieron corriendo de la sala de reconocimiento empujando una camilla y el macho llevaba colgada del hombro una bolsa negra con una cruz roja estampada. Ehlena los seguía y llevaba en las manos equipo médico. Lo mismo que la reina.

N'adie salió corriendo por el pasillo detrás de ellos y alcanzó a agarrar la pesada puerta de acero que llevaba al aparcamiento antes de que se cerrara. En la acera, una furgoneta con cristales oscuros se detenía justo en ese momento.

Se escucharon voces agudas que luchaban entre ellas, mientras se abrían las puertas traseras del vehículo y Manuel subía a bordo de un salto.

Luego se bajó Tohr.

N'adie contuvo un grito. Su macho estaba cubierto de sangre por todas partes: las manos, el pecho, los pantalones de cuero, todo estaba manchado de rojo. Pero, por lo demás, parecía estar bien. Así que el herido tenía que ser Wrath, como se había anunciado.

Querida Virgen Escribana, el rey…

—¡Beth, entra! —gritó Manuel—. Rápido.

Tras ayudar a la reina a subirse al vehículo, Tohr se quedó junto a las puertas abiertas, con las manos sobre las caderas, el pecho agitado y una mirada de preocupación fija en lo que ocurría dentro, es decir, en el tratamiento que estaba recibiendo el rey. Mientras tanto, N'adie se quedó a cierta distancia, esperando y rezando. Su mirada oscilaba entre la expresión de horror de Tohr y las puertas de la furgoneta. Lo único que podía ver del rey eran sus botas, unas botas de suela gruesa y negra que parecían lo suficientemente sólidas como para abrir un agujero en el pavimento, sobre todo cuando las llevaba puestas un macho tan grande como el rey.

¿Podría el rey volver a sostenerse sobre ellas?

Angustiada, se abrazó. N'adie deseó ser una Elegida, una hembra sagrada de esas que tienen un vínculo con la Virgen Escribana. Así podría acercarse a la madre de la raza para pedirle un favor. Pero no era una Elegida.

Lo único que podía hacer era esperar, como todos los que habían formado un círculo alrededor del vehículo…

Resultaba imposible saber cuánto tiempo pasó mientras atendían al rey allí dentro. Minutos, horas, días… Lo único cierto es que después de un tiempo indeterminado, Ehlena colocó la camilla lo más cerca posible del vehículo y Tohr volvió a subirse a la parte trasera.

Wrath fue sacado por su leal hermano y luego lo acostaron sobre el colchón cubierto con sábanas blancas, sábanas que no se quedarían así por mucho tiempo, pensó N'adie al ver el cuello del rey: ya se veía sangre en las múltiples capas de gasa con las que lo habían cubierto.

Tenían que darse mucha prisa, pero antes de que lo introdujeran en el edificio, aquel macho gigante se agarró de la camiseta de Tohr y comenzó a señalarse el cuello. Luego cerró el puño y enseguida abrió la mano hacia arriba, como si tuviera algo sobre la palma.

Tohr asintió con la cabeza y miró a los médicos.

—Tienen que tratar de extraer la bala. Necesitamos esa maldita bala, porque es la única manera de averiguar y demostrar quién hizo esto.

Manuel no quedó muy convencido.

—¿Y qué pasa si eso compromete la vida de Wrath?

El rey comenzó a negar con la cabeza y a señalar su cuello de nuevo, pero la reina lo interrumpió.

—Entonces deben dejarla donde está. —Al ver que su compañero la miraba con desaprobación, ella se encogió de hombros—. Lo siento, hellren mío. Estoy segura de que tus hermanos estarán de acuerdo, lo más importante es que vivas. Las pruebas son cosa secundaria.

—Eso es cierto —dijo Tohr—. La bala es menos importante… Además, ya sabemos quién es el responsable de esto.

Wrath comenzó a mover la boca como si quisiera decir algo, pero no pudo hablar… Un tubo le salía de la garganta.

—Perfecto, me alegra que eso esté claro —murmuró Tohr—. Ahora lleváoslo, por favor.

Los sanadores se marcharon con el rey. La reina iba al lado de su compañero y le susurraba mientras corría. Al atravesar las puertas del centro de entrenamiento, los claros ojos verdes de Wrath se encontraban fijos en la cara de ella, aunque no podían enfocarla.

Ella lo mantenía vivo, se dijo N'adie. La conexión entre ellos era lo que lo sostenía, tanto o más que lo que estaban haciendo los doctores.

Entretanto, Tohr marchó también al lado de su líder y pasó junto a N'adie sin siquiera mirarla.

Pero ella no lo culpó. ¿Cómo podría fijarse ahora en otra cosa que no fuera el soberano en peligro?

De vuelta en el pasillo, N'adie se preguntó si no debería regresar al trabajo. Pero no, no había ninguna posibilidad.

Por tanto, siguió al grupo hasta que todos, incluido Tohr, desaparecieron tras las puertas de la sala de operaciones. Como no se atrevía a entrar, se quedó esperando fuera.

No pasó mucho tiempo antes de que llegara también el resto de la Hermandad.

Lamentablemente.

Durante la siguiente hora, los horrores de la guerra se hicieron más que evidentes y los riesgos que entrañaban para la vida y la salud se manifestaron a través de las heridas que presentaban los hermanos que fueron llegando del campo de batalla uno tras otro.

Había sido una batalla feroz. Eso fue lo que dijeron a sus compañeras, las cuales se habían reunido allí para ofrecerles consuelo. La ansiedad, el horror y el pánico acercaban a las parejas. La buena noticia era que todos habían regresado a casa vivos. Pero prácticamente todos los machos y la única hembra, Payne, necesitaron tratamiento.

Y todos se mostraban preocupados por Wrath.

El último en llegar fue el que estaba más grave, aparte del rey. Hasta el punto de que, al principio, N'adie no pudo reconocerlo. La melena de pelo negro y el hecho de que lo portara John Matthew fueron los indicios que llevaron a la encapuchada a concluir que debía de tratarse de Qhuinn, pues ciertamente era imposible reconocer su rostro.

Lo habían golpeado con brutalidad extrema.

Mientras conducían al macho al segundo quirófano, N'adie recordó lo mucho que había sufrido ella con su pierna y rezó para que la recuperación que aguardaba a ese guerrero, a todos ellos, no se pareciera en nada a la suya.

Pasaron unas horas. Amaneció, pero N'adie solo se dio cuenta de ello al ver el reloj que colgaba de la pared. Cada vez que las puertas de las salas de cirugía se abrían y se cerraban, N'adie podía ver imágenes intermitentes de los distintos dramas que tenían lugar allí dentro. Con el paso de las horas, poco a poco, los guerreros iban siendo trasladados a las salas de reanimación o recibían el alta y podían regresar a la casa por sus propios medios.

Pero ninguno de ellos se marchó. Todos se instalaron igual que ella, contra las paredes de cemento del pasillo, a esperar a ver qué pasaba no solo con el rey sino con sus otros compañeros.

Los doggen llevaron comida y bebida para aquellos que podían alimentarse y N'adie ayudó a pasar bandejas llenas de zumo, café y té. Llevó almohadas para que descansaran esos cuellos tensos, mantas para que se arroparan los cuerpos maltrechos. También pañuelos de papel para las lágrimas. Pero nadie lloró, ni machos ni hembras.

La naturaleza estoica de los guerreros machos y sus compañeras era un poder en sí mismo. Sin embargo, N'adie sabía que, pese a ello, todos estaban aterrados.

Luego aparecieron otros habitantes de la casa: Layla, la Elegida. Saxton, el abogado que trabajaba con el rey. Rehvenge, ese macho que la ponía nerviosa, aunque siempre se había portado con ella como todo un caballero. El querido perro del rey, al que no habían dejado entrar a la sala de cirugía, pero al que todos acariciaban y mimaban. El gato negro, Boo, que serpenteaba entre las botas y saltaba encima de las piernas de todos.

Así pasó la mañana.

Y llegó la tarde.

Y anocheció.

Finalmente, a eso de las siete, aparecieron la doctora Jane y su colega, Manuel. Cuando se quitaron las mascarillas dejaron ver sus rostros exhaustos.

—Wrath está tan bien como cabría esperar —informó la hembra—. Pero teniendo en cuenta que fue tratado en el campo de batalla, vamos a tenerlo veinticuatro horas en observación por si se presenta alguna infección.

—Pero si aparece podrán tratarla, ¿verdad? —preguntó el hermano Rhage.

—Podemos tratar lo que sea —dijo Manuel con gesto sereno—. Va a salir de esta, el muy cabrón no permitirá que sea de otra manera.

Se produjo un silencio emocionado que duró unos segundos. Luego se oyó un clamor, un repentino grito de guerra de la Hermandad. El respeto y la adoración que sentían por su rey se hizo evidente. Y mientras N'adie respiraba con alivio, se dio cuenta de que no era tanto por el rey como porque no quería que Tohr tuviera que soportar otra pérdida.

Gracias a la Virgen Escribana.

Layla no pudo entender al principio lo que veía. Una cara, sí, cuya forma se suponía que tenía que conocer. Pero aquellos rasgos estaban tan distorsionados que nunca hubiera podido identificar al macho, pese a serle tan familiar.

Al acercarse a la cama de la clínica apenas pudo pronunciar una tímida palabra.

—¿Qhuinn?

Lo habían suturado. Se veían pequeñas líneas de hilo negro que serpenteaban por la mejilla de un lado a otro y de arriba abajo. La piel brillaba por efecto de la hinchazón. El pelo estaba plagado de sangre seca y respiraba débilmente.

Al observar las máquinas que estaban detrás de la cama, Layla no oyó ningún pitido ni vio luz alguna, lo cual, pensó, era buena señal.

Sin embargo, se sentiría mejor si Qhuinn le respondiera.

—Qhuinn.

Desde la cama, el guerrero extendió la mano, mostrando una palma enorme.

Layla puso su mano encima y sintió que el herido se la apretaba.

—Así que aquí estás —dijo ella con voz ronca.

Otro apretón.

—Tengo que alimentarte. —La Elegida sentía como propio el dolor que él debía de estar experimentando—. Por favor…, abre la boca. Déjame aliviarte un poco…

Qhuinn obedeció. Abrió la boca y se oyó un leve chirrido, como si las articulaciones de su mandíbula no estuvieran funcionando adecuadamente. Así que Layla se mordió su propia vena y acercó la muñeca a aquellos labios amoratados y entreabiertos.

—Bebe, por favor…

Al principio fue evidente que Qhuinn tenía dificultades para tragar, de modo que ella cerró uno de los agujeros para disminuir el flujo de sangre. Cuando el vampiro pudo beber a más ritmo, ella se volvió a morder.

Layla lo alimentó cuanto el herido permitió. Rezaba para poder transmitir a Qhuinn su fortaleza, para que su sangre se transformara en una fuerza sanadora.

¿Cómo había sucedido aquello? ¿Quién le había hecho tanto daño?

Teniendo en cuenta la cantidad de extremidades vendadas que se podían ver en el pasillo, era evidente que los restrictores habían enviado esa noche un ejército brutal a las calles de Caldwell. Y, ciertamente, Qhuinn debió de enfrentarse al más fuerte y más perverso de todos los miembros de las fuerzas enemigas. Él era así. Decidido, siempre dispuesto a ponerse en primera línea de fuego… Tanto que a ella le preocupaba a veces esa marcada tendencia vengadora que caracterizaba la personalidad de Qhuinn.

La línea que separaba el valor de la temeridad podía ser muy fina. Demasiado.

Cuando Qhuinn terminó de alimentarse, la Elegida cerró los pinchazos, acercó una silla para sentarse junto a él y volvieron a cogerse de la mano.

Era todo un alivio observar la milagrosa curación de las heridas de su cara. A ese ritmo, en un rato no serían más que lesiones superficiales. Y casi invisibles cuando amaneciera.

Los daños internos que hubiese sufrido seguramente sanarían de la misma forma y en no mucho más tiempo.

Qhuinn iba a sobrevivir.

Sentada junto a él, allí en silencio, Layla pensó en ellos dos y en la amistad que había nacido a partir de aquella adoración no correspondida que ella le había profesado inicialmente. Si algo le ocurriera a Qhuinn, lo lloraría como a su hermano de sangre. No había nada que no estuviera dispuesta a hacer por él; además, ella tenía la intensa sensación de que a él le ocurría lo mismo.

Ciertamente, aquel guerrero había hecho mucho por ella. Le había enseñado a conducir y a pelear con sus puños, a disparar un arma de fuego y a manejar toda clase de ordenadores y equipos electrónicos. Qhuinn le había presentado el maravilloso mundo del cine y la había introducido en la música, le había comprado ropa muy distinta de la túnica blanca tradicional de las Elegidas, se había tomado el tiempo necesario para contestar a todas sus preguntas sobre la vida en este lado. Y, no menos importante: la había hecho reír cada vez que necesitaba hacerlo.

Había aprendido tantas cosas de él. Le debía tanto.

Así que parecía… un poco desagradecido… sentirse insatisfecha con lo que tenía. Pero últimamente Layla había experimentado una extraña y paradójica sensación: cuanto más expuesta estaba a la vida, más vacía se sentía. Y a pesar de lo mucho que él la empujaba en la dirección contraria, ella todavía consideraba que el servicio que le prestaba a la Hermandad era lo más importante que podía hacer en la vida.

Cuando Qhuinn trató de cambiar de postura, lanzó una maldición y ella le acarició el pelo para tranquilizarlo. El macho la miró con el único ojo útil. Su iris azul expresaba fatiga y gratitud.

Layla esbozó una sonrisa y le acarició la mejilla con la yema de los dedos. Aquella intimidad platónica que compartían era muy extraña, como una isla, un refugio que ella valoraba todavía más que el ardor que en su día había sentido por él.

Ese vínculo vital también la hacía más consciente de lo mucho que Qhuinn sufría al ver a su amado Blay con Saxton.

Ese dolor siempre estaba presente, era como una segunda piel, encerrándolo y definiendo sus contornos y maneras de comportarse.

Por eso Layla a veces desaprobaba el comportamiento de Blay, aunque no tenía derecho a juzgarlo: si algo había aprendido era que el corazón de cada persona es un misterio para los demás. Además, Blay, en el fondo, era un macho honorable.

La puerta se abrió detrás de ella y el macho en que estaba pensando apareció de repente, como un fantasma al que hubiera invocado con sus reflexiones.

Blaylock no estaba ileso, pero sí mucho mejor que el macho que yacía sobre la cama. Al menos por fuera. Internamente, la cosa debía de ser muy distinta: todavía completamente armado, Blay parecía haber envejecido un montón en pocas horas. Y más aún cuando vio a su amigo.

Frenó en seco tan pronto entró en la habitación.

—Quería saber cómo estabas...

Layla miró a Qhuinn. El ojo que le funcionaba estaba fijo en el pelirrojo. Qué mirada, pensó la Elegida. Una mirada que ya no la perturbaba, al menos en el sentido en que solía hacerlo.

Layla deseaba que Qhuinn pudiera estar con ese soldado. De verdad.

—Entra —dijo ella—. Por favor, yo ya he acabado.

Blay se acercó lentamente, mientras movía las manos con nerviosismo y se tocaba el arnés del pecho, el cinturón, la correa de cuero que llevaba ajustada en el muslo:

Sin embargo, de alguna manera, pese a los nervios, conservaba la compostura. Hasta que habló. Porque le tembló la voz.

—¿Qué hiciste, maldito hijo de puta?

Layla miró con odio a Blay, aunque Qhuinn realmente no necesitaba que lo defendiera alguien como ella.

—¿Cómo puedes decirle eso?

—Según John, este idiota salió solo de aquella casa para enfrentarse con la Pandilla de Bastardos. ¡Solo!

—¿La Pandilla de Bastardos?

—Los que trataron de asesinar a Wrath hoy. Este imbécil se atribuyó la responsabilidad de atacarlos, completamente solo, como si fuera una especie de superhéroe... Es un milagro que siga vivo.

De inmediato, Layla trasladó su mirada de reprobación hacia la cama. Era evidente que la Sociedad Restrictiva tenía una nueva división de élite y la idea de que él se hubiese expuesto a semejante peligro la enfurecía. Le daban ganas de pegarle.

—¿No dices nada, canalla de mierda?

Qhuinn tosió débilmente. Y luego volvió a toser.

Al borde del pánico, Layla dio un salto.

—Llamaré a los médicos.

Pero Qhuinn se estaba riendo, no asfixiándose.

Empezó a reír con un poco de rigidez, pero luego fue soltándose más, hasta que la cama se sacudió gracias a la hilaridad desatada que le causaba algo que, al parecer, solo él podía ver.

—No me parece gracioso —dijo ella con tono brusco.

—A mí tampoco —recalcó Blay—. ¿Qué diablos te pasa?

Qhuinn siguió riéndose, divirtiéndose con algo que solo la Virgen Escribana podía entender.

Layla miró de reojo a Blay.

—Me están dando ganas de darle un golpe.

—Eso sería inútil en este momento. Pero espera a que se recupere y luego podrás apalearlo a tu gusto. De hecho, si quieres, yo te lo sujeto.

—Eso… está… muy bien —gruñó Qhuinn.

—De acuerdo. —Layla se llevó las manos a las caderas—. Blay tiene toda la razón… Más adelante te daré tu merecido. Y tú me enseñaste exactamente dónde golpear a un macho.

—Genial —murmuró Blay.

Se hizo el silencio. La intensidad con que los machos se estaban mirando hizo que el corazón de Layla se alegrara un poco. Tal vez ahora podrían llegar a un entendimiento, por así llamarlo.

—Voy a ver a los otros —dijo ella rápidamente—. Para comprobar Qhuinn estiró la mano y la agarró de la muñeca.

—¿Y tú?

—Yo estoy bien. Tú fuiste más que generoso la semana pasada, y me siento muy fuerte. —Layla se inclinó y le dio un beso en la frente—. Tú descansa. Vendré a verte después.

Al dirigirse a la salida, pasó junto a Blay y le dijo en voz baja:

—Hablad un rato. Les diré a los demás que os dejen tranquilos.

Cuando la Elegida se marchó, Blay no pudo evitar quedarse mirando con incredulidad la parte posterior de aquella cabeza perfectamente peinada.

Al entrar en la habitación, la conexión entre Qhuinn y aquella hembra le había dolido en las entrañas: las miradas, las manos cogidas, la manera en que ella inclinaba sobre él su elegante cuerpo…, la forma, en fin, en que ella y solo ella lo apoyaba.

Y, sin embargo, parecía como si ella quisiera que Blay se quedara a solas con Qhuinn.

Eso carecía de sentido. Si alguien tenía algún interés en mantenerlos separados era precisamente ella.

Miró a Qhuinn y se dijo que sus heridas eran impresionantes, aunque ya estaban en proceso de curación.

Le habló con cierta emoción.

—¿A quién te enfrentaste? Y no te molestes en mentir ni en discutir conmigo. He hablado con John y estoy al tanto de todo, sé lo que hiciste.

Qhuinn levantó sus manos hinchadas e hizo una X.

—¿Xcor? —Qhuinn asintió y Blay notó que también hacía una mueca de dolor, como si le doliera mover la cabeza—. No, no hagas esfuerzos innecesarios.

Qhuinn, con su característico modo de ser, intentó quitar importancia a la preocupación de Blay.

—Estoy muy bien.

—¿Qué te hizo salir allí solo y atacarlo?

—Wrath... estaba herido..., yo conocía el ego de Xcor..., tenía que ser él en persona quien... —En ese momento Qhuinn se interrumpió y soltó un suspiro tembloroso—. El que impidiera que el rey pudiese salir. Tenía que dejar fuera de juego a ese mierda a toda costa... o Wrath nunca habría podido...

—Salir vivo de allí. —Blay se frotó la nuca—. Por Dios, le salvaste la vida al rey.

—No..., mucha gente... peleó.

Blay no estaba tan seguro de que el mérito fundamental no fuera exclusivamente del amigo herido. En la casa de Assail todo había sido un caos, la clásica situación que se sale de control y puede terminar de cualquier manera: si la Pandilla de Bastardos no se hubiese retirado poco antes de que llegara el resto de la Hermandad, fácilmente habría habido muertos en los dos bandos.

Mirando a Qhuinn, Blay no pudo evitar preguntarse en qué estado se encontraría Xcor. Si Qhuinn estaba así, era probable que el desgraciado estuviese más o menos igual, o quizá peor.

Blay se estremeció, consciente de que llevaba varios minutos en silencio.

—En fin...

Tiempo atrás, demasiado tiempo ya, no había silencios entre ellos. Pero en esa época eran niños, no machos completamente adultos.

Cada época tenía sus cosas, se dijo Blay.

—Supongo que debo marcharme.

Pero no se marchó.

Todo podría haber terminado de una manera muy distinta, pensó Blay. La destreza asesina de Xcor era bien conocida. Había oído historias del Viejo Continente. Además, por Dios santo, cualquiera con suficientes pelotas como para no solo decir que iba contra Wrath sino para meterle una bala al rey tenía que ser letal.

Letal o estúpido, pero en este caso parecía más bien lo primero.

Qhuinn estaba vivo de milagro.

—¿Puedo traerte algo? —Nada más preguntarlo el visitante cayó en la cuenta de que Qhuinn no podía comer y, además, lo acababan de alimentar con sangre de las venas de la Elegida.

Joder, si era descarnadamente sincero consigo mismo, había ocasiones en las que Blay sentía rencor hacia la Elegida, aunque eso era un colosal desperdicio de energía. No tenía derecho a sentirse molesto, en especial si consideraba la relación que Saxton y él sostenían continuamente. Y sobre todo teniendo en cuenta que nada iba a cambiar en lo que tenía que ver con Qhuinn.

«Casi te mueres hoy», quería decirle Blay. «Tú, maldito hijo de puta, casi terminas muerto…, y entonces ¿qué habríamos hecho?».

Y no se refería a la Hermandad, claro.

Ni siquiera a él y John. En realidad, era más apropiado decir: «¿qué habría hecho yo?».

Mierda, ¿por qué siempre terminaba siendo todo tan confuso en relación con ese macho?

Se sentía demasiado estúpido. Sobre todo mientras permanecía al lado de la cama de Qhuinn, viendo cómo le volvía el color a las mejillas hinchadas, y la respiración se hacía más regular, y los moretones iban desvaneciéndose…, todo gracias a Layla.

—Será mejor que me vaya —dijo de nuevo.

Y, de nuevo, se quedó.

Aquel ojo, el azul, seguía mirándolo fijamente. Inyectado en sangre y con un corte en la ceja, lo normal sería que Qhuinn no pudiera enfocar con él. Pero lo estaba mirando.

—Tengo que irme —repitió, como una letanía.

Y siguió sin marcharse.

Entonces una lágrima se escapó del maldito ojo. Pareció salir del párpado inferior, remansarse en el rabillo del ojo, formar un círculo de cristal y engordar tanto que ya las pestañas no pudieron retenerla. Rodando libremente, se escurrió por la sien y se perdió entre el pelo negro.

Blay quería morirse.

—Mierda, voy a por la doctora Jane, estás sufriendo mucho. Ahora vuelvo.

Qhuinn lo llamó, pero ya estaba saliendo por la puerta.

Idiota. Imbécil de mierda. El pobre amigo del alma estaba sufriendo en una cama de hospital, lleno de heridas como un extra de *Hijos de la anarquía* y lo último que necesitaba era compañía. Más analgésicos, eso era lo que necesitaba.

Cruzó el pasillo a toda velocidad y encontró a la doctora Jane en el ordenador principal de la clínica, actualizando los historiales de los pacientes.

—Qhuinn necesita una inyección de algo. Ven rápido, por favor.

La hembra se levantó enseguida, agarró su anticuado maletín de médico y salió corriendo por el pasillo con él.

La sanadora entró en la habitación. Blay se quedó fuera y comenzó a pasearse de un lado a otro.

—¿Cómo está Qhuinn?

Al oír la pregunta Blay se detuvo, dio media vuelta y trató de sonreír a Saxton, pero no lo logró.

—Decidió ser un héroe..., y creo que en realidad se convirtió en héroe. Pero, Dios...

El otro macho se acercó, moviéndose con elegancia dentro de su traje perfecto, mientras sus mocasines Cole Haan pisaban sin hacer ruido, como si fueran demasiado refinados como para chirriar, ni siquiera en un suelo de linóleo.

Saxton no pertenecía al mundo de la guerra. Nunca pertenecería a él.

Nunca sería como Qhuinn, lanzándose a la primera línea de fuego, atacando al enemigo a manos desnudas para derrotar al agresor y hacerle comerse sus cojones como almuerzo.

Probablemente por eso, entre otras cosas, le resultaba tan fácil tratar con Saxton. Era un macho sin aristas. Además, era inteligente, refinado y divertido..., tenía excelentes modales, y siempre había disfrutado de lo mejor de la vida..., siempre se vestía bien...

Era fantástico en la cama...

¿Por qué aquellas reflexiones sonaban como si Blay estuviera tratando de convencerse de algo? ¿Se justificaba ante sí mismo?

Mientras su amante explicaba lo que había ocurrido en el campo de batalla, Saxton se le acercó. Su colonia Gucci creó un ambiente de serenidad.

—Lo siento mucho. Tienes que estar consternado con todo eso.

Para colmo, el tío era un santo. Un santo sin una pizca de egoísmo. ¿Nunca sentía celos?

Qhuinn no era así. Todo lo contrario: era celoso y posesivo como el demonio...

—Sí, estoy consternado, y mucho más. Me siento muy mal.

Saxton lo cogió de la mano, le dio un apretón sutil y luego retiró su palma suave y templada.

Qhuinn nunca era tan discreto, en ninguna situación. Era como un pelotón enloquecido, un cóctel Molotov, un elefante en una cacharrería. Nunca parecía importarle el desastre que causaba a su paso.

—¿La Hermandad lo sabe?

Blay volvió al presente.

—¿Cómo dices?

—¿La Hermandad sabe lo que hizo Qhuinn?

—Si lo saben no es por Qhuinn, desde luego. John parecía contrariado, yo le pregunté qué sucedía y me contó la historia. Así me enteré.

—Tenéis que decirle a Wrath..., a Tohr..., a alguien, que Qhuinn debe recibir el reconocimiento debido por esto, aunque no suela preocuparse por esa clase de nimiedades.

—Lo conoces bien —murmuró Blay.

—Así es. Y también te conozco a ti. —La expresión de Saxton pareció volverse más tensa, pero de todas maneras sonrió—. Ahora te corresponde cuidarlo. Es lo que tienes que hacer en este momento.

La doctora Jane salió de la habitación y Blay dio media vuelta.

—¿Cómo está?

—No estoy segura. ¿Qué fue exactamente lo que viste? Cuando entré estaba reposando tranquilamente.

Joder, Blay no podía contarle que Qhuinn estaba llorando. Lo cierto era que Qhuinn nunca se habría permitido mostrar esa clase de debilidad a menos que estuviera sufriendo de forma insoportable.

—Supongo que malinterpreté algo, que me alarmé innecesariamente.

Por encima del hombro de Jane, Blay vio casualmente la forma en que Saxton se pasaba la mano por los mechones de pelo rubio que le caían sobre la frente.

Qué cosa más extraña… Aunque Sax era familiar directo de Qhuinn, en ese momento se parecía mucho a él mismo, a Blay. O mejor dicho, al Blay de los últimos años.

Amar sin ser correspondido es una emoción igual para todos, independientemente de las circunstancias.

Una mierda.

Al fondo del pasillo, Tohr permanecía sentado en una silla ubicada frente a la cama en la que yacía Wrath. Probablemente ya era hora de irse.

Hacía rato que lo era.

Por Dios, hasta la reina se había quedado dormida, en la cama, junto a su compañero.

Tohr se alegró de que a Beth no le hubiera molestado que él se quedase. En realidad, hacía años que habían llegado a una especie de acuerdo. Hay que ver lo que un maratón de *Godzilla* era capaz de hacer por una amistad.

En la esquina, sobre una enorme cama Orvis redonda de color beis, George se estiró y levantó la vista hacia su amo. Al no obtener respuesta, volvió a bajar la cabeza y suspiró.

—Se va a recuperar, tranquilo —le dijo Tohr.

El perro levantó las orejas y meneó la cola un par de veces.

—Te lo prometo.

Siguiendo el ejemplo del can, el vampiro se reacomodó y se frotó los ojos. Joder, estaba exhausto. Lo único que quería era acostarse cuan largo era, igual que George, y dormir todo el día.

El problema era que, aunque ya había pasado lo peor, todavía sentía una descarga de adrenalina cada vez que pensaba en aquella bala. Unos milímetros más a la derecha y habría perforado la yugular y apagado para siempre la luz de Wrath. De hecho, según Manny y la doctora Jane, el sitio donde se alojó la bala fue, por pura casualidad, el único lugar «seguro», siempre y cuando Wrath estuviera con alguien que pudiera hacerle una traqueotomía en una furgoneta en marcha, armado únicamente con un trozo de tubo de plástico y una daga negra.

¡Por Dios santo, qué noche!

Y daba gracias a la Virgen Escribana por haberle enviado aquel ángel. ¿Qué habría pasado si Lassiter no hubiese aparecido y se hubiese ofrecido a conducir? Tohr se estremeció…

—¿Esperando a Godot?

Tohr miró enseguida hacia la cama. El rey tenía los ojos entreabiertos y su boca esbozaba una especie de sonrisa.

La emoción invadió enseguida a Tohr, inundando sus neurotransmisores y privándolo de voz.

Y Wrath pareció entender lo que le ocurría. Así que, como no podía levantar el brazo, abrió la mano que tenía libre y le hizo señas de que se acercara.

Tohr se incorporó. Sintió que las piernas le temblaban y se aproximó a la cama. Tan pronto entró en el campo de visión de Wrath, se arrodilló junto a su rey y agarró aquella palma inmensa, le dio la vuelta y besó el gran diamante negro que brillaba en el dedo de Wrath.

Luego, como un vil afeminado, apoyó su cabeza sobre el anillo y los nudillos del hermano.

Esta noche podría haber terminado todo. Si Wrath no hubiera sobrevivido, todo habría cambiado.

Mientras el rey apretaba su mano en señal de respuesta, Tohr pensó en la muerte de Wellsie y sintió un pánico terrible. El hecho de que todavía pudiera perder a más seres queridos era una tremenda revelación, que hizo que sus entrañas empezaran a retorcerse, en un torbellino imparable.

Sintió vértigo.

Uno podría pensar que, después de la muerte de su shellan, Tohr ya estaba curado de espanto, vacunado contra nuevos sufrimientos.

Pero nada de eso: el pozo podía ser todavía más profundo.

—Gracias —susurró Wrath con voz ronca—. Gracias por salvarme la vida.

Tohr levantó la cabeza y la sacudió.

—No fui yo solo.

—Pero tú tuviste mucho que ver. Te debo una, hermano mío.

—Tú habrías hecho lo mismo.

Entonces Wrath adoptó el tono autocrático que le resultaba tan natural.

—He dicho que te debo una.

—Entonces invítame a una cerveza una noche de estas y quedamos en paz.

—¿Estás diciendo que mi vida solo vale una cerveza, unos dólares?

—Estás subestimando lo mucho que me gusta una buena cerveza... —En ese momento, la cabeza grande y rubia del perro apareció por debajo de su axila. Tohr bajó la vista y dijo—: ¿Lo ves? Te dije que se recuperaría.

Wrath se rio y a continuación hizo una mueca de dolor.

—Hola, chico...

Tohr se apartó para que perro y amo pudieran saludarse... y luego terminó alzando los cuarenta kilos del animal para ponerlo junto al rey, sobre la cama.

Wrath estaba radiante, con su shellan, que estaba dormida, junto a él, y su perro, que estaba dispuesto a servirle de enfermero.

—Me alegra que esa fuera la última reunión prevista —dijo Tohr de repente.

—Sí, espero que...

—No puedo permitir que vuelvas a hacer una mierda como esta. Tú sabes que no puedo hacerlo, ¿verdad? —Tohr clavó la mirada en los brazos del rey y recorrió los tatuajes rituales que daban fe de su linaje—. Tienes que estar vivo al final de cada noche, milord. Las reglas son diferentes para ti.

—Mira, no es la primera vez que me disparan...

—Pero eso no volverá a suceder. Al menos bajo mi vigilancia.

—¿Y qué se supone que significa eso? ¿Acaso me vas a encadenar al sótano?

—Si es necesario, lo haré.

Wrath frunció el ceño y subió el tono de voz.

—Eres capaz de portarte como un verdadero desgraciado, ¿sabes?

—No es una cuestión de personalidad. Y es obvio, claro, de lo contrario no estarías a punto de orinarte en los pantalones.

—No estoy asustado. —El rey volvía a sonreír—. Y, además, estoy desnudo de cintura para abajo.

—Gracias por la aclaración.

—¿Sabes una cosa, idiota? No puedes darme órdenes.

Wrath tenía razón; uno no le decía lo que tenía que hacer al líder de la raza. Pero cuando Tohr lo miró a los ojos, no le estaba hablando al rey de todos ellos sino a su hermano.

—Hasta que neutralicemos a Xcor no vamos a correr más riesgos contigo...

—Si hay una reunión del Consejo, pienso ir. Y punto.

—No la habrá, a menos que queramos que haya una. Y por ahora nadie te necesita en ningún lugar fuera de aquí.

—¡Maldita sea! Yo soy el rey... —Al ver que Beth se revolvía en sueños, Wrath bajó el tono de voz—. ¿Podemos hablar de esto después?

—No hay necesidad. El tema ya está decidido y cada uno de los hermanos me respalda en mi posición.

Tohr no desvió la mirada mientras Wrath lo fulminaba con los ojos; a pesar de estar ciegas, aquellas pupilas eran lo suficientemente penetrantes como para abrirle un agujero en el cráneo.

—Wrath —dijo Tohr con voz ronca—, mira lo que tienes al lado. ¿Acaso quieres dejarla sola? ¿Acaso quieres que Beth tenga que llorarte? A la mierda con todos nosotros... Piensa, ¿qué pasa con Beth?

Era un golpe bajo jugar la carta de la shellan, pero en la guerra se podía recurrir a cualquier arma...

Wrath lanzó una maldición y cerró los ojos.

Y Tohr supo que había ganado la partida porque el rey volvió la cara, la hundió en el pelo de Beth y respiró profundamente, como si estuviera sintiendo el olor de su amada.

Tohr quiso rematar la faena.

—¿Estamos de acuerdo?

—Vete a la mierda —murmuró el rey con la boca contra el pelo de su amada.

—Perfecto, me alegro de que eso haya quedado claro.

Pasado un momento, Wrath volvió a mirarlo.

—¿Me sacaron la bala del cuello?

—Sí. Lo único que necesitamos es el rifle del que salió. —Tohr acarició la cabeza de George—. Sin duda fue la Pandilla de Bastardos... Xcor es el único que se atrevería a intentar algo así.

—Tenemos que averiguar dónde viven.

—Son cautelosos. Astutos. Se va a necesitar un milagro.

—Entonces empieza a rezar, hermano. Empieza a rezar.

Tohr repasó mentalmente el ataque una vez más. La temeridad del asalto fue increíble, desde luego, e indicaba que Xcor era capaz de cualquier cosa.

—Voy a matarlo —dijo en voz baja.

—¿A Xcor? —Al ver que Tohr asentía, Wrath movió la cabeza—. Creo que vas a tener que ponerte a la cola para cumplir esa tarea, suponiendo que podamos amarrarlo al campo de tiro. Lo bueno es que, como cabeza de la Pandilla de Bastardos, puede ser acusado por los actos de sus guerreros, así que si uno de ellos fue quien disparó ese rifle, podremos atraparlo también a él.

Al pensar en eso, Tohr sintió una insoportable tensión, que parecía concentrarse en el estómago.

—Dijiste que me debías una... Pues bien, eso es lo que quiero. Deseo ser el que mate a Xcor, yo y nadie más.

—Pero Tohr... —Al intuir que su hermano se quedaba mirándolo, Wrath se encogió de hombros—. No te lo puedo entregar hasta que tengamos pruebas.

—Pero puedes estipular que si es el responsable sea mío.

—Está bien. Es todo tuyo..., siempre y cuando tengamos pruebas.

Tohr pensó en sus hermanos, allá fuera, en el pasillo.

—Pero tienes que hacer una declaración formal.

—Joder, si digo que...

—Tú sabes cómo son los demás. Si cualquiera de ellos se cruza en el camino de ese desgraciado, lo despellejará como a una uva. En este momento ese macho tiene más blancos en su trasero que un campo de tiro. Además, una proclamación formal no te llevará mucho tiempo.

Wrath cerró los párpados durante un momento.

—Está bien, está bien..., deja de discutir y ve a buscar un testigo.

Tohr asomó la cabeza por la puerta y, por suerte, la primera persona que vio fue... John Matthew.

El chico estaba al otro lado del pasillo, sentado en el suelo junto a la sala de reanimación y al lado de Blaylock, que parecía muy preocupado. John tenía las manos sobre la cabeza, como si estuviera oyendo un ruido insoportable; pero por fortuna levantó la mirada en ese momento y dijo por señas:

—¿Wrath sigue recuperándose?

—Sí. —Tohr vio cómo Blay murmuraba una plegaria de gratitud—. Se pondrá bien.

—¿Estás buscando a alguien?

—Necesito un testigo...

—Yo lo seré.

Tohr levantó las cejas.

—Perfecto, gracias.

Cuando John se puso de pie se oyó un crujido, como si su espalda fuese parte de un mecano. Al verlo cojear, Tohr se dio cuenta de que el chico estaba herido.

—¿La doctora Jane te ha visto esa herida?

John se agachó y se levantó una pernera de los pantalones de cirugía que llevaba puestos. Tenía la pantorrilla vendada.

—¿Bala o cuchillo? —preguntó Tohr.

—Bala. Ya me la sacaron.

—Qué bien. ¿Y tú cómo estás, Blay?

—Solo tengo un corte superficial en el brazo.

¿Eso era todo?, se dijo Tohr, incrédulo. Porque el muchacho parecía un muerto. Pero, en fin, había sido una larga noche y un largo día para todo el mundo.

—Me alegra, hijo. Enseguida volvemos.

—No voy a moverme de aquí.

Cuando John llegó hasta la puerta abierta, Tohr se hizo a un lado para dejarlo pasar y luego lo siguió.

—¿Cómo estás, chico? —Wrath habló a John con tono afectuoso. El muchacho se arrodilló para besarle el anillo.

John hablaba por señas y Tohr traducía:

—Dice que está bien. Dice que... si no es una falta de respeto, tiene que decirte algo que él y Blay quieren que tú sepas.

—Sí, claro. Dime.

—Dice que… él estaba con… Qhuinn en aquella casa… después de que te hirieran, antes de que la Hermandad llegara… Qhuinn salió solo… Ah, Blay habló con Qhuinn hace un rato. Y dice que… Qhuinn le dijo que se enfrentó a… Xcor… para que… Espera, John, ve más despacio. Gracias… Entonces, dice que se enfrentó a Xcor… para que pudieras salir en la furgoneta…

Beth se despertó en ese momento, abrió los ojos y arrugó la frente, como si estuviera siguiendo el hilo de la conversación.

El rey se mordió el labio, con aire pensativo.

—¿Eso es verdad?

—Se enfrentó con… Xcor…, cara a cara… Lo contuvo.

Santo Dios, pensó Tohr. Había oído que el chico había salido solo, pero no el resto de la hazaña.

Wrath silbó bajito.

—Ese es un macho honorable.

—Espera, John, déjame traducir. Cara a cara… para que Xcor, que estaba esperando para atacar la furgoneta, quedara neutralizado… Él, es decir, John, quiere saber si hay alguna clase de reconocimiento oficial que… tú puedas concederle a Qhuinn. Algo para reconocer… su extraordinario… servicio. Y, posdata mía —dijo Tohr, hablando ahora con sus propias palabras—, estoy completamente de acuerdo con John.

Wrath se quedó en silencio un rato.

—A ver si lo entiendo bien. Qhuinn salió después de que los hermanos llegaran, ¿no?

Tohr volvió a traducir:

—John dice que no. Salió completamente solo, sin respaldo alguno, sin protección alguna, antes de que ellos llegaran. Qhuinn dijo que… tenía que hacer lo que pudiera para asegurarse de que tú estuvieras bien.

—Ese imbécil.

—A mí me parece más bien un héroe —dijo Beth de repente.

—Leelan, te has despertado. —Wrath se concentró enseguida en su compañera—. No quería molestarte.

—Créeme, oír tu voz, simplemente escucharte, es como estar en el Cielo. Puedes despertarme cada vez que quieras. —Beth besó a Wrath en la boca—. Bienvenido.

Tanto Tohr como John clavaron la mirada en el suelo mientras el rey y la reina intercambiaban caricias y palabras amorosas.

Luego el monarca volvió a concentrarse en la conversación.

—Qhuinn no debió hacer eso.

—Estoy de acuerdo —murmuró Tohr.

El rey se concentró en John.

—Bien, veamos. Vamos a hacer algo por él. No sé el qué... Esa clase de cosas son épicas. Estúpidas, pero épicas.

—¿Por qué no lo conviertes en hermano? —propuso Beth.

En medio del silencio que siguió, todos quedaron boquiabiertos: Wrath, Tohr y John.

La reina pidió explicaciones.

—¿Qué pasa? ¿Acaso no se lo merece? ¿Es que Qhuinn no está siempre donde se le necesita, a disposición de todo el mundo? Además, el chico perdió a toda su familia. Sí, vive aquí, pero a veces tengo la impresión de que siente que no pertenece a este lugar. ¿Qué mejor manera de darle las gracias y decirle que esta es su casa? Sé que nadie duda de su fuerza en el campo de batalla.

Wrath se aclaró la garganta.

—Bueno, de acuerdo con las Leyes Antiguas...

—Al diablo con las Leyes Antiguas. Tú eres el rey... Puedes hacer lo que te dé la gana.

Otro silencio lleno de sorpresa y tensión, que acalló hasta los ruidos del sistema de calefacción.

Finalmente el rey recurrió a Tohr.

—¿Qué opinas?

Mientras miraba de reojo a John, Tohr pensó en lo mucho que deseaba poder concederle ese honor a lo más cercano a un hijo que tenía. Pero ahora estaban hablando de Qhuinn.

—Creo que... sí, creo que puede ser una buena idea. Qhuinn debe sentir que es uno de los nuestros y los hermanos lo respetan... Mierda, hoy no es el primer día en que ha destacado. Es un guerrero estelar, sí, pero más que eso, se ha calmado mucho en el último año. Así que creo que ahora sería capaz de ejercer su responsabilidad, y eso es algo que no habría dicho en otra época.

—Está bien, lo pensaré, leelan. Maravillosa sugerencia. —El rey miró otra vez a Tohr—. Ahora, con respecto al favor que

442

me has pedido. Acércate, hermano mío, y ponte de rodillas. Tenemos dos testigos, lo cual es todavía mejor.

Tohr obedeció y le agarró la mano. Wrath, entonces, declaró en Lengua Antigua:

—Tohrment, hijo de Hharm, ¿estás preparado para que te encargue, a ti y a nadie más que a ti, la muerte de Xcor, hijo de padre desconocido, muerte que debes efectuar por tu cuenta y nada más que por tu cuenta, en reparación de la afrenta mortal que tuvo lugar contra mí la noche que acaba de pasar, siempre y cuando se pueda probar que dicha afrenta fue producto de una orden directa o indirecta de Xcor?

Tras ponerse sobre el corazón la mano que tenía libre, Tohr respondió con voz igualmente solemne:

—Estoy preparado, milord.

Wrath miró entonces a su compañera:

—Elizabeth, hija de sangre del hermano de la Daga Negra Darius, compañera mía, de tu rey, ¿estás de acuerdo en servir de testigo de mi decisión de designar a este macho para que se encargue de dicha tarea y dar fe ante todos los demás de este momento, y estampar tu firma en un pergamino para conmemorar esta proclamación?

Al oír que ella respondía afirmativamente, Wrath se dirigió a John:

—Tehrror, hijo de sangre del hermano de la Daga Negra Darius, también conocido por el nombre de John Matthew, ¿estás de acuerdo en servir de testigo de mi decisión de designar a este macho para que se encargue de dicha tarea y dar fe ante todos los demás de este momento, y estampar tu firma en un pergamino para conmemorar esta proclamación?

Tohr tradujo las señas de John:

—Sí, milord, acepta.

—Entonces, por el poder que me fue conferido legítimamente por mi padre, en este momento te ordeno, Tohrment, hijo de Hharm, ir a ejecutar el deber real de retribución en representación mía, siempre y cuando esté apoyado por el requisito de la prueba, y regresar en el futuro con el cuerpo de Xcor, hijo de padre desconocido, para presentarlo ante mí como un servicio a tu rey y a tu raza. Tu promesa enaltece tu linaje pasado, presente y futuro.

Una vez más, Tohrment se inclinó ante el anillo que había sido utilizado por varias generaciones del linaje de Wrath.

—En esto, como en todas las cosas, me encuentro a tu servicio, milord, y mi corazón y mi cuerpo solo buscarán obedecer tu soberana autoridad.

Cuando Tohr levantó los ojos, Wrath sonreía.

—Estoy seguro de que me traerás a ese bastardo.

—Puedes estarlo, milord.

—Ahora largaos de aquí. Nosotros tres necesitamos dormir un poco.

Después de intercambiar amables palabras de despedida, Tohr y John salieron al pasillo en silencio. Finalmente Blay se había quedado dormido a la puerta de la sala de reanimación, pero no parecía descansar, pues tenía el ceño bien fruncido, como si siguiera rumiando sus pesares en medio de sus sueños.

Un golpecito en el hombro lo hizo volverse hacia John.

—Gracias —dijo el chico por señas.

—¿Por qué?

—Por apoyar a Qhuinn.

Tohr se encogió de hombros.

—Es justo. Mierda, cuántas veces lo hemos visto lanzarse a la batalla disparando a cuatro manos. Se lo merece… El derecho a entrar en la Hermandad no debería tener nada que ver con el linaje, sino con el mérito.

—¿Crees que Wrath lo va a hacer?

—No lo sé…, es complicado. Hay que ajustar muchas cosas… Hay que modificar las Leyes Antiguas. Estoy seguro de que el rey hará algo por él…

Al fondo del pasillo, N'adie salió por una puerta, como si hubiera captado en la distancia el sonido de la voz de Tohr, y se quedó allí parada, mirándolo con gesto casi suplicante.

En cuanto la vio, Tohr perdió el hilo de la conversación y toda su atención se centró en aquella figura envuelta en un manto. Demonios…, estaba demasiado excitado para acercarse a ella. Después de tanta sangre, tanta cercanía de la muerte, le devoraba el deseo de tener un contacto que afirmara la belleza de la vida…

Dios los ayudara a los dos. Si se le acercaba, iba a poseerla.

Por el rabillo del ojo, Tohr vio que John le estaba diciendo algo por señas.

Tuvo que hacer un esfuerzo supremo para dejar de mirar a la hembra y centrarse en él.

—Ella estaba muy preocupada por ti. Ha estado todo el tiempo esperando aquí con nosotros… Pensó que te habían herido.

—Bien, entendido.

—Ella te ama.

Tohr sintió ganas de que se lo tragara la tierra.

—No, ella solo… Verás, ya sabes que es una persona muy compasiva.

John negó enérgicamente con la cabeza.

—No me había dado cuenta de que las cosas iban tan en serio entre vosotros.

Al recordar lo molesto que parecía John hacía unos días, Tohr trató de quitarle importancia al comentario.

—No, en realidad no es nada serio. De verdad. Yo sé quién es mi amor y a quién pertenezco.

Pero esas palabras sonaban poco sinceras, en sus labios, en sus oídos y en su corazón. Y tampoco convencieron al muchacho.

—Siento lo que pasó el otro día… Ya sabes, siento haberme enfadado. Es solo que… Wellsie es la única madre que tuve y… No sé. La idea de verte con otra me produce ganas de vomitar…, aunque sé que no es justo.

Tohr sacudió la cabeza y bajó la voz.

—Nunca vuelvas a disculparte por preocuparte por nuestra añorada hembra. Y en cuanto a lo del amor, te lo diré de nuevo. A pesar de las apariencias, solo amaré a una y solo una hembra el resto de mi vida. No importa lo que haga, o con quién me acueste, o lo que parezca estar pasando; puedes estar seguro de eso, hijo. ¿Está claro?

Tohr vivía un nuevo tormento, pues decepcionar al chico había sido terrible y era difícil no pensar en que posiblemente lo iba a volver a hacer.

Tohr realmente estaba convencido de sus palabras y eso era, precisamente, lo que mantenía atrapada a Wellsie.

Dios, ¿alguna vez encontraría la forma de salir de ese infierno?

Al sentir de nuevo pánico por lo que le ocurría, clavó sus ojos en la figura ligera e inmóvil de N'adie.

Tras ella apareció de repente Lassiter y se quedó mirando a Tohr con una expresión de decepción tan grande que era evidente que, de alguna manera, acababa de escuchar algo de lo que le había dicho a John.

Tal vez lo había oído todo.

Mientras Tohr caminaba hacia N'adie, John volvió a su sitio sobre el suelo de linóleo, junto a la puerta de la habitación de Qhuinn.

En cierto sentido, no quería ver cómo Tohr caminaba hacia aquella otra hembra. Le parecía mal, era como si se estuviese violando alguna de las leyes del universo. Demonios, si hacía la comparación con su propia vida, la idea de que alguna vez existiera para él otra hembra distinta de Xhex era para John como un anatema: aunque vivía en constante agonía sin ella, todavía la amaba tanto que se había vuelto poco menos que asexual.

Pero, claro, Xhex todavía estaba viva.

Y tampoco se podía decir que aquella nueva relación hubiese sido perjudicial para Tohr. Todo lo contrario, había recuperado la salud, el vigor que tenía cuando John lo conoció, aquel cuerpo inmenso, sólido y fuerte. Y ya no hacía cosas descabelladas como meterse en trampas mortales o saltar de un puente, como hacía algunos meses.

Qhuinn había tomado el relevo.

Cojonudo.

Además, resultaba difícil no estimar a N'adie: ella era todo lo contrario de una tigresa: tranquila, nada pretenciosa. Tampoco era fea, por lo que podía atisbar.

Había tantas candidatas mucho peores allí fuera. Cazadoras de fortunas. Hembras arrogantes y estiradas de la glymera. Perras voluptuosas y de senos grandes.

Mientras dejaba caer la cabeza contra la pared de cemento, el guerrero mudo cerró los ojos y oyó el rumor de sus voces. Pocos minutos después, las voces cesaron y John supuso que se habían marchado, probablemente a la cama...

Muy bien, prefería no pensar más en eso.

Cuando se quedó solo, John se puso a escuchar la suave respiración de Blay, a ver cómo se reacomodaba periódicamente.

Tampoco quería pensar en Xhex.

Era curioso, pues ese momento de espera y preocupación le recordaba los viejos tiempos..., cuando él y Blay protegían a Qhuinn.

Joder, era una suerte que Qhuinn hubiese regresado con vida...

Su memoria rescataba imágenes de aquella mansión sobre el río. Vio de nuevo cómo Wrath caía al suelo, y a V apuntando su arma contra la cabeza de Assail... Luego recordó a Tohr convirtiéndose en un escudo humano sobre el cuerpo del rey. Después Qhuinn y él comenzaron a inspeccionar la casa... y discutieron junto a la puerta corredera de cristal... John no estaba de acuerdo en que su mejor amigo saliera de la casa solo y sin que hubieran llegado los refuerzos.

«Tienes que dejarme salir ahí fuera y hacer lo que pueda para asegurar el área», dijo el maldito insensato.

Qhuinn lo había mirado con ojos decididos y libres de miedo, porque estaba seguro de sus fuerzas y sabía que podría dificultar las cosas a sus enemigos, aunque resultara muy peligroso; él sabía que, aunque existía la posibilidad de que no regresara vivo, era lo suficientemente fuerte para cumplir su misión.

Y John lo dejó salir. Aunque el corazón se le salía del pecho, y sentía un alarido en la cabeza, y su cuerpo estaba listo a cortarle el paso.

Porque los que estaban allí fuera no era meros reclutas nuevos de la Sociedad Restrictiva, sino la Pandilla de Bastardos, unos tíos muy bien entrenados, con mucha experiencia y completamente salvajes. Y Qhuinn era su mejor amigo, un macho que le importaba mucho en este mundo, alguien cuya pérdida lo conmocionaría para siempre…

Mierda.

John se restregó enérgicamente la cara con las palmas de las manos.

Pero por mucho que se debatiera, nada podía frenar la revelación que estaba apareciendo en su cabeza, tan desagradable como innegable.

John vio a Xhex en aquella reunión con la Hermandad, hacía unos meses, durante la primavera. Aquella en la que Xhex se ofreció a encontrar el escondite de Xcor: «Yo me puedo encargar de eso, sobre todo si los sorprendo durante el día».

Ella lo tenía completamente claro y estaba decidida, muy segura de sus fuerzas y sus posibilidades. Les dijo que necesitaban su colaboración.

A ella su determinación no le sirvió de nada.

¿Qué pasó cuando el que estaba en esa tesitura era su mejor amigo? A John no le gustó, pero se hizo a un lado y dejó que el macho hiciera lo posible para conseguir un beneficio mayor, aunque eso implicara un riesgo mortal. ¿Qué habría sucedido si algo le hubiese ocurrido a Qhuinn, si hubiese muerto? John se habría sentido devastado…, pero ese era el código de los soldados, la regla sagrada de la Hermandad.

El código de los machos.

Perder a Xhex sería mucho peor, claro, porque él era un macho enamorado. Pero la realidad era que al tratar de salvarla de un destino violento, la había perdido por completo: ya no quedaba nada entre ellos, ni pasión, ni conversación, ni calor…, y cada vez tenían menos contacto. Y todo eso se debía a que él había dejado que se impusiera su instinto protector.

Todo era culpa suya.

Se había apareado con una guerrera y luego se había asustado, cuando el riesgo de que la hiriesen había pasado de lo hipotético a lo real. Xhex tenía razón: ella no lo quería ver muerto ni en manos del enemigo y, sin embargo, lo dejaba salir a luchar cada noche.

Dejaba que él hiciera lo posible para ayudar.

Su hembra no permitía que sus emociones impidiesen que él hiciera su trabajo. ¿Qué habría ocurrido si Xhex lo hubiese intentado? Muy sencillo: él le habría explicado con mucha paciencia y amor que había nacido para pelear y que se cuidaba mucho y que...

Maldito hipócrita.

Además, ¿cómo se habría sentido él si alguien considerara que la mudez representaba una limitación para su trabajo como guerrero? ¿Cómo habría reaccionado si le hubiesen dicho que, a pesar de sus demás cualidades y habilidades, a pesar de su talento natural y su instinto, no podía salir al campo de batalla debido a que no podía hablar?

Ser del sexo femenino no representaba una discapacidad en ningún sentido. Pero él la había tratado como si fuera así, ¿o no? Había decidido que como Xhex no era un macho, no podía salir a pelear, a pesar de todas sus cualidades y virtudes guerreras.

Como si los senos convirtieran el combate en un asunto más peligroso.

John volvió a restregarse la cara y la cabeza comenzó a palpitarle. Su instinto de macho enamorado le estaba arruinando la vida. Mejor dicho, ya le había arruinado la vida. Porque no creía que pudiese recuperarla ya, hiciera lo que hiciera.

Sin embargo..., había una cosa...

De pronto pensó en Tohr y en aquella promesa.

Y supo lo que tenía que hacer.

Al ver que Tohrment caminaba hacia ella, N'adie se quedó sin aliento. El deseado y enorme cuerpo se mecía de un lado a otro al ritmo de sus pasos, con aquellos ojos penetrantes clavados en ella, como si quisiera devorarla.

Tohrment estaba listo para aparearse, pensó N'adie.

Querida Virgen Escribana, venía a por ella.

«Quiero follar contigo».

N'adie se llevó la mano al cinturón con el que se cerraba el manto y se sorprendió al darse cuenta de que estaba lista para abrirse el manto en ese mismo instante. Pero no allí, les dijo N'adie a sus dedos. Mejor en otra parte...

Por su mente no pasó ningún recuerdo de aquel symphath, no le asustaba la posibilidad de sentir dolor, no contemplaba la idea de que quizá pudiera arrepentirse. N'adie solo sentía una inmensa paz en medio del deseo latente de todo su cuerpo. La hacía feliz el reconocimiento de que deseaba a ese macho; ese apareamiento era algo que había esperado, incluso sin saberlo, desde hacía… quién sabe cuánto tiempo.

Los dos estaban listos.

Tohrment se detuvo frente a ella. Su pecho subía y bajaba, agitado, mientras abría y cerraba los puños.

—Te voy a dar la oportunidad de alejarte de mí. Puedes hacerlo ahora mismo. Sal del centro de entrenamiento y yo me quedaré aquí.

Tohrment hablaba con voz cautelosa, en un tono tan bajo y profundo que sus palabras apenas eran audibles.

Las de la hembra, por contra, resonaron con claridad meridiana.

—No me alejaré de ti.

—¿Entiendes lo que estoy diciendo? Si no te marchas… En un instante voy a estar dentro de ti.

N'adie levantó la barbilla, en ese gesto tan suyo.

—Quiero tenerte dentro de mí.

Del cuerpo del guerrero brotó un rugido de aquellos que en otro tiempo la habrían aterrorizado. Pero ahora el cuerpo de N'adie respondió con una maravillosa relajación de los músculos, preparándose para aceptarlo.

No había nada más que decir. Tohrment la levantó en brazos de repente y se encaminó hacia la piscina a grandes zancadas. No la penetraría por primera vez en una cama.

Mientras él caminaba a gran velocidad hacia un tálamo tan insólito como es una piscina, N'adie lo miraba a la cara. Tenía el ceño fruncido y la boca entreabierta, en la que asomaban los colmillos. La ansiedad teñía las mejillas del vampiro. Tohr deseaba lo que estaba a punto de ocurrir. Más que nada en el mundo, eso estaba claro.

Y también era evidente que ya no había marcha atrás.

Porque también ella anhelaba hacer el amor. En ese momento, en aquellas circunstancias, el macho la estaba haciendo sentirse como nunca se había sentido.

Pero N'adie, feliz y todo, tampoco quería llamarse a engaño. Aspiraba a disfrutar del momento, y poco más. Sabía que Tohrment todavía estaba enamorado de su compañera fallecida.

Si a pesar de ello quería que hicieran el amor, eso era suficiente. A esas alturas probablemente fuera lo máximo que podía plantearse en la vida. Al fin y al cabo, tal y como se lo había dicho al propio Tohrment, era mucho más de lo que alguna vez habría podido imaginar.

La puerta acristalada de la entrada a la piscina se abrió como por arte de magia, sin duda acatando una orden mental de Tohr. Luego se cerró tras ellos, y N'adie oyó cómo se corría el cerrojo. Con ella siempre en brazos, Tohr cruzó velozmente la antecámara y doblaron al fondo, para entrar a la piscina propiamente dicha, donde el aire húmedo, sensual y cálido hizo que el cuerpo de la hembra se aprestase aún con mayor deseo y relajación a lo que se avecinaba.

Como si de una escenografía se tratara, gracias a otra orden mental del vampiro, las luces del techo bajaron la intensidad y el reflejo entre verde y azulado de la piscina proyectó una luz especial, casi marinera, sobre todo el entorno.

—No habrá marcha atrás. —Tohrment la miraba, como diciéndole que estaba ante su última oportunidad de salir de allí.

—Quiero ir hacia delante, no hacia atrás.

El macho gruñó de nuevo y la depositó, boca arriba, sobre uno de los bancos de madera.

Y Tohr cumplió su palabra. No esperó ni vaciló; se inclinó sobre ella y las bocas se fundieron en un beso torrencial. Los pechos, las piernas, los vientres entraron en contacto.

Y saltaron chispas.

N'adie lo abrazó con fuerza, mientras los labios masculinos se movían sobre los de ella y la lengua de Tohr entraba en su boca. Fue un beso tan ardiente que ella no se dio cuenta de que le estaba soltando el cinturón del manto.

Las manos del excitado vampiro se aferraron a su cuerpo. A través de la camisola de lino, notó que las palmas del macho ardían. Le acariciaron los pechos y siguieron hacia abajo.

Al tiempo que abría sus piernas un poco más de lo que ya las tenía desde el principio, la hembra se subió la camisola y obtuvo lo que deseaba: las manos de Tohr invadieron su sexo, acariciándolo, llevándola hasta el borde del éxtasis, pero sin desatarlo aún.

—Me enloquece besarte —gruñó Tohr contra la boca de N'adie—. Pero no puedo esperar más.

452

Antes de que ella pudiera responder, Tohr se separó un poco y se abrió con urgencia la bragueta de los pantalones de cuero.

Algo caliente y poderoso comenzó a hacer una presión incontenible sobre ella, sobre su zona púbica.

N'adie arqueó la espalda y gritó el nombre de Tohr. Y fue entonces cuando la penetró. Mientras los gemidos de ella resonaban en las paredes y el alto techo, el cuerpo del macho tomaba posesión de ella, abriéndose paso con firmeza y a la vez con la suavidad de la seda.

Tohrment dejó caer la cabeza al lado de la de ella mientras se fundían, convirtiéndose en un solo cuerpo. Luego él dejó de moverse, lo cual era bueno, pues la sensación de ensanchamiento y presión que le causaba el miembro de Tohr lindaba con lo doloroso, aunque ella no la habría cambiado por nada en el mundo.

Pero no era más que una tregua. El cuerpo de Tohr comenzó a moverse de nuevo, primero lentamente y luego con más velocidad. Sus caderas arremetían contra las de ella y sus manos le apretaban las piernas.

Una inmensa ola de pasión los arrastró. N'adie sintió que cada sensación se magnificaba hasta el infinito y su mente ya no pudo centrarse en nada. Estalló en mil gloriosos, placenteros pedazos… La llevaba a la cima por primera vez en su vida. Y sin hacerle daño.

A medida que el ritmo aumentaba, N'adie se apretaba cada vez más contra él. Ya no estaba en el umbral del dolor, sino que parecía volar, a pesar de que estaba casi aplastada por el inmenso cuerpo de Tohr. El corazón le estalló y al instante se recompuso en el momento en que llegó el orgasmo.

Nunca había sentido nada igual. Jamás pensó que existiera un placer como el que estaba disfrutando.

La hembra gritaba, lloraba, le besaba. Fieramente húmeda, parecía una maravillosa demente. Y él, a su vez, se despeñó por el abismo de su propio orgasmo. Embistió con ferocidad delicada, o con refinada bestialidad, como se prefiera.

Era un maestro en el arte de dar placer sin hacer daño.

Todo aquello pareció durar una eternidad, pero tal como sucede con cualquier vuelo, después de un rato de libre viaje por los cielos, ambos regresaron a tierra.

Y la conciencia también fue regresando gradualmente, y con ella la inquietud.

Tohr todavía estaba medio vestido, al igual que ella, que tenía el manto enrollado sobre los hombros y los brazos.

Qué curioso, pensó N'adie. Habían compartido muchas cosas enormemente íntimas hacía solo unos minutos y esa misma proximidad parecía haberlos llevado ahora a un extraño distanciamiento.

Se preguntó cómo se sentía Tohr…

Tohrment levantó la cabeza y se quedó mirándola. Su cara no manifestaba nada en particular. Ni dicha, ni pena, ni culpa.

Solo se quedó mirándola.

Y al fin abrió la boca.

—¿Estás bien?

Como parecía haberse quedado sin voz, N'adie asintió con la cabeza, aunque no estaba segura de cómo se sentía. Físicamente se encontraba bien. Mejor que bien. De hecho, seguía disfrutando de la presencia que había invadido su más preciada intimidad. Pero no podría estar segura de lo que sentía hasta que supiera cómo estaba él.

La última hembra con la que Tohrment había estado era su shellan… Y seguramente él estaba pensando en eso en medio del tenso silencio que empezaba a oprimirla.

Tohr se quedó inmóvil, encima de N'adie, con la verga erecta todavía dentro de ella, dispuesta a nuevas aventuras, fuese cual fuese la voluntad de su dueño.

Estaba intentando poner los pies en el suelo, calibrar lo sucedido, preparándose para soportar la abrumadora desolación que lo asaltaría por haber estado con otra hembra.

Se preparó para lo peor: la desesperación, la rabia, la frustración.

Sin embargo, no hubo nada de eso, sino la impresión de que lo que acababa de suceder era un comienzo, no un final.

Clavó los ojos en la cara de N'adie. Constató una vez más que no se parecía nada a su añorada hembra. No, no la reemplazaba. Le gustaba por sí misma. El vampiro, al verla, al desearla de nuevo, se dio cuenta de que eso no le causaba problemas de conciencia. Quería a su shellan y también a esta.

¿Era, por eso, una especie de monstruo?

Retiró suavemente un mechón de pelo rubio de la cara de N'adie.

—¿Seguro que estás bien?

—¿Y tú estás bien?

—Sí. Creo que lo estoy… Me refiero a que estoy bien… Joder, perfectamente. Supongo que estaba preparado para cualquier cosa menos esto. No sé si entiendes lo que quiero decir.

La sonrisa que surgió en la cara de N'adie fue radiante como la luz del sol y le otorgó una belleza tan resplandeciente que Tohr se quedó sin aliento.

La de la hembra era una sonrisa tan amable, tan generosa, tan especial…

Con cualquier otra hembra no podría haber vuelto a la vida… sexual. Solo con esta era posible.

El macho, extasiado, habló en susurros.

—¿Lo hacemos otra vez?

Las mejillas de N'adie se encendieron todavía más.

—Por favor…

El pene de Tohr creció aún más dentro de ella, abrigado, acariciado por aquel sexo húmedo y ardiente.

Pero Tohr no quería que ella se apoyase otra vez en aquel banco duro e inhóspito.

La abrazó y la apretó contra su pecho, levantándola, siempre manteniendo el miembro en su interior. Cuando quedaron completamente erguidos, Tohr inclinó la cabeza y volvió a besarla, mientras sujetaba sus nalgas y se preparaba para comenzar a moverse rítmicamente. Empezó a subir y bajar el cuerpo de N'adie sobre el eje de su miembro, al tiempo que le besaba el cuello y las clavículas.

Esta vez la penetraba desde un ángulo diferente, más profundo. Aún más excitante para los dos.

Ella era increíble. Lo envolvió apasionadamente con los brazos. Tohr sintió el impulso de devorarla, de probar otra vez su sangre.

Copularon cada vez con más fuerza, cada vez más rápido.

El manto se movía bruscamente y el ruido se hizo tan molesto que finalmente ella se lo arrancó de los hombros y lo dejó caer al suelo de baldosas. Cuando los brazos de N'adie volvieron a su posición alrededor del cuello de Tohr, lo apretó con más fuerza.

Tohr también la estrechaba cada vez más, a medida que se acercaba gradualmente al punto final. Creía volverse loco por aquellos increíbles gemidos, por la intensificación de su maravilloso olor femenino, la salvaje belleza de aquel pelo…

¡El pelo!

En plena cópula, el vampiro redujo un poco el ritmo de sus movimientos y quitó la banda de la trenza de N'adie, que se deshizo.

Si era hermosa antes, ahora no había palabras para describirla.

Dos minutos después, su cuerpo se hundió en el vertiginoso abismo del placer total.

Gritaba, maldecía, gozaba, se creía al borde de una muerte gloriosa.

Montado sobre la gigantesca ola del placer, Tohr la apretó y hundió la cara en aquella melena rubia al fin libre, disfrutando del delicado olor del champú que usaba. Un aroma que lo excitó todavía más, hasta que el orgasmo se transformó en una convulsión imparable, telúrica, que sacudió su cuerpo, alteró su equilibrio y lo dejó temporalmente ciego.

Y fue igual para ella, que gritó y gritó el nombre del macho, al que, enloquecida, arañó, mordisqueó, besó, lamió...

Fue increíble. Absolutamente increíble. Tohr trató de disfrutar cada milésima de segundo de aquel encuentro irrepetible. Cuando finalmente se quedó quieto, la cabeza de N'adie cayó sobre su hombro. El cuerpo femenino, felizmente desmadejado, tenía ahora una belleza suprema, subrayada por la soltura de aquella maravillosa cabellera.

La mano de Tohr fue subiendo por la espalda de N'adie hasta llegar a la base de la nuca, donde se quedó sosteniéndola.

De pie, acoplados aún, ambos trataban de recuperar el aliento.

Sin darse cuenta de lo que hacía, Tohr comenzó a moverse de un lado para otro, con ella en brazos. La hembra no pesaba casi nada... Se diría que el macho quería que se quedaran así... para siempre.

Pasó un rato antes de que ella susurrara unas palabras.

—Ya debes de estar cansando.

—En absoluto.

—Eres muy fuerte.

Esas tres palabras dispararon su autoestima. Si volvía a decirle algo así, sería capaz de levantar un autobús. Incluso con un avión aparcado en el techo.

—Debería bañarte —dijo él de repente.

—¿Por qué?

¡Por qué iba a ser! Para hacerle más cosas, todo tipo de cosas.

Por encima del hombro, Tohr miró la piscina y pensó que, ciertamente, estaban en el mejor lugar del mundo.

—¿Nos damos un chapuzón?

N'adie levantó la cabeza.

—Podría quedarme así...

—¿Para siempre?

—Sí. —Sus ojos brillaban en medio de aquella luz azulada—. Para siempre.

Mientras la miraba con pasión, Tohr pensó... que no solo era una hembra viva, sino la vida misma. Tenía las mejillas rojas, los labios eróticamente hinchados por los besos, el pelo suelto y un poco enredado. Era vital, ardiente...

Tohr comenzó a reírse.

No sabía por qué; lo que ocurría era maravilloso, no cómico, y sin embargo reía a carcajadas como un lunático.

Mal que bien, intentó disculparse.

—Lo siento, ja, ja, ja... No sé qué..., ja, ja, ja... No sé qué me pasa, Dios...

—No me importa. —Ella seguía radiante y enseñaba los delicados colmillos, los perfectos dientes—. Tu risa es la música más hermosa que he oído en mi vida.

Movido por un impulso misterioso, Tohr lanzó un grito y comenzó a avanzar hacia la piscina, dando primero un paso largo y luego otro, y otro. De un poderoso salto, los dos volaron hacia el agua quieta y tentadora.

Se sumergieron juntos. Era como si unos brazos invisibles los envolvieron cálidamente. No sintieron el frescor del agua ni el impacto del chapuzón. Solamente se sentían el uno al otro.

Mientras hundía la cabeza en el agua, Tohr encontró la boca de N'adie y se apropió de ella. La besó al tiempo que plantaba los pies en el fondo y se impulsaba hacia arriba para que los dos pudieran tomar aire...

Y el pene reanudó su trabajo.

Y la vagina colaboró.

En la piscina follaron por tercera vez en pocos minutos.

Unas horas después, N'adie se encontraba desnuda, empapada y tumbada al borde de la piscina, sobre una cama de toallas que Tohrment le había preparado.

Estaba arrodillado junto a ella, con la ropa mojada pegada a los muslos, el pelo brillante y una mirada intensa con la que contemplaba su cuerpo desnudo.

Entonces N'adie experimentó una súbita inseguridad.

Se sentó y se cubrió como pudo la desnudez con las manos. Tohrment las atrapó y se las bajó suavemente.

—Estás tapándome la vista.

—¿Te gusta de verdad?

—Ah, qué pregunta. —Tohr se inclinó y la besó apasionadamente, deslizando su lengua dentro de su boca, mientras volvía a recostarla—. ¿Me preguntas si me gustas?

Cuando él se retiró un poco, N'adie le sonrió.

—Me haces sentir…

—¿Cómo? —Tohr bajó la cabeza y le acarició el cuello con los labios, luego la clavícula…, los pezones—. ¿Hermosa?

—Sí.

—Lo eres. —Tohr le besó un pezón y se lo metió en la boca—. Creo que eres hermosa. Y que deberías tirar ese maldito manto para siempre.

—¿Y entonces qué me pondría?

—Te conseguiré ropa. Toda la ropa que quieras. O podrías andar desnuda.

—¿Delante de los demás? —El gruñido celoso que soltó el macho fue para ella el mejor cumplido—. ¿Es lo que propones?

—No.

—Entonces andaré desnuda por tu habitación.

—Bueno, eso sí.

Tohr bajó ahora los labios hacia un lado, besándole los costados, acariciándolos con los colmillos. Y siguió hacia el vientre. Solo cuando notó que llegaba a las caderas y lamía y besaba ya muy cerca de la vulva, N'adie se dio cuenta de que todo aquello tenía un propósito.

—Abre las piernas —le dijo Tohr con voz profunda—. Déjame ver la parte más hermosa de ti. Déjame besarte donde quisiera estar siempre.

N'adie, tan inexperta, no comprendía lo que Tohr se proponía, pero se sentía incapaz de negarle nada cuando empleaba ese tono. Perezosamente abrió los muslos… y supo el instante en que él vio su sexo por su increíble gruñido de satisfacción.

Tohrment se acomodó entre sus piernas y se estiró, poniendo una mano a cada lado de ella, abriéndola un poco más. Enseguida sus labios estuvieron sobre el sexo de la hembra, tibios, suaves y húmedos. Por supuesto, se desencadenó otro orgasmo y Tohr lo aprovechó para penetrarla con la lengua, para chupar aquella intimidad anhelada, adaptándose a su ritmo, llevándola todavía más lejos.

Ella hundió las manos en el pelo del macho, mientras movía las caderas con creciente frenesí.

Y pensar que le había asustado el sexo...

N'adie ignoraba que aún hubiera tantas cosas por descubrir.

Tohrment la exploraba con un cuidado casi doloroso, tomándose su tiempo para llevarla poco a poco a la cima del placer.

Cuando por fin levantó la boca, tenía los labios pegajosos y enrojecidos. Se pasó la lengua por ellos, lujurioso, mientras la miraba con unos ojos entornados por el deseo.

Luego se levantó, la agarró de las caderas y la levantó.

Tenía el pene increíblemente grueso y largo, pero la hembra ya sabía que, por mucho que creciese, encajaría perfectamente dentro de ella.

Y volvieron a copular.

Esta vez N'adie puso más atención a la cara de Tohr que a lo que sentía: se irguió y comenzó a moverse de aquella poderosa manera que ya había aprendido.

Tohr sonreía con una extraña expresión. Era una sonrisa erótica.

—¿Te gusta mirarme?

—Sí, Dios, sí...

Llegó otra ola de placer que anegó sus pensamientos, su voz, su cuerpo... y su alma, dejándolo todo en blanco.

Seguían follando.

N'adie veía ahora una expresión de esfuerzo en la cara de Tohrment. Tensión en la mandíbula y los ojos, agitación en el pecho. Aún no había llegado a la cima.

El macho habló entre dientes.

—¿Quieres mirar?

—Ay, sí...

Sacó el miembro del sexo de N'adie. Estaba brillante e hinchado, al igual que sus labios.

Se lo agarró con una mano, mientras sostenía su peso con la otra y se estiraba sobre el cuerpo relajado de N'adie. Se movió un poco para que ella pudiera ver con claridad cómo se frotaba el miembro hacia arriba y hacia abajo…

Tohr comenzó a respirar cada vez con más esfuerzo.

Cuando llegó el momento, soltó un grito que resonó en los oídos de N'adie. Echó la cabeza hacia atrás, enseñó los colmillos, gimió, rugió. Y, con impulsos rítmicos, brotaron de él chorros que cayeron sobre el sexo y la parte baja del vientre de N'adie, haciendo que se arqueara de excitación, como si ella también hubiese alcanzado el clímax.

Cuando finalmente se relajó, ella extendió los brazos.

—Ven aquí.

Tohr no vaciló en obedecer y acercó su pecho al de ella. Luego la miró a los ojos.

—¿No tienes frío? Tienes el pelo mojado.

—No me importa. —Se abrazó más a él—. Estoy… perfecta.

Entonces, un rugido de aprobación brotó de la garganta de Tohr.

—Eso es lo que tú eres…, Rosalhynda.

Al oír su antiguo nombre, la hembra se sobresaltó, removiéndose, pero él no la soltó.

—No puedo seguir llamándote N'adie. Después de todo esto, es imposible.

—No me gusta ese nombre.

—Entonces usaré otro.

Al mirarlo a la cara, se dio cuenta de que Tohr no iba a ceder en este punto. No volvería a llamarla N'adie, el nombre que se puso cuando esa palabra designaba lo que pensaba de sí misma.

Dios, tenía razón. De repente, N'adie dejó de sentir que no era nadie.

—Necesitas un nombre.

—No soy capaz de buscar otro nombre —contestó ella, con tono doloroso.

Tohr miró hacia el techo y le acarició el pelo. Pensaba. Al cabo de un rato habló.

—El otoño es mi estación favorita. No es que me esté volviendo melancólico ni nada por el estilo…, pero me gusta el paisaje cuando las hojas adquieren un tono rojizo. Y están especialmente hermosas a la luz de la luna, cuando el rojo toma tonos plateados…, es una transformación increíble. El verde de la primavera y el verano solo me parece una pequeña parte de la identidad natural de los árboles. El suave y extraordinario cambio de color mientras las noches se van haciendo más frías es un milagro. Es como si las hojas tratasen de compensar con fuego la pérdida de calor de la Tierra. Me gusta el otoño. —Tohr la miró a los ojos—. Tú eres así. Eres hermosa y tienes una llama, un fuego interior…, y ya es hora de que ese fuego se haga visible. Así que te propongo llamarte… Otoño. —Hubo un silencio. N'adie notó humedad en los ojos—. ¿Qué sucede? —Tohr estaba alarmado—. Mierda, ¿no te gusta? Puedo elegir otro nombre. ¿Lihllith? ¿Qué tal Suhannah?

Ella le acarició la cara.

—Me encanta. Es perfecto. De ahora en adelante me identificaré con el nombre que me has dado y la estación del año en que las hojas arden: Otoño.

La hembra se incorporó y lo besó en los labios.

—Gracias, gracias…

Al ver que él asentía con solemnidad, lo envolvió entre sus brazos y lo apretó con fuerza. Ser bautizada de nuevo era como entrar en un nuevo mundo, como si hubiese vuelto a nacer.

Pasó un largo rato antes de que Tohr y Otoño salieran de los confines de la piscina. Joder, nunca podría volver a pisar ese lugar sin pensar que era su hogar primigenio.

Mientras le abría la puerta que salía al pasillo, Tohr respiró hondo. Otoño…, el nombre perfecto para una hembra totalmente adorable.

Caminando hombro con hombro, Tohr iba dejando huellas húmedas en el suelo, pues aún tenía mojada la bota. Ella, por otra parte, no dejaba ningún rastro, pues su manto estaba seco.

Era la última vez que llevaba ese maldito manto.

Mierda, el pelo tenía un aspecto increíblemente hermoso así, libre y suelto alrededor de los hombros. Quizá también podría convencerla de que debía olvidarse de la trenza.

Cuando salieron al túnel, Tohr la rodeó con los brazos y la apretó contra su cuerpo. Era sencillo abarcarla de esa manera. Era más menuda que… En fin, Wellsie era mucho más alta. La cabeza de Otoño le llegaba a los músculos pectorales, tenía los hombros menos anchos y caminaba con más dificultad, mientras que los movimientos de su compañera muerta eran fluidos, armoniosos.

Pero, aun así, hacían una pareja perfecta, incluso físicamente. Era distinto, sí, pero innegablemente encajaban como un guante en la mano adecuada.

Llegados a la puerta que llevaba a la mansión, Tohr la dejó subir primero las escaleras. Luego pasó por delante de ella, insertó la contraseña en el intercomunicador, abrió la puerta que salía al vestíbulo y le cedió de nuevo el paso.

Tras ella, Tohr preguntó:

—¿Tienes hambre?

—Estoy que me desmayo.

—Entonces sube, que ahora te llevaré algo.

—Yo misma puedo conseguir algo en la cocina.

—No, ni lo pienses. Quiero hacerlo yo. —Tohr la llevó hasta el pie de la escalera—. Sube y métete en la cama. Enseguida llevaré algo de comer.

Ella vaciló.

—En realidad no es necesario.

Tohr negó con la cabeza, pensando en todo el ejercicio que habían hecho en la piscina.

—Es muy necesario. Y tú me vas a complacer dejándome hacerlo, quitándote ese manto y metiéndote desnuda entre las sábanas.

Al principio la sonrisa fue tímida…, pero luego brilló como el sol.

La hembra dio media vuelta y le dio la espalda.

Mientras observaba el movimiento de sus caderas al subir la escalera, Tohr se volvió a excitar. Se agarró de la barandilla y tuvo que clavar la mirada en la alfombra para no perder la compostura…

De pronto sonó una maldición que le hizo volver la cabeza.

Era un poco grosero, pero el ángel había llegado en buen momento…

Tohr cruzó el suelo de mosaico que representaba un manzano en flor y se asomó a la sala de billar. Lassiter se encontraba en el sofá, con la mirada fija en el televisor de pantalla plana que había sobre la chimenea.

Aunque Tohr estaba medio desnudo y bastante mojado, se acercó y se interpuso entre el ángel y la pantalla.

—Escucha, yo…

—¡A la mierda! —Lassiter comenzó a bracear—. ¡Quítate de ahí!

—¿Ha funcionado?

Una ristra de nuevas groserías interrumpió al vampiro. El ángel se inclinó hacia un lado, tratando de ver la pantalla.

—Dame un minuto, joder.

Pero Tohr estaba impaciente.

—¿Ella por fin está libre? Me basta con una palabra, sí o no.

—¡Ajá, lo sabía! —Lassiter señaló la pantalla—. ¡Maldito desgraciado! ¡Yo sabía que tú eras el padre!

Tohr luchó contra el deseo de golpear a aquel hijo de puta. El futuro de su Wellsie estaba en juego y ese imbécil se preocupaba por las pruebas de paternidad de Maury? ¿Por una mierda de telenovela? Lo miró con ira mal disimulada.

—¿Te gusta joderme?

—No, estoy hablando muy en serio. Ese sinvergüenza tiene tres hijos con tres hermanas. ¿Qué clase de hombre es?

Tohr decidió golpearse en la cabeza, por no aporrear al ángel.

—Lassiter, vamos, hermano…

—Mira, todavía estoy aquí, ¿no? —Al fin bajó el volumen de la televisión—. Mientras permanezca aquí, todavía habrá trabajo que hacer.

Tohr se desplomó sobre una silla. Se agarró la cabeza entre las manos y se mordió los labios.

—No lo entiendo. El destino quiere sangre, sudor y lágrimas. Pues bien, me he alimentado de ella, hemos sudado, vaya si lo hemos hecho… Y Dios sabe que ya he derramado suficientes lágrimas.

—Esas lágrimas no cuentan —dijo el ángel.

—¿Cómo es posible?

—Así son las cosas, hermano.

Genial. Fantástico.

—¿Cuánto tiempo me queda para liberar a mi Wellsie?

—Tus sueños son la respuesta a eso. Entretanto, te sugiero que vayas a dar de comer a tu hembra. Supongo que tu aspecto es prueba de que le hiciste sudar bastante.

La frase «ella no es mi hembra» estuvo a punto de salir por su boca, pero la retuvo con la esperanza de que el hecho de no pronunciarla pudiera ayudar en algo.

El ángel sacudió la cabeza, como si estuviera al corriente tanto del sentimiento que se había abstenido de expresar como del futuro que todavía desconocían.

—Maldición —murmuró Tohr, mientras se ponía de pie y se dirigía a la cocina—. Que me parta un rayo.

A unos cincuenta kilómetros de allí, en la granja de la Pandilla de Bastardos, unos resuellos llenaban el aire rancio del sótano. Eran jadeos entrecortados, angustiosos.

Throe, con la mirada fija en el candelabro, Throe se sentía mal por su jefe.

Xcor había tenido un tremendo combate cuerpo a cuerpo hacia el final del ataque a la casa de Assail. Se negaba a decir con quién se había enfrentado, pero tenía que haber sido con un hermano. Y, naturalmente, no había recibido ninguna atención médica desde entonces… Ellos tampoco tenían mucha que ofrecerle, en realidad.

Throe soltó una maldición y cruzó los brazos sobre el pecho, mientras trataba de recordar cuándo había sido la última vez que Xcor se había alimentado con sangre directamente tomada de una vena. Querida Virgen Escribana. ¿Había sido en aquella ocasión, en primavera, con las tres prostitutas?

Ni siquiera aquel día se alimentó, si sus sospechas eran ciertas. No era de extrañar que no se estuviera recuperando…, y no lo haría hasta que no estuviera mejor alimentado…

Los resuellos se convirtieron en un ataque de tos, y luego volvieron, cada vez más dolorosos.

Xcor se iba a morir.

Esa conclusión se había ido imponiendo con implacable vigor desde el momento en que cambió el patrón de la respiración, unas horas antes. Para sobrevivir, Xcor necesitaba dos cosas: acceso a un centro médico con equipo y personal similar al que tenía la Hermandad y la sangre de una vampira.

No había manera de conseguirle lo primero y lo segundo había resultado un verdadero desafío durante los últimos meses. La población vampira de Caldwell iba aumentando lentamente, pero desde los ataques, las hembras se habían vuelto todavía más escasas. Throe todavía no había encontrado a ninguna que estuviera dispuesta a servirlos a ellos, a pesar de que podía pagar generosamente sus servicios.

Además, visto el estado de Xcor, tal vez ni siquiera eso sería suficiente. Lo que necesitaban era un milagro.

De repente cruzó por su mente la imagen de aquella espectacular Elegida de la que se había alimentado cuando estuvo en los cuarteles de la Hermandad. Su sangre sería un salvavidas para Xcor en este momento. Literalmente. Solo que, obviamente, era casi imposible obtenerla. Para empezar, ¿cómo podría llegar allí? Y aunque pudiera establecer contacto con ella, sin duda sabría que él era el enemigo…

¿O no? Aquella criatura se había dirigido a él como «honorable soldado»; quizá la Hermandad le había ocultado su identidad para no herir su delicada sensibilidad.

Dejaron de oírse quejidos y resuellos. Nada.

—¡Xcor! —Throe se incorporó de un salto—. ¡Xcor!

El herido se reanimó con otro ataque de tos y luego volvió a oírse la respiración dolorosa y entrecortada.

Seguramente había tenido una parada cardiaca, de la que había salido. ¿Superaría la siguiente?

Querida Virgen Escribana, Throe no entendía cómo los demás podían dormir a pesar de todo aquello. Pero, claro, llevaban tanto tiempo manteniéndose solamente con sangre humana que el sueño era la única manera que tenían de recargar baterías. Sin embargo, las glándulas suprarrenales de Throe habían anulado esa orden desde aproximadamente las dos de la tarde, cuando había comenzado a velar a Xcor.

Al sacar su móvil para mirar la hora, Throe hizo un esfuerzo para concentrarse en los números que mostraba la pantalla.

Desde aquel incidente que había tenido lugar entre ellos en el verano, Xcor era un macho diferente. Seguía siendo autocrático, exigente y tan calculador que uno no dejaba de asombrarse; pero su conducta había cambiado cuando se trataba de sus soldados. Estaba más conectado con todos ellos, más abierto a una mejor relación. Antes, al parecer, no era consciente de que debía tratarlos de esta forma.

Sería una pena perderlo en este momento.

Throe finalmente logró descifrar la hora: cinco y treinta y ocho. Era probable que el sol ya estuviese por debajo de la línea del horizonte. En todo caso, el atardecer ya se habría apoderado del horizonte. Sería mejor esperar a que la oscuridad se impusiera por completo, pero no tenía tiempo que perder. Aunque no estaba seguro de lo que hacía, se sentía acuciado por la prisa.

Se levantó del camastro por completo y atravesó el sótano para sacudir la montaña de mantas debajo de la cual se encontraba Zypher.

—Lárgate —murmuró el soldado durmiente—. Todavía me quedan treinta minutos…

Throe le habló en susurros.

—Tienes que sacar de aquí a los demás.

—¿Sí?

—Pero tú tienes que quedarte.

—No jodas.

—Voy a tratar de traer una hembra que alimente a Xcor.

Eso logró captar por fin la atención del soldado. Zypher levantó la cabeza.

—¿Qué me dices?

Throe se acercó a los pies del camastro para poder mirarlo a los ojos.

—Asegúrate de que Xcor se quede aquí. Y tienes que estar preparado para llevarlo a donde yo te diga.

—Pero ¿qué estás tramando?

Sin responder, Throe dio media vuelta y comenzó a ponerse su ropa de cuero. Lo hacía con manos temblorosas, debido a la angustia que le causaba el peligroso estado de Xcor… Y también a la esperanza. Si tenía éxito, pronto volvería a estar en compañía de aquella hembra inolvidable.

Echó un vistazo a su ropa de combate… y vaciló. Querida Virgen Escribana, cómo le gustaría poder ponerse otra ropa. Un precioso traje de paño de lana con un pañuelo en el cuello. Zapatos de verdad, con cordones. Ropa interior.

Zypher le miraba con suspicacia.

—¿Adónde vas?

—Eso no importa. Lo importante es lo que encuentre.

—Pero al menos irás armado.

Throe volvió a vacilar. Si por alguna razón esto fallaba, era probable que necesitara armamento, sí. Pero no quería asustar a la hembra, suponiendo que realmente lograra llegar a ella y convencerla de que lo acompañara. Era tan delicada…

Llevaría unas cuantas armas escondidas, decidió finalmente. Una pistola o dos. Algunos cuchillos. Nada que ella pudiera ver.

—Bien, menos mal. —Zypher se sintió aliviado al ver que Throe comenzaba a revisar sus armas.

Pocos minutos después, Throe subió desde el sótano y salió de la casa por la puerta de la cocina...

Pero enseguida soltó un grito, levantó los brazos y se vio obligado a regresar al interior oscuro de la casa. Con los ojos doloridos y llenos de lágrimas, soltó una maldición y corrió al lavabo, donde abrió el grifo del agua fría y se mojó la cara.

Pareció pasar una eternidad hasta que su teléfono móvil le indicó que por fin era posible salir con toda seguridad, sin un solo rayo de sol. Aun así, esta vez abrió la puerta con mucha más prudencia.

Por fin, el alivio de la noche.

Salió y se llenó los pulmones del aire frío y húmedo del otoño. Cerró los ojos, todavía doloridos, se concentró y dispersó sus moléculas lejos de la casa, hacia el noreste, hasta que volvió a tomar forma en una pradera en cuyo centro se levantaba un gran arce de hojas anaranjadas.

De pie frente al gran tronco, debajo del toldo de hojas polícromas, Throe estudió el paisaje con los sentidos aguzados. Este bucólico rincón se encontraba muy lejos del campo de batalla del centro de la ciudad y tampoco estaba cerca de ningún centro de los hermanos o de la Sociedad Restrictiva. Eso era lo que percibía, al menos.

Para estar seguro de su percepción, sin embargo, esperó un momento, procurando permanecer tan inmóvil como el árbol que se alzaba detrás. Pero estaba mucho menos sereno que el arce. Tenso, se encontraba en guardia, para enfrentarse a cualquier cosa o cualquier ser que lo atacara.

Pero nadie se acercó. Nada ocurrió.

Al cabo de media hora, se relajó un poco y se sentó en el suelo con las piernas cruzadas y las manos entrelazadas.

Era muy consciente del peligro que corría al embarcarse en esa aventura. Pero en algunas batallas, a veces tienes que improvisar la táctica, aunque corras el riesgo de que te estalle en la cara. Era muy peligroso, pero si había algo en lo que podías confiar con respecto a la Hermandad era en su anticuada manera de proteger a sus hembras.

Prueba de ello era la paliza que había recibido.

Por tanto, contaba con que, si lograba llegar a la Elegida, ella desconocería su verdadera identidad.

Se sentía culpable por la difícil situación en que pensaba ponerla, y procuraba no pensar en ello.

Antes de cerrar los ojos, Throe volvió a inspeccionar el terreno. Había un grupo de venados al fondo de la pradera, junto a un bosque. Sus delicados cascos pisaban las hojas caídas, mientras deambulaban por la hierba meciendo la cabeza. Un búho ululó a mano derecha. A lo lejos, frente a él, por una carretera que no alcanzaba a ver, los faros de un coche pasaron de largo, probablemente hacia una granja.

No había ningún restrictor.

Ni hermanos.

No había nadie, aparte de él.

Throe bajó los párpados. Se imaginó a la Elegida y recreó aquellos momentos en que la sangre de ella entraba en sus venas. La vio con gran claridad y evocó con intenso placer el sabor y el olor de la hembra, de la esencia misma de su ser.

Luego rezó como nunca lo había hecho, ni siquiera cuando llevaba una vida civilizada. Oró con tanta intensidad que sus cejas se juntaron y su corazón comenzó a latir violentamente. Casi no podía respirar. Elevó las plegarias con tal desesperación que se preguntó si todo eso era realmente para salvar a Xcor… o simplemente para poder verla otra vez.

Rezando perdió el hilo de sus pensamientos y lo único que sentía era una presión en el pecho, una tremenda necesidad que esperaba que fuera lo suficientemente fuerte como para que se decidiera a responderle, si es que ella recibía la señal.

Throe siguió así todo el tiempo que pudo, hasta que se sintió entumecido, frío y tan exhausto que su cabeza colgaba del cuello, abatida por el cansancio.

Continuó hasta que el persistente silencio que lo rodeaba le indicó que debía aceptar su fracaso.

Cuando finalmente volvió a abrir los ojos, vio que la luz de la luna se había metido por debajo del toldo de hojas que lo resguardaba.

Pero de pronto se puso en pie y lanzó un grito que resonó por toda la pradera.

La fuente de aquella luz no era la luna.

Su Elegida estaba de pie frente a él, con una túnica blanca que parecía resplandecer.

Tenía las manos tendidas hacia delante, como si quisiera tranquilizarlo.

—Siento haberte asustado.

—¡No! No, no. Está bien, muy bien… Yo… ¡Estás aquí!

—¿No me llamaste? —Parecía confundida—. No estaba segura de qué era lo que me estaba llamando. Yo… simplemente sentí la necesidad urgente de venir aquí. Y aquí te he encontrado a ti.

—No sabía si funcionaría mi llamada.

—Pues ya lo ves, ha funcionado.

Ay, querida Virgen Escribana que estás en los cielos, qué preciosa criatura, con el pelo recogido sobre la cabeza y aquella figura tan elegante y sinuosa, y ese olor a… ambrosía.

La Elegida frunció el ceño y bajó la mirada hacia su cuerpo.

—¿Acaso no voy vestida de la manera apropiada?

—¿Cómo?

—Me miras de una forma extraña.

—Tienes razón. Por favor, perdóname. Mis modales están oxidados. Es que me resultas tan adorable que mis ojos no pueden creer lo que ven.

Esas palabras hicieron que la Elegida se encogiera ligeramente. Como si no estuviera acostumbrada a los cumplidos.

Quizá la había ofendido.

—Lo siento. —Throe sintió ganas de maldecir. Iba a tener que recuperar su antiguo vocabulario de perfecto caballero, y desde luego dejar de comportarse como un adolescente salido—. No es mi intención faltarte al respeto.

La hembra volvió a sonreír, pero no de cualquier manera, sino con un asombroso despliegue de felicidad.

—Te creo, soldado. Solo estoy sorprendida.

¿Le sorprendía que la encontrara atractiva? Por Dios santo…

Recordando su pasado como distinguido miembro de la glymera, Throe le hizo una reverencia.

—Me honras con tu presencia, Elegida.

—¿Qué te trae aquí?

—Quería… Bueno, quiero solicitarte un favor de gran importancia.

—¿Un favor? ¿De verdad?

Throe hizo una pausa. Era tan cándida y confiada, parecía tan feliz de que recurrieran a ella que el sentimiento de culpa de Throe se multiplicó por diez. Pero se trataba de la única posibilidad de salvación que Xcor tenía y estaban en guerra…

Mientras forcejeaba con su conciencia, se le ocurrió que había una manera de compensarla, una promesa que podía hacer a cambio de aquel favor, si es que ella decidía concedérselo.

—Te voy a pedir que… —Throe se aclaró la voz—. Tengo un camarada que está gravemente herido. Se va a morir si no…

—Debo acudir a verlo. Ahora mismo. Muéstrame dónde está y te prometo que lo ayudaré.

Throe cerró los ojos. No podía respirar y sintió que se le aguaban los ojos. Con voz ronca, habló como pudo.

—Eres un ángel. Tú no eres de esta tierra, toda esa compasión y gentileza son de otro mundo.

—No desperdicies tus amables palabras. ¿Dónde está tu camarada guerrero?

Throe sacó el móvil y le envió un mensaje a Zypher. La respuesta que recibió fue inmediata. Anunciaba que llegarían enseguida. El soldado ya debía de tener a Xcor dentro del vehículo, listo para arrancar. De otra manera no era posible que tardasen tan poco como anunciaba.

Zypher era un macho muy valiente y honorable.

Throe se guardó el móvil y volvió a centrarse en la Elegida.

—Ya viene. Tenemos que transportarlo en un vehículo, pues no se encuentra bien.

—¿Y luego vamos a llevarlo al centro de entrenamiento? No. Claro que no. Eso nunca.

—Tu sangre será suficiente para él. Está debilitado porque se ha alimentado muy mal y eso es todavía más grave que sus heridas.

—¿Entonces vamos a esperarlo aquí?

—Así es. Esperaremos aquí. —Hubo una larga pausa y ella comenzó a moverse con nerviosismo, como si se sintiera incómoda—. Perdóname, Elegida, si sigo mirándote fijamente.

—Ah, no tienes que disculparte. Solo me siento rara al recibir tanta atención de parte de una persona.

Ahora fue él quien se encogió. Sin duda, los hermanos trataban a cualquier macho que se encontraba en su presencia tal como lo habían tratado a él.

—Bueno, discúlpame, por favor —murmuró con amabilidad—. Realmente no puedo quitarte los ojos de encima.

48

A eso de las seis de la tarde, Qhuinn salió de la puerta oculta que se hallaba debajo de la gran escalera. Todavía estaba un poco mareado. Más que caminar se podría decir que arrastraba los pies. Tenía aún dolores por todo el cuerpo, pero estaba de pie, moviéndose y vivo.

Las cosas habrían podido ir mucho peor.

Además, Qhuinn tenía un propósito. Hacía un momento, cuando la doctora Jane fue a examinarlo, le contó que Wrath había convocado una reunión de la Hermandad. Desde luego, también le había dicho que él estaba dispensado de asistir y que tenía que quedarse en cama en la clínica. Pero ¿alguien podía creer que se perdería la reunión en que iban a hablar de todo lo que había sucedido en la mansión de Assail? De ninguna manera.

Ella hizo todo lo posible para persuadirlo, naturalmente, pero al final había tenido que llamar al rey para decirle que esperara a un asistente más.

Al llegar a la barandilla tallada, Qhuinn oyó a los hermanos hablando en el segundo piso, con aquellas voces fuertes y profundas que se pisaban las unas a las otras. Era evidente que Wrath todavía no había llamado al orden, lo que significaba que tenía tiempo para servirse una copa antes de subir.

Porque eso es precisamente lo que necesitas cuando sales de un trance como el que él había vivido.

Después de pensarlo bien, Qhuinn decidió que la distancia a la biblioteca era menor que hasta la sala de billar, así que se abrió paso hasta las puertas de cedro, pero se quedó paralizado al llegar al umbral.

—Por Dios…

El suelo estaba cubierto por al menos cincuenta libros sobre las Leyes Antiguas, y eso no era todo. Sobre la mesa que se encontraba debajo de los ventanales había más volúmenes con encuadernación de cuero, abiertos y con las páginas expuestas a la luz.

Y dos ordenadores normales, un portátil, cuadernos con anotaciones…

Un crujido que venía de arriba le hizo levantar los ojos. Saxton estaba en lo alto de la escalerilla de madera con ruedas, buscando un libro en el último estante, el que se hallaba justo debajo de la cornisa de yeso del techo.

—Buenas noches, primo —dijo Saxton desde las alturas.

Joder, justo el tío que quería encontrarse. Menuda suerte.

—¿Qué haces con todo esto?

—Pareces bastante recuperado. —La escalera volvió a crujir y el macho descendió con su premio entre las manos—. Todo el mundo estaba preocupado por ti.

—Gracias, estoy bien. —Qhuinn se dirigió hacia las botellas de licor que estaban alineadas sobre la consola de mármol—. Dime, ¿qué estás haciendo?

«No pienses en él y Blay. No pienses en él y Blay. No pienses en él y…».

—No sabía que te gustara el jerez.

—¿Qué? —Qhuinn bajó la mirada hacia lo que acababa de servirse. Mierda. Por estar pensando en lo que no debía pensar, había elegido la botella equivocada. Pero no tenía intención de reconocerlo—. Bueno, pues sí, me encanta el jerez.

Para demostrarlo se bebió la copa de un tirón y casi se atragantó por tanto dulzor inundando su boca y su garganta.

Luego se sirvió otro, para que su primo no pensara que era un idiota que no sabe lo que se está sirviendo.

El segundo trago fue peor que el primero. Casi vomitó.

Con el rabillo del ojo, Qhuinn vio cómo Saxton se acomodaba frente al escritorio. La lámpara de bronce que tenía enfrente iluminó perfectamente su cara. Mierda, parecía salido de un anuncio de Ralph Lauren o algo así, con esa chaqueta de *tweed*, el pañuelo perfectamente doblado en el bolsillo y ese jersey de botones tan elegante.

Qhuinn, por su parte, llevaba unos pantalones de cirugía e iba descalzo. Con un jerez en la mano.

—Entonces, ¿me cuentas en qué estás metido?

Saxton lo miró con un extraño brillo en los ojos.

—En un cambio de reglas, se podría decir.

—Ah, ya veo, asuntos reales…, secretos oficiales.

—Así es.

—Entiendo, pues buena suerte con eso. Parece que tienes entretenimiento para un buen rato.

—Me temo que para un mes, o tal vez más.

—¿Qué estás haciendo? ¿Reescribiendo todo el maldito código?

—Una parte.

—Joder, verte así me hace adorar mi trabajo. Prefiero mil veces recibir un tiro que hacer trabajo de mesa. —Qhuinn se sirvió otro maldito jerez y luego trató de no asemejarse a un zombi mientras se dirigía a la puerta—. Que te diviertas.

—Y tú disfruta con tus tareas, querido primo. Yo también tendría que subir, pero me han dado muy poco tiempo para hacer demasiado trabajo.

—Lo harás de maravilla, como siempre.

—Así es. Lo haré.

Qhuinn comenzó a subir las escaleras. Iba diciéndose que al menos la conversación no había sido tensa. No había pensado en cosas pornográficas entre su primo y Blay, ni se había imaginado a sí mismo golpeando a ese desgraciado hasta llenarle de sangre toda la ropa.

Estaba progresando. Bravo.

Al llegar al segundo piso, Qhuinn vio que las puertas del estudio estaban abiertas de par en par y se detuvo un momento antes de entrar para echar un vistazo a la concurrencia. Puta mierda…, todo el mundo se encontraba allí. Y no solo los hermanos y los guerreros, sino también sus shellans… y todo el personal de servicio.

Había casi cuarenta personas en la estancia, apretujadas como sardinas en lata alrededor de aquellos ridículos muebles.

Seguramente tenía sentido. Después del ataque que acababan de sufrir, el rey estaba de nuevo tras su escritorio, sentado en el trono, recién escapado de la muerte. Y Qhuinn supuso que eso requería una celebración.

Antes de entrar en el estudio, trató de tomarse el trago que llevaba en la mano, pero el mero olor del jerez le provocó náuseas. Así que arrojó el licor en una maceta del pasillo, dejó la copa sobre una mesa y entró.

Tan pronto como lo vieron cruzar la puerta, todos se callaron. Como si la estancia tuviera un mando a distancia y alguien le hubiese quitado el sonido completamente.

Qhuinn se quedó quieto. Primero bajó la mirada hacia su cuerpo para comprobar que no estuviera mostrando algo que no debiera y luego miró hacia atrás para ver si tal vez alguien importante estaba subiendo las escaleras detrás de él.

Como no había nada de eso, miró a su alrededor, estupefacto. ¿Qué coño pasaba?

En medio de aquella impresionante quietud, Wrath se apoyó en el brazo de su reina y dejó escapar un gruñido mientras se ponía en pie. Tenía vendado el cuello y se le veía un poco pálido, pero estaba vivo…, y tenía una expresión tan intensa que Qhuinn se sintió un poco intimidado. Cosa asombrosa, sin duda.

El rey se puso sobre el corazón la mano que llevaba el diamante negro de la raza y lenta, cautelosamente, se inclinó con la ayuda de su shellan.

Estaba recibiendo con una reverencia a Qhuinn.

Este se preguntó qué diablos estaría haciendo el vampiro más importante del planeta y entonces alguien comenzó a aplaudir lentamente.

Otros se fueron uniendo a la ovación gradualmente, hasta que todo el mundo, Phury y Cormia, Z, Bella y la pequeña Nalla, y Fritz y su gente…, y Vishous y Payne y sus compañeros, y Butch, Marissa, Rehv y Ehlena… Todos lo estaban aplaudiendo con lágrimas en los ojos.

El recién llegado se quedó sin aliento.

Qhuinn solo acertaba a mirar a uno y otro lado.

Hasta que su mirada se posó en Blaylock.

El pelirrojo estaba a mano derecha aplaudiendo como el resto del grupo y sus ojos azules brillaban de emoción.

Sin duda entendía lo que significaba aquello para un pobre chico con un defecto congénito, cuya familia nunca lo había aceptado por la vergüenza y la desgracia social que sus ojos de distinto color representaban.

Era consciente, cómo no, de lo difícil que resultaba para Qhuinn recibir una muestra de gratitud.

Blay sabría, por supuesto, que en ese momento Qhuinn se estaba muriendo por salir de allí. Aunque, para qué negarlo, también estaba más que conmovido por un homenaje que no creía merecer.

Qhuinn se quedó mirando a su viejo y querido amigo.

Y, como siempre, Blay fue el ancla que lo mantuvo a flote en medio del temporal.

Mientras avanzaba por entre el mhis en su motocicleta, a Xhex le costaba trabajo creer que estuviera dirigiéndose a la mansión por orden del rey. El propio Wrath le había cursado aquella «invitación» y, a pesar de que ella era de natural iconoclasta, no iba a desobedecer una orden directa del rey.

Joder, sentía náuseas.

Cuando recibió el mensaje de voz, supuso que John estaba muerto, que lo habían destrozado en el campo de batalla. Sin embargo, un rápido mensaje del propio John la tranquilizó de inmediato. Un mensaje breve y dulce: «¿Podrías venir al anochecer?».

Pero su macho no le dijo nada más, y se quedó esperando que John le anticipara algo.

Sin embargo, no le adelantó nada.

Xhex tenía ganas de vomitar porque suponía que probablemente John había decidido poner fin a su relación de manera oficial y por eso la convocaban. El equivalente vampiro del divorcio casi no existía, salvo en casos excepcionales, pero las Leyes Antiguas ofrecían una posibilidad legal de acabar con una unión. Y, naturalmente, para la gente del nivel social de John, es decir, para un hijo de sangre de un hermano de la Daga Negra, el rey era el único que podía conceder esa dispensa.

Tenía que ser el final, no podía tratarse de otra cosa.

Mierda, de verdad estaba a punto de vomitar.

Al llegar frente a la mansión, Xhex no dejó la Ducati al final de la fila de coches, camionetas y furgonetas. No. Aparcó al pie de las escaleras. Si se trataba de un decreto real de divorcio, estaba dispuesta a ayudar a John a poner fin a su sufrimiento y por eso iba a salir pitando y…

En fin, llamaría a Trez para decirle que no podía ir a trabajar y luego se encerraría en su cabaña, a llorar como una chiquilla. Durante una semana o dos…

Era tan estúpido… Todo el problema surgido entre ellos era tan condenadamente idiota… Pero ella no podía cambiar a John y él no podía cambiarla a ella, así que, ¿qué diablos les quedaba? Hacía meses que entre ellos no había más que distancia y silencio. Y la cosa empeoraba; el agujero negro se volvía cada vez más profundo y oscuro…

Al subir los escalones hasta las inmensas puertas de la mansión, Xhex sentía que le faltaba el aire, que la sangre se le iba de la cabeza, que las piernas le flaqueaban. Pero siguió avanzando, porque eso era lo que hacían los guerreros. Superaban el dolor y se concentraban en su objetivo.

Pero no se trataba de matar a un enemigo. John y ella estaban matando algo que había sido tan precioso y raro que sentía vergüenza por no haber sido capaz de hallar la manera de conservarlo en un mundo tan frío y tan duro.

Al llegar al portal, Xhex no se acercó enseguida a la cámara de seguridad. A pesar de no haber sido nunca una hembra vanidosa, se pasó las yemas de los dedos por debajo de los ojos y una mano por el pelo. Luego se arregló la chaqueta de cuero, echó los hombros hacia atrás y se dijo: «Aguanta».

Había afrontado cosas peores.

Pero sabía que solo a base de orgullo podría mantener el control durante los siguientes diez o quince minutos.

Tenía el resto de la vida para perder la compostura en privado.

Así que lanzó una maldición, oprimió el botón y esperó, mientras se obligaba a mirar hacia la cámara. Durante la espera se volvió a arreglar la chaqueta. Se limpió las botas. Comprobó que las armas estaban bien colgadas.

Y jugueteó con el pelo.

Pero no abrían.

Bueno, ¿qué diablos sucedía?

Xhex volvió a oprimir el botón. Los doggen de la mansión eran los más eficientes del mundo. Solo tenías que tocar el timbre una vez para que te atendieran.

Al tercer intento, Xhex se preguntó cuántas veces más tendría que rogar que...

De repente se abrió la puerta interna del vestíbulo. Fritz parecía muy mortificado.

—¡Milady! Lo siento mucho...

Un gran bullicio acalló el resto de las palabras del mayordomo. Xhex frunció el ceño al mirar hacia el interior. Por encima de la cabeza blanca del doggen, en lo alto de las escaleras, había un gran grupo de gente que se dispersaba, como si acabara de terminar una fiesta.

Tal vez alguien le había propuesto matrimonio a alguien.

Pues buena suerte, pensó Xhex. Y miró, interrogante, al mayordomo.

—¿Acaba de hacerse un gran anuncio?

—Más bien un reconocimiento. —El mayordomo cerró la puerta con todo su peso—. Pero dejaré que los demás se lo cuenten.

Siempre tan discreto este mayordomo.

—Estoy aquí para ver a...

—La Hermandad. Sí, lo sé.

Xhex frunció el ceño.

—Pensé que iba a hablar con Wrath.

—Bueno, claro, también con el rey. Por favor, acompáñeme al estudio del rey.

Al atravesar el suelo de mosaico y comenzar a subir, Xhex saludó con un gesto de la cabeza a todos los que iban bajando: las shellans, el personal que conocía, gente con la que había vivido apenas unas semanas pero que, en ese corto espacio de tiempo, se había convertido en una especie de familia para ella.

Los iba a echar de menos casi tanto como a John.

—Madame —dijo de pronto el mayordomo—, ¿está usted bien?

Xhex se obligó a sonreír y supuso que probablemente había dejado escapar una maldición

—Sí, sí, estoy perfectamente.

Cuando llegó al estudio de Wrath, se respiraba un clima de aprobación tan intenso que prácticamente tuvo que abrirse paso entre tanto optimismo para entrar en la estancia. Los hermanos estaban hinchados de orgullo. Excepto Qhuinn, que se encontraba rojo como un tomate.

John, sin embargo, parecía reservado y no la miró en absoluto. Mantuvo la mirada fija en el suelo.

Desde el escritorio, Wrath se fijó en ella.

—Y ahora, hablemos de negocios —anunció el rey.

Cuando las puertas se cerraron detrás de ella, Xhex no tenía ni puta idea de lo que ocurría. John seguía negándose a mirarla…, y, mierda, el rey tenía una herida en el cuello, a menos que se hubiese puesto de moda llevar un trapo en el gaznate.

Todo el mundo guardó silencio, todos se sentaron y se pusieron serios.

Joder, ¿tenían que hacerlo delante de toda la Hermandad?

Pero, claro, ¿qué otra cosa se podía esperar? La mentalidad de clan de estos machos era tan intensa que, desde luego, todos querrían estar presentes cuando las cosas llegaran a su fin oficial.

Xhex se afirmó en el suelo.

—Terminemos con esto. ¿Dónde firmo?

Wrath frunció el ceño.

—¿Cómo dices?

—¿Dónde están los papeles que tengo que firmar?

El rey miró de reojo a John y volvió a observar a Xhex.

—Esto no se puede reducir a un documento escrito. Nunca.

Xhex miró a su alrededor y luego se volvió a concentrar en John, para estudiar su patrón emocional. Estaba… nervioso. Triste. Pero lo animaba una determinación tan poderosa que se quedó momentáneamente asombrada.

Finalmente se dirigió a Wrath.

—¿Qué diablos sucede aquí?

La voz del rey sonó clara y distinta.

—Tengo una tarea para ti, si estás interesada. Algo que sé de buena fuente que puedes ejecutar con gran habilidad. Suponiendo que estés dispuesta a ayudarnos.

Xhex miró a John con asombro.

Él era el responsable de esto, se dijo. Fuera lo que fuera lo que estaba ocurriendo, él era quien lo había puesto en movimiento. Así que se encaró con él sin tapujos.

—¿Qué has hecho?

Por fin la miró a los ojos y habló por señas:

—Nuestras capacidades tienen un límite. Te necesitamos para esto.

Al mirar a Rehv, Xhex se quedó impresionada por la solemnidad de su expresión, pero eso fue lo único que logró entender. No había ninguna expresión de censura ni señal alguna de «prohibido para hembras». Lo mismo se podía decir del resto de los machos que se encontraban en el estudio. Lo único que se percibía era una tranquila aceptación de su presencia... y sus cualidades.

Volvió a mirar al rey.

—¿Qué es exactamente lo que queréis de mí?

Mientras el macho hablaba, Xhex siguió mirando a John. De fondo oía cosas como «Pandilla de Bastardos», «intento de asesinato», «su escondite», «un rifle»...

Con cada nueva frase, Xhex se sorprendía más y más.

Muy bien, no se trataba de que les cocinara unos pasteles ni nada por el estilo. Tenía que localizar la guarida del enemigo, infiltrarse en su refugio y apoderarse del arma de largo alcance que pudiese haber sido utilizada para tratar de matar a Wrath la noche anterior.

Eso le proporcionaría a la Hermandad, si todo salía como se esperaba, la prueba que necesitaba para condenar a Xcor y sus soldados a muerte.

Xhex se puso las manos en las caderas, por no frotárselas de felicidad. Eso era perfecto para ella, una propuesta maravillosa, con una recompensa añadida: podría vengarse de alguien que le había jodido la vida.

—Esperamos tu respuesta —dijo Wrath.

Xhex clavó los ojos en John, deseosa de que volviera a mirarla. Al ver que no levantaba la vista, volvió a examinar su patrón emocional: estaba aterrorizado, pero decidido.

John quería que ella lo hiciera. Pero ¿por qué? ¿Qué diablos había cambiado?

—Sí, es algo que me interesa —dijo al fin.

Al oír los gruñidos de aprobación de los otros machos, el rey cerró el puño y golpeó el escritorio.

—¡Bien! Bien hecho. Solo hay una condición.

Una condición. Acabáramos.

—Trabajo mejor sola y no quiero una niñera de cuatrocientos kilos siguiéndome a todas partes.

—No. Irás sola, a sabiendas de que cuentas con todos nuestros recursos, en caso de que los necesites, o los quieras. La condición es que no puedes matar a Xcor.

—No hay problema. Solo lo traeré vivo para que lo interroguen.

—No. No puedes tocarlo. Nadie puede tocarlo hasta que analicemos la bala. Y luego, si encontramos lo que creo que encontraremos, Tohr es el elegido para matarlo. Por proclamación oficial.

Xhex miró de reojo al hermano. Por Dios, parecía totalmente distinto, como si se tratara de un pariente más joven y saludable del tío que ella había conocido después de la muerte de Wellsie. En fin, que a la vista de la nueva apariencia de Tohr, Xcor ya tenía su nombre grabado en una lápida.

—¿Qué sucede si tengo que defenderme?

—Tienes permiso de hacer lo que tengas que hacer para garantizar tu seguridad. De hecho, en ese caso… —El rey desvió la mirada en dirección a John— te animo a usar en tu defensa todas las armas de que dispongas. —Es decir: usa tu instinto symphath, amiguita—. Pero —agregó Wrath—, deja las cosas tan intactas como sea posible, sobre todo en lo que se refiere a Xcor.

—Eso no tiene por qué ser complicado. No tengo que tocarlo a él ni a los demás. Puedo concentrarme en el rifle.

—Bien. —Al ver que el rey sonreía y enseñaba sus colmillos, los otros comenzaron a hablar todos al tiempo—. Perfecto…

—Un momento, todavía no he dicho que acepto —dijo Xhex, y miró a John, como si los demás hubiesen desaparecido por arte de magia—. Todavía no lo he dicho…

CAPÍTULO
49

Suéltame, idiota —refunfuñó Xcor al sentir que lo levantaban de nuevo.

Todavía no se había acostumbrado a que lo manipularan como a un niño. Primero lo habían sacado del camastro donde estaba reposando. Luego lo habían montado en un vehículo y lo habían llevado a algún lado. Y ahora lo molestaban de nuevo.

—Ya casi hemos llegado —dijo Zypher.

—Déjame en paz… —Eso se suponía que era una orden, pero sonó como si fuera la queja de un chiquillo.

Ah, cómo deseaba recuperar la fuerza de otras épocas. Con ella habría podido zafarse de aquellos cretinos, y sostenerse sobre sus propias piernas.

Pero eran tiempos pasados, ahora estaba muy lejos de ellos y tal vez ya no volverían.

La gravedad de su estado no era el resultado de una lesión en particular, de las numerosas que sufrió durante la pelea con aquel soldado, sino la culminación de mucho tiempo de desgaste y mala alimentación. Estaba cubierto de heridas desde la cabeza hasta el abdomen. Sentía que agonizaba, sin control alguno sobre su cuerpo y, por tanto, sobre su destino.

Inicialmente, había afrontado el asunto con la muy masculina idea de que ya pasaría. Pero su cuerpo tenía otros planes. Ahora se sentía impotente, incapaz de no escapar de aquel horrible y pesado manto de desorientación y cansancio…

De pronto el aire que entró a sus pulmones fue más frío y limpio, lo que le ayudó a despejar un poco la mente.

Mientras luchaba por ver con claridad, distinguió una pradera verde en el centro de la cual se levantaba un magnífico árbol otoñal. Y allí... ¿Era él? Sí, lo era: bajo las ramas cubiertas de hojas rojas y amarillas estaba Throe.

A su lado había una figura delgada vestida con una túnica blanca, una hembra.

¿Era una alucinación?

No, no estaba viendo cosas raras. Mientras Zypher caminaba hacia el árbol con él en brazos, la imagen de la hembra se fue volviendo cada vez más clara. Era... indescriptiblemente hermosa; tenía la piel clara y el pelo rubio, recogido en lo alto de la cabeza.

Era una vampira, no una hembra humana.

Y también parecía de otro mundo, un espejismo que irradiaba una luz tan brillante que hacía palidecer la de la luna llena.

Claro, era un sueño.

Debería haberlo imaginado. Después de todo, no había razón para que Zypher lo llevara al campo, arriesgando sus vidas solo para que respirase aire fresco. En el mundo real ninguna hembra estaría esperando su llegada.

Era un puto sueño, un producto de sus delirios. Convencido de ello, Xcor se relajó en los brazos de acero de su soldado, sabedor de que cualquier cosa que produjera su subconsciente a esas alturas venía a dar igual. Así que podía dejar que el sueño siguiera su curso. Después de un rato se despertaría. Es más, tal vez era señal de que finalmente se había sumido en el sueño profundo y reparador.

Además, cuanto menos luchara más podría concentrarse en la alucinación, en la bella hembra.

Era adorable. Qué virtuosa belleza, de esas que convierten a un rey en siervo y a un soldado en poeta. Era la clase de hembra por la que vale la pena luchar e incluso morir. Solo para poder mirarla un momento a la cara.

Era una lástima que semejante beldad fuera solo una visión...

El primer indicio de que había algo raro fue que parecía desconcertada al verlo.

No solía pasar tal cosa en los sueños, pero era probable que su mente estuviera solo siendo realista. Él era horrible cuando estaba completamente sano. ¿Qué podría decirse ahora, herido y a punto de morir de inanición? Xcor tenía suerte de que la hembra no se pusiera a chillar de puro horror.

Lo que hizo la hembra fue llevarse las manos a las mejillas y sacudir la cabeza hasta que Throe se interpuso en el camino de su mirada, como si quisiera proteger su delicada sensibilidad.

Xcor deseó tener un arma a mano. ¿Qué hacía ese intruso jodiéndole el plan? Ese era su sueño. Si ella necesitaba protección, él quería encargarse de eso. Bueno, suponiendo que pudiera sostenerse en pie. Y que ella no huyera...

La hembra habló.

—Está agonizando.

Sus ojos reaccionaron al escuchar el sonido puro y dulce de aquella voz. Así que Xcor se esforzó en lograr que su mente la hiciera hablar un poco más dentro del sueño.

—Así es —convino Throe—. Esto es una emergencia.

—¿Cómo se llama?

Xcor habló en ese momento, pensando que debía ser él quien se presentara. Pero solo le salió un graznido.

—Acostadlo —dijo la hembra—. Tenemos que actuar con rapidez.

Una cama de hierba suave y fresca dio la bienvenida a su cuerpo destrozado, acunándolo con insólita calidez. Y cuando Xcor volvió a abrir las puertas de acero de sus ojos, vio cómo la increíble criatura se arrodillaba junto a él.

—Eres tan hermosa. —Eso fue lo que quiso decir, pero lo que salió de su boca no fue más que un ruido incomprensible.

Y de pronto comenzó a tener dificultades para respirar, como si algo hubiese estallado en el interior de su organismo, quizá como resultado de todo aquel movimiento.

Pero como era un sueño, daba igual respirar o no.

Al ver que la hembra le levantaba la muñeca, Xcor estiró una mano temblorosa y la detuvo antes de que pudiera perforarse la vena.

Y entonces sus ojos se encontraron.

Throe volvió a interponerse entre ellos, como si le preocupara que Xcor hiciera algo violento.

No, a ella no le haré nada, pensó Xcor. Jamás haría daño a esa delicada criatura producto de su imaginación.

Se aclaró la voz y habló con tanta claridad como pudo.

—Ahorra tu sangre. Preciosa, no desperdicies lo que te da vida.

Ya estaba demasiado perdido como para sacrificar a alguien como ella. Y eso era cierto, no solo por las graves heridas que tenía y porque probablemente estaba a punto de morir.

Era demasiado buena como para estar no ya con él, sino a cierta distancia de él.

Cuando Layla se arrodilló, sintió que le costaba trabajo hablar. El macho que yacía frente a ella estaba… gravemente herido, claro. Pero había algo más. A pesar del hecho de que yacía en el suelo y estaba claramente indefenso, él era…

Poderoso.

Esa fue la única palabra que le vino a la mente.

Tremendamente poderoso.

Layla no podía distinguir casi ninguno de sus rasgos debido a la hinchazón y los moretones, y lo mismo se podía decir de su color, porque estaba cubierto de sangre seca. Pero en lo que tenía que ver con la forma física, aunque parecía no ser tan alto como los hermanos, era igual de fuerte y ancho de hombros, con brazos enormemente musculosos.

¿Serían los contornos de ese cuerpo los responsables de la impresión que le causaba aquel macho?

No, el guerrero que la había llamado a esa pradera tenía el mismo tamaño, y también el macho que había llevado al herido hasta sus pies.

Este soldado caído sencillamente era distinto de los otros dos. De hecho, ellos se diferenciaban de él en sus movimientos y sus ojos. Era una apreciación sutil, pero cierta.

En efecto, este no era un macho con el que se debiera jugar, sino uno parecido a un toro bravo, capaz de aplastar cuanto se interpusiera en su camino.

Sin embargo, la mano que la tocó era ligera como la brisa. Layla tenía la clara impresión de que no solo no la estaba reteniendo, sino que quería que ella se marchara.

Sin embargo, ella no podía abandonarlo. Y no lo haría.

De una extraña manera, ella se sentía... seducida..., cautiva por aquella profunda mirada azul que, aun en medio de la noche, y a pesar del hecho de que él era un mortal, parecía arder con un cierto fuego interior. Y bajo aquella mirada, su corazón se aceleró y sus ojos se clavaron en él, como si fuera al mismo tiempo un ser indescifrable, opaco, y completamente diáfano...

El macho emitió algunos sonidos guturales e incomprensibles. Deliraba, y eso la obligó a proceder con premura.

Había que limpiarlo, cuidarlo, ayudarlo a recuperarse durante varios días, o quizá semanas. Pero estaba allí, en esa pradera, con esos machos que obviamente sabían más de armas que de curaciones.

Layla miró al soldado que conocía.

—Después debes llevarlo a que lo curen.

Aunque obtuvo un gesto de asentimiento y un sí como respuesta, su instinto le indicó que era mentira.

Machos, pensó con desprecio. Siempre demasiado rudos para cuidarse.

Layla se concentró de nuevo en el herido.

—Tú me necesitas —le dijo.

El sonido de su voz pareció sumirle en una especie de trance y ella aprovechó la oportunidad. A pesar de lo débil que estaba, Layla tenía la impresión de que el macho todavía tenía suficiente fuerza como para impedirle que le acercara la muñeca a la boca.

—Tranquilo. —Le acarició el pelo negro—. Cálmate, guerrero. Puesto que proteges y ayudas a gente como yo, permíteme que te devuelva el favor.

Era un macho muy orgulloso, Layla podía verlo en su atormentado rostro. Aunque estaba ido, pareció escucharla, pues soltó la mano con la que le había agarrado el brazo y abrió la boca, como si no pudiera hacer nada más que obedecerla.

Layla se movió rápidamente, dispuesta a aprovechar esa relativa actitud de sumisión, que sin duda pronto desaparecería. Así que se mordió la muñeca, acercó rápidamente el brazo a los labios del macho y las gotas de sangre comenzaron a caer una a una en la boca del herido.

Mientras aceptaba el regalo de su sangre, los gruñidos que el macho emitía eran conmovedores, llenos de gratitud y… de infinita reverencia.

La forma en que los ojos del macho se clavaron en los suyos llegó al fondo del alma de la hembra. Por eso la pradera, el árbol, los otros dos machos, todo desapareció y lo único que veía era el pobre ser al que estaba alimentando.

Movida por un impulso que no quería combatir, Layla fue bajando lentamente el brazo… hasta que la boca del macho le rozó la muñeca. Eso nunca lo hacía con los otros machos, ni siquiera con Qhuinn. Pero quería saber cómo era el contacto de la boca del soldado con su piel.

En cuanto contactaron, los conmovedores gruñidos se redoblaron. No le hizo daño; a pesar de lo grande que era, y lo famélico que estaba, no la devoró, como se pudiera temer. En absoluto. Tomaba la sangre con cuidado, manteniendo siempre su mirada en ella, como si estuviera protegiéndola, a pesar de que era él quien necesitaba protección en ese momento.

El tiempo pasó. Layla sabía que él estaba tomando mucha, muchísima sangre, pero no le importaba. Se habría quedado para siempre en aquella pradera, debajo de aquel árbol, unida a ese valiente guerrero que casi había entregado la vida en la guerra contra la Sociedad Restrictiva.

Layla recordaba haber sentido algo similar con Qhuinn. Aquella increíble sensación de estar llegando a su destino, pese a no estar haciendo viaje alguno. Pero la atracción que sentía ahora hacía palidecer a la que experimentara con el otro.

Este sentimiento era grande, épico.

Y, sin embargo…, ¿por qué debería confiar en esa emoción? Quizá solo era una versión más intensa, pero de naturaleza igual a lo que había sentido por Qhuinn. O tal vez simplemente era la forma en que la Virgen Escribana aseguraba la supervivencia de la raza.

Mientras trataba de alejar esos pensamientos blasfemos, Layla se concentró en su trabajo, su misión, su bendita contribución, que era la única oportunidad que tenía de servir, ahora que el papel de las Elegidas se había visto tan disminuido.

El hecho de suministrar sangre a los machos que eran honorables era lo último que le quedaba de su tarea vocacional. Lo único que tenía en la vida.

En lugar de pensar en ella misma y en cómo se sentía, tenía que dar gracias a la Virgen Escribana por haber llegado allí a tiempo para ejercer su sagrado deber. Y luego debía regresar al complejo para encontrar otras oportunidades de ser útil.

Qué ha cambiado, John?

En la habitación que Xhex y él habían compartido en su día, John se acercó a las ventanas y sintió el frío que se colaba por los cristales. Abajo, los jardines brillaban iluminados por las luces de seguridad aquella luna falsa hacía que el muro de cemento que rodeaba la terraza pareciera fosforescente.

Contemplando el paisaje, John pensaba que no había mucho que observar. Todo estaba preparado ya para el invierno: las jardineras cubiertas con mallas, los frutales con bolsas, la piscina vacía. Las hojas que caían de los arces y los robles del bosque que rodeaba el jardín volaban sobre la hierba cortada y rala, como indigentes en busca de refugio.

—John, ¿qué demonios sucede?

Al final, Xhex no se había comprometido a nada y él no la culpaba. Los cambios radicales de opinión podían desorientar mucho…

¿Cómo podía explicar lo que sentía?, se preguntó mientras buscaba las palabras correctas.

Después de un rato se dio media vuelta, levantó las manos y dijo:

—Tenías razón.

—¿Sobre qué?

Sobre todo, pensó John, mientras volvía a hablar por señas.

—Anoche vi cómo Qhuinn salía en medio del combate, solo. Wrath había caído herido; estábamos perdiendo la batalla; la Hermandad todavía no había llegado con refuerzos…, las balas silbaban por todas partes. La Pandilla de Bastardos nos tenía rodeados y se nos estaba acabando el tiempo debido a la herida que había recibido el rey. Qhuinn… Verás, él sabía que el rey tendría una oportunidad si salía de la casa, él sabía que si cubría el garaje, tal vez podríamos sacar a Wrath de allí. Y, casi me muero, pero lo dejé salir afuera. Él es mi mejor amigo… y lo dejé salir.

Xhex se sentó lentamente en una silla.

—Esa es la razón por la cual Wrath tiene el cuello vendado y Qhuinn está…

—Se enfrentó a Xcor, cuerpo a cuerpo, y así le ofreció a Wrath la posibilidad de sobrevivir. —John sacudió la cabeza—. Lo dejé salir solo porque… yo sabía que él tenía que hacer lo que pudiera. Era lo correcto para la situación en que nos encontrábamos.

John comenzó a pasearse y luego se sentó a los pies de la cama, apoyó las palmas de las manos en las piernas y comenzó a frotarlas.

—Qhuinn es un buen guerrero, es fuerte y decidido. Un estupendo tirador. Y gracias a lo que hizo, Wrath está vivo hoy…, así que… Qhuinn tenía razón, aunque era peligroso.

John levantó la vista hacia Xhex.

—Tu situación es igual aquí. Necesitamos ese rifle para declararles la guerra a los Bastardos… Wrath precisa tener pruebas. Tú eres una guerrera que puede salir durante el día, ninguno de nosotros puede hacer eso. También tienes tus habilidades symphath, si las cosas se ponen críticas. Tú eres la persona perfecta para el trabajo; aunque la idea de que te acerques a ellos me aterra, tú eres la persona que debe ir a donde están ellos.

Hubo una larga pausa.

—Yo no sé qué decir.

John se encogió de hombros.

—Esa es la razón de que no te explicara nada de antemano. Yo también estoy cansado de hablar. En cierto momento, las palabras dejan de tener sentido. Lo que importa son los actos. Las pruebas. —Al ver que Xhex se restregaba la cara como si le doliera la cabeza, John frunció el ceño—. Pensé que esto te haría feliz.

—Sí, claro. Es genial. —Xhex se puso de pie—. Lo haré. Claro que lo haré. Voy a tener que seguir trabajando en el negocio de Trez, pero comenzaré las pesquisas esta misma noche.

John sintió una punzada de dolor, miedo y amor en sus entrañas.

Esperaba que esto los acercara de nuevo.

Que fuera como una tecla que reiniciara el sistema.

Silbó para que ella volviera a mirarlo.

—¿Qué sucede? Pensé que esto cambiaría las cosas.

—Ah, es evidente que ya han cambiado. Si no te importa, voy a salir… —Al sentir que se le quebraba la voz, se aclaró la garganta con una tos forzada—. Sí, voy a hablar con Wrath. A decirle que cuente conmigo.

Mientras avanzaba hacia la puerta, Xhex parecía totalmente trastornada y se movía con rigidez.

—¿Xhex? —dijo John por señas, pero no sirvió de nada porque ella ya no lo estaba mirando.

Silbó, pero como ella continuaba sin responderle la siguió hasta el pasillo. Entonces le dio un golpecito en el hombro, pues no quería ofenderla agarrándola del brazo.

—John, por favor, déjame ir…

John se paró frente a ella y se quedó sin aire. Xhex tenía los ojos llenos de lágrimas, aquellas lágrimas rojas.

—¿Qué sucede? —preguntó con desesperación.

Ella parpadeó rápidamente, pues no quería que la viese llorar.

—¿Acaso crees que voy a estar saltando de felicidad porque ya no me amas?

John estuvo a punto de caerse de espaldas.

—¿Cómo?

—No sabía que el amor pudiera terminar, pero es claro que…

—¡Mentira! —John golpeó el suelo con sus botas porque tenía que hacer algún ruido—. ¡Todavía estoy perdidamente enamorado de ti! Y esto tiene que ver directamente con nosotros dos, porque quiero estar contigo de nuevo, y a la vez no tiene nada que ver, porque, te ame o no, este sigue siendo el mejor camino a seguir. ¡Tú eres la persona indicada para el trabajo!

Xhex se quedó momentáneamente perpleja y lo único que podía hacer era mover los párpados. Luego cruzó los brazos sobre el pecho y miró a John.

—¿Hablas en serio?

—¡Sí! —John se contuvo para no saltar de nuevo—. Dios, sí... Mierda, sí... Es toda la verdad, por supuesto.

La hembra desvió la mirada. Y después volvió a mirarlo. Al cabo de un momento, dijo con voz ronca:

—Detesto no estar contigo.

—Yo también. Y lo siento. —John sintió que su corazón se serenaba. Al menos dejaba de palpitar como si fuera a salirse del pecho—. No creo que pueda llegar a pelear hombro con hombro contigo. Eso es como esperar que un cirujano opere a su mujer. Pero no me voy a interponer en tu camino, y ningún otro lo hará. Tú tenías razón desde el principio, llevas peleando desde mucho antes de conocerme y deberías poder hacer lo que te place. Sin embargo, no me siento capaz de verte hacerlo. Aunque puede suceder, me gustaría evitarlo en la medida de lo posible.

Xhex lo miraba. John tuvo la sensación de que ella estaba examinando su estado de ánimo, gracias a las habilidades de su otra naturaleza. Mejor, nada tenía que ocultar de lo que había en su mente, su corazón y su alma.

No sentía por ella otra cosa que amor.

Y quería que volviera.

No, definitivamente no tenía nada que ocultar.

Y aquellas palabras que acababa de decir no solo las había pensado largo y tendido, sino que sabía que formulaban principios con los cuales podría vivir. Esta no era la reacción de un macho recién emparejado que cree que la vida siempre va a ser una fiesta solo porque tiene en sus brazos a la chica de sus sueños.

El macho que hablaba ahora había vivido varios meses sin su compañera y había pasado un terrible desierto, el de saber que la persona a la que amas se encuentra en el planeta pero no forma parte de tu vida. Ahora era un macho adulto que salía del infierno con una nueva comprensión de sí mismo... y de ella.

John estaba listo para comprometerse de verdad.

Solo rezaba para que no fuera el único.

Mientras miraba a John, Xhex se sorprendió parpadeando como una idiota. No se esperaba nada de aquello: la llamada personal de Wrath, la oportunidad que se le presentaba… Y, menos aún, lo que John le estaba diciendo.

Su John estaba siendo absolutamente honesto, no era una estrategia calculada para volver a llevarla a su lado. Para saberlo no le hacía falta examinar su patrón emocional. Esa no era su manera de ser. John estaba seguro de cada palabra que decía.

Y todavía la amaba, gracias a Dios.

El problema era… que ella ya había vivido eso con John. Estuvo lista para llevar una vida normal y feliz, pero la relación más importante de su vida se había desmoronado.

—¿Estás seguro de que no te importa que vaya a su refugio, esté donde esté, y que tal vez luche contra ellos? ¿No te importa que afronte la misión sin refuerzos?

—Si te ocurre algo, me convertiré en Tohr. De inmediato. Al cien por cien. Pero el temor de que eso suceda no hará, en ningún caso, que intente mantenerte en casa.

—Pero fuiste muy vehemente al afirmar que no querías ser como Tohr.

John se encogió de hombros.

—Pero me convertiré en un amargado como él si no estamos juntos. Cuando te hirieron, creo… Creo que tuve esa idea de que si podía evitar que salieras a combatir estaría a salvo de lo que él está sufriendo, que no estaría expuesto a que terminaras apuñalada o… algo peor. Pero, claro, el centro de Caldwell no es el lugar más seguro del planeta y no es que trabajes en una escuela para niños en ese club de Trez. Lo más importante es que quiero estar siempre a tu lado, ahora, en la vejez, en la ciudad a la que vayas cuando recibas un tiro del enemigo… Si te pasa algo, estaré muerto, pero estaré contigo.

Xhex entornó los ojos. Podía ver el patrón emocional de John, pero no cada parte de su cerebro, y antes de abrirse de nuevo a él y abrigar otra vez esperanzas, era fundamental saber si su amado lo había pensado bien.

—¿Y qué sucederá después? Digamos que consigo el rifle y lo traigo aquí y resulta que fue el arma que usaron. ¿Qué pasará si quiero ir a combatir con ellos? Wrath no es mi rey, pero el tío me cae bien y la idea de que alguien trate de borrarlo de este mundo me molesta mucho.

John sostuvo la mirada de la hembra sin vacilar, lo cual la llevó a creer que en realidad sí había considerado esa posibilidad.

—Siempre y cuando no tengamos que combatir juntos, estaré bien. Si tengo que acudir como refuerzo, bueno, así son las cosas y ya veremos cómo lo hacemos, es decir…, ya veré cómo lo hago. Sencillamente, no quiero estar en el mismo campo de batalla contigo, si podemos evitarlo.

—¿Qué pasaría si quiero conservar mi trabajo con Trez? Quiero decir de forma permanente.

—Eso es asunto tuyo.

—¿Y si quiero seguir viviendo en mi cabaña?

—En realidad, en este momento no tengo ningún derecho a exigirte nada.

Desde luego, eso era exactamente lo que ella quería oír: nada de límites a su libertad, sería libre de elegir, libre e igual.

Dios, ella se moría por aceptar esas condiciones. Estar lejos de John había sido lo más duro que había tenido que vivir. Pero estaba acostumbrada al sufrimiento crónico y sería peor tener que aclimatarse a ese infierno otra vez. Xhex no se sentía capaz de superar otra ruptura…

—Lo que busco no es «hacer las paces» contigo y luego volver a las andadas, Xhex. Mierda, de verdad ansío que hagamos lo que te he dicho. Así es como espero que sean las cosas de ahora en adelante. Y, como ya te he dicho, las palabras no significan nada. Así que, ¿por qué no te pones a trabajar para ver qué pasa? Déjame demostrarte con actos lo que acabo de decirte.

—¿Te das cuenta de que no sería capaz de sobrevivir a otra ruptura contigo? No puedo. Es demasiado duro.

—Lo siento tanto… —Mientras hablaba con las manos, John modulaba las palabras también con los labios, y la expresión de vergüenza de su cara era como una puñalada en el pecho de Xhex—. Lo lamento tanto… No estaba listo, nunca había considerado las implicaciones de nuestra convivencia hasta que estuve metido hasta el cuello en ellas. Lo he llevado tan mal… Me gustaría que me dieras otra oportunidad. Pero cuando tú digas, cuando tú quieras hacerlo.

Xhex pensó en lo que había ocurrido hacía un millón de años, con Lash, en aquel callejón, cuando John le concedió la oportunidad de vengarse y permitió que fuera ella quien matara a su enemigo. Y eso había ocurrido a pesar del instinto protector de los machos enamorados que, sin duda, ya estaría atizando sus deseos de descuartizarlo con sus propias manos.

John tenía razón, pensó Xhex. Las buenas intenciones no siempre funcionan, pero él podría demostrar con el tiempo cómo serían las cosas a partir de ahora.

—Está bien —dijo al fin con voz ronca—. Intentémoslo. ¿Me acompañas a ver a Wrath?

Y fueron juntos hasta el estudio del rey.

A cada paso que daban el suelo parecía moverse, a pesar de que la mansión era tan sólida como una roca. Pero es que Xhex se sentía como si el terremoto que había puesto su vida patas arriba por fin se hubiese detenido, aunque todavía no confiaba en su propio equilibrio ni en la estabilidad del suelo que tenía bajo sus pies.

Antes de llamar a la puerta del estudio, Xhex se volvió hacia el macho que se había grabado su nombre en la espalda. El encargo que estaba a punto de aceptar era peligroso, vital para Wrath y la Hermandad. Pero las implicaciones para su propia vida y la de John le parecían incluso más significativas.

Entonces Xhex se acercó a él y lo abrazó. Cuando John le devolvió el abrazo, ella sintió que seguían encajando como siempre, como un guante.

Dios, cómo deseaba Xhex que esta vez funcionara.

Si además atrapaba a Xcor y a su grupo de fenómenos…

Sería un plus estupendo.

Que la hembra de la túnica blanca no fuera parte de un sueño fue una revelación que Xcor asimiló poco a poco, como cuando se despeja la neblina de un paisaje para revelar contornos y figuras que antes estaban ocultas.

Se encontraba de vuelta en la furgoneta, acostado en el mismo asiento en el que había viajado cuando lo sacaron de su refugio. Esta vez no era Zypher el que iba conduciendo. Throe iba al volante.

El macho había guardado silencio desde que abandonaron la pradera. Una actitud poco común en él.

Mientras miraba hacia el frente, Xcor se dedicó a observar el cuero falso con que estaba forrado el asiento que ocupaba.

—Entonces, ella es real —dijo después de un rato.

—Así es.

El herido cerró los ojos y se preguntó cómo era posible que existiera realmente una hembra como esa.

—Era una Elegida.

—Sí, una Elegida.

—¿Cómo lograste encontrarla y traerla?

Hubo una larga pausa.

—Me alimentó cuando estuve bajo la custodia de la Hermandad. Ellos le dijeron que yo era un soldado, sin identificarme como su enemigo, para no preocuparla.

—No deberías haberla usado —gruñó Xcor—. Al fin y al cabo, es inocente en toda esta mierda.

—¿Qué otra opción tenía? Te estabas muriendo. ¿Prefieres palmar?

Xcor quiso alejar esa idea de su mente y, en lugar de eso, concentrarse en la revelación de que aquello que consideraba una fantasía onírica era algo que realmente existía. Y que servía a la Hermandad. Y que había sido útil a Throe.

Por alguna razón, la idea de que su soldado se hubiese alimentado de la vena de aquella hembra hizo que a Xcor le dieran ganas de torcerle el cuello a ese macho. Pero los celos, probablemente infundados, eran solo uno de sus problemas. Y, desde luego, no el mayor de ellos.

—Has puesto en peligro nuestra posición.

—Ellos nunca la usarán para localizarnos. —Throe hablaba ahora con amargura—. ¿Crees que van a involucrar, aunque solo sea de refilón, a una Elegida en asuntos de guerra? Jamás lo harán. Los hermanos son muy chapados a la antigua y ella es demasiado valiosa. Nunca la llevarían ni a diez kilómetros del campo de batalla.

Al pensar las cosas un poco mejor, Xcor se dijo que probablemente Throe tenía razón: la hembra tenía un valor incalculable en muchos sentidos. Además, él y su Pandilla de Bastardos salían al empezar cada noche, así que no eran precisamente un blanco fácil. ¿Y si se encontraban con los hermanos? Volverían a enzarzarse en un combate. Él no era ningún afeminado, no pensaba salir huyendo de su enemigo. Era mejor planear las batallas, ser los atacantes, pero eso no siempre era posible.

Xcor suspiró y le hizo una pregunta inesperada.

—¿Cómo se llama?

Hubo un silencio.

Mientras esperaba una respuesta, la reticencia de Throe le hizo ver que tenía razón en sentir celos. Había algo, al menos por una de las partes: era evidente que su segundo al mando sentía lo mismo que él.

—¿Me dices su nombre?

—No lo sé.

—¿Cuánto hace que la ves?

—No había vuelto a verla. La busqué solamente para curarte. Recé para que viniera y así ocurrió.

Xcor respiró larga y lentamente, sintiendo cómo sus costillas se expandían sin causarle dolor por primera vez desde que se había enfrentado a aquel guerrero de los ojos distintos. Era la sangre de la Elegida corriendo por sus venas. Ciertamente se trataba de una hembra milagrosa: esa sensación de ahogarse dentro de su propio cuerpo ya había disminuido, las palpitaciones de su cabeza comenzaban a ceder y el corazón parecía recuperar un ritmo regular.

Y, sin embargo, la fuerza que corría por sus venas y le traía de regreso desde el abismo de la muerte no presagiaba nada bueno para él y sus soldados. Si esto era lo que la Hermandad tenía normalmente, es que eran más fuertes no solo por virtud de su linaje, sino por la forma en que se alimentaban.

Pero no eran invencibles. El tiro de Syphon había demostrado que hasta el vampiro de sangre más pura, el rey, tenía sus puntos vulnerables.

De todas formas, había que plegarse a la realidad: los hermanos eran más peligrosos de lo que Xcor había pensado.

Y en cuanto a la hembra... Volvió a mirar la espalda del conductor.

—¿Vas a invocarla de nuevo?

—No. Nunca.

Throe había respondido sin vacilar, lo cual sugería que era una mentira o una promesa. Por el bien de ambos, Xcor esperaba que se tratara de lo segundo...

Joder, en qué estaba pensando. Se había alimentado de ella una sola vez y además no le pertenecía. Nunca sería suya, por demasiadas razones. En efecto, al pensar en la manera en que hasta aquella prostituta humana había huido de él hacía unos meses, Xcor se dijo que alguien tan puro y perfecto como aquella Elegida nunca tendría nada que ver con un ser como él. Throe, sin embargo, podía tener alguna oportunidad. Pero claro, tampoco era un hermano.

Sin embargo, estaba enamorado de ella.

Y esa criatura estaría acostumbrada a que la amasen.

Xcor cerró los ojos y se centró en sentir cómo su organismo, su vida, volvía a tejerse como una red.

De repente se sorprendió anhelando que su cara, su pasado y su alma pudieran experimentar el mismo proceso de rejuvenecimiento. Naturalmente, Xcor mantuvo ese deseo en secreto, para sí. En primer lugar, porque era imposible. En segundo, porque solo era un capricho pasajero, producto de la visión de una hembra hermosa que, sin duda, habría sentido repulsión por él. Realmente, Xcor ya no tenía oportunidad de redimirse. Había asestado un poderoso golpe a la Hermandad y ellos vendrían a buscarlo con toda la fuerza que pudieran reunir.

También estarían tomando otras medidas: si Wrath había muerto sin descendencia, intentarían ocupar el trono con el macho más cercano al linaje de Wrath que pudieran encontrar. O quizá el rey estuviese al borde de la muerte… O tal vez había logrado salvarse gracias a toda esa tecnología médica que habían acumulado en su complejo.

Normalmente, esa clase de pensamientos lo consumirían por completo y la falta de respuestas le retorcería las entrañas, haciéndolo pasearse de un lado a otro, como un loco, si no estaba combatiendo.

Pero ahora, sin embargo, el estado de pesadez que seguía a la ingestión de sangre hacía que esas cavilaciones no fueran más que lejanos gritos de alerta que no llegaban muy lejos y no lograban alterarlo.

La hembra que había visto bajo el árbol fue la imagen en la que se refugió.

Eso sí que le alteraba, para qué negarlo.

Trató de recordar su imagen y se dijo que podía permitirse una noche de distracción. No estaba en condiciones de combatir, ni siquiera después de alimentarse, y de todas maneras, sus soldados se encontraban en las calles luchando contra los restrictores, así que tampoco es que su grupo estuviese paralizado.

Una noche de descanso. Y después la olvidaría, tal como hacemos con las fantasías y las pesadillas. Una jornada de tregua… y vuelta al mundo real de la batalla.

Solo una noche.

Eso era todo lo que concedería a su fantasía…

Siempre y cuando, señaló una vocecita, Throe cumpla su promesa y nunca más vuelva a invocarla.

O tra?

Cuando Tohr volvió a concentrarse en la bandeja de plata rebosante de comida, N'adie sintió deseos de declinar la oferta. En efecto, mientras yacía recostada sobre las almohadas de la cama de Tohr, se sentía *llena*.

Y, sin embargo, cuando él le ofreció otra fresa perfectamente madura, ella sintió que la fruta resultaba demasiado tentadora para rechazarla. Así que abrió los labios y esperó, tal como había aprendido, a que él se la pusiera entre la boca.

Muchas de las fresas rojas y brillantes que había originalmente en el plato habían fallado a la hora de cumplir los rigurosos requerimientos de Tohr y reposaban ahora a un lado de la bandeja. Lo mismo había sucedido con algunas de las tajadas de pavo recién asado y partes de la ensalada. El arroz había superado la prueba, por fortuna, así como los deliciosos panecillos recién horneados.

—Ten —murmuró Tohr—. Esta está buena.

N'adie observó cómo la miraba Tohr mientras ella aceptaba lo que él le ofrecía. Tohr parecía peculiarmente concentrado en su alimentación, de una manera que le resultaba al mismo tiempo conmovedora y fascinante. Ella había oído que los machos solían hacer eso. Incluso había visto cómo sus padres llevaban a cabo un ritual similar: su madre sentada a la izquierda de su padre en la mesa del comedor, mientras él inspeccionaba cada plato y cada copa antes de pasárselos personalmente a ella, en lugar de que lo hicieran los sirvientes, siempre y cuando los alimentos tuvieran una calidad lo suficientemente buena. N'adie suponía que aquella práctica era una curiosa tradición. Pero no. El espacio privado que ella compartía allí con Tohrment era el escenario de intercambios como ese. De hecho, N'adie se podía imaginar cómo, hacía muchos siglos, en medio de la vida salvaje, el macho regresaba a casa con una presa recién cazada y hacía lo mismo.

Eso la hacía sentirse... protegida. Valorada. Especial.

—¿Una más? —volvió a preguntar Tohr.

—Me vas a hacer engordar.

—Las hembras deben tener carne sobre los huesos —dijo él, y sonrió de manera distraída, mientras elegía una mora gorda y fruncía el ceño.

Al pensar en las palabras de Tohr, no sintió que estuviese sugiriendo que ella tenía algún defecto. ¿Cómo podría pensar algo así cuando él no había hecho más que elegir los alimentos más perfectos, entre alimentos completamente perfectos, y desechar aquellos que no creía que fueran dignos de ella?

—Entonces, la última —dijo ella con voz suave— y luego tendré que rechazar cualquier otra oferta. Estoy a punto de reventar.

Tohr puso la mora a un lado, junto con las demás rechazadas, y agarró otra y, mientras prácticamente le gruñía a la pobre fruta, su estómago dejó escapar un aullido.

—Tú también tienes que comer —señaló ella.

El sonido que recibió en respuesta era la expresión o bien de una reticente aprobación de la segunda mora o de su acuerdo con lo que ella había dicho..., probablemente lo primero.

Mientras ella masticaba, él apoyó los brazos sobre las piernas y se quedó mirando fijamente su boca, como si estuviese dispuesto a ayudarla a tragar, si tenía que hacerlo.

En aquel momento de silencio, N'adie pensó en lo mucho que Tohr había cambiado desde el verano. Estaba más grande, increíblemente grande, y su cuerpo parecía ahora el de un mamut. Sin embargo, no había engordado; por el contrario, sus músculos se habían expandido exactamente hasta el límite, sin cubrirse de grasa, y su figura resultaba muy atractiva y proporcionada. Todavía tenía la cara delgada, pero ya no estaba chupado, y su piel había perdido aquella palidez de la que ella solo había cobrado conciencia cuando el color volvió a sus mejillas.

Sin embargo, su pelo seguía ostentando aquel mechón blanco que era como una evidencia de todo lo que había sufrido.

¿Pensaría constantemente en su Wellesandra? ¿Todavía sufriría por ella?

Por supuesto que sí.

Sintió que le dolía el pecho y tuvo dificultades para respirar. Siempre había sentido gran empatía por él y sus receptores del dolor se encendían cada vez que Tohr estaba en un momento crítico.

Sin embargo, ahora N'adie percibió una agonía distinta detrás del esternón.

Tal vez se debía a que ahora estaban más cerca que antes. Sí, eso era. Ahora sentía una compasión todavía más profunda por él.

—¿Has terminado? —dijo él, y cuando ladeó la cara, quedó iluminado por una luz que resaltaba su amable expresión.

No, estaba equivocada, pensó N'adie, mientras se esforzaba por llevar aire a sus pulmones.

No se trataba de compasión.

Esto era algo completamente distinto de la compasión que sentimos por el sufrimiento de los demás.

—¿Otoño? —dijo Tohr—. ¿Estás bien?

Cuando levantó la vista para mirarlo, ella sintió un estremecimiento súbito que se extendió por sus brazos hasta los hombros desnudos. Bajo el calor de las mantas, su cuerpo tembló dentro de su propia piel y pasó del frío al calor ardiente.

Que era lo que sucedía, supuso ella, cuando tu mundo se ponía patas arriba.

Querida Virgen Escribana…, estaba enamorada de él.

Se había enamorado de aquel macho.

¿Cuándo había ocurrido eso?

—Otoño —dijo Tohr, y su voz tenía un tono más urgente—. ¿Qué sucede?

El momento exacto era difícil de precisar, pensó N'adie. El cambio había ocurrido milímetro a milímetro, impulsado por intercambios grandes y pequeños…, hasta que, tal como la noche cae sobre la tierra y se adueña del paisaje, lo que empezó como algo imperceptible terminó en lo innegable.

Tohr se puso de pie con rapidez.

—Llamaré a la doctora Jane.

—No —dijo ella mientras levantaba una mano—. Me encuentro bien. Solo estoy cansada y repleta de comida.

Por un momento, Tohr la escrutó con la misma mirada inquisitiva con que había inspeccionado las fresas y sus ojos penetrantes se cerraron sobre ella fijamente.

Sin embargo, debió de pasar el examen porque Tohr volvió a sentarse.

Mientras se obligaba a sonreír, N'adie señaló la segunda bandeja, aquella que todavía tenía los platos cubiertos.

—Ahora debes comer. De hecho, deberíamos pedir que te traigan otra bandeja.

Tohr se encogió de hombros.

—Esta está bien.

Entonces se metió en la boca las frutillas que no habían pasado el examen y levantó la tapa de su cena. Luego se comió todo lo que había quedado en la bandeja de ella, así como lo que había en la que le habían llevado a él.

N'adie sintió alivio al ver que Tohr se concentraba en otra cosa.

Cuando terminó su cena, Tohr sacó las bandejas y las mesitas y las dejó en el pasillo.

—Ahora vuelvo.

Dichas esas palabras, desapareció en el baño y unos segundos después N'adie oyó el sonido del agua.

Entonces se acostó de lado y se quedó mirando las cortinas cerradas.

Las luces se apagaron y luego ella sintió los pasos de Tohr sobre la alfombra. Hubo una pausa antes de que llegara a la cama y, por un momento, N'adie se preocupó al pensar que quizá él pudiera haberle leído el pensamiento. Pero acto seguido notó una brisa fría y se dio cuenta de que Tohr había levantado las mantas. Por primera vez.

—¿Te importa que me acueste a tu lado?

Abruptamente, ella parpadeó para detener las lágrimas que le llenaron los ojos.

—Por favor.

El colchón se hundió y el cuerpo desnudo de Tohr se acercó al suyo. Mientras él la abrazaba, ella se dejó arrastrar con sorpresa.

Entonces N'adie volvió a sentir otro estremecimiento de frío, que trajo una especie de presagio. Pero luego su cuerpo se calentó…, por cuenta del calor de Tohr contra el de ella.

Él nunca debería saberlo, pensó mientras cerraba los ojos y apoyaba la cabeza en su pecho.

Nunca, jamás debería saber el sentimiento que palpitaba en su corazón.

Eso lo arruinaría todo.

INVIERNO

S entado a los pies de la gran escalera, Lassiter miraba hacia arriba y contemplaba el fresco del techo que se elevaba unos tres pisos por encima de donde él estaba. Dentro de la representación de aquellos guerreros montados en sendos corceles, se concentró en las nubes y encontró la imagen que estaba buscando pero que no quería ver.

Wellsie se hallaba todavía más alejada y su figura parecía aún más encogida en medio de aquel campo rocoso y gris.

En realidad, Lassiter estaba comenzando a perder las esperanzas. Pronto Wellsie estaría tan lejos que ya no podrían verla. Y terminaría todo: ella llegaría a su fin, al igual que él… y Tohr.

Lassiter había pensado que N'adie era la respuesta. Y a comienzos del otoño se había obsesionado con que todo estaba resuelto. La noche después de que Tohr se acostara por fin con ella tal como debía ser, la hembra llegó al comedor sin la capucha ni ese horrible manto: llevaba puesto un vestido, un vestido azul que le quedaba muy grande, pero que de todas maneras le sentaba muy bien, y el pelo suelto sobre los hombros, una cascada de cabello rubio.

Y los dos se comportaban con una coordinación que solo se produce después de que dos personas follen como locos durante horas.

Entonces Lassiter había vuelto a hacer las maletas. Se había quedado esperando en su habitación. Y se había paseado durante horas, a la espera de la llamada del Creador.

Cuando el sol se volvió a poner, atribuyó la demora a un problema administrativo. Y cuando el sol salió de nuevo, comenzó a preocuparse.

Entonces se resignó.

Pero ahora estaba aterrorizado...

Mientras contemplaba la representación de una hembra muerta, se sorprendió preguntándose lo mismo que Tohr se había preguntado tantas veces.

¿Qué más quería el Creador?

—¿Qué estás buscando?

Al oír una voz profunda que interrumpió sus cavilaciones, Lassiter miró de reojo al macho que le hablaba. Evidentemente Tohrment acababa de salir por la puerta oculta debajo de la escalera, pues llevaba unos pantalones de gimnasia y una camiseta sin mangas. Y el sudor le escurría por la piel de la cara y el pelo.

Aparte del cansancio posterior al ejercicio, el tío tenía un aspecto genial. Pero eso era lo que les ocurría a los vampiros cuando estaban bien alimentados, satisfechos sexualmente y sanos.

Sin embargo, el hermano perdió parte de esa vigorosa vitalidad cuando sus ojos se cruzaron. Lo cual sugería que él tenía las mismas preocupaciones, solo que ocultas bajo la superficie, preocupaciones que se habían convertido en una consternación cró   n   i   c   a   .

Tohr se acercó y se sentó, mientras se limpiaba la cara con una toalla.

—Dime.

—¿Todavía sueñas con ella? —No había necesidad de aclarar de quién estaban hablando. Entre ellos solo había una «ella» importante.

—La última vez fue hace una semana.

—¿Y qué aspecto tenía? —preguntó Lassiter, como si él no lo supiera ya. La estaba viendo en ese mismo instante.

—Estaba cada vez más lejos. —Tohr agarró la toalla que llevaba colgada al cuello y la estiró—. ¿Estás seguro de que no se está desvaneciendo para pasar al Ocaso?

—¿Te pareció feliz?

—No.

—Pues ahí tienes la respuesta a tu pregunta.

—Estoy haciendo todo lo que puedo.

Lassiter lo miró de reojo y asintió con la cabeza.

—Sé que es así. Yo sé que te estás esforzando.

—Así que tú también estás preocupado…

No había necesidad de contestar.

Los dos se quedaron sentados allí, en silencio, hombro con hombro, con los brazos colgando de las rodillas, mientras el muro de ladrillo imaginario frente al que se hallaban les bloqueaba el horizonte.

—¿Puedo hablarte con franqueza? —dijo el hermano.

—Claro.

—Estoy aterrorizado. No sé qué es lo que estoy haciendo mal. —Tohr se volvió a pasar la toalla por la cara—. No duermo bien y no sé si es porque tengo miedo de lo que vería o de lo que no vería. No sé cómo puede soportarlo ella. —La respuesta corta era que no lo estaba soportando—. A veces hablo con Wellsie —murmuró Tohr—. Cuando Otoño está dormida me siento en la cama y contemplo la oscuridad. Y le digo…

Al oír que a Tohr se le quebraba la voz, Lassiter sintió deseos de gritar…, y no porque pensara que el vampiro era un afeminado, sino porque era terriblemente doloroso escuchar la agonía que se manifestaba en su voz.

Mierda, durante el último año debía de haber desarrollado una conciencia o algo así.

—Le digo que todavía la amo, que siempre la amaré, pero que he hecho todo lo que puedo… Bueno, no para llenar su vacío, porque nadie puede hacer eso. Pero al menos estoy tratando de llevar una vida más o menos normal…

Mientras el macho seguía hablando en voz baja, Lassiter sintió el súbito terror de haber conducido al guerrero por el mal camino de alguna manera, de haber… Mierda, no lo sabía. De haberla cagado, de haber tomado una mala decisión y haber enviado a ese pobre bastardo en la dirección equivocada.

Entonces revisó todo lo que sabía acerca de la situación, comenzando por los cimientos y siguiendo paso a paso hasta reconstruir el momento en que estaban.

No veía ningún fallo, ningún paso en falso. Los dos habían

hecho todo lo que habían podido. Se habían esforzado.

Al final parecía que ese era el único alivio que podía encontrar…, pero era una mierda. La idea de haberle causado daño involuntariamente a ese macho tan honorable resultaba mucho peor que su versión del Purgatorio.

Nunca debería haber accedido a prestarse a esto. —Mierda —masculló entre dientes, al tiempo que cerraba los doloridos ojos. Habían llegado muy lejos, pero era como si estuvieran persiguiendo un objetivo móvil. Cuanto más deprisa corrían, cuanto más lejos llegaban, más lejos parecía estar el fin.

—Sencillamente tengo que esforzarme más —dijo Tohr—. Esa es la única respuesta. No sé qué más puedo hacer, pero de alguna manera tengo que lograrlo.

—Sí.

El hermano se volvió hacia Lassiter.

—Todavía estás aquí, ¿no?

Lassiter lo miró con desconcierto.

—Si estás hablando conmigo es porque todavía estoy aquí.

—Muy bien…, eso es bueno. —El hermano se puso de pie—. Entonces todavía nos queda algo de tiempo.

Fantástico. Como si eso fuera a marcar alguna diferencia.

Xhex estaba sola al lado de su cabaña privada a orillas del Hudson, con las botas bien plantadas en la nieve blanca, mientras el aire salía de su nariz en pequeñas volutas que se dispersaban por encima de sus hombros. El resplandor del ocaso caía sobre el paisaje congelado y los colores se reflejaban en la perezosa corriente de agua que transcurría por el centro del canal.

Ya no quedaba mucha agua corriente en el río, pues el hielo iba creciendo desde las orillas y amenazaba con estrangular la superficie, al tiempo que el frío se intensificaba con el avance de la estación invernal.

Sin que mediara ninguna orden de su voluntad, sus instintos symphath extendieron sus tentáculos invisibles y penetraron el aire helado. No esperaba percibir nada, pero estaba tan acostumbrada a aguzar sus sentidos después de esos dos últimos meses que tenía la impresión de que cada vez era más perceptiva, aunque fuera solo por la práctica.

No había encontrado el escondite de la Pandilla de Bastardos. Todavía.

Conque la persona perfecta para ese trabajo, ¿eh? Francamente, el asunto estaba comenzando a volverse embarazoso.

Pero, claro, las razones para llevar todo el asunto con extremo cuidado eran demasiadas: resultaba muy importante que llegara hasta los asesinos de la manera más discreta y sigilosa posible.

El rey y los hermanos lo entendían. Y John... Él había sido increíblemente comprensivo. Paciente. Estaba dispuesto a hablar de cualquier aspecto de su misión, o a no hacerlo, sobre todo cuando ella estaba en la mansión, lo cual ocurría ahora con cierta regularidad, pues entre ver a su madre, informar a la Hermandad y al rey de sus progresos o conversar un rato, Xhex iba ahora a la mansión dos o tres veces por semana.

Sin embargo, en lo que tenía que ver con su hellren, las cosas nunca iban más allá de una cena social.

Aunque los ojos de John ardían de deseo por ella.

Pero Xhex sabía que él quería cumplir con su palabra y contenerse. Eso era lo que le había prometido y pensaba cumplir su palabra. No la tocaría hasta que ella lograra llegar a la Pandilla de Bastardos, para poder probarle que sus palabras eran verdaderas. Solo que, y a pesar de que no sonaba muy bien..., ella se moría por estar con él. Los dos solos, y no rodeados de gente y separados por una mesa.

Aunque eso representaba una mejoría con respecto al verano o el otoño, no era suficiente.

Xhex volvió a concentrarse y siguió inspeccionando los alrededores hasta que la oscuridad la rodeó por completo y la luz se desvaneció del cielo tal como lo hace a finales de diciembre, es decir, como si la estuvieran persiguiendo.

A su izquierda, en la mansión que se elevaba en la península, las luces se encendieron de repente, como si Assail tuviera persianas en el interior de todos aquellos ventanales: en un momento la propiedad estaba totalmente apagada y al siguiente resplandecía como un estadio de fútbol.

Ah, sí, el caballeroso Assail..., aunque no tanto.

El tío controlaba ahora el mercado de la droga de Caldwell

casi por completo, pues no quedaba nadie de importancia en el negocio, aparte de Benloise, el gran traficante. Lo que Xhex no podía entender era quiénes formaban las tropas del vampiro. No era posible que estuviera operando solo en ese negocio tan complicado, y, sin embargo, nadie llegaba ni salía nunca de su casa aparte de él.

Pero, claro, ¿por qué querría Assail recibir a sus socios en su espacio privado?

Un poco después, un coche avanzaba por el sendero hacia la ciudad. El Jaguar de Assail.

Joder, el desgraciado necesitaba invertir en un Range Rover blindado. O un Hummer como el de Qhuinn. El Jaguar era rápido, y le iba como anillo al dedo a ese cabrón, pero, vamos… Un coche con tan poca tracción en medio de toda esa nieve no era buena idea.

El deportivo disminuyó la velocidad hasta detenerse por completo cuando llegó a donde estaba ella, mientras que por el tubo de escape salía una columna de humo que resplandecía con las luces rojas de los frenos como si fuera un truco de magia.

La ventanilla se bajó automáticamente y entonces Xhex oyó una voz masculina que decía:

—¿Disfrutando del paisaje?

Xhex sintió la tentación de hacerle un corte de mangas, pero se contuvo, al tiempo que se acercaba. A esas alturas Assail no era considerado «sospechoso» en sí mismo: había ayudado a la Hermandad a sacar a Wrath de su casa cuando tuvo lugar el intento de asesinato. Sin embargo, el ataque había ocurrido precisamente en su casa y Xhex se preguntaba de dónde sacaría Xcor sus recursos financieros: Assail tenía dinero mucho antes de convertirse en capo de las drogas y las guerras requerían mucho efectivo.

Sobre todo si estás tratando de luchar contra el rey.

Xhex concentró sus instintos symphath en Assail y estudió su patrón emocional. Vio una gran cantidad de…, bueno, lascivia, para empezar. Era evidente que la deseaba, pero ella estaba segura de que no se trataba de un sentimiento romántico, sino simple deseo físico.

A Assail le gustaba follar a las hembras. Bueno. Entendido.

Sin embargo, debajo del estallido de testosterona, Xhex encontró un deseo de poder que resultaba curioso. No tenía que ver con derrocar al rey, no obstante. Era...

—¿Leyéndome el pensamiento? —preguntó él arrastrando las palabras.

—Te sorprenderías de ver lo que soy capaz de averiguar acerca de la gente.

—Así que sabes que te deseo...

—Te sugeriría que no entraras en ese tema. Tengo pareja.

—Eso he oído. Pero ¿dónde está tu macho?

—Trabajando.

Cuando Assail sonrió, las luces del tablero resaltaron sus rasgos. No se podía negar que era un tío muy apuesto, pero había algo más, algo extraño que difuminaba su atractivo: un toque de perversidad en esos ojos ardientes.

Era un macho peligroso, aunque aparentemente no fuera más que otro relamido miembro de la glymera.

—Bueno —murmuró Assail—, ya sabes lo que dicen. La distancia hace el...

—Dime una cosa. ¿Has visto a Xcor en alguna parte?

Eso lo dejó callado, y acto seguido bajó los párpados.

—No —dijo después de un momento—, ¿por qué me preguntas eso?

—Ay, vamos.

—No tengo ni idea de dónde está.

—Sé lo que ocurrió en tu casa en otoño.

Hubo otra pausa.

—Nunca habría pensado que la Hermandad mezclaba los negocios con el placer. —Al ver que Xhex solo se quedaba mirándolo, Assail se encogió de hombros—. Bueno, francamente, no puedo creer que todavía lo estén buscando. En efecto, es una sorpresa saber que ese bastardo aún está vivito y coleando.

—Así que lo has visto recientemente.

Al oír eso, el patrón emocional de Assail se encendió en un sector específico: obstrucción. Le estaba ocultando algo.

Ella sonrió con frialdad.

—¿No es así, Assail?

—Escucha, voy a darte un consejo gratis. Ya sé que tú eres una hembra que se viste de cuero y te gusta ser dura y liberada, pero no querrás tener nada que ver con ese tío. ¿Acaso nunca lo has visto? Estás apareada con un vampiro decente como John

Matthew, así que no necesitas…

—No pretendo acostarme con ese cabrón.

Ese lenguaje deliberadamente obsceno hizo que Assail parpadeara.

—En efecto. Y, ay, me alegro. En cuanto a mí, no lo he visto. Ni siquiera la noche que atentaron contra Wrath.

«Mentiroso», pensó Xhex.

Cuando Assail volvió a hablar, lo hizo en un tono muy bajo.

—Deja en paz a ese macho. No querrás interponerte en su camino, él es mucho más despiadado que yo.

—Así que crees que solo los machos deben tratar con él.

—Así es, cariño.

Al ver que Assail se disponía a arrancar, Xhex se hizo a un lado y cruzó los brazos sobre el pecho. Típico. ¿Qué sería lo que tenían en la polla y las pelotas que hacía que los machos pensaran que eran los dueños exclusivos de la fuerza?

—Te veré por ahí, vecino —dijo ella arrastrando las palabras.

—Lo que te he dicho sobre Xcor va en serio.

—Ah, claro.

El macho sacudió la cabeza.

—Perfecto. Será tu funeral.

Cuando se alejó, Xhex pensó: «Te has equivocado de adjetivo posesivo, amigo. Adjetivo equivocado…».

O toño estaba profundamente dormida cuando alguien se metió en la cama, pero aun en medio de ese profundo, casi doloroso, estado de reposo, reconoció las manos que comenzaron a acariciarle las caderas y el estómago. Ella sabía con precisión quién le estaba acariciando los senos y dándole la vuelta.

Para follar.

El aire frío golpeó su piel cuando se levantaron las sábanas e instintivamente abrió las piernas, preparándose para darle la bienvenida al macho que recibiría en su interior.

Estaba lista para Tohrment. En las últimas semanas siempre estaba lista para él.

Genial, porque Tohrment también estaba siempre listo para ella.

Su gran guerrero encontró el camino entre los muslos, abriéndole las piernas con sus caderas... Ah, no, estaba usando las manos, como si inicialmente tuviera un plan y hubiese cambiado de opinión...

Entonces la boca del guerrero encontró su vagina, se cerró sobre ella y empezó a lamerla.

Con los ojos todavía cerrados y la mente en ese estado de confusión que no es vigilia ni sueño, el placer fue tan intenso que ella comenzó a sacudirse contra su lengua, entregándose a él con todo lo que tenía, mientras él la chupaba, la lamía, la penetraba...

Solo que eso no la llevó al orgasmo. Independientemente del inmenso placer que sentía.

A pesar de lo mucho que trataba de alcanzar el alivio, era como si no pudiera lanzarse al abismo y el placer crecía hasta el punto de llegar a la agonía, pero no era capaz de lograr el clímax, a pesar de que estaba cubierta de sudor y respiraba con dificultad.

La desesperación hizo que agarrara la cabeza de Tohr y la presionara contra ella.

Solo que en ese momento él desapareció. Y ella despertó.

Se trataba solo de una pesadilla, pensó Otoño, mientras emitía un silencioso grito de protesta. Un tormentoso sueño con matices eróticos…

Tohrment se acercó entonces y esta vez Otoño sí sintió todo su cuerpo contra el de ella. Él metió los brazos por detrás de sus rodillas y la abrió, al tiempo que la convertía en un pequeño ovillo apretado que se aplastaba bajo su peso.

Y luego la penetró, rápidamente y con fuerza.

Ahora sí se corrió. En cuanto sintió la larga polla de Tohr en su vagina, el cuerpo de Otoño respondió con una explosión tremenda, un orgasmo tan violento que se mordió el labio inferior con los dos colmillos.

Al ver que la boca de ella se llenaba de sangre, Tohr disminuyó el ritmo de sus embestidas para lamérsela. Pero ella no quería que aminorara la cadencia, así que comenzó a moverse contra la polla de él a su manera, devorándolo…, hasta que llegó de nuevo al borde del abismo.

Pero no saltó.

Al comienzo había sido muy fácil para ella obtener lo que necesitaba cuando se apareaban. Sin embargo, últimamente se volvía cada vez más difícil…

Mientras ella se apretaba contra él, bombeando cada vez más rápido, su frustración crecía.

Finalmente lo mordió.

En el hombro.

Y lo arañó.

La combinación debería haber hecho que él se detuviera y le exigiera una conducta más civilizada. Pero en lugar de eso, al sentir que su sangre corría hacia ella, Tohr dejó escapar un rugido tan poderoso que se sintió un estallido en la habitación, como si algo que colgaba de la pared se hubiese caído al suelo.

Y luego él se corrió, por lo que Otoño dio gracias a la Virgen Escribana, pues mientras Tohr se movía contra ella, sacudiéndose violentamente y llenándola, alcanzó finalmente el elusivo clímax y su cuerpo comenzó a sacudirse con el de él, mientras el cabecero de la cama golpeaba contra la pared.

Alguien estaba gritando.

Era ella.

Hubo otro estallido.

¿La lámpara…?

Cuando por fin se quedaron quietos, ella estaba empapada de sudor, tenía palpitaciones entre las piernas y se sentía tan relajada que le parecía que ya no tenía huesos. En efecto, una de las lámparas de la mesita de noche se había caído al suelo y, al mirar hacia el fondo de la habitación, Otoño vio que el espejo que colgaba sobre el escritorio se había rajado.

Tohrment levantó la cabeza y se quedó mirándola. Gracias a la luz que salía del baño, ella vio la herida en el hombro.

—Ay…, por Dios… —Otoño se llevó la mano a la boca con expresión de horror—. Lo siento.

Tohr se miró la herida de reojo y frunció el ceño.

—¿Es una broma?

Cuando volvió a mirarla, estaba sonriendo con una expresión de orgullo masculino que no tenía ningún sentido.

—He debido de hacerte mucho daño —dijo Otoño, que sentía ganas de gritar—. Yo te…

—Ssshhh. —Tohr le apartó un mechón de pelo húmedo de la cara—. Me encanta. De verdad que me encanta. Aráñame. Muérdeme. Todo eso es genial.

—Estás… como una cabra —dijo Otoño, empleando una expresión coloquial que había aprendido de los doggen.

—No, es que no he terminado… —replicó Tohr, solo que cuando trató de moverse, ella hizo una mueca de dolor.

Él se quedó quieto enseguida.

—Mierda, he sido muy brusco.

—Has sido maravilloso.

Tohrment se apartó de ella con tanto cuidado que Otoño apenas notó que se moviera. Entonces empezó a sentir una extraña presión en las entrañas. ¿O quizá era otro orgasmo? Resultaba difícil saberlo, pues su cuerpo estaba lleno de sensaciones.

En todo caso, ese delicioso intercambio era genial. Se habían familiarizado mucho el uno con el otro, se sentían muy cómodos cuando follaban y la increíble intensidad que alcanzaban era resultado de la falta de barreras, la libertad y la confianza que compartían.

—Déjame prepararte un baño.

—No, estoy bien —dijo ella, y le sonrió—. Solo voy a descansar aquí un rato mientras te duchas. Cuando acabes me ducharé yo.

En realidad, Otoño no confiaba en su capacidad de comportarse si estaba desnuda con él en el baño. Era capaz de morderlo en el otro hombro, y a pesar de lo mucho que apreciaba que él le diera carta blanca con los dientes, ella prefería no hacer uso de esa libertad.

Tohrment salió de debajo del lío de sábanas y se quedó junto a ella durante un momento, mientras entornaba los ojos.

—¿Estás segura de que te encuentras bien?

—Segura.

Después de unos instantes de vacilación, asintió y dio media vuelta…

—¡Tu espalda! —exclamó entonces Otoño. Tohrment tenía la espalda llena de inmensos arañazos rojos, como si se hubiese enfrentado con un gato montés.

Él miró de reojo el mordisco del hombro y sonrió con más orgullo.

—Me siento genial. Voy a pensar en ti esta noche cuando esté ahí fuera, cada vez que sienta un tirón.

Cuando Tohrment desapareció en el baño, Otoño sacudió la cabeza: machos…, están locos.

Luego cerró los ojos, se quitó las sábanas de encima y abrió los brazos y las piernas, extendiéndose por toda la cama. El aire de la habitación era fresco, quizá incluso frío, pero después de follar ella se sentía como un horno y los restos de la pasión parecían brotar de sus poros en forma de vapor.

Sin embargo, mientras Tohrment se duchaba, el calor se fue desvaneciendo, así como las palpitaciones que sentía después de hacer el amor. Y luego, finalmente, Otoño encontró la calma que anhelaba y su cuerpo se relajó y dejó de doler.

Con una sensación de plenitud que se incrementaba gracias a la desnudez, sonrió mientras miraba al techo, tumbada con las piernas y los brazos abiertos. Nunca había conocido tal felicidad...

Pero de repente, como por arte de magia, volvió a experimentar ese extraño estremecimiento que sentía desde el otoño, una premonición que podía percibir pero no definir, una advertencia sin contexto.

Al notar otra vez frío, se envolvió nuevamente en las sábanas.

Sola en la cama, se sentía atrapada por el destino, como si estuviera en un bosque por la noche y pudiera oír a los lobos que la acechaban y caminaban a su alrededor entre los árboles, a pesar de que no podía verlos...

Listos para atacar.

En el baño, Tohr se secó y se miró en el espejo. El mordisco del hombro ya estaba comenzando a sanar y la piel se regeneraba rápidamente alrededor de los pinchazos; pronto no quedará ninguna señal, lo cual era una lástima, se dijo. Le habría gustado conservar las cicatrices durante un tiempo.

Tener marcas como esas era motivo de orgullo.

Sin embargo, decidió ponerse una camiseta convencional, en lugar de una sin mangas, debajo de la chaqueta, pues no había razón para que sus hermanos vieran la marca del mordisco. Eso era un asunto privado entre él y Otoño.

Joder..., ¡esa hembra era increíble!

A pesar del estrés bajo el que se encontraba Tohr, a pesar de la conversación que había mantenido con Lassiter en la escalera, a pesar del hecho de que solo había comenzado a tocarla porque sentía que debía hacerlo, al final, como de costumbre, cada vez que estaba con ella lo único que importaba era el sexo: Otoño era como un vértice alrededor del cual él giraba, absorbido por el poder erótico que ella tenía sobre su cuerpo, ese poder que lo hacía girar y girar a su alrededor, que lo atraía y luego lo arrojaba a la superficie para que tomara aire... antes de volverlo a absorber.

En ese aspecto sí había seguido adelante con su vida, aunque le entristecía reconocerlo.

Le dolía admitirlo, y a veces, cuando yacía junto a ella después de hacer el amor, mientras los dos recuperaban el aliento y se secaban el sudor, aquel dolor que conocía tan bien se clavaba en su esternón como la punta de una daga.

Tohr suponía que esa sensación no lo abandonaría nunca.

Y sin embargo, cuando llegaba el amanecer, siempre la buscaba y follaba con ella…, como tenía intención de hacer dentro de doce horas.

Al salir del baño, Tohr encontró a Otoño en la cama. Estaba vuelta hacia las ventanas y yacía de lado. El frío que sintiera poco antes se había convertido en calor y ya no estaba cubierta por las sábanas.

Estaba desnuda.

Completa y totalmente desnuda.

Y la imagen hizo que su cuerpo se excitara de inmediato y su polla comenzara a saltar sobre sus caderas. Otoño, por su parte, como si hubiese percibido la excitación de Tohr, dejó escapar un erótico gemido y se movió de manera insinuante. Sonrió y abrió las piernas para dejar al descubierto su sexo resplandeciente.

—Ay, demonios —gruñó Tohr.

Entonces, por puro instinto, Tohr se movió sin que mediara pensamiento o decisión alguna y se dirigió hacia ella con tal concentración que, si alguien se hubiese interpuesto en su camino, lo habría apartado de un puñetazo y habría esperado a terminar de follar con ella para matarlo.

Al llegar a la cama, se agarró la polla con las manos y la acomodó para penetrarla por detrás, de manera que la cabeza de su polla quedara contra la vulva de ella. Tuvo mucho cuidado al penetrarla, pues su encuentro anterior había sido muy intenso y quizá ella aún estuviera sensible, y luego esperó hasta asegurarse de que Otoño sí quería recibirlo otra vez, a pesar de que hacía apenas unos momentos que habían estado juntos.

Al ver que la hembra gemía su nombre con tono de satisfacción, Tohr dejó que sus caderas comenzaran a moverse.

Contra aquel sexo húmedo y suave y ardiente…

Tohr la folló sin disculparse, y le encantaba tener la libertad de hacerlo. Otoño no era muy grande, pero era más fuerte de lo que parecía, y en los últimos meses Tohr había aprendido a dar rienda suelta a su deseo porque sabía que a ella también le gustaba follar sin límites ni cortapisas.

Entonces Tohr le puso una mano en la cadera y la giró ligeramente para cambiar el ángulo de sus cuerpos y poder llegar todavía más profundo. Y, claro, esta posición ofrecía un beneficio extra, pues Tohr podía ver cómo su pene entraba y salía de ella, asomando la cabeza apenas un poco, antes de embestirla cada vez con más fuerza. El sexo de Otoño era rosado y estaba hinchado, mientras que el suyo estaba duro y mojado gracias a ella…

—Mierda —gruñó Tohr cuando empezó a correrse otra vez.

Siguió moviéndose mientras eyaculaba, sintiendo cómo el sexo de Otoño lo acariciaba y lo apretaba, y observando el espectáculo hasta que sus ojos se cerraron, lo cual estaba bien porque todavía podía verla a través de sus párpados.

Después de terminar, Tohr estuvo a punto de desplomarse sobre ella, pero se detuvo a tiempo. Entonces bajó la cabeza y, al sentir la boca tan cerca de la espalda de su hembra, aprovechó la cercanía para besar aquella piel ardiente.

Consciente de que debía darle un descanso, Tohr se obligó a retirarse. Solo que al sacar su polla, tuvo que apretar los dientes cuando vio que Otoño todavía parecía estar lista para recibirlo.

Así que apoyó las manos sobre aquellas nalgas perfectas y las separó para abrirle paso a su lengua. Mierda…, el sabor después de hacer el amor… El contacto de aquel sexo suave y totalmente liso contra su boca…

Cuando Otoño comenzó a agitarse, como si estuviera al borde del orgasmo pero todavía no pudiera alcanzarlo por completo, él se humedeció tres dedos y los deslizó en su interior mientras seguía lamiéndola. Y eso fue perfecto. Al oír que ella gritaba su nombre y se echaba hacia atrás, Tohr sonrió y la ayudó a soportar la tormenta que empezó a sacudirla.

Y luego era hora de detenerse. Punto.

Llevaban más de una semana follando sin parar, razón por la cual se había obligado a ir hoy al maldito gimnasio. Ella tenía aspecto de cansada. ¿La razón? Otoño insistía en trabajar durante las noches y él no había sido capaz de dejarla ni una hora en paz durante el día…

La hembra se dio la vuelta hasta quedar acostada sobre el vientre; después sacó una pierna hacia un lado y dobló la rodilla, porque quería más.

—Por Dios —gruñó Tohr—. ¿Cómo quieres que me vaya dejándote así?

—No lo hagas —dijo ella.

Sin preguntar otra vez, Tohr volvió a penetrarla desde atrás, levantándola de las caderas y ladeando la pelvis de Otoño para poder llegar todavía más adentro. Terminó sosteniéndola con un brazo por el abdomen, mientras se sujetaba con el otro brazo y la embestía, acoplando sus cuerpos hasta que la cama comenzó a crujir. Tohr soltó una maldición cuando se corrió y su orgasmo estalló como una bomba, como si hiciera más de seis meses que no tenía sexo.

Y aun así siguió deseándola, sobre todo cuando ella se corrió, un poco después.

Cuando las cosas se calmaron, Tohr se acostó de lado y la apretó contra él. Mientras le acariciaba la nuca con la nariz, se sintió preocupado. Quizá estaba siendo demasiado brusco con ella en la cama.

Como si hubiese percibido su inquietud, Otoño estiró la mano y le acarició el pelo.

—Me siento maravillosamente bien.

Tal vez. Pero él se sentía mal por todo lo que le estaba exigiendo a su cuerpo.

—¿Ahora sí me vas a dejar prepararte un baño?

—Ay, eso sería fantástico. Gracias.

Tohr regresó entonces al baño, se dirigió al jacuzzi, abrió el grifo y sacó las sales de baño.

Mientras probaba la temperatura del agua, se dio cuenta de que le gustaba cuidar a Otoño. También se percató de que había encontrado muchas maneras de hacerlo. Buscaba excusas para llevarla arriba y darle la cena bocado a bocado y en privado. Le compraba ropa por Internet. Se detenía en Walgreens y CVS para comprarle sus revistas favoritas, como *Vanity Fair, Vogue* y *The New Yorker*.

Se aseguraba de tener siempre galletitas de chocolate en el cuarto, por si ella tuviera un antojo repentino.

Y él no era el único que se preocupaba por ella y le mostraba cosas nuevas.

Xhex la visitaba una o dos veces por semana y las dos salían, iban al cine o a pasear por los barrios ricos de la ciudad, para que Otoño pudiera ver las magníficas casas. O visitaban las tiendas que abrían hasta tarde, donde compraban cosas con el dinero que Otoño se ganaba trabajando.

Tohr se agachó, probó el agua, volvió a ajustar la temperatura y sacó un par de toallas.

Por su parte, se sentía un poco nervioso al saber que ella estaba en la calle, rodeada de esos locos humanos y al alcance de los restrictores y los impredecibles vientos del destino. Pero, claro, Xhex era una asesina profesional y Tohr sabía que estaba dispuesta a proteger a su madre si alguien se atrevía a tocarla.

Además, cada vez que madre e hija salían, Otoño siempre regresaba con una sonrisa. Lo cual lo hacía feliz también a él.

Por Dios, habían avanzado mucho desde la primavera. Eran casi dos personas distintas.

Entonces, ¿qué más había que hacer?

Mientras movía la mano debajo del agua en la bañera, Tohr se preguntó con desesperación qué diablos sería lo que les faltaba…

D os noches después, Xhex se despertó con una extraña
convicción que no la dejaba en paz. Como si se hubiese tragado el despertador durante el día y el maldito aparato estuviera sonando en sus entrañas sin cesar.

Intuición. Ansiedad. Miedo.

No lo sabía. Pero no había forma de apagar ese reloj.

Mientras se duchaba, siguió sintiendo que una serie de
fuerzas invisibles y desconocidas se estaban aglutinando, que el
paisaje se encontraba a punto de cambiar, que las piezas de ajedrez
de varias personas estaban a punto de ser movidas por manos
ajenas a las suyas, hacia lugares que no podía ni imaginar.

La preocupación la acompañó durante su corto viaje hasta
el centro de Caldwell y persistió mientras hacía los preparativos
para abrir el Iron Mask.

Sin poder soportarlo por más tiempo, Xhex se quitó los
cilicios y salió a la ciudad varias horas antes de lo que normalmente hacía. Y mientras se desintegraba desde un techo hasta otro,
buscando a los Bastardos, tenía la sensación… de que esa era la
noche que todos estaban esperando.

Pero ¿por qué?

Mientras le daba vueltas a esa pregunta en su cabeza, tuvo
especial cuidado de mantenerse alejada de los lugares donde los
hermanos estaban peleando.

El hecho de que se hubiese comprometido a darles a ellos tanto espacio era, probablemente, el mayor factor de demora en su misión de encontrar aquel rifle. La Pandilla de Bastardos salía a pelear cada noche, pero como los combates con la Sociedad Restrictiva sucedían únicamente en las partes desoladas de la ciudad, las mismas en que peleaban los hermanos, le resultaba difícil acercarse lo suficiente y, a la vez, mantenerse lejos de John y la Hermandad.

Sí, percibía algunos patrones emocionales que antes no formaban parte de su repertorio, pero era difícil distinguir quién era Xcor…, y aunque esa era una preocupación más bien académica, porque solo necesitaba atacar por sorpresa a uno de los soldados, daba igual a cuál, y herirlo, obligándolos así a llevarlo a su escondite en un coche que ella pudiera rastrear, Xhex quería conocer íntimamente a su objetivo más importante.

Examinar sus secretos desde el interior.

La falta de progresos hasta ahora la estaba volviendo loca. Y los hermanos tampoco estaban felices, aunque por una razón distinta: ellos querían aniquilar a los otros soldados, pero Wrath había vetado esa posibilidad; necesitaban primero el rifle, así que el rey había ordenado no tocar al grupo de traidores renegados hasta que tuviera la prueba que precisaba. Viéndolo de forma desapasionada, lo que el rey quería tenía sentido, pues no sacarían ningún beneficio matándolos a todos, ya que eso les obligaría a tratar con la glymera para convencerlos de que los Bastardos habían atacado primero, pues habían intentado nada menos que matar al rey. Pero vivir día a día con esa restricción era duro.

Bueno, se consoló Xhex, de una cosa estaba convencida, y no era poco: estaba segura de que no habían destruido el rifle, lo que le daba alguna posibilidad de encontrarlo.

Sin duda, la Pandilla de Bastardos querría conservarlo como un trofeo.

Sin embargo, era hora de terminar con ese asunto. Y quizá la premonición que sentía significaba que finalmente iba a poder lograrlo.

A propósito de eso, y pensando que era absurdo hacer una y otra vez lo mismo y esperar obtener un resultado distinto, Xhex decidió dejar de buscar a Xcor.

No, esa noche iría tras Assail…

Y tuvo suerte. Enseguida localizó el rastro de Assail en el distrito de los teatros..., en el interior de la galería de arte Benloise, por supuesto.

Al bajar rápidamente hasta el nivel de la calle, Xhex vio cómo en la galería parecía tener lugar una animada fiesta.

Como los artistas eran perfectamente capaces de vestirse con ropa de cuero y considerarlo un rasgo de sofisticación, Xhex se deslizó entre la gente...

Dentro el ambiente estaba muy caldeado. Hacinado. Lleno de acentos egocéntricos que rebotaban contra las paredes.

Joder, en un lugar como ese era muy difícil diferenciar los sexos: todo el mundo movía las manos como si fueran las alas de un ave y todos llevaban las uñas pintadas.

Apenas había avanzado un metro desde la puerta cuando le ofrecieron una copa de champán: como si los esnobs con ínfulas de ser Warhol se alimentaran solo de Veuve Clicquot...

—No, gracias.

Cuando el camarero, un tío apuesto y vestido de negro, asintió con la cabeza y se marchó, Xhex sintió ganas de detenerlo solo para que le hiciera compañía.

Sí, joder, había tanta gente allí con aires de superioridad y condescendencia que uno se preguntaba si esas personas serían capaces de querer a alguien, aunque solo fuera a ellas mismas. Y una rápida mirada al «arte» expuesto le indicó que tenía que ir algún día allí con su madre, solo para que Otoño viera lo terriblemente horribles y pobres que podían ser algunas clases de autoexpresión.

Humanos estúpidos.

Con determinación, Xhex se fue abriendo paso entre una maraña de hombros, zigzagueando con habilidad entre la gente y evitando a los camareros. No se molestó en ocultar su cara, pues Rehv solía manejar personalmente todos sus asuntos de negocios a través de Trez y de iAm, así que allí nadie podría reconocerla.

Enseguida identificó el camino hasta la oficina de Benloise. Era tan condenadamente obvio: dos matones vestidos de camareros, pero sin bandeja, estaban montando guardia a cada lado de una puerta casi invisible, en una pared cubierta con una tela.

Assail se encontraba en el segundo piso. Xhex podía sentirlo con claridad...

Pero llegar hasta él resultaba difícil: era arriesgado tratar de desintegrarse hacia espacios desconocidos. Probablemente había una escalera en el otro extremo de la puerta que estaban vigilando, pero Xhex no quería terminar como un colador por volver a tomar forma en un lugar inadecuado. Si hubiera alguien allí cuando lo descubriera podía ser demasiado tarde.

Además, siempre podría atrapar a Assail cuando saliera. Lo más probable era que hubiese entrado por la parte trasera y que saliera por allí: él era precavido y su visita no tenía nada que ver con el arte.

Lo cual le parecía bien a Xhex, pues le resultaba difícil considerar que un montón de copitos de algodón pegados a un recipiente de plástico montado sobre un inodoro fuera algo distinto a basura.

Mientras se adentraba en el edificio, se deslizó por una puerta de acceso restringido y se encontró en un depósito de suelo y paredes de cemento que olía a tiza y lápices. La iluminación provenía de lámparas fluorescentes incrustadas en el techo alto y una red de cables eléctricos y de ventilación atravesaba las vigas como si fueran topos en un jardín. Había varios escritorios y archivadores pegados a las paredes y el centro permanecía libre, como si regularmente entraran paquetes grandes desde el callejón trasero.

Las puertas dobles que tenía enfrente estaban hechas de acero y contaban con alarmas de seguridad…

—Puedo ayudarla en algo…

No era una pregunta.

Xhex dio media vuelta.

Uno de los gorilas la había seguido hasta allí y estaba bien plantado en el suelo. Llevaba la chaqueta abierta, como si tuviera un arma y estuviera dispuesto a disparar.

Xhex entornó los ojos y movió la mano para poner al tío en un trance temporal. Luego le infundió la idea de que no estaba pasando nada raro y lo mandó de regreso a su puesto, donde informaría a su colega de que, en efecto, *no estaba pasando nada raro.*

No había que ser ningún genio para lidiar con estos *Homo sapiens,* pero solo para estar segura, Xhex congeló las cámaras de seguridad mientras se acercaba a las puertas traseras. Mierda: con solo echarle un vistazo al cableado de los paneles se dio cuenta de que la instalación era una chapuza y decidió no seguir adelante, pues podía pasar cualquier cosa. Y no quería provocar un incidente que terminara con una visita de la policía.

Si quería salir al callejón tendría que esforzarse para lograrlo.

Entonces lanzó una maldición y regresó a la fiesta. Le llevó diez minutos largos abrirse camino a través de esa multitud de gente de gusto bastante dudoso y ego increíblemente grande y, tan pronto como salió al aire frío de la noche, se desintegró hacia el techo del edificio y se dirigió a la parte trasera.

El coche de Assail estaba aparcado en el callejón.

Y ella no era la única que lo estaba observando...

Puta... mierda...

Xcor estaba escondido entre las sombras y también estaba esperando a Assail.

Tenía que ser él... Quienquiera que fuera, tenía un bloqueo tan fuerte en su núcleo interno que no quedaba mucho patrón emocional por leer: por costumbre o por trauma, o probablemente por las dos cosas, las tres dimensiones se habían comprimido una contra otra hasta formar una masa tan enredada y sólida que a ella le resultaba imposible tener un atisbo de alguna emoción.

Joder, había visto patrones emocionales como ese de vez en cuando y por lo general eran señal de problemas, como si el individuo en cuestión fuera capaz de hacer cualquier cosa.

Por ejemplo, esa era la clase de núcleo que se requería para tener las agallas de atacar al rey.

Ese era su objetivo. Xhex lo supo enseguida.

Y después de examinar ese patrón emocional tan intrincado, Xhex se alejó, se desintegró y se dirigió hacia el techo de un edificio alto situado a una calle de allí. No quería espantar al hijo de puta por acercarse mucho y desde allí todavía podía ver perfectamente el Jaguar.

Mierda, si su radar fuera un poco más potente podría alejarse tal vez uno o dos kilómetros..., pero eso sería forzar demasiado las cosas, pues sus instintos eran fuertes, pero de corto alcance. Así que si se desintegraba demasiado lejos, podía perderlo...

Mientras esperaba, Xhex se volvió a preguntar cuál sería la conexión de Xcor con Assail. Para desgracia del aristócrata, si él era el que estaba financiando la insurrección, aunque fuera indirectamente, iba a acabar mal.

Y ese no era un buen sitio para acabar tus días en este mundo.

Cerca de media hora después, Assail salió de la galería y miró a su alrededor.

Sabía que el otro macho estaba ahí... y dirigió un comentario exactamente al lugar donde estaba Xcor.

La brisa fría y el ruido de la ciudad no permitieron que Xhex escuchara el contenido de ese intercambio de palabras, pero no necesitó oír lo que decían para entender la esencia de lo que sucedía allí: las emociones de Assail se agitaron de tal forma que Xhex no pudo evitar aprobar el disgusto y la desconfianza que Assail parecía sentir hacia la persona con quien estaba hablando. El otro macho, naturalmente, no reveló nada.

Y luego Assail se marchó. Al igual que el otro patrón emocional.

Y Xhex fue tras el segundo.

Como tantas cosas en la vida, al mirarlo en retrospectiva, lo que le ocurrió a Otoño alrededor de las once de la noche tenía todo el sentido del mundo. Hacía meses que recibía señales, pero, como suele pasar, cuando estás ocupado viviendo tu vida es normal malinterpretar los avisos, leer equivocadamente la posición de la aguja de la brújula y tomar una cosa por otra.

Hasta que terminas en un lugar que no se parece al que habrías elegido y del que tampoco puedes escapar.

Cuando estalló la tormenta, Otoño se encontraba en el centro de entrenamiento, sacando una montaña de sábanas calientes de la secadora.

Más tarde, mucho más tarde, toda una vida después, Otoño recordaría con claridad la sensación del calor de las sábanas contra su pecho y la agitación que experimentó en las entrañas, una sensación que había hecho que su frente se cubriera de sudor.

Recordaría para siempre cómo se había vuelto hacia un lado para poner las sábanas sobre la mesa.

Porque cuando dio un paso hacia atrás, comenzó a experimentar, por segunda vez en la vida, su periodo de fertilidad.

Al principio le pareció que aún tenía las sábanas en los brazos, pues estaba caliente y sentía un peso grande en la barriga, como si estuviera cargando un bulto.

Cuando el sudor le empezó a escurrir por la cara, Otoño miró de reojo el termostato que había en la pared, pensando que quizá se había averiado o estaba muy alto. Pero no, seguía indicando 22° C.

Entonces frunció el ceño y bajó la mirada hacia su cuerpo. Aunque no llevaba nada más que una camiseta y unas mallas, se sentía como si se hubiese puesto la chaqueta gruesa que llevaba cuando salía con Xhex...

Entonces notó un calambre en la parte baja del abdomen que le apretó el útero y se le doblaron las piernas hasta que no tuvo otra alternativa que acostarse en el suelo. Y eso la calmó, al menos temporalmente. El suelo de cemento estaba frío y ella se estiró allí hasta que sintió el siguiente calambre.

Haciéndose presión en la pelvis con las manos, se enrolló como un ovillo y tensó el cuerpo, al tiempo que echaba la cabeza hacia atrás y trataba de escapar de lo que fuera que le estaba pasando.

Y ahí empezó todo.

Su sexo, que había estado palpitando ligeramente desde que ella y Tohr follaran con tanta intensidad antes de que él se marchara, adquirió un ritmo de pulsaciones propio y comenzó a suplicar por lo único que podría producirle alivio.

Un macho...

El deseo sexual la atacó con tanta fuerza que no podría haberse puesto de pie aunque le hubiera ido la vida en ello, ni podría haber pensado en nada, ni hablar con claridad por mucho que necesitara hacerlo...

Esta vez era mucho peor que cuando le pasó la otra vez, con el symphath.

Y eso era su culpa..., *todo* era culpa suya y de nadie más...

Había dejado de ir al Santuario con regularidad. Hacía..., querida Virgen Escribana, hacía meses que no iba al Santuario para regular su ciclo. En efecto, no tenía necesidad de ir para suplir sus requerimientos de sangre, pues Tohr la estaba alimentando, y además no había querido ir para no perder ni un minuto de su tiempo con él.

Debería haber sabido que le ocurriría algo así.

Otoño apretó los dientes y comenzó a jadear mientras soportaba otra embestida. Luego, justo cuando disminuyó la tensión y estaba a punto de gritar pidiendo ayuda, la puerta se abrió de par en par.

El doctor Manello frenó en seco; su rostro parecía una máscara de confusión.

—¿Qué demonios…? El médico no salía de su asombro—. ¿Estás bien…?

Mientras el ataque de deseo aumentaba de nuevo, Otoño alcanzó a ver cómo el médico parecía a punto de desmayarse, pero luego ella cerró los párpados, apretó la mandíbula y por un momento pareció perder el sentido.

Desde muy lejos, oyó que el médico decía:

—Espera, voy a buscar a Jane.

En su búsqueda de un espacio de suelo frío, Otoño se dio la vuelta hasta quedar de espaldas, pero como estaba tan tensa y no podía estirar las piernas, el contacto de su cuerpo con la superficie no era suficiente para enfriarla. Así que volvió a ponerse de lado. Luego se acostó otra vez sobre el estómago, aunque sentía la urgencia de volver a ponerse en posición fetal.

Apoyándose sobre las manos, trató de controlar sus sensaciones y cambiar de postura en un intento por encontrar el alivio que parecía negársele.

Pero no había ningún alivio posible. Estaba en medio de la cueva de un león y los dientes del deseo la mordían, desgarrando su carne y sacudiendo sus huesos. Esta era la culminación de aquellas oleadas de calor que había interpretado erróneamente como picos de pasión, y los estremecimientos que había achacado a premoniciones, y los ataques de náuseas de los que había culpado al exceso de comida. Esta era la fatiga. El apetito. Y, probablemente también, la causa del sexo tan ardiente que había estado teniendo últimamente con Tohrment.

Mientras gemía, Otoño oyó que alguien decía su nombre y pensó que le estaban hablando. Pero solo pudo abrir los ojos cuando el calambre pasó y entonces vio que, en efecto, no estaba sola.

La doctora Jane se hallaba de rodillas junto a ella.

—Otoño, ¿puedes oírme?

—Yo...

La mano pálida de la sanadora retiró de su cara unos mechones de pelo rubio y entonces Otoño oyó que le decía:

—Otoño, creo que es tu periodo de fertilidad. ¿Crees que es posible?

Otoño asintió hasta que las hormonas volvieron a estallar, despojándola de todo excepto de aquella abrumadora necesidad de recibir alivio.

Un alivio que solo podría recibir de un macho, como bien sabía el cuerpo de Otoño.

Su macho. El macho que ella amaba.

Tohrment...

—Está bien, está bien, lo llamaremos...

Otoño se apresuró a agarrar el brazo de la hembra y, obligando a sus ojos a funcionar, detuvo a la sanadora con una difícil exigencia.

—No lo llaméis. *No* quiero ponerlo en una situación así.

Eso lo mataría. ¿Estar con ella durante su periodo de fertilidad? Tohrment nunca lo haría... El sexo era una cosa, pero él ya había perdido un hijo...

—Otoño, querida..., eso es decisión de él, ¿no crees?

—No lo llaméis..., no os atreváis a llamarlo...

Quhinn detestaba las noches libres. Las odiaba.

Mientras yacía sentado en la cama, mirando fijamente un televisor que no estaba encendido, se dio cuenta de que hacía ya casi una hora que estaba mirando al vacío. Sin embargo, alcanzar el mando a distancia y elegir un canal parecía sencillamente mucha molestia para no recibir casi nada a cambio.

Maldición, era una lástima que no pudieras quedarte toda la vida corriendo en el gimnasio. Ni navegando en Internet. Ni paseando entre tu habitación y la cocina...

Aunque eso último se había convertido recientemente en una ventaja, teniendo en cuenta que Saxton seguía utilizando la biblioteca como oficina privada. Ese «asunto súpersecreto del rey» le estaba llevando una eternidad.

O quizá no trabajaba mucho porque tenía otras distracciones. Tal vez por culpa de cierto pelirrojo...

Muy bien, no iba a seguir por ese camino, pensó Qhuinn. No.

Entonces volvió a mirar su reloj. Once de la noche.

—Maldición.

Parecía faltar toda una eternidad para que llegaran las siete y media de la noche del día siguiente.

Al ver la pared que tenía enfrente, Qhuinn pensó que seguramente John Matthew estaba en el mismo plan que él, en el cuarto contiguo. Quizá deberían salir a tomar una copa.

Pero, claro, eso también le parecía aburrido. ¿Realmente quería hacer el esfuerzo de vestirse para tomarse una cerveza junto a un montón de humanos borrachos y cachondos? En otra época eso le habría parecido fantástico. Pero ahora la perspectiva de todas esas ansias inducidas por el alcohol lo deprimía horriblemente.

No quería estar en casa. Pero tampoco le apetecía salir.

Por Dios, ni siquiera estaba seguro de querer salir a combatir, si lo pensaba con calma. La guerra solo parecía un vacío ligeramente más interesante.

Por Dios… ¿Qué le pasaba?

En ese momento sonó un mensaje en su móvil. El texto no parecía tener sentido: *Todos los machos deben permanecer en la casa principal. No vengáis al centro de entrenamiento. Gracias, doctora Jane.*

¿Qué?

Qhuinn se levantó, se puso una bata y se fue para el cuarto de John. Cuando golpeó en la puerta, enseguida oyó un silbido de respuesta.

Entonces asomó la cabeza y encontró a su amigo en la misma posición que estaba él hacía un segundo, solo que la pantalla de plasma sí estaba encendida. Estaban echando *Mil maneras de morir*. Genial.

—¿Has recibido el mensaje?

—¿Qué mensaje?

—Uno de la doctora Jane. —Qhuinn le arrojó su móvil a la cama—. ¿Qué te parece?

John lo leyó y se encogió de hombros.

—Ni idea. Pero yo ya he entrenado hoy. ¿Tú?

—También. —Qhuinn se paseó por la habitación—. Joder, ¿acaso soy yo o el tiempo realmente parece avanzar con más lentitud?

El silbido que escuchó en respuesta fue un rotundo «sí».

—¿Quieres salir? —preguntó Qhuinn con todo el entusiasmo de alguien que sugiere un viaje al supermercado.

Pero a John no debió de parecerle tan mal porque se levantó de la cama y se dirigió al armario.

En la espalda, grabado en la piel, llevaba el nombre de su shellan en Lengua Antigua:

Xhexania.

Pobre desgraciado…

Mientras John se ponía una camisa negra y unos pantalones de cuero, Qhuinn se encogió de hombros. Bueno, parecía que al final sí iban a salir a tomar una cerveza.

—Voy a ponerme algo de ropa y regreso.

Al salir al pasillo, Qhuinn frunció el ceño… y siguió el instinto que lo impulsaba a asomarse al balcón que daba al vestíbulo.

Se inclinó sobre la baranda dorada y llamó:

—¿Layla?

Mientras se oía el eco de su nombre, la hembra salió del comedor.

—Ah, hola. —La Elegida sonrió de manera automática y formal, sin ninguna emoción—. ¿Cómo te encuentras hoy?

Qhuinn no pudo evitar reírse.

—Caramba, casi me matas con tanta efusividad.

—Lo siento. —La hembra pareció salir de su estado de distracción—. No quería ser grosera, disculpa.

—No te preocupes. ¿Qué haces aquí? —Qhuinn sacudió la cabeza—. Me refiero a si te ha llamado alguien.

¿Acaso alguien había llegado herido? Blay, por ejemplo…

—No, no tengo nada que hacer. Solo estoy dando una vuelta, como diríais vosotros.

Pensándolo bien, desde el otoño Layla estaba muy rara, se pasaba el tiempo dando vueltas por ahí, como si estuviera esperando algo.

Y estaba distinta, pensó Qhuinn de repente. No podía decir con exactitud qué era, pero últimamente algo había cambiado en ella. Parecía más seria. Se reía menos. Se mostraba más distante.

Para ponerlo en términos humanos, Qhuinn suponía que Layla había sido una niña desde que la conocía y ahora estaba empezando a hacerse una mujer. Ya no miraba todo lo de este lado con ojos grandes y llenos de asombro. Ya no resplandecía de entusiasmo por todo. Ya no…

Mierda, Layla estaba fatal. Tenía el mismo aspecto que John y él. El aspecto que tienen los desencantados del mundo.

—Oye, ¿quieres salir con nosotros? —preguntó Qhuinn.

—¿Salir?

—John y yo vamos a salir a tomar una cerveza. Tal vez dos. Tal vez más. Creo que deberías venir con nosotros. Después de todo, a la depresión le encanta estar acompañada.

Ella cruzó los brazos sobre el pecho.

—¿Acaso es tan obvio?

—Aunque tienes una cara muy triste sigues estando muy guapa.

Layla se rio.

—Solo estás siendo galante.

—Si ves a una damisela en apuros, ya sabes lo que hay que hacer. Ven con nosotros, vamos a matar el rato.

Ella miró a su alrededor. Luego se levantó un poco la túnica y subió las escaleras. Cuando llegó arriba, miró fijamente a Qhuinn.

—Qhuinn…, ¿puedo preguntarte algo, por favor?

—Siempre y cuando no sean las tablas de multiplicar, porque soy pésimo para las matemáticas.

Ella se rio un poco, pero rápidamente se puso seria.

—¿Alguna vez pensaste que la vida sería tan… vacía? Algunas noches me siento como si me fuera a atragantar por el vacío.

Por Dios, pensó Qhuinn. Sí, claro.

—Ven aquí —le dijo Qhuinn, y cuando ella se acercó, él la apretó contra su pecho y apoyó la barbilla sobre su cabeza—. Eres una hembra tan buena… ¿Sabías eso?

—Solo estás siendo amable.

—Y tú sigues triste.

Ella se relajó entre los brazos de Qhuinn.

—Eres muy bueno conmigo.

—Lo mismo digo yo de ti.

—No eres tú, ya sabes. Ya no suspiro por ti.

—Lo sé. —Qhuinn le acarició la espalda, tal como lo haría un hermano—. Entonces dime que vas a salir con nosotros, pero te lo advierto: es posible que te obligue a decirme quién es al que tanto extrañas.

Por la manera en que ella se soltó y bajó los ojos, Qhuinn se dio cuenta de que sí, había un macho involucrado y no, ella no estaba dispuesta a proporcionarle ninguna información.

—Voy a necesitar algo de ropa.

—Busquemos en la habitación de invitados. Creo que encontraremos algo allí. —Qhuinn le pasó el brazo por encima de los hombros y la condujo por el corredor—. Y en cuanto a ese Señor Misterio, te prometo que no lo moleré a palos, a menos que te rompa el corazón. Entonces sí, tal vez tenga que hacerle algunas modificaciones en los dientes.

¿Quién diablos podía ser?, se preguntó Qhuinn. Todos los de la casa estaban emparejados.

¿Sería alguien que había conocido en la casa de campo que tenía Phury en el norte? Pero ¿a quién dejaría entrar Phury allí?

¿Podría ser uno de los Moros? Hmmm…, esos desgraciados eran machos honorables, sin duda, la clase de machos que definitivamente hacen que una mujer se vuelva para mirarlos.

Joder, Qhuinn deseó que se tratara de algo más, por el bien de su amiga. El amor era difícil; aunque los involucrados fueran buena gente lo más seguro era que acabaran haciéndose daño.

En la habitación de invitados, Qhuinn le encontró un par de vaqueros negros y una chaqueta también negra. No le gustaba la idea de verla con una minifalda súpercorta, y no solo porque eso ofendería su delicada sensibilidad, sino porque tampoco necesitaba que el Gran Padre le hiciera un trabajito de odontología.

Cuando salieron, John lo estaba esperando en el pasillo y si le sorprendió que la Elegida los acompañara, no dejó ver su reacción. En lugar de eso, fue muy amable con Layla y conversó un poco con ella mientras Qhuinn se ponía algo de ropa.

Cerca de diez minutos después, los tres se desintegraron hasta el centro. Sin embargo, no fueron a los bares: ninguno de los dos estaba interesado en acompañar a una Elegida al Screamer's o al Iron Mask. Así que terminaron en el distrito de los teatros, en una pastelería que permanecía abierta hasta la una de la mañana y servía chocolates envueltos en no sé qué y sobre una cama de no sé qué, bla bla bla… Las mesas eran pequeñas, al igual que las sillas, y ellos se sentaron frente a la salida de emergencia, al fondo del salón, y se quedaron muy quietos mientras la camarera seguía parloteando acerca de los platos especiales, ninguno de los cuales resultaba muy apetecible.

La selección de cervezas era, afortunadamente, corta y al grano.

—Dos Guinness para nosotros —dijo Qhuinn—. ¿Y para la dama?

Cuando Qhuinn miró a Layla, ella sacudió la cabeza.

—No sé qué pedir.

—Pide las dos cosas que más te llamen la atención.

—Está bien… Entonces voy a pedir la *crème brûlée* y una tarta de manzana. Y un capuchino, por favor.

La camarera sonrió mientras escribía en su libreta.

—Me encanta tu acento.

Layla hizo una inclinación de cabeza en respuesta.

—Gracias.

—No lo puedo identificar con precisión: ¿francés y alemán? O… ¿húngaro?

—Estamos muriéndonos de sed y soñando con esas cervezas —dijo Qhuinn con firmeza—. ¿Podrías traerlas lo más pronto posible?

Cuando la mujer se marchó, Qhuinn echó un vistazo de inspección a los otros comensales, fijándose en sus caras y sus acentos, mientras los oía hablar y se preguntaba si representarían un ataque en potencia. Frente a él, John estaba haciendo lo mismo. Porque, sí, era realmente muy relajante sacar a una Elegida al mundo exterior.

—No somos muy buena compañía —le dijo Qhuinn a Layla después de un rato—. Lo lamento.

—Yo tampoco lo soy. —Ella le sonrió primero a Qhuinn y después a John—. Pero me gusta estar fuera de casa.

La camarera regresó con sus consumiciones y todos se apartaron de la mesa mientras ponían los vasos y los platos, y la taza y el plato.

Qhuinn agarró su vaso de cerveza tan pronto como la costa quedó despejada.

—Entonces, háblanos de él. Somos de fiar.

Layla se ruborizó.

Al otro lado de la mesa, John tenía el aspecto de alguien a quien le acaban de dar una patada en el trasero.

—Vamos —dijo Qhuinn, y dio otro sorbo a su cerveza—. Es obvio que se trata de un macho y John no dirá nada.

Este miró a Layla y dijo algo por señas; luego le hizo un corte de mangas a Qhuinn.

—Dice que él es mudo —tradujo Qhuinn—. Y si no sabes lo que significa ese gesto del final, no seré yo quien te lo explique.

Layla se rio y cogió su tenedor para partir la superficie dura de la *crème brûlée*.

—Bueno, en realidad estoy esperando volver a verlo.

—Así que esa es la razón por la cual has estado merodeando tanto por ahí.

—¿Te parece que estoy haciendo algo malo?

—Por Dios, no. Siempre eres bienvenida, tú lo sabes. Solo que, ¿quién es el afortunado?

O el que estaba próximo a morir, según…

Layla respiró profundamente y se llevó a la boca dos bocados de su primer postre, como si se tratara de un vodka con tónica.

—¿Prometéis no contárselo a nadie?

—Te lo juramos por lo que quieras.

—Es… uno de vuestros soldados.

Qhuinn bajó su vaso y lo puso sobre la mesa.

—¿Perdón?

Ella levantó su taza y le dio un sorbo al café.

—¿Recordáis cuando ese guerrero llegó al centro de entrenamiento, allá por el otoño? ¿Ese que estaba luchando con vosotros contra los restrictores? Estaba muy malherido y vosotros lo estabais cuidando.

Al percatarse de que John se sentaba derecho en señal de alarma, Qhuinn se tragó su propia agitación y sonrió de manera casual.

—Ah, sí. Lo recordamos.

Throe. El segundo al mando de la Pandilla de Bastardos.

Puta mierda, si Layla pensaba que estaba enamorada de él, tenían un gran problema entre manos.

—Yyyy, ¿qué más? —insistió Qhuinn, mientras hacía un esfuerzo para no levantar el tono de voz. Menos mal que había dejado la Guinness sobre la mesa, porque estaba tan tenso que era capaz de romper el vaso.

Pero, claro, Qhuinn suponía que la cosa podía ser peor. Throe ni iba a poder acercarse a ella…

—Él me llamó.

Layla comenzó a probar la tarta, lo que les vino muy bien a Qhuinn y a John para enseñar los colmillos sin que ella se diera cuenta.

Humanos, se recordó Qhuinn de repente. Estaban en público, rodeados de humanos… Así que no era el momento de enseñar los caninos, pero, *mierda*…

—¿Cómo? —siseó Qhinn, pero luego se corrigió—: Me refiero a que tú no tienes móvil. ¿Cómo llegó hasta ti?

—Me invocó. —Al ver que ella movía la mano como si eso no fuera nada del otro mundo, Qhuinn le exigió a su cavernícola interior que se callara. Más tarde tendrían tiempo para aullar—. Yo fui y allí había otro soldado, estaba muy malherido. Ay, Dios, lo habían golpeado brutalmente.

Qhuinn sintió cómo los tentáculos del pánico le acariciaban la nuca y se envolvían alrededor de su pecho, alterando el ritmo de su corazón. No…, mierda, no…

—No entiendo por qué los machos son tan testarudos. Les dije que lo llevaran a la clínica, pero ellos respondieron que solo necesitaba alimentarse. Tenía problemas para respirar y… —Layla clavó los ojos en la tarta como si fuera una pantalla y parecía que estuviera recordando cada detalle de lo ocurrido—. Lo alimenté de la vena. Quería brindarle más cuidados, pero el otro soldado parecía tener mucha prisa para llevárselo. Él era… poderoso, muy poderoso, a pesar de estar herido. Y mientras me miraba…, sentí como si me estuviera tocando. Nunca antes había sentido algo así.

Qhuinn le lanzó una mirada a John, sin mover la cabeza.

—¿Y cómo era?

Quizá había sido uno de los otros. Tal vez no había sido…

—Es difícil decirlo. Tenía tantas heridas en la cara…, esos restrictores son malvados. —Se llevó la mano a la boca—. Tenía los ojos azules y el pelo negro…, y se veía algo raro en el labio superior…

Mientras Layla seguía hablando, la mente de Qhuinn se fue a dar un pequeño paseo.

Entonces puso su mano sobre el brazo de Layla para interrumpirla.

—Cariño, espera. Ese primer soldado… ¿dónde te citó?

—Era una pradera. Un campo en la zona rural.

Cuando sintió que toda la sangre de la cabeza se le había ido a los pies, John comenzó a modular varias obscenidades, y tenía razón. La idea de que Layla hubiese estado sola e indefensa en medio de la noche, no solo con Throe sino con la misma bestia, le resultaba insoportable.

Además… ¡Coño, había alimentado al enemigo!

—¿Qué sucede? —Oyó que preguntaba ansiosa Layla—. ¿Qhuinn…? ¿John…? ¿Cuál es el problema?

Al otro lado de la ciudad, Tohr sacó sus dos dagas negras y se preparó para el ataque. Z y Phury estaban a una calle de allí, pero no había razón para llamarlos…, y no porque estuviera buscando otra vez una muerte fácil.

Los dos restrictores que tenía enfrente parecían padecer un extraño caso de irresponsabilidad, pues iban simplemente deambulando por la calle, como si no tuvieran nada mejor que hacer que gastar las suelas de sus botas.

La Sociedad estaba reclutando personal sin ton ni son, pensó Tohr. Cada vez excavaban más al fondo del pozo de antisociales y, después de inducirlos, los pobres desgraciados ni siquiera recibían buen entrenamiento ni apoyo…

De repente sintió que su teléfono vibraba con un mensaje, pero hizo caso omiso y echó a correr. La capa de nieve ayudaba a acallar el sonido de sus botas de combate y, gracias al viento helado que soplaba en su contra, los enemigos tampoco podían percibir su olor, aunque probablemente esos idiotas ni siquiera lo notarían.

En el último momento, sin embargo, algo pareció encender la señal de alarma en sus cerebros, porque los dos se volvieron.

Y Tohr no habría podido pedir un recibimiento mejor.

Porque alcanzó a ambos justo en el cuello, cortándoles la carótida y abriéndoles una segunda boca. Al ver que los dos levantaban las manos, corrió hasta detenerse en el espacio entre ellos y se dio la vuelta, listo para escoltarlos hasta el suelo si era necesario...

Pero no. Los maricones ya estaban cayendo de rodillas.

Entonces Tohr silbó entre los dientes para avisar a los otros, al mismo tiempo que sacaba su móvil para decirle a Butch que ya podía ir a hacer la limpieza...

Pero en ese momento se quedó paralizado. El mensaje de texto era de la doctora Jane: *Necesito que vengas a casa ahora mismo.*

—¿Otoño...? —Cuando sus hermanos doblaron la esquina, él levantó la vista—. Me tengo que ir.

Phury frunció el ceño.

—¿Qué sucede?

—No lo sé.

Tohr se desintegró allí mismo y se dirigió al norte. ¿Le habría pasado algo a Otoño? ¿Tal vez mientras estaba en la clínica trabajando? O..., puta mierda. ¿Y si había salido con Xhex y alguien la había agredido?

Tomó forma en las escaleras que subían hasta la entrada de la mansión y al entrar casi rompió las puertas exteriores del vestíbulo. Menos que mal que Fritz evitó que tuvieran que llamar a un carpintero, pues abrió la puerta interior enseguida.

Tohr pasó junto al mayordomo corriendo. Estaba seguro de que el anciano le estaba diciendo algo, pero no le interesaba seguir esa ni ninguna otra conversación. Al llegar a la puerta oculta debajo de las escaleras, la atravesó y siguió corriendo por el túnel subterráneo.

El primer indicio que tuvo acerca de lo que estaba sucediendo lo asaltó tan pronto salió del armario de suministros y llegó a la oficina.

Su cuerpo se dobló en dos y las señales de su cerebro se interrumpieron debido a una interferencia y un cambio de objetivos que no tenía sentido: una erección, larga y gruesa, comenzó a palpitar contra sus pantalones de cuero, mientras su cerebro se hundía en el súbito deseo de buscar a Otoño y...

—Ay, mierda..., no... —El sonido de su voz entrecortada fue interrumpido por un grito que provenía de una de las habitaciones que estaban al fondo del pasillo. Un grito agudo y horrible, que no podía ser de nadie más que de una hembra que estaba soportando un increíble dolor.

El cuerpo de Tohr respondió enseguida y empezó a temblar, mientras se sentía asaltado por un deseo abrumador. Tenía que buscarla…, pues a menos que follara con ella, la pobre hembra iba a pasar las próximas diez o doce horas en el infierno. Ella necesitaba un macho, a él, un macho que se encargara de la tarea de montarla…

Tohr se abalanzó hacia la puerta de vidrio con el brazo estirado y la mano lista para hacer a un lado la frágil barrera transparente.

Pero se detuvo justo cuando abrió la puerta.

¿Qué estaba haciendo? ¿Qué coño estaba haciendo?

Otro grito llegó hasta él y Tohr a punto estuvo de caerse al sentir una oleada de instinto sexual. Cuando su capacidad de razonamiento volvió a desvanecerse, sus pensamientos parecieron detenerse y solo pudo pensar en una cosa: follar con Otoño y liberarla de su tormento.

Sin embargo, cuando la descarga hormonal cedió, su cerebro comenzó a funcionar de nuevo.

—No —gritó—. No, de ninguna manera.

Entonces se alejó de la puerta, retrocedió hasta el escritorio y se agarró a él para prepararse para el siguiente asalto.

Por su mente pasaron los recuerdos del periodo de fertilidad de Wellsie, aquel en el que concibieron a su hijo, y el dolor psicológico se volvió tan implacable e innegable como las necesidades de su cuerpo. Su Wellsie también estaba muy mal, muy dolorida.

Tohr había regresado a casa poco antes del amanecer, hambriento, cansado y pensando en disfrutar de una buena comida y un poco de mala televisión, antes de que los dos se quedaran dormidos, uno junto al otro… Pero tan pronto entró por el garaje, tuvo la misma respuesta que estaba combatiendo ahora: una abrumadora urgencia de aparearse.

Solo había una cosa que causaba esa clase de reacción.

Seis meses antes, Wellsie le había hecho jurar, por la esencia misma de su unión, que cuando le llegara su siguiente periodo de fertilidad, él no le administraría ningún calmante. Joder, habían tenido una pelea terrible por eso. Él no quería perderla cuando diera a luz; como muchos machos apareados, prefería quedarse sin hijos durante el resto de su larga vida junto, que permanecer solo y sin nada.

«¿Y qué hay de tu trabajo como guerrero?», le había gritado ella. «¡Tú vuelves a nacer cada noche!».

Tohr ya no podía recordar lo que le había dicho entonces a Wellsie. Sin duda había tratado de calmarla, pero no había funcionado.

«Si te sucede algo», había dicho ella, «yo tampoco tengo nada. ¿Acaso crees que yo no paso por esa misma agonía todas las malditas noches?».

¿Qué le había dicho? Maldición, no lo sabía. Pero podía recordar con toda claridad cómo lo había mirado.

«Quiero un hijo, Tohr. Quiero una parte de ti y de mí juntos. Quiero una razón para seguir viviendo si a ti te pasa algo... Porque eso es lo que yo voy a tener que hacer. Voy a tener que seguir viviendo».

Nadie se imaginaba que sería él el que se quedaría aquí. Que el bebé no sería la causa de la muerte de ella. Que todas las cosas por las que habían discutido aquella noche no tuvieron nada que ver con lo que realmente ocurrió.

Pero la vida es así. Y tan pronto como Tohr entró en su casa, sintió deseos de llamar a Havers, e incluso fue hasta el teléfono. Pero al final, como siempre, no había sido capaz de contrariarla.

Y en lugar de sangrar después de que pasara el periodo de fertilidad, ella había quedado encinta. Decir que estaba radiante no describía realmente la felicidad que sintió...

El siguiente grito fue tan fuerte que era asombroso que no se hubiese roto la puerta de cristal.

En ese momento Jane entró corriendo en la oficina.

—¡Tohr! Escucha, necesito tu ayuda...

Mientras clavaba sus manos al borde del escritorio para mantenerse en su lugar, Tohr negó con la cabeza como si estuviera desvariando.

—No lo voy a hacer. No voy a montarla..., de ninguna manera. No voy a hacerlo, no voy a hacerlo, no voy a hacerlo...

Balbuceaba, estaba balbuceando. Ni siquiera oyó sus propias palabras cuando comenzó a levantar el escritorio y a dejarlo caer una y otra vez, hasta que algo duro y pesado aterrizó en el suelo.

En el fondo de su mente, pensó que era demasiado irónico que estuviera otra vez en esa misma situación y en esa misma habitación.

Pues había sido allí donde se había enterado de que Wellsie estaba muerta.

Jane levantó las manos.

—No, espera, necesito tu ayuda, pero no en ese sentido... —Otra oleada de instinto le hizo apretar los dientes y tuvo que doblar el cuerpo hacia delante mientras maldecía—. Ella me pidió que no te llamara...

Entonces, ¿por qué estaba él ahí? Ay, maldición, ese deseo...

—¡Entonces por qué me mandaste ese mensaje!

—Porque ella no quiere recibir ningún calmante.

Tohr sacudió la cabeza, solo que esta vez estaba tratando de mejorar su capacidad de audición.

—¿Qué?

—Se niega a tomar drogas. No logro que acepte y no puedo encontrar a Xhex. No sabía a quién llamar y está sufriendo mucho...

—Tienes que sedarla...

—Pero es más fuerte que yo. Ni siquiera he podido llevarla a la cama sin que me ataque. Además, desde el punto de vista ético yo no puedo tratar a alguien que no quiere ser tratado. Y no lo voy a hacer. Tal vez tú puedas hablar con ella y convencerla.

A esas alturas de la conversación, los ojos de Tohr mostraban que había entendido y, de hecho, en ese momento se fijó en la doctora. Tenía la bata blanca rota y una solapa colgaba de un lado, como si fuese un colgajo de piel blanca. Era evidente que había sido víctima de un ataque feroz.

Tohr pensó en Wellsie en medio de su sufrimiento. Cuando había llegado a su habitación, el lugar parecía un campo de batalla. La mesita de noche estaba volcada, todos los muebles de la habitación estaban tirados por el suelo y rotos, las almohadas y las sábanas rasgadas, el despertador roto en mil pedazos...

Él había encontrado a Wellsie en un rincón, sobre la alfombra, hecha un ovillo de agonía. Estaba desnuda, pero caliente y sudorosa, aunque hacía frío.

Nunca olvidaría cómo ella lo miró y, a través de un velo de lágrimas, le rogó que le diera lo que él podía darle.

Tohr la había follado completamente vestido.

—Tohr... ¿*Tohr*?

—¿Los otros machos están en cuarentena? —murmuró Tohr.

—Sí. Incluso he tenido que echar de aquí a Manny. Estaba...

—Sí. —Probablemente el médico debía de estar llamando en ese momento a Payne para que regresara del campo de batalla. O tenía planes de pasar un buen rato con su mano izquierda, ya que, después de que cualquier macho se exponía a la fuerza del deseo, quedaba con una erección permanente por un tiempo, aunque saliera de la zona de influencia.

—Le pedí a Ehlena que viniera a ayudarme, pero me dijo que tenía que mantenerse alejada. Supongo que a veces el ciclo de una hembra puede afectar al de las otras. Y aquí ninguna quiere quedarse embarazada.

Tohr se llevó las manos a las caderas y asintió con la cabeza, mientras recuperaba la compostura. Se dijo que no era ningún animal capaz de follar con Otoño en cualquier cama. Él no era...

Mierda, pero ¿en qué demonios pensaba ella? ¿Por qué no quería que le administraran calmantes?

Tal vez era una treta. Para lograr que él la montara.

¿Acaso podría ser tan calculadora?

El siguiente grito fue totalmente sobrecogedor y eso lo enfureció. Enseguida se ordenó dar media vuelta y volverse por donde había venido, pero no podía dejar sola a la doctora Jane. Con seguridad llevaría a cabo otro intento de ayudar a Otoño y era posible que acabara herida.

Tohr miró a la médica.

—Vamos juntos..., y no me importa si ella está de acuerdo o no. Vas a ponerle un calmante, aunque tenga que sujetarla contra el suelo para mantenerla quieta.

Tohr respiró un par de veces para tomar aliento y se arregló los pantalones.

Jane le estaba diciendo algo: seguramente seguía hablando de toda clase de consideraciones éticas, pero él no la estaba escuchando.

Recorrer el pasillo les llevó una eternidad: con cada paso que daban, el cuerpo de Tohr se tensaba más y más, transformándolo en una bomba de instintos. Cuando llegó a la puerta de la sala de reanimación en la que se encontraba Otoño, Tohr se dobló y se agarró la entrepierna, incluso frente a la doctora Jane. El pene le palpitaba sin control y no podía dejar de mover las caderas...

Abrió la puerta.

—Mieeeerda...

Notó como si los huesos se le quebraran en dos al verla. Una parte de él sintió deseos de abalanzarse sobre ella, mientras que la otra lo obligó a quedarse junto a la puerta.

Otoño se encontraba en la cama, sobre el estómago, con una rodilla contra el pecho y la otra pierna estirada en un ángulo extraño. Tenía la camisola enredada en la cintura, estaba empapada de sudor y el pelo no era más que un mazacote húmedo y enredado alrededor de su cuerpo. Y tenía manchas de sangre cerca de la boca, porque probablemente se había mordido los labios.

—Tohrment... —dijo con voz entrecortada—. No... vete...

Él se acercó a la cama y puso su cara frente a la de ella.

—Es hora de detener esto...

—Ve... te... —espetó Otoño, y lo miró con aquellos ojos inyectados en sangre que no podían enfocar debido a las lágrimas que rodaban por su cara irisada, pues las hormonas le habían otorgado un color melocotón que hacía que pareciese una fotografía antigua pintada a mano—. Vete... No...

El gruñido que interrumpió sus palabras fue subiendo de volumen hasta convertirse en un grito.

—Trae los calmantes —le dijo Tohr a la médica.

—Pero ella no quiere tomárselos...

—¡Tráelos! Es posible que tú necesites que ella te dé su consentimiento, pero yo no...

—Habla con ella primero...

—¡No! —gritó Otoño.

Entonces se desató un caos y todos comenzaron a gritar al mismo tiempo hasta que la siguiente oleada de deseo dejó callados a Tohr y a Otoño, pues los dos se doblaron otra vez por la intensidad del instinto.

La aparición de Lassiter se produjo en el instante en que pasó la crisis y estaba a punto de comenzar otra ronda de gritos airados: el ángel avanzó hasta la cama y extendió la palma de su mano.

Otoño se calmó de inmediato y entornó los ojos, al tiempo que relajaba las extremidades. Tohr sintió alivio al ver que al menos ella ya no estaba sufriendo. Todavía se hallaba atrapado en las garras del deseo, pero al menos la hembra ya no se estaba muriendo de dolor.

—¿Qué le estás haciendo? —preguntó la doctora Jane.

—Solo está en un trance. Pero no podré mantenerla así mucho tiempo.

Sin embargo, el asunto era impresionante. La mente de los vampiros era más fuerte que la de los humanos y, por eso, el hecho de que el ángel pudiera producir esa clase de reacción en Otoño sugería que realmente tenía varios trucos escondidos bajo la manga.

Los ojos de Lassiter se cruzaron con los de Tohr.

—¿Estás seguro?

—¿De qué? —preguntó él. Maldición, estaba a punto de perder el control…

—De la posibilidad de montarla.

Tohr estalló en una carcajada de amargura.

—Eso no está en el libreto. *Jamás*.

Y para demostrar su determinación, se abalanzó hacia la derecha, hacia donde había una bandeja con jeringas que claramente habían sido preparadas para Otoño, y después de agarrar dos, se las clavó en las piernas y se inyectó lo que hubiera en ellas.

En ese momento se oyeron muchos gritos, pero no duraron demasiado pues el cóctel de drogas, cualquiera que fue, hizo efecto inmediatamente y Tohr cayó al suelo.

Lo último que vio antes de desmayarse fueron los ojos desorbitados de Otoño mirándolo caer.

Mientras Qhuinn y John la miraban con deliberada indiferencia, Layla se enderezó en el asiento duro en el que estaba sentada. Al mirar a su alrededor en el restaurante, solo vio humanos que disfrutaban tranquilamente de pequeños postres similares a los que ella tenía en su plato, así que le resultaba difícil entender cuál era el problema.

—¿Qué pasa? —susurró, inclinándose hacia delante. Por lo general creía que los humanos se parecían mucho a los vampiros y solo trataban de vivir su vida sin meterse con nadie. Pero daba la impresión de que allí pasaba algo, y esos dos machos debían de saber qué era.

Qhuinn la miró y sonrió de manera forzada.

—Después de alimentar al macho, ¿qué hiciste? ¿Qué hicieron ellos?

Layla frunció el ceño, pues quería que le dijeran qué era lo que pasaba.

—Ah…, pues traté de convencerlos de que lo trajeran al centro de entrenamiento. Supuse que como su camarada había acudido allí para que lo trataran, él también podría hacerlo.

—¿Crees que sus heridas eran mortales?

—Si yo no hubiese llegado a tiempo, sí, habrían sido mortales. Pero cuando me marché tenía mucho mejor aspecto. Respiraba casi con normalidad.

—¿Y tú te alimentaste de él?

Al hacer esa pregunta, el tono de voz de Qhuinn resonó con abierta preocupación. Hasta el punto de que, si los límites de su relación no hubieran estado bien establecidos, Layla habría podido pensar que estaba celoso.

—No, no lo hice. Tú eres el único con quien lo he hecho.

—El silencio que siguió fue más revelador que las preguntas. El problema no eran los humanos que los rodeaban en el restaurante ni allá fuera, en las calles—. No entiendo —dijo ella con irritación—. Él estaba mal y yo lo ayudé. Vosotros más que nadie deberíais absteneros de discriminar a alguien simplemente porque es un soldado raso y no un personaje de noble cuna.

—¿Le contaste a alguien adónde ibas esa noche? ¿Lo que hiciste?

—El Gran Padre nos da mucha libertad. Llevo muchísimo tiempo alimentando y cuidando a los guerreros… Eso es lo que hago. Es mi propósito en la vida. No entiendo qué pasa…

—¿Has tenido algún contacto con ellos desde entonces?

—Tenía la esperanza de… Esperaba que uno de ellos, o los dos, aparecieran en cualquier momento en la mansión, de manera más formal, para poder ver de nuevo al que estaba herido. Pero no, no los he visto. —Layla apartó su plato—. ¿Queréis decirme de una vez qué pasa?

Qhuinn se puso de pie, sacó su cartera y dejó dos billetes de veinte sobre la mesa.

—Tenemos que regresar al complejo.

—¿Por qué te estás comportando tan…? —Layla bajó la voz, pues unas cuantas personas se volvieron para mirarlos—. ¿Por qué te pones así? ¿Quieres decirme qué pasa?

—Vamos.

John Matthew también se levantó; tenía una expresión de furia en la cara, con los puños y la mandíbula apretados.

—Layla, ven con nosotros. ¡Vamos!

Para evitar montar una escena en público, ella se puso de pie y los siguió hasta la calle. Pero no tenía ninguna intención de seguir sus órdenes y desintegrarse como una niña buena. Si esos dos se querían comportar así, iban a tener que explicarle la razón.

Así que se plantó en medio de la nieve y miró a los dos machos con odio.

—¿Qué es lo que os pasa a vosotros dos?

Un año antes, Layla jamás habría empleado ese tono de voz. Pero ya no era la misma hembra. Había cambiado mucho.

Al ver que ninguno de los dos machos respondía, sacudió la cabeza.

—No me voy a mover de esta acera hasta que me lo digáis.

—No, Layla, no nos hagas esto —dijo Qhuinn con brusquedad—. Tengo que...

—A menos que me digáis qué es lo que sucede, la próxima vez que alguno de esos soldados me llame podéis estar seguros de que voy a acudir...

—Entonces tú también te convertirías en una traidora.

Layla parpadeó.

—¿Perdón? ¿Una traidora?

Qhuinn miró a John de reojo. Al ver que el macho se encogía de hombros y levantaba las dos manos, se oyó una larga retahíla de obscenidades.

Y luego la tierra pareció abrirse bajo los pies de Layla.

—Creo que el macho que alimentaste es un soldado de nombre Xcor. Es el líder de un escuadrón de guerreros maleantes llamado coloquialmente la Pandilla de Bastardos. Y hace algún tiempo, en otoño, por la época en que tú lo alimentaste, acababa de perpetrar un atentado contra la vida de Wrath.

—Yo..., lo siento. Qué... —Al ver que Layla parecía a punto de desmayarse, John dio un paso adelante y la sostuvo—. Pero ¿cómo podéis estar seguros de que...?

—Yo fui el que lo hirió, Layla. Lo golpeé brutalmente para que los hermanos tuvieran la oportunidad de sacar a Wrath de allí y lo llevaran cuanto antes a casa, pues necesitaba atención médica urgente. Ellos son nuestros enemigos, Layla, tan enemigos como la Sociedad Restrictiva.

—Pero el otro... —Layla tuvo que aclararse la voz—. El otro soldado, el que me llevó a donde él estaba... A él lo atendieron en el centro de entrenamiento. Phury me llevó para que lo alimentara, con Vishous. Me dijeron que era un soldado honorable.

—¿Eso te dijeron? Quizá dejaron que pensaras que era así para no asustarte.

—Pero..., si él es un enemigo, ¿por qué lo acogieron?

—Ese era Throe, el segundo de Xcor. Su jefe lo había dejado abandonado para que se muriera y no íbamos a permitir que eso pasara estando bajo nuestra vigilancia. Tenemos la obligación de atender a todo soldado herido.

John sacó su móvil con la mano que tenía libre y mandó un mensaje rápido, pero Layla no vio de qué se trataba. Sentía que le ardían los pulmones, la cabeza le daba vueltas y tenía un remolino en las entrañas.

—¿Layla?

Alguien la estaba llamando, pero el pánico que la invadía era lo único que podía sentir en esos momentos. Mientras su corazón latía pesadamente y abría la boca para respirar, una pesada oscuridad descendió sobre ella…

—¡Puta mierda! ¡Layla!

Saltando de un techo a otro, Xhex guardaba una distancia prudente respecto a Xcor mientras lo seguía de un callejón a otro, de un distrito a otro, en los que se enfrentaba con restrictores. Por lo que alcanzaba a ver, el macho era un guerrero eficiente en grado sumo y esa guadaña que llevaba a la espalda causaba terribles destrozos. Lástima que fuera un megalómano con ínfulas de ocupar el trono.

Xhex se mantuvo todo el tiempo al menos a una calle de distancia. No había razón para tentar a la suerte y correr el riesgo de que se diera cuenta de que lo estaban siguiendo. No obstante, tenía la sensación de que lo sabía. A juzgar por la manera como trataba a los enemigos, era un guerrero lo suficientemente inteligente como para suponer que Wrath y la Hermandad enviarían emisarios para perseguirlo, y, además, él no se escondía. Era un individuo con un patrón emocional particular dentro de un espacio geográfico limitado: combatía en Caldwell. Todas las putas noches.

¿Eh?

Cuando comenzaron a caer copos de nieve, el macho en cuestión cambió de rumbo y súbitamente comenzó a correr junto a su mano derecha, Throe. Xhex se desintegró hacia otro edificio para seguirlos. Y luego a otro. Y a un tercero. ¿Adónde iban? Acababan de salir del sector donde solían combatir y se dirigían derechitos a algún sitio…

Cuando habían recorrido casi un kilómetro, Xcor se detuvo; era evidente que estaba tratando de decidir si doblaba a la izquierda o a la derecha. Throe se paró junto a él y hubo un agrio intercambio de palabras entre los dos. ¿Quizá porque Throe se había dado cuenta de que iban en la dirección equivocada?

Mientras los machos discutían, Xhex miró hacia el cielo y luego a su reloj. Mierda. Xcor se desintegraría al final de la noche y lo perdería de vista. Teniendo en cuenta que sus instintos tenían un límite de acción, cuando se desintegrara el macho sería imposible de localizar.

Pero al menos ahora conocía su patrón emocional. Y, tarde o temprano, él o alguno de sus soldados iba a quedar herido y tendrían que evacuarlo de la ciudad en un coche. Era inevitable... Y de ese modo ella los encontraría: Xhex no podía perseguir un montón de moléculas dispersas por el aire, pero sí seguir un coche, una furgoneta, un camión. Esa sería su manera de entrar en su guarida. Y Dios sabía que hacía ya mucho tiempo que estaba esperando a que eso ocurriera.

Abruptamente, Xcor volvió a ponerse en movimiento y dio la vuelta al edificio desde el cual ella los observaba, lo que hizo que Xhex también tuviera que ponerse en marcha. Con gran habilidad, Xhex se agachó encima de la nieve endurecida que cubría el techo y dio la vuelta con él, pasando por encima de los conductos de la calefacción y otros aparatos. Cuando llegó al otro lado del edificio, ella...

John Matthew.

Mierda, su John no estaba lejos. ¿Qué demonios...?

John le había dicho que se iba a quedar en casa esa noche porque no tenía turno.

¿Con quién estaba? Qhuinn ya había dejado su afición por las putas... Y, en todo caso, esta no era la zona de la ciudad más indicada para esa clase de prácticas. Este era el barrio de los teatros.

Al desintegrarse y subir hasta la cornisa del edificio, Xhex miró hacia abajo. Al otro lado de la calle, en la boca de un callejón, John estaba entre las sombras, con Qhuinn y... Layla, quien se hallaba en los brazos de Qhuinn, como si se hubiese desmayado.

Mieeeerda. Algo grave estaba ocurriendo allí abajo. Un gran drama, uno que amenazaba con congelar el patrón emocional de la Elegida de una vez y para siempre.

Entonces Xhex dispersó sus moléculas y volvió a tomar forma frente a John, dándoles una sorpresa a todos.

—¿Está bien? —Señaló a Layla—. ¿Qué le pasa?

—Estamos esperando a Butch —dijo John por señas.

—¿Ya viene en camino?

—Está ocupado al otro lado de la ciudad en una misión de limpieza. Pero lo necesitamos ya.

Era obvio. Lo que fuera que había sucedido allí era grave.

—Ya puedes dejarme… —dijo Layla con voz ronca.

Qhuinn simplemente negó con la cabeza y siguió con ella entre los brazos.

—Mira, iAm no está lejos. —Xhex sacó su móvil y se lo enseñó—. ¿Quieres que lo llame?

—Sí, eso sería genial —contestó Qhuinn.

Mientras llamaba al Moro, Xhex se quedó mirando fijamente a John.

—Hola, iAm, ¿cómo vas? Sip. Aja, ajá… ¿Cómo lo has sabido? Sí, necesito un coche en el distrito teatral, ya… Eres genial, iAm. —Xhex terminó la llamada y dijo—: Listo. Llegará en menos de cinco minutos.

—Gracias —dijo John.

—¿Qué sucede? —preguntó Qhuinn al sentir que Layla comenzaba a ponerse rígida.

Xhex entornó los ojos y se concentró en el rostro de la Elegida, mientras el patrón emocional de la hembra se encendía…, como si estuviera excitada. Y también avergonzada. Y dolorida.

—Él está aquí —susurró la Elegida—. No está lejos.

John y Qhuinn sacaron enseguida sus armas, lo cual mostró la habilidad de Qhuinn, teniendo en cuenta que todavía sostenía a Layla entre sus brazos.

¿De quién diablos estaba hablando Layla…?, se preguntó Xhex.

¡Xcor!, se respondió a sí misma, al tiempo que dirigía la vista en la dirección en que estaba mirando la Elegida. Luego unió fácilmente las piezas del rompecabezas y dijo en voz alta:

—Por Dios… ¿Xcor?

iAm eligió ese momento para estacionar su BMW X5; una fracción de segundo después ya estaba en la acera y tenía la puerta abierta.

Qhuinn se abalanzó hacia el todoterreno y Layla no opuso ninguna resistencia mientras la metían en el coche como si fuera una inválida.

—Llevaos el vehículo —les dijo iAm a los machos—. Como si fuera vuestro.

Después de un apurado gesto de agradecimiento por parte de Qhuinn, hubo un breve momento de incertidumbre al tiempo que John miraba a Xhex.

Mientras se preparaba para una reacción masculina, Xhex sintió deseos de maldecir...

—La llevaremos a casa —dijo John por señas—. Tú quédate aquí y haz lo que tengas que hacer.

Y diciendo esas palabras, se subieron al todoterreno de iAm y se marcharon.

—¿Necesitas ayuda? —preguntó iAm.

—Gracias, pero no —murmuró Xhex, mientras observaba cómo desaparecían por la esquina las luces rojas del coche—. Lo tengo todo bajo control.

Xcor sintió a la Elegida desde lejos. Atraído por ella, cambió de rumbo y se dirigió hacia donde se encontraba ella…, hasta que Throe se interpuso en su camino y discutió con él.

Lo cual, en cierto sentido, era bueno. Eso significaba que Throe estaba cumpliendo su promesa de no volver a verla.

Xcor, por su parte, no había hecho ninguna promesa, así que había seguido avanzando, a pesar de las protestas de su soldado. Sabía que estaba mal, pero había pasado demasiados días contemplando las telarañas que había encima de su camastro y preguntándose dónde estaría ella, qué estaría haciendo, cómo estaba.

Si la Hermandad alguna vez descubría a quién había ayudado la Elegida en aquella pradera, se pondrían furiosos, y se decía que Wrath, el Rey Ciego, hacía honor a su fama de iracundo. La verdad era que Xcor todavía lamentaba el hecho de que su segundo al mando la hubiera involucrado en ese problema. Ella era tan ingenua, una inocente que solo quería ayudar, y ellos la habían convertido en una traidora.

Se merecía algo mejor.

En efecto, parecía una locura rezar por que su objetivo tuviera clemencia con ella. Pero eso era lo que pasaba. Xcor rezaba para que Wrath la perdonara si alguna vez se sabía la verdad…

Cuando llegó al lugar donde estaba, Xcor no se atrevió a acercarse demasiado… y la encontró a la puerta de un pequeño café, envuelta en sombras que no logró penetrar, a pesar de todos sus esfuerzos.

No se encontraba sola; estaba vigilada por soldados, dos de ellos machos y una hembra.

¿Podría ella percibir su presencia?, se preguntó Xcor mientras el corazón le latía como si lo estuvieran persiguiendo. ¿Les diría a los otros que él estaba cerca…?

Un vehículo negro se acercó a donde estaba el grupo y lo que se bajó del coche era algo de lo que solo había oído rumores: ¿acaso era una Sombra? ¿Una Sombra vivita y coleando?

La Hermandad tenía aliados poderosos, eso era seguro…

Rápidamente, su Elegida fue introducida en el coche. Iba en brazos del soldado con el que se había enfrentado aquella noche en casa de Assail.

Xcor enseñó los colmillos, pero contuvo el gruñido. El hecho de que el otro macho la estuviera tocando lo puso muy violento. Y la idea de que ella pudiera estar herida lo aterrorizó hasta el punto de producirle un estremecimiento.

En el último momento, antes de desaparecer en el asiento trasero del vehículo, ella había mirado hacia donde estaba él.

El instante de conexión detuvo el tiempo hasta que todo, desde los copos de nieve que caían hasta el parpadeo del letrero de neón que había junto a ella, pasando por la rapidez con que la Elegida fue despachada en ese coche, se volvió una serie de fotogramas independientes tomados uno a uno por su propia mente.

La muchacha no llevaba su túnica blanca, sino que iba vestida con ropa humana que a Xcor no le gustó. Sin embargo, todavía llevaba el pelo recogido en lo alto de la cabeza, lo cual acentuaba los espectaculares rasgos de su cara. Y al respirar, las fosas nasales de Xcor se llenaron de aire frío mezclado con el delicado aroma de la Elegida.

Era exactamente igual que lo que recordaba de ella. Solo que ahora la Elegida parecía muy angustiada: estaba muy pálida, tenía los ojos muy abiertos y sus manos temblaban cuando se las llevó a la garganta, como si quisiera protegerse.

De hecho, Xcor estiró la mano en dirección a la muchacha, como si hubiese algo que pudiera hacer para aliviar su sufrimiento, como si pudiera ayudarla de alguna manera.

Era un gesto que siempre tendría que permanecer en las sombras. Ella sabía que él estaba ahí y esa, posiblemente, era la razón de que se la estuvieran llevando.

Y ahora ella le tenía miedo. Probablemente porque ya sabía que él era su enemigo.

Los dos machos se marcharon con ella: el más alto se puso al volante y aquel con el que había peleado se sentó junto a ella, en la parte de atrás.

Sin darse cuenta de lo que hacía, Xcor metió la mano en su abrigo y agarró su pistola. La tentación de interponerse en el camino del vehículo, matar a los dos machos y llevarse lo que deseaba era tan grande que incluso cambió de posición en la calle.

Pero no podía hacerle eso a Layla. Él no era su padr…, *no* era el Sanguinario. Él no torturaría la conciencia de esa pobre muchacha durante el resto de sus días con semejante violencia, porque seguramente ella se sentiría culpable de todas esas muertes.

No, si alguna vez llegaba a tenerla sería porque ella habría acudido a él por voluntad propia. Lo cual era un imposible, por supuesto.

Y así… Xcor la dejó marchar. No se atravesó en el camino del vehículo para meterle al conductor una bala en la cabeza. No corrió después hacia el coche para matar al que iba en el asiento trasero, ni se volvió para matar a la hembra soldado que estaba en ese momento justo detrás de él, a menos de una calle. No se infiltró en el vehículo, agarró a la Elegida y la condujo a un lugar tibio y seguro.

Donde le quitaría esa horrible ropa humana de encima… para reemplazarla por su cuerpo desnudo.

Xcor bajó la cabeza y cerró los ojos mientras organizaba sus pensamientos, los controlaba y los dirigía lejos de su fantasía. En efecto, ni siquiera la utilizaría como una manera de llegar a los hermanos: eso sería firmar su sentencia de muerte.

No, no la usaría como instrumento en esa guerra. Ya la habían comprometido demasiado.

Xcor dio media vuelta sobre la nieve y se quedó mirando a Xhex. El hecho de que los soldados se hubiesen marchado con la Elegida, en lugar de quedarse a pelear con él, era lógico. Una hembra como esa era un bien muy preciado y probablemente habían pedido refuerzos para que los acompañaran en el viaje hacia quién sabe dónde.

Era interesante que hubiesen elegido a una hembra para quedarse vigilando. Debían suponer que él iba a salir a perseguirlos, y parecía que la habían dejado allí para que se hiciera cargo de él.

—Te siento con claridad meridiana, hembra —dijo Xcor.

Para sorpresa de Xcor, la hembra dio un paso hacia la luz que proyectaba una puerta sobre el callejón. De pelo corto y con un cuerpo sólido y poderoso, forrado en cuero, debía de tratarse con seguridad de una guerrera.

Bueno, mira si esta no había sido una noche de sorpresas: si esa hembra estaba relacionada con la Hermandad, Xcor podía estar seguro de que era peligrosa, así que la pelea podía llegar a ser muy divertida.

Y, sin embargo, cuando lo encaró, la hembra no sacó ningún arma. Estaba preparada, eso sí. De hecho, su manera de cuadrarse le indicó a Xcor que estaba lista para hacer lo que tuviera que hacer.

Xcor entrecerró los ojos.

—¿No vas a pelear porque eres toda una dama?

—Tu vida no está en mis manos.

—Entonces, ¿en manos de quién está? —Al ver que ella no respondía, Xcor entendió que había un plan en marcha. La pregunta era: ¿qué clase de plan?—. ¿No tienes nada que decir, hembra?

Xcor dio un paso hacia ella. Y luego otro. Solo para probar cuáles eran los límites. Desde luego, ella no retrocedió, solo se abrió lentamente la cremallera de la chaqueta, como si estuviese lista para sacar sus armas.

En medio de aquel pozo de luz, con las botas bien plantadas en el suelo y los copos de nieve cayendo a su alrededor, la figura negra de la hembra parecía una pintura. Sin embargo, Xcor no se sentía atraído hacia ella, lo cual, pensó, haría que todo resultara mucho más fácil. En otras circunstancias esa hembra podía haberle atraído mucho, pero… Ahora todo era diferente.

—Pareces bastante agresiva, hembra.

—Si me obligas a matarte, lo haré.

—Ah. Bueno, lo tendré en cuenta. Pero dime: ¿te has quedado aquí por el placer de disfrutar de mi compañía?

—No creo que haya ningún placer en eso.

—Tienes razón. Mis modales sociales no son mi mejor virtud.

Ella lo estaba siguiendo, pensó Xcor. Por eso estaba allí. De hecho, desde el comienzo de la noche había tenido la sensación de que lo seguía una sombra.

—Me temo que voy a tener que irme —dijo Xcor arrastrando las palabras—. Pero tengo el presentimiento de que nuestros caminos volverán a cruzarse.

—Puedes apostar lo que quieras.

Xcor le hizo una inclinación de cabeza… y desapareció rápidamente. Aunque tuviera una gran habilidad para seguir el rastro de la gente, era imposible dar caza a moléculas dispersas. Nadie era tan bueno.

Ni siquiera su Elegida podría hacerlo…, gracias al Cielo. Porque la verdad era que se le había ocurrido varias veces que ella pudiera encontrarlo si lo deseara, pues la sangre que le había regalado y que ahora corría por sus venas era como una especie de faro que ella podría seguir durante algún tiempo.

Pero la muchacha no había hecho nada parecido, y nunca lo haría. Ella no tomaba parte en esa guerra…

Cuando volvió a tomar forma en las riberas del Hudson, lejos del centro, su teléfono sonó. Al sacar el dispositivo negro, Xcor clavó los ojos en la pantalla. La foto de un dandi chapado a la antigua aparecía al lado de unas letras y unos números que no podía descifrar…, lo cual indicaba que su contacto dentro de la glymera lo estaba buscando.

Xcor oprimió el botón con letras verdes.

—Me encanta oírte, Elan —murmuró—. ¿Cómo te encuentras esta noche? Ah, ¿sí? En efecto. Sí. Volveré a llamarte para darte una ubicación…, pero diles a ellos que sí. Nos reuniremos cuanto antes.

Perfecto, pensó Xcor, al oprimir el botón rojo. La fracción separatista de la glymera quería reunirse con él en persona. Por fin las cosas se estaban empezando a mover.

Ya era hora.

Al observar el río, Xcor dejó salir toda su agresividad, pero el alivio no duró mucho. Inevitablemente, sus pensamientos regresaron a la imagen de su Elegida y esa horrible expresión que tenía en la cara.

Ella ya sabía quién era él.

Y, como sucedía con todas las hembras, ahora lo veía como un monstruo.

Desde el asiento trasero del todoterreno de iAm, Qhuinn vigilaba todos los costados del vehículo, atento por si los estuvieran siguiendo. También había llamado a V y a Rhage para que los flanquearan, por si acaso.

No les había dicho que lo que le preocupaba eran los Bastardos. Ellos se habían imaginado que le inquietaba un ataque de los restrictores y Qhuinn decidió dejar las cosas así.

Y John tampoco iba hacia el complejo, no había razón para acercarse a la casa. En lugar de eso, iban en dirección a los barrios periféricos y darían vueltas por los vecindarios humanos hasta que Layla tuviera tiempo de recuperarse y desintegrarse hacia la mansión.

A propósito de ella, Qhuinn le echó un vistazo. Miraba por la ventanilla y su pecho se elevaba y se comprimía con rapidez.

Pero, claro, descubrir que has ayudado al enemigo, que probablemente le has salvado la vida, no es algo fácil de asimilar.

Qhuinn se acercó, le puso una mano en la pierna y le dio un apretón.

—Está bien, cariño.

Ella no lo miró. Solo sacudió la cabeza.

—¿Cómo puedes decir eso?

—Tú no lo sabías.

—Se ha quedado en la ciudad. No nos sigue.

Bueno saberlo.

—¿Me avisarás si eso cambia?

—Por supuesto. —Layla hablaba con una voz contenida, monocorde—. Dentro de un momento estaré bien.

Qhuinn maldijo entre dientes.

—Layla. Mírame. —Al ver que ella no lo hacía, le puso un dedo debajo de la barbilla y dijo—: Oye, tú no sabías quién era él.

Layla cerró los ojos, como si deseara poder regresar en el tiempo a la noche en que estuvo con aquel macho y hacer todo de nuevo.

—Ven aquí —dijo, y la abrazó.

Ella estaba rígida y, cuando le acarició la espalda, Qhuinn sintió la tensión de sus músculos.

—¿Qué voy a hacer si el rey me destituye? —dijo Layla contra el pecho de Qhuinn—. ¿Qué voy a hacer si Phury…?

—No lo harán. Ellos lo entenderán. Tú no sabías nada.

Al sentir que ella se estremecía, Qhuinn miró de reojo a John a través del espejo retrovisor y sacudió la cabeza. Modulando las palabras con los labios, dijo en silencio:

—Llevémosla a casa. No nos sigue nadie. Xcor se quedó en la ciudad.

John levantó una ceja y luego asintió con la cabeza.

Después de todo, la sangre no mentía, aunque, por desgracia, era una espada de doble filo. La buena noticia era que el mhis con el que V rodeaba el complejo impedía que cualquiera del exterior pudiera encontrarla allí, lo cual explicaba que hubiesen alimentado a Throe, para empezar. Y al menos esa conexión con Layla se iba desvaneciendo cada noche que pasaba, a pesar de que la sangre de las Elegidas fuera tan pura.

—No tengo nada propio —dijo Layla de repente—. Nada. Me pueden quitar hasta mi función más esencial.

—Ssshhh… Eso no va a suceder. Yo no lo permitiré.

Joder. Qhuinn elevó una plegaria para que eso fuera cierto. Y claro que tenían que contarles todo al rey y al Gran Padre en cuanto llegaran: la primera parada, después de llevar a Layla con la doctora Jane, sería el estudio de Wrath. Esos dos tenían que entender la situación de Layla, ella había sido manipulada por el enemigo, explotada como cualquier otro recurso para hacer algo que nunca habría hecho voluntariamente, ni en un millón de años.

Qhuinn deseaba haber matado a Xcor cuando tuvo la oportunidad…

Unos buenos treinta minutos después, John se salió de la carretera que llegaba por detrás para dirigirse al centro de entrenamiento, y pasaron otros diez minutos antes de que aparcara por fin en el garaje.

Cuando se bajó del coche, Qhuinn sintió el primer indicio de que algo raro estaba pasando: de repente se puso tenso y notó cómo le hervía la sangre en las venas sin que mediara ninguna razón aparente. Y luego sintió una erección gigante palpitando bajo sus pantalones.

Entonces frunció el ceño y miró a su alrededor. Y John hizo lo mismo cuando abrió la puerta y se bajó del puesto del conductor.

Había... una especie de embrujo en el aparcamiento. ¿Qué demonios estaba pasando?

—Ah, bueno, vamos a llevarte a ver a la doctora Jane —dijo Qhuinn, al tiempo que agarraba a Layla del codo y se aseguraba de tener bien cubiertas las caderas con su chaqueta de cuero.

—Estoy bien. De verdad...

—Entonces eso es lo que nos dirá la doctora...

Cuando John abrió la puerta y todos entraron, Qhuinn sintió que perdía el hilo de sus pensamientos, al tiempo que se estrellaba contra un muro de hormonas. Entonces bajó la mirada hacia su pelvis y no pudo creer lo que le pasaba; estaba a punto de tener un orgasmo.

—Alguien está en su periodo de fertilidad —anunció Layla—. No creo que vosotros dos debáis entrar...

Al fondo del pasillo, la doctora Jane salió corriendo de una de las salas de reconocimiento.

—Tenéis que marcharos... Qhuinn y John, tenéis que iros ya...

—¿Quién...? —Qhuinn tuvo que cerrar los ojos y disminuir el ritmo de su respiración, pues el movimiento restregaba su polla contra la bragueta de sus pantalones y esta amenazaba con explotar—. ¿Quién está...?

Al sentir una especie de oleada cada vez más intensa, Qhuinn perdió el habla.

Mierda, era como si acabara de salir de la transición y estuviese rodeado de hembras desnudas y en toda clase de posiciones.

—Es Otoño —dijo Jane, y corrió hacia donde estaban ellos para empujarlos hacia el aparcamiento—. ¿Estás bien, Layla?

—Estoy bien...

—Necesita que le hagas un chequeo físico rápido —murmuró Qhuinn, al tiempo que daba media vuelta hacia el coche del Moro—. Ha estado a punto de desmayarse. Envíame un mensaje cuando termines, Layla. ¿Vale?

John también caminaba como si fuera un espantapájaros: rígido y sin ninguna coordinación. Pero, claro, cuando tienes un bate de béisbol entre los pantalones es difícil caminar como Fred Astaire, ¿no?

En el momento en que la pesada puerta de acero se cerró tras ellos, las cosas mejoraron un poco, y cuando pasaron todas las puertas se sintieron mucho mejor, a pesar de que todavía estaban excitados.

—Por Dios —dijo Qhuinn—. Si pudiéramos embotellar eso sacaríamos del mercado a los productores de la Viagra.

John, al volante, silbó para mostrar que estaba de acuerdo.

Recorrieron en silencio la carretera en dirección a la casa principal.

Qhuinn se rebullía con incomodidad dentro de sus pantalones. No había tenido mucha actividad sexual desde… Bueno, mierda, hacía casi un año, cuando tuvo un momento de intimidad con aquel pelirrojo en el Iron Mask. Después de eso, no se había sentido muy interesado en nada ni en nadie, macho o hembra. Ya ni siquiera se despertaba con una erección.

Demonios, debido a todo ese tiempo de abstinencia, había comenzado a pensar que ya había quemado todos sus cartuchos disponibles para tener orgasmos; teniendo en cuenta lo mucho que había follado después de su transición, el asunto parecía más que probable.

Pero ahí estaba, moviéndose nerviosamente en la silla.

A su lado, John se encontraba en las mismas. Sacudiéndose hacia delante y hacia atrás.

Cuando la mansión apareció por fin en medio del mhis, Qhuinn sintió miedo de entrar. Irse a su cuarto solo, a masturbarse una o dos veces, para volver a retomar su vigilia frente al televisor apagado no tenía nada de atractivo.

«No tengo nada propio. Nada. Me pueden quitar hasta mi función más esencial».

Layla tenía mucha razón en eso. Y a él le pasaba lo mismo; aunque todo el mundo lo trataba muy bien, la verdad era que le permitían vivir en la mansión porque cumplía una misión relacionada con John, como su ahstrux nohtrum.

Al igual que Layla. Sin embargo, a él lo podían despedir.

¿Y qué sería de su futuro? Estaba seguro de que nunca se iba a aparear, porque no quería condenar a ninguna hembra a una unión sin amor, y nunca iba a tener hijos, aunque, teniendo en cuenta que tenía los ojos disparejos, tal vez eso era buena idea.

La conclusión era que su futuro parecía un túnel de incontables siglos de vida sin tener una casa de verdad, ni una familia de verdad, ni nadie que fuera realmente suyo.

Mientras se pasaba una mano por el pelo y se preguntaba si existía la posibilidad de que su polla se desinflara como por arte de magia…, Qhuinn pensó que entendía perfectamente lo que la Elegida había querido decir cuando hablaba del vacío de su vida.

X hex necesitaba información. Ya.

Cuando Xcor se desintegró, salió del alcance de su radar en pocos segundos. Sí, ella tenía una idea de la dirección que había tomado, pero sabía que Xcor habría camuflado de alguna manera el paradero de su escondite para engañarla y hacerle perder el rastro.

Y, en efecto, después de seguirlo durante unos minutos, Xhex terminó en las orillas del Hudson, no lejos de su casa: el rastro desaparecía a partir de allí, y no precisamente a causa del viento helado que soplaba sobre el río.

Xhex le dio una patada a la nieve y comenzó a pasearse. Luego volvió al distrito de los teatros y examinó el resto de la ciudad, mientras saltaba de un techo a otro.

Nada.

Terminó encima de aquel edificio desde el cual había visto a John y a los otros, moviéndose de un lado a otro y diciendo groserías como un marinero. En ausencia de pistas físicas, se obligó a guiarse por lo único que le quedaba: el drama que había tenido lugar en aquel desolado lugar.

Entonces sacó su móvil, le envió un mensaje a John y esperó. Y esperó. Y… esperó.

¿Acaso los habrían atacado en el camino de regreso?

Xhex mandó otro mensaje. Luego llamó a Qhuinn, pero no obtuvo respuesta.

Maldición, ¿qué iba a hacer si algo había ocurrido? Aunque aparentemente Xcor había salido de la ciudad, eso no significaba que no hubiese podido dar media vuelta e interceptar el todoterreno de iAm. Y, mientras, ella estaba allí parada, sin poder hacer nada, como una idiota…

Cuando se hallaba a punto de iniciar otra ronda de mensajes de pánico, John le respondió:

Estoy salvo casa. Siento no haber respondido, estaba en clínica.

Al leer eso, Xhex se tranquilizó, respiró profundamente y le respondió:

Necesitamos hablar sobre Layla. ¿Puedo ir a casa?

Era posible que Qhuinn no deseara dejar a la Elegida en ese estado y Xhex no quería que John arrastrara a su ahstrux nohtrum a la calle solo para encontrarse con ella.

En lugar de esperar una respuesta, Xhex se desintegró hacia la mansión y subió los escalones hasta la entrada. La puerta interior se abrió de inmediato. Fritz parecía hecho polvo.

—Buenas noches, milady.

—¿Qué sucede?

El mayordomo le hizo una venia y retrocedió.

—Ah, sí. Sí… ¿A quién ha venido a ver?

Hubo una época en que nadie le habría preguntado eso.

—A John. ¿Está en la clínica?

—Ah, no. Definitivamente no está en la clínica. Se encuentra arriba.

Xhex frunció el ceño.

—¿Pasa algo?

—Ah, no. Por favor, madame, siga.

Eso de que no pasaba nada era pura mierda. Xhex atravesó el suelo de mosaico a paso rápido y subió la escalera de dos en dos. Cuando llegó al segundo piso, vaciló.

Incluso en el pasillo alcanzaba a sentir el olor del sexo; de hecho, había muchos olores mezclados, lo que sugería que había multitud de parejas haciendo el amor. Literalmente.

Y vaya si eso no le dio ganas de vomitar.

Al acercarse a la puerta de John, Xhex se preparó para lo que pudiera encontrar al otro lado. Layla tenía entrenamiento como ehros y Qhuinn hacía mucho tiempo que estaba dispuesto a todo…, y quizá esta separación había llevado a su compañero a caer en los brazos del otro.

Con el corazón temblándole en el pecho, Xhex golpeó con fuerza.

—¿John? Soy yo.

Entonces cerró los ojos y se imaginó una serie de cuerpos desnudos que se quedaban paralizados, gente que miraba a derecha e izquierda y John apresurándose a taparse con algo. No sentía ningún patrón emocional, pero estaba demasiado nerviosa para concentrarse. Tampoco era capaz de separar los aromas; ya le costaba suficiente trabajo sostenerse sobre sus propios pies, porque sabía que al menos uno de los presentes era John.

—Sé que estás ahí.

En lugar de abrir la puerta, John le mandó un mensaje de texto:

Estoy muy ocupado. ¿Puedo buscarte después?

A la mierda con eso.

Xhex agarró el picaporte, lo giró con suficiente fuerza como para arrancarlo y empujó la puerta…

Puta mierda.

John estaba solo en la cama, acostado sobre las sábanas revueltas, y su cuerpo desnudo brillaba con la luz que salía del baño. Tenía una mano entre las piernas, el puño cerrado sobre su polla…, y con la otra mano se agarraba a la cabecera de la cama para tener un punto de apoyo mientras se masturbaba, con la boca abierta y los músculos de los hombros y el cuello a punto de estallar.

Mieeeerda. Tenía la parte baja del abdomen toda pegajosa por los orgasmos que ya había tenido, pero todavía parecía necesitar mucho más alivio.

Cuando sus ojos se encontraron, John se quedó quieto.

—Vete —dijo modulando con la boca—. Por favor…

Ella entró rápidamente y cerró la puerta. No había necesidad de que nadie más viera el espectáculo.

—¡Por favor! —insistió John.

Por favor, pensó Xhex, mientras su propio cuerpo respondía a la situación y la sangre comenzaba a bombear con más fuerza.

Al pasar por encima de la ropa que John había tirado al suelo cuando se desnudó, Xhex solo podía pensar en lo mucho que había extrañado la relación carnal con él. Era como si la hubiesen tenido encerrada durante esos largos meses... Y, sí, habría sido mucho mejor marcharse de allí, dejarlo con su erección y su placer solitario y regresar después.

Pero, Dios, añoraba mucho estar con él.

—No puedo detenerme —moduló John—. Otoño está en su periodo de fertilidad y yo me acerqué demasiado.

Ah. Eso lo explicaba. Solo que...

—¿Mi madre está bien?

—Está con Jane, y sí, está bien.

Dios, pobre hembra. Tener que pasar de nuevo por eso después de todo lo que había sufrido. Pero al menos Jane aliviaría su sufrimiento... Suponiendo que Tohr no...

Bueno, Xhex no quería pensar en eso.

—Xhex, tienes que... irte...

—¿Y si no quiero?

Al oír eso, John se estremeció brutalmente, como si ya estuviera sintiendo el contacto con Xhex, y tuvo otra eyaculación, mientras su puño subía y bajaba por su polla al tiempo que su semilla se esparcía por la parte baja de su abdomen.

Bueno, esa era una buena respuesta: él también la deseaba.

Xhex se acercó al borde de la cama, estiró el brazo y le acarició con los dedos una pierna. Ese solo contacto fue suficiente para que John siguiera eyaculando, mientras sacudía las caderas y su polla se agitaba y su cuerpo de guerrero se contraía al paso del placer.

Entonces Xhex se inclinó, le retiró la mano y capturó la polla de John entre su boca, chupándolo y ayudándolo a correrse como debía ser. Tan pronto como terminó, al menos esa eyaculación en particular, John se quedó quieto durante una fracción de segundo, antes de sentarse y agarrarla.

Ella se dejó llevar, mientras lo besaba y él la acomodaba sobre su cuerpo. Sus manos, aquellas manos grandes y conocidas, comenzaron a acariciarla por todas partes..., hasta que se instalaron en el trasero de Xhex y la levantaron para poder apoyar su cara contra los senos de ella.

Con un rápido movimiento de los colmillos, John le rasgó la camiseta y la besó en el pezón, y luego siguió lamiéndola y chupándola, al tiempo que ella le ayudaba y se quitaba la chaqueta y las armas y...

John la acostó de espaldas y gruñó al llegar a sus pantalones de cuero.

A los pantalones no les fue muy bien, lo cual, si se tenía en cuenta lo resistente que era el cuero de vaca, decía mucho sobre la intensidad de la pasión que sentían. Al menos John se cuidó de no hacer lo mismo con los cilicios.

Tan pronto estuvieron en posición, John la penetró con un solo movimiento y el dolor que le produjo a Xher el ensanchamiento fue suficiente para provocarle el primer orgasmo. Luego él la siguió y sus cuerpos continuaron acoplándose de manera rítmica mientras ella gritaba.

Y John siguió montándola todavía un rato más, de manera implacable, dándole más de lo que ella necesitaba.

Luego Xhex enseñó sus colmillos y esperó a que él se detuviera un momento. Entonces atacó. Lo mordió con fuerza, lo empujó hacia atrás y lo obligó a acostarse sobre el colchón para subirse a horcajadas sobre él. Y mientras lo sujetaba de los hombros y bebía de su garganta, siguió follando apoyándose en sus muslos para subir y bajar sobre la erección de John.

John se rindió a ella por completo. Dejó los brazos a los lados y le transfirió su fuerza, entregándole su cuerpo para que lo usara hasta dejarlo seco arriba en el cuello y debajo de las caderas.

Mientras ella lo poseía, John se quedó mirándola a la cara y el amor que irradiaban esos ojos era tan grande que parecían un par de soles azules que la calentaban con su energía.

¿Cómo demonios había podido vivir sin él?

Después de retirarse de la garganta temporalmente, Xhex se dejó llevar por el orgasmo y hundió la cara en el hombro de John, pues se estaba sacudiendo con tanta violencia que no podía mantener el contacto con los pinchazos. Pero ella sabía que la vena de John estaría a su disposición en cuanto terminaran...

Joder, la vida era complicada. Pero la verdad era muy simple.

Él era su hogar.

Él era el lugar al que pertenecía.

Luego Xhex se dejó caer hacia un lado y animó a John a que la siguiera, sugerencia que él tomó al pie de la letra. Ahora era su turno de alimentarse..., y vista la manera en que clavó los ojos en la yugular de Xhex, era evidente que le gustaba el plan.

—Déjame sellarte los pinchazos primero —dijo ella, y levantó la cabeza hacia la garganta de John.

Pero él la agarró de las muñecas y le impidió moverse, al tiempo que negaba con la cabeza.

—No, quiero sangrar para ti.

Xhex cerró los ojos y sintió que tensionaba la garganta.

Era difícil decir adónde iba a llevarlos eso, porque nunca había previsto que terminaran separados, en primer lugar. Pero era condenadamente bueno estar en casa..., aunque fuera por una corta temporada.

Las horas fueron pasando. La noche se desvaneció, llegó el día y el sol se elevó sobre el horizonte y luego ascendió al punto máximo del cielo para bañar con su luz las montañas cubiertas de nieve.

Pero Otoño no tenía conciencia de nada de eso y así habría sido aunque no estuviera en la clínica sino arriba, en la mansión..., o fuera, en la nieve.

De hecho, podría haber estado directamente bajo la luz del sol. Porque estaba ardiendo.

El intenso calor que sentía en el útero le recordó el nacimiento de Xhexania, la agonía que llegaba a unas alturas que le hacían preguntarse si no estaría a punto de morir, antes de ceder solo lo suficiente para recuperar el aliento y prepararse para el siguiente asalto. Y tal como ocurría con los dolores del parto, el ciclo persistía y los momentos de calma se iban espaciando cada vez más, hasta que el dolor del deseo llenaba los contornos de su cuerpo y la privaba de todo movimiento, de aire y de pensamiento.

La primera vez no fue así. Cuando estuvo con aquel symphath, el periodo de fertilidad no fue ni la mitad de fuerte...

Y tampoco tan largo.

Después de muchas horas de tortura, a Otoño ya no le quedaban lágrimas, ni sollozos, ni movimiento. Yacía inmóvil y apenas respiraba, mientras su corazón latía perezosamente, con los ojos cerrados y el cuerpo dolorido.

Era difícil señalar con exactitud el momento en que empezó a ceder, pero las palpitaciones entre las piernas fueron remitiendo, el ardor en la pelvis se desvaneció y los rigores del periodo de fertilidad fueron reemplazándose por un dolor intenso en las articulaciones y los músculos, debido a toda la tensión.

Cuando por fin pudo levantar la cabeza, el cuello le dolió. Otoño gruñó cuando su cara se estrelló contra una pared. Entonces frunció el ceño y trató de orientarse… Ah, eso es, estaba a los pies de la cama, apretada contra la madera.

Dejó caer la cabeza y se quedó así durante un rato. A medida que el calor interno se iba desvaneciendo lentamente, comenzó a sentir frío y trató de buscar a su alrededor una sábana o una manta que pudiera echarse encima. Pero no había nada, todo estaba en el suelo: ella se encontraba desnuda sobre el colchón, pues era evidente que había deshecho la cama. La ropa debía de andar tirada por el suelo.

Consiguió reunir la energía que le quedaba y trató de levantarse. Pero no logró mucho. Era como si estuviera pegada al colchón…

Después de un rato se incorporó.

El viaje al baño fue tan difícil y duro como escalar una montaña, pero el premio fue ver la ducha y abrir el grifo.

Mientras el agua templada caía generosamente desde la alcachofa incrustada en la pared, Otoño se sentó en el suelo de baldosas, dobló las piernas contra el pecho, puso los talones contra el trasero y se abrazó las rodillas. Cuando ladeó la cabeza, aquella lluvia fina lavó la sal de sus lágrimas y su sudor.

Los temblores se volvieron más violentos poco después.

—¿Otoño? —Era la doctora Jane desde la habitación.

Estaba temblando tanto que no pudo responder, pero el ruido de la ducha fue suficiente para informar de su paradero. La otra hembra apareció, entonces, en el umbral y luego se aventuró a entrar en el baño, hasta que hizo a un lado la cortina y se arrodilló para poder mirarla a los ojos.

—¿Cómo te sientes?

Abruptamente, Otoño tuvo que taparse la cara y comenzó a llorar.

Era difícil saber si ese estallido era resultado de que su periodo de fertilidad hubiese pasado o se debía a que estaba tan cansada que ya había perdido toda inhibición… O si era el resultado de que lo último que había visto antes de que todo se volviera borroso fue a Tohr clavándose esas dos agujas en las piernas y cayendo al suelo.

—Otoño, ¿puedes oírme?

—Sí —graznó ella.

—Me gustaría volver a llevarte a la cama si ya has terminado de ducharte. Hace mucho calor aquí y me preocupa tu presión sanguínea.

—Tengo f-f-frío..

—Son escalofríos. Voy a cerrar el grifo, ¿vale?

Ella asintió, porque no tenía los medios para hacer nada más.

Cuando la lluvia tibia dejó de caer, el temblor dentro de su piel empeoró, a medida que el frío se apresuraba a entrar y viajaba por su organismo. En pocos segundos, sin embargo, la doctora Jane la envolvió en una manta suave.

—¿Puedes ponerte de pie? —Al ver que Otoño asentía, la doctora la ayudó a levantarse, le puso un camisón ligero y la acompañó hasta la cama, que mágicamente estaba otra vez impecable, con sábanas y mantas limpias.

Otoño se estiró; no sentía nada, solo las lágrimas que brotaban de sus ojos, un chorro lento y ardiente que contrastaba con su cara helada.

—Ssshhh, estás bien —dijo la sanadora, al tiempo que se sentaba en el borde de la cama—. Estás bien… Ya pasó…

La doctora le acarició el pelo mojado con mucha ternura. Más que sus palabras, fue el tono de su voz, dulce y pausado, lo que la ayudó.

Y luego le acercaron una pajita que salía de una lata de soda.

Cuando le dio el primer sorbo a ese néctar frío y dulce, Otoño entornó los ojos.

—Ay…, bendita Virgen Escribana… ¿Qué es eso?

—Ginger ale. Me alegra que te guste, pero no vayas tan rápido.

Después de beberse toda la lata, Otoño se volvió a acostar, mientras le ponían una banda en el brazo y la inflaban y luego la desinflaban. Después le colocaron un disco frío sobre el pecho, en un par de puntos específicos. Y le pasaron una luz por los ojos.

—¿Puedo tomar un poco más de ginger ale, por favor? —preguntó.

—Tus deseos son órdenes.

La sanadora hizo algo mejor que eso y regresó no solo con otra lata fría y una pajita, sino con unas galletas que no sabían absolutamente a nada y le sentaron muy bien a su estómago.

Estaba afanándose intensamente en la comida, cuando se dio cuenta de que la sanadora se había sentado en una silla y no decía nada.

Otoño dejó de comer.

—¿No tienes más pacientes?

—Solo una y estaba bien cuando llegó aquí.

—Ah. —Otoño tomó otra galleta—. ¿Cómo se llaman estas?

—Saltinas. De todas las drogas que suministro aquí, a veces no hay nada mejor.

—Son maravillosas. —Otoño se llevó uno de los cuadraditos a la boca y mordió. Al ver que el silencio persistía, dijo—: Tú quieres saber por qué rechacé los calmantes.

—No es de mi incumbencia. Pero sí, creo que necesitas hablar con alguien de ese asunto.

—¿Un profesional especializado?

—Sí.

—Dejar que la naturaleza siga su curso no tiene nada de malo. —Otoño la miró de reojo—. Pero te rogué que no lo llamaras. Te dije que no lo buscaras.

—No tuve alternativa.

A Otoño se le aguaron los ojos, pero contuvo las lágrimas.

—No quería que él me viera así. Wellsie…

—¿Qué pasa con ella?

Otoño dio un salto y se volvió con sorpresa, tirando las galletas y la soda. En la puerta se erguía la figura de Tohr, como una gran sombra negra que llenaba el umbral.

La doctora se puso de pie.

—Voy a volver a examinar a Layla. Tus signos vitales están normales y, cuando regrese, traeré una bandeja de comida de verdad.

Y luego los dejó solos.

Tohr no se acercó a la cama, sino que permaneció junto a la puerta y se recostó contra la pared. Con un gesto ceñudo y los brazos cruzados sobre el pecho, parecía contenido y nervioso al mismo tiempo.

—¿Qué demonios ha pasado? —preguntó con brusquedad.

—Otoño puso las galletas y la soda a un lado y acto seguido se concentró en doblar y desdoblar el borde de la manta—. Te he hecho una pregunta.

Otoño se aclaró la voz.

—Le dije a la doctora Jane que no te llamara…

—¿Acaso creíste que si sufrías vendría a ayudarte?

—En absoluto…

—¿Estás segura de eso? Porque, ¿qué pensaste que iba a hacer Jane cuando rechazaras los calmantes?

—Si no me crees, pregúntale a la sanadora. Yo le dije específicamente que no te llamara. Sabía que eso sería demasiado para ti… ¿Cómo podría ser distinto después de que…?

—No estamos hablando de mi shellan. Esto no tiene nada que ver con ella.

—No estoy tan segura de eso…

—*Créeme*.

Después de eso, Tohr no dijo nada más. Solo se quedó allí, con el cuerpo tenso y ojos censuradores, mirándola como si nunca antes la hubiese visto.

—¿En qué estás pensando? —le preguntó ella con voz suave.

Tohr sacudió la cabeza.

—No quieres saberlo.

—Sí, sí quiero saber.

—Creo que me he estado engañando **todos estos meses.**

Al sentir otro estremecimiento como los que había sentido en la ducha, Otoño se dio cuenta de que el problema no era el desequilibrio de temperatura dentro de su organismo. Ya no.

—¿Qué quieres decir?

—Este no es el momento para hablar de eso.

Cuando él dio media vuelta para marcharse, Otoño tuvo la clara sensación de que no volvería a verlo. Nunca más.

—Tohr —dijo, con voz ronca—. No quise manipularte, de verdad… Tienes que creerme. No quería que estuvieras conmigo… Nunca te haría pasar por eso.

Después de un momento, Tohr miró por encima del hombro, con ojos inexpresivos.

—¿Sabes qué? A la mierda con todo eso. Casi prefiero pensar que no querías estar conmigo, porque la otra opción es que estás mentalmente trastornada. Nadie en su sano juicio habría rechazado los calmantes.

—Te ruego que me perdones. —Otoño frunció el ceño—. Y estoy perfectamente cuerda.

—No, no lo estás. Si lo estuvieras, no habrías elegido soportar todo ese sufrimiento…

—Sencillamente no quería los calmantes. Estás exagerando…

—Ah, ¿sí? Pues bien, prepárate porque no te va a gustar mi siguiente conclusión. Estoy comenzando a pensar que estás conmigo para castigarte.

Otoño se sobresaltó con tanta fuerza que su cuello crujió.

—Eso no es verdad…

—¿Acaso hay una manera mejor de hundirte en la desgracia que estar con un macho que ama a otra mujer?

—Esa no es la razón por la que estoy contigo.

—¿Cómo puedes saberlo, Otoño? Llevas siglos haciéndote la mártir. Has sido criada, fregona, lavandera… Y llevas meses follando conmigo, lo que nos devuelve al punto de tu trastorno mental…

—¿Cómo te atreves a juzgarme? —siseó ella—. ¡Tú no sabes nada sobre lo que pienso o lo que siento!

—Mentira. Tú estás enamorada de mí. —Tohr se volvió para mirarla a la cara y levantó una mano para evitar que ella lo interrumpiera—. No te molestes en negarlo, me lo dices cada día mientras duermes. Por lo tanto, miremos el asunto con más cuidado. Es evidente que te gusta castigarte. Y sabes muy bien que la única razón por la que estoy contigo es para sacar a Wellsie del Limbo. Así que encajo perfectamente con tus necesidades…

—Largo de aquí —gritó ella—. Sal de aquí.

—¿Qué…? ¿Por qué no quieres que me quede? Así podrías hacerte más daño…

—Desgraciado.

—Tienes razón. Te he estado utilizando, pero la única persona a la que esto le ha funcionado es a ti. Dios sabe que yo no he obtenido nada. La buena noticia es que todo esto —dijo al tiempo que movía la mano hacia delante y hacia atrás entre ellos— te va a proporcionar una excelente excusa para torturarte un poco más… Ay, no te molestes en negarlo. Lo que te hizo ese symphath fue culpa tuya. Lo que ha pasado conmigo ha sido culpa tuya.

El peso del mundo es todo culpa tuya, porque tú disfrutas siendo una víctima…

—¡Largo! —gritó Otoño.

—¿Sabes? Toda esa indignación parece difícil de creer después de que hayas pasado las últimas doce horas sufriendo…

—¡Sal de aquí!

—… a pesar de que no tenías que hacerlo.

Otoño le arrojó a Tohr lo primero que encontró: la lata de soda. Pero él tenía tan buenos reflejos que la agarró con la mano… y volvió a ponerla sobre la mesa.

—Tampoco te viene mal enterarte de que eres una masoquista. —Tohr puso la lata sobre la mesa con deliberada delicadeza, como si la estuviera desafiando a volver a arrojársela—. Y yo he sido la droga con la que te has torturado últimamente. Pero ya no quiero seguir siéndolo…, y tú tampoco vas a seguir haciéndolo, al menos conmigo. Esta mierda entre nosotros… no es sana para mí. Y tampoco para ti. Y es lo único que tenemos. Lo único que tendremos. —Tohr lanzó una maldición—. Mira, lo siento, Otoño. Siento mucho toda esta mierda, de verdad. Debería haber terminado con esto hace mucho tiempo, mucho antes de que llegáramos tan lejos… Y lo único que puedo hacer para corregir mi error es terminar con esto ahora mismo. —Tohr sacudió la cabeza. Sus ojos parecían cada vez más desorbitados—. Ya en su día participé involuntariamente en tu autodestrucción y recuerdo muy bien las ampollas que me salieron por cavar tu tumba. Pero no quiero volver a hacerlo. No puedo. Siempre contarás con mi solidaridad por todo lo que pasaste, pero yo tengo mis propios problemas.

Cuando Tohr guardó silencio, Otoño se envolvió entre sus brazos y dijo en un susurro:

—¿Y todo esto solo porque no quise que me sedaran?

—No tiene nada que ver con el periodo de fertilidad. Tú sabes que no es eso. Si yo fuera tú, seguiría el consejo de Jane y hablaría con alguien. Quizá… —Tohr se encogió de hombros—. No lo sé. Ya no sé nada. Lo único que sé es que no podemos seguir así. Esto no solo no nos está llevando a ninguna parte sino que está empeorando las cosas.

—Tú sientes algo por mí —dijo ella, y levantó la quijada—. Sé que no es amor, pero sientes…

—Siento pena por ti. Eso es lo que siento. Porque solo eres una víctima. Solo eres una víctima a la que le gusta sufrir. Aunque pudiera enamorarme de ti, no hay nada en ti a lo que pudiera sentirme atado. Solo eres un fantasma que no está realmente aquí… Igual que yo. Y en nuestro caso, dos signos negativos no dan uno positivo.

Y con esas palabras, Tohr le dio la espalda y se marchó, dejándola en medio del dolor y la pérdida, dejándola frente a la tortuosa visión que él tenía de su pasado, su presente y su futuro… Dejándola sola de una manera que no tenía nada que ver con que no hubiese nadie más en la habitación.

Cuando se cerró detrás de Tohr, la puerta no hizo ningún ruido.

Al salir al pasillo, Tohr se sentía como un loco, incoherente, al borde de un violento ataque de nervios. Por Dios, tenía que salir de ahí, alejarse de ella. Y pensar que le había dicho a Otoño que era una demente... En este momento, el trastornado era él.

Cuando levantó la vista, Lassiter estaba frente a él.

—Ahora no...

El ángel lo empujó hacia atrás y lo golpeó tan fuerte que Tohr no solo vio estrellas sino toda la maldita galaxia. Después lo agarró de la camisa, lo zarandeó y volvió a estrellarlo contra la pared, haciéndole castañetear los dientes.

Cuando su visión por fin se aclaró, esa cara llena de *piercings* parecía la máscara de un demonio y los rasgos distorsionados expresaban la clase de rabia que requiere la intervención de un sepulturero.

—Eres un cabrón —gritó Lassiter—. Un maldito cabrón.

Tohr se inclinó hacia un lado y escupió sangre.

—¿Quién fue la que te enseñó a juzgar así el carácter de la gente: Ellen o Maury?

El ángel le hizo un corte de mangas directamente frente a los ojos.

—Escúchame con mucha atención, porque solo voy a decir esto una vez.

—¿No prefieres volver a golpearme? Estoy seguro de que sería más provechoso...

Lassiter lo volvió a empujar contra la pared.

—Cierra el pico y escúchame. Tú ganas.

—¿Perdón?

—Conseguiste lo que querías. Wellsie quedará condenada para toda la eternidad...

—¿Qué demonios...?

El tercer empujón lo dejó callado.

—Se terminó. *Caput*. —El ángel señaló la puerta cerrada del cuarto donde estaba Otoño—. Acabas de aniquilar tu última oportunidad. Todo ha terminado. Acabó cuando le partiste el corazón en dos a ella.

Tohr perdió el control y sus emociones estallaron:

—Tú no sabes de lo que estás hablando... ¡No sabes nada! No tienes ni idea de esto, no me conoces a mí, ni a ella... ¡Ni sabes hacer tu trabajo! ¿Qué coño has estado haciendo aquí durante el último año? ¡Nada! Vives sentado sobre tu lindo trasero viendo comedias de medio pelo en la televisión, ¡mientras mi Wellsie desaparece! ¡Eres un maldito fracaso!

—¿De veras? Pues muy bien, ya que tú eres tan jodidamente inteligente, ¿qué te parece esto? —Lassiter lo soltó y dio un paso atrás—. ¡Renuncio!

—No puedes renunciar...

El ángel le hizo un corte de mangas.

—Acabo de hacerlo.

Acto seguido, dio media vuelta y se fue caminando por el pasillo.

—Entonces estás renunciando. ¡Genial! ¡Absolutamente fantástico! Hablando de ser fiel a nuestra naturaleza primigenia, ¡maldito hijo de puta egoísta! —gritó Tohr.

Pero lo único que recibió a modo de respuesta fue otro corte de mangas por encima del hombro.

Tohr lanzó una maldición y trató de salir tras el ángel, pero luego se contuvo. Entonces giró sobre sus talones y le lanzó un gancho a la pared, golpeándola con tal fuerza que sintió que se rompía los nudillos. En ese momento se dio cuenta de que el dolor de la mano no podía compararse con la agonía que sentía en el pecho.

Estaba absolutamente fuera de sí.

Así que se dirigió a la puerta de acero que daba paso directo al aparcamiento. Sin saber qué hacer ni adónde ir, la abrió de par en par y salió al aire helado. Dobló a la derecha, subió la rampa y pasó frente a las plazas vacías demarcadas con pintura amarilla.

Cuando llegó al fondo, a la pared de atrás, se sentó sobre el asfalto duro y frío y apoyó los hombros contra el cemento húmedo.

Mientras respiraba de manera agitada, se sintió como si estuviera en el maldito trópico; probablemente se trataba del último coletazo de los efectos del periodo de fertilidad sobre su cuerpo: aunque había estado completamente sedado por las drogas, había estado muy expuesto y las pelotas le dolían como si las hubiese metido en una prensa; todavía tenía la polla dura y las articulaciones seguían doloridas, como si hubiese estado haciendo esfuerzos a pesar de la morfina.

Entonces apretó los dientes y se quedó allí solo, mirando hacia el frente, en medio de la oscuridad.

Ese era el único lugar seguro en el que podía estar por ahora.

Y probablemente durante mucho tiempo.

Cuando Layla oyó gritos, asomó la cabeza desde el gimnasio para ver quién estaba gritando... y enseguida volvió a entrar. Tohr y Lassiter estaban manteniendo una discusión y eso no era algo en lo que ella quisiera inmiscuirse.

Además, ella tenía sus propios problemas.

A pesar del periodo de fertilidad de Otoño, se había quedado en la clínica durante la noche porque sabía que había pasado algún tiempo en el Santuario recientemente, así que no había razón para preocuparse por su ciclo. Sin embargo, la razón más importante era que no tenía adónde ir. Sin duda, Qhuinn y John debían de estar hablando con el rey y el Gran Padre en la casa principal y pronto la llamarían para informarle sobre cuál sería su destino.

Ante la posibilidad del exilio —o, peor aún, la muerte por ayudar a un traidor—, Layla había pasado las últimas horas paseándose por el gimnasio: pasaba frente a las gradas y los bancos, frente a la entrada a la sala de terapia física y las puertas que daban al pasillo y luego volvía a recorrer el mismo camino.

Estaba tan nerviosa que la tensión brotaba de ella como si fuera una rueca y los hilos retorcidos le envolvían la garganta y bajaban por su cuerpo hasta comprimirle las entrañas.

No dejaba de pensar en Xcor y su segundo al mando. Los dos la habían utilizado, pero especialmente el segundo. Xcor no quería alimentarse de su vena. Había tratado de evitarlo y, cuando ella lo había forzado, sus ojos mostraban una expresión de remordimiento porque sabía exactamente la posición en que la estaban poniendo. Pero el otro soldado no había tenido esas reservas.

En efecto, ella culpaba a Throe; cualquier cosa que le pasara sería obra de ese macho. Quizá se reencarnara en un fantasma para poder acecharlo durante el resto de sus noches... Desde luego, eso suponiendo que la condenaran a muerte. Pero ¿qué sucedería si no era así? ¿Qué iba a hacer? Sin duda la despojarían de todos sus deberes allí, así como de su estatus de Elegida. ¿Adónde iría entonces? No tenía nada propio, nada que no hubiese recibido de manos del rey o del Gran Padre.

Mientras seguía paseándose, Layla volvió a enfrentarse con el vacío de su vida y se preguntó qué propósito podría tener en el futuro...

En ese momento se abrió la puerta del fondo y ella se detuvo.

Habían venido los cuatro a buscarla: el rey, el Gran Padre, Qhuinn y John Matthew.

Layla se enderezó y atravesó el gimnasio por el centro, mientras les sostenía la mirada. Cuando llegó lo suficientemente cerca, hizo una venia hasta el suelo, pero no esperó a que le dirigieran la palabra. Cumplir con el protocolo era la última de sus preocupaciones en ese momento.

—Milord. Estoy preparada para aceptar toda la responsabilidad...

—Levántate, Elegida. —Una mano apareció frente a su cara—. Levántate y tranquilízate.

Al alzar la vista, Layla vio que el rey le sonreía con amabilidad y que no tenía intención de esperar a que ella le respondiera. Se agachó, la agarró de la mano y la ayudó a ponerse de pie de su estado de postración. Y cuando miró de reojo al Gran Padre vio que él la observaba con ojos increíblemente generosos.

Layla solo sacudió la cabeza y se dirigió a Wrath.

—Milord, alimenté a vuestro enemigo…

—¿En ese momento sabías quién era?

—No, pero…

—¿Creíste que estabas ayudando a un soldado herido?

—Bueno, sí, pero…

—¿Has vuelto a buscarlo?

—De ninguna manera, pero…

—¿Es cierto que les dijiste a John y a Qhuinn dónde estaba él cuando estabais saliendo de la ciudad esta noche?

—Sí, pero…

—Entonces no más peros. —El rey sonrió de nuevo y le acarició la mejilla, a pesar de que estaba ciego—. Tienes un corazón grande y ellos lo sabían. Abusaron de tu confianza y te utilizaron.

Phury asintió con la cabeza.

—Debí decirte quién era realmente Throe, pero la guerra es un asunto horrible y triste y no quería involucrarte en ella. Nunca se me ocurrió que ese malnacido pudiera buscarte, pero no me sorprende. La Pandilla de Bastardos no conoce límites.

Rápidamente, Layla se llevó la mano a la boca para contener un sollozo.

—Lo lamento tanto… Os juro a los dos que… no tenía ni idea…

Phury dio un paso al frente y la acercó a su pecho.

—Está bien. Todo está bien… No quiero que vuelvas a pensar en ello.

Cuando volvió la cabeza hacia un lado para apoyarla sobre esos inmensos pectorales, Layla sabía que eso no iba a ser posible. Involuntariamente o no, había traicionado a la única familia que conocía y eso no es algo que se pueda olvidar fácilmente, aunque le hubiesen perdonado la estupidez que había cometido. Y tampoco podría olvidar esas últimas y tensas horas, cuando, desconocedora de su destino, su soledad se le había revelado en toda su extensión.

—Lo único que te pido —dijo Wrath— es que si él vuelve a contactar contigo, si cualquiera de ellos lo hace, nos lo hagas saber de inmediato.

Ella se soltó y tuvo la temeridad de buscar la mano con que el rey empuñaba su daga. Y Wrath, como si entendiera qué era lo que deseaba, le extendió la mano enseguida y el diamante negro resplandeció en su dedo.

Layla volvió a inclinar la cabeza y puso sus labios sobre el símbolo de la monarquía, al tiempo que decía en Lengua Antigua:

—*Con todo lo que tengo, y todo lo que soy, juro que lo haré.*

Mientras hacía aquel pacto con el rey, en presencia del Gran Padre y dos testigos, una imagen de Xcor cruzó por su mente. Layla recordaba cada detalle de su cara y su cuerpo de guerrero...

De repente, como por arte de magia, sintió que la recorría una oleada de calor.

Sin embargo, eso no importaba. Su cuerpo podría ser un traidor, pero su corazón y su alma no lo eran.

Layla se incorporó y miró fijamente al rey.

—Permitidme ayudaros a encontrarlo —se oyó decir—. Mi sangre corre por sus venas. Yo puedo...

Qhuinn la interrumpió.

—De ninguna manera. Imposible...

Ella hizo caso omiso y siguió:

—Permitidme demostraros mi lealtad.

Wrath negó con la cabeza.

—No tienes que hacerlo. Eres una hembra honorable y no vamos a poner en peligro tu vida.

—Estoy de acuerdo —dijo el Gran Padre—. Nosotros nos encargaremos de esos guerreros. No debes preocuparte por ellos. Y ahora quiero que te preocupes por ti. Pareces exhausta y debes de estar muriéndote de hambre. Ve y busca algo de comer y duerme un rato en la mansión.

Wrath asintió con la cabeza.

—Siento haber tardado tanto en venir a buscarte. Beth y yo estábamos en Manhattan, divirtiéndonos un poco, y llegamos al anochecer.

Layla asintió y estuvo de acuerdo con todo lo demás que se dijo, pero solo porque se sintió de repente tan cansada que no podía sostenerse en pie. Por fortuna, el rey y el Gran Padre se marcharon poco después y luego Qhuinn y John se hicieron cargo y la condujeron a la mansión, donde la llevaron a la cocina y la sentaron frente a la mesa, mientras abrían la nevera y las puertas de la alacena.

Eran muy amables al atenderla con tanta delicadeza, sobre todo teniendo en cuenta que no tenían la menor idea de cómo hacer un huevo duro. Sin embargo, la idea de comer le revolvió el estómago y le produjo náuseas.

—No, por favor —dijo Layla, mientras hacía a un lado lo que había sobrado de la Primera Comida—. Ay, querida Virgen Escribana... *No*.

Mientras ellos se preparaban sendos platos de pavo con puré de patata y una especie de mezcla de brócoli, Layla trató de no mirar ni oler nada de eso.

—¿Qué sucede? —preguntó Qhuinn cuando se sentó en el taburete que se hallaba junto a ella.

—No lo sé. —Debería sentirse aliviada de que Wrath y Phury se hubiesen mostrado tan comprensivos ante su transgresión. Pero en lugar de eso estaba más ansiosa que nunca—. No me siento bien... Quiero ayudar. Quiero corregir mis errores. Yo...

John empezó a decir algo por señas desde al lado del microondas, pero, fuera lo que fuera, Qhuinn negó con la cabeza y se negó a traducir.

—¿Qué está diciendo John? —preguntó Layla. Al ver que Qhuinn no respondía, le puso una mano en el brazo—. ¿Qué está diciendo John, Qhuinn?

—Nada. John no está diciendo absolutamente nada.

Al otro macho no le gustó que lo callaran así, pero tampoco protestó y continuó preparando un segundo plato de comida, seguramente para Xhex.

Después de que John se excusara para ir a alimentar a su shellan, el silencio se impuso en la cocina, con la única interrupción del ruido de los cubiertos de Qhuinn contra el plato.

No pasó mucho tiempo antes de que ella se sintiera a punto de enloquecer y, para no gritar, empezó a pasearse de un lado a otro.

—En realidad deberías descansar —murmuró Qhuinn.

—No puedo quedarme quieta.

—Trata de comer algo.

—Querida Virgen Escribana, no. Tengo el estómago totalmente revuelto..., y hace tanto calor aquí...

Qhuinn frunció el ceño.

—No, no hace calor.

Layla siguió paseándose, cada vez más rápido, y supuso que su inquietud se debía a que estaba tratando de alejarse de las imágenes que revoloteaban en su cabeza: Xcor mirándola desde abajo, Xcor alimentándose de su vena, el cuerpo enorme de Xcor...; su cuerpo inmenso de guerrero, acostado frente a ella y claramente excitado por el sabor de su sangre...

—¿En qué demonios estás pensando? —preguntó bruscamente Qhuinn.

Layla se detuvo en seco.

—En nada, en nada.

Qhuinn se movió en su taburete y luego, abruptamente, hizo a un lado su plato a medio probar.

—Debería marcharme —dijo ella.

—No, está bien. Supongo que yo también estoy un poco indispuesto.

Cuando Qhuinn se puso de pie y retiró los platos de la mesa, los ojos de Layla bajaron por su torso y se abrieron como platos. Qhuinn estaba... excitado.

Igual que ella.

Las últimas consecuencias del periodo de Otoño, evidentemente...

La ola de calor que la atacó fue tan súbita que Layla apenas tuvo tiempo de agarrarse a la mesa de granito para no caerse, y no pudo contestar cuando oyó que Qhuinn la llamaba por su nombre desde lejos.

El deseo estrujó su cuerpo, apretando su útero y haciéndola tambalearse por la fuerza del ataque.

—Ay... Querida Virgen Escribana... —Entre sus piernas, Layla sintió que su sexo se abría como una flor y esa florescencia no tenía nada que ver con Xcor ni con Qhuinn ni con ninguna fuerza externa.

La excitación provenía del interior de su propio organismo.

Su periodo de fertilidad...

No había sido suficiente. Las visitas al Santuario no habían sido suficientes para evitar caer bajo la influencia del periodo de Otoño...

El siguiente ataque de deseo amenazó con hacerla caer de rodillas, pero por suerte Qhuinn estaba allí para agarrarla antes de que se cayera al suelo de baldosas. Mientras él la alzaba entre sus brazos, Layla supo que no le quedaba mucho tiempo de racionalidad. Y fue consciente de que la resolución que acababa de tomar era, al mismo tiempo, completamente injusta e innegable.

—Móntame —le dijo ella, interrumpiendo lo que fuera que él le estuviera diciendo—. Yo sé que no me amas y que no vamos a estar juntos después, pero si me montas, podré tener algo mío. Y tú también podrás tener algo tuyo. —Al ver que Qhuinn se ponía pálido y sus ojos disparejos brillaban como si estuvieran a punto de salirse de sus órbitas, ella siguió adelante, hablando rápidamente—. Ninguno de los dos tenemos una familia de verdad. Los dos estamos solos. Móntame…, folla conmigo y cambiemos todo eso. Si me montas, los dos podremos tener un futuro que sea, al menos parcialmente, nuestro… Móntame, Qhuinn… Te lo ruego… Móntame…

Quhinn estaba bastante seguro de encontrarse en un universo paralelo. Porque no había manera de que Layla estuviera pasando por su periodo de fertilidad… y recurriendo a él para que la ayudara a pasarlo.

No.

Esto solo era una imagen en espejo de cómo funcionaba el mundo real, un mundo donde los biológicamente puros se unían entre ellos para crear generaciones de jóvenes biológicamente puros y, por tanto, superiores.

—Móntame y danos algo que sea nuestro… —Las hormonas de Layla volvieron a estallar de forma más escandalosa, privándola de la voz. Sin embargo, recuperó la voz enseguida y seguía repitiendo las mismas palabras—: Móntame…

Cuando empezó a jadear, Qhuinn no tenía claro si los jadeos eran resultado del deseo que corría por sus venas o del vértigo que le producía el inesperado abismo del que estaba colgando.

La respuesta era no, claro. No, de ninguna manera, jamás tendría hijos, y ciertamente no con alguien de quien no estaba enamorado, desde luego no con una Elegida y virgen.

No.

No…

Maldición, no, mierda, no, Dios, no, demonios, *no…*

—Qhuinn —se quejó Layla—. Tú eres mi única esperanza, y yo la tuya...

Bueno, en realidad eso no era cierto, al menos la primera parte. Cualquier otro macho de la casa, o del planeta, podía encargarse de eso. Y, desde luego, justo después tendría que responder ante el Gran Padre.

Y esa no era una conversación que él quisiera tener voluntariamente.

Solo que..., bueno, Layla sí tenía razón en la segunda parte. En medio de su delirio, en su desesperación, estaba expresando lo mismo que él llevaba varios meses pensando. Al igual que ella, él no tenía nada que fuera realmente suyo, ni perspectivas de un amor verdadero, ni ninguna razón de peso para levantarse cada anochecer, aparte de la guerra. ¿Qué clase de vida era esa?

Bien, se dijo Qhuinn. Ve y consíguete un maldito perro. Pero la respuesta a todo eso *no* podía ser follar con esta Elegida.

—Qhuinn..., por favor...

—Escucha, déjame llevarte con la doctora Jane. Ella se hará cargo de ti enseguida...

Layla negó con la cabeza furiosamente.

—No. Yo te necesito a ti.

De repente, Qhuinn pensó que los hijos era un futuro propio. Si eres un buen padre, ellos nunca te abandonan..., y si los mantienes a salvo, nadie te los puede arrebatar.

Demonios, si Layla concebía un hijo, ni siquiera el Gran Padre podría hacer una mierda, porque Qhuinn sería... el padre. En la sociedad vampira, esa era la carta más poderosa, aparte del rey..., y Wrath no tocaría algo tan privado como esto.

Por otro lado, si ella no quedaba encinta, lo más probable era que le arrancaran sus preciadas pelotas por mancillar a una hembra sagrada...

Un momento. ¿En serio estaba considerando la posibilidad de montarla?

—*Qhuinn...*

Qhuinn pensó que no le costaría trabajo amar a un hijo. Amarlo con todo lo que era y sería. Amarlo como nunca había amado a nadie, ni siquiera a Blay.

Qhuinn cerró los ojos brevemente y regresó en el tiempo a la noche en que murió y llegó hasta las puertas del Ocaso.

Y entonces pensó en la imagen que había visto, esa pequeña hembra...

Ay, Dios...

—Layla —dijo con voz ronca, al tiempo que volvía a ponerla de pie—. Layla, mírame. *Mírame*.

Cuando la sacudió suavemente, ella pareció recuperar algo de conciencia y se concentró en la cara de Qhuinn, mientras le clavaba las uñas en los brazos.

—¿Sí?

—¿Estás segura? ¿Estás absolutamente segura? Tienes que estar segura...

Por un breve instante, una expresión completamente lúcida cubrió sus hermosos y torturados rasgos.

—Sí, estoy segura. Vamos a hacer lo que tenemos que hacer. Por el futuro.

Qhuinn estudió cuidadosamente la cara de la Elegida solo para estar seguro. Phury se iba a poner furioso, pero, claro, incluso una Elegida tenía derecho a elegir..., y ella lo estaba eligiendo a él, justo ahí, justo en ese momento. Cuando lo único que vio en la cara de Layla fue una resolución inquebrantable, Qhuinn asintió una vez, la volvió a levantar entre sus brazos y salió de la cocina.

Su único pensamiento, al llegar al pie de la gran escalera, era que iban a concebir un hijo en las próximas horas y tanto el bebé como Layla iban a sobrevivir a todo: el embarazo, el alumbramiento y aquellas horas críticas que venían después.

Él y Layla iban a traer al mundo a una hija.

Una hija de pelo rubio, cuyos ojos tendrían la forma de los suyos; al principio serían del color de los de la Elegida..., pero luego cambiarían para volverse tan azules y verdes como los suyos.

Iba a tener una familia propia.

Un futuro propio.

Al fin.

Cuando salió de la ducha, Xhex ya sabía que John había regresado porque sintió su olor, así como el aroma de algo totalmente delicioso. Después de volver a ponerse los cilicios que se había quitado para bañarse, se envolvió en una toalla y salió a la habitación.

—Ay, qué delicia, pavo —dijo, mientras John le preparaba una bandeja.

Al mirarla de reojo, los ojos de John se detuvieron en el cuerpo de Xhex como si quisiera comérsela mejor a ella, pero luego sonrió y siguió concentrado en preparar la comida que había subido para los dos.

—Justo a tiempo —murmuró Xhex al tiempo que se sentaba en la cama—. Me estoy muriendo de hambre.

Después de prepararlo todo perfectamente, desde la servilleta hasta los cubiertos, la copa y el plato, John le llevó la bandeja y se la puso sobre las piernas. Luego se retiró hasta el otro extremo de la habitación para comer sentado en la *chaise longue*.

¿No preferiría alimentarla él personalmente?, se preguntó Xhex, mientras los dos comían en silencio. A los vampiros machos les gustaba hacerlo..., pero ella nunca había tenido paciencia para eso. La comida era energía para el cuerpo, no algo romántico.

Xhex suponía que los dos eran muy capaces de cerrarse completamente ante la presencia del otro, ¿verdad? Y a John le pasaba algo. Su patrón emocional indicaba conflicto, hasta el punto de que tenía prácticamente congeladas las emociones.

—Me voy —dijo ella con tristeza—. Después de ver a mi madre me iré...

—No tienes que hacerlo —dijo John con señas—. No quiero que te vayas.

—¿Estás seguro? —Al ver que él asentía, Xhex se preguntó si sería cierto, teniendo en cuenta lo que estaba mostrando su patrón emocional.

Pero, vamos, un par de horas en la cama no iban a acortar toda la distancia que habían permitido que se colara entre ellos en los últimos tiempos...

Abruptamente, él respiró hondo y dejó de juguetear con la comida que tenía en el plato.

—Escucha, tengo que contarte algo.

Xhex dejó su tenedor sobre el plato y se preguntó cuánto le iba a doler.

—Bien.

—Layla alimentó a Xcor.

—¿Qué coño…? Lo siento, pero ¿he leído bien? —Al ver que John asentía, Xhex pensó que, en efecto, había tenido razón al sentir que algo grave había ocurrido en el distrito teatral, pero nunca se habría imaginado que fuera tan serio.

—Ella no sabía de quién se trataba. Throe le tendió una trampa… La invocó, la encontró y se la llevó a Xcor.

—Por Dios… —Como si el rey necesitara otra razón para matar a ese hijo de puta.

—Este es el asunto. Ella quiere ayudar a encontrarlo…, y con la sangre de Layla corriendo por sus venas…, podría hacerlo. Ella supo dónde estaba Xcor anoche… Lo sintió con toda claridad. En realidad podría ayudarte mucho.

Xhex se olvidó por completo de la comida, pues la adrenalina comenzó a dispersarse por su cuerpo.

—Ay, joder, si pudiera acercarme con ella… ¿Cuánto hace que lo alimentó?

—En otoño.

—Mierda. Estamos perdiendo tiempo. —Xhex se puso de pie enseguida y comenzó a buscar sus pantalones de cuero. Pero al levantarlos, maldición, estaban rasgados por la mitad.

—Todavía hay otros pares en el armario.

—Ay, gracias. —Xhex se dirigió al armario y trató de no deprimirse al ver su ropa colgada junto a la de John—. Dios… Ah, ¿sabes dónde está Layla?

—En la cocina, con Qhuinn.

Al ver que el patrón emocional de John cambiaba, Xhex se detuvo mientras se ponía los pantalones. Entonces entornó los ojos, se volvió para mirarlo por encima del hombro y dijo:

—¿Qué es lo que no me has dicho?

—Wrath y Phury no quieren involucrarla. Ella ofreció su ayuda, pero ellos le dijeron que no. Si la utilizas, ellos nunca pueden enterarse de que lo hiciste… No puedo decirlo con mayor claridad. —Xhex parpadeó y sintió que el aire se le congelaba en los pulmones—. Nadie puede enterarse, Xhex. Ni siquiera Qhuinn. Y no hace falta decir que tienes que mantenerla a salvo.

Cuando John la miró con solemnidad, Xhex estaba pensando en otra cosa. Ni siquiera prestó atención a las últimas palabras de John.

Al proporcionarle esa información, él acababa de elegirla a ella y su misión por encima del rey y el Gran Padre de su raza. Y lo que era aún más significativo: posiblemente le había entregado la llave que le permitiría infiltrarse en la Pandilla de Bastardos, lo que la metía directamente en la boca del lobo.

Eso sí que era hablar menos y hacer más.

Xhex se olvidó de sus pantalones y caminó hasta donde estaba John. Le agarró la cara con las manos y dijo:

—¿Por qué me estás contando esto?

—Porque te va a servir para encontrarlo —respondió él modulando las palabras con la boca.

Xhex le quitó un mechón de pelo de la cara y dijo:

—Si sigues así...

—¿Qué?

—... te voy a deber un gran favor.

—¿Puedo elegir la forma de pago?

—Sí, puedes hacerlo.

—Entonces quiero que te mudes otra vez aquí conmigo. O que me permitas ir a vivir contigo. Quiero que volvamos a estar juntos.

Xhex parpadeó varias veces, se inclinó y lo besó lentamente, con pasión. Las palabras no significaban nada. John tenía razón en eso. Pero este macho, que había puesto toda clase de barreras y obstáculos en la primavera, ahora le estaba abriendo el camino de la manera más impresionante.

—Muchas gracias —susurró ella contra la boca de él, mientras trataba de resumir sus sentimientos en esas dos palabras.

John parecía radiante.

—Yo también te amo.

Después de besarse una vez más, ella se alejó, se puso unos pantalones limpios y agarró su camiseta. Pero al pasársela por encima de la cabeza...

Al principio pensó que la oleada de calor que había sentido se debía a que estaba justo debajo del conducto de la calefacción que pasaba por el techo. Pero cuando se movió y vio que seguía sintiéndose caliente, bajó la mirada hacia su cuerpo.

Al mirar de reojo a John, Xhex vio cómo él se ponía rígido y se observaba la entrepierna.

—Mierda —susurró ella—. ¿Y ahora quién está con el periodo? —John miró su teléfono y luego se encogió de hombros—. Probablemente debería salir de aquí —dijo Xhex. Los symphaths por lo general podían controlar su fertilidad a voluntad, y ella siempre había tenido suerte con eso. Sin embargo, al ser mitad symphath, mitad vampira, no quería arriesgarse, y más cuando había alguien con el periodo justo en la puerta de al lado—. ¿Estás seguro de que mi madre ya había salido del periodo cuando fuiste a ver a Layla? Mierda, estoy segura de que es ella. Estoy segura de que es la Elegida.

De pronto se escuchó un gruñido que venía de la derecha. De la pared que daba a la habitación de Qhuinn.

Y el golpeteo acompasado que siguió solo podía significar una cosa.

—Puta mierda, ¿acaso Qhuinn...? —Solo que Xhex ya sabía la respuesta a su pregunta. Así que concentró sus sentidos en la puerta contigua y buscó sus patrones emocionales. Allí no había ningún romance, más bien una clara determinación de ambas partes.

Estaban haciendo lo que estaban haciendo con un propósito que resultaba obvio. Pero ¿por qué querrían esos dos tener un hijo? Eso era una locura, sobre todo dada la posición de la Elegida..., y la de Qhuinn.

Al sentir otro asalto de deseo que amenazó con pasarle por encima, Xhex se apresuró a agarrar su chaqueta y recoger sus armas.

—De verdad tengo que irme. No quiero exponerme, en todo caso.

John asintió y se acercó a la puerta.

—Ahora voy a visitar a mi madre. Layla va a estar ocupada durante un rato, pero después hablaré con ella y ya te contaré lo que sea.

—Estaré aquí. Esperando noticias tuyas.

Xhex lo besó una vez más, dos..., y una tercera. Y luego abrió la puerta y salió...

Tan pronto estuvo en el pasillo, las hormonas la embistieron con fuerza y la hicieron perder el equilibrio.

—Ay, demonios, no —susurró, y avanzó hacia las escaleras, pero luego se desintegró hasta la puerta que estaba debajo de las escaleras.

Cuanto más se alejaba, más normal se sentía. Pero estaba preocupada por su madre. Gracias a Dios, existían drogas que suavizaban esa dura prueba.

Tohr no podía haberla montado. De ninguna manera.

Al salir del túnel en la oficina, Xhex recorrió el largo pasillo del centro de entrenamiento. No había nada peculiar en el aire y eso era un alivio. El periodo de fertilidad era violento, pero la buena noticia era que, cuando terminaba, se desvanecía relativamente rápido, aunque, por lo general, las hembras necesitaban un día o dos para reponerse plenamente.

Xhex asomó la cabeza en el cuarto de examen, pero no encontró a nadie. Y lo mismo le pasó con las dos salas de reanimación. Pero su madre estaba por ahí, ella podía sentirla.

—¿Otoño? —Frunció el ceño—. ¿Hola? ¿Dónde estás?

La respuesta llegó de un salón que estaba mucho más allá, donde solían darles clases a los candidatos a convertirse en soldados.

Xhex avanzó hacia el lugar donde había oído la voz y empujó la puerta del salón principal, donde encontró a su madre, sentada en una de las mesas que miraban hacia el tablero. Las luces estaban encendidas, pero no había nadie con ella.

Eso no era bueno. Xhex podía sentir que su madre tenía un lío en la cabeza…, que no estaba en una buena situación.

—¿Mahmen? —dijo Xhex, mientras dejaba que la puerta se cerrara tras ella—. ¿Cómo estás?

Debía tener mucho cuidado. Su madre permanecía tan quieta como una estatua y parecía igual de compuesta: todo estaba perfecto, desde el pelo divinamente peinado y recogido en una trenza hasta su ropa cuidadosamente combinada.

Pero esa impresión de compostura no era más que una máscara, nada más que una apariencia de compostura, que le otorgaba un aspecto de mayor fragilidad.

—No estoy bien —dijo Otoño, y negó con la cabeza—. No estoy bien. No estoy para nada bien.

Xhex se dirigió al escritorio del instructor y dejó allí sus armas y su chaqueta.

—Al menos eres sincera.

—¿Acaso no puedes leer mi mente?

—Tu patrón emocional está completamente apagado y cerrado. Así que es difícil entender qué te pasa.

Otoño asintió.

—Apagado... Sí, esa podría ser una buena descripción. —Hubo una larga pausa, después de la cual su madre miró a su alrededor—. ¿Sabes por qué he venido aquí? Pensé que podría aprender algo, dado que aquí se dan clases. Pero me temo que no está funcionando.

Xhex se sentó sobre el escritorio.

—¿Te examinó la doctora Jane?

—Sí. Estoy bien. Y antes de que preguntes, no, no me montaron. No quería que lo hicieran.

Xhex respiró con alivio. Aparte de la salud mental de su madre, no quería que Otoño corriera los riesgos físicos del embarazo y el alumbramiento, aunque solo fuera por puro egoísmo. Acababa de encontrar a su madre y no quería perderla tan pronto.

Cuando los ojos de Otoño se clavaron en Xhex había en ellos una franqueza que parecía nueva.

—Necesito un lugar donde quedarme. Lejos de aquí. No tengo dinero, ni trabajo, ni perspectiva alguna, pero...

—Puedes venirte a vivir conmigo. Durante todo el tiempo que quieras.

—Gracias. —Aquellos ojos se desviaron y se quedaron contemplando el tablero—. Me esforzaré por ser una invitada discreta.

—Eres mi madre, no una invitada. Pero, escucha, ¿qué ha sucedido?

La otra hembra se puso de pie.

—¿Podemos irnos ahora?

Joder, ese patrón emocional estaba completamente cerrado. Y trancado por dentro. Envuelto en una coraza de autoprotección. Como si la hubiesen atacado.

Pero, claramente, ese no era el momento de presionarla.

—Ah, sí, claro. Podemos irnos. —Xhex se bajó del escritorio—. ¿Quieres despedirte de Tohr antes de que nos marchemos?

—No.

Xhex esperó alguna explicación que complementara la negativa, pero nada. Lo cual decía mucho.

—¿Qué ha hecho Tohr, mahmen?

Otoño levantó la barbilla. Estaba preciosa, con ese aire de orgullo y dignidad, pensó Xhex.

—Me dijo lo que pensaba de mí. En muy pocas palabras. Así que, a estas alturas, creo que él y yo ya no tenemos nada más que decirnos el uno al otro.

Xhex entornó los ojos y sintió cómo la rabia se agitaba en sus entrañas.

—¿Nos vamos? —preguntó su madre.

—Sí..., claro...

Pero Xhex iba a averiguar qué diablos había ocurrido; eso era seguro.

Una vez que se abrieron las persianas de acero de las ventanas y la noche expulsó del cielo toda la luz que quedaba, Blay salió de la sala de billar con la intención de pasarse un minuto por la biblioteca para saludar a Saxton y subir luego a darse una ducha antes de la Primera Comida.

Pero no llegó mucho más allá del tronco del manzano que aparecía representado en el mosaico del suelo del vestíbulo.

Movido por un extraño impulso, Blay frenó en seco y bajó la vista hacia sus caderas. Una palpitante erección había aparecido entre sus pantalones, tan inesperada como exigente.

¿Qué demonios…? Entonces miró hacia arriba y se preguntó quién más habría entrado en su periodo de fertilidad. Era la única explicación.

—Es posible que no quieras saber la respuesta a esa pregunta.

Al mirar hacia un lado, vio a Saxton, que estaba de pie, en el arco que conducía a la biblioteca.

—¿Quién?

Pero en realidad Blay ya lo sabía. Claro que lo sabía.

Saxton hizo un gesto con su elegante mano y dijo:

—¿No quieres entrar y tomarte un trago conmigo en mi despacho?

El macho también estaba excitado y los pantalones de su espléndido traje de espiga dejaban ver una cierta deformación a la altura de la bragueta… Solo que su cara no combinaba con la erección. Parecía triste.

—Vamos —repitió Saxton, y volvió a hacer un gesto de invitación con la mano—. Por favor.

Blay se dirigió entonces a la biblioteca y entró en el caótico desastre en que se había convertido esa estancia desde que a Sax le habían asignado aquella misteriosa «tarea». Cualquiera que fuera.

Al entrar, Blay oyó cómo las puertas se cerraban detrás de él y buscó en su mente algo que decir.

Nada. No tenía… nada que decir. Sobre todo si se tenía en cuenta que, sobre su cabeza, sobre el techo adornado con molduras de yeso, comenzó a sonar en ese instante un golpeteo amortiguado.

Hasta los cristales del candelabro se sacudían, como si la fuerza del sexo llegara hasta a ellos a través de las viguetas del suelo.

Layla se encontraba en su periodo de fertilidad. Y Qhuinn la estaba montando…

—Toma, bebe esto.

Blay aceptó lo que le ofrecían y se lo bebió como si estuviera en llamas y el contenido del vaso fuera agua. Pero el efecto fue exactamente el contrario. El brandy le quemó la garganta al bajar y aterrizó en su vientre como una bola de fuego.

—¿Otro? —preguntó Saxton.

Al ver que Blay asentía, el vaso desapareció y pronto volvió a sus manos rebosante de líquido. Después de tomarse el segundo brandy, Blay dijo:

—Me sorprende…

Se sentía fatal. Había pensado que todos los lazos entre él y Qhuinn estaban cortados, pero no, estaba muy equivocado, y debería haberse dado cuenta de que no era así.

Sin embargo, se negó a terminar de completar su idea en voz alta.

—… que puedas soportar tanto desorden —dijo finalmente Blay.

Saxton se dirigió al bar y se sirvió una copa.

—Me temo que este desorden es necesario.

Blay se dirigió al escritorio, sin dejar de dar vueltecitas a la copa de brandy en su mano para calentarlo. Trató de hablar con sensatez:

—Me sorprende que no utilices más los ordenadores.

Saxton tapó discretamente su trabajo con otro tomo de encuadernación de cuero.

—La lentitud de tomar notas a mano me da tiempo para pensar.

—Me sorprende que tengas que pensar mucho… Tu primer instinto siempre es correcto.

—Parece que hoy te sorprenden muchas cosas.

Solo una, en realidad.

—Solo estoy tratando de entablar una conversación.

—Claro, lo entiendo.

Después de un rato, Blay miró a su amante. Saxton se había sentado en un sofá forrado en seda que se hallaba al otro extremo del salón, tenía las piernas cruzadas a la altura de las rodillas y sus calcetines de seda roja asomaban por debajo de los pantalones perfectamente planchados, mientras sus mocasines Ferragamo resplandecían gracias al lustre permanente. Saxton era tan refinado y aristocrático como la antigüedad en la que estaba sentado, un macho perfectamente elegante, descendiente de un linaje perfectamente intachable, con un gusto y un estilo perfectos.

Era todo lo que cualquiera podría desear…

Pero cuando ese maldito candelabro de cristal volvió a sacudirse sobre su cabeza, Blay dijo bruscamente:

—Todavía estoy enamorado de él.

Saxton bajó los ojos y se sacudió el pantalón, como si tuviese una pequeña pelusa sobre un muslo.

—Lo sé. ¿Acaso pensaste que no era así? —dijo, como si fuera más bien estúpido no darse cuenta.

—Estoy tan jodidamente cansado de todo esto… De verdad.

—Te creo.

—Estoy tan jodidamente… —Dios, aquellos sonidos, ese golpeteo sordo, esa confirmación auditiva de lo que llevaba un año tratando de pasar por alto…

Con un súbito arrebato violento, Blay lanzó la copa de brandy contra la chimenea de mármol y el cristal estalló en mil pedazos.

—¡Mierda! —Si hubiese podido, habría saltado y arrancado del techo esa condenada lámpara.

Entonces dio media vuelta y se dirigió como un loco hacia las puertas dobles, tirando a su paso las montañas de libros que cubrían el suelo y esquivando por un pelo la mesita del café.

Pero Saxton llegó primero a la puerta y bloqueó la salida con su cuerpo.

Los ojos de Blay se clavaron en la cara del macho.

—Quítate de mi camino. Ahora mismo. No te conviene estar cerca de mí.

—¿Acaso esa no es una decisión que debería tomar yo?

Blay concentró su mirada en aquellos labios que conocía tan bien.

—No me presiones.

—O... ¿qué?

Al sentir que su corazón comenzaba a palpitar, Blay se dio cuenta de que Saxton sabía con exactitud lo que estaba buscando. O al menos creía saberlo. Pero algo estaba fuera de control ese día; tal vez eran los efectos del periodo de fertilidad, tal vez era... Mierda, Blay no lo sabía y, la verdad, tampoco le importaba.

—Si no te quitas de mi camino, voy a doblegarte sobre tu escritorio...

—Demuéstralo.

Respuesta equivocada. Tono equivocado. Momento equivocado.

Blay lanzó un rugido que sacudió los cristales en forma de diamante de las ventanas. Acto seguido agarró a su amante de la parte de atrás de la cabeza y lo lanzó hasta el otro extremo de la habitación. Cuando el macho se agarró del escritorio para no caerse, los papeles salieron volando y las hojas amarillas de las libretas y los papeles impresos cayeron al suelo como si fueran copos de nieve.

Saxton se volvió para mirar atrás y ver lo que venía hacia él.

—Demasiado tarde para huir —gruñó Blay, al tiempo que se abría la bragueta de sus pantalones.

Al caer sobre Saxton como una fiera, Blay destrozó con las manos las capas de ropa que lo separaban de lo que quería hacer suyo. Y cuando no quedaron más barreras, alargó los colmillos y mordió a Saxton en el hombro por encima de la ropa, para mantenerlo debajo de él, mientras lo agarraba de las muñecas y prácticamente lo clavaba contra la tapa forrada en cuero del escritorio. Y luego irrumpió con fuerza y dejó salir todo lo que tenía, mientras su cuerpo tomaba el control…, aunque su corazón se mantenía muy lejos de allí.

La cabaña, como Xhex la llamaba, era una residencia muy modesta.

Mientras caminaba por el interior de la casa no había muchas cosas que se interpusieran en el camino de Otoño. La cocina no era más que una pequeña hilera de armarios y electrodomésticos, el salón no ofrecía mucho más que una vista del río, con solo dos sillas y una mesita. Había solamente dos habitaciones, una con un par de colchones y la otra con una plataforma más grande para dormir. El baño era pequeño pero estaba limpio, con una sola toalla colgada de un gancho.

—Como te dije antes —dijo Xhex desde la habitación principal—, no es mucho. También hay una habitación subterránea que puedes usar durante el día, pero tenemos que entrar por el garaje.

Otoño salió del baño.

—Creo que es preciosa.

—Está bien, puedes hablar con sinceridad.

—Hablo en serio. Eres una hembra muy funcional. Te gusta que las cosas funcionen bien y no te gusta perder tiempo. Este es un espacio perfecto para ti. —Otoño volvió a mirar a su alrededor—. Toda la fontanería es nueva. Al igual que los radiadores de la calefacción. La cocina tiene mucho espacio para cocinar, con una cocina con seis fogones, no cuatro, y es de gas, así que no tienes que preocuparte por la electricidad. El techo es de piedra y, por lo tanto, muy resistente, y los suelos no chirrían, así que supongo que la estructura está en tan buen estado como todo lo demás. —Otoño se movió de un extremo al otro—. Desde todos los ángulos hay una ventana a través de la cual se puede ver el exterior, para que nunca te puedan tomar por sorpresa, y veo que hay cerraduras de cobre en todos lados. Perfecto.

Xhex se quitó la chaqueta.

—Bueno, ah…, eres muy perceptiva.

—No. Eso es obvio para cualquiera que te conozca.

—Yo... Estoy muy contenta de que me conozcas.

—Yo también.

Otoño se acercó pausadamente a la ventana que daba al río. Fuera, la luna proyectaba una luz brillante sobre el paisaje cubierto de nieve y el reflejo de esa iluminación pintaba todo de un tono azul.

«Tú estás enamorada de mí. No te molestes en negarlo, me lo dices cada día mientras duermes... Y sabes muy bien que la única razón por la que estoy contigo es para sacar a Wellsie del Limbo. Así que encajo perfectamente con tus necesidades».

—¿Mahmen?

Otoño se concentró en el reflejo de su hija sobre el cristal.

—Lo siento. ¿Decías?

—¿No quieres decirme lo que pasó entre tú y Tohr?

Xhex todavía tenía que quitarse sus armas y, mientras permanecía de pie allí, se veía tan poderosa, tan segura, tan fuerte... Ella no se inclinaría ante ningún macho ni ante nadie, y eso era maravilloso. ¿Acaso no era una bendición extraordinaria?

—Estoy tan orgullosa de ti —dijo Otoño, y dio media vuelta para mirar a su hija de frente—. Quiero que sepas que estoy muy, pero que muy orgullosa de ti.

Xhex bajó la mirada y se pasó una mano por el pelo, como si no supiera cómo manejar los cumplidos.

—Gracias por recibirme —siguió diciendo Otoño—. Me esforzaré por ser útil mientras estoy aquí y contribuir de alguna manera, aunque sea pequeña.

Xhex negó con la cabeza.

—Ya te he dicho varias veces que no eres una invitada.

—Sea como sea, trataré de no ser una carga.

—¿Vas a contarme lo de Tohr?

Otoño miró las armas que todavía colgaban de sus arneses de cuero y pensó que el resplandor de todo ese metal se parecía mucho a la luz que brillaba en los ojos de su hija: era como una promesa de violencia.

—No debes enfadarte con él —se oyó decir—. Lo que sucedió entre nosotros fue consensuado y terminó... por una buena razón. Él no hizo nada malo. —Mientras hablaba, Otoño no estaba segura de qué era lo que realmente pensaba sobre todo ese asunto, pero tenía clara una cosa: no iba a crear una situación en la que Xhex se sintiera impulsada a vengarse de Tohr en su nombre—. Me estás escuchando, hija mía. —No era una pregunta, sino una orden. Era la primera vez que Otoño le hablaba como habla una madre a su hija—. No debes buscar una pelea con él, o hablar de esto con él.

—Dame una razón para no hacerlo.

—Conoces las emociones de los demás, ¿no?

—Sí.

—¿Cuándo fue la última vez que conociste a alguien que se viera obligado a enamorarse de otro, alguien capaz de ordenarles a sus sentimientos que siguieran una determinada dirección cuando en su estado natural su corazón se inclinaba por otra persona?

Xhex soltó una maldición en voz baja.

—Nunca. Eso es una receta desastrosa, pero siempre puedes ser respetuoso con el otro, plantear las cosas de forma delicada…

—Envolver las palabras en papel de regalo no cambia la naturaleza de la verdad. —Otoño volvió a mirar el paisaje nevado y el río, que estaba parcialmente congelado—. Y, ciertamente, prefiero conocer la realidad a vivir en una mentira. —Hubo un rato de silencio entre ellas—. ¿Esa es razón suficiente, hija mía?

Otra maldición. Pero luego Xhex dijo:

—No me gusta…, pero está bien, es suficiente.

CAPÍTULO

64

T ohr permaneció en ese aparcamiento durante… solo Dios
sabía cuánto tiempo. Debieron de ser al menos una noche
y un día, o ¿quizá dos noches y dos días? No lo sabía y realmente no le importaba.

Era como volver a estar en el útero, suponía. Solo que tenía
el trasero entumecido y la nariz le moqueaba por el frío.

Cuando su ira épica se desvaneció y sus emociones se se-
renaron, sus pensamientos se volvieron como un grupo de viaje-
ros que pasean por partes de su vida, deambulando por paisajes
de diferentes épocas y regresando sobre sus pasos para examinar de
nuevo algunos picos y valles.

Había sido un largo viaje. Y Tohr se sentía cansado al final,
aunque su cuerpo no se había movido en muchas horas.

No era ninguna sorpresa que los dos lugares más visitados
fueran el periodo de fertilidad de Wellsie… y el de Otoño. Esos
sucesos, y sus respectivas consecuencias, fueron las montañas más
escaladas y las distintas escenas se sucedían en su cabeza como
paisajes que se comparaban uno con el otro, hasta que todo se
volvió borroso y los dos sucesos se convirtieron en un solo pas-
tiche de acciones y reacciones, tanto de él como de ellas.

Después de muchas cavilaciones y especulaciones, llegó a
una especie de conclusión: había tres cosas que debía hacer.

Iba a tener que disculparse con Otoño, claro. Por Dios, era la segunda vez que estallaba con ella. La primera había tenido lugar hacía ya casi un año, en la piscina. En los dos casos se había descontrolado debido al estrés en el que se encontraba, pero eso no lo justificaba.

La segunda resolución era que iba a tener que buscar al ángel y pedir otras disculpas.

Y la tercera..., bueno, la tercera era, en realidad, la más importante y algo que tenía que hacer antes que las otras dos.

Tenía que establecer contacto con Wellsie una última vez.

Así que respiró hondo, cerró los ojos y obligó a sus músculos a relajarse. Luego, con más desesperación que esperanza, le ordenó a su mente cansada que se liberara de todos los pensamientos y las imágenes que revoloteaban por su cabeza, que se deshiciera de todo lo que lo había mantenido despierto durante todo ese tiempo: los remordimientos, los errores, el dolor...

Después de un rato, sus deseos se cumplieron y el incesante tráfico mental fue disminuyendo el ritmo hasta que todas sus exploraciones cesaron por completo.

Mientras impregnaba su subconsciente con un único objetivo, se dejó arrastrar hacia el sueño y esperó en estado de reposo hasta que...

Wellsie llegó hasta él teñida de tonos grises, en medio de aquel paisaje desolado y pedregoso, asolado por la neblina y los vientos helados. Estaba tan lejos ahora que el campo de visión le permitió ver de cerca una de aquellas formaciones rocosas...

Solo que, de hecho, no era una formación rocosa.

Ninguna de las piedras estaba hecha de piedra.

No, eran los cuerpos de otras personas que estaban sufriendo lo mismo que ella y cuyos músculos y huesos se iban encogiendo gradualmente sobre sí mismos, hasta que no eran más que montículos que arrasaba el viento.

—¿Wellsie? —gritó Tohr.

Mientras el grito se perdía en el horizonte ilimitado, Wellsie seguía impávida.

No parecía haber reconocido ni siquiera su presencia.

La única cosa que se movía era el viento, que abruptamente pareció soplar en dirección a Tohr y luego siguió arrasando todo lo que encontraba a su paso.

Cuando llegó hasta donde estaba Wellsie, su pelo se levantó formando un halo alrededor de su cabeza...

Pero no eran mechones de pelo lo que volaba. Su cabello se había convertido en cenizas, cenizas que se dispersaban con el viento... Llegaron hasta donde se hallaba Tohr y se le metieron en los ojos, que empezaron a llorarle...

Dentro de poco eso sería lo único que quedaría de ella. Y luego ya no quedaría nada.

—¡Wellsie! ¡Wellsie, aquí estoy!

Tohr la llamaba para captar su atención, para decirle que finalmente estaba listo, pero no importaba lo mucho que gritara o que agitara los brazos: ella no se volvía a mirarlo. No se movía... y tampoco se movía el pequeño.

Sin embargo, el viento seguía soplando y cada segundo se llevaba partículas infinitesimales de sus cuerpos, hasta que ya no quedara nada.

Con un temor que le atenazaba el corazón, Tohr se convirtió en una especie de mono gigante, que aullaba y saltaba alrededor de Wellsie y de su hijo, gritando con toda la potencia de sus pulmones y agitando los brazos, pero después de un rato se quedó sin energía y cayó al polvoriento suelo, como si las reglas del ejercicio físico también se aplicaran en ese extraño mundo.

Ellos seguían sentados en la misma posición, pensó Tohr.

Y ahí fue cuando se le reveló la paradójica verdad.

La respuesta tenía que ver al mismo tiempo con lo que le había ocurrido a Otoño, con su relación sexual con ella y con su periodo de fertilidad, pero no guardaba relación con Wellsie. Tenía que ver con todo lo que Lassiter había tratado de hacer para ayudarlo..., pero no tenía nada que ver con Wellsie.

El tema realmente no tenía nada que ver con Wellsie.

Era él. Tenía que ver... solo con él.

En su sueño, Tohr bajó la vista hacia su propio cuerpo y, bruscamente, la energía volvió a él con una serenidad que tenía todo que ver con el lugar donde se encontraba su alma... y con el hecho de que el camino para salir de su sufrimiento, y el de ella, acababa de ser iluminado por la mano del Creador.

Por fin, después de todo ese tiempo, de toda esa agonía, sabía qué hacer.

Y cuando volvió a hablar, ya no gritó.

—Wellsie, sé que puedes oírme, espera un poco. Solo necesito que me concedas un poco más de tiempo… Por fin estoy listo. Solo lamento haber tardado tanto.

Tohr se quedó allí solo un momento más, mientras le mandaba todo su amor a Wellsie, como si eso pudiera mantener intacto lo que quedaba de ella. Y luego se retiró, liberándose de ese lugar mediante un esfuerzo herculeo de su voluntad que sacudió su cuerpo hasta que se vio cayendo…

Tohr apoyó una mano en el suelo para impedir que su cara aterrizara contra el cemento y se puso de pie.

En cuanto lo hizo, se dio cuenta de que si no orinaba de inmediato, su vejiga iba a estallar.

Así que bajó la rampa, tecleó la contraseña para entrar en la clínica y se apresuró a llegar al primer baño que encontró. Cuando salió, no se detuvo a saludar a nadie, a pesar de que podían oír voces en otros lugares del centro de entrenamiento.

Al llegar a la casa principal, encontró a Fritz en la cocina.

—Hola, amigo, necesito tu ayuda.

El mayordomo se sobresaltó y dejó caer la lista de provisiones que estaba haciendo.

—¡Señor! ¡Está usted vivo! Ay, bendita Virgen Escribana, todo el mundo lo estaba buscando…

Mierda. Había olvidado que perderse un par de noches tenía ciertas implicaciones.

—Sí, lo siento. Le enviaré un mensaje a todo el mundo. —Suponiendo, claro, que pudiera encontrar su teléfono. Probablemente estaba abajo, en la clínica, pero él no iba a desperdiciar tiempo regresando allí—. Escucha, lo que necesito es que vengas conmigo.

—Ay, señor, será un placer servirlo. Pero quizá debería ir primero donde el rey… Todos han estado tan preocupados…

—Te diré lo que vamos a hacer: tú puedes conducir mientras me prestas tu teléfono. —Cuando vio que el mayordomo vacilaba, Tohr bajó la voz—: Tenemos que irnos ya, Fritz. Te necesito.

Esa parecía ser la motivación que el mayordomo necesitaba, porque enseguida hizo una venia y dijo:

—Como desee, señor. Y tal vez pueda traerle algo de comer.

—Buena idea. Solo dame cinco minutos.

Cuando el mayordomo asintió y desapareció en el interior de la alacena, Tohr salió al vestíbulo y subió las escaleras de dos en dos. Dejó de correr cuando llegó frente a la puerta de John Matthew. Llamó.

John le abrió de inmediato. Al ver que la cara del chico expresaba sorpresa, Tohr levantó las manos como para defenderse, porque sabía que iba a recibir una reprimenda por haber vuelto a desaparecer.

—Lo siento, yo...

Pero Tohr no alcanzó a terminar. John lo rodeó con sus brazos y lo apretó con tanta fuerza que sintió que le partía la espalda.

Tohr le devolvió el abrazo y, mientras apretaba contra su cuerpo al único hijo que tenía, le dijo con voz clara:

—John, quiero que pidas la noche libre y vengas conmigo. Necesito... que vengas conmigo. Qhuinn también puede venir..., y esto nos puede llevar toda la noche..., quizá más tiempo. —Al sentir que John asentía contra su hombro, Tohr respiró profundamente—. Qué bien, hijo. Eso es perfecto, porque no hay manera de que pueda hacer esto sin ti.

—¿Cómo te sientes?

Layla abrió pesadamente los párpados y miró a Qhuinn. Él estaba de pie, completamente vestido, y la observaba desde el lado de la cama que ocupaba ella, en su habitación. Se veía grande y distante y parecía incómodo, aunque su actitud no era agresiva.

Ella sabía cómo se sentía Qhuinn. Cuando al fin pasó el fuego intenso del periodo de fertilidad, todas esas horas de abrazos, arañazos y proezas físicas habían llegado a su fin y ahora eran solo una curiosa experiencia que ya se desvanecía en su memoria, como un sueño. Mientras estaban atrapados en aquel furor sentían que nada podría volver a ser igual, como si esas erupciones volcánicas fueran a transformarlos para siempre.

Pero ahora... el tranquilo regreso de la normalidad estaba a punto de borrar de un plumazo todo lo que había sucedido hacía solo unas horas.

—Creo que ya puedo levantarme —dijo ella.

Él había sido muy generoso al alimentarla de la vena y también le había traído comida, así que Layla se había quedado en la cama descansando durante al menos veinticuatro horas, como era tradicional en el Santuario después de que el Gran Padre estuviera con una Elegida.

Sin embargo, ya era hora de ponerse en movimiento.

—Puedes quedarte aquí, ya sabes. —Qhuinn se dirigió a su armario y comenzó a preparar su armamento para salir a combatir—. Descansa un poco más. Relájate.

No, ella ya había descansado lo suficiente.

Layla se apoyó en los brazos para incorporarse y, aunque esperaba sentirse un poco mareada, se alegró al ver que se encontraba bien. Incluso más fuerte.

No había otra manera de decirlo. Su cuerpo se sentía… fuerte.

Entonces bajó las piernas de la cama, descargó su peso sobre sus pies y se levantó lentamente. Qhuinn se acercó de inmediato para sostenerla si era necesario, pero ella no necesitó ayuda.

—Creo que me daré una ducha —dijo Layla.

Y después ¿qué? No tenía ni idea de qué iba a hacer.

—Quiero que te quedes aquí —dijo Qhuinn, como si le hubiese leído el pensamiento—. Te vas a quedar aquí. Conmigo.

—No sabemos si estoy encinta.

—Por eso debes tomarte las cosas con calma. Y si estás embarazada te quedarás aquí conmigo.

—Está bien. —Después de todo, parecía que sí iban a enfrentarse a eso juntos, suponiendo, claro, que hubiese motivos para enfrentarse a algo.

—Salgo ahora para el campo de batalla, pero siempre llevo mi móvil y te he dejado uno sobre la mesilla de noche —dijo, y señaló el teléfono que estaba junto al reloj despertador—. Puedes llamarme o enviarme un mensaje de texto si me necesitas, ¿está claro?

Qhuinn hablaba con mucha seriedad, con los ojos fijos en ella y una intensidad que le dio una idea de lo estresante que debía de ser en su trabajo. Sin embargo, nada ni nadie iba a interponerse en su camino si ella lo llamaba.

—De acuerdo.

Él asintió con la cabeza y se dirigió a la puerta. Antes de abrirla, se detuvo. Parecía pensativo, como si estuviera buscando las palabras apropiadas.

—¿Cómo sabremos si tú...?

—¿Si tengo un aborto? Porque empezaré a tener calambres y luego vendrá una hemorragia. Lo he visto muchas veces en el Otro Lado.

—¿Tu vida podría estar en peligro si tienes un aborto?

—Eso no suele pasar. Al menos en esta primera etapa.

—¿No deberías quedarte en cama?

—Después de las primeras veinticuatro horas, si se va a implantar, lo hace, independientemente de que yo permanezca inactiva o no. La suerte está echada.

—¿Me avisarás?

—En cuanto sepa algo.

Qhuinn dio media vuelta, pero se quedó mirando la puerta por un momento y luego dijo:

—Se va a implantar. —Qhuinn estaba más seguro de eso que ella, pero era gratificante saber que tenía tanta fe y que los dos deseaban lo mismo—. Regresaré al amanecer —dijo.

—Aquí estaré.

Después de que él se marchara, ella se duchó y se pasó varias veces la barra de jabón por la parte baja del vientre. Parecía extraño que algo tan increíblemente importante pudiera estar ocurriendo dentro de su cuerpo y que ella desconociera hasta tal punto los detalles.

Sin embargo, pronto conocerían los resultados de sus esfuerzos. Si la fecundación no se daba, la mayoría de las hembras sangraban durante la primera semana.

Cuando salió de la ducha, se secó y descubrió que Qhuinn había tenido la amabilidad de dejarle una túnica limpia preparada. Layla se la puso. También se puso ropa interior especial por si se producía una terminación.

De regreso en la alcoba, se sentó en la cama para ponerse sus zapatillas y después...

No tenía nada que hacer. Y el silencio y la quietud no eran buenos compañeros cuando se estaba en semejante estado de ansiedad.

Entonces la imagen de la cara de Xcor volvió a aparecer en su mente, sin restricción alguna.

Layla maldijo en voz baja y pensó que quizá nunca olvidaría la manera en que él la había mirado, fijando sus ojos en ella como si fuera una visión que él no alcanzaba a comprender del todo, pero que siempre agradecería.

A diferencia de los recuerdos que tenía de su periodo de fertilidad, las sensaciones que había experimentado cuando ese macho clavó sus ojos en ella seguían siendo tan reales como cuando las había vivido y no se habían desvanecido lo más mínimo, a pesar de los meses que habían transcurrido desde entonces. Solo que… quizá todo eso no era más que un producto de su imaginación. ¿Sería posible que el recuerdo fuera tan fuerte sencillamente porque se trataba de una fantasía?

A juzgar por lo que estaba ocurriendo con su periodo de fertilidad, la vida real podía desvanecerse con increíble premura.

Sin embargo, no ocurría lo mismo con el anhelo de sentirse deseada…

Layla oyó entonces que llamaban a su puerta y se despabiló.

—¿Sí?

Una voz femenina contestó al otro lado de los paneles.

—Soy Xhex. ¿Te molesta si entro un momento?

Layla no se podía imaginar qué podría querer aquella hembra con ella. Sin embargo, le caía bien la compañera de John y siempre estaría dispuesta a atenderla.

—Ay, por favor, pasa… Hola, esta sí que es una sorpresa agradable.

Xhex cerró la puerta y miró con incomodidad hacia todos lados, menos hacia donde estaba Layla.

—Entonces, ah… ¿Cómo te sientes?

En efecto, Layla tenía el presentimiento de que, durante la siguiente semana, mucha gente se le iba a hacer la misma pregunta.

—Bien.

—Me alegro. Sí…, qué bien.

Largo silencio.

—¿Hay algo que pueda hacer por ti? —preguntó Layla.

—De hecho, sí.

—Entonces, por favor, dime en qué puedo ayudarte y haré lo que esté en mis manos.

—Es complicado. —Xhex entrecerró los ojos—. Y peligroso.

Layla se llevó una mano a la parte baja del vientre, como si quisiera proteger a su retoño, en caso de que hubiese uno.

—¿De qué se trata?

—Por órdenes de Wrath, estoy tratando de encontrar a Xcor.

Layla sintió que su pecho se comprimía y abrió la boca para poder respirar.

—Ya veo.

—Sé que ya te han contado lo que hizo.

—Sí, así es.

—También sé que tú lo alimentaste.

Layla parpadeó, mientras la imagen de esa cara cruel y extrañamente vulnerable volvió a cruzar su mente. Durante una fracción de segundo tuvo el absurdo instinto de protegerlo, pero eso era ridículo y prefería no pensar en ello, así que trató de apartar la imagen de Xcor de sus pensamientos.

—Desde luego que os ayudaré a ti y a Wrath. Me alegra que el rey haya reconsiderado su posición.

En ese momento, la otra hembra vaciló.

—¿Qué pasaría si te dijera que Wrath no puede enterarse de esto? Nadie puede enterarse, sobre todo Qhuinn. ¿Eso te haría cambiar de opinión?

John, pensó Layla. John debía de haberle contado a su shellan lo que había ocurrido.

—Me doy cuenta —dijo Xhex— de que te estoy poniendo en una posición terrible, pero tú conoces mi naturaleza. Usaré cualquier cosa que tenga a mi alcance para obtener lo que quiero, y lo que quiero es encontrar a Xcor. No me cabe ninguna duda de que voy a poder protegerte y no tengo ninguna intención de que te acerques a él. Solo necesito que me indiques en qué zona pasa la noche y yo me encargaré a partir de ahí.

—¿Vas a matarlo?

—No, pero voy a entregarle a la Hermandad las pruebas para que lo hagan. El arma que emplearon para disparar a Wrath fue un rifle de largo alcance, y no es la clase de arma que se lleva normalmente al campo de batalla. Así que, suponiendo que no la hayan destruido, seguramente deben de dejarla en casa cuando salen a combatir. Si yo soy capaz de encontrar ese rifle, podremos demostrar lo que hicieron y entonces las cosas seguirán su curso natural.

Los ojos del macho estaban llenos de bondad, pensó Layla… La había mirado con gran afecto. Pero, en realidad, él era el enemigo de su rey.

Layla sintió que asentía con la cabeza.

—Te ayudaré. Haré todo lo que pueda… y no diré ni una palabra.

La hembra se acercó y le puso una mano en el hombro en un gesto de sorprendente gentileza.

—Detesto ponerte en esta posición. La guerra es un asunto horrible, un asunto en el que no se debería involucrar a la gente buena como tú. Puedo sentir el daño que esto te causa y lamento tener que pedirte que mientas.

Era muy amable por parte de la symphath mostrar tanto interés, pero el conflicto de Layla no tenía nada que ver con el hecho de mentirle a la Hermandad. Ella estaba preocupada por el guerrero que iba a ayudar a matar.

—Xcor me utilizó —dijo Layla, como si estuviera tratando de convencerse a sí misma.

—Es muy peligroso. Tienes suerte de haber salido viva de un encuentro con él.

—Haré lo que debo hacer. —Layla levantó la vista hacia Xhex—. ¿Cuándo partimos?

—Ahora mismo. Si te sientes con fuerzas.

Layla asintió.

—Permíteme sacar un abrigo.

Horas más tarde, mientras estaba sentada frente a su escritorio de Safe Place, Marissa contestó su móvil y no pudo evitar la sonrisa que se dibujó en su rostro.

—Eres tú de nuevo.

La voz de Butch, con ese marcado acento bostoniano, resonó al otro lado con un tono muy sensual. Como siempre.

—¿Cuándo vienes a casa?

Marissa miró su reloj y pensó que la noche se había pasado volando. Pero, claro, siempre le sucedía lo mismo en la oficina. Llegaba tan pronto se ponía el sol y, luego, sin que se diera cuenta, la luz comenzaba a asomarse por el este y ya tenía que regresar a casa.

A los brazos de su macho.

Lo cual no era muy difícil, a decir verdad.

—¿En unos cuarenta y cinco minutos?

—Podrías venirte ya…

Butch arrastraba las palabras de una forma muy erótica, dotando de un sentido muy especial a la expresión «regresar a casa».

—Butch…

—Hoy no me he levantado de la cama, ¿sabes?

Marissa se mordió el labio, mientras se imaginaba a Butch entre las sábanas, que ya estaban bastante revueltas cuando ella salió.

—¿No?

—No... —dijo, dejando la frase en suspenso—. Y he estado pensando en ti todo el tiempo...

Butch estaba hablando en un tono de voz tan bajo, tan íntimo, que Marissa se imaginó perfectamente lo que debía de estar haciendo y por un momento cerró los ojos y se permitió perderse en unas imágenes realmente muy provocativas.

—Marissa..., ven pronto...

Esta hizo un esfuerzo por escapar del embrujo que él estaba tendiendo a su alrededor y dijo:

—No me puedo ir todavía. Pero voy a empezar a organizarlo todo para salir en un rato, ¿qué te parece?

—Perfecto. —Marissa podía imaginarse la sonrisa de Butch—. Te estaré esperando... y, mira, ya sabes que puedes tomarte todo el tiempo que necesites. Solo ven aquí antes de la Última Comida, ¿vale? Quiero ofrecerte un aperitivo que no vas a olvidar.

—Ya eres bastante inolvidable.

—Esa es mi chica. Te amo.

—Yo también te amo.

Cuando terminó la llamada, Marissa no pudo borrarse de la cara aquella sonrisa inmensa y feliz. Su compañero era un macho bastante tradicional, «chapado a la antigua», como decía él, y poseía todas las mañas que suelen acompañar esa mentalidad: Butch creía que las hembras nunca debían pagar nada, ni abrir una puerta, ni echar gasolina, ni pisar un charco, ni cargar nada más pesado que lo que cupiera en una bolsa para sándwiches, ni... Pero jamás interfería con su trabajo. Nunca. Esa era la única área de su vida en que ella imponía su posición y él nunca se quejaba de sus horarios, ni de la intensidad del trabajo, ni del nivel de estrés.

Y esa era solo una de las muchas razones por las cuales ella adoraba a Butch. Las hembras y los niños desplazados que vivían en Safe Place eran como una familia para ella, una familia que dependía de ella, pues ella estaba a cargo del refugio, el personal, los programas de atención, los recursos y, lo más importante, se ocupaba de cuidar todo y a todos los que vivían bajo ese techo. Y le encantaba su trabajo. Cuando Wrath le ofreció la posibilidad de dirigir el refugio, ella estuvo a punto de rechazar la oferta, pero luego se empeñó en superar sus temores y ahora se alegraba de haberlo hecho y haber encontrado su vocación profesional.

—¿Marissa?

Esta levantó la mirada y vio a una de las psicólogas nuevas, de pie en el umbral.

—Hola. ¿Qué tal ha estado la reunión de grupo?

—Muy bien. Haré mi informe dentro de una hora, tan pronto terminemos de preparar unas galletas en la cocina. Siento interrumpirte, pero hay un caballero en la puerta y dice que viene a hacer una entrega.

—¿De veras? —Marissa miró el calendario que colgaba de la pared y frunció el ceño—. No tenemos nada programado.

—Lo sé, por eso no he abierto la puerta. Él dice que tú lo conoces, pero no me ha querido dar su nombre. No sé si deberíamos llamar a la Hermandad.

—¿Qué aspecto tiene?

La hembra levantó la mano por encima de su cabeza y dijo:

—Es muy alto. Grande. Tiene el pelo negro y un mechón blanco justo delante.

Marissa se levantó de la silla con tanta rapidez que esta chirrió.

—¿Tohrment? ¿Está vivo?

—¿Perdón?

—Yo me encargaré del asunto. Está bien…, tú regresa a la cocina.

Marissa salió corriendo de la oficina y bajó las escaleras. Luego se detuvo junto a la puerta principal, miró el monitor de seguridad que V había instalado y enseguida abrió la puerta de par en par.

Después se arrojó a los brazos de Tohr sin pensar.

—Ay, Dios, ¿dónde estabas? Llevas varias noches perdido…

—No, no estaba perdido —dijo Tohr, al tiempo que le devolvía el abrazo—. Solo estaba ocupado. Pero todo está bien.

Marissa dio un paso atrás, pero siguió agarrándolo de sus gruesos bíceps.

—¿Estás bien?

Todos en la mansión sabían que Otoño había pasado por su periodo de fertilidad y ella se podía imaginar lo difícil que debía de haber sido eso para Tohr. Y esperaba, al igual que todos, que la relación que había surgido entre el hermano y aquella silenciosa aristócrata caída en desgracia lo ayudara a recuperarse. Pero en lugar de eso, Tohr había desaparecido después de que Otoño saliera de su periodo de fertilidad y luego ella se había marchado de la casa.

Obviamente, las cosas no habían salido muy bien.

—Escucha, sé que recibes donaciones, ¿cierto? —dijo Tohr.

Para demostrarle que respetaba el hecho de que él no hubiese respondido a su pregunta, Marissa dejó de insistir.

—Ah, claro que sí. Recibimos cualquier cosa, somos expertos en adaptar y reutilizar todo lo que llega a nuestras manos.

—Qué bien, porque he traído algunas cosas que me gustaría donarles a las hembras que viven aquí. No estoy seguro de que puedan utilizarlas, pero…

Tohr dio media vuelta y llevó a Marissa hasta la furgoneta de la Hermandad, que estaba aparcada a la entrada de la casa. Fritz se hallaba en el asiento del copiloto y el viejo mayordomo se bajó tan pronto vio que ella se acercaba.

Por primera vez en la vida, el viejo no tenía una sonrisa en el rostro. Sin embargo, le hizo una venia.

—Madame, ¿cómo se encuentra usted hoy?

—Ah, muy bien, Fritz, gracias.

Marissa guardó silencio mientras Tohr abría la puerta lateral…

Un solo vistazo a lo que había dentro la dejó sin aire.

Iluminadas por la luz del techo de la furgoneta, se podían ver varias montañas de lo que parecía ropa, guardada en cestas, cajas de cartón y bolsas de tela. También había faldas, blusas y vestidos que todavía colgaban de sus perchas y que estaban doblados cuidadosamente sobre el suelo de la furgoneta.

Marissa miró a Tohr.

El hermano estaba en silencio y tenía la vista clavada en el suelo, pues era evidente que no quería mirarla en ese momento.

—Como te he dicho, no sé si algo de esto puede servir.

Ella se inclinó y acarició uno de los vestidos.

La última vez que lo había visto, Wellsie lo llevaba puesto.

Tohr estaba regalando la ropa de su shellan.

Con voz quebrada por la emoción, Marissa susurró:

—¿Estás seguro de que quieres regalar esto?

—Sí. Tirar todo esto sería un desperdicio y estoy seguro de que a Wellsie no le gustaría. Ella querría que alguien utilizara sus cosas… Eso sería importante para ella. A ella no le gustaba desperdiciar. Pero, sí, no sé nada sobre tallas femeninas ni todo eso.

—Eres muy generoso. —Marissa estudió la cara del hermano y se dio cuenta de que era la primera vez que lo oía pronunciar el nombre de Wellsie desde que había vuelto a aparecer, después del asesinato—. Vamos a utilizarlo todo.

Tohr asintió, pero evitó mirar a Marissa.

—He incluido también algunos artículos de baño sin abrir. Cosas como champús y acondicionadores, su crema hidratante, ese jabón de Clinique que tanto le gustaba… Wellsie era muy quisquillosa con esa clase de cosas, y si encontraba algo que le gustaba siempre lo utilizaba. También le encantaba tener reservas de todo, así que encontré muchas cosas sin abrir cuando limpié el baño. Ah, y también he traído algunos utensilios de cocina: esas sartenes de cobre que le fascinaban y sus cuchillos. Podría llevarlos a una obra de beneficencia de humanos, si tú…

—Nos quedaremos con todo.

—Aquí están las cosas de cocina —dijo Tohrment, y abrió la puerta trasera—. Ya sé que no permites la presencia de machos en el refugio, pero ¿crees que puedo dejar todo esto en el garaje?

—Sí, sí, por favor. Déjame ir a buscar más ayuda…

—Me gustaría descargar todo personalmente, si no te molesta.

—Ah, sí, claro… Sí —respondió Marissa, y enseguida corrió a teclear el código para abrir las puertas del garaje.

Cuando las puertas se abrieron, ella esperó junto al mayordomo mientras Tohrment iba y venía con parsimonia, llevando con mucho cuidado las posesiones de su compañera y ordenándolas una sobre otra junto a la puerta que llevaba a la cocina.

—¿Está vaciando toda la casa? —le susurró Marissa a Fritz.

—Sí, madame. Hemos trabajado durante toda la noche: John, Qhuinn, él y yo. Él se ha ocupado de las habitaciones y la cocina, mientras que los demás hemos trabajado en el resto de la casa. Me ha pedido que regrese con él después de que anochezca, para poder sacar todos los muebles y las obras de arte y llevarlos a la mansión.

Marissa se tapó la boca con la mano para disimular un poco su impresión. Pero no había razón para preocuparse de que Tohr se sintiera incómodo por su reacción: el hermano estaba absorto en su tarea.

Cuando vació la furgoneta, Tohr cerró todas las puertas y se acercó a Marissa. Mientras ella trataba de encontrar las palabras de gratitud más apropiadas y las que mejor expresaran su profundo respeto y solidaridad, él la interrumpió y se sacó algo del bolsillo: una bolsita de terciopelo.

—Tengo una cosa más. Dame tu mano. —Cuando Marissa extendió la palma de su mano, él soltó el cordón de la bolsita, la volvió hacia abajo y dejó salir…

—¡Ay, por Dios! —exclamó Marissa.

Rubíes. Grandes rubíes combinados con diamantes. Muchos rubíes: un collar, no, un collar y un brazalete. También había unos aretes. Marissa tuvo que poner las dos manos para sostenerlo todo.

—Le compré esto a Wellsie allá por 1964. Son de Van Cleef & Arpels. Se suponía que era mi regalo de aniversario, pero no sé en qué diablos estaba pensando. A Wellsie no le gustaban mucho las joyas, le gustaban más las obras de arte. Siempre decía que las joyas eran incómodas. En todo caso, ya sabes, vi este juego de joyas en una revista, en *Town and Country*. Y pensé que haría juego con su pelo rojo. Además, quería hacer algo increíblemente romántico solo para demostrarle que sí era capaz de hacer algo así. Pero a ella realmente no le gustó mucho. Aunque lo sacaba de la caja de seguridad una vez al año, sin falta, y se lo ponía para el día del aniversario. Y cada año, cada año sin falta, yo tenía que decirle que esas joyas no eran ni remotamente tan hermosas como ella… —Tohr se quedó callado de repente—. Lo siento, estoy divagando.

—Tohr…, no puedo aceptarlas. Esto es demasiado…

—Quiero que las vendas. Véndelas y utiliza el dinero para ampliar la casa. Butch me ha dicho que necesitáis más espacio. Creo que esto debe de valer un cuarto de millón, o tal vez más. A Wellsie le habría encantado lo que estás haciendo aquí. Estoy seguro de que te habría apoyado, se habría ofrecido como voluntaria para trabajar con las hembras y los niños, se habría involucrado mucho. Así que, ya sabes, no hay mejor lugar para dejar esto.

Marissa empezó a parpadear con rapidez, para que las lágrimas no resbalaran por sus mejillas. Tohr había asumido una actitud realmente valiente...

—¿Estás seguro? —le preguntó—. ¿Estás seguro de que quieres hacer todo esto?

—Sí. Ya es hora. Aferrarme a estas cosas no ha servido para traerla de regreso y nunca lo hará. Pero al menos les pueden servir a las hembras que viven aquí... Así que no se va a perder nada. Para mí es importante que las cosas que compramos juntos, que tuvimos, que usamos juntos... no..., ya sabes, no se pierdan.

—Y con esas palabras, Tohr se inclinó y le dio un abrazo rápido—. Que te vaya muy bien, Marissa.

Luego cerró la furgoneta, ayudó al mayordomo a montarse tras el volante y, después de darle un último adiós con la mano, se desintegró en medio de la noche.

Marissa miró la fortuna que tenía entre las manos y luego retrocedió, mientras Fritz sacaba cuidadosamente la furgoneta marcha atrás. Ella lo siguió durante un momento y guardó las gemas en su bolsita. Cuando el mayordomo arrancó, Marissa se despidió con la mano y él hizo lo mismo.

Después se envolvió entre sus brazos para protegerse del frío y se quedó mirando hasta que las luces se perdieron en la distancia.

Con las joyas todavía en la mano, Marissa dio media vuelta hacia la casa y se imaginó la ampliación que podría hacer en el patio de atrás, donde podría poner más habitaciones para más hembras y sus hijos, sobre todo habitaciones subterráneas, donde estaban más seguros durante el día.

Sus ojos volvieron a llenarse de lágrimas y esta vez no trató de contenerlas. Cuando la casa se volvió borrosa, el futuro brilló con claridad frente a sus ojos: Marissa sabía exactamente qué nombre le pondría a la nueva ala de la casa.

Wellesandra era un nombre muy sonoro.

Layla nunca antes había estado fuera hasta tan cerca del amanecer y le pareció interesante notar cómo el aire parecía cambiar y se producía una revitalización que ella podía sentir pero no ver. El sol era realmente muy poderoso, capaz de iluminar todo el mundo, y la creciente luz le causaba en la piel una picazón en señal de alarma: eran sus instintos más profundos diciéndole que era hora de ir a casa. Sin embargo, no quería irse.

—¿Cómo te sientes? —preguntó Xhex desde atrás.

Había sido una noche muy larga. Llevaban varias horas dando vueltas por las afueras de Caldwell, deambulando en medio de la oscuridad, siguiendo a Xcor y a sus soldados, lo cual había resultado bastante fácil, por cierto. Layla podía sentir al macho con tanta claridad como si estuviera en un escenario iluminado, gracias a que el lazo que los unía por haberlo alimentado aún no se había desvanecido. Y en lo que tenía que ver con él…, Xcor parecía tan absorto en el combate que no se daba cuenta de que ella se encontraba en las inmediaciones; y si era consciente de que ella estaba cerca, ciertamente no se atrevía a acercarse y el otro soldado tampoco.

—¿Layla?

Esta levantó la vista hacia Xhex.

—Sé exactamente dónde está. No se ha movido.

—Eso no es lo que estoy preguntando.

Layla no pudo evitar sonreír. Una de las mayores sorpresas de la noche había Xhex que, desde luego, no parecía para nada una symphath. Era muy aguda mentalmente y tan fuerte físicamente como un macho, pero tenía una calidez que contrastaba con sus otros rasgos: no la había dejado sola en ningún momento y había estado pendiente de ella toda la noche, como una mahmen con sus hijos, siempre atenta y protectora, como si supiera que esa labor era muy estresante para ella.

—Estoy bien.

—No, no lo estás.

Mientras volvía a concentrarse en la señal que le enviaba su sangre a unas dos calles de allí, Layla guardó silencio.

—Estoy segura de que tú ya lo sabes —murmuró Xhex—. Pero realmente estás haciendo lo correcto.

—Lo sé. Está cambiando de posición.

—Sí, puedo sentirlo.

Abruptamente, Layla se volvió hacia un faro altísimo e iluminado que se levantaba al oeste de allí: el rascacielos más alto de la ciudad. Mientras clavaba la vista en las luces blancas y rojas que parpadeaban en la punta, se imaginó a Xcor en medio del viento helado, encima del monumento, reclamando su dominio sobre la ciudad.

—¿Crees que es perverso? —preguntó repentinamente—. Me refiero a que puedes leer sus emociones, ¿verdad?

—Sí, hasta cierto punto.

—Entonces, ¿es perverso?

La otra hembra soltó una exhalación larga y lenta, como si lamentara tener que decir lo que tenía que decir.

—Xcor no sería una buena apuesta, Layla. Ni para ti ni para nadie. Y no solo por el asunto de Wrath. Xcor tiene algo siniestro en su interior.

—Así que es un alma oscura.

—No necesitas leer sus emociones para saberlo. Solo piensa en lo que le hizo a tu rey.

—Sí. Sí, así es.

De Qhuinn a Xcor. Layla realmente tenía un espléndido olfato para elegir machos...

—Se está moviendo muy deprisa —dijo Layla con tono de alarma—. Se acaba de desintegrar.

—Eso es. Aquí es donde entras tú.

Layla cerró los ojos y congeló todos sus sentidos, excepto el instinto para seguir su propia sangre.

—Está viajando hacia el norte.

Tal como habían acordado antes, las dos se desintegraron y tras avanzar dos kilómetros se encontraron de nuevo; luego progresaron otros diez y se reunieron otra vez; quince kilómetros más adelante se encontraron de nuevo, y después otros veinte …, dirigidas por los instintos de Layla, que actuaban como la brújula que orientaba su rumbo.

Y, mientras tanto, el tiempo se iba agotando, pues el amanecer estaba cada vez más cerca y el resplandor que asomaba por el horizonte se iba haciendo cada vez más intenso.

El último tramo de su viaje las llevó hasta un bosque situado a dos kilómetros largos del lugar donde él por fin se había detenido para no moverse más.

—Puedo llevarte todavía más cerca —murmuró Layla.

—¿Ya no se mueve?

—No, se ha quedado quieto.

—Entonces vete. Vamos, ¡vete!

Layla echó un último vistazo en la dirección en la que él se encontraba. Sabía que tenía que marcharse, porque, así como ella podía sentirlo, Xcor quizá también podría sentir su presencia. Desde luego, se esperaba que, aunque lograra sentirla, Xcor no pudiera reaccionar lo suficientemente rápido, pues cuando ella desapareciera tras el manto de mhis, su rastro se desvanecería y él quedaría totalmente bloqueado. El mhis no solo haría que perdiera todo rastro de Layla, sino que provocaría que cambiara absolutamente su percepción de las cosas. La percepción de su sangre se dispersaría de tal forma que terminaría dirigiéndolo en una dirección totalmente distinta, como si fuera el reflejo de una luz sobre un espejo.

El temor aceleró las palpitaciones del corazón de Layla y ella se aferró a esa sensación, consciente de que parecía más real que su recuerdo del momento en que estuvieron juntos y él se alimentó de su vena.

—¿Layla? ¡Vete!

Querida Virgen Escribana, acababa de condenar a muerte a ese macho…

No, se corrigió Layla. Él se había condenado solo. Suponiendo que Xhex pudiera encontrar aquel rifle en el refugio de la Pandilla de Bastardos, y que este demostrara lo que los hermanos creían que demostraría, la verdad era que el mismo Xcor había puesto en marcha su condena desde hacía varios meses.

Ella podía ser el medio, pero la carga eléctrica que detendría su corazón estaba constituida por las acciones del propio Xcor.

—Gracias por darme esta oportunidad para hacer lo correcto —le dijo Layla a Xhex—. Ya me voy a casa.

Y, con esas palabras, se desintegró lejos de aquel bosque pantanoso y se dirigió hacia la mansión, y justo cuando llegó al vestíbulo la luz comenzaba a hacerle arder los ojos.

Porque la picazón que sentía no era efecto de las lágrimas. No, era el amanecer que ya llegaba.

Derramar aunque fuera una lágrima por ese macho sería… un error en muchos sentidos.

—Tenemos que irnos, amigo.

John asintió al oír las palabras de Qhuinn, pero no se movió. De pie, en medio de la cocina de Wellsie, estaba sufriendo una especie de conmoción.

Los armarios estaban vacíos. La alacena también. Al igual que todos los cajones y los dos armaritos de la pared. Y lo mismo que los estantes para libros que colgaban sobre el escritorio. Y el propio escritorio.

John rodeó la mesa y recordó las cenas que Wellsie solía servir allí. Luego recorrió la larga encimera de granito, recordando los platos con masa de pan recién preparada y envuelta en un paño, las tablas de cocina llenas de cebollas y champiñones cortados en rodajas finas, el recipiente en el que guardaba la harina, la vasija de barro en la que conservaba el arroz. Al llegar junto a la cocina, John estuvo a punto de inclinarse para sentir el aroma de los guisos, de las salsas que tan bien le salían.

—¿John?

Este dio media vuelta y se dirigió hacia donde estaba su amigo, pero luego siguió de largo, hacia el salón. Mierda, era como si hubiesen bombardeado el lugar. Habían descolgado todos los cuadros y en las paredes no quedaban más que los clavos desnudos.

Todo lo que tenía marco se hallaba ahora en un rincón, las obras de arte unas contra otras, protegidas por gruesas toallas.

También habían movido todos los muebles y ahora estaban organizados en lotes de sillas, mesitas, lámparas... Por Dios, las lámparas. A Wellsie no le gustaban las luces directas, así que había como cien lámparas de diferentes formas y tamaños.

Lo mismo ocurría con las alfombras. Ella detestaba las alfombras grandes, las que van de pared a pared, así que había, o había habido, cientos de alfombras orientales cubriendo el suelo de madera y mármol. Ahora, sin embargo, al igual que todo lo demás, las alfombras estaban enrolladas y formaban una especie de cerca contra la pared del salón.

Los mejores muebles y todas las obras de arte serían transportados a la mansión. Los doggen iban a alquilar un camión de U-Haul para llevarlos. El resto se lo ofrecerían a Safe Place y lo que estos rechazaran sería donado a una obra de beneficencia o al Ejército de Salvación.

Joder..., aun después de diez horas de trabajo continuo de los cuatro, todavía quedaba mucho por hacer. Sin embargo, el primer empujón parecía el más crítico.

De repente, Tohr apareció en su camino y John frenó en seco.

—Hola, hijo.

—Ah, hola.

Mientras se estrechaban la mano y luego se abrazaban, John pensó que era un alivio estar de nuevo en buenos términos con Tohr, tras varios meses de distanciamiento. El hecho de que el hermano le hubiese pedido ayuda había sido una demostración de respeto que había sorprendido gratamente a John y lo había conmovido muchísimo.

Porque, tal como Tohr había dicho cuando iban hacia la casa, Wellsie también era parte de la vida de John.

—Mandé a Qhuinn a casa. Supuse que estas son circunstancias muy especiales y tú y yo estamos juntos.

John asintió. A pesar de que quería mucho a su amigo, lo correcto parecía ser que él y Tohr estuvieran solos, aunque fuera apenas unos momentos.

—¿Cómo te ha ido en Safe Place? —preguntó John por señas.

—Muy bien. Marissa se portó... —Tohr se aclaró la voz—.
Ya sabes, ella es una hembra encantadora.

—Sí, así es.

—Quedó feliz con todas las donaciones.

—¿Y le entregaste los rubíes?

—Sí.

John volvió a asentir. Él y Tohr habían revisado cuidadosamente lo poco que había en el joyero de Wellsie. Ese collar, ese brazalete y los pendientes a juego eran lo único que tenía un valor intrínseco. El resto eran cosas más personales: pequeños amuletos, un par de aros, unos aretes de diamante diminutos. Habían decidido conservar todo eso.

—Te repito lo que ya te dije, John. Quiero que te quedes los muebles que quieras. Y lo mismo con las obras de arte.

—De hecho, hay un Picasso que me gusta mucho.

—Pues es todo tuyo. Todos los cuadros, el que quieras es tuyo.

—Nuestro.

Tohr hizo una inclinación de cabeza.

—Así es. Nuestro.

John volvió a recorrer el salón y el eco de sus pisadas rebotaba contra las paredes.

—¿Qué te ha impulsado a hacerlo? ¿Y por qué esta noche? —preguntó por señas.

—No ha sido una sola cosa en particular. Ha sido más bien el resultado de un cúmulo de cosas.

John tenía que admitir que le gustaba esa respuesta. Pensar que todo tuviera que ver únicamente con Otoño lo irritaba, aunque eso no fuera justo con ella.

La gente seguía adelante con su vida. Eso era sano.

Y quizá esa rabia permanente era señal de que él también tenía que seguir adelante.

—Siento mucho no haber sido más comprensivo, ya sabes..., con respecto a Otoño.

—Ah, no tiene importancia. Yo sé que es difícil.

—¿Vas a aparearte con ella?

—No.

John levantó las cejas con sorpresa.

—¿Por qué no?

—Es complicado… Aunque, en realidad, no. Es bastante sencillo. Lo eché todo a perder hace un par de noches. Y ya no hay marcha atrás.

—Ay…, mierda.

—Sí. —Tohr sacudió la cabeza y miró a su alrededor—. Sí…

Los dos machos se quedaron un rato allí, recorriendo con los ojos el desastre que habían creado a partir del orden que en su día había existido. El estado actual de la casa, supuso John, era una imagen bastante aproximada de lo que había sido la vida de ellos dos desde el asesinato de Wellsie: un caos en el que todo estaba en el lugar equivocado y en el centro había un gran vacío.

De todos modos, eso era más apropiado que lo que había antes: un orden falso, preservado por la negativa a seguir adelante, lo cual era una mentira muy peligrosa.

—¿Estás seguro de que quieres vender la propiedad?

—Sí. Fritz va a llamar al agente inmobiliario tan pronto como empiece el día laboral. A menos… Bueno, si Xhex y tú la queréis no tienes necesidad ni de decirlo…

—No, estoy de acuerdo contigo. Es hora de desprenderse.

—Escucha, me gustaría que pudieras tomarte libres las próximas dos noches. Aquí todavía hay mucho que hacer y me gusta que estés conmigo.

—Por supuesto. No me gustaría estar en ninguna otra parte.

—Perfecto. Eso está muy bien.

Los dos machos se quedaron mirándose.

—Supongo que es hora de irnos.

Tohr asintió lentamente.

—Sí, hijo. Así es.

Sin decir ni una palabra más, los dos salieron por la puerta principal, cerraron bien… y se desintegraron de vuelta a la mansión.

Mientras sus moléculas se dispersaban, John se dijo que todo había sido de lo más normal, sin intercambio trascendental de palabras, sin discurso solemne, sin un acto simbólico… Pero, claro, eso era natural. El proceso de sanación, a diferencia de lo que ocurría con el dolor, era suave y lento.

Una puerta que se cierra discretamente, en lugar de un portazo.

V arias noches después de que Otoño llegara a la cabaña de Xhex, una toalla lo cambió todo.

Solo era una toalla blanca para las manos, recién salida de la secadora, destinada a ser colgada de nuevo en el baño y a ser utilizada por alguna de ellas dos. Nada especial. Nada que Otoño no hubiese hecho en la mansión de la Hermandad, o en el Santuario, a lo largo de décadas y décadas.

Pero ese era precisamente el asunto.

Mientras la sostenía entre sus manos y sentía la tibieza y suavidad de la tela, comenzó a pensar en toda la ropa que había lavado en la vida. Y en las bandejas de comida que les había llevado a las Elegidas. Y en las plataformas para dormir que había arreglado. Y en las pilas de batas de hospital y ropa de cirugía y toallas...

Años y años de trabajos serviles que se había sentido orgullosa de hacer...

«Llevas siglos haciéndote la mártir».

—No es cierto —dijo Otoño en voz alta, y volvió a doblar la toalla. Y a desdoblarla.

Mientras sus manos trabajaban solas, la voz enfurecida de Tohr se negaba a desvanecerse. De hecho, se volvió todavía más fuerte en su cabeza, cuando ella salió y vio el suelo que brillaba gracias a sus esfuerzos, y las ventanas relucientes, porque ella las había limpiado varias veces, y la cocina impecable.

«Lo que te hizo ese symphath fue culpa tuya. Lo que ha pasado conmigo ha sido culpa tuya. El peso del mundo es todo culpa tuya, porque tú disfrutas siendo una víctima...».

—¡Se acabó! —siseó Otoño, y se tapó los oídos con las manos—. ¡Se acabó!

Desgraciadamente, su deseo de volverse sorda no se cumplió, y mientras se movía renqueante por la casita, se sentía atrapada, pero no por los confines de las paredes y el techo, sino por la voz de Tohrment.

El problema era que, independientemente de adónde fuera, o lo que mirara, en todas partes había algo que ella había restregado, colocado o limpiado con sus propias manos. Y sus planes para la noche incluían más de lo mismo, aunque no había ninguna necesidad demostrable de limpiar más.

Después de un rato, se obligó a sentarse en una de las dos sillas que miraban hacia el río. Cuando estiró la pierna, observó aquella pantorrilla que llevaba tantos años doliéndole.

«Te gusta ser la víctima..., eso te fascina».

Tres noches, pensó Otoño. Solo había necesitado tres noches para mudarse a ese lugar y asumir el papel de criada...

Mientras permanecía allí, sentada a solas, sintió el aroma a limón del limpiador de muebles y experimentó una abrumadora necesidad de ponerse de pie, buscar un trapo y comenzar a frotar con él las mesas y los armarios. Lo cual era parte de su patrón de conducta, ¿no?

Otoño lanzó una maldición y se obligó a permanecer sentada, mientras repasaba una y otra vez en su cabeza aquella horrible conversación con Tohrment...

Cuando él se marchó, ella quedó en estado de *shock* a causa de las cosas que le había dicho. Luego sintió una rabia terrible.

Esta noche, sin embargo, podía escuchar realmente sus palabras. Y, al encontrarse rodeada de las evidencias de su comportamiento, era difícil negar lo que él había dicho.

Tohrment tenía razón. A pesar de lo cruel que había sido su manera de expresar esa verdad, Tohrment tenía razón.

Aunque ella había ocultado todo con la excusa de servir a los demás, sus «obligaciones» habían sido más que una penitencia, un castigo. Cada vez que limpiaba algo o inclinaba la cabeza bajo aquella capucha, o se deslizaba silenciosamente para pasar inadvertida, sentía una exquisita punzada de dolor en el corazón. Era como una pequeña herida que sanaría casi con la misma rapidez con que había sido infligida...

Diez mil heridas, tantas a lo largo de tantos años que ya había perdido la cuenta.

De hecho, ninguna de las Elegidas le había pedido nunca que les limpiara nada. Tampoco la Virgen Escribana. Ella había elegido hacerlo sin que nadie se lo solicitara y había moldeado su existencia como si fuera una insignificante criada que no hacía más que inclinarse y fregar durante siglos.

Y todo porque...

Una imagen de aquel symphath cruzó entonces por su mente y, por un breve instante, Otoño recordó el olor de esa criatura, el contacto de su piel pegajosa y lo que había sentido al ver aquellas manos de seis dedos.

Y aunque una oleada de rabia comenzó a subir hacia su garganta, ella se negó a rendirse. Había dado a aquella criatura y a esos recuerdos demasiada importancia a lo largo de los años...

De pronto se vio a sí misma en la habitación que ocupaba en la mansión de su padre, justo antes de que la secuestraran, dándoles órdenes a los doggen, siempre insatisfecha con todo lo que la rodeaba.

Ella había pasado de ser una dama a ser una criada por su propia voluntad, oscilando entre los dos extremos del espectro, desde una superioridad gratuita hasta una inferioridad autoimpuesta. Ese symphath había sido el agente catalizador y su violencia había unido de tal forma los extremos que, en su mente, uno parecía fluir del otro y la tragedia había superado al derecho legítimo, dejando a su paso una hembra destrozada, que había hecho del sufrimiento su forma de vida.

Tohrment tenía razón, se había estado castigando desde... Y negarse a tomar calmantes durante su periodo de fertilidad había sido parte esencial de eso: había escogido el dolor, tal como había elegido pertenecer al estatus más bajo de la sociedad y tal como se había entregado a un macho que nunca, jamás, podría ser suyo.

«Te he estado utilizando, pero la única persona a la que esto le ha funcionado es a ti. Dios sabe que yo no he obtenido nada. La buena noticia es que todo esto te va a proporcionar una excelente excusa para torturarte un poco más…».

La necesidad de eliminar alguna clase de suciedad, de restregar con sus manos hasta que la frente se le cubriera de sudor, de trabajar hasta que le doliera la espalda y el dolor de la pierna fuera tan intenso que se sintiera a morir…

Otoño tuvo que agarrarse a los brazos de la silla para mantenerse donde se encontraba. Esos pensamientos la estaban matando. Pero por primera vez estaba viéndose tal y como era.

—¿Mahmen?

Otoño giró la cabeza y trató de salir de la espiral de sus pensamientos.

—Hija mía, ¿cómo te encuentras?

—Siento llegar tan tarde. Hoy he estado… muy ocupada.

—Ah, está bien. ¿Puedo traerte algo de…? —Otoño se detuvo a la mitad de la frase—. Yo…

La fuerza de la costumbre estaba tan arraigada en ella que se sorprendió aferrándose otra vez a la silla.

—Está bien, mahmen —murmuró Xhex—. No tienes que servirme como si fueras una criada. De hecho, no quiero que lo hagas.

Otoño se acarició la punta de la trenza con mano temblorosa.

—Estoy bastante alterada esta noche.

—Sí, puedo sentirlo. —Xhex se acercó; su cuerpo enfundado en cuero parecía fuerte y seguro—. Y también conozco la razón, así que no tienes que explicar nada. Es bueno dejar salir las cosas. Y es algo que tienes que hacer si quieres avanzar en la vida.

Otoño se concentró en las ventanas y se imaginó el río en medio de la oscuridad.

—No sé qué hacer con mi vida si no soy una criada.

—Eso es lo que tienes que averiguar: qué te gusta, adónde quieres ir, cómo quieres llenar tus noches. Eso es vivir…, si tienes suerte.

—Pero en lugar de posibilidades, solo veo un gran vacío. Sobre todo sin…

No, Otoño no quería pensar en él. Tohrment había dejado más que claro cuál era el estado de su relación.

—Hay algo que probablemente deberías saber —dijo su hija—. Sobre él.

—¿Acaso he dicho su nombre en voz alta?

—No tienes que hacerlo. Escucha, él está...

—No, no me digas nada. Entre nosotros no hay nada. —¡Querida Virgen Escribana, cómo dolía decirlo!—. Nunca lo hubo, así que no hay nada que tenga que saber sobre él...

—Tohr está cerrando su casa, en la que vivía con Wellsie. Se ha pasado toda la noche sacando sus cosas, regalando ropa, apilando los muebles para sacarlos de allí... Va a vender la propiedad.

—Me alegro por él.

—Y va a venir a verte.

Otoño se levantó de la silla sobresaltada y se acercó a las ventanas, mientras el corazón le latía aceleradamente en el pecho.

—¿Cómo lo sabes?

—Me lo ha dicho hace un momento, cuando fui a presentarle un informe al rey. Dijo que se va a disculpar.

Otoño puso las manos sobre el cristal helado y las yemas de sus dedos se congelaron en segundos.

—Me pregunto cuál será el motivo de su disculpa. ¿Se disculpará por haberme dicho que busco el sufrimiento? ¿O por haber sido sincero al decir que no sentía nada por mí, que yo solo era un instrumento para liberar a su amada? Las dos cosas son ciertas y, por lo tanto, aparte del tono de voz que empleó, no hay ninguna razón para disculparse.

—Pero él hirió tus sentimientos.

—No más de lo que me han herido en otras ocasiones. —Otoño retiró las manos del cristal y empezó a restregárselas para calentarlas—. Nuestros caminos se han cruzado ya dos veces en la vida... Y no puedo decir que quiera continuar esa relación. Aunque sus juicios sobre mi carácter y mis defectos son acertados, no necesito que hablemos de ello, aunque la charla vaya precedida de una disculpa. Esa clase de cosas se asimilan bastante bien desde la primera vez, y no hay que volver sobre ellas.

Hubo un rato de silencio.

—Como sabes —dijo Xhex en voz baja—, John y yo hemos tenido algunos problemas. Problemas importantes sobre cuestiones en las que yo no podía transigir, a pesar de que lo amo muchísimo. En realidad pensaba que todo se había acabado, pero lo que me convenció de que no era así fueron sus actos, no sus palabras.

La voz de Tohrment volvió a resonar en la cabeza de Otoño:

«Y sabes muy bien que la única razón por la que estoy contigo es para sacar a Wellsie del Limbo».

—Pero hay una diferencia, hija mía. Tu compañero está enamorado de ti… Y eso marca toda la diferencia. Aunque Tohrment logre desprenderse por fin de su shellan, nunca me amará.

«La buena noticia es que todo esto te va a proporcionar una excelente excusa para torturarte un poco más…».

No, pensó Otoño. Ya estaba cansada de eso.

Era hora de encontrar una nueva forma de vivir.

Y aunque no tenía ni idea de cómo podría empezar a vivir de nuevo, estaba completamente segura de que lo iba a descubrir.

—Escucha, tengo que salir —dijo Xhex—. No creo que tarde mucho. Volveré en cuanto pueda.

Otoño la miró por encima del hombro.

—No te preocupes por mí. Necesito acostumbrarme a estar sola… y bien puedo empezar esta noche.

Al salir de la cabaña, Xhex se aseguró de cerrar bien y pensó que ojalá pudiera hacer algo más por su madre: Otoño estaba hundida; todo su mundo, que ella había organizado para mantenerse a salvo de las emociones, se había derrumbado y ahora se encontraba perdida, sin saber cómo seguir adelante.

Pero claro, eso era lo que le pasaba a la gente cuando finalmente lograba tener una noción clara de su vida, después de siglos de autoengaño.

Su madre estaba pasando por una situación difícil y era duro ser testigo de ello. Era duro dejarla sola, pero Otoño tenía razón. En la vida de todo el mundo llega un momento en que la gente se da cuenta de que, a pesar de todo el tiempo que llevan huyendo de sí mismos, eso es imposible: las adicciones y las compulsiones no son más que distracciones que enmascaran verdades desagradables pero, en última instancia, innegables.

La hembra necesitaba tiempo para ella. Tiempo para pensar. Tiempo para descubrir. Tiempo para perdonar… y seguir adelante con su vida.

¿Y qué había de Tohrment? Una parte de Xhex quería darle una paliza por lo que le había dicho a su madre. Pero ella había estado cerca del vampiro y sabía cuánto estaba sufriendo. Lo que no tenía nada claro era si su madre tenía algo que ver con ese sufrimiento o solamente se debía a que Tohrment seguía obsesionado con Wellsie, en cuyo caso su madre solo sería una víctima. El hermano pensaba vender la casa y había regalado la ropa de su shellan, y Xhex se dijo que eso únicamente podía significar una cosa: si estaba obsesionado, quería deshacerse de esa obsesión.

El objetivo era bastante claro. Si lo lograba, si dejaba partir a Wellsie, llegaría la hora de la verdad para Otoño. Entonces sabría si significaba algo para él o si solo había sido un medio para liberar a Wellsie de la cuerda con la que la mantenía sujeta.

Y con esa última reflexión en mente, Xhex se desintegró y puso rumbo al este. Había pasado todo el día en los alrededores de la casa de Xcor, nunca a menos de quinientos metros. En cuanto llegó, había podido distinguir con claridad el patrón emocional de Xcor y los de sus soldados, antes de dirigirse al norte, a la mansión, para entregarle su informe al rey.

Y ahora regresaba cobijada por el velo de la noche, moviéndose lentamente por el bosque y aguzando sus sentidos symphath.

Al acercarse a la zona donde habían estado concentrados los patrones emocionales de los bastardos durante el día, Xhex se fue desintegrando cada cien metros, tomándose su tiempo y usando los árboles para camuflarse. Joder, en situaciones como esta siempre apreciaba mucho los pinos, pues sus ramas no solo la ayudaban a ocultarse, sino que le proporcionaban un lugar donde apoyarse sin tener que dejar sus huellas en la nieve.

La granja abandonada que encontró era exactamente lo que se esperaba. Hecha de piedra, se trataba de una casa sólida y con pocas ventanas: una fortaleza perfecta. Y, claro, la ironía era que, con el techo cubierto de nieve y las pintorescas chimeneas que sobresalían, el lugar parecía salido de una postal navideña.

Jo, jo, jo, feliz Navidad.

Al estudiar los alrededores, Xhex vio una furgoneta que no parecía de los bastardos, un toque de modernidad en medio de un cuadro sin duda antiguo.

Xhex se desintegró hasta la parte trasera. Era imposible saber si tenían energía eléctrica o no, pues no había ninguna luz encendida y la casa se veía tan negra como el interior de una calavera.

Lo último que quería era disparar una alarma.

Tras echarle un rápido vistazo al cristal de la ventana, Xhex frunció el ceño. No había persianas por fuera; ¿estarían por dentro? Pero, más importante aún, no había rejas en las ventanas. Aunque, claro, la parte subterránea de la casa debía de ser más importante, ¿no?

Xhex rodeó la casa y miró por todas las ventanas; luego se desintegró hasta el techo para revisar los dormitorios del segundo piso.

Estaban totalmente desocupados, pensó, volvió a fruncir el ceño. Y tampoco se hallaban bien protegidos.

Al regresar al nivel del suelo, sacó sus dos pistolas, respiró hondo y…

Volvió a tomar forma dentro de la casa. Enseguida adoptó la posición de ataque, con la espalda contra la pared de un salón vacío y polvoriento y las dos automáticas listas para disparar.

Lo primero que notó fue que el aire de dentro estaba tan frío como el de fuera. ¿Acaso no tenían calefacción?

Lo segundo fue que… no se oía ninguna alarma.

Lo tercero: nadie salió de ninguna parte listo para defender el territorio.

Sin embargo, eso no significaba que la situación fuera fácil. Lo más probable era que a los bastardos no les importara nada de lo que había en ese piso ni en el de arriba.

Con cuidado, Xhex se desintegró hasta el umbral de la siguiente habitación. Y la siguiente. La ubicación lógica de las escaleras para bajar al sótano sería la cocina y, efectivamente, Xhex las encontró justo donde esperaba encontrarlas.

Por supuesto, la puerta tenía una cerradura nueva y sólida, de cobre.

Le llevó cinco buenos minutos abrirla y para entonces ya tenía los nervios de punta. Cada sesenta segundos se detenía y aguzaba el oído, aunque su naturaleza symphath estaba trabajando a plena máquina todo el tiempo, pues había dejado los cilicios en la cabaña.

Cuando finalmente abrió la cerradura, empujó la puerta apenas un centímetro, pero casi soltó una carcajada: los goznes chirriaron de tal manera que habrían despertado a un muerto.

Era un truco viejo pero muy efectivo, y Xhex estaba segura de que todas las puertas y ventanas del lugar estaban igual de oxidadas; y probablemente las escaleras también debían de crujir como una anciana si uno las pisaba. Sí, exactamente igual al sistema que empleaba la gente antes de que inventaran la electricidad: un buen oído y la falta de aceite en todas las bisagras constituía un sistema de alarma que nunca necesitaba pilas ni una fuente de energía.

Xhex se puso entonces la linterna entre los dientes para no tener que soltar ninguna de las pistolas e inspeccionó lo que alcanzaba a ver de las escaleras de tablas burdas. Abajo, el suelo era de tierra y Xhex se desintegró hasta allí, girando enseguida en posición defensiva.

Muchas literas: había tres literas dobles y un camastro en un rincón.

Ropa de tallas grandes. Velas para alumbrarse. Fósforos. Material de lectura.

Cables de teléfonos móviles. Un cable de ordenador.

Y eso era todo.

Ni un arma. Nada electrónico. Nada que ofreciera ninguna identificación.

Pero claro, la Pandilla de Bastardos había comenzado como un grupo nómada, así que sus efectos personales debían de ser pocos y bastante fáciles de transportar; y esa era una de las razones por las cuales resultaban peligrosos: podían cambiar de ubicación en cualquier momento sin dejar ninguna huella a su paso.

Sin embargo, este era, con seguridad, su refugio, el sitio donde eran relativamente vulnerables durante el día, y por eso se hallaba muy bien protegido: las paredes, el techo y la parte posterior de la puerta estaban cubiertos con una malla de acero. Así que la única manera de entrar ahí abajo, y de salir, era la puerta de arriba.

Xhex inspeccionó todo lentamente en busca de posibles trampillas, la entrada a un túnel, cualquier cosa.

Los bastardos necesitaban un lugar donde almacenar la munición; a pesar de lo ligeros de equipaje que les gustaba viajar, no podían salir a combatir noche tras noche si no compraban suficientes balas.

Necesitaban un escondite.

Xhex volvió a concentrarse en el camastro y se imaginó que debía de ser el de Xcor, su líder. Y no se necesitaba ser un genio para pensar que si tenían un escondite en algún lado, sería en la zona que él dominaba; Xcor tenía una mente tan retorcida que seguramente no confiaba ni en sus propios soldados.

Inspeccionó la cama con la linterna, en busca de algún mecanismo que abriera algo, o una alarma, o una bomba, o una trampilla. Pero al no encontrar nada, volvió a guardar las pistolas en sus fundas y levantó el camastro de metal para moverlo a un lado. Luego sacó un detector de metales en miniatura y revisó el suelo de tierra y…

—Hola, chicas… —murmuró.

El sofisticado detector señaló un área rectangular perfectamente delimitada, que medía cerca de un metro con veinte por setenta y cinco centímetros. Xhex se arrodilló y usó uno de sus cuchillos para quitar la tierra que cubría los bordes. Fuera lo que fuera, estaba muy bien enterrado.

Quedó paralizada al percibir, gracias a su agudo sentido del oído, que un coche acababa de llegar.

Sin embargo, no era ninguno de los bastardos ni de sus secuaces, pues el patrón emocional que registraban sus sentidos era bastante simple.

¿Quizá una doggen que venía con las provisiones?

Xhex se apresuró a subir las escaleras y cerrar la puerta todo lo que podía sin activar la cerradura y luego regresó a donde estaba enterrada la caja. Moviéndose tres veces más rápido que antes, mantuvo un oído pendiente de las pisadas que se sentían en el primer piso…

Luego usó la punta del cuchillo para buscar a través de la tierra apelmazada algún mecanismo de apertura por el lado largo del rectángulo. Al no hallar nada, repitió la inspección por el lado más corto y…

Bingo. Entonces quitó la tierra, agarró la anilla, se volvió a poner la linterna entre los dientes y tiró con todas sus fuerzas. La tapa pesaba tanto como la capota de un coche y Xhex tuvo que contener un gruñido.

Caramba. Hablando de arsenales…

En la caja enterrada había pistolas, escopetas de cañón recortado, cuchillos, munición, productos para limpiar las armas…, todo muy ordenado y guardado en un lugar hermético.

En medio de todo eso descansaba un estuche de rifle, largo, negro y hecho de un plástico duro.

Xhex sacó el estuche y lo puso sobre el suelo de tierra. Al mirarlo con más detenimiento, soltó una maldición. Tenía una cerradura que solo se activaba con huella digital.

Daba igual. El maldito estuche era lo suficientemente grande como para guardar un rifle de cañón largo, o quizá dos. Así que definitivamente se lo iba a llevar.

Con manos rápidas y seguras, Xhex cerró la tapa de la caja, le echó tierra encima con el pie y luego pisó la superficie para que quedara otra vez lisa. Después de cubrir sus pasos en menos tiempo del que calculó que lo haría, puso otra vez el camastro en su sitio.

Entonces agarró el estuche con la mano izquierda y aguzó el oído. La doggen se movía por el piso de arriba y el patrón emocional de la hembra seguía registrando una lectura normal: al parecer no había visto ni oído nada.

Tras mirar a su alrededor, Xhex pensó que era poco probable que la criada tuviera llave para bajar al sótano. Xcor debía de ser muy desconfiado para permitir eso. Sin embargo, no era seguro quedarse allí. Aunque la doggen solo tuviera acceso a los pisos de arriba, uno de los bastardos podía resultar herido en el campo de batalla en cualquier momento y, a pesar de que ella no tendría reparos en enfrentarse con uno de ellos, o con todos, si el rifle estaba efectivamente en ese estuche Xhex tenía que sacarlo de allí de inmediato.

Así que era hora de subir a saludar.

Al desintegrarse hasta lo alto de las escaleras, su peso produjo un crujido de la madera.

Al fondo del salón, la doggen gritó:

—¿Amo? —Hubo una pausa—. Un momento, ya me pongo en posición. —¿Qué diablos?—. Ya estoy lista.

Xhex abrió la puerta y salió, con la expectativa de encontrar alguna escena del *Kamasutra* o algo por el estilo.

Pero en lugar de eso vio a la hembra de pie en un rincón de la cocina, con la cara vuelta hacia la pared y los ojos tapados con las manos.

Ellos no querían que la hembra pudiera identificarlos, pensó Xhex. Inteligente. Muy inteligente.

También era muy oportuno, porque así no tendría que perder preciosos minutos manipulando la mente de la hembra. Además, esa «posición» iba a terminar por salvar la vida de la doggen después, cuando Xcor averiguara que alguien se había infiltrado en su refugio cuando ellos no estaban.

Si ella no había visto al intruso no podía identificarlo. Y tampoco podía protegerlo.

Xhex cerró la puerta y la cerradura se echó sola. Luego se desintegró lejos de allí, llevándose el estuche abrazado contra el pecho.

Por fortuna no era muy pesado.

Y, si tenía suerte, Vishous estaría en la casa disfrutando de una noche libre.

De regreso en el complejo de la Hermandad, Tohr abrió la puerta del sótano y se hizo a un lado para que John pasara delante.

Mientras bajaba las escaleras detrás de John, Tohr sentía todo su cuerpo rígido, en especial la espalda y los hombros. Después de un último esfuerzo de tres horas esa noche, la casa que había compartido con Wellsie había quedado oficialmente desocupada y en vías de entrar en el sistema inmobiliario de Caldwell. Fritz se había reunido con un agente de fincas durante el día y habían fijado un precio alto, pero no exagerado. A Tohr no le importaba sufragar los gastos de la casa durante otro par de meses, o incluso durante la primavera, pero no quería malvenderla.

Entretanto, los muebles y las alfombras habían sido trasladados al garaje de la mansión; los cuadros, los grabados y los dibujos en tinta estaban en la parte climatizada del ático y el joyero se encontraba en el armario de Tohr, encima del vestido de la ceremonia de apareamiento.

Así que… todo estaba listo.

Al llegar abajo, Tohr y John empezaron a caminar con decisión a través del espacio que albergaba la inmensa caldera que no solo despedía suficiente calor como para mantener caliente la parte principal de la casa, sino que amenazó con freírles la cara y el cuerpo mientras pasaban junto a ella.

Más adelante, sus pisadas resonaban contra el suelo, mientras que el aire se iba enfriando con rapidez a medida que entraban en la segunda parte del sótano. Esta zona estaba dividida en varios depósitos, uno de los cuales recibiría en pocos días los muebles de su casa; el otro le servía a V de taller privado.

Pero no, no era un espacio privado en *ese* sentido.

Para esa mierda, V usaba su propio ático.

V tenía allí su taller de forja.

El sonido del monstruo escupefuegos de V comenzó como un zumbido, pero cuando doblaron la última esquina era un rugido tan fuerte que acallaba sus pisadas. De hecho, lo único que sobresalía por encima del estruendo era el sonido metálico del martillo de V golpeando contra el metal al rojo vivo.

Cuando llegaron al umbral de aquel pequeño cuarto de paredes de piedra, V estaba trabajando y su pecho y sus hombros desnudos resplandecían con la luz anaranjada de las llamas, mientras que su musculoso brazo se levantaba una y otra vez con el martillo. Estaba ferozmente concentrado en su trabajo, tal como debía ser. La hoja en que se estaba convirtiendo aquella lámina de metal sería la responsable de mantener vivo a su dueño y de matar al enemigo para siempre.

El hermano levantó la vista cuando ellos aparecieron y simplemente asintió con la cabeza. Después de dar otro par de golpes, dejó el martillo sobre la mesa y cortó el flujo de oxígeno que alimentaba el fuego.

—¿Qué tal? —dijo, al tiempo que el rugido se desvanecía.

Tohr miró de reojo a John Matthew. El chico había sido su compañero fiel durante todo el proceso y no lo había abandonado mientras desmantelaban toda una vida de recuerdos, pequeños trofeos y colecciones.

Esto era muy duro. Para los dos.

Después de un momento, Tohr miró otra vez a su hermano... y se dio cuenta de que no sabía por dónde empezar. Solo que V ya estaba asintiendo con la cabeza y levantándose de su asiento. A continuación se quitó los pesados guantes de cuero que le llegaban hasta los codos y salió de detrás de su mesa de trabajo.

—Sí, yo los tengo —dijo el hermano—. En la Guarida. Vamos.

Tohr asintió, porque eso era lo único que tenía que decir. Sin embargo, mientras los tres salían de la forja y avanzaban en silencio hacia las escaleras, Tohr le puso una mano a John sobre la nuca y así la mantuvo hasta el final.

El contacto físico era una fuente de consuelo para los dos.

Cuando aparecieron en la cocina de la mansión, los doggen estaban demasiado ocupados con los preparativos de la Última Comida como para fijarse en ellos, así que, por fortuna, no hubo ninguna pregunta, ni ninguna amable solicitud, ni nadie especuló acerca de por qué estarían todos tan serios.

Luego se dirigieron a la puerta oculta que había debajo de las escaleras y tomaron el túnel para evitar el frío del invierno.

Cuando doblaron hacia la derecha, en dirección opuesta al centro de entrenamiento, Tohr no podía creer que eso estuviera ocurriendo. Sus botas incluso se tropezaron un par de veces, como si quizá estuvieran tratando de impedir que cumpliera con esta última parte.

Sin embargo, Tohr estaba decidido.

Frente a la puerta que subía a la Guarida, V tecleó el código de seguridad, abrió e hizo un gesto para que pasaran delante.

El lugar en el que vivían Butch y V con sus shellans estaba igual que siempre, solo que más ordenado, ahora que había un par de hembras en casa. Las revistas de *Sports Illustrated* se encontraban apiladas en un pulcro montón sobre la mesita; la cocina no estaba llena de botellas vacías de Lag y Goose, y ya no había bolsas de arena ni chaquetas de motero colgando de cada silla.

Sin embargo, los cuatro juguetes de V seguían ocupando todo un rincón y el inmenso televisor de pantalla de plasma era aún el objeto más grande del lugar.

Algunas cosas sencillamente nunca cambian.

—Ella está en mi habitación.

Normalmente Tohr nunca invadiría el espacio privado de su hermano, pero estas no eran circunstancias normales.

La habitación de V y la doctora Jane era pequeña y estaba tan llena de libros que casi no se veía la cama: había montañas de tomos de física y química por todas partes y era difícil caminar por la alfombra sin tirar alguno. Sin embargo, la buena doctora se aseguraba de que el lugar no fuera una completa pocilga, así que el edredón se encontraba perfectamente tendido sobre la cama y las almohadas reposaban cuidadosamente arregladas contra el cabecero.

Vishous abrió el armario y se puso de puntillas para llegar al último estante, a pesar de su increíble estatura…

Luego sacó una caja envuelta en terciopelo negro, lo suficientemente grande y pesada como para tener que agarrarla con las dos manos, y no pudo evitar gruñir por el esfuerzo que hubo de hacer para moverla.

Cuando la puso sobre la cama, Tohr tuvo que obligarse a respirar.

Ahí estaba. Su Wellsie. Lo que quedaba de ella sobre la Tierra.

Tras arrodillarse frente a ella, Tohr estiró el brazo y deshizo el lazo de cinta con que estaba cerrada. Con manos temblorosas, abrió la boca de la bolsa y entonces apareció una urna de plata que tenía dibujos *art deco* por los lados.

—¿Dónde conseguiste esto? —preguntó Tohr, mientras deslizaba un dedo por el metal brillante.

—Darius la tenía guardada en un cuarto. Creo que es de Tiffany, de los años treinta. Fritz le sacó brillo.

La urna no era parte de su tradición.

Las cenizas no se guardaban.

Se suponía que había que echarlas al viento.

—Es preciosa. —Tohr levantó la vista hacia donde se encontraba John. El chico estaba pálido y tenía la boca apretada… y, de pronto se limpió rápidamente la mejilla, debajo del ojo izquierdo.

—Estamos listos para celebrar la ceremonia de entrada en el Ocaso, ¿no es así, hijo?

John asintió.

—¿Cuándo? —preguntó V.

—Mañana por la noche, creo. —Al ver que John volvía a asentir, Tohr agregó—: Sí, mañana.

—¿Quieres que hable con Fritz para que lo organice todo? —preguntó V.

—Gracias, pero yo me encargaré. John y yo nos encargaremos de todo. —Tohr volvió a concentrarse en la preciosa urna—. Él y yo nos despediremos de ella… juntos.

De pie, al lado de Tohr, John tenía dificultades para mantener el control. Era difícil saber qué era lo que más le afectaba: si el hecho de que Wellsie estuviera otra vez con ellos en la misma habitación o que Tohr estuviera arrodillado ante esa urna, como si no fuera capaz de sostenerse sobre sus piernas.

Las últimas dos noches habían sido un ejercicio de reorientación brutal. No es que él no supiera que Wellsie estaba muerta, era que... desmantelar aquella casa hacía tan real ese hecho que John se sentía desgarrado.

Maldición, Wellsie nunca sabría que él había logrado pasar la transición, ni que se estaba convirtiendo en un buen guerrero, ni que se había apareado. Si alguna vez tenía un hijo, ella nunca lo sostendría en sus brazos, ni estaría en su cumpleaños, ni sería testigo de sus primeras palabras y sus primeros pasos.

La ausencia de Wellsie hacía que la vida de John pareciera menos plena, y tenía el horrible presentimiento de que eso siempre sería así.

Cuando Tohr bajó la cabeza, John se acercó y le puso una mano en el hombro, mientras se recordaba que, a pesar de lo duro que era esto para él, lo que Tohr estaba sintiendo debía de ser mil veces peor. Aunque, mierda, el hermano había demostrado una fortaleza increíble mientras tomaba decisiones sobre cualquier cosa, desde un par de vaqueros hasta cacerolas y sartenes, trabajando con disciplina a pesar de que debía de estar destrozado por dentro.

Si John no lo respetara ya muchísimo, sin duda ahora lo haría...

—¿Vishous? —se oyó decir a una voz femenina desde el pasillo.

John dio media vuelta con rapidez. ¿Xhex estaba ahí?

Tohr se aclaró la voz y volvió a cerrar la bolsa de terciopelo.

—Gracias, V, por cuidarla tan bien.

—V, ¿tienes un minuto? —dijo Xhex—. Necesito que... Ay, mierda.

Cuando Xhex frenó en seco, como si hubiese sentido desde fuera las vibraciones que salían de la habitación, Tohr se puso de pie y le sonrió a John con una generosidad inmensa.

—Será mejor que vayas a atender a tu hembra, hijo.

John vaciló, pero en ese momento V dio un paso al frente y rodeó a su hermano con los brazos, mientras susurraba algo en voz baja.

Para dejarles un poco de privacidad, John salió al salón.

Xhex no se sorprendió al verlo.

—Lo siento, no quería interrumpiros, no sabía que estabais aquí...

—No pasa nada. —Los ojos de John se clavaron en el estuche que Xhex llevaba en la mano—. ¿Qué es eso?

Aunque John ya lo sabía... Puta mierda, ¿acaso Xhex había conseguido el...?

—Eso es lo que necesitamos averiguar.

Movido por un súbito ataque de pánico, John la miró atentamente, en busca de alguna lesión. Pero no había nada. Ella había entrado y salido enterita.

John no tenía la intención de hacer algo así, pero se abalanzó sobre Xhex y la abrazó, apretándola contra su cuerpo. Cuando ella le devolvió el abrazo, John sintió el estuche y experimentó una increíble felicidad de ver que ella estaba viva. Estaba tan contento...

Mierda, estaba llorando.

—Ssshhh, John, está bien. Estoy bien. Estoy perfectamente bien...

Mientras él se estremecía, Xhex lo abrazó con la fuerza de su cuerpo, conteniéndolo, arropándolo exactamente con la clase de amor profundo que Tohr había perdido.

¿Por qué razón unos tienen suerte y otros no? John no sabía exactamente el motivo, pero pensó que era una lotería: la lotería más cruel que podía existir.

Cuando por fin dio un paso atrás, se secó la cara y luego dijo:

—¿Vendrás a la ceremonia de entrada en el Ocaso para Wellsie?

Xhex contestó sin dudar:

—Claro.

—Tohr dice que quiere que lo hagamos juntos.

—Bien, muy bien.

En ese momento salieron Vishous y Tohr y los dos hermanos clavaron enseguida los ojos en el estuche.

—Eres fantástica —dijo V con una cierta admiración.

—Todavía no me des las gracias... Aún no lo he abierto. —Xhex le entregó el estuche al hermano—. Tiene una cerradura que funciona con huella digital. Necesito tu ayuda.

V sonrió con malicia.

—Y estaría muy mal por mi parte no acudir al rescate de una dama. Vamos, hagámoslo.

Mientras Xhex y V llevaban el estuche a la cocina, John condujo a Tohr aparte y, señalando la urna con la cabeza, dijo:

—¿Me necesitas esta noche para algo más?

—No, hijo, quédate con tu hembra... De hecho, tengo que salir un rato. —Tohr acarició la bolsa de terciopelo—. Pero antes voy a dejarla en mi habitación.

—Sí, está bien. Genial.

Tohr lo abrazó con fuerza y luego salió por la puerta hacia el túnel.

Desde la cocina, Xhex dijo:

—¿Cómo vas a...? Bueno, sí, creo que eso funcionará.

El olor a plástico quemado hizo que John se volviera a mirar. V se había quitado el guante y había puesto su dedo índice contra el mecanismo de la cerradura, lo que produjo una columna de humo ácido de color gris oscuro.

—Mis huellas digitales suelen abrir cualquier cosa —dijo el hermano.

—En efecto —murmuró Xhex, con las manos en las caderas y el cuerpo inclinado hacia delante—. ¿Alguna vez has tratado de asar carne con eso?

—Solo restrictores..., y no son muy sabrosos.

Desde el fondo, John solo se quedó mirando la escena y... Bueno, estaba sencillamente admirado de la habilidad de su hembra. ¿Quién diablos era capaz de hacer una mierda como esa? Penetrar en el escondite de la Pandilla de Bastardos, registrar todo buscando un rifle y regresar como si no hubiese hecho nada más que pedir un café en Starbucks.

Como si hubiese sentido los ojos de John clavados en su espalda, Xhex se volvió para mirarlo.

Entonces John abrió totalmente sus emociones, de modo que no hubiese barrera alguna, y le reveló todo lo que estaba sintiendo...

—Listo —anunció V, al tiempo que retiraba la mano de la cerradura y volvía a ponerse el guante.

Luego giró el estuche para que quedara frente a Xhex y dijo:

—¿Quieres hacer los honores?

Xhex se volvió a concentrar en su tarea y abrió la tapa mientras el mecanismo de la cerradura se desarmaba completamente.

Dentro había un par de rifles que reposaban sobre un acolchado negro, junto con dos cañones de largo alcance.

—Bingo —dijo ella.

Xhex lo había conseguido, pensó John. Estaba seguro de que uno de esos rifles sería el que disparó la bala que hirió a Wrath.

Xhex lo había conseguido.

Desde el fondo de sus entrañas surgió una increíble oleada de orgullo que hizo arder todo su cuerpo y dibujó en su rostro una sonrisa tan grande que le dolieron las mejillas. Mientras contemplaba a su hembra, y la evidencia tan importante que había traído a casa, John estaba seguro de que debía de estar resplandeciendo de orgullo.

De verdad se sentía increíblemente... orgulloso.

—Esto es muy prometedor —dijo V, y cerró el estuche—. Tengo el equipo que necesitamos en la clínica, junto con la bala. Vamos.

—Un minuto.

Xhex se volvió hacia John y caminó hasta él. Le agarró la cara con las manos y cuando lo miró fijamente, John se dio cuenta de que ella estaba leyendo hasta la última fibra de información que tenía en su interior.

Entonces ella se puso de puntillas, puso sus labios sobre los de él y pronunció unas palabras que él no esperaba volver a oír tan pronto.

—Te amo —dijo Xhex, y volvió a besarlo—. Te amo, mi hellren.

Al otro lado del Hudson, al sur del complejo de la Hermandad, Otoño estaba en la cabaña, sentada en la misma silla en la que se había instalado desde el comienzo de la noche, en medio de la oscuridad. Hacía mucho rato que había apagado las luces con el pensamiento y la falta de iluminación a su alrededor hacía que el paisaje resplandeciera con la luz de la luna y brillara como si fuera de día.

Desde donde ella se encontraba, el río parecía una extensión amplia y sólida, a pesar de que solo se había congelado el agua junto a las riberas.

Sin embargo, aquella hermosa vista había pasado desapercibida ante sus ojos, mientras recreaba en su mente las etapas de su vida.

Habían transcurrido muchas horas desde que Xhex se había marchado y el cambio de posición de la luna hacía que los árboles que rodeaban la cabaña proyectaran largas sombras negras sobre el suelo blanco. En muchos sentidos, el tiempo no tenía ningún significado, pero sí producía un efecto directo: cuanto más tiempo reflexionaba Otoño sobre su vida, más claro lo veía todo, y el impacto de aquellas primeras revelaciones se iba desvaneciendo poco a poco para dar paso a una especie de asimilación...

Mediante la cual comenzaba a cambiarse a sí misma...

Al principio, Otoño pensó que la mancha oscura que atravesó de repente el paisaje no era más que la sombra de otro árbol que rodeaba la propiedad. Pero esa sombra se movía.

Y estaba viva.

Y… no era un animal.

Era un macho.

Otoño se sobresaltó con temor, pero luego sus instintos reaccionaron y le informaron de quién se trataba: Tohrment.

Tohrment estaba ahí.

Su primer impulso fue correr al refugio subterráneo y fingir que no lo había visto…, y cuando él se quedó quieto, esperando en el jardín para darle tiempo para identificarlo, se dio cuenta de que Tohr estaba ofreciéndole esa salida.

Pero no pensaba salir huyendo. Llevaba muchos años escapando de una u otra forma y estaba cansada. Esta vez se enfrentaría a la realidad y aceptaría las consecuencias.

Así que se levantó de la silla, se dirigió a la puerta que daba sobre el río, le dio la vuelta a la llave para abrir la cerradura y empujó la puerta hasta que quedó de par en par. Luego cruzó los brazos sobre el pecho para protegerse del frío, levantó la barbilla y esperó a que él se acercara.

Y Tohr lo hizo. Con una expresión de sombría determinación, el hermano se aproximó lentamente, mientras sus pesadas botas aplastaban la fina capa de nieve que cubría el suelo. Estaba igual que siempre, alto y ancho, con el pelo marcado por ese mechón blanco y aquella cara apuesta y seria, de rasgos distinguidos.

Estaba como siempre. ¿Y por qué tendría que haber cambiado? El que ella sí hubiera cambiado no significaba que tuvieran que hacerlo los demás… Ni siquiera Tohr.

Era evidente que ella estaba proyectando su propia transformación en todo lo que veía.

Cuando Tohr se detuvo frente a ella, Otoño carraspeó para contrarrestar el efecto del aire helado en su garganta. Sin embargo, no dijo nada. Era a él a quien le correspondía hablar primero.

—Gracias por salir —dijo.

Ella solo asintió con la cabeza, pues no estaba dispuesta a facilitarle la tarea de disculparse, aunque solo lo estuviera haciendo para cumplir con una formalidad. No, no estaba dispuesta a facilitarle el camino a él... ni a nadie más.

—Me gustaría hablar contigo un momento... Si tienes tiempo.

Hacía mucho frío, así que Otoño asintió una vez con la cabeza y volvió a entrar. El interior de la cabaña no parecía muy caliente antes, pero ahora le dio la impresión de que estaba hirviendo.

Se sentó en una silla en silencio y dejó que Tohr eligiera si quería permanecer de pie o no. Optó por lo primero y se plantó directamente frente a ella.

Después de tomar aire profundamente, habló con claridad y de manera sucinta, como si hubiese practicado sus palabras de antemano:

—Nada que diga ahora podrá disculpar lo que te dije aquel último día. Eso fue totalmente injusto e imperdonable. No hay excusa para lo que hice y por eso no voy a tratar de darte ninguna explicación. Yo solo...

—¿Sabes qué? —lo interrumpió ella—. Hay una parte de mí que arde en deseos de mandarte al infierno..., de decirte que te lleves tus excusas, tus ojos tristes y tu corazón dolorido y nunca, nunca jamás vuelvas a acercarte a mí.

Después de una larga pausa, Tohr asintió.

—Está bien. Lo entiendo. Y por supuesto que lo respeto...

—Pero —volvió a interrumpirlo ella— he pasado toda la noche sentada en esta silla, pensando en tu sincero soliloquio. De hecho, no he pensado en nada más desde que te dejé. —Abruptamente, Otoño miró hacia el río—. ¿Sabes? La noche en que me enterraste debió de ser parecida a esta, ¿no?

—Sí, así fue. Solo que estaba nevando.

—Entonces debió de resultarte muy difícil cavar en el suelo congelado.

—Sí, muy difícil.

—Ah, sí, claro, te salieron ampollas y todo. —Otoño se volvió a concentrar en Tohr—. Para serte sincera, estaba casi destruida cuando saliste de la sala de reanimación del centro de entrenamiento. Es importante para mí que lo sepas. Después de que te fueras, mi mente quedó en blanco, no sentía nada, solo podía respirar, y eso porque mi cuerpo lo hacía de manera autónoma. —Tohr hizo un ruido con la garganta, como si, a pesar del remordimiento que sentía, no pudiera encontrar qué decir—. Siempre he sabido que amas solo a Wellsie, y no solamente porque me lo dijiste tú mismo al comienzo, sino porque todo el tiempo era evidente. Y tienes razón: me enamoré de ti y traté de ocultártelo, al menos conscientemente, porque sabía que eso te haría mucho daño: la idea de haber dejado que una hembra se acercara tanto a ti... —Otoño sacudió la cabeza mientras se imaginaba cuánto habría afectado eso a Tohr—. En realidad quería evitarte más sufrimientos y, honestamente, deseaba que Wellsie lograra su libertad. Su situación era casi tan importante para mí como para ti..., y eso no tenía que ver con castigarme a mí misma, era algo que sentía porque de verdad te amaba. —Querida Virgen Escribana, Tohr estaba tan inmóvil. Apenas respiraba—. Me he enterado de que estás cerrando la casa en la que vivías con ella —prosiguió Otoño—. Y que has regalado sus cosas. Supongo que eso se debe a que estás tratando de encontrar un nuevo camino para que ella pueda entrar en el Ocaso y espero que funcione. Por el bien de ambos, espero que funcione.

—He venido aquí para hablar de ti, no de ella —dijo Tohr con voz suave.

—Eres muy amable, y sé que estoy dándole la vuelta a la conversación para hablar de ti, pero no porque me sienta víctima de un amor no correspondido que terminó de mala manera, sino porque nuestra relación siempre ha girado alrededor tuyo. Lo cual es culpa mía, pero también consecuencia de la naturaleza del ciclo que hemos completado.

—¿Ciclo?

Otoño se puso de pie, pues quería estar a la misma altura que él.

—Así como las estaciones cumplen un ciclo, nosotros hemos hecho lo mismo. Cuando nuestros caminos se cruzaron por primera vez, todo giró en torno a mí: mi egoísmo, mi obsesión con la tragedia que había vivido. Esta vez todo ha girado en torno a ti: tu egoísmo, la tragedia que habías sufrido.

—Ay, por Dios, Otoño...

—Tal como tú mismo me señalaste, no podemos negar la verdad y no deberíamos tratar de hacerlo. Por lo tanto, sugiero que ninguno de los dos intente luchar más contra la evidencia. Estamos de acuerdo en que, a partir de ahora, estamos en paz, y debemos admitir que entre los dos hay actos y palabras que ninguno puede negar. Siempre me arrepentiré de la posición en la que te puse al usar tu daga hace tantos años y tú no tienes que decir lo apenado que te sientes hoy ante mí, pues puedo verlo escrito en tu rostro. Tú y yo… hemos completado el ciclo, hemos cerrado el círculo.

Tohr parpadeó, pero le sostuvo la mirada. Luego se llevó la mano a la frente y se la restregó, como si le doliera.

—Estás equivocada en eso último.

—No entiendo cómo puedes discutir contra la lógica.

—Yo también he estado pensando mucho. Quizá tengas razón en muchas cosas, pero quiero que sepas que estaba contigo por algo más que para rescatar a Wellsie. No me di cuenta de ello en ese momento, o tal vez no podía permitírmelo… No lo sé. Pero estoy completamente seguro de que también tenía mucho que ver contigo y, después de que te fueras, eso quedó claro…

—No tienes que disculparte…

—Esto no es una disculpa. Hablo de despertar y buscarte en la cama y desear que estuvieras a mi lado. Hablo de pedir comida extra para ti y luego recordar que ya no estás conmigo para poder alimentarte. Hablo del hecho de que aun mientras guardaba en bolsas la ropa de mi compañera fallecida, estaba pensando en ti. No solo tenía que ver con Wellsie, Otoño, y creo que me di cuenta de eso cuando entraste en tu periodo de fertilidad; por eso perdí el control. Pasé un día y medio sentado mirando al vacío y tratando de entender todo esto y, no sé…, supongo que finalmente encontré el valor para ser realmente sincero conmigo mismo. Porque cuando has amado a una persona con todas tus fuerzas y ella ya no está, es duro aceptar que llega alguien que penetra en ese territorio de tu corazón. —Tohr levantó la mano y se dio un golpe en el esternón—. Este corazón era solo de Wellsie. Para siempre. O al menos eso pensé…, pero luego las cosas no salieron así y llegaste tú…, y a la mierda con los ciclos, pero no quiero terminar contigo. —Ahora fue Otoño la que quedó perpleja; su cuerpo pareció congelarse mientras hacía esfuerzos por comprender lo que Tohr estaba diciendo—. Otoño, estoy enamorado de ti, esa es la razón por la que estoy aquí esta noche. No tenemos que estar juntos si no quieres, no tienes que perdonarme por lo que dije, pero quería que lo oyeras de mis propios labios. Y también quiero decirte que estoy tranquilo, porque… —Tohr respiró hondo—. ¿Quieres saber por qué se quedó embarazada Wellsie? No es que yo quisiera un hijo. Fue porque ella sabía que cada noche, cuando yo salía de casa, podía terminar muerto en el campo de batalla y, tal como me dijo, ella quería tener algo que le ayudara a vivir. ¿Qué habría pasado si hubiera muerto yo en lugar de ella? Wellsie se habría creado una vida propia y… lo más extraño es que yo habría querido que fuera así. Aunque eso incluyera a otra persona. Supongo que me di cuenta de que… ella no habría querido que yo le guardara luto para siempre. Ella habría deseado que yo siguiera adelante con mi vida…, y eso es lo que estoy haciendo.

Otoño abrió la boca para decir algo, pero no pudo pronunciar palabra.

¿Realmente le había oído decir todo eso?

—¡A-le-lu-ya! ¡Por fin!

Mientras Otoño lanzaba un grito de alarma y Tohr desenfundaba una de sus dagas negras, Lassiter apareció de la nada en mitad de la habitación.

El ángel aplaudió un par de veces y luego levantó las manos hacia el cielo como un evangelista.

—¡Por fin!

—¡Jesús! —siseó Tohr, mientras guardaba la daga—. ¡Pensé que habías renunciado!

—No, todavía no soy el tío ese que nació en un pesebre. Y créeme, traté de renunciar, pero el Creador no estaba interesado en oír lo que tenía que decir. Como de costumbre.

—Te llamé un par de veces y no viniste.

—Bueno, en primer lugar, estaba cabreadísimo contigo. Y luego sencillamente no quise interponerme en tu camino. Sabía que estabas preparando algo grande. —El ángel se acercó y le puso una mano en el hombro a Otoño—. ¿Estás bien?

Ella asintió con la cabeza y logró decir algo parecido a *Mmmj*.

—Entonces, todo está bien ahora, ¿no? —preguntó Lassiter.

Tohr negó con la cabeza.

—No la obligues a nada. Ella está en libertad de elegir su camino, como siempre.

Y con esas palabras, Tohr dio media vuelta y se dirigió a la puerta. Justo antes de abrirla, miró por encima del hombro y sus ojos azules se clavaron en los de ella.

—La ceremonia para celebrar la entrada de Wellsie en el Ocaso es mañana por la noche. Me encantaría que estuvieras allí, pero si no vas lo entenderé. Y, Lassiter, si te vas a quedar con ella, y espero que así sea, haz algo útil y prepárale una taza de té y unas tostadas. Le gustan bien tostadas por los dos lados, con mantequilla dulce, preferiblemente batida, y un poco de mermelada de fresa. Y le gusta el Earl Grey, con una de azúcar.

—¿Qué? ¿Acaso tengo cara de mayordomo?

Tohrment se quedó mirándola fijamente durante un rato más, como si le estuviera dando la oportunidad de ver lo seguro y firme que estaba… Sólido en un sentido que no tenía nada que ver con su peso, sino con su alma.

De hecho, él también se había transformado.

Con una última inclinación de cabeza, Tohr salió al paisaje nevado… y se desintegró.

—¿Tienes una televisión aquí? —oyó que preguntaba Lassiter desde la cocina, mientras abría y cerraba armarios.

—No hace falta que te quedes —murmuró Otoño, que todavía no salía de su asombro.

—Solo dime que sí tienes televisión y seré feliz.

—Sí, sí tenemos.

—Bueno, mira qué bien, tal vez hoy es mi día de suerte. Y no te preocupes, vamos a pasarlo bien. Apuesto a que puedo encontrar una maratón de *Real Housewives*.[*]

—¿Qué? —preguntó Otoño.

—Espero que sea la de Nueva Jersey. Pero me conformo con Atlanta.

Haciendo un esfuerzo, Otoño se despabiló y miró al ángel, pero solo pudo parpadear como si estuviera ciega por la cantidad de luces que este había encendido.

No, un momento, era el propio ángel el que resplandecía.

---

[*] Reality show de mucho éxito en Estados Unidos.

—¿De qué estás hablando? —preguntó Otoño, pues le costaba creer que el ángel pudiera estar interesado en programas de la televisión humana en momentos como ese.

Desde la cocina, Lassiter sonrió con malicia y le hizo un guiño.

—Piénsalo bien: si te permites creer en Tohr y le abres tu corazón, podrás deshacerte de mí para siempre. Lo único que tienes que hacer es entregarte a él en mente, cuerpo y alma, amiguita, y desapareceré de tu vista… y no tendrás que preocuparte de averiguar qué es una *Real Housewife*.

A la noche siguiente, tan pronto se ocultó el sol, Assail, hijo de Assail, atravesó su casa de cristal en dirección al garaje. Al cruzar la puerta trasera de la mansión, miró de reojo el cristal que había tenido que reemplazar en otoño.

La reparación había quedado tan perfecta que nadie podría saber que allí había ocurrido algo tan violento.

Sin embargo, no se podía decir lo mismo de los acontecimientos que habían tenido lugar aquella horrible noche. A pesar de que los días del calendario pasaban uno tras otro, y las estaciones cambiaban, y las lunas cumplían todo su ciclo, no había manera de reparar lo que había ocurrido, de poner un parche que cubriera ese desastre.

Aunque seguramente Xcor tampoco estaba interesado en hacerlo, supuso Assail.

En efecto, dentro de unas horas por fin podría saber con precisión cuál era la magnitud del daño que se había causado aquella terrible noche.

La glymera era tan condenadamente lenta que era ridículo.

Tras conectar el sistema de alarma con la huella de su pulgar, Assail entró en el garaje, cerró la puerta de la casa y pasó de largo frente al Jaguar. El Range Rover que estaba estacionado al fondo tenía unas llantas enormes con pernos en forma de garra. La semana pasada le habían entregado por fin su última adquisición y, a pesar de lo mucho que le gustaba el XKR, ya estaba cansado de sentir que iba montado en un cerdo engrasado que se deslizaba sin control sobre el hielo.

Después de subirse al todoterreno con seguridad reforzada, oprimió el botón para abrir la puerta del garaje y esperó. Luego salió marcha atrás, enderezó la dirección y volvió a esperar hasta que la puerta se cerró.

Elan, hijo de Larex, era un pequeño gusano, la clase de aristócrata que enervaba a Assail: el exceso de pergaminos y de dinero lo había aislado totalmente de las realidades de la vida, de manera que ya no era capaz de hacer nada sin prescindir de las formalidades de su posición.

Y sin embargo, por aquellas vueltas del destino, Elan se hallaba ahora en una posición desde la que podía ejercer más autoridad de la que se merecía: después de los ataques había quedado como el macho de más alto rango del Consejo que no fuera un hermano, a excepción de Rehvenge, claro, pero Rehvenge estaba tan ligado a la Hermandad que bien podría llevar un par de dagas negras sobre el pecho.

Por tanto, Elan había convocado la pequeña reunión «no oficial» de esa noche.

De la cual estaba excluido Rehvenge, claro. Y que probablemente giraría en torno a una insurrección.

Aunque, desde luego, alguien tan estirado como Elan jamás hablaría de insurrección. No, los traidores de corbata y calcetines de seda tendían a esconder su realidad bajo términos mucho más refinados, pese a que la manera de plantear las cosas no cambiaba nada.

El viaje hasta la casa de Elan le llevó a Assail unos buenos cuarenta y cinco minutos, a pesar de que fue muy rápido y las carreteras estaban limpias de nieve y cubiertas de sal. Naturalmente, se habría ahorrado todo ese tiempo si se hubiera desintegrado, pero si las cosas se salían de control, si terminaba herido o con dificultades para desintegrarse, Assail necesitaba asegurarse de tener una forma de escapar.

Solo una vez había confiado en que estaría seguro, pero eso había sido hacía mucho tiempo. Nunca más volvería a caer en esa trampa y, en efecto, la Hermandad era muy inteligente. No había manera de saber si su incipiente conspiración tendría respuesta esa misma noche, sobre todo si Xcor iba a estar presente.

El refugio de Elan era una elegante casa de ladrillo de inspiración victoriana, con tallas de madera en cada torre y en cada esquina. Situada en un tranquilo pueblecito de solo treinta mil habitantes humanos, estaba bastante retirada de la carretera y delimitada por un río que serpenteaba a lo largo de la propiedad.

Al bajarse del todoterreno, Assail no se cerró los botones de carey de su abrigo de pelo de camello ni se puso los guantes. Tampoco se abotonó la chaqueta del traje.

Llevaba un par de pistolas cerca del corazón y quería tener fácil acceso a ellas.

Al acercarse a la puerta principal de la casa, sus finas botas negras iban dejando un rastro de huellas sobre el sendero, mientras su aliento salía de su boca en pequeñas volutas blancas. En el cielo, la luna brillaba como una luz halógena, llena como un plato, y la ausencia de nubes permitía que su luz bañara la tierra con todo su poder.

Todas las cortinas estaban cerradas, así que Assail no pudo ver cuántos habían llegado, pero pensó que seguramente estarían todos reunidos, tras haberse desintegrado hasta allí.

Imbéciles.

Tan pronto tocó el timbre, la puerta se abrió de par en par y apareció un mayordomo que le hizo una profunda reverencia.

—Amo Assail, bienvenido. ¿Me permite su abrigo?

—No.

El doggen vaciló un momento, hasta que Assail levantó una ceja y lo miró con indignación.

—Ah, por supuesto, milord… Por favor, acompáñeme.

Hasta sus oídos llegaron entonces varias voces, todas ellas masculinas, mientras el olor a canela de la sidra caliente penetraba por su nariz. El mayordomo lo condujo entonces hasta un salón grande, adornado con pesados muebles de caoba que combinaban con la época de la casa. Y en medio de todas aquellas antigüedades se recortaban las figuras de diez machos que rodeaban al anfitrión, todos vestidos con elegantes trajes y corbatas, algunas de lazo.

Cuando Assail apareció, la conversación decayó notoriamente, lo cual sugería que al menos alguno de los presentes no confiaba en él.

Ese parecía ser el único rasgo de lucidez de todo el grupo.

Su anfitrión se separó entonces de los otros y se acercó con una sonrisa petulante.

—Te agradezco que hayas venido, Assail.

—Gracias por invitarme.

Elan frunció el ceño.

—¿Dónde está mi doggen? Debería haberse ocupado de tu abrigo…

—Prefiero dejármelo puesto. Y creo que me sentaré allí —dijo Assail, y señaló con la cabeza hacia la esquina del salón que ofrecía la mejor vista de todos los accesos—. Confío en que empezaremos pronto.

—En efecto. Con tu llegada ya solo esperamos a uno más.

Assail entrecerró los ojos al notar la fina línea de sudor que cubría el labio superior del macho. Xcor había elegido bien a su presa, pensó Assail, mientras caminaba hacia su silla y se sentaba.

Una ráfaga de viento anunció la llegada del último invitado.

Cuando Xcor entró en el salón todos los aristócratas se quedaron en silencio y el grupo pareció sufrir una sutil reorganización ya que todos dieron un paso atrás.

Luego, claro, ¡sorpresa! Pues Xcor traía más de un acompañante.

Todos los integrantes de la Pandilla de Bastardos llegaron con él y formaron un semicírculo detrás de su líder.

En persona y visto de cerca, Xcor estaba exactamente igual que siempre, no había cambiado, seguía siendo burdo y feo, la clase de macho cuya presencia y actitud sugerían que su reputación de violento se basaba estrictamente en la realidad, no en conjeturas. Entre personajes tan débiles y en aquel ambiente de lujo y buenas maneras, Xcor parecía perfectamente capaz de cortar en dos a todo aquel que respirara en el salón… Y los hombres que lo respaldaban eran iguales que él, todos vestidos para la guerra y preparados para iniciar una con un solo gesto de su líder.

Al verlos a todos juntos, hasta Assail tuvo que reconocer que se trataba de un grupo bastante impresionante.

¡Qué tonto era Elan! Él y sus colegas de la glymera no tenían ni idea de la caja de Pandora que habían abierto.

Después de toser pomposamente, Elan dio un paso al frente para dirigirse a todo el grupo, asumiendo su papel de líder de la reunión, a pesar de que parecía un enano, no solo por el tamaño de los soldados sino por su sola presencia.

—Creo que sobran las presentaciones y no hay necesidad de decir que si alguno de ustedes —explicó mientras miraba a cada uno de sus colegas del Consejo— habla de esta reunión fuera de estas paredes habrá represalias de tal magnitud que desearemos volver a sufrir los ataques de los restrictores. —Mientras hablaba, Elan fue ganando tal confianza que parecía que el manto de poder que proyectaba Xcor fuera una especie de masturbación para su ego—. Pensé que sería importante que nos reuniéramos hoy aquí todos —Comenzó a pasearse de un lado a otro, con las manos a la espalda e inclinándose hacia delante, como si les estuviera hablando a sus brillantes zapatos—. Durante el último año, y en repetidas ocasiones, los honorables miembros del Consejo han acudido a mí no solo para informar de sus catastróficas pérdidas, sino para expresar su frustración con la respuesta del presente régimen ante cualquier recuperación significativa.

Assail levantó las cejas al oír la expresión «presente régimen». Si ya se hablaba abiertamente en esos términos, la insurrección había progresado más de lo que él se imaginaba…

—Estas discusiones —prosiguió Elan— se han venido desarrollando a lo largo de varios meses y, sin embargo, aún persisten las quejas y el claro ambiente de insatisfacción. Como resultado de ello, y después de arduas deliberaciones con mi conciencia, me he encontrado por primera vez en la vida dudando hasta tal punto del líder actual de la raza que me veo obligado a tomar medidas. Estos caballeros —señaló con la mano abierta al grupo de guerreros, que seguramente no se sintieron identificados con ese término tan ridículo— han expresado preocupaciones similares, así como una cierta disposición a, cómo podríamos decir, facilitar un cambio. Como sé que todos opinamos lo mismo, pensé que podríamos discutir los próximos pasos que hay que seguir.

En ese momento, los otros dandis presentes decidieron meter ellos también baza en la conversación y reiteraron, cada uno de manera interminable, exactamente lo mismo que Elan acababa de decir.

Era evidente que todos pensaban que esa era su oportunidad de demostrarle a la Pandilla de Bastardos la seriedad de su posición, pero Assail no creía que Xcor se dejara influenciar por ninguna de esas tonterías. Para Xcor, estos miembros de la aristocracia no eran más que herramientas frágiles y descartables; cada uno tenía un uso limitado. Xcor los usaría hasta que ya no los necesitara y luego rompería sus frágiles mangos de madera y los haría a un lado.

Mientras escuchaba los discursos de los otros, Assail pensó que no tenía ningún cariño ni respeto especial por la monarquía. Sin embargo, estaba seguro de que Wrath era un macho de palabra, mientras que de estos payasos de la glymera no se podía decir lo mismo: con excepción de Xcor y sus soldados, todos los demás eran capaces de besar el trasero del rey hasta que se les durmieran los labios al tiempo que planeaban su muerte. ¿Y qué pasaría después? Xcor trabajaría para él y solo para él, y mandaría al diablo a todos los demás.

Wrath había afirmado que permitiría que continuara el comercio con los humanos sin restricciones.

Xcor, por otra parte, no era la clase de macho que estaba dispuesto a convivir con otros poderes, y con todo el dinero que se podía ganar con el tráfico de drogas, tarde o temprano Assail terminaría convirtiéndose en su blanco.

Si es que no lo era ya.

—… y la propiedad de mi familia permanece improductiva en Caldwell…

Cuando Assail se puso en pie, los ojos de todos los soldados se clavaron en él.

Al dar un paso hacia el grupo, tuvo cuidado de mostrar bien sus manos, para que no pensaran que había sacado un arma.

—Por favor, disculpen la interrupción —dijo por pura formalidad—, pero debo marcharme ahora. —Elan comenzó a balbucear al ver que Xcor entrecerraba los ojos. De tal manera que Assail habló con claridad y se dirigió al verdadero líder de la reunión—: Prometo no hacer mención alguna de esta reunión, ni a los individuos aquí presentes ni a ningún otro, y también me abstendré de hablar sobre las declaraciones que se han hecho, así como sobre la identidad de los asistentes. No soy político, ni tengo ninguna ambición monárquica. Solo soy un macho de negocios que busca continuar con sus tratos comerciales. Al marcharme de esta reunión y renunciar en consecuencia a mi posición en el Consejo, solo estoy actuando de acuerdo con mis intereses y no busco promover ni obstaculizar vuestros planes.

Xcor sonrió con frialdad y lo miró con ojos amenazantes y llenos de determinación.

—Y yo prometo considerar mi enemigo a todo el que se marche de este salón.

Assail asintió con la cabeza.

—Que así sea. Pero debes saber que defenderé mis intereses de cualquier intruso que pretenda interponerse.

—Como quieras.

Assail salió del salón con tranquilidad, al menos hasta que llegó a su Range Rover. Porque después de subirse al todoterreno, se apresuró a cerrar las puertas, arrancar el motor y salir disparado.

Mientras conducía, permanecía alerta, pero sin caer en la paranoia. Estaba seguro de que Xcor iba a cumplir cada palabra acerca de considerarlo su enemigo, pero también era consciente de que el macho iba a estar muy ocupado. Entre los hermanos, que sin duda eran unos enemigos formidables, y la glymera, que iba a ser tan difícil de tratar como una manada de gatos, tenía más que suficiente.

Sin embargo, Assail sabía que Xcor se fijaría en él tarde o temprano.

Por fortuna, estaba tan listo ahora como lo estaría en el futuro.

Y nunca le había molestado esperar.

Al salir de la ducha, desnudo y chorreando agua, Tohr sintió que llamaban a su puerta. Era un golpe fuerte pero amortiguado, como si estuvieran golpeando con el borde de la mano y no con los nudillos. Y después de tantos años como hermano, Tohr sabía que esa manera de golpear indicaba que solo podía tratarse de un macho en particular.

—¿Rhage? —Tohr se envolvió en una toalla y abrió la puerta—. Hermano, ¿qué sucede?

Rhage estaba en el pasillo y su rostro increíblemente apuesto tenía una expresión de solemnidad. Vestía un manto de seda blanca que le caía desde los hombros y lo llevaba atado a la cintura con un sencillo cordón blanco. Sobre el pecho lucía un arnés de cuero blanco, del cual colgaban sus dagas negras.

—Hola, hermano… Yo… Ah…

Después de un momento de tensa incomodidad, Tohr fue el que rompió el hielo.

—Pareces una rosquilla enharinada, Hollywood.

—Gracias. —El hermano clavó la mirada en la alfombra—. Oye, te he traído algo. Es de parte de Mary y mía.

Al abrir la palma de la mano, Rhage le ofreció un pesado Rolex dorado, el mismo que usaba Mary y que Rhage le había regalado cuando se aparearon. Era un símbolo de su amor… y su apoyo.

Tohr tomó el reloj y sintió todo el cariño que rodeaba al metal.

—Hermano...

—Mira, solo queremos que sepas que estamos contigo... Le he añadido algunos eslabones a la correa para que puedas ponértelo.

Tohr se puso el reloj y, sí, se ajustaba perfectamente a su muñeca.

—Gracias. Te lo devolveré...

Rhage abrió los brazos y envolvió a Tohr en uno de aquellos abrazos épicos por los que era famoso; de aquellos que te aprietan tanto el cuerpo que luego tienes que respirar con cuidado hasta asegurarte de que no tienes ninguna costilla rota, o el pulmón perforado.

—No tengo palabras, hermano —dijo Hollywood.

Cuando Tohr le puso una mano sobre el hombro sintió que el tatuaje del dragón se movía, como si él también le estuviera ofreciendo sus condolencias.

—Está bien. Sé que esto es difícil.

Después de que Rhage se marchara, Tohr estaba cerrando la puerta cuando sintió otro golpecito.

Al asomar la cabeza, vio a Phury y a Z, uno junto al otro. Los gemelos llevaban puesto un manto igual que el de Rhage y sus ojos tenían la misma expresión que los ojos increíblemente azules de Hollywood: estaban tristes, espantosamente tristes.

—Hermano —dijo Phury, y dio un paso al frente y lo abrazó. Cuando el Gran Padre lo soltó, le extendió algo largo y adornado—. Es para ti.

De su mano colgaba una cinta de seda blanca de metro y medio de largo, en la cual habían bordado, con hilo dorado y con extremo cuidado, una plegaria para pedir fortaleza.

—Las Elegidas, Cormia y yo, todos estamos contigo.

Tohr se tomó un momento para observar la cinta y estudiar los caracteres en Lengua Antigua, mientras recitaba las palabras en su cabeza. Esto debía de haberles costado muchas horas de trabajo, pensó Tohr. Y debían de haberse necesitado muchas manos para hacerla.

—Por Dios, es preciosa...

Mientras hacía un esfuerzo para contener las lágrimas, Tohr pensó que si eso solo era el calentamiento para la ceremonia, cuando empezara iba a estar hecho un maldito desastre.

Luego Zsadist carraspeó y entonces el hermano que detestaba tocar a los demás se inclinó y puso sus brazos alrededor de Tohr. Lo abrazó con tanta suavidad que este se preguntó si sería por falta de práctica o porque en esos momentos él parecía tan frágil como se sentía.

—Esto es de parte de mi familia —dijo Zsadist en voz baja.

El hermano le ofreció entonces un pequeño pergamino y a Tohr le temblaron los dedos al abrirlo.

—Ay…, mierda…

El centro del pergamino lo ocupaba la huella de una mano diminuta, pintada con tinta roja. Era la mano de un bebé. La mano de Nalla…

Para un macho no había bien más precioso que sus hijos, en especial si eran hembras. Así que esa huella representaba que Z le estaba ofreciendo todo lo que él era y todo lo que tenía, en el presente y en el futuro.

—Mierda —soltó simplemente Tohr, al tiempo que se estremecía de pies a cabeza.

—Nos vemos abajo —dijo entonces Phury, y ellos mismos tuvieron que cerrar la puerta, pues Tohr había retrocedido hasta sentarse en la cama y se había quedado allí, con la cinta sobre las piernas y mirando la huella del bebé.

Cuando se oyó otro golpe en la puerta, Tohr ni siquiera levantó la mirada.

—¿Sí?

Era V.

El hermano parecía tenso e incómodo, pero, claro, en lo que tenía que ver con las emociones, probablemente V era el peor de todos.

V no dijo nada y tampoco trató de abrazarlo ni nada parecido, lo cual estuvo muy bien.

En lugar de eso, se dirigió directamente a la cama y puso un estuche de madera junto a Tohr. Luego exhaló una bocanada de humo y se encaminó hacia la puerta, como si no pudiera esperar ni un minuto más para salir de allí.

Solo que antes de salir se detuvo un momento y, mirando hacia la puerta, dijo:

—Estoy contigo, hermano mío.

Cuando V salió, Tohr se volvió para mirar el estuche de caoba. Tras abrir el herraje negro y levantar la tapa, no pudo evitar soltar una maldición.

El juego de dagas negras era... sencillamente magnífico. Al sacar una, Tohr se maravilló por la forma en que se ajustaba a su mano y luego notó que había unos símbolos grabados en la hoja.

Más plegarias, cuatro en total, una en cada lado de las dagas. Todas para pedir fortaleza.

Estas dagas no eran realmente para pelear, pues eran demasiado valiosas. Por Dios, V debía de haber trabajado en ellas durante un año, o quizá más... Aunque, claro, tal como sucedía con todo lo que V hacía en su forja, las dagas eran tan mortales como el infierno...

El siguiente en llegar fue Butch. Tenía que ser él.

—¿S-s... —Tohr tuvo que aclararse la voz—. ¿Sí?

Sí, era el policía. Vestido como los otros, con el manto y el cordón blancos.

Cuando el hermano atravesó la habitación, Tohr notó que no llevaba nada en las manos. Pero no había ido con las manos vacías, eso seguro.

—En una noche como esta —dijo Butch con voz ronca—, lo único que me queda es mi fe. Eso es lo único que tengo para ofrecerte, porque ninguna palabra mortal puede aliviar el dolor que estás sintiendo y que conozco bien. —Entonces levantó los brazos y comenzó a manipular algo en su cuello. Cuando volvió a bajar las manos, le ofreció a Tohr la pesada cadena de oro que nunca se quitaba y de la cual colgaba una cruz todavía más pesada—. Sé que mi Dios es distinto al tuyo, pero ¿puedo ponerte esto?

Tohr asintió con la cabeza y se inclinó. Cuando sintió que Butch ya había cerrado el broche y la cadena colgaba de su cuello, levantó la mano y tocó la cruz, símbolo de la profunda fe católica de Butch.

Era increíblemente pesada, pero se sintió bien.

Entonces Butch le puso una mano en el hombro y dijo:

—Te veré abajo.

Mierda. Ya no le quedaban palabras.

Durante un momento permaneció allí, tratando de no desmoronarse. Hasta que oyó un ruido, como si alguien estuviera arañando la puerta…

—¿Milord? —dijo Tohr, al tiempo que se ponía de pie y se dirigía a abrir.

Independientemente del estado en que te encuentres, siempre hay que abrirle la puerta al rey.

Wrath y George entraron juntos y entonces el rey dijo, con su característica franqueza:

—No te voy a preguntar cómo estás.

—Te lo agradezco, milord. Porque estoy a punto de desmoronarme.

—¿Y por qué tendría que ser de otro modo?

—Cuando la gente es amable, es casi más difícil.

—Sí. Bueno, supongo que ahora tendrás que aguantar un poco más de esa mierda —dijo, y comenzó a hacer dibujos en el aire con su dedo. Y luego le ofreció algo…

—Ay, mierda, no. —Tohr levantó las manos y se alejó, aunque el rey era ciego—. No, no. De ningún modo. Jamás…

—Te ordeno que lo aceptes.

Tohr soltó una maldición y esperó un momento para ver si el rey cambiaba de opinión.

Pero no logró nada.

Mientras Wrath miraba al frente, Tohr se dio cuenta de que iba a perder esa discusión.

Así que tomó a regañadientes el anillo con el diamante negro que solo había sido utilizado por el rey, mientras se sentía mareado y fuera de la realidad.

—Mi shellan y yo queremos que sepas que estamos contigo. Llévalo durante la ceremonia para que sepas que mi sangre, mi cuerpo y mi corazón están contigo.

En ese momento George resopló y batió la cola, como si quisiera respaldar a su amo.

—Puta mierda. —Esta vez fue Tohr el que envolvió a su hermano entre sus brazos y el rey le devolvió enseguida el abrazo con fuerza y determinación.

Después de que Wrath se marchara con su perro, Tohr dio media vuelta y se recostó contra la puerta.

El último golpe apenas fue audible.

Aunque se sentía internamente como un afeminado, hizo el esfuerzo de parecer un macho y abrió la puerta.

Fuera se encontraba John Matthew, y el chico ni siquiera hizo el esfuerzo de decir nada por señas. Solamente estiró el brazo hasta encontrar la mano de Tohr y le puso algo sobre la palma...

Era el anillo de sello de Darius.

—Él habría querido estar aquí contigo —dijo John por señas—. Y este anillo es lo único que tengo de él. Sé que él habría querido que lo llevaras durante la ceremonia.

Tohr se quedó mirando el sello que estaba grabado en el metal y pensó en su amigo, su mentor y el único padre que realmente había tenido.

—Esto significa... más de lo que te imaginas.

—Estaré a tu lado —dijo John—. Todo el tiempo.

—Lo mismo te digo, hijo.

Los dos machos se abrazaron y luego Tohr cerró la puerta suavemente. Al regresar a la cama, se quedó observando todos los símbolos de sus hermanos... y supo que cuando tuviera que enfrentarse a la difícil prueba que lo esperaba, todos estarían allí con él... Aunque, la verdad, nunca lo había dudado.

Sin embargo, le faltaba algo.

Otoño.

Tohr necesitaba a sus hermanos. Necesitaba a su hijo. Pero también la necesitaba a ella.

Esperaba que lo que le había dicho fuera suficiente, pero hay algunas cosas que sencillamente no puedes superar, cosas que realmente no tienen cura.

Y tal vez ella tenía razón en todo ese asunto del ciclo.

No obstante, Tohr esperaba que su relación fuera más allá de eso. De verdad lo deseaba.

Mientras observaba desde un rincón de la habitación de Tohr, Lassiter se mantuvo invisible. Afortunadamente. Porque ver a todos esos machos entrando y saliendo había sido difícil y el ángel se preguntaba cómo había sido Tohr capaz de sobrevivir a eso. ¡Era un verdadero milagro!

Pero las cosas por fin estaban volviendo a la normalidad, pensó Lassiter. Por fin, después de todo ese tiempo, después de toda esa... *mierda*, francamente, las cosas parecían marchar por el buen camino.

Tras pasar toda la noche y el día con una Otoño bastante callada, el ángel la había dejado sola al anochecer, para que reflexionara, y tenía fe en que al repasar una y otra vez en su mente la visita de Tohr, ella no encontrara más que sinceridad en sus palabras.

Si Otoño se presentaba en la mansión esa noche, Lassiter por fin quedaría libre. Lo había logrado. Bueno, sí, *todos* lo habían logrado. En realidad él se había mantenido más bien al margen..., excepto por el hecho de que más o menos se había encargado de cuidar a esos dos. Y también a Wellsie.

Al fondo de la habitación, Tohr se dirigió al armario y pareció reunir fuerzas.

Entonces sacó el manto blanco y se lo puso. Luego regresó a la cama y se lo cerró con la magnífica cinta que Phury le había llevado. Después tomó el pergamino que Z le había dado, lo dobló con cuidado y se lo metió entre el cinturón, y al ponerse el arnés blanco, deslizó en él las dos espectaculares dagas negras de V. Se puso el anillo con el sello de Darius en el dedo corazón de la mano izquierda y el diamante negro en el pulgar de la mano con la que combatía.

Con la extraña sensación del deber cumplido, Lassiter pensó en todos los meses que había pasado en la Tierra y recordó la manera en que él, Tohr y Otoño habían trabajado juntos para salvar a una hembra que, a su vez..., bueno, también los había liberado a todos ellos, de diferentes maneras.

Sí, el Creador sabía lo que hacía cuando le asignó esa tarea: Tohr ya no era el mismo. Y Otoño tampoco.

Y el propio Lassiter también había cambiado: ya le resultaba imposible desconectarse de todo eso, sentirse totalmente indiferente, actuar como si no le importara nada..., y lo curioso era que, en realidad, no quería marcharse.

Joder, esa noche eran muchos los purgatorios, reales e imaginarios, que estaban llegando a su fin, pensó Lassiter con nostalgia: cuando Wellsie entrara en el Ocaso, él podría salir por fin de su prisión. Y la liberación de Wellsie significaría que Tohr se quitaría por fin ese peso de encima, así que los dos quedarían en libertad.

¿Y en cuanto a Otoño? Bueno, con algo de suerte, ella se permitiría amar a un macho honorable y ser amada a su vez, de modo que después de tantos años de sufrimiento, por fin podría comenzar a vivir de nuevo y renacer, como quien resucita y regresa de entre los muertos...

De pronto Lassiter frunció el ceño, al sentir que una extraña alarma se disparaba en su cabeza.

Cuando miró a su alrededor casi esperaba encontrarse con un grupo de restrictores que estuvieran escalando las paredes de la mansión o aterrizando en los jardines desde un helicóptero. Pero no...

Renacer, resucitar..., regresar de entre los muertos.

Purgatorio. Limbo.

Sí, se dijo Lassiter. Donde estaba Wellsie...

Mientras sentía cómo lo invadía una misteriosa sensación de pánico, el ángel se preguntó cuál podría ser el problema...

Entonces Tohr se quedó quieto y miró hacia el rincón.

—¿Lassiter?

El ángel se encogió de hombros y pensó que ya podía volverse visible. No había razón para esconderse, aunque, mientras tomaba forma, sí decidió reservarse sus temores. Dios..., ¿qué diablos le pasaba? Por fin estaban llegando a la meta. Lo único que Otoño tenía que hacer era presentarse en la ceremonia y, a juzgar por la ropa que estaba preparando cuando el ángel se marchó, era bastante evidente que no se iba a quedar fregando suelos, sola en esa cabaña, durante toda la noche.

—Hola —dijo el hermano—. Supongo que esto es el final.

—Sí. —Lassiter se obligó a sonreír—. En efecto, es el final. Por cierto, estoy orgulloso de ti. Lo has hecho muy bien.

—Ese sí que es un elogio —dijo Tohr, y abrió los dedos para contemplar sus anillos—. Pero ¿sabes una cosa? Realmente me siento preparado para la ceremonia que vamos a celebrar. Aunque nunca pensé que lo diría.

Lassiter asintió con la cabeza, mientras el hermano daba media vuelta y se dirigía a la puerta. Pero justo antes de llegar, Tohr se detuvo junto al armario, buscó algo en la oscuridad y sacó el vestido rojo.

Mientras acariciaba la delicada tela del vestido entre el pulgar y el índice, sus labios se movían como si estuviera hablando con el satén..., o con su antigua compañera..., o, mierda, tal vez solo estaba hablando consigo mismo.

A continuación soltó el vestido y dejó que este regresara al tranquilo espacio vacío en el que estaba colgado.

Cuando salieron juntos, Lassiter se detuvo un momento en señal de apoyo y luego se adelantó y echó a andar por el pasillo de las estatuas.

Sin embargo, con cada paso que daba y que lo acercaba a las escaleras, el ángel se sentía cada vez más alarmado, hasta que el sonido de su pánico reverberó por todo su cuerpo y notó que el estómago se le descomponía y las piernas le temblaban.

¿Qué demonios le estaba pasando?

Por fin habían llegado al final feliz. Eso era lo bueno. Entonces, ¿por qué sus entrañas parecían avisarle de que estaba a punto de suceder algo terrible?

Cuando salió de su habitación hacia el corredor oscuro,
Tohr aceptó un rápido abrazo del ángel y luego se quedó mirando cómo Lassiter se alejaba hacia el resplandor que venía del balcón.

Joder, la respiración le retumbaba en los oídos. Al igual que los latidos de su corazón.

Irónicamente, se había sentido igual antes de la ceremonia de apareamiento con Wellsie, y aún recordaba cómo todo su sistema nervioso parecía trinar aquella noche. Entonces pensó que el hecho de que su respuesta fisiológica fuese idéntica en ese contexto demostraba que el cuerpo era una máquina que reaccionaba siempre igual frente al estrés, disparando adrenalina a diestro y siniestro, independientemente de que el estímulo fuese una cosa buena o mala.

Después de un momento, comenzó a caminar por el pasillo hacia la gran escalera y experimentó un gran bienestar al sentirse respaldado por todos los símbolos de sus hermanos. Cuando te apareas, te diriges a la ceremonia solo: te aproximas a tu hembra con el corazón en la garganta y todo tu amor en los ojos, y no necesitas nada ni a nadie más porque todo gira en torno a ella.

Pero cuando vas a realizar una ceremonia de entrada en el Ocaso, necesitas tener a tus hermanos contigo y no solo en la misma habitación, sino lo más cerca que puedas tenerlos. Así, el peso extra que sentía en las manos, alrededor del cuello y en la cintura era lo que lo iba a mantener erguido, sobre todo cuando llegara el momento del dolor.

Al alcanzar las escaleras, Tohr sintió que el suelo comenzaba a moverse bajo sus pies y se formaba una gran ola que lo hacía perder el equilibrio justo cuando más necesitaba mantenerse firme.

Abajo, todo el vestíbulo estaba forrado con metros y metros de seda blanca, que caía desde las molduras del techo hasta el suelo, de modo que todo, desde los adornos arquitectónicos de las columnas hasta las lámparas y el suelo, estaba cubierto de blanco. Habían apagado todas las luces eléctricas de la mansión y para compensar la falta de luz habían colocado varias antorchas con enormes velas blancas y habían encendido todas las chimeneas.

Los miembros de la casa al completo estaban congregados alrededor del vestíbulo: los doggen, las shellans, los invitados, todos vestidos de blanco, según la tradición. La Hermandad había formado una fila que salía del centro y se hallaba encabezada por Phury, que iba a oficiar la ceremonia; luego estaba John, que también iba a formar parte de la ceremonia. Después Wrath. Y luego, por orden, V, Zsadist, Butch y Rhage.

Wellsie se encontraba en el centro de toda la reunión, en su hermosa urna de plata, la cual reposaba sobre una mesita que estaba forrada de seda.

Cuánta blancura, pensó Tohr. Como si la nieve hubiese penetrado desde el exterior y siguiera intacta a pesar del calor.

Eso tenía sentido: el color era para los apareamientos. Pero la ceremonia de la entrada en el Ocaso era exactamente lo opuesto, la paleta monocromática simbolizaba la luz eterna en la que se sumirían los muertos y la intención de la comunidad de reunirse algún día con sus seres queridos en aquel lugar sagrado.

Tohr bajó entonces un escalón, y luego otro, y otro…

Mientras descendía por la escalera, observó las caras de todos. Esa era su familia y también había sido la familia de Wellsie. Esa era la comunidad de la que él seguía formando parte y que ella había abandonado.

Y, a pesar de la tristeza que lo embargaba, era difícil no sentirse agradecido.

Había tanta gente con él en esto, incluso estaba Rehvenge, que ahora formaba parte de la casa como un miembro más.

Sin embargo, Otoño no se encontraba entre ellos; al menos, Tohr no la veía.

Al llegar al primer piso, Tohr se plantó frente a la urna con determinación, entrelazó las manos y bajó la cabeza. Luego John se detuvo junto a él y adoptó la misma posición, aunque estaba pálido y no parecía poder dejar las manos quietas.

Tohr le puso entonces una mano en el brazo y le dijo:

—Está bien, hijo. Vamos a superar esto juntos.

De inmediato, John dejó de moverse y asintió con la cabeza, como si se encontrara mejor.

En los tensos momentos que siguieron, Tohr pensó vagamente en que era increíble que un grupo tan grande de gente pudiera guardar un silencio tan absoluto. Lo único que se oía era el chisporroteo del fuego, a un lado y otro del vestíbulo.

A mano izquierda, Phury se aclaró la voz y se inclinó sobre una mesa en la que había algo cubierto con seda blanca. Al retirar el velo con sus elegantes manos, apareció un inmenso tazón de plata colmado de sal, una jarra de plata llena de agua y un libro antiguo.

Entonces tomó el libro, lo abrió y se dirigió a toda la concurrencia en Lengua Antigua:

—*Esta noche nos hemos reunido aquí para recordar la muerte de Wellesandra, compañera del hermano de la Daga Negra Tohrment, hijo de Harm; hija de sangre de Relix y mahmen adoptiva del soldado Tehrror, hijo de Darius. Y también nos hemos congregado para recordar la muerte del aún no nacido Tohrment, hijo del hermano de la Daga Negra Tohrment, hijo de Hharm; amado hijo de sangre de la fallecida Wellesandra y hermano adoptivo del soldado Tehrror, hijo de Darius.* —Cuando Phury le dio la vuelta a la página, el pergamino emitió un suave gemido—. *Para honrar la tradición, y con la esperanza de agradar a la Madre de la raza y consolar al mismo tiempo a la acongojada familia, os invito a todos vosotros a orar conmigo para que aquellos que han muerto entren con seguridad en el Ocaso...*

Tantas voces se elevaron al cielo mientras Phury recitaba frases que la concurrencia repetía, voces masculinas y femeninas mezclándose al unísono, que al final dejaron de entenderse las palabras y lo único que se oía era el murmullo de una triste plegaria.

Al mirar de reojo a John, Tohr vio que el chico parpadeaba insistentemente para tratar de contener las lágrimas como el macho honorable que era.

Entonces Tohr volvió a clavar la mirada en la urna y dejó que su mente repasara una serie de imágenes de distintos momentos de la vida que habían compartido juntos.

Y sus recuerdos terminaron con lo último que había hecho por ella antes de que la asesinaran: poner cadenas a las llantas de la camioneta para que tuviera más tracción en la nieve.

Muy bien, ahora él también estaba parpadeando insistentemente...

Cuando la ceremonia se volvió totalmente borrosa y solo él rompía el respetuoso silencio para responder las preguntas que le hacían, Tohr se alegró de haber esperado todo ese tiempo para realizarla, pues no creía que hubiese podido hacerlo en ningún otro momento.

Al mirar a Lassiter, vio que el ángel resplandecía de la cabeza a los pies y que sus *piercings* dorados atrapaban la luz y la aumentaban hasta diez veces.

Sin embargo, por alguna razón el ángel no parecía feliz. Tenía el ceño fruncido, como si estuviera tratando de hacer una operación matemática cuyo resultado no le gustaba...

—*Ahora voy a pedirle a la Hermandad que les exprese sus condolencias a los dolientes, comenzando por Su Majestad Wrath, hijo de Wrath.*

Al oír esas palabras, Tohr decidió que se estaba imaginando cosas que no existían y se volvió a concentrar en sus hermanos. Luego Phury se retiró de la mesa y Wrath fue llevado discretamente hasta ella por V, de modo que el rey quedó frente al tazón de sal. Entonces se recogió la manga del manto, desenfundó una de sus dagas negras y se pasó el filo de la hoja por la parte interna del brazo. Cuando la sangre roja asomó a la superficie del corte, el rey extendió el brazo y dejó que las gotas cayeran sobre la sal.

Cada uno de los hermanos repitió después el mismo ritual, mientras miraban fijamente a Tohr y le reafirmaban, sin palabras, el dolor que todos compartían por lo que había perdido.

El último en pasar fue Phury, y Z sostuvo el libro mientras el Gran Padre completaba el ritual, esparciendo lentamente el agua de la jarra sobre la sal convirtiéndola en una aguasal de color rosa, al tiempo que pronunciaba palabras sagradas.

—*Ahora le pediré al hellren de Wellesandra que se quite el manto.*

Al oír esas palabras, Tohr procedió a quitarse el manto, pero antes de desatar el precioso cinturón bordado por las Elegidas, tuvo cuidado de retirar primero la huella de Nalla y luego puso las dos cosas sobre el manto.

—*Ahora le pediré al hellren de Wellesandra que se arrodille ante ella por última vez.*

Tohr obedeció y cayó de rodillas frente a la urna, mientras veía por el rabillo del ojo cómo Phury se acercaba a la chimenea de la derecha. El hermano sacó entonces de entre las llamas un primitivo hierro de marcar que habían traído del Viejo Continente hacía muchos años; un hierro fabricado por manos desconocidas mucho antes de que la raza tuviera una memoria colectiva.

El hierro medía aproximadamente quince centímetros de largo por al menos dos y medio de ancho y la línea de símbolos en Lengua Antigua que contenía estaba tan caliente que resplandecía con una luz amarilla.

Tohr adoptó, entonces, la posición apropiada, con el cuerpo echado hacia delante y los puños apoyados contra la pesada cubierta blanca que habían tendido sobre el suelo, y durante una fracción de segundo, en lo único en lo que pudo pensar fue en el manzano que representaba el mosaico que tenía debajo, ese símbolo de renacimiento que él estaba comenzando a asociar solo con muerte.

Había enterrado a Otoño a los pies de un manzano.

Y ahora se estaba despidiendo de su Wellsie encima de otro.

Cuando Phury se plantó junto a él, Tohr comenzó a respirar aceleradamente, mientras sus costillas se contraían y expandían con fuerza.

Cuando te apareas y te graban el nombre de tu shellan en la espalda, se supone que debes soportar el dolor en silencio, para demostrar que eres digno de su amor y de esa ceremonia.

Respiración. Respiración. Respiración…

Pero no sucede lo mismo con la ceremonia de entrada en el Ocaso.

Respiración-respiración-respiración...

Para la ceremonia de entrada en el Ocaso, se supone que debes...

Respiraciónrespiraciónrespiración...

—*¿Cuál es el nombre de tu difunta?* —preguntó Phury.

Al oír esas palabras, Tohr tomó una bocanada gigante de oxígeno...

Y cuando sintió el hierro ardiente sobre la piel, justo donde le habían grabado el nombre de su compañera hacía tantos años, Tohr gritó el nombre de Wellesandra, mientras todo el dolor que sentía en su corazón, su mente y su alma salía de una sola vez y sacudía el vestíbulo.

Ese grito era su último adiós, su promesa de encontrarse con ella al otro lado, la última manifestación de su amor.

Y duró toda una eternidad.

Y cuando terminó, Tohr quedó tan débil que apoyó la frente contra el suelo, mientras la piel que recubría la parte alta de su espalda ardía como si estuviera en llamas.

Pero eso solo era el comienzo.

Tohr trató de levantarse, pero su hijo tuvo que ayudarlo porque parecía haber perdido el tono muscular. No obstante, con la ayuda de John volvió a ponerse en pie.

Entonces la respiración tomó de nuevo el control y aquellos jadeos rítmicos restauraron su energía.

Luego Phury repitió la pregunta con una voz tan ronca que sonó casi fantasmagórica:

—*¿Cuál es el nombre de tu difunto?*

Y Tohr volvió a tomar una gran bocanada de aire para prepararse para gritar de nuevo. Solo que esta vez gritó su propio nombre y el dolor de perder a ese hijo de su propia sangre fue tan intenso que se sintió como si estuviera sangrando por dentro.

La segunda vez el grito fue más largo.

Y entonces se desplomó sobre el suelo, exhausto, aunque todavía no había terminado.

Gracias a Dios, John estaba con él y Tohr sintió cómo su hijo volvía a acomodarlo.

Desde arriba, Phury dijo:

—*Y para sellar tu piel para siempre y unir nuestra sangre a la tuya, ahora completaremos el ritual para tus seres queridos.*

Esta vez ya no hubo jadeos. Sencillamente, ya no le quedaban fuerzas.

El ardor que le produjo la sal fue tan intenso que perdió la visión momentáneamente y comenzó a convulsionarse y a agitar las extremidades de manera incontrolable, mientras se desplomaba hacia un lado, a pesar de que John trataba de mantenerlo derecho.

Pero lo único que Tohr podía hacer en esos momentos era yacer ahí frente a toda esa gente, muchos de los cuales estaban llorando de manera inconsolable, movidos por su mismo dolor. Mientras recorría sus caras, Tohr sentía deseos de consolarlos de alguna manera, de ahorrarles la pena que él había sufrido, de aliviar su dolor…

Otoño se encontraba al final, junto al arco que llevaba a la sala de billar, y lo observaba desde allí.

Iba vestida de blanco, con el pelo recogido hacia atrás, y se estaba tapando la boca con sus delicadas manos. Tenía los ojos muy abiertos y enrojecidos por el llanto, las mejillas húmedas y su expresión revelaba tanto amor y compasión que Tohr sintió que su dolor se desvanecía enseguida.

Había venido.

Otoño había venido a acompañarlo.

Así que todavía… lo amaba.

Tohr comenzó a llorar y sus sollozos parecían brotar directamente del pecho. Entonces tendió los brazos hacia Otoño y la llamó con la mano, porque en ese momento de desprendimiento, después de un viaje aparentemente interminable y doloroso a lo largo del cual ella y solo ella lo había acompañado, Tohr nunca se había sentido tan cerca de nadie…

Ni siquiera de su Wellsie.

Renacer, resucitar…, regresar de entre los muertos.

Al otro extremo del lugar donde Tohr se retorcía de dolor por el baño de aguasal, Lassiter estaba apretando los dientes, pero no porque estuviese conmovido sino porque su propia cabeza lo estaba volviendo loco.

Renacer, resucitar…, regresar de entre los muertos…

Tohr comenzó a sollozar y luego tendió su pesado brazo y abrió la mano… para llamar a Otoño.

Ah, sí…, pensó Lassiter, este era el final. El destino había exigido sangre, sudor… y lágrimas, pero no por Wellsie, sino por otra. Por Otoño.

Este era el final, la parte en que el macho derramaba lágrimas por la hembra que finalmente se había permitido amar.

Enseguida, el ángel levantó la mirada hacia el techo, hacia la representación de los guerreros con sus feroces corceles, y se concentró en el fondo azul…

El rayo de sol pareció salir de la nada y penetró la piedra y el cemento y el yeso del techo que cubría sus cabezas; la luz era tan intensa y tan fuerte que el propio Lassiter tuvo que entornar los ojos cuando aquel brillo llegó a rescatar a una hembra honorable de un infierno que no se merecía…

Sí, sí, ahí, en el centro mismo, con su hijo entre los brazos, Wellsie se veía tan brillante y vibrante como un arco iris, iluminada desde fuera y desde dentro. El color había regresado a ella y la vida se había renovado porque la habían salvado, porque por fin estaba libre…, al igual que su hijo.

Y justo antes de que la luz la absorbiera, Wellsie miró a Tohr y a Otoño desde aquel firmamento, aunque ninguno de ellos la vio. Los miró con un amor inmenso por los dos, amor por el hellren que había tenido que dejar y por la hembra que lo salvaría de su propio tormento, y amor por el futuro que los dos tendrían juntos.

Y luego, con una expresión plácida y comprensiva, Wellsie levantó la mano para despedirse de Lassiter… y desapareció, al tiempo que la luz los consumía a ella y a su hijo y los llevaba al lugar donde los muertos se sienten en casa y descansan por toda la eternidad.

Cuando la luz se desvaneció, Lassiter se quedó esperando su propio rayo luminoso, aquel que vendría a rescatarlo para regresar por última vez junto a su Creador.

Solo que…

El ángel seguía ahí…, sin moverse de su posición.

Resucitar, renacer…, regresar de entre los muertos…

Había algo que no entendía, pensó Lassiter. Wellsie estaba libre, pero…

En ese momento, el ángel se concentró en Otoño, que se había levantado un poco la falda de su manto blanco para dar un paso al frente, hacia Tohr.

Y de repente, un segundo rayo de luz poderosa llegó desde lo alto...

Pero no venía a por él sino... por *ella*.

Lassiter lo comprendió con la velocidad y el estruendo de un rayo: hacía muchos años que Otoño había muerto. Que se había suicidado...

Y el Limbo era distinto para cada persona. Hecho a la medida...

Cuando se le reveló la segunda verdad, todo comenzó a pasar por la cabeza del ángel a cámara lenta: Otoño había estado en su propio Limbo todo ese tiempo; había migrado al Santuario para servir a las Elegidas durante largos años y luego había bajado a la Tierra para completar el ciclo que había comenzado en el Viejo Continente con Tohrment.

Y ahora que lo había ayudado a salvar a su shellan..., ahora que se había permitido enamorarse de él y abandonar el dolor de su propia tragedia...

Estaba por fin libre. Al igual que Wellsie.

¡Puta mierda! Tohr estaba a punto de perder a otra hembra...

—¡No! —gritó Lassiter—. ¡Nooooo!

Cuando el ángel se abalanzó hacia delante para tratar de impedir la conexión entre los dos, la gente empezó a gritar y alguien lo agarró, como si quisiera evitar que él se atravesara en el camino. Pero no importó.

Ya era demasiado tarde.

Porque Tohr y Otoño no tenían que tocarse. El amor estaba ahí, al igual que el perdón de todo lo pasado y presente y el compromiso de su corazón.

Lassiter seguía tratando de llegar hasta ellos, suspendido en el aire, cuando el último rayo de luz llegó a por él y lo atrapó en pleno vuelo, sacándolo del presente para lanzarlo hacia arriba, a pesar de que él seguía gritando ante la crueldad del destino.

Toda su misión había culminado en que había condenado a Tohr a otra tragedia.

Otoño no estaba segura de acudir a la mansión… hasta
que lo hizo. Y tampoco estaba convencida de lo que
sentía por Tohrment… hasta que lo vio escudriñando a la concurrencia y supo que la estaba buscando a ella. Y no le abrió
completamente su corazón… hasta que él le tendió la mano y
perdió el control mientras clavaba los ojos en ella.

Ella lo amaba desde antes…, o por lo menos eso era lo que
pensaba.

Pero ese amor todavía no era completo. Primero tenía que
superar su convicción de que era indigna de ese amor, de que
debía vivir en castigo permanente. Ella era un individuo valioso
y con toda una vida por delante, capaz de superar la tragedia que
había marcado su destino durante tanto tiempo.

Al dar un paso al frente, Otoño no lo hizo como criada
o sierva, sino como una hembra honorable…, una que quería
acercarse a su macho y abrazarlo, y unirse a él por todo el tiempo que quisiera la Virgen Escribana.

Solo que no logró hacerlo.

Porque no había alcanzado ni la mitad del vestíbulo cuando su cuerpo fue atacado por una extraña fuerza.

Otoño no podía comprender qué le sucedía: hacía solo un
segundo que iba caminando hacia Tohr, respondiendo a su tácita

súplica de acompañarlo, en mitad del vestíbulo, concentrada en aquel al que amaba...

Cuando de pronto sintió que una gran luz caía sobre ella desde una fuente desconocida y frenaba en seco su marcha.

Su voluntad le ordenó a su cuerpo que siguiera avanzando hacia Tohr, pero una gran fuerza se apoderó de ella y, con una potencia tan innegable como la fuerza de la gravedad, la luz la absorbió y la levantó del suelo. Y mientras sentía cómo se elevaba, Otoño oyó que Lassiter gritaba y vio cómo se abalanzaba hacia delante, como si quisiera impedir su partida...

Eso fue lo que la llenó de energía para oponerse a aquella fuerza y entonces forcejeó con ferocidad, peleando con todo lo que tenía, pero no había manera de liberarse de lo que la había capturado: sin importar cuánto batallara, Otoño no pudo contrarrestar su ascensión.

Y luego vio cómo abajo reinaba el caos y todos corrían de un lado a otro, mientras Tohr se arrastraba por el suelo e intentaba levantarse. Y cuando la miró, Otoño vio en su cara una expresión de confusión e incredulidad..., y después él comenzó a saltar, como si estuviera tratando de atraparla, como si ella fuera un globo del que pudiera agarrar la cuerda. Entonces alguien lo agarró cuando perdió el equilibrio: John. Y el Gran Padre corrió a su lado. Y sus hermanos...

Pero la última imagen que atisbó Otoño no fue la de ninguno de ellos, ni siquiera la de Tohrment; lo último que vio fue a Lassiter.

El ángel estaba junto a ella, elevándose también hacia el cielo, y la luz los fue consumiendo a los dos hasta que desaparecieron. Y de ella no quedó nada, ni siquiera la conciencia...

Cuando Otoño volvió en sí, se hallaba en un inmenso paisaje blanco, tan amplio que no tenía horizonte.

Frente a ella había una puerta. Una puerta blanca, con un picaporte blanco y rodeada de un resplandor tan fuerte que parecía que al otro lado estuviera esperándola una luz muy brillante.

Eso no era lo que había visto la primera vez que murió.

Muchos años atrás, cuando volvió en sí después de clavarse aquella daga en el vientre, se había encontrado en un paisaje blanco pero muy distinto, en el que había árboles, templos y jardines, habitado por las hembras Elegidas de la Virgen Escribana; un lugar en el que había llegado a vivir sin cuestionarse nada, aceptando su destino como el inevitable resultado de las decisiones que había tomado en la Tierra.

Esto, sin embargo, no era el Santuario. Esta era la entrada al Ocaso.

¿Qué había sucedido?

¿Por qué…?

La explicación se le reveló de repente, cuando se dio cuenta de que por fin se había desprendido de su pasado y había abierto su corazón a todo lo que la vida tenía para ofrecer…, liberándose así de su propio Limbo, aunque ella misma no tenía conciencia de estar viviendo en el Limbo.

Por fin había salido del Limbo. Y estaba… libre.

Pero Tohrment se encontraba allá abajo.

Otoño sintió cómo su cuerpo comenzaba a temblar y la rabia la sacudía, una rabia tan profunda y absoluta que quería romper aquella puerta con sus propias uñas y tener una acalorada conversación con la Virgen Escribana, o con el Creador de Lassiter, o con quien quiera que fuera el maldito canalla que escribía nuestros designios.

Después de haber recorrido una gran distancia desde donde había comenzado, el hecho de descubrir que el premio final no era otra cosa que otro sacrificio, Otoño se sintió tan furiosa que se veía capaz de recurrir a la violencia.

Y así, sin contener su rabia, se lanzó contra la puerta y comenzó a golpearla con los puños y a arañarla con las uñas y a darle patadas, mientras vociferaba, maldecía e insultaba a las fuerzas sagradas…

Cuando sintió unos brazos alrededor de ella que trataban de alejarla de la puerta, se volvió para atacar a quien fuera y lo mordió con sus colmillos en el antebrazo…

—¡Puta mierda! ¡Ay!

La voz enfurecida de Lassiter calmó su ataque de rabia e inmovilizó su cuerpo, hasta que solo se quedó respirando para retomar el aliento.

Entretanto, la maldita puerta seguía inmóvil. Indiferente. Inmutable.

—¡Malditos bastardos! —gritó Otoño—. ¡Desgraciados!

El ángel la hizo girar sobre sus talones y la sacudió.

—¡Escúchame! —le espetó—. Así no vas a lograr nada. Tienes que calmarte, *¡maldita sea!*

Gracias a su fuerza de voluntad, Otoño logró recuperar la compostura y luego comenzó a sollozar.

—¿Por qué? ¿Por qué nos están haciendo esto?

Lassiter la volvió a sacudir.

—Escúchame. No quiero que abras esa puerta, quédate aquí. Voy a hacer lo que pueda, ¿está bien? No tengo mucha influencia, y es posible que no tenga ninguna, pero voy a intentarlo. Tú quédate donde estás y, por amor de Dios, *no* vayas a abrir esa puerta. Porque si metes la pata acabarás en el Ocaso y yo ya no podré hacer nada por ayudarte. ¿Está claro?

—¿Qué vas a hacer?

El ángel se quedó mirándola durante un momento.

—Tal vez esta noche me convierta por fin en un ángel.

—¿Qué? No entiendo…

Lassiter estiró una mano y le acarició la cara.

—Vosotros dos habéis hecho tanto por mí que… Joder, creo que todos nosotros hemos estado en cierta forma en nuestros propios Limbos. Así que voy a ofrecer todo lo que tengo para salvaros a los dos… Ya veremos si eso es suficiente.

Otoño le agarró la mano y dijo:

—Lassiter…

Pero él dio un paso atrás y asintió con la cabeza.

—Tú quédate aquí y no te hagas muchas ilusiones. El Creador y yo no tenemos la mejor relación que existe… Y es posible que termine incinerado en el acto. Y en ese caso, no te ofendas, pero vas a estar muy jodida.

Lassiter dio media vuelta y se dirigió hacia la blancura. Después de unos instantes, su cuerpo desapareció.

Otoño cerró los ojos y se envolvió entre sus brazos, mientras rezaba para que el ángel pudiera hacer un milagro.

Rezó con todo lo que tenía…

Abajo, en la Tierra, Tohr sintió que enloquecía. Lassiter había desaparecido. Y Otoño también.

Y un terrible sentido de la lógica le hacía preguntarse por qué no se había dado cuenta de los mecanismos bajo los cuales había estado trabajando durante el último año.

Wellsie estaba atrapada en el Limbo a causa de él.

Y Otoño… estaba atrapada en el Limbo por culpa de ella misma.

Y entonces, al amarlo a él y perdonarlo no solo a él sino a ella misma, Otoño se había liberado… Así, al igual que a Lassiter, le había sido concedido lo que ni siquiera sabía que estaba buscando: por fin se le había concedido la entrada en el Ocaso, la cual le había sido negada cuando había decidido quitarse la vida en un ataque de terror y agonía.

Pero ahora estaba libre.

—Ay, Jesús —dijo Tohr, mientras se dejaba caer en los fuertes brazos de John—. Ay… ¡Qué terrible!

Al igual que su Wellsie, ahora Otoño también lo había abandonado.

Tohr se restregó la cara con fuerza, mientras se preguntaba si tal vez así podría despertar de esta… Joder, esta era quizá la peor pesadilla que podía concebir su subconsciente… Sí, como si pudiera despertarse en cualquier momento y levantarse de la cama para asistir a la ceremonia de entrada en el Ocaso, porque lo que acababa de suceder era solo una pesadilla.

Pero esa teoría tenía un solo problema: Tohr todavía sentía en la espalda el dolor del hierro ardiente y la sal. Y sus hermanos aún revoloteaban a su alrededor, hablando entre ellos con pánico. Y, en alguna parte, alguien estaba gritando. Y las velas irradiaban suficiente luz para saber quién seguía en el vestíbulo y quién no…

—Ay, joder… —volvió a decir Tohr, que sentía el pecho tan vacío que se preguntó si no le habrían extirpado el corazón sin que se diera cuenta.

El tiempo fue pasando y la tragedia se instaló en la mansión. Tohr fue conducido a la sala de billar, donde le pusieron una copa en la mano, pero él la dejó reposando en la pierna, mientras echaba la cabeza hacia atrás y contemplaba cómo John Matthew consolaba a Xhex y Phury hablaba con Wrath y se improvisaba un plan para que el rey fuera a hablar con la Virgen Escribana.

En ese punto, V se propuso para hablar con su madre.

Pero rápidamente desecharon esa opción y entonces Payne se ofreció a ir con el rey y este aceptó.

Bla, bla, bla…

Tohr no tuvo corazón para decirles a todos que ya no había nada que hacer. Además, él ya había pasado una vez por el proceso del duelo y por eso era el más preparado para recuperarse, ¿no?

Sí.

Joder, ¿qué demonios había hecho en su vida anterior para merecer esto? ¿Qué diablos habría…?

El sonido del timbre retumbó vagamente detrás de él. Sin embargo, todo el mundo quedó congelado.

Todos los que conocían las coordenadas de la mansión se encontraban ya ahí.

Los humanos no podían encontrarlos.

Y los restrictores tampoco deberían poder hacerlo.

Y esto último también era aplicable a Xcor…

Pero el timbre de la puerta volvió a sonar.

Al instante, todos los hermanos, al igual que Payne, Xhex, Qhuinn, John y Blay, sacaron sus armas.

A Fritz le impidieron que se aproximara al vestíbulo y fueron Vishous y Butch los que se acercaron a mirar el monitor.

Y aunque a Tohr no le importaba nada, aunque al otro lado hubiera estado la Virgen Escribana en persona, se concentró en el vestíbulo.

Entonces se escuchó un grito, un grito de excitación con acento de Boston. Y acto seguido resonaron varios gritos más, muchos, demasiados para poder descifrar su origen.

Y entonces aparecieron V y Butch acompañados por alguien que llevaba un manto blanco.

¿Qué diablos...?

Tohr se puso en pie de un salto, como si alguien acabara de tocarle el trasero con la batería de un coche.

Otoño se encontraba de pie bajo el arco que formaba la entrada al salón, con los ojos maravillados y el pelo desordenado, como si acabara de salir de un túnel de viento...

Tohr se abrió paso a través de todos aquellos cuerpos enormes, apartando a todo el mundo del camino hasta llegar a donde se encontraba ella. Y cuando lo hizo, se detuvo en seco. La agarró de los hombros y la miró de pies a cabeza. Luego la sacudió para estar seguro de que era un cuerpo de verdad y no una aparición.

—¿De verdad eres tú?

En respuesta, Otoño lo envolvió entre sus brazos y se apretó contra él con tanta fuerza que Tohr apenas podía respirar..., aunque no le importó. Porque eso significaba que era real, ¿no? Tenía que ser... ¿cierto?

—Lassiter... Lassiter lo logró... Lassiter me ha salvado...

Tohr trató de comprender lo que ella estaba diciendo.

—¿Qué...? ¿Qué estás diciendo? No entiendo nada...

Otoño tuvo que contar la historia varias veces, porque Tohr no parecía entender nada. Algo acerca de que ella había hecho las paces con el Ocaso y luego el ángel había salido y le había dicho que...

—Lassiter dijo que daría todo lo que tenía para salvarnos. Todo...

Tohr dio un paso atrás y tocó la cara de Otoño, su garganta y sus hombros. Realmente estaba viva y era de verdad. Estaba tan viva como él. Y había sido ¿salvada por el ángel?

Solo que Lassiter había dicho que quedaría en libertad si su plan funcionaba.

Así que la única explicación posible era que el ángel había cambiado su futuro... por el de ellos.

—Ese ángel —murmuró Tohr—. Ese maldito ángel... —Se inclinó y besó a Otoño larga y profundamente. Y mientras lo hacía, resolvió honrar a Lassiter, y a él mismo, y a su hembra, de la mejor manera posible y por todos los años que le quedaban sobre la Tierra—. Te amo —le dijo a Otoño—. Y, al igual que Lassiter, prometo dar todo lo que tengo por el bien de los dos.

Cuando Otoño asintió y lo besó, Tohr sintió cómo ella le respondía con un «Yo también te amo» que estaba compuesto de más que simples palabras.

Mientras la abrazaba y la apretaba contra su pecho, Tohr cerró los ojos y comenzó a temblar. Porque estaba tan feliz que no podía controlarse.

La vida era corta, independientemente de la cantidad de días que tuvieras asignados sobre la Tierra. Y la gente era valiosa, todos y cada uno, independientemente de la cantidad de gente que formara parte de tu vida. Y el amor..., el amor era algo por lo que valía la pena morir.

Y por lo que también valía la pena vivir.

Mientras el amanecer se aproximaba y la luna se hundía en el cielo, Xcor salió del centro de Caldwell. Después de esa ridícula reunión con la glymera, él y sus soldados se habían reencontrado en lo alto del rascacielos, pero no había sido capaz de comenzar a planear ninguna estrategia, pues aún tenía que analizar su charla con los aristócratas.

Así que, después de ordenarles a sus soldados que regresaran a su nueva casa, Xcor se escapó solo hacia la noche, muy consciente del lugar al que tenía que dirigirse.

A la pradera, aquella pradera bañada por la luz de la luna y custodiada por un árbol grande.

Cuando volvió a tomar forma en aquel paisaje, no lo vio cubierto de nieve sino vibrando aún con los colores del otoño; las ramas del árbol resplandecían con hojas rojas y doradas, y no desnudas y tristes.

Después de recorrer la pradera entre la nieve, Xcor se detuvo en el lugar donde había visto a la Elegida por primera vez… y donde había bebido su sangre.

Recordaba cada detalle de ella: su rostro, su aroma, su pelo. La manera en que se movía y el sonido de su voz. La delicada estructura de su cuerpo y la tremenda fragilidad de su suave piel.

Xcor la añoraba y su frío corazón rezaba para que ocurriera algo que él sabía que el destino nunca iba a permitir.

Cerró los ojos, puso las manos sobre las caderas y bajó la cabeza.

Y entonces lo supo.

La Hermandad había encontrado su escondite en aquella granja.

El estuche del rifle que Syphon había utilizado había desaparecido.

Quienquiera que lo hubiese cogido había tenido que ir durante la noche anterior. Así que, al atardecer de ese mismo día, la Pandilla de Bastardos guardó sus pocas pertenencias y huyó en busca de un nuevo refugio.

Xcor sabía que la Elegida había sido el instrumento para hallar su escondite. Solo así podían haberlos encontrado. Y también había otra cosa clara: la Hermandad iba a utilizar ese rifle para demostrar con certeza que la bala que había recibido Wrath hacía unos meses había salido de un arma que había sido hallada entre sus cosas.

Lo cual era muy inteligente.

Después de todo, Wrath sí era un buen rey. No había respondido a su ataque con la violencia, sino que había necesitado pruebas porque quería luchar por una causa justa, no por venganza. Pero ahora que tenía esas pruebas los buscaría hasta encontrarlos.

Aunque Xcor no culpaba a la Elegida…, de ninguna manera. Por el contrario, ardía en deseos de saber si ella estaba bien. Sencillamente tenía que asegurarse de que, aunque sus enemigos la habían manipulado, no la habían maltratado.

Ay, su perverso corazón se revolvía ante la idea de que ella pudiese estar herida o algo por el estilo…

Mientras consideraba sus opciones, Xcor sintió una ráfaga de viento del norte que amenazaba con cortarlo en dos. Pero ya era demasiado tarde, pensó. Él ya tenía el corazón partido.

Aquella hembra se lo había roto de una manera que la guerra nunca podría hacerlo y, conociendo la naturaleza de su victimaria, Xcor sabía que su corazón nunca más podría sanar.

Menos mal que él nunca expresaba sus emociones, porque era mejor que nadie supiera que, después de todos esos años, alguien había encontrado por fin su talón de Aquiles.

Y ahora… tenía que verla de nuevo.

Aunque fuera para tranquilizar su conciencia, como si la tuviera, necesitaba verla otra vez.

Qhuinn no sabía qué demonios estaba pasando. La gente aparecía y desaparecía del maldito vestíbulo y todo parecía un desastre…, hasta que Otoño regresó.

Si había un momento apropiado para emplear un lenguaje vulgar era este.

Pero al menos todo había terminado bien, todo había vuelto a la normalidad y la ceremonia había concluído como debía concluir: con Otoño al lado de Tohr y John marcado dos veces con el hierro, una por Wellsie y otra por el hermano que nunca llegó a conocer. Y posteriormente, después de que la sal sellara las heridas, todos subieron a la parte más alta de la casa, donde abrieron la urna de Wellsie y sus cenizas fueron arrastradas hacia el cielo por las ráfagas de un extraño viento que procedía del este.

Ahora todo el mundo estaba bajando al comedor, para comer y recargar baterías, y luego, sin ninguna duda, todos subirían a sus habitaciones tan pronto como pudieran.

Todo el mundo parecía cansado, incluido Qhuinn, que se volvió hacia Layla cuando llegaron al vestíbulo.

—¿Cómo vas?

Joder, llevaba tres días preguntándole eso cada cinco minutos y todas las veces ella le decía que se encontraba bien y que todavía no había comenzado a sangrar.

Pero Layla no iba a sangrar. Qhuinn estaba seguro de eso, aunque ella todavía tenía que convencerse.

—Estoy bien —respondió Layla con una sonrisa, como si agradeciera la preocupación de Qhuinn.

La buena noticia era que se llevaban realmente muy bien. Al principio, después de que pasara el periodo de fertilidad, Qhuinn temió que las cosas entre ellos pudieran ponerse tensas, pero la verdad era que funcionaban como un equipo que hubiese corrido una maratón, hubiese alcanzado la meta y ahora estuviera listo para un nuevo reto.

—¿Quieres que te lleve algo de comer?

—¿Sabes? Tengo hambre.

—Entonces, ¿por qué no subes y te recuestas y yo te llevo algo?

—Eso sería genial, gracias.

Sí, era maravillosa la forma en que ella le sonreía, de esa manera tan sencilla y afectuosa que hacía que la quisiera como si fuera un miembro de su familia. Y mientras la acompañaba de regreso a las escaleras, Qhuinn se sintió bien por poder sonreírle a ella de la misma manera.

Pero toda esa tranquilidad llegó a su fin cuando dio media vuelta. En la biblioteca, a través de las puertas abiertas, Qhuinn vio a Blay y a Saxton hablando. Y luego su primo dio un paso adelante y abrazó a Blay. Y mientras esos dos permanecían allí juntos, cuerpo contra cuerpo, Qhuinn respiró hondo y se sintió alcanzado por una pequeña muerte que invadió su corazón.

Entonces supuso que así era como terminaba todo entre ellos.

Vidas separadas, futuros separados.

Era difícil pensar que habían comenzado la vida siendo inseparables…

Pero de repente los ojos azules de Blay se cruzaron con los suyos…

Y lo que Qhuinn vio en aquellos ojos lo sobresaltó: aquel rostro proyectaba un amor que brillaba inmutable y libre de las restricciones de la timidez que caracterizaba su temperamento.

Blay no desvió la mirada.

Y, por primera vez…, Qhuinn tampoco lo hizo.

Qhuinn no sabía si esa emoción estaba relacionada con su primo, probablemente era así, pero de todas formas estaba dispuesto a recibirla y se quedó mirando a Blaylock con la misma intensidad y dejando que todo lo que sentía en el corazón se manifestara en su cara.

Simplemente, dejó salir todo.

Porque la ceremonia de esa noche les había enseñado a todos una lección: en cualquier momento puedes perder a tus seres queridos, y Qhuinn estaba seguro de que, cuando eso ocurre, uno nunca se acuerda de todas las razones por las que se mantenía alejado, sino que piensa en todos los motivos que lo unían a esa persona.

Y, sin duda, piensa en lo mucho que le habría gustado tener más tiempo, aunque hubiesen pasado ya varios siglos...

Cuando uno es joven, piensa que el tiempo es una carga, algo que hay que derrochar lo más rápido posible para poder crecer. Pero eso es una trampa, porque cuando eres adulto te das cuenta de que los minutos y las horas son la cosa más preciada que tenemos.

Nadie vive para siempre. Y es un verdadero crimen desperdiciar el tiempo que nos ha sido concedido.

Suficiente, pensó Qhuinn. Ya no quería más excusas, ni esconderse más, ni tratar de ser lo que no era.

Aunque eso lo destrozara y su pequeño ego y su corazón volaran en mil pedazos, ya era hora de dejarse de tanta estupidez.

Era hora de portarse como un macho.

Y cuando Blay comenzó a enderezarse, como si hubiese recibido el mensaje, Qhuinn pensó:

«Así es, amigo. Nuestro futuro ha llegado».

EPÍLOGO

A la noche siguiente, Tohrment se dio la vuelta y encontró el cuerpo de Otoño entre las sábanas. Ella estaba caliente y, cuando él se subió sobre ella, abrió las piernas con gusto y su sexo le dio la bienvenida cuando la penetró y comenzó a moverse dentro de ella.

Por fin se habían quedado dormidos, entregándose a la clase de reposo que sobreviene después de un largo viaje, cuando nuestra casa por fin aparece en el horizonte.

—Dame tu boca, hembra mía —dijo Tohr con voz suave en medio de la oscuridad.

Y cuando sus labios se unieron, él dejó que su cuerpo tomara el control y entonces se deslizaron hacia un estado de placidez que se parecía más al movimiento rítmico del mar que a un terremoto, a una dulce liberación de tensiones que a una caótica explosión de estrellas. Y mientras la montaba con ese ritmo suave y le hacía el amor a su Otoño, Tohr se convencía una vez más de que ella realmente estaba ahí, de que los dos se encontraban juntos y lo que estaba viviendo no era un sueño.

Cuando terminaron, Tohr encendió con el pensamiento la luz de la mesita de noche y recorrió la cara de Otoño con las yemas de los dedos. Y la forma en que su hembra le sonrió hizo que él realmente creyera en la existencia de un Creador bondadoso.

Tenían que aparearse formalmente, pensó Tohr. Y entonces agregaría el nombre de Otoño, el nombre que él le había dado, a su espalda, justo debajo del de Wellsie. Y ella sería oficialmente su shellan durante todo el tiempo que les quedara sobre la Tierra.

—¿Quieres algo de comer? —susurró él.

Ella volvió a sonreír y dijo:

—Sí, por favor.

—Pues espera, que no tardo en volver.

—No, quiero bajar contigo. Porque no sé lo que quiero.

—Entonces iremos juntos.

Les llevó algún tiempo salir de la cama, ponerse el pijama y caminar por el pasillo de las estatuas hasta la escalera.

Pero al llegar allí, Otoño se detuvo un momento, como si estuviera recordando todo lo que había ocurrido la noche anterior y tuviera miedo de volver a acercarse a ese lugar, como si el Ocaso pudiese volver a tragársela de nuevo.

Entonces Tohr asintió con gesto comprensivo y la levantó en brazos.

—Yo te llevaré —dijo.

Y cuando ella lo miró fijamente y le puso una mano sobre la mejilla, no tuvo necesidad de hablar. Él sabía exactamente lo que ella estaba pensando.

—Yo tampoco puedo creer que Lassiter nos haya salvado —afirmó Tohr.

—No quiero que él sufra.

—Yo tampoco. Era un buen tío. Un verdadero… ángel, según parece.

Entonces Tohr empezó a bajar las escaleras, con mucho cuidado de no tropezar debido a la preciosa carga que portaba. Y cuando llegó al primer piso, se detuvo durante un momento para contemplar la representación de aquel manzano en el mosaico del suelo. Se había despedido de dos hembras al pie de un árbol como ese… y ahora llevaba a una de ellas en sus brazos…, gracias a ese ángel que, de alguna manera, había logrado hacer un milagro.

Iba a echar en falta a ese hijo de puta, de verdad que sí. Y siempre le estaría agradecido…

En ese momento se oyó con claridad el timbre de la puerta.

Tohr frunció el ceño y miró de reojo hacia el reloj que estaba junto a la puerta de la alacena. Eran las dos de la tarde. ¿Quién demonios podía...?

El timbre volvió a sonar.

Entonces atravesó el suelo de mosaico y se preparó para llamar a sus hermanos si era necesario, mientras verificaba en el monitor...

—Puta... *mierda.*

—¿Quién es?

Tohr depositó a Otoño en el suelo, abrió la cerradura del portal interior y la empujó hacia atrás, para protegerla en caso de que entrara algún rayo de luz.

Lassiter entró como Pedro por su casa, tan desafiante como siempre, con una sonrisa más grande y traviesa que nunca y el pelo rubio y negro salpicado de copos de nieve.

Mientras Tohr y Otoño lo miraban con la boca abierta, el ángel levantó dos bolsas grandes de McDonald's.

—He comprado Big Macs para todos —dijo con entusiasmo—. Sé que te encantan, ¿recuerdas?

—¿Qué demonios...? —Tohr apretó a su shellan contra él, por si..., bueno, con todo lo que estaba pasando últimamente cualquier cosa podía suceder—. ¿Qué estás haciendo aquí?

—Es tu día de suerte, sinvergüenza —dijo el ángel, y dio un pequeño giro, al tiempo que levantaba las bolsas de McDonald's y sus *piercings* brillaban con la luz—. Resultó que éramos tres los que estábamos a prueba, y yo también pasé la prueba. Tan pronto intercedí por vosotros dos, quedé libre... Y después de pensarlo durante un rato, decidí que prefería estar en la Tierra haciendo buenas obras que allá arriba en las nubes. Porque, ya sabes, creo que con esta experiencia he aprendido varias cosas y ese asunto de la compasión me luce bastante. Además, en el cielo no emiten *Maury.*

—Que es precisamente lo que distingue el cielo del infierno —señaló Tohr.

—Muy cierto —replicó el ángel, y agitó sus bolsas llenas de calorías y grasa—. Entonces, ¿qué decís? También he traído patatas fritas. Pero no he comprado helado porque no sabía cuánto tiempo tardaría alguien en abrirme y no quería que se derritiera.

Tohr miró a Otoño y los dos dirigieron sus ojos al ángel.

Como si fueran uno, ambos dieron un paso al frente y lo abrazaron. Y, quién iba a pensarlo, el desgraciado correspondió a su abrazo.

—De verdad me alegra que todo haya salido bien —susurró Lassiter con total seriedad—. Para vosotros dos.

—Gracias, amigo —dijo Tohr—. Y te debo una… Mierda, te debo todo.

—Tú hiciste una buena parte del trabajo.

—A excepción de esta última parte —señaló Otoño—. Eso fue obra tuya, Lassiter.

—Bueno, pero ¿quién quiere llevar la cuenta? Estamos entre amigos, ya sabes.

En ese momento los tres se soltaron y, después de un momento de incomodidad, entraron en el comedor. Cuando se sentaron en un extremo de la mesa y Lassiter empezó a distribuir la comida, Tohr no pudo evitar soltar una carcajada. Él y el ángel habían comenzado todo con una hamburguesa de McDonald's y ahí estaban otra vez.

—Mucho mejor que en aquella cueva, ¿no? —murmuró Lassiter mientras le pasaba las patatas.

Tohr miró a Otoño de reojo y pensó que era increíble que estuvieran allí, después de recorrer tan largo camino.

—Sí. Realmente… muchísimo mejor.

—Además este lugar sí tiene televisión por cable.

Al ver que Lassiter les hacía un guiño, Tohr y Otoño se rieron.

—Así es, ángel. Tiene televisión por cable… y puedes hacerte cargo del mando cuando quieras.

Lassiter soltó una carcajada.

—Joder, ¡cómo se ve que de verdad estás agradecido!

Tohr se quedó mirando a Otoño y luego se dio cuenta de que estaba asintiendo con la cabeza.

—Puedes estar seguro de que lo estoy. Eternamente agradecido… Estoy… eternamente agradecido.

Y al decir esas palabras, Tohr besó a su hembra… y le dio un mordisco a su Big Mac.